源氏物語の享受

注釈・梗概・絵画・華道

岩坪　健　著

和泉書院

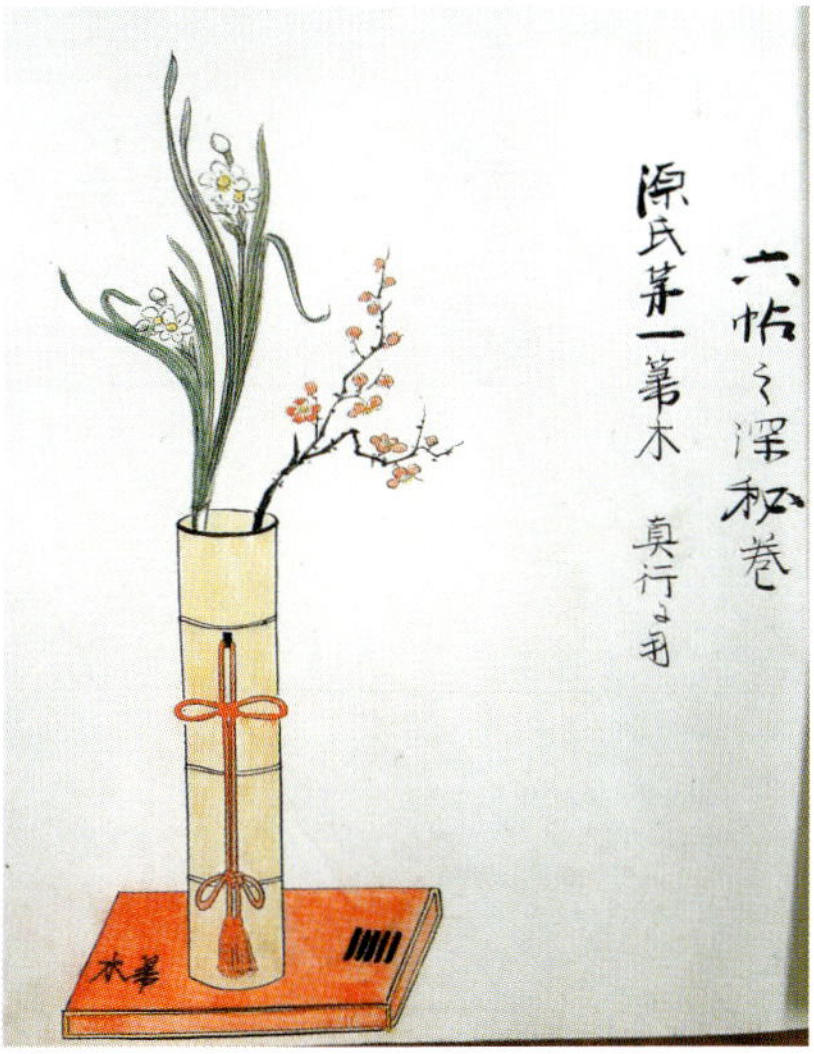

源氏第一篝木

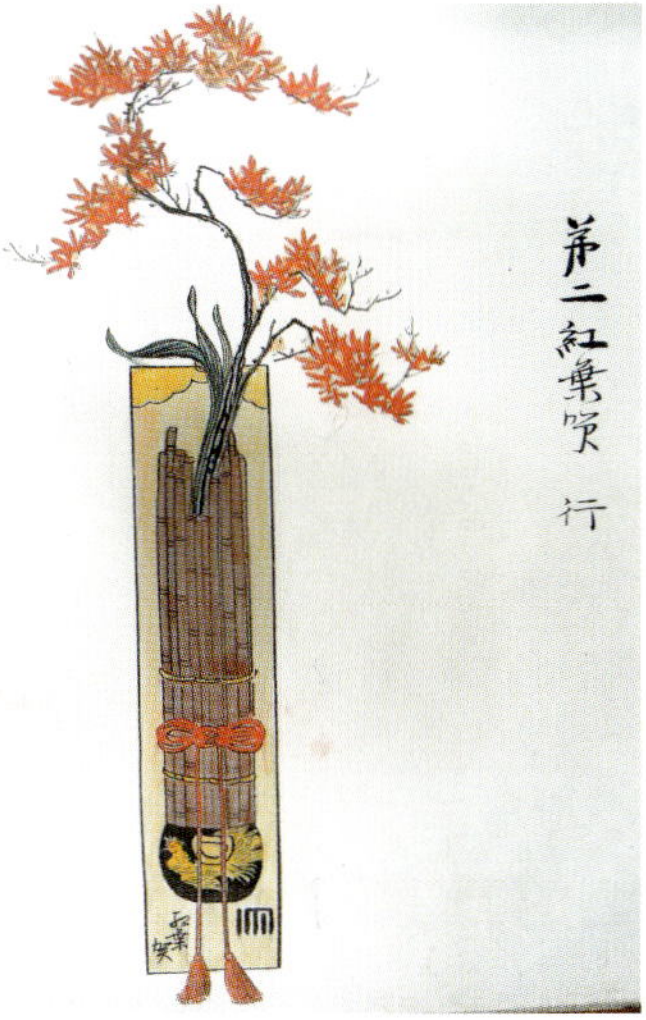

第二紅葉賀

第三須磨

たつの市立龍野歴史文化資料館蔵『源氏六帖花論巻』

本書の 598 頁参照

第四明石

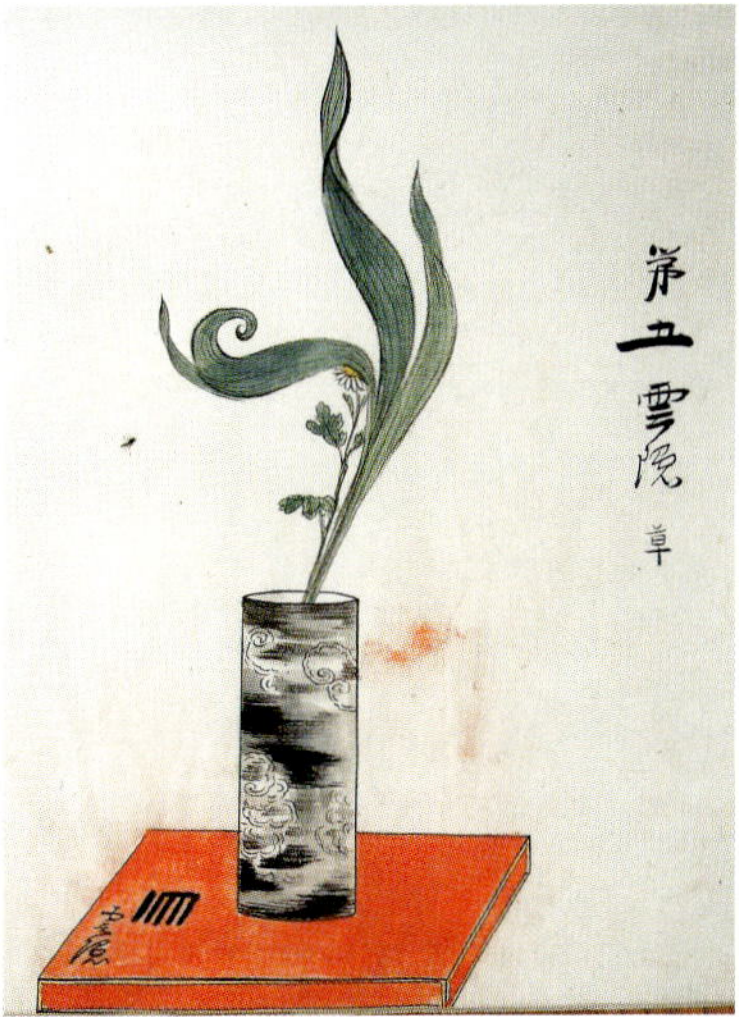

第五雲隠

第六東屋

目次

第二編　梗概書

第三編　源氏絵

第四編　源氏流活花

第五編　資料集

序

本書『源氏物語の享受―注釈・梗概・絵画・華道―』は、副題に示した四つの分野において、源氏物語が中世から近世にかけて、いかに享受されたかについて考察したものである。この四分野は一見したところ、互いに何の関わりもないように思われるが、果たしてそうであろうか。次に掲げた図版は、嘉永三年（一八五〇）に源氏流華道の家元である暁雲斎が自ら記した写本の一部である。右端に「若紫」と題して、若紫の巻を生け花で表現し、説明を付けている。その文章によると、背の高い竹は北山の僧都、背の低い草花は若紫を表し、その時の若紫の心情まで書かれている（詳細は第四編第三章第八節、参照）。図の解説文は一種の梗概文であり、解釈も踏まえている場合は注釈書も兼ねている。そして源氏物語絵（略して源氏絵）とは源氏物語の一場面を描いたものである、と定義するならば、この図もまた源氏絵の一種と見なせよう。故にこの一図に、注釈・梗概・絵画・華道の四要素が統合されている、と言えよう。その四分野を本書では四編に分けて、さまざまな角度から論じることにする。

　まず第一編では六章にわたり、注釈を扱う。第一章では注釈書をジェンダーの立場から見直すと、男性性と女性性の著作に大別されることを、時代を追って解き明かす。第二章以降は、制作された順に取り上げる。鎌倉時代に河内本源氏物語を校訂した河内家は、注釈書も手掛けており、当家の本家（第二章）と分家（第三章）に分けて論考する。南北朝時代に『河海抄』を編纂した四辻善成の講釈（第

四章）と、善成が意図的に『河海抄』に収めなかった奥義を自ら収集した『珊瑚秘抄』（第五章）について、そして室町時代に活躍した一条兼良の著書『花鳥余情』について、それぞれ論究する。

第二編では、中世から近世にかけて作成された梗概書を問題にする。源氏物語は中世の文学文芸に多大な影響を及ぼしたが、引用されたのは源氏物語そのものではなく梗概本である。というのは中世において、源氏物語の写本を全帖所有できたのは、ごく一部の公家・武家に限られていたからである。江戸時代になり、北村季吟編『源氏物語湖月抄』が刊行され、源氏物語の本文が流布してからも、梗概書は手軽さゆえによく利用された。本編では成立した（と推定される）順に論じる。

まず、近年公開された冷泉家時雨亭文庫蔵『源氏和歌集』を第一章で取り上げ、それと藤原定家撰『物語二百番歌合』との関係について第二章で言及する。第三章で考察する尊経閣文庫蔵『源氏抜書』は、戦前に刊行された『尊経閣文庫国書分類目録』に掲載されているにも拘らず、学会では注目されなかった。これは梗概書は粗筋を記したものにすぎないから、研究の対象にはならないと判断されてきたからであろう。しかしながら中世に成立した梗概文のなかには、源氏物語と異なる話や説話を多く含むものがあり、それらも光源氏の物語として謡曲や和歌・連歌などに引かれている。そこで第四章では、現代人から見れば荒唐無稽な話を載せた『源氏秘事聞書』を紹介する。第五章では一作品に限定せず、さまざまな資料から源氏物語と異なる内容を採集する。第六章では調査の範囲をさらに広げ、物語の人物批評を記した著作に基づき、明石の君の評価が時代により変化することを追跡する。最後に梗概書のなかで最も流布した『源氏小鏡』（第七章）と、絵入り版本の『源氏絵本藤の縁』（第八章）を取り上げ、本文の系統や出所などについて考察する。

第三編の素材は源氏物語絵（略して源氏絵）であるが、それは第一・二章のテーマと深く関わっている。なぜならば源氏絵は、物語の粗筋を絵画にしたものと定義すると、いわば一種の梗概書―粗筋を読むのではなく見るもの―であるからだ。また本文の解釈により描き方が違ってくる場合、絵は一種の注釈書にもなる。たとえば紅葉賀の巻で、光源氏と頭中将が青海波を舞う場面において、二人は地面にいて楽人が演奏しているのが、中世以来の定まった描き方である。しかし山本春正が手掛けた版本の挿絵では、二人は舞台の上にいて、舞台を取り囲むように警固の役人が地面に立っている。これは九条稙通が編纂した源氏物語の注釈書『孟津抄』の解釈による、と指摘されている。(注) そのようなわけで源氏絵には注釈（第一編）や梗概（第二編）の要素が盛り込まれているのである。

そこで第三編はまず第一章において、源氏絵研究の問題点とその解決策を提案する。次いで美術史学ではあまり顧みられない木版画を、第二〜五章で論じる。第二章では木版画と肉筆画で、それぞれ最多の絵を収めた作品を取り上げ比較検討する。第三章では木版画の制作方法、第四章では絵と本文の関係、第五章では肉筆画とは異なる図案が木版画で継承されたことを解明する。第六・七章ではジェンダー論を踏まえ、肉筆画・木版画において描かれた男女の数の比率をもとに様々な角度から分析する。第八章では源氏絵において、添え物のように見える几帳に託された役割を明らかにする。最後に第九章では、新出資料である賀茂真淵旧蔵『源氏物語十二月絵料』を紹介する。

第四編のテーマは、源氏流華道である。当流の特徴はその名称に示されたとおり、源氏物語の内容を生け花で表現することである。いわば源氏物語と華道のコラボレーションである。それがヒットして一八世紀後半に隆盛を極めたが、第二代家元で廃絶した、というのが通説である。ところが私が調査したところ、家元の子孫も、また高弟の子孫も生存している。そのうえ資料も大量に現存するが、学会には知られていない。そこで第一章では、華道史における源氏流の位置付けと意義について論考する。そして当流がどのように継承・発展して（第二章）、変化したか（第三章）についても言及する。初代家元は、源氏物語五四帖のうち六帖を特別に扱い、その六帖の活け方を二種類も用意して、一方は出版したが他方は秘蔵した。それは南北朝時代に四辻善成が、『河海抄』の注記内容とは異なる奥義を『珊瑚秘抄』に収めたのに似る。このように源氏流華道の世界は、源氏物語古注釈の世界ともリンクするのである。

第五編の資料集では、七件の資料を翻刻する。そのうちの六件は、すべて新資料である。中でも源氏流華道の初代家元が秘蔵した六帖の活け方は、本書の巻頭にカラー図版で初公開する。

（注）　清水婦久子氏『源氏物語版本の研究』四一八頁、和泉書院、平成一五年。

［付記］　本文中の図版は、『遊龍工夫花形』（たつの市立龍野歴史文化資料館所蔵）による。

第一編　注釈書

第一章　出典考証と鑑賞批評
――源氏読みにおける男性性と女性性――

はじめに

玉上琢彌氏はリンカーンの言葉「人民の人民による人民のための政治」をもじり、源氏物語を「女のために女が書いた女の世界の物語」と称された(1)。これによると読者も女性になるが、紫式部の頃から男性にも読まれ、男女を問わず愛読されていた。しかしながら当時は、男性と女性では読み方が異なることを明らかにしたい。ただし女性は女性的な読みしかしないが、男性は女性的な読みも嗜むことがある。この現象は当時「男文字」と呼ばれていた漢字と、「女文字」である仮名との使い分けに似ている。すなわち王朝女性は原則として仮名しか使わないが、男性は公務では漢字を、和歌や恋文を書くときは仮名を用いていた。よって「男文字」「女文字」の「男」「女」とは、生物学における性差ではなく、「男女の身体に上乗せするように設定された、社会的・歴史的な、役割・範疇」であるジェンダー、すなわち〈男性性〉と〈女性性〉を示す(2)。その規定に従い、男性的な読み方を男性性読み、女性的な読み方を女性性読みと名付けることにする。すると、女性は専ら女性性読みであるのに対して、男性は男性性読みも女性性読みもする、と定義される。それが時代により変化することも論じ、源氏読みに必要な注釈の歴史をジェンダー論で捉え直すのが本章の目的である。

なお本章で用いた資料は、次の通りである。適宜、私に句読点や「　」を付けた。
・『枕草子』『源氏物語』『紫式部日記』『更級日記』『無名草子』は、新編日本古典文学全集（小学館）。
・『源氏四十八ものたとへの事』『源氏解』『源氏人々の心くらべ』は、注8の著書。
・『源氏ものたとへ』は、稲賀敬二氏『源氏物語の研究　成立と伝流』補訂版（笠間書院、昭和五八年）。ただし一部、漢字に直した。
・『弘安源氏論義』は、『源氏物語大成　研究資料篇』（中央公論社）。
・『六百番歌合』は、新日本古典文学大系（岩波書店）。
・『花鳥余情』『細流抄』は、『源氏物語古注集成』（桜楓社）。
・『源氏和秘抄』『雨夜談抄』は、『源氏物語古註釈叢刊』（武蔵野書院）。
・『花屋抄』は名古屋市蓬左文庫所蔵本の紙焼き写真、『玉栄集』は簗瀬一雄氏・伊井春樹氏『源語研究資料集』（碧沖洞叢書87）。

一、平安・鎌倉時代における源氏物語の女性性読み

源氏物語を愛読した王朝女性の一人に、菅原孝標の娘がいる。彼女が著した『更級日記』には、源氏物語に関する記事が数か所あり、そこから当時の女性の読み方、すなわち女性性読みを探ってみよう。作者が初めて源氏物語を全巻得て、無我夢中で読み耽ったのは一四歳のときである。

物語のことをのみ心にしめて、われはこのごろわろきぞかし、さかりにならば、かたちもかぎりなくよく、髪もいみじく長くなりなむ。光の源氏の夕顔、宇治の大将の浮舟の女君のやうにこそあらめと思ひける心、まづいと

はかなくあさまし。

光源氏や薫大将に愛された女君は夕顔・浮舟以外にもいるのに、『更級日記』ではこの二人しか取り上げていないことに注目したい。源氏物語では孝標女と同じ受領階級出身でありながら娘が妃になり、その点では幸福な晩年を過ごした明石の君がいるにもかかわらず、よりによって薄幸な夕顔・浮舟が選ばれている。その理由はさておき、(3)この二人に決まるまでには多くの候補者がいたであろう。すなわち大勢の女君たちを吟味して、その中から憧れの君が決定したと想像される。

このような登場人物の比較は、これが初めてではなく前例がある。それは『うつほ物語』に登場する仲忠と涼の優劣をめぐる論争であり、その有様は藤原公任の家集『公任集』と『枕草子』に描かれている。『枕草子』では、「物語のよきあしき、にくき所なんどをぞ定め言ひそしる」の最中であった。それに似た光景は源氏物語・絵合の巻にも見られ、そこでは『竹取物語』に『うつほ物語』俊蔭の巻を合わせ、かぐや姫が「下れる人」で帝と結婚しなかった点を誇っている。この難点は『枕草子』において、仲忠の「童生ひのあやしさ」と涼が内親王を娶れなかったことを難じた点と共通する。

このように物語の人物をめぐる論議は約二百年もの間、繰り広げられ、それらを集大成した著書が鎌倉初期に現れた。それは『無名草子』で、多くの物語が論評され、とりわけ源氏物語は詳細に語られている。たとえば、

この若き人、「めでたき女は誰々かはべる」と言へば、「桐壺の更衣、藤壺の宮。葵の上の我から心用ゐ。紫上さらなり。明石も心にくくいみじ」と言ふなり。

のように、優れた女性として五人が引かれている。

これと同種の作品が、鎌倉時代には次々に作られた。たとえば『源氏四十八ものたとへの事』では、

女、紫の上を措き奉りて誰か。みめかたち、藤壺。心ばせ、宇治の姉君。果報、明石の上。

のように、各項目において最優秀の女君を定めている。その選出に対抗してか、『源氏ものたとへ』では、

女、秋好中宮。みめ、桐壺の更衣。心、紫の上。報《（ママ）》、明石の上。

と、全く別の女性を当てている。『源氏解』はまた異なり、

女、葵の上。姿、朧月夜の内侍。みめ、秋好の中宮。心、明石の上。果報、桐壺の更衣。

であり、当時さまざまに批評され論断されていたことが知られる。

一方、一四歳の菅原孝標女は未来の自分の理想像として、夕顔と浮舟を挙げていた。それは次に引く二〇歳前後の記事にも見られる。

いみじくやむごとなく、かたち有様、物語にある光源氏などのやうにおはせむ人を、年に一たびにても通はしたてまつりて、浮舟の女君のやうに、山里にかくし据ゑられて、花、紅葉、月、雪をながめて、いと心ぼそげにて、めでたからむ御文などを、時々待ち見などこそせめ。

この文脈では、まるで光源氏が浮舟の元に通ったかのように読める。しかし物語では、浮舟を宇治に隠して置いたのは薫であり、夕顔を愛したのは光源氏である。これは孝標女にとって、理想の男君は「光源氏などのやうにおはせむ人」、理想の女君は「浮舟の女君」だったからであろう。

このように源氏物語のなかで、状況や経歴などが似た二人を選出して比較した作品が、鎌倉時代になると編まれた。それは『源氏人々の心くらべ』で一四組も列挙しており、その一組を挙げると、夕顔を亡くした源氏と浮舟を失った匂宮とを取り上げ、二人の男君のうち「いづれ今すこし悲しかりけん。」と問い掛け、両人の心情を対比して、源氏の嘆きの方が深いと判定している。この作業を『伊勢物語』にまで広げたのが『伊勢源氏十二番女合』であり、伊勢物語と源氏物語から似ている女君を一二人ずつ選び番え、優劣を決している。

今まで取り上げた作品を、成立時期を考慮せず(4)内容別でまとめると、次のようになる。藤原公任や清少納言の時代

には物語の善し悪しや、仲忠・涼の優劣が議論されていた。そして源氏物語が現れると、『無名草子』に見られるような源氏の登場人物論がなされ、その中から境遇や人柄などが似た者を二人ずつ番えた『源氏人々の心くらべ』が作成された。また源氏物語・絵合の巻で二つの物語を合わせたように、『伊勢源氏十二番女合』が作られた。そのほか『枕草子』の「おもしろきもの」のような類聚章段に倣い、類書が編まれた。

おもしろき事、六条院にて女楽のとりどりなりけむ物の音。（『源氏四十八ものたとへの事』）

おもしろき事、頭の中将、いますこし心づかいしたりけん、柳花苑。（『源氏ものたとへ』）

おもしろき事、花の宴。（『源氏解』）

以上の作品の多くは作者不明で、性別すら分からない。しかし、たとえば『無名草子』が男性の手になるものであっても、その内容が女性達の語り合いという形式を取る以上、作者のジェンダーは女性性である。これらの作品においては、源氏物語の登場人物を互いに比較したり、他の物語の人物と対比したり、あるいは各分野で最適のものを選出したりしている。ときには光源氏の訪れを待つ浮舟に憧れた孝標女のように、「『源氏物語』結末のヒロインに、『源氏物語』最高のヒーローを対して、我身を夢想する」（注3の論文、六頁）というような、物語の上ではありえない男女の組み合わせをして、話の枠組みに縛られず自由に想像することもある。このような鑑賞批評を伴う享受を女性的な読み方、すなわち女性性読みと定義する。

二、平安・鎌倉時代における源氏物語の男性性読み

男性も源氏物語を読んでいたことは、『紫式部日記』に記されている。

内裏《うち》のうへの、源氏の物語人に読ませたまひつつ聞こしめしけるに、「この人は日本紀をこそ読みたるべけれ。

まことに才《ざえ》あるべし」と、のたまはせけるを、

この箇所に関して萩谷朴氏は、「『源氏物語』の構想は、国史に通暁したものにしてはじめてよくなし得るものであるという、一条天皇の批評眼である。[(5)]」と説かれた。一条帝は、源氏物語のある部分が「日本紀」によることに気づいたのである。その出典が具体的に何を指すかは分からないが、何であれ当時の慣習により漢文で書かれたものには違いない。すなわち「男文字」（漢字）で記され、男性が占有する領域である。本来、女性が踏み込めない漢文の世界に紫式部が精通しており、そればかりか自家薬籠中の物として和文で翻案したことに、帝は感嘆したのである。源氏物語に対して現代人が高く評価する巧みな心理描写や筋の展開、あるいは王朝人が愛好した和歌的な情緒よりも、漢文体の史書を基盤としたことが称賛に値するのである。

一条帝が指摘した「日本紀」を書き留めると、注釈書になる。現存するものの殆どは男性の手になり、最古の著書は藤原伊行が平安末期に著した『源氏釈』である。その伝本は数本しかなく、そのうち完本で鎌倉時代に書写された前田家本について、注記の内容別に項目を分類すると次のようになる。[(6)]

和歌、三六〇。漢詩文、四九。歌謡、三二。故事、一九。仏典、一三。語釈、一一。古物語、三。

全部で四八七項あり、その中で引歌を注したのが三六〇項もあり、七割強を占める。右記の「和歌」から「古物語」に及ぶ七種類のうち、「語釈」以外は出典表記と総括できる。その中味を見ると、「漢詩文」と「仏典」は漢字で書かれたもの、「和歌」は仮名文学の中では唯一、勅撰集がある公のものである。また「歌謡」は大別すると、催馬楽と風俗歌に分かれ、前者は「中古以後、主に上代の民謡の歌詞を唐楽風に編曲した歌謡」、後者は「平安時代には宮廷の大歌所で教習されたらしい」遊宴歌謡で、「大嘗会歌には風俗歌と屛風歌の二種があり、悠紀・主基に卜定された二国が、その地方の歌舞を奏上したが、その歌を風俗歌」と言い、勅撰集に入集したものもある。[(7)]千野香織氏によると、〈唐〉＝「公」＝〈男性性〉、〈和〉＝「私」＝〈女性性〉という基本構図があり（注2の論文、二四一頁）、それ

を適用すると、唐楽や宮廷に深く関わる催馬楽と風俗歌は男性性であると言えよう。最後に「故事」も、中国の話であれば漢詩文の分野に属するし、日本の説話でも歴史上の人物に関するものならば史書に準じる。このように考えると、『源氏釈』の勘物で男性性でないものは「語釈」と「古物語」だけになり、それらは全体の三％弱にすぎない。

このように出典、とりわけ男性性に所属する典拠を探す読み方は、漢籍を習得していない女性にはできない作業であり、これを男性的な読解、すなわち男性性読みと定義する。その最初の産物とも言える『源氏釈』の注釈作業に関して、以下の指摘がある。

故事・出典・引き歌などに非常に力を入れている。これが中世の源氏物語研究の一つの題目のようになってゆくのだが、それは源氏物語が、いかに史実にしっかりしたよりどころを持っているか、逆に言えばいかに「そらごと」が少ないかを証明しようとする意味もあったようである。(8)

この「そらごと」とは、作り物語を指す。たとえば『無名草子』では、源氏物語など様々な物語を批評したのち、「皆これは、されば偽り、そら事なり。まことにありけることを、のたまへかし。」と述べている。

当時の物語のよしあしを決める一つの基準として、語っていることが実際にあったことかどうかという点がある。これが源氏物語のすぐれている点の一つとして教え上げられ、中世の注釈においては、そのことを証明するために准拠や典拠をあげることが行なわれている感がある。『花鳥余情』の著者などは、河原左大臣融が童随身を賜わった例は所見がないという『河海抄』の説に対して、「所見たしかならずといへども、か様の事は国史などもしるしをとす事もありぬべし。此物がたりにかけるうへはうたがふべきにあらず。」（『源氏物語之内不審条々』）とまでいう。この物語は史実にないことは書いていないというのである。（注8の著書、一九頁）

とはいえ現代人から見ると源氏物語も所詮、紫式部が創りだした虚構の世界であるので、それを史書のように扱う『源氏物語之内不審条々』の主張はナンセンスに思われる。にもかかわらず中世の男性たちが、なぜ源氏物語に限り

「そらごと」ではないことを証明するため出典探しに熱中したのか、その理由を次節で考察する。

三、鎌倉時代における男性性読み興隆の原因

鎌倉時代になり武士が政権を掌握すると、公家は政治面でも経済面でも窮迫し、生き残る手段として、武家方にはない伝統文化の後継者として、いわば家元として、生計を立てていくことになる。『弘安源氏論議』の跋文によると、当時の源氏学の大家は飛鳥井雅有と藤原康能であった。当作品は弘安三年（一二八〇）に、前掲の二人を含む八人が参加して左右に分かれ、源氏物語の難義について十六番の問答を行い、歌合のように勝負を判定したものである。そこで討論された事柄の中には、現代では問題にされないものもある。たとえば十五番では、国宝『源氏物語絵巻』にも描かれた蓬生の巻の一場面（末摘花の荒屋を光源氏が訪れる所）について、「たゝかのよもきふのけいきか、又由緒有や如何」のように、現代人から見れば情景にすぎない箇所にまで本説があるかと問いかけている。また四番では雨夜の品定めの一節に関して、右方が物語本文を通釈しただけで済ませ、現代ならばこの解釈で十分であるのに、左方が四天王経にある話を原拠に持ち出したため負けてしまったように、故事を示すことが当時は重要であった(9)。

以上の論議から知られるように、当時は読解だけでは不十分で準拠の考証が重視されたのである。このような論争に勝ち源氏学の泰斗として名を挙げ家を興すには、時には秘蔵の説を持ち出すこともある。たとえば『弘安源氏論義』の八番では「親行が釈するところ」、すなわち源親行の説が引かれている。その注釈は当家の秘説を集めた『原中最秘抄』にも掲載されているが、論議の場で公開されると、他家にも知られてしまう。そこで親行の孫にあたる行阿は『原中最秘抄』に様々な書き込みをしており、時には祖父の勘物に異論を唱えるのは憚れるが、と言い訳をしながら異説を立て、それを新たに家の説として家伝書の体面を保とうと努めた（注9の著書、第六編第一章）。このよう

に注解は一つあれば事足りる、とは言えないのである。したがって源氏の家の面目を保つには、先祖伝来の説に固執して墨守するだけでは不十分で、異見を開拓せねばならない。また今まで問題にされていない箇所に目を付け、典拠を探すことも必要である。つねに原拠を広く深く掘り下げ収集すること、すなわち男性性読みに精通することが、家の存続に繋がるのである。

数多く作り出された王朝物語のなかで源氏物語が別格であるのは、『六百番歌合』において本作品が歌詠みの必読書になったからである（詳細は次章）。歌人にとって最高の栄誉は、勅撰和歌集の撰者に任命されることであり、和歌の家を守るためにも源氏物語に通暁せねばならなかったのである。こうして中世の男性貴族は和歌や源氏の家を確立して持続するため、また歌合や源氏の論議に勝つため、出典研究に没頭した。それに対して女性は、家の跡を継ぐことも、また論争に参加することもないので、源氏読みに性差が生じたのである。

四、男性による女性性読み　(1)鎌倉時代

女性は女性性読みに専念したのに対して、男性は女性性読みも嗜んでいる。この現象は源氏物語に限らず、平安時代には一般であった。

〈男〉たちは、〈男性性〉と〈女性性〉を使い分けることによって、巧みに「公」と「私」を使い分けていた。〈男〉は〈男性性〉と〈女性性〉の両方を自由に行き来し、〈女〉は特例を除いて〈女性性〉の中に閉じ込められている、という当時の社会の構図が見えてくる。（注2の論文、二四一頁）

平安時代の男性が女性性読みをしていた例は見出せないが[10]、鎌倉時代になると『六百番歌合』において、男性による女性性読みが指摘できる。その歌合は建久三年（一一九二）に藤原良経が企画・出題して、翌年に披講・評定され、

同年内か次の年に藤原俊成が加判したものである。その冬部上の十三番、「枯野」の題で左方が詠んだ歌に「草の原」という言葉があり、それについて右方が「聞きよからず」と批判したのを受けて、判者を務めた俊成が次のように評した。

左、「何に残さん草の原」といへる、艶にこそ侍めれ。右方人、「草の原」、難申之条、尤うたゝあるにや。紫式部、歌詠みの程よりも物書く筆は殊勝也。其上、花の宴の巻は殊に艶なる物也。源氏見ざる歌詠みは遺恨事也。

俊成が述べたように「草の原」という語は、源氏物語・花宴の巻で朧月夜の君が和歌に詠み込んでいる。

うき身世にやがて消えなば尋ねても草の原をば問はじとや思ふ

と言ふさま、艶になまめきたり。

この地の文に見られる「艶」という語句は、俊成の判詞（傍線部分）にも使われている。また『無名草子』にも、「紅葉賀、花の宴、とりどりに艶におもしろく、えもいはぬ巻々にはべるべし。」とあり、当巻を「艶」と評している。よって俊成が当巻を「艶」と見る評価は、『無名草子』の女性性読みに通じると言えよう。その一方では、「草の原」という言葉は源氏物語にあるという指摘は、いわば出典表示であり、男性性読みとも見なせる。

また、前掲の判詞の末文は、和歌史および源氏物語享受史において有名である。

「源氏見ざる歌詠みは遺恨のことなり。」という俊成のことばは、全く文字どおりの意味であって、歌をよむためにはよいものだというだけの認め方であり、源氏物語を認めたというよりは、和歌をよむための情調やことばを学び取りうる部分だけを認めたのだということになるだろう。歌学の一部であって、源氏物語そのものの研究は行なわれていなかったのだと言っていいのである。（注8の著書、一八頁）

このように源氏物語を「歌学の一部」として扱う姿勢は、俊成の子、定家に引き継がれ、定家の言葉を弟子が筆録した『先達物語（定家卿相語）』には以下のように記されている。

近代の源氏物語見さたする様又あらたまれり。或ひは歌をとりて本歌として歌をよまむ料、或ひは識者をたてゝ紫上はたが子にておはすなど言ひ争ひ、系図とかやなづけてさたありと云々。古くはかくもなかりき。身に思ひ給ふるやうは、紫上の父祖の事をもさたせず、本歌を求めむとも思はず、詞づかいの有様のいふかぎりなきものにて、紫式部の筆をみれば、心もすみて歌の姿詞優によまるゝなり。（日本歌学大系3、三八二頁）

これによると、「識者をたてゝ～言ひ争ひ」「さた」するという男性性読みは否定され、「紫式部の筆をみれば、心もすみて」物語に浸るという女性性読みが優先されている。ただしそれは、「歌の姿詞優によまるゝ」ため、すなわち詠歌のためであり、「古典世界の中に自己を転移させる作歌態度論を説いたもの」(11)で、「歌人としてのよみ方を主張しているもの」（注8の著書、一八頁）である。よって定家は和歌を詠むときに限り、女性性読みに専心したと言えよう。

定家の著書のなかには、源氏物語と他の物語の中から和歌を選び、歌合形式に対応させた『物語二百番歌合』という作品がある。それは和歌とその詠歌状況を記した詞書から成る歌集で、心情や状況、あるいは言葉が共通する和歌を番えている(12)。その趣向は、人柄や振舞いなどが似た者を組み合わせた『伊勢源氏十二番女合』と同じである。よって『物語二百番歌合』は女性性読みの産物と言えるが、歌書とも扱えるので、やはり定家の女性性読みは和歌の分野に限られている。定家に歌の指導を受けた順徳院が編集した歌論書『八雲御抄』には、「学書」項の「物語」の条に、「伊勢物語上下、大和上下、源氏五十四帖、此外物語非㆓強最要㆒」とある。それによると、「和歌に必要な物語を研究していたのであって、物語そのものを研究していたわけではない」（注8の著書、一七頁）のであり、順徳院は定家の方針を受け継いでいる。

このように俊成・定家の親子は、歌人の立場では男性性読みよりも女性性読みを優先した。その一方、定家は藤原伊行の注釈書『源氏釈』を取り入れて『奥入』を著しており、その内容は殆どが出典考証で、男性性読みに基づく。しかしながら河内方の著作（『水原抄』『原中最秘抄』『紫明抄』）に比べると、比較にならないほど勘物の量は少ない。

これは河内家が源氏の家を目指したのに対して、定家は歌道家の確立を最優先したからであろう。

五、男性による女性性読み　(2)室町時代

室町時代になると源氏物語の注釈書は大きく様変わりする。その相違は、南北朝時代に四辻善成が古注釈を集大成した『河海抄』と、一条兼良が文明四年（一四七二）に初稿本を完成した『花鳥余情』とを比較すると、一目瞭然である。

『河海抄』が個々の事実の考証に力を用いたのに対して、『花鳥余情』は文意や事件の連絡などの関係に意を用い、全体としての理解をねらっている。（注8の著書、八頁）

『花鳥余情』で初めて現れたものとして、批評の言葉がある。たとえば俊成が『六百番歌合』で称賛した花宴の巻を取り上げると、当巻は巻末が「いとうれしきものから」と書き止したままで終わっている。それを『花鳥余情』では、「うれしき物から」の結語の詞、おもしろくかきなせり。かつ〳〵うれしくはあれとも、いまた六の君とはたしかにしらぬ心をふくませり。

として、余情を含ませた文末を「おもしろく」と評している。『河海抄』ではこの種の評語は全巻を通して見出せず、『花鳥余情』も当巻ではこの一例しかない。

しかしながら『花鳥余情』より約四〇年後に成立した『細流抄』では、用例が大幅に増加している。その注釈書は、兼良の孫弟子にあたる三条西実隆が一五一〇年代に著したもので、花宴の巻末を見ると、

凡此物語の中にも此巻すくれたると也。俊成卿六百番の哥合の判にも、紫式部哥よみの程よりも物かく筆は殊勝の上、花宴の巻はことにえんなる物也云々。

のように、俊成の判詞を受けて当巻を「すくれたる」と評価している。このように巻を論じる例は、すでに『無名草子』に見られる。

「巻々の中に、いづれかすぐれて心に染みてめでたくおぼゆる」と言へば、「桐壺に過ぎたる巻やははべるべき。（下略）

桐壺の巻が最も優れていると賞している。また『源氏解』では、「優れたる巻、若菜の巻」としている。このような鑑賞批評を伴う享受は、女性的な読みである。したがって『花鳥余情』に始まり『細流抄』で深化した評語は、男性による女性性読みと言えよう。

そのほか『細流抄』では、朧月夜の君を「天性哥よみ也」と褒めている（花宴の巻）。これも『無名草子』において、「めでたき女は誰々か侍る」の問い掛けで始まる登場人物論に通じる。ただし『無名草子』では、

いみじき女は、朧月夜の尚侍。源氏流されたまふもこの人のゆゑと思へばいみじきなり。「いかなる方に落つる涙にか」など、帝のおほせられたるほどなどもいといみじ。

のように、物語における役割や名場面を評価の対象にしている。しかし『細流抄』では、「天性哥よみ」という歌人の素質を絶賛しており、これは俊成・定家の女性性読みが詠歌に限定されていたのと共通する。よって室町時代になると、男性の手になる注釈書にも、女性性読みによる鑑賞批評の言葉が盛り込まれるようになったとはいえ、依然として源氏物語を歌学書として扱っており、そこに男性による女性性読みの限界が見られる。

このほか『河海抄』と『花鳥余情』以後とで異なるのは、「俊成」という人名の利用方法である。その語は『河海抄』に一二例、『花鳥余情』と『細流抄』に三例ずつある。(13) 先に用例が少ないほうから押さえると、『花鳥余情』は花宴の巻における光源氏の和歌を踏まえて吉水僧正が詠んだ歌を挙げ、「此哥をとりてよめるなり。源氏をは詞をも哥をも、とりてよむへき事也」と評し、『六百番歌合』の判詞を引用している。あとの二例はいずれも俊成の和歌を引

き、それが地の文（葵の巻）と物語の和歌（橋姫の巻）によることを指示している。結局、三例とも本歌取りの指摘に、俊成の名を持ち出している。一方『細流抄』も『六百番歌合』を掲載し（前出）、橋姫の巻では俊成の和歌を掲載した『花鳥余情』を引用し、もう一例も俊成の和歌が地の文による（須磨の巻）と注している。

ところが『河海抄』は全く異なり、全一二例のうち初出は料簡に「俊成卿六百番判詞にも源氏みさる哥よみは遺恨の事也云々」とあり、その他を分類すると以下の通りになる。

a、本文異同の例として「俊成卿（自筆）本」の本文を引く…三例

b、物語本文の読み方…二例（濁点の有無。「後涼殿」の読み方）

c、歌語の解釈…六例（「このもかのも」一例。「神さび」二例。「うないまつ」一例。「よるべの水」二例）

cでは歌合における俊成の判詞も引用されるが、a以下いずれの例も本文批判か語釈であり、『花鳥余情』『細流抄』のような鑑賞批評は見当たらない。また料簡に『六百番歌合』が掲載されているとはいえ、『花鳥余情』『細流抄』が引用した「艶」に関する箇所はない。それは同じ資料を用いても関心の対象が違うため、転載する部分が異なるのである。

俊成が源氏物語の注釈書を残さなかったのに対して、定家は『奥入』を著したので、後世の注釈書には俊成よりも定家の方が多く引かれているが、その利用方法の傾向は俊成の場合と同様である。

六、室町時代における女性性読み導入の原因

男性が著した源氏物語注釈書は、『河海抄』までは男性性読み一辺倒であったのに、『花鳥余情』以後は女性性読みが導入されるようになった。その理由は三つ考えられ、うち二つは次の『花鳥余情』の一節に手掛りが見出せる。

大かた源氏なとを一見するは、①歌なとによまんためなり。よまんにとりては本哥本説を用へき様をしらすしてはいか丶と思給へ侍れは、②いときなき人のため、かやうにしるしつけ侍るなり。（花宴の巻）

右記の文章は、物語の引歌を解説してから、その類例として定家の本歌取りを例示したあとに続く。源氏物語を読む目的を「歌なとによまんため」（傍線①）とするのは、前掲の『先達物語（定家卿相語）』の一節、「紫式部の筆をみれば、心もすみて歌の姿詞優によまる丶なり。」に通じ、やはり兼良も定家と同じく歌人として源氏物語に接している。ただし二人の考え方は、同じではない。『先達物語』を見直すと、定家は「歌をとりて本歌として歌をよまむ料」のために源氏物語を読むことを戒め、詠歌のために「本歌を求めむとも思はず」という姿勢を表明している。ところが兼良は異なり、「（和歌を）よまんにとりては本哥本説を用へき様をしらすしてはいか丶と思」い、定家が禁止した本歌取りのための源氏読みを認めている。定家の立場に立つと、源氏物語に本歌を求めるのは、「識者をたて丶」「言ひ争ひ」の論議と同じことになり、男性性読みである。一方、「紫式部の筆をみれば、心もすみて」は女性性読みである。つまり定家にとって、本歌取りのために源氏を読むのは男性性読み、源氏を愛読して自然に名歌が生まれるのは女性性読みで、両者は区別されている。それに対して兼良は、詠歌のためには本歌取りの仕方を知ることが必要であると述べている。これは定家が切り離した二つの読みを止揚した、とも言えよう。それゆえ兼良は、男性性読みが結実した注釈書に女性性読みを導入できたと考えられる。

二つめの理由は、先の『花鳥余情』の一節「いときなき人のため」（傍線②）である。本書は、入門書として執筆されたのである。たしかに男性性読みの特徴である博引旁証は、初心者には解読困難であり、それよりも物語の鑑賞批評に必要な注記の方が役に立つ。

三つめの理由は、連歌の隆盛である。室町時代になると連歌が盛んになり、源氏物語は和歌のみならず連歌を詠む上でも必要になった。

室町中期以降の源氏物語の研究は、それまでの貴族や歌人たちにかわって、地下の連歌師たちが大きな役割を果たすようになる。彼等は、連歌創作の源泉を求めて物語を深く読み味わおうとつとめ、注釈書がいわばその副産物としてできあがったのである。(14)

連歌師としても有名な宗祇は、『花鳥余情』の初稿が完成した文明四年（一四七二）より一三年後に『雨夜談抄』を著した。それは『帚木別注』とも呼ばれ、帚木の巻の注釈書である。その跋文には、

文明十七のとし文月のはしめつかた児女子のために注し侍り。さためてひか事おほく侍らむかし。

とあり、「児女子のために」という執筆意図は『花鳥余情』の「いときなき人のため」に通じる。ただし『花鳥余情』は漢籍や公家日記などの漢文資料をそのまま載せていて女性用とは言えないのに対して、『雨夜談抄』は漢文の引用が殆ど無く、『花鳥余情』よりも女性向けである。

『雨夜談抄』が『花鳥余情』と異なる特徴は、雨夜の品定めで話題になった女性を、源氏物語に登場する女君に当てはめたことである。たとえば左馬頭の話の一節、「宮仕に出で立ちて、思ひがけぬ幸ひ取り出づる例ども多かりかし。」について、「是はきりつほの更衣にあたれり。」と注している。(15) ときには二人の女性を想定することもある。たとえば左馬頭が斜陽族について話した箇所には、末摘花と空蟬を示している。このように境遇などが似た人物を一組にするのは、女性性読みの産物である『源氏人々の心くらべ』と同じ趣向である（第一節、参照）。また左馬頭が、忍従の果てに家出するタイプの女性を語った一節では、夕顔の君のほか伊勢物語に登場する女性を挙げている。この注の付け方は、二つの物語で振舞いなどが似る人を番えた『伊勢源氏十二番女合』と共通する。そのほか『雨夜談抄』では、朧月夜の君を「まことにたのもしけなき所ありし人也」と評している。その批評の仕方は、「朧月夜は天性哥よみ也」として歌人の力量を評価した『細流抄』の指摘よりも、『無名草子』が物語の展開に則して批評した文章「いみじき女は～」（第五節に掲載）の趣旨に似ている。そのうえ『雨夜談抄』には、男性性読みにはない評語が見ら

れる。[16]よって『雨夜談抄』は、鎌倉時代に成立した女性性読みによる著書の流れを汲むと言えよう。

宗祇は源氏物語を兼良から教わり実隆に伝授したが（『紹巴抄』序文による）、なぜ他の二人より女性性読みに秀でたのであろうか。『花鳥余情』以後の注釈書に女性性読みが導入された原因は、入門書であるため、また和歌や連歌を詠むためであった。兼良や実隆も連歌を嗜んだが、宗祇は専門の連歌師である。実際に連歌の詠み方を指導する場では男性性読みよりも、むしろ女性性読みの方が役に立つ。たとえば連歌で使う寄合の言葉を盛り込み、南北朝時代に成立した源氏物語の梗概書である『源氏小鏡』を繙くと、引歌は少ししかなく、漢文資料は殆ど引用されていない。

そのほか宗祇が女性性読みを会得できた要因としては、堂上である兼良・実隆と異なり、地下であることが考えられる。中世における源氏物語の批評に関しては、次のように言われている。

批評全体としては、和歌的批評であるが、「人々の心くらべ」というような生活倫理の角度からの批評であって、物語としての批評というものは皆無と言っても、必ずしも言い過ぎではない状態にあった。

　こうした批評が出て来るのは、この批評家ないしは研究者が、堂上公卿たちであったことに由来すると思われる。彼らにとっては、源氏物語は、彼らの日常生活の延長上の世界を書いてあるもので、和歌や漢詩のような特定の形式があるわけでもないのだから、これを文学的な様式として認めるより前に、歴史や公卿日記などと同様に見てしまうのであり、その価値を彼等の日常の生活倫理の角度から見てしまうのであった。（注8の著書、二〇頁）

源氏物語を史書のように見るのは男性性読みであり、それから抜け出せず束縛されたのは高位高官の宿命と言えよう。そして彼らの日常生活は、先例に規定されていた。

中世以来、源氏物語の表現に過去の「先例」を探ろうとした最大の原動力は、まさにこの「先例」主義にあったのであり、無名草子のような女の側の源氏物語享受との違いも、この点から理解すべき問題である。[17]

源氏物語に描かれた貴族社会は中世になると失われ、堂上公卿たちにとって源氏物語は喪失した世界の象徴であり、心の故郷《ふるさと》になる。また男性性読みが拠り所とする出典も、和歌や漢詩文など公家文化の遺産である。よって中世の大宮人にとって、男性性読みはステータスシンボルであり、それを手放すのは至難の業であった。この貴人の限界を宗祇が克服して女性性読みを会得できたのは、地下の連歌師であったからと推定される。こうして宗祇は源氏物語の師匠になり、実隆に源氏物語を講釈した。地下が公家方に混じり講義する、これは一種の下剋上と言えよう。

七、室町時代の女性による男性性読み批判

宗祇は『雨夜談抄』に女性性読みを盛り込んだとはいえ、男性性読みを否定したわけではない。真っ向から男性性読みを批判する人物は、それから約百年後に現れた。その人は近衛稙家の娘で、慶福院花屋玉栄と言い、六九歳の文禄三年（一五九四）に『花屋抄』、七七歳の慶長七年に『玉栄集』を著し、両書において従来の注釈書の難解さを次のように酷評した。なお私に、振り漢字を（　）内に付けた。

いつれも我ちゐ・さいかく《（才覚）》をあらはすはかりにて、みゝとをき事おゝく、源氏のおもては、あらわれかねたる事共おほし。しよしん《（初心）》のため、およひかたき事とも有。（『花屋抄』跋文）

たゝ人々のちゐ《（知恵）》〳〵はかりをみせて、から天ちく《（唐・天竺）》の事はかりひきいたして、けんし《（源氏）》のうへには、さしていらさる事をしるすゆへに、女ほう《（女房）》なとはきゝわけすして、ちうのたんき《（注の談義）》を、またきゝたかる人々あり。つゐにのそみは、はて《（果て）》てさるへし。さらにいらぬ事とおほへ侍り。（『玉栄集』序文）

この文章には、「膨大な実証主義的注記への批判が表明され」、「古注世界の煩雑さに対する明確な反逆が読み取れる」のである。[18]

では玉栄の執筆意図は何かというと、それも『花屋抄』跋文に記されている。

しんそう《深窓》のもてあそひには、たゝやすらかに、五十四帖の紙面、ふしん《不審》なきのみそかんよふ《肝要》ならんと、（中略）おろかなる女とちのために、四帖につゝめ、是をしるし付侍る。雨の夕へ、雪の朝にも、ふりはへかよふ心の末に引合、御覧し候はゝ、すこしはふしん《不審》残り候ましきか。おさなき人、女達のためはかりなれは、まんな《真名》をえらみ、いさゝかにもかな《仮名》をつけ侍る也。

本書は「おさなき人、女達」のために作成されたのである。一方、一条兼良も初心者用に『源氏和秘抄』を著している。その注釈書は「考証的学風が一転して、文意文脈を解釈する学風へ向う先駆的な意味を持って(19)」おり、跋文を見ると、

抑、河海・水原・紫明なと云抄は、事ひろきによりて初心の人は、みる事たやすからす。是によつて、ひとふしある詞の心えかたく侍を、あら〳〵此一帖にしるしあらはして、道に入もの、なかたてとし侍り。たゝし是にきはまれると、おもふへからす。すへて五十四てうのつくりさま・よみやう・口伝・こしつ《故実》なとは、先達にならはすして、たやすくさとりしらむ事は、いとおほつかなくおほえ侍り。

とあり、当書も「初心の人」向けである。しかしながら『源氏和秘抄』も『花屋抄』も入門書と銘打ちながら、大きな相違がある。それは兼良が口伝などは『源氏和秘抄』には載せず先学に習う必要を説いたのに対して、玉栄は自著のみで事足りると述べた点である。すなわち「当該注釈書のみでは不十分だと述べる『源氏和秘抄』とは違って、『花屋抄』の場合は、当該注釈書のみで「五十四帖の紙面、ふしんなき」ようにすることを目指している」点である。(20)その差異は、『源氏和秘抄』が「先達」に師事できる若君向けで、『花屋抄』は「深窓」の姫君用であることに因る。玉栄は、「講釈を聴聞しに出かけて行ったり、師弟関係を結んだりすることのできない女性(21)」のために執筆したのである。

兼良と玉栄の相違は、秘事の扱い方にも明確に表れている。たとえば秘中の秘である源氏三箇大事について見ると、『源氏和秘抄』はいずれも「源氏の秘事也」としか載せず、『花鳥余情』では旧説を引いてもそれは誤りで別に記すとし、『源語秘訣』で奥義を披露している。[22] 一方『花屋抄』では、諸説があるとは述べるものの、結論となる解釈は一つに絞っている。特に、「三つか一つ」と「とのゐもの、ふくろ」は、三箇の大事として秘伝とされ、先行の注釈書においては、口伝などの形で、特別扱いされてきたものである。しかし、『花屋抄』では、先行の注釈書とは異なり、これらの語句の解釈を秘伝扱いにすることはない。秘伝を始めとする諸説は、物語の鑑賞には必要ないという考え方に立って、あくまでも自分の見解を伝えるという態度を採っているのである。（注21の論文、二九頁）

秘伝とは男性性読みから生まれた勘物のなかでも最も重要なものであるのに、それよりも物語の鑑賞、すなわち女性性読みを玉栄は優先している。玉栄にとって源氏物語とは、「心くたくる折〳〵の心をなくさめんたより」（『花屋抄』跋文）であり、研究の対象ではないからである。こうして女性性読みに必要な注釈書が、女性の手により誕生した。言い換えると、「女のために女が書いた女の世界の物語」である源氏物語にふさわしく、玉栄は「女のために女が書いた女の世界の注釈書」を著したのである。[23]

終わりに

源氏物語・蛍の巻において、玉鬘は多くの物語を読みながら、自分と境遇が似ている女性は物語にもいないと思ったり、また大夫監に強引に求婚され危機に陥った自らの状況を、『住吉物語』の姫君が主計頭に言い寄られた場面に準えたりしている。このことから知られるように王朝女性にとって、物語とは実生活から掛け離れた別世界ではなく、人生の一部であり、物語と現実が同一視されている。一方、男性貴族は源氏物語を歴史書のように見ており、物語と現実を区別しない点は、女性の読み方と共通する。しかしながら、「男たちは『源氏物語』を研究し、女たちは『源氏物語』を読みふけった—こんな二つの流れが、日本のなかにはある」ように[24]、男性は物語の準拠、とりわけ「男文字」(漢字)で記された出典の探究に努めたのにひきかえ、女性はあくまで物語の展開や人物描写などの享受に専心した。いわば女性は物語に書かれた表側を、男性は物語に隠された裏側を鑑賞したと言えよう。言い換えると、男性性読みは和歌や漢詩文のような公の世界の中で、女性性読みは自分自身や他の物語と比較したりなど私の世界の中で、それぞれ受容された。したがって、男性性読みには物語と外部(たとえば漢籍)との繋がりに関心を向ける遠心力が、逆に女性性読みにはひたすら物語の内部に沈潜する求心力が働いている。また男性性読みでは源氏物語以前の典拠、すなわち過去の資料に出典を求めたのに[25]対して、女性性読みでは物語の内容を玉鬘が自分の過去に、孝標女が自身の現在と未来に当てはめたように、時間の制約を受けないのである。

やがて藤原俊成の提唱により、源氏物語が歌詠みの必読書になると、当作品は男性社会では歌書として扱われた。そして古今伝授のような別伝が盛行すると、源氏物語にも秘事が重視され、その中から最深の奥義を一条兼良は厳選して『源語秘訣』にまとめた。いわば『源語秘訣』は、男性性読みの権威の象徴と言えよう。

ところが皮肉なことに、秘伝を構成する博引旁証の研究が深化すればするほど、物語の読解から離れてしまった。その結果、勘物は本来、物語の解釈に役立つはずであるのに、それを理解するのが難しい状況に陥り、こうした男性性読みの弊害を批判する女性(玉栄)が安土桃山時代に現れた。そして『源語秘訣』は、延宝八年(一六八〇)に出版されてしまう。このような秘伝書の公開は、中世における男性性読みの終焉を意味する。やがて契沖の『源註拾遺』が元禄九年(一六九六)に成立し、源氏学は新たな局面を迎えるのである。

注

（1）玉上琢彌氏『源氏物語研究』二四九・四三二頁（『源氏物語評釈』別巻一所収、角川書店、昭和四一年）。
（2）千野香織氏「日本美術のジェンダー」二三七頁（「美術史」一三六、平成六年三月）。
（3）この件に関しては、上野英二氏「菅原孝標女と源氏物語」（「成城国文学論集」22、平成六年三月）において論証されている。すなわち「孝標女のあこがれたのは、光源氏、薫大将という貴公子に愛される幸福に恵まれた女性としての、夕顔であり、浮舟なのであ」り、この二人が選ばれたのは、両人が「孝標女にも手の届く、現実的な存在であったから」である。また、「孝標女が父を明石入道になぞらえていた」ことに基づき、「明石御方へのあこがれ」もあったと推論された（同論文、一九・九・一三・一六頁）。
（4）『無名草子』『源氏四十八ものたとへの事』『源氏ものたとへ』『源氏解』『源氏人々の心くらべ』『伊勢源氏十二番女合』の成立年代は、鎌倉時代と推定されている。ただし『伊勢源氏十二番女合』は、片桐洋一氏『伊勢物語の研究〔研究篇〕』六三七頁（明治書院、昭和四三年）では鎌倉時代から室町初期にかけて、尾田敬子氏「『伊勢源氏十二番女合』の成立基盤」（「国語国文」昭和六〇年一一月）では、「可能性としては、十五世紀後半から十六世紀にかけての時期が大きいのではないだろうか。」と推測されている。なお尾田氏の論文は後に、安達敬子氏『源氏物語の文学』（清文堂出版、平成一七年）に再録された。
（5）萩谷朴氏『紫式部日記全注釈』下巻、二九七頁（角川書店、昭和四八年）。ちなみに物語と史書の関係については、清水好子氏『源氏物語論』（塙書房、昭和四一年）に詳しい。一例を挙げると、桐壺の巻で光源氏が元服する場面の文章は、源高明編『西宮記』と『新儀式』を組み合わせると出来上がる（清水氏の著書、一三一頁）。
（6）池田亀鑑氏『源氏物語大成　研究資料篇』三四頁（中央公論社、昭和三一年）。
（7）催馬楽・風俗歌の解説は、『和歌文学辞典』（桜楓社、昭和五七年）と『和歌大辞典』（明治書院、昭和六一年）による。
（8）阿部秋生・岡一男・山岸徳平氏『源氏物語』上、（増補国語国文学研究史大成3、一六頁、三省堂、昭和五二年）。
（9）詳細は岩坪健『源氏物語古注釈の研究』第六編第三章（和泉書院、平成一一年）参照。
（10）ただし源氏物語・帚木の巻における雨夜の品定めにおいて、左馬頭が自分の少年時代を振り返って、「童にはべりし時、女房などの物語読みしを聞きて、いとあはれに悲しく心深きことかなと涙をさへなむ落としはべりし。」と語っていて、これは女性性読みと見なせる。しかしながら、「今思ふには、いと軽々しくことさらびたることなり。」と続くので、成人男性は女性性読みを軽視していたことが知られる。

(11)『和歌文学辞典』（桜楓社、昭和五七年）による。

(12) 樋口芳麻呂氏「源氏狭衣百番歌合の配列について」（「文学・語学」57、昭和四五年九月）。同氏「源氏狭衣百番歌合考―部類・配列を中心に―」（愛知大学「国文学」12、昭和四六年三月）。後に同氏『平安・鎌倉時代散逸物語の研究』（ひたく書房、昭和五七年）に再録。

(13) 用例数に関しては、『河海抄』は『紫明抄　河海抄』（角川書店、昭和四三年）、『花鳥余情』『細流抄』は『源氏物語古注集成』1・7（桜楓社、昭和五三・五五年）所載の索引による。

(14) 伊井春樹氏『源氏物語注釈史の研究』一一五四頁（桜楓社、昭和五五年）。

(15) 桐壺更衣に当てる指摘は、一四世紀中葉に成立したと推定される東山御文庫本七豪源氏の注記書き入れと一致する。詳細は稲賀敬二氏「品定め十八段区分の源流と展開―兼良・宗祇の源氏学の周辺―」（「国語と国文学」昭和五〇年一一月。後に同氏『源氏物語の研究　物語流通機構論』［笠間書院、平成五年］に再録）。

(16)『雨夜談抄』に見られる評語は、傍線を付けた箇所である。
・かやうにこと葉をいひすて、をく事此物かたりにおほかるへし。さるによりて幽にもきこゆるなり。
・頭中将のこたへいつること葉なり。おもしろき心つかひなり。（中略）中将をかこつ心なり。歌のさまあはれなる物にや。
・頭中将の北方のしのひておとしいはせたりし事のはけしさをことにいいてていはすして「あらしふきそふ」とおもひわひいへるさまかなしくや。

(17) 加藤洋介氏「中世源氏学における准拠説の発生―中世の「准拠」概念をめぐって―」（「国語と国文学」平成三年三月）。

(18) 堤康夫氏「『源氏物語』注釈史の時代区分について（下）―古注世界への反逆とその達成―」三八頁（「国学院雑誌」八九巻―八号、昭和六三年八月）。後に同氏『源氏物語注釈史の基礎的研究』一七二頁（おうふう、平成六年）に再録。

(19) 大津有一氏「注釈書解題」(池田亀鑑氏編『源氏物語事典』所収、東京堂出版、昭和三五年)。

(20) 中葉芳子氏「『花屋抄』の本文意識—関大図書館本の紹介を兼ねて—」三八頁(関西大学「国文学」79、平成一一年九月)。

(21) 中葉芳子氏「『花屋抄』の注釈態度—「おさなき人・女達」のために—」一八頁(関西大学「国文学」80、平成一二年三月)。

(22) このように一方の注解を披露しても、他方の秘事を保持できる仕組みを、私に二段階伝授と名付けた。詳細は注9の著書、第六編第二章、参照。

(23) ただし玉栄以前にも、女性が著した源氏物語注釈書はある。それは当時、「源氏読比丘尼」と称され、源氏物語の講釈をしていたらしい祐倫という尼僧が、享徳二年(一四五三)に撰した『光源氏一部歌』である。しかし玉栄と異なり、口伝を重んじる点で、男性性読みの流れを汲むと判断される。

(24) 橋本治氏「解説「女たちのための物語」」二二七頁(円地文子氏編『源氏物語のヒロインたち[対談]』所収、講談社文庫、平成六年)。なお松井健児氏も、「権力志向の男性的な読みと、情緒というか実感を重んじる女性読みの流れっていうものが、連綿と現代まで続いている」と、座談会で述べられた(「源氏研究」10、三五頁、翰林書房、平成一七年四月)。

(25) 現存する最古の注釈書である『源氏釈』において、『夜の寝覚』は源氏物語以後の作品なので、準拠の例には使えないと注されている。

第二章　河内本源氏物語の系統

――『水原抄』『紫明抄』との関係――

はじめに

源氏物語の諸本は現在、青表紙本・河内本・その他（別本）に大別されている。そして従来、藤原定家が家本とした青表紙本の原本は一つだけで、それは尊経閣文庫等蔵の四半本であると考えられていた[1]のに対して、定家自筆本『奥入』所載の桝型本は物語本文が四半本と一致しないことに基づき、青表紙原本は唯一ではないと見る説が提唱された。[2]

一方、源親行が校訂した河内本も、二種類あると指摘されている。すなわち親行の奥書を基に、「第二次校訂がはじまる嘉禎二年（一二三六）以前に第一次河内本は一応完成してをり」、「第一次の校訂に志して以来常に流動発展して」、建長七年（一二五五）に第二次本が成立したと池田亀鑑氏は論じられた。[3] しかしながら、その二種類の本文異同に関しては、いまだ具体的には述べられていない。そこで親行が作成した『水原抄』と、それに対抗して弟の素寂が著した『紫明抄』も考察に加えて、河内本の本文系統を探究する。

一、『水原抄』の本文

散逸した『水原抄』本来の形態については池田亀鑑氏が、「源氏物語の本文の傍・頭・脚及び帖末に記入された書入本であつたか」と推定され（『源氏物語大成　研究資料篇』一六一頁）、本書は「源氏物語の本文全部を具へた註釈書」（前掲書、一六六頁）であり、その本文系統は河内本と見なされた。その根拠は、『水原抄』の中から秘説を抜き出して編纂した『原中最秘抄』の奥書において、河内本源氏物語と『水原抄』『原中最秘抄』が一組にまとめて記述されていることを踏まえて、「水原鈔と原中最秘鈔とは、河内方の定本たる所謂河内本の本文によつたものであると見るのが自然であらう。」（同書、五三頁）と判断されたことによる。

『水原抄』は散逸したが、その抜き書きは内閣文庫蔵『紫明抄』巻六の帖末に記されていて、その本文系統について池田亀鑑氏は次のように論じられた。

水原抄一覧之次注出之仍不任次第随披閲也此外多物語可書入也

と標記し、次に、

源氏物語内書仏法所々（寺名修法誦経八講加持以下不及注）

と題して、源氏物語の中より巻の順序を追はず、仏教に関する箇所の本文を抄出してゐる。その巻々とは夕顔（中略）の諸巻で、本文の抄出箇所は六十二の多数に及んでゐる。右の記載は、何人かが水原鈔を一覧した機会にその中から抄出して書き連ね、更に何人かにより紫明抄巻六の帖末に任意合綴されたものと考へられる。（同書、一六一頁）

次に水原鈔中から抄出された本文は、当然河内本のそれでなければならないが、果してさうであるか、このことについて考へてみよう。今抄出本文六十二箇所を綿密に調査すると、本文の中に錯簡あるひは誤写とおぼしいものがあり、また原文によらず大意をとつたと思はれるものがある。これらは抄出者自身の責任の外に、転写者の責任も加はつた誤脱であつて、材料としては不十分・不正確ではあるが、なほかつ河内本の本文によつたことは一見して明らかである。（同書、一六六頁）

確かに河内本でない本文が多少見られるが、本文系統を識別する大きな異同においては河内本と一致するので、全体としては河内本と見てよい。

次に鎌倉時代に書写された『葵巻古註』を、池田亀鑑氏は『水原抄』の零簡と推測され、(4)それを疑う根拠が別人により提出されたが、寺本直彦氏はその用例を再調査されて池田説を支持された。(5)そこで本章でも本書を『水原抄』と認め、その本文系統を調べると、「てにをは」の有無のような小さい異同は三〇数箇所あるものの、大筋は池田氏が断定された通り河内本と見られる。(6)

以上により、『水原抄』の抄出と零本を見る限り、小異があるとはいえ概ね河内本であり、親行が著した『水原抄』の本文を「親行本（河内本、即ち水原鈔のよつた本文）(7)」とみる結論に対して、反論するほどの例は見当たらない。しかしながら『仙源抄』に引かれた『水原抄』の本文を調べると、誤写とは片付けられない用例が見出せる。『仙源抄』は南朝三代め長慶天皇が弘和元年（一三八一）に編纂した源氏物語の語彙辞典であり、作者が編集方針などを記した跋文を見ると、

『水原抄』五十余巻・『紫明抄』十二巻・『原中最秘抄』二巻の中、古人の解尺よりはしめて句をきり声をさすにいたるまて一ふしある事をのこさす、又定家卿か自筆本に比校して相違の事をかんかへつゝ、同文字なる詞をいろはの次第にあつめと丶のへて（下略）(8)

とあり、河内学派の三書に収められた注記内容を残らずイロハ順に並び替えたものである。そして跋文の別の一節

「かの抄にのせさる事はたま〲思えたる事も注しつくるにあたはす」に基づき、山脇毅氏は「紫明抄と原中最秘抄とに見えない説であれば、それは水原抄から御引用になつたものと決定して差支ない筈である」と論じられ[9]、それを説だけでなく物語本文にも応用すると、現存する『原中最秘抄』と『紫明抄』にない本文は、散逸した『水原抄』から引かれたと推定される。その中には河内本とは一致しない例があり、たとえば、

　やうめいたる舟（胡蝶七八一4）[10]龍頭鷁首舟也、定本には「からめいたる」とあり

において、『源氏物語大成　校異篇』所収の諸本は全て「定本」（定家本）と同じ「からめいたる舟」である。この見出し本文「やうめいたる舟」とその語釈は『原中最秘抄』にも『紫明抄』にもないので、『水原抄』の引用と見られる。

　類例を挙げると、大井の邸で明石の君が弾く琵琶の音色に光源氏が感嘆した一節に関して『仙源抄』は、

　　くむしけむ（薄雲六一二12）いかてかくひき‥　薫也、物の功のいりたる心なり、法師なとも薫修をつむなといふおなし事也、愚案定本には「ひきくしけむ」とあり、いつれをもいかてかくひきと、のへけむといふ也、具とかくへき歟、群歟訓歟なと注たれとも不可用之

（‥はそこに見出し語「くむしけむ」が入ることを示し、「愚案」以下は長慶天皇の見解を表す）

のように二種類の本文―「ひきくむしけむ」と「ひきくしけむ」―を引く。『源氏物語大成　校異篇』によると定家本系の三条西家本が「ひきすくしけむ」、別本の伝二条為氏筆本（保坂潤治氏蔵）が「ひきけむ」である以外は、すべて「ひきくしけむ」であり、見出しと同じ本文はない。『源氏物語別本集成（正・続）』も同様である。この項目も前の例と同じで『原中最秘抄』と『紫明抄』になく、独自異文とその解釈（「愚案」に引く「群歟訓歟」も含む）は『水原抄』によると考えると、その著者の校訂した河内本と本文が異なる。

　このほか『仙源抄』には、「まとはれて　こふしやう‥」と「こうしやうにまとはれてはかなき物也」の二項目が

あり、いずれも「まとはれて」であるのに対して、『紫明抄』も『源氏物語大成　校異篇』所収の河内本も「まとはれたる」である。これに関しては山脇毅氏が、長慶天皇の書き誤りか「或は水原抄に「まとはれて」となつて居たのかであらう」と推察された。[11]同様に『仙源抄』の「呂のうたはいとかうしも」も、『紫明抄』および河内本では「りよのうたいとかたうしも」で一致しない。このように『水原抄』も河内本も親行の手になるのに両者の本文は異なり、その理由を次節で解明する。

二、『水原抄』における本文考証

池田亀鑑氏は、後世の注釈書に引かれた『水原抄』の勘注本文を集め、勘物の形態と性質により八種類に分類された。その五番目は、

五、諸本の本文の考異を註したもの

これは親行本（河内本、即ち水原鈔のよつた本文）と他の諸本との異同を指摘したもので、後世の註釈書の殆どが一致して重要視したものである。水原鈔についてみると、桐壺の巻、「大液のふようひやうの柳」の条に、行成の本に未央の柳をみせけちにした理由を推定し、浮舟の巻、「あをりといふ物」の条に、「水原鈔云アヲリト書古本有若此物語義歟然証本ニハムカハキトアリ云々」として考証を加へるがごときこれである。[12]

であり、『水原抄』では河内本の「むかはき」（傍線部分）以外に青表紙本の「あをり」も取り上げ、諸本による本文異同を考察している。

類例を『仙源抄』から探すと、

かくしうにありけむ昔の人（紅葉賀二五六14）紫明には「文君といひけん昔の人」とあり、水原には両説とみえ

たり

とあり、青表紙本はこの見出しと同じで「鄂州にありけむ」、河内本は『紫明抄』と同じく「文君と言ひけむ」である。一方、散逸した『水原抄』は「水原には両説とみえたり」の一節から、両方の解釈が記され物語本文も二種類あったと考えられる。このように『水原抄』が家本の河内本のみならず他系統の異文まで並記したのは、どの本文が良いか検討したからであり、そこで決定した結果が河内本の校訂作業に取り入れられ本文が定められたと推測される。すなわち親行は家の証本を作るため、『水原抄』において本文研究を行っていたのである。

『水原抄』の零本と考えられる『葵巻古註』においても、類例が見出せる。それは葵上に先立たれた父（左大臣）のセリフ、「か丶るよはひのすゑにわかくさかりのこにおくれたてまつりてもまと《こよ》ふ事或証本如此」の傍注である。(13)『源氏物語大成　校異篇』（葵三〇四12）によると、青表紙本は傍記された本文「たてまつりてもこよふこと」、河内本は「たてまつりてまとふこと」(14)であり、結局『水原抄』は河内本の傍らに青表紙本を記している。さらに本書には頭注があり、「もこよふ」の用例を日本紀から二例、宇津保物語から一例引いており、河内本「まとふ」の注釈はない。従って『水原抄』は先の例（あをり・鄂州）も含めて、底本以外の異文とその解釈も載せる方針であることが確認される。

『葵巻古註』を寺本直彦氏は『水原抄』の零簡と判断されたが、一つだけ例外を指摘された。それは葵上の死後、かわいがられていた女童が喪服を着ている様子を描いた一節、「ほとなきあこめ人よりことにくろくそめて」に付けられた傍注には、「夕顔ノ右近カ為主君著黒服事如此義可心得也」とあり、この記述によると、夕顔の喪に服した右近は「黒服」を着ていたことになる。問題の箇所は夕顔の巻の一節「ふくいとくろくして」（三一三9）で、その解釈をめぐって御子左家と河内家とが対立しており、阿仏尼が「服《ぶく》いと黒くして」と読んだのに対して、親行が「ふくらかにくろき人なり」と反論したことが『紫明抄』に長々と述べられている。広本(15)『原中最秘抄』も服者説を挙げながら、「ふくらかなりと可心得」と結論付けており、河内学派はふくらか説を主張したのに、『葵巻古註』では「黒服」と明記している矛盾を解決するため、寺本直彦氏は親行が自説を修正したと見なされた。[16] しかしながら先に考察した三例（あをり・鄂州・もこよふ）を参考にすると、この例においても『水原抄』は夕顔の巻で両説（喪服・ふくらか）を取り上げ、葵の巻では服者説のみ引用したと解せる。そのほか『葵巻古註』では「かみきこめたる」の「かみ」は紙か髪か、「おばおと丶」の「おと丶」は妹か宿《いえ》の意か、のように両説を挙げ、いずれが良いかの判断は下していない。

　このように『水原抄』で二種類の物語本文や注解を併記して考証した研究成果が、現存する河内本に反映されたと考えられる例は『仙源抄』に見出せる。

　ちやうこほちける女（蓬生五三八8）かつらの中納言といふ物語にきちやうのかたひらをきぬにぬひてきたる女なり、その事をいへる也、一本に「たう」とかきたるあり、それは顔叔子といふ物の事なり、「塔」とかきたる本あれとも「堂」にてあるへきなり、愚案定本には「塔」とかきたり、まことに塔は人の居所にあらす堂字をもちうへし、定本奥書にのせたる分なを不審也、毛詩説以下いさゝかかはりたる歟

長慶天皇は「愚案」以下において、古注（傍線部分）が指摘する通り定家本の「塔」は住居に相応しくないと認め、理に叶わない「定本奥書」こと定家著『奥入』の注記内容（当書には「塔のかへをこほちて」云々とあり）を咎め、「堂」を良しとしている。しかしながら『紫明抄』も『原中最秘抄』も「丁」で「堂」の本文はなく、『仙源抄』所引の注は『水原抄』によると見られ、『水原抄』では「丁」以外に「たう」の本文を引き、それを塔ではなく堂と解釈したと推定される。それを受けてか『原中最秘抄』では塔には触れず、丁と堂の両説を列挙したあと、「丁の帷をこほつとあらむも聊不審なり」と判断している。その結果『源氏物語大成　校異篇』によると、河内本系統も「丁」（高松宮家本・尾州家本・鳳来寺本・曼殊院本）と「堂」（七毫源氏・大島本）とに分かれ、前者は本来の河内本「丁」のままであり、後者は『原中最秘抄』の指示により「堂」に改訂されたと推量される。

もう一つ類例を挙げると絵合の巻において、帝の御前で開かれた絵合で勝敗を決定した光源氏の須磨の日記絵を、後日、藤壺に奉ったときの源氏のセリフも二種類ある。

さふらふときこえ給（絵合五七三6）浦々のまきは中宮に…、香本左京権大夫香表帋には「さふらはせ給へ」とあり、たゝいまはしめてまいらする物いかてかかねてよりある様にさふらふとはいふへき、香本をもちふへし、又人なとこそあれかやうの物さふらはせといふ心おほつかなし、但除目仰詞にも大間《オホマ》成柄《ナリカラ》は執筆亭へ持参せよ召名《メシナ》は局《キヨク》にさふらはせよと云々、愚案定本には「さふらはせよ」とあり不審なし、除目仰詞又勿論

問題の箇所は『源氏物語大成　校異篇』によると、

さふらはせ給へ　［青表紙本］大島本（底本）・横山本・榊原家本・陽明家本・池田本・肖柏本・三条西家本
［河内本］七毫源氏・兼良本

さふらふ　［河内本］高松宮家本・尾州家本・大島本

であり、青表紙本系の御物本（東山御文庫蔵）は底本と同じ本文をミセケチにして「さふらう」に書き替えている。従って『仙源抄』の見出し語は河内本、「香本」は青表紙本、「定本」は別本（ただし『源氏物語大成　校異篇』の当巻には別本は未収）となる。『源氏物語別本集成（正・続）』にも「定本」と同じ本文はない。

本項は『紫明抄』にも『原中最秘抄』にも収められていないことから、「愚案」以前の注記内容は『水原抄』の引用と見られ、親行は見出しの語句よりも「香本」の本文の方が良いと指摘している。そのため『源氏物語大成　校異篇』所収の河内本系諸本も二種類に分かれ、高松宮家本（姉小路基綱筆、耕雲本）と尾州家本（伝北条公朝筆）は河内本本来の本文を留めているのに対して、南北朝期写の七毫源氏や一条兼良の奥書を有する本は『水原抄』が是認した「香本」と本文が一致する。ただし「香本」は青表紙本と同文なので、七毫源氏・兼良本も元々は尾州家本などと同じ本文であったが、青表紙本と校合されたため改変しただけかもしれない。しかしながら先の例「丁こぼちける女」

も、高松宮家本と尾州家本は元の河内本、七毫源氏は異文を有していることを考慮すると、この例も青表紙本の混入ではなく、『水原抄』における異文表記が二種類の河内本を生み出したと見られる。

そのほか蓬生の巻（五二三10）で、末摘花が見ていた歌集の料紙に関しても、河内本は二通りある。青表紙本は「みちのくにかみなとのふくためるに」であり異同はないが、河内本は七毫源氏だけが「いにしへのみちのくにかみなとのふくためるに」で、他の諸本（高松宮家本・尾州家本・大島本・鳳来寺本・曼殊院本）は「いにしへのみちのくにかみなとにたてたる」である。これも七毫源氏のみが河内本に青表紙本を混ぜたような本文になっており、校合による混成でなければ、『水原抄』で両系統の本文を併記した結果と考えられる。

従来、河内本は諸本を取捨選択して作られたと言われてきたことが、以上の例にも当てはまり、研究を重ねるにつれ本文が改訂されている。それは現在の本文批判（テキスト・クリティーク）の立場から考えると、新しい合成本文を作成して、益々不純な本文になったと解釈されるが、当時としては河内家の弛まざる研究成果が反映した結果であり、つねに新説を用意しておかないと他家に伝授する度に家説がなくなり、家学が衰微する危険に曝されていたのである。[17]この観点に立てば前節の問題点―『水原抄』が現行の河内本と必ずしも一致しないこと―が解明されよう。すなわち『水原抄』では底本以外の異文やその注解も取り上げ考察し、より良いほうを採用するため、時には底本と違う本文が家の証本に選ばれることもあったのである。

三、二種類の河内本

源氏物語五四帖のうち初音の巻だけは河内本が二系統に分かれ、その原因を池田亀鑑氏は耕雲本に求められたが、私は前節の考証を踏まえて『水原抄』によると考える。そこで先ず耕雲本の特質から確認すると、耕雲本とは耕雲が

「四代将軍義持の命によつて、朱墨の簡単な億説を記し、各巻の帖末に和歌一首を詠じて献つたもの」（『源氏物語大成研究資料篇』二一二頁）であり、「耕雲本は中世以来、あるひは別本として、あるひは河内本として考へられてきたが、実は河内本を主体とし、別本七帖、青表紙本一帖をもつて構成される取合せ本」（前掲書、二二四頁）である。このように三系統が混在する理由について、池田亀鑑氏は次のように論じられた。

現存する三系統の耕雲本を、各帖にわたつて検討するに、大体左の三種類に区別することができる。

一、青表紙本系統　松風の巻一帖

二、別本系統　橋姫・宿木・東屋・浮舟・蜻蛉・手習・夢浮橋以上七帖

三、河内本系統　右八帖を除く四十六帖（但し初音の巻には不審の点が多い）

右のように耕雲本は河内本を主体とし、これに青表紙本一帖と別本七帖を加へたものであるが、どうしてそのやうな混合本が生じたのであらうか。これを証明する根拠は見出されてゐないが、一二の億説を掲げるならば、次の事項がある。

一、耕雲本成立途上の或段階において、河内本もしくは別本を底本として青表紙本を校合したものがあり、その校合本文を辿つて書写したか。

二、同じく河内本を底本として別本を校合したものがあり、その校合本文を採用したか。

三、第一次河内本成立後、親行が火災及び貸与によつて失つた十五帖と関係があるか。

右のうち（三）については、何らこれを証明すべき資料はないが、（一）及び（二）については、間接的に傍証たるべき事実がないわけでもない。それは保坂氏蔵伝為氏筆薄雲・朝顔両帖に加へられた伝耕雲自筆校合あるひは跋歌・署名の存在である。これらは耕雲自筆か否か不明であるが、書風からして吉野時代のものであることに、おそらく異論はないであらう。

耕雲本松風の巻の本文は明らかに青表紙本系統である。これは何かの偶然によつて、(一)の場合が採用されたのではないかとも想像される。但し、それが採用された理由については、未だ推定の根拠を発見するに至らない。(中略)

前述のやうに、耕雲本中には橋姫以下七帖の別本が混入してゐる。これはいかなる理由によるのであらうか。おもふにこれは前記三つの臆説中第二の場合で、校合本文が別本であつたために生じた本文転化と推測される。勿論これは臆測にすぎないが、保坂氏蔵薄雲・朝顔両帖の存在を踏まへての類推である。(同書、二二二～二二三頁)

前記(一)(二)の根拠にされた保坂氏蔵本は、『源氏物語大成　校異篇』において底本は別本、伝耕雲筆書き入れ本文は青表紙本として収められている。このように耕雲本には異文が傍記されており、一部の巻では校合本文が底本に混入した結果、巻により系統が異なると推定されたのである。

しかしながら右記の推測には、矛盾が見られる。それは保坂本は二帖とも底本が別本、校合本文が青表紙本であるのに対して、耕雲本は二帖とも河内本系統であるので、保坂本は耕雲本とは認められず、従って保坂本を手掛りにして耕雲本の本文系統を考察しても、意味をなさない。この矛盾点に気付かれた伊井春樹氏は、保坂本(現在は天理図書館蔵)の本文および書き入れ注を子細に調査され、次の結論を導かれた。

これまで天理本は、保坂本と呼ばれた頃から耕雲自筆書き入れ本と見なされ、耕雲本を知る重要な伝本の一つとして考えられてきた。しかし、天理本はいわゆる耕雲本とはまったく性質を異にし、注記もかなり恣意的であるとともに、校合に用いた青表紙本も室町中期以降に流布するようになった伝本と思われること、自筆かとされた自署も曼殊院本とは異なることなどを述べてきた。これによって天理本は耕雲とは別の後人が、耕雲本から注記を摘記して書き入れたに過ぎなく、校合も含めて耕雲の所為とは考えられない。くり返すことになるが、耕雲本というのは、本文の系統ではなく、耕雲が入手していた本文に注記と跋歌、自署を付した伝本であった。それが禁裏に置かれ、人々に転写されたため、いつの間にか青表紙本や河内本に次ぐ第三の系統本と権威づけられ、誤って継承されるようになったのである。そのような位置づけからすると、天理本の別本の薄雲・朝顔の二帖は、本文はまったく耕雲本とは無関係であり、たまたま青表紙本で校合され、さらに跋歌や自署が付されたにすぎないと言えよう。(18)

池田亀鑑氏は、耕雲が異文を校合して書き入れたという保坂本を手掛りにして、耕雲本は本来は全巻河内本であったが、八巻だけ校合本文が混入したと推測された。しかしながら保坂本は耕雲本ではないと伊井氏が論破されたことにより、池田説は根拠を失った。よって耕雲本の本文系統が巻により異なるのは、伊井氏の指摘に従い、耕雲が入手していた本文がたまたま取り合わせ本であったからと見てよかろう。現存する完本を概観しても、全巻の系統がすべて同じ伝本は稀である。

これにより、耕雲本が一系統でない理由は説明が付いた。次の問題点は、なぜ初音の巻にだけ二種類の河内本が混在するのかである。まず池田亀鑑氏の論から見てみよう。

次に初音の巻について一言しよう。この巻は河内本本文に大別二種の系統がある。即ち

一、書陵部本・東山御文庫本・大島氏本・飯島氏本・池田本等の一類

二、高松宮家本・正嘉本・鳳来寺本・金子氏本・為清本等の一類

である。右の本文類型を見ると、第一類は本来的な河内本、第二類は耕雲本を通しての河内本と認められる。(但し鳳来寺本は耕雲本たることの明徴はない。)（同書、二二三頁）

そこで『源氏物語大成　校異篇』の当巻では、「本巻ノ高松宮家本・尾州家本・鳳来寺本ハ、耕雲本ノ系統ノ本文ヲ有シ、他ノ巻ニ於ケル耕雲本トハ些カ異ナリ、特異ノ点ガ甚ダ多イカラ、ソノ校異ハ河内本ノ校異ノ後ニ別ニ掲ゲ

タ。」と断って、他の巻と違う挙げ方をしている。具体的に耕雲本と河内本・青表紙本との異同を私に整理すると、次の四種類に分類される。

A、耕雲本は青表紙本と一致し、河内本とは異なる…四三例
B、耕雲本は河内本と一致し、青表紙本とは異なる…三一例
C、青表紙本と河内本が一致し、耕雲本のみ異なる…二六例
D、青表紙本、河内本、耕雲本、各々異なる…三例

Dは用例が少なく、青表紙本「月も」—河内本「月」—耕雲本「月の」のような小異であり、誤写の可能性が高いので、考察から除いてもよかろう。またCも「つらき」（青表紙本・河内本）と「つねに」（耕雲本）以外は一、二字の違い、あるいは数字分の脱落ばかりであり、転写による誤脱の可能性が高い。よって問題はAとBであり、耕雲本が河内本系統であることを示すBよりも、青表紙本系統に属するAの方が用例が多い。従って初音の巻における耕雲本は、河内本にかなり青表紙本が混入していると言えよう。

では、なぜ当巻にのみ二種類の河内本が見られるのかについて、池田亀鑑氏は二通りの原因を推定された。

ここに生ずる新しい課題は、河内本中に、他巻に類例のない本文の二大別が、なぜいかにして生じたかといふことである。これについては、少くとも次の二つの推定が可能である。

一、耕雲本に、校合による混成現象が生じてゐたのではないか。

二、年首に講義始として用ゐることが多く、解釈のための校訂が繰返されたからではないか。

右二つは、そのいづれが主か断定できないにしても、双方ともあり得たやうに思はれる。この点についてはなほ精密な調査が必要であらう。（同書、二二三頁）

右記の二説のうち、第一の説は保坂本を手掛りに推測されたが、保坂本が耕雲本ではないことが判明した以上、その

論は根拠を失うことになる。そこで第三の説を、前節の考察を踏まえて提出したい。それは『水原抄』に青表紙本が傍記されていて、それがかなり本文転化した写本を耕雲は所持していたという仮説である。池田説が保坂本を元にされたのを真似て、『水原抄』に見られた本文考証を拠り所にして憶説を述べた次第である。

四、河内本と二条家

『源氏物語大成　研究資料篇』を繙くと、河内本を校訂した河内家に関しては、「親行から知行に至る所謂河内学派は、藤原定家の校訂した青表紙本を伝へる二条・冷泉両家と相対峙して重きをなした。」（一一四頁）とあり、また「定家の子孫たる二条・冷泉・京極の伝統においては、勿論青表紙本が重んぜられたであらう。」（一四五頁）と述べられた。ところが同書において、二条家では河内本を重視したという記述もなされ矛盾している。もし二条家が河内本を尊重したとなると、御子左家の中でも嫡流を誇示した当家が、一族の内部抗争のため外部の源氏物語を用いたことになり、これは本文伝流史のみならず歌壇史においても見逃せない重大事項である。その指摘は三箇所に見られ、以下、順に取り上げる。

一つめの根拠は、南朝方の長慶天皇が弘和元年（一三八一）に著した『仙源抄』である。

長慶院の仙源抄は、その巻末の跋に、

水原鈔五十餘巻紫明抄十二巻原中最秘鈔二巻の中古人の解釈よりはしめて句をきり聲をさすにいたるまて一ふしある事をのこさす又定家卿か自筆本に比校して相違の事をかんかへつゝ同文字なる詞をいろはの次第に集めとゝのへて云々

とあるやうに、諸本を統一しようとする意図のもとに成されてゐる。しかし仙源抄は僅かの例外の他は、河内本または従一位麗子本等の本文を採ることが多く、もしこれらと定家本と相違する場合には、特に「定本には」として、定家本の本文を併記してゐる。例へば「ひ」の部に、

ひゝちゐたり―軽粧ヒ、チイタリ日本紀（以下「ひゝちゐたり」の語釈を載せる）定本にはひゝらきゐたりとあり

ひそひかなるさま―しのひやかなる心歟　愚案定本には此詞なし　おほつかなくこそ（応永本による）

とあるが如きは、青表紙本以外の本文―河内本もしくは別本の本文―と考へられる。従つて仙源抄の拠つた本文は厳密な意味で青表紙本ではないといふことができよう。なほ仙源抄の伝本中に経厚本なるものがある。堯孝・堯恵と二条家の学統をうけた法印経厚（類聚名伝抄）が、河内本を重んぜられた長慶院の仙源抄を写し伝へたことは、冷泉家とちがつて河内本に接近した二条家の態度を語るものとして注意される。（五四頁）

池田亀鑑氏が『仙源抄』から引かれた二つめの例「ひそひかなるさま」を見直すと、「愚案定本には此詞なし」とあり、「愚案」（長慶天皇の見解）によると定家本には「ひそひかなるさま」の一節がないため、もし著者が定家本を偏重していても、この項目の見出しに置くことはできない。従って編者が重視した本文系統を知るには、「愚案」の内容に基づいて判断しなければならない。他の例を見ると[19]、どの系統も対等に評価され、定家の権威にも盲従せず、あくまで解釈に基づいて本文批判を行っているので、支持する本文系統は項目によって異なっている。また各項の見出しは河内本が最も多いが、これは河内本源氏物語から直接引用したのではなく、前掲の跋文に記された河内学派の三種の注釈書を転載したからにすぎない。ゆえに長慶天皇は『仙源抄』で河内本を最重視したわけではなく、また二条派の経厚がそれを写したから二条家が河内本に接近したとは認めがたい。政治面で二条家は大覚寺統（南朝）に回ったが、それと源氏物語の系統とは無関係である。

池田亀鑑氏が示された第二の根拠にも、『仙源抄』が含まれている。

a延慶両卿訴陳状によつても、二条為世の青表紙本に対する態度は無関心であり、京極為兼の方がむしろこれに

注意してゐるやうに察せられる。しかのみならず、b河内本を書写したと伝へられる人々は、多く二条家に属し、またc堯孝・堯恵・経厚などは河内方の注釈書を重しとしてゐる。d長慶院の仙源抄、e花山院長親の所謂耕雲本など、吉野朝の人々が多く河内本を採用してゐる点に徴しても、右の推定は不自然ではない。（一一三頁）

私にa～eの通し番号を付したが、cとdが不適切であることは前述した。またeの耕雲本は、確かに五四帖のうち四六帖も河内本が占めるとはいえ（前節参照）、それだけで河内本を重視した裏付けにはなりにくい。耕雲が仕えた長慶天皇の手元には、『仙源抄』の跋文によると「定家卿が自筆本」すなわち青表紙本があり、耕雲も『仙源抄』を書写したので（注8参照）、一系統に固執しない長慶院の方針を学んだであろう。また耕雲は『原中最秘抄』の略本を作成した際、単に抄出するだけでなく、河内方が反対した説を支持したり自分の意見を述べたり、また『仙源抄』などから異説を引用したりして、河内学派に捕われず自由に編集している（注17参照）。従って耕雲が、青表紙本より河内本を重視したとは考えがたい。

池田説のa～eのうち、c～eが的外れであることは確認できた。残るabのうちbの根拠は判然としないが、古写本の伝称筆者に二条家の人々が多いことによるのであろうか。もしそうならば、それは古筆家の極めによることが多々あり、当家は勅撰集の撰者を他家よりも輩出したため、よく筆者に仮託されるにすぎない。よって古人の鑑定は研究資料には使えず、それに基づく論は不確かである。

最後のaに関しては、『延慶両卿訴陳状』の解釈が問題になる。京極為兼の訴状によると、二条為世が相伝した青表紙本は「為氏卿存日、猶被二借失一了。於レ今者、一向無レ之云々」（本文は日本歌学大系4による）とあり、これに対する為世（為氏の子）の陳状には源氏物語の記述がない。そこで為世は無関心だと、池田亀鑑氏は推量されたのであろう。確かにそのようにも読めるが、ほかの推測、たとえば為兼が暴露した青表紙本紛失が事実であったため、為世はそれには触れず素知らぬ振りをしたという憶測も成り立つであろう。よってaも、二条家が河内本に接近した根拠になりがたい。

第三の例は、源氏物語の系図である。長文であるが、それだけに最も具体的で説得力に富むので以下、全文を掲げる。

元来源氏物語系図といふものは、その作成者が用ゐた本文の性格を反映するものであつて、青表紙本には青表紙本的系図が、河内本には河内本的系図が、また別本には別本的系図が、それぞれ作られる筈である。例へば、実隆公記文亀元年八月四日の条に、

自禁裏源氏物語系図両巻可然本歟可見之由被仰下之美麗之古本也但例式不審事等多々也其趣言上了抑此本奥書云

文永三年六月十六日以中書王本書写校合了

彼本奥云

文永三年正月廿日於燈下以河州之草本書写了此本不落居事等多之追可勘入歟

永仁四年三月四日写了　　円信

如此以之思之件系図者河内方新造勿論也向後可知之仍記之

とある。実隆が認めた通り、河内本には河内方の古系図が成立してゐたわけである。また、阿波文庫蔵原中最秘鈔の巻末に、後醍醐天皇宸翰源氏系図といふものの存在を伝へ、その奥書に、

本奥書云此本者文永元年三月五日

中務卿親王為被選源氏之系図仰藤大納言為氏二条大納言資季侍従二位行家少将内侍等被召下本々於鎌倉被雀選再治本也

文永五年七月廿五日　　書写了

相伝此本之人一人之外者書写事不可叶者也

とある。この奥書によつて、少くとも次のことが推定されるのではあるまいか。

一、文永元年三月五日、中務卿征夷大将軍宗尊親王が、その撰にかかる源氏系図に、諸家の本を以て刪定されたこと。

二、その時参考のために召寄せられた本は、藤大納言為氏・二条大納言資季・侍従二位行家・少将内侍等の所持本であつたこと。

三、この本は河内方相伝の秘本として重んぜられたこと。

四、このやうな秘本が先づ文永五年七月二十五日に写されたこと。

五、後醍醐天皇は、その文永五年本によつて転写されたこと。

六、またこのほかに、宗尊親王が鎌倉において作らしめられた古系図は、河内本によるものであるらしいこと。

七、為氏・資季・行家・少将内侍等の拠つた本文も河内本であつたらしいこと。

八、二条為氏の系統には、青表紙本もさることながら、むしろ河内本が用ゐられたらしいこと。

九、二条家は宇都宮氏及び鎌倉将軍家との関係から、河内本を重んじ、冷泉家は阿仏尼・為相・正徹・宗祇の関係から青表紙本を死守したらしいこと。

以上が付帯的に推察される。（二七九〜一八〇頁）

二種類の資料に基づいて考証されているので、便宜上、一つめの『実隆公記』をA、二つめの阿波文庫蔵のをBと呼び、さらにAのうち一つめの「此本奥書」をA1、二つめの「彼本奥」をA2と分けることにすると、池田亀鑑氏はAもBも同じ系図を指すと見なされた。すなわち文永元年（一二六四）に中務卿親王が二条為氏等から借りて作成した系図（B）、および実隆が「河内方新造」と評した同三年正月書写の「河州之草本」（A2）と、同三年六月書写の「中書王本」(A1)とは同一と判断されたのである。その考えに従うと右記の九箇条のうち、第五条までは納得できるし、第六条も「またこのほかに」という表現では、まるで別の系図を指しているようだが、そうではなく第五条までの指摘に付け加えるという意味ならば、第三条を言い換えたにすぎない。問題は第七条以降で、論が飛躍している。というのは中書王が新造した系図が河内方であるから、そのために収集された二条為氏等の系図も河内方であり（第七条）、よって二条家では河内本を用いていた（第八条）とは限らないからである。つまり為氏等の系図が青表紙本や別本によるものであっても、それらを参考にして中書王が河内本的系図を新作することは可能だからである。ちなみに常磐井和子氏は、次のように論じられた[20]。

宗尊親王が召された源氏系図の諸本は、いずれも京都の由緒ある公卿で、しかも歌道に於ても一流の人たちの本であり、その時代の代表的善本であっただろうという事である。そして更に重大な事は、所持者の身分学風歌風より推してそれらの本が恐らく河内学派の系統のものではないと考えられることである。

以上により、二条家の河内本重視説の根拠はすべて疑わしいといえよう。では当家がどの系統を重んじたかが窺われる例を、一つ挙げておく。それは二条為世門の和歌四天王の一人に数えられた吉田兼好が、青表紙本を書写したという記事で、書陵部蔵源氏物語の桐壺巻の奥書に見られる（『源氏物語大成　研究資料篇』六〇頁）。

延元々年三月廿一日申出青表紙御本 京極入道中納言家御自筆 候一条猪熊旅所終写功 御子左黄門御入筆所々有之可為重宝歟

康永二年七月廿八日校合訖 兼好宣名

吉田兼好が延元々年（一三三六）から康永二年（一三四三）にかけて、青表紙本を写したという記述と関係が深い資料として、池田亀鑑氏は今川了俊が応永一五年（一四〇八）に著した源氏物語の注釈書（『師説自見集』所収）の一節を挙げられた。

抑青表紙本と申正本今は世に絶たるは昔かの本未失時兼好法師を縁にて堀河内府禅門の本に交合有し時一見仕し

也其は詞もあまた替てみえし也其時草紙の寸法までも伝たりし本有之（同書、六〇頁）

了俊は冷泉為秀に師事して冷泉派歌学を擁護し、二条家を批判していたにもかかわらず、歌壇では対立していた二条派の兼好と一緒に青表紙本を披見したことになる。了俊は定家を崇拝して、『師説自見集』では青表紙本を称揚しており、それは師家の冷泉家も青表紙本を尊重していたのを受け継いだと考えられる。たとえば冷泉為相（為秀の父）が正応四年（一二九一）に「家本」の青表紙本を書写し、それを冷泉派の正徹が転写したことは、徳本氏旧蔵源氏物語の識語から知られる（『源氏物語大成　研究資料篇』二五六頁）。従って冷泉家では青表紙本を重んじ、当家と対立した二条家に属する兼好も青表紙本をわざわざ借り出して写したということから、二条家も先祖が家の証本とした青表紙本を尊重したと見なすほうが、他家の河内本を偏重したと見るよりも自然ではなかろうか。池田亀鑑氏は「青表紙本は、実は二条家よりも冷泉家の方向に正しい流れを伝へてをり、為相・了俊・正徹・心敬と続き、兼載に至つて二条流に合流した形である。」（前掲書、二三九頁）と論じられたが、兼載（生没一四五二〜一五一〇年）より一世紀以上も前に兼好が青表紙本を書写したことは看過しがたく、再考の余地がある。(21)

終わりに

『水原抄』は河内本を校訂した源親行の著書でありながら、現存する河内本系諸本と異なる本文を有している。それは本書において他系統の本文も引用して、いずれが適切か考証したからであり、ときには別の本文を採用することもあった。それが河内本の校訂作業に取り入れられた結果、元の本文を留める伝本と、改訂本文を伝える写本とが混在している。また初音の巻に二種類の河内本が存在するのも、『水原抄』に異文が傍記されており、本来の本文のみ転写したものと、校合による混成現象が生じたものとに分かれたからと推測される。

最後に二条家は、青表紙本を死守した冷泉家に対抗するため河内本を重視したという説に対して、二条家流の吉田兼好が青表紙本を書写したという資料に基づき反論した。

注

(1) 池田亀鑑氏『源氏物語大成　研究資料篇』六五頁（中央公論社、昭和三一年）。
(2) 片桐洋一氏「もう一つの定家本「源氏物語」」（「中古文学」26、昭和五五年一〇月）。
(3) 注1の著書、一三一・一四〇頁。
(4) 池田亀鑑氏「水原鈔は果して佚書か」（「文学」昭和八年一〇月）。後に池田亀鑑選集『物語文学Ⅱ』所収、一〇五〜一四三頁（至文堂、昭和四四年）。
(5) 寺本直彦氏『源氏物語論考　古注釈・受容』第一部第四・五章（風間書房、平成元年）。
(6) 注1の著書、一六七頁。
(7) 注1の著書、一五九頁。
(8) 本文は岩坪健編『源氏物語古注集成』21（底本は、長慶天皇に仕えた耕雲が書写した本。おうふう、平成一〇年）により、適宜、私に読点などを付した。
(9) 山脇毅氏『源氏物語の文献学的研究』一七頁（創元社、昭和一九年）。
(10) 漢数字は『源氏物語大成　校異篇』の頁数、算用数字は行数を示す。
(11) 注9の著書、一五六頁。
(12) 注1の著書、一五九頁。
(13) 『葵巻古註』の本文は、紫式部学会編『源氏物語研究と資料』（古代文学論叢1、武蔵野書院、昭和四四年）所収の翻刻による。
(14) ただし河内本のうち尾州家本は、「たてまつりて・もまとふこと」（「も」は見せ消ち。「・」は読点）である。
(15) 従来は完本と称していたが、省略された箇所があると推定されるので、広本と呼ぶことにする。詳細は、岩坪健

「『原中最秘抄』の系統―中世における秘書の享受―」（「国語国文」昭和六三年三月。後に岩坪健『源氏物語古注釈の研究』に再録、和泉書院、平成一一年）参照。

(16) 注5の著書、一〇九～一一三頁。

(17) 注15に同じ。

(18) 伊井春樹氏「耕雲本源氏物語薄雲巻の性格」（稲賀敬二氏編『源氏物語の内と外』所収、風間書房、昭和六二年）。後に同氏『源氏物語論とその研究世界』に再録（風間書房、平成一四年）。

(19) 以下『仙源抄』に関する指摘は、岩坪健「『仙源抄』所引の本文系統―河内本の異同―」（「中古文学」41、昭和六三年五月。後に注15の著書に再録）による。

(20) 常磐井和子氏『源氏物語古系図の研究』三三頁（笠間書院、昭和四八年）。なお私にA1A2Bと呼称した系図の関係については、次のように推測された（同書、三八頁）。

　中務卿親王再治本（B）は、宗尊親王の依嘱により、その御名に於て源親行が成した本と考えるのが、親王の身分、立場からも、又親王と親行の関係からも、最も妥当であろう。ここに河州草本（A2）とあるのは恐らく親行自筆本で、それを右筆などに清書させたものが完成本として中務卿親王再治本（B）、中書王本（A1）と呼ばれたのではないだろうか。

　確かにBとA1は同一と見られるが、A2は別物の可能性がある。というのは、もしA2が中書王に関わるならば、親王に対して敬称を用いず「河州之草本」と呼び捨てにしないと考えられるからである。すると文永元年に中務卿が作成したもの（B）を、同三年六月に書写したとき「中書王本」（A1）と称した系図と、同三年正月に「河州之草本」を転写した「河内方新造」の系図（A2）とは別々であり、二作品の奥書（A1・A2）が実隆の見た系図に記されていたと推量される。

(21) ちなみに兼好は『了俊歌学書』によると、冷泉家所蔵の後選集と拾遺集も書写している（伊地知鐵男氏『今川了俊歌学書と研究』一二頁、未刊国文資料、昭和三一年）。

第三章　『紫明抄』の成立過程

――『異本紫明抄』との関係――

はじめに

鎌倉時代に素寂が著した源氏物語の注釈書『紫明抄』は、伝本が十数本現存し、それらは三系統に分類され、その中の一系統のみ注記内容が大幅に少ないのは、他系統から抄出された略本であるからと見なされていた。ところが田坂憲二氏はその通説を批判され、略本と思われていたのは実は初稿本であり、それに項目を追加して他の系統が成立したという新説を発表された。しかしながら、この両説を私が再考したところ、第三の説を考えるに至り、これら三者の見解の相違は扱った資料に由来する。すなわち旧説が『紫明抄』の本文異同しか考慮していないのに対して、田坂氏は外部資料として素寂の兄、源親行が作成した『水原抄』を取り上げ、また私見では『異本紫明抄』も参照して比較検討した結果による。そこで以下、三種類の説を問題にして、『紫明抄』の成立過程を明らかにしたい。

一、『紫明抄』の系統

『紫明抄』のどの系統が最初に成立したかに関しては、私案を含め三説が分立するが、いずれも本文異同により次の三系統（Ⅰ～Ⅲ）に分類することは共通している。いまだ系統の名称は付けられていないので、便宜上ⅠとⅡはその中の一本の所蔵者名にちなみⅠを京大本系、Ⅱを東大本系、Ⅲは天下の孤本で冊数が他系統と異なり三冊しかないので三冊本と呼ぶことにする。

Ⅰ、京大本系統

①京都大学国語学国文学研究室本…完本、一〇冊。京都大学国語国文資料叢書27・33に影印、未刊国文古注釈大系10と『河海抄　紫明抄』（玉上琢彌氏編・山本利達氏校訂）とに翻刻あり。

②鶴見大学本…零本、一冊（若紫の巻、巻頭三六項目、八丁分存）。『鶴見大学蔵貴重書展解説図録　古典籍と古筆切』（平成六年一〇月）と『（鶴見大学）特定テーマ別蔵書目録集成3　源氏物語』（同七年二月）に、高田信敬氏の紹介・解説あり。

③慶応義塾図書館本…零本、一冊（桐壺～末摘花の巻）。斯道文庫論集29（平成六年一二月）に影印と翻刻、同30（平成八年一月）に解題あり、いずれも平澤五郎氏担当。

④京都大学附属図書館本…零本、三冊（巻一、巻三・四、巻九・十）。応永一七年（一四一〇）書写奥書あり。

⑤内閣文庫本…零本、一冊（桐壺～末摘花の巻）。

Ⅱ、東大本系統

①東京大学附属図書館本…欠本、一〇冊。

②肥前島原松平文庫本…欠本、一〇冊。

③内閣文庫本…欠本、一〇冊。

④神宮文庫本…欠本、五冊。

⑤龍門文庫本…欠本、五冊。龍門文庫善本叢刊10に影印あり。

⑥書陵部本…玉鬘・梅枝の巻のみ存。池底叢書33所収。
⑦九州大学附属図書館本…桐壺～末摘花の巻から、三八項目のみ抄出。田坂憲二氏「九州大学附属図書館蔵『紫明抄抜書』について」（「語文研究」82、平成八年一二月）参照。

Ⅲ、三冊本
①内閣文庫本…完本、三冊。

書写時期に関しては京大本系の①（以下、当写本を京大本と呼ぶ）が鎌倉後期、同系統②の鶴見大学本が鎌倉末期、同③慶応義塾図書館本が鎌倉末南北朝期と極めて古く、他は室町末から江戸時代に及ぶ。どの伝本も全一〇巻であるが、完本は京大本と三冊本しかなく、東大本系はいずれも第二巻（若紫～末摘花の巻）を欠く。このほか古筆切も一三件、確認されている。(1)

三冊本は完本であるのに他系統よりも注記内容が少なく、全巻の項目総数は田坂憲二氏の計算によると、(2)京大本が二五五四、東大本系①（以下、東大本と呼ぶ）は欠本ながら二二七一もあるのに、三冊本は一九六五項しかないので、三冊本は略本と見なされたのであろう。また京大本系と東大本系はよく似ているが、たとえば桐壺の巻に引かれた物語本文に関しては長短の異同があり、三冊本は東大本系に一致するため、次のように先学は結論付けられた。

・内閣文庫三冊本は、一〇冊本（稿者注、内閣文庫一〇冊本）の内容を少し省略したと思われるもので、本文などの挙げ方が粗雑なようである。（大津有一氏執筆「紫明抄」、池田亀鑑氏編『源氏物語事典』下巻「注釈書解題」所収、東京堂出版、昭和三五年）
・三冊本は内閣文庫本のみで、同じ本文系統（稿者注、内閣文庫一〇冊本の系統）の略本である。（山本利達氏執筆「紫明抄」、『日本古典文学大辞典』所収、岩波書店、昭和五九年）

この記事以外に『紫明抄』の系統を扱った論文は無く、右の見解が長らく受け継がれていたが、田坂氏は全巻を調査され（注2の論文）、右記の説が当てはまるのは桐壺～夕顔の巻だけにすぎないことを見抜かれた。そしてそれ以降の巻では、物語本文の引き方は京大本系と東大本系がほぼ一致し三冊本のみ違うこと、また巻別に項目の数を数えると、三冊本の方がむしろ多い巻が三巻、どの系統も同数の巻は一〇巻にも及ぶことを指摘された。従って三冊本を東大本系の略本と見なす旧説は、全巻に当てはまるわけではないことが明らかにされた。しかしながら『紫明抄』の本文異同という内部考証だけではこれ以上論が進まず、その解決策として田坂氏は『水原抄』を活用された。

二、『紫明抄』と『水原抄』の関係

『紫明抄』を著した素寂の兄、源親行は河内本源氏物語を校訂し、また源氏物語全帖にわたる注釈書『水原抄』も作成したが、その著書は散逸したと思われていた。しかし池田亀鑑氏が『葵巻古註』を発見され、それを『水原抄』と推定されたものの[3]、反論もあり[4]、未解決のまま放置されていたが、寺本直彦氏が新たな視点で検討され『水原抄』と断定された[5]。田坂憲二氏も別の角度から考察されて『水原抄』と認められ[6]、『紫明抄』と対照された論をまとめると、次のようになる[7]。

まず『水原抄』（『葵巻古註』）と京大本『紫明抄』の注記内容を比較検討されて、「『紫明抄』は『水原抄』の注釈のうち、比較的長文のものを中心に約一割程度に圧縮したものが基礎となっていると言えよう。『水原抄』の注釈を省略・増補しているものを含めれば、『紫明抄』の注釈の四分の三は『水原抄』を踏襲していると見ることができ」ると説かれた（注7の論文、一七〇頁）。次に葵の巻において京大本『紫明抄』と三冊本『紫明抄』を対比され、両者で共通する項目（私にA群と呼ぶ）は四六項、京大本にのみあるもの（B群）は二項、三冊本にのみあるもの（C群）は八項と分けられた。これらを『水原抄』と照合すると、Bは全く『水原抄』に見当たらず、Cは七項までが『水原抄』と極めて密接な関係を持つことに基づき、「三冊本と『水原抄』の親近関係は動かしえない事実なのである。三冊本は、『水原抄』と京大本『紫明抄』との丁度中間的な形であると言えよう。」（同論文、一八一頁）と指摘された。そして素寂が自家の源氏学を打ち立てるため、兄の著書『水原抄』を利用しながら、それとは異なる注釈を必要としたことを踏まえて、次のように結論付けられた。

『紫明抄』は『水原抄』をベースとした注釈書であるが、一方で意識的に独自性を強く打ち出している。謂わばこの『水原抄』ばなれは、『紫明抄』にとって最も肝要とするところであった。とすれば、『水原抄』に近い部分をもつ三冊本よりも、京大本の方が『紫明抄』としてはより完成された形となっている、と言えよう。換言すれば、三冊本は初稿本的であり、京大本は再稿本的位置にあるのではないか、と推測される。（同、一七五〜六頁）

ここまで紹介した田坂氏の卓説に対して異論はないが、問題になるのは『異本紫明抄』との関係である。

三、『紫明抄』と『異本紫明抄』の関係

『異本紫明抄』は編者未詳で[8]、素寂をはじめ伊行・定家などの注釈を含み、『紫明抄』より後に成立したと考えられていたが、稲賀敬二氏の研究により『異本紫明抄』の方が先行すること、すなわち『異本紫明抄』の素寂注は現存本『紫明抄』より以前に執筆された初期の注釈書（散逸）から引かれたことが明らかになった[9]。

さて『異本紫明抄』の素寂注と『水原抄』、および京大本・三冊本『紫明抄』とを田坂氏は比較され、以下の特徴を提示された[10]。なお（　）内の項目数は、私が追加した。

一、三冊本独自の注（八項）は『異本紫明抄』には存しない。

二、京大本独自の注（二項）は『異本紫明抄』には存する。

三、『異本紫明抄』独自の注（三項）は、三冊本・京大本、更には『水原抄』にも共に存しない。

つまり、『異本紫明抄』は、『紫明抄』の伝本の中では京大本と親近性を有するのである。

それらを図式化すると、次のようになる。（　）内の数字は項目数、A〜Cの意味は前節と同じで、Aは三冊本と京大本で共通する項目、Bは京大本のみ、Cは三冊本のみにあることを示す。

『異本紫明抄』	（3）	B（2）	A（46）	
三冊本『紫明抄』			A（46）	C（8）
京大本『紫明抄』		B（2）	A（46）	

この関係と成立した順序とを合わせて、田坂氏は次のように推測された(11)。

『紫明抄』における三冊本→京大本という改訂、『異本紫明抄』→『紫明抄』という成立の先後関係、この二つの仮定がいずれも成り立つとすれば、更に中間型の『紫明抄』の伝本を想定しなければならないであろう。

第一次『紫明抄』（三冊本の祖本）

↓

第二次『紫明抄』→『異本紫明抄』

↓

第三次『紫明抄』（京大本の祖本）

以上が田坂氏の新説であるが、そこに取り上げられた『異本紫明抄』は素寂の注だけで、伊行・定家など他人の説は全く触れられていない。確かに素寂以外の人を問題にするのは無意味なように思われるが、しかし『紫明抄』には著者以外の説が多数含まれているのである。この件に関しては、堤康夫氏が両著を全巻にわたり比較対照して、次のようにまとめられた(12)。

(イ)『紫明抄』と『異本紫明抄』素寂説に明確な一致がみられる注記　一〇一二項目
(ロ)『異本紫明抄』素寂説にのみみえる注記　九〇項目
(ハ)『紫明抄』にのみみえる注記　二五八項目
(ニ)『紫明抄』の注記の内、『異本紫明抄』素寂説以外の注記に一致する注記　一一〇五項目

(イ)は素寂が『紫明抄』著述にあたって、『異本紫明抄』に採られた自らの旧説をそのまま踏襲した注記であり、『紫明抄』全注記の四二・六一%を占める。(ロ)は『紫明抄』著述の時点において素寂が自らの旧説を撤回、削除したものである。これは『異本紫明抄』素寂説全体の八・一七%にすぎず、素寂が自らの初期の注釈成果の大部分を『紫明抄』に採用したことが知られる。(ハ)は素寂が『異本紫明抄』以降『紫明抄』著述の時点までに付加した注記であり、『紫明抄』独自の注記である。これは『紫明抄』全注記の一〇・八六%にあたる。換言すれば、素寂の全く新しい注釈成果は、数量の上ではごく限られたものと言い得るのである。(ニ)は素寂が『異本紫明抄』にみえる他の注釈者の見解を、その典拠を示さずに採り入れた注記であり、『紫明抄』全注記の四六・五二%を占める。換言すれば、素寂の『紫明抄』はその注記の内四六・五二%については、著者素寂以外の注釈者にその淵源をもつといえるのである。

そこで田坂氏が取り上げられた葵巻に関して『異本紫明抄』の出典表記を調べ、堤氏の分類に当てはめると、(イ)が四六例、(ロ)と(ハ)がゼロ、(ニ)が二例になる。(ニ)は二例とも出典名が無表記であり、京大本と三冊本で共通する四六項（図式のA）の中に含まれるので、Aをさらに細かく分類すると素寂注（A1）と他人の説（A2）とに分かれる。また京大本の独自項目（B）はすべて『異本紫明抄』に「素寂」と記され、三冊本のみの項（C）は全く『異本紫明抄』に見当たらない。それらを先の図式に当てはめると、次のようになる。

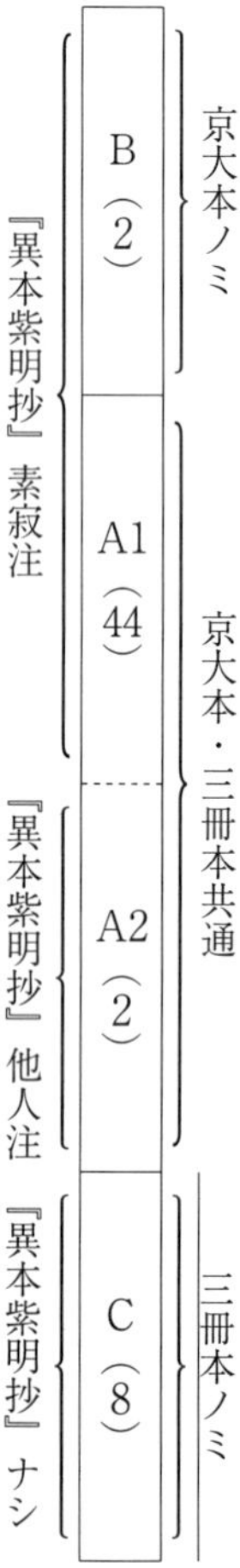

以上の分類を田坂氏の成立論に当てはめると、以下の通りになる。

第一次『紫明抄』（三冊本の祖本）…A1 A2 C
↓
第二次『紫明抄』→『異本紫明抄』所収「素寂」…A1 B
↓
第三次『紫明抄』（京大本の祖本）…A1 A2 B

A2は『異本紫明抄』に採用されているが、出典名が表記されず素寂説ではないと考えられるので、散逸した第二次本『紫明抄』には無かったと推定される。するとA2は第一・三次本にはあるのに第二次本だけ欠けることになり、素寂は二次本で削除したA2を三次本では復活させたという不自然さが生じる。もっともA2は二項目しかないので、『異本紫明抄』の編者が出典名を付け忘れた可能性も考えられる。しかし他の巻にはA2の例が多数あるし（次節参照）、また『異本紫明抄』は複数の注釈書に共通する勘物を引く場合、重複を厭わず全文並記するか、または校合を施して異文にも出典名をいちいち注記するほど綿密であるので、出典表記を落とした可能性は低いと見なせる。従って田坂氏の成立順序では、二次本のみA2を欠く理由が説明できない。

四、『紫明抄』の成立過程

田坂氏は『紫明抄』の系統により、共通する項目としない項目との数を巻別に計算して一覧表にされた[13]。それによると三冊本にしかない項目が一番多い巻は、手習の一七例、次いで賢木一〇例、葵の八例と続く。そこで手習の巻を取り上げ、先のようにＡＢＣに分類すると、次のようになる。

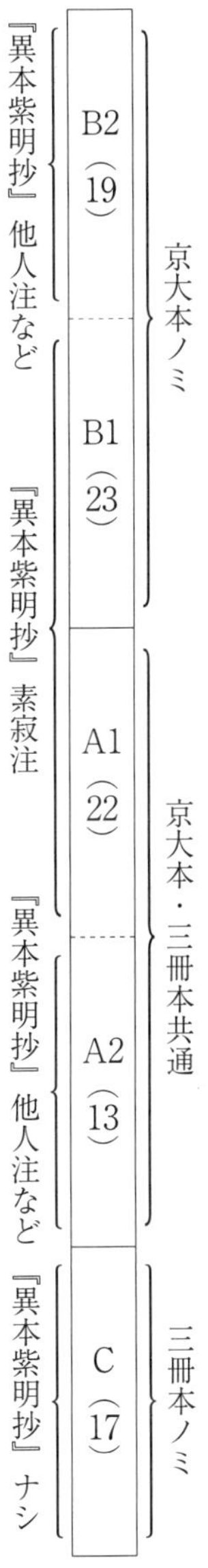

京大本と三冊本の共通項目（A）は三五例、そのうち『異本紫明抄』で「素寂」と注記されたもの（A1）は二二例、それ以外（A2）は一三例に分かれる。『異本紫明抄』におけるA2の出典名を調べると、「伊行」「定家」など明記されたのが一〇例、無表記が二例、他の一例は「私云」として『紫明抄』とは異なる勘物を引く。次に京大本にしかない項目（B）は四二例あり、そのうち『異本紫明抄』の素寂注（B1）は二三例、それ以外（B2）は一九例に分かれ、B2の内訳は別人の注釈が四、出典名ナシが一四、残りの一例は『異本紫明抄』に見当たらない。以上をまとめるとＡＢのうち、A1B1は『異本紫明抄』成立前から素寂の説であったのに対して、A2B2はほとんど『異本紫明抄』では別人の注であるので、素寂が主に『異本紫明抄』から『紫明抄』に引用したと推定される。

　最後に三冊本にのみある項目（C）は一七例、そのうち『異本紫明抄』と共通するのは一つしかなく、その一例も注記内容が全く異なり、『紫明抄』は漢字を当てただけ、『異本紫明抄』は引歌で出典無表記である。よってこの一例も含め、Cは全部『異本紫明抄』と関係ない。この傾向は他の巻にも当てはまり、全巻を通してC群は六六項にも及ぶが、『異本紫明抄』にも項目があるのは先の一例以外に七例しかなく、しかもそのうちの三例は両著の注釈が異なり、内容も一致するのは四例にすぎない。従ってCは殆ど『異本紫明抄』と重ならないのに対して、A2とB2は大方『異本紫明抄』に同じ注が見出せる。

以上を踏まえて『紫明抄』の成立過程に関する私見をまとめ、田坂氏のように図式化すると次のようになる。

初撰本『紫明抄』（『異本紫明抄』の素寂注）…A1 B1

←…主に『異本紫明抄』から追加

再撰本『紫明抄』（京大本系『紫明抄』）…A1 B1 A2 B2

←…『異本紫明抄』以外から追加

三撰本『紫明抄』（散逸）…A1 B1 A2 B2 C

←…抄出

三冊本『紫明抄』（略本）…A1 A2 c

三撰本『紫明抄』を想定し、またCとcを区別した理由は二つあり、一つは東大本系『紫明抄』の位置付け、もう一つは『仙源抄』との関連により、二つめは次節で取り上げる。

まず右の成立図に無い東大本系の位置付けを明確にするには、次の例が手掛りになる。それは早蕨の巻で、亡くなった大君のあとを追って死ねばよかったという内容の歌を弁の尼が詠んだことにちなみ、殉死の史実が問題にされた。京大本『紫明抄』は、

さきにたつなみたのかはに身をなけは人にをくれぬいのちならまし

日本記云、集近《ツト》習人、悉生埋陵辺事

と指摘するだけであるが、三冊本『紫明抄』はさらに注釈を補足しており、便宜上通し番号を付けて引用する。

(1)あけまきの大君かくれ給て後中君にほふ宮へむかへられ給とき弁尼公の哥なり

(2)従死者事（以下『史記』秦本紀より殉死の例を引く）

(3)集近習人悉埋陵辺事　日本紀云

(4)垂仁天皇廿八年冬（以下(3)の一節を含む記事を引用）

一方、東大本系はまず京大本を全文引いてから、三冊本の注記内容をすべて挙げている。そのため京大本の注釈本文と三冊本の(3)とが重複しているので、東大本系は京大本系と三冊本の取り合わせとひとまず考えておく。

そのほか東大本系には他系統に無い項目が見出せ、田坂氏の指摘によると玉鬘・宿木の巻に一例ずつある。(14) また三系統に共通する項目のうち、東大本系のみ注釈を補足した例も三項見つかる。一つは若菜下の巻の最終項で、東大本系だけが長文を付け足している。二つめは柏木の巻で、東大本系のみ引歌一首「脇息を押さへてまさへよろづよに花の盛りを心静かに」（後撰集）を追加しており、この歌は伊井春樹氏『源氏物語引歌索引』（笠間書院、昭和五二年）によると『河海抄』にしか見出せない。三つめの「宮にも」の例は、次節で取り上げる。

このように東大本系にしかない注釈本文は、初撰・再撰本『紫明抄』には無く、三撰本で初めて追加され、三冊本では省略されたと推定される。すると東大本系は、先ほどは京大本と三冊本の合成と考えたが、そうではなく京大本と三撰本の混合と見なせよう。そして三撰本の独自項目は、三冊本よりも多かったと推定されるので、前掲の図式において三撰本のはC、三冊本のはCより少ないという意味でcと称して区別した次第である。

五、『紫明抄』と『仙源抄』の関係

『仙源抄』とは南朝三代めにあたる長慶天皇が、弘和元年（一三八一）に著した源氏物語いろは引き語彙辞典であり、作者自ら記した跋文によると『水原抄』『紫明抄』『原中最秘抄』を引用したとあり、その『紫明抄』の系統を明らかにする。『紫明抄』の書名は全部で二八例あり、そのうち系統間の異同がない一八例と、『仙源抄』所引本の誤写かと思われる三例（「もとつくか・とを君・のちのおほきをとど」）を除くと七例残り、以下それらを順に取り上げる。

まず系統を識別する上で最も有効なのは、次の例である。なお『仙源抄』の本文は、長慶天皇に仕えた耕雲の自筆本（京都大学附属図書館蔵、『源氏物語古注集成』21所収、おうふう、平成一〇年）により、私に読点と「　」を施す。

をすかるへき　をそき心也、又云をいつく心也、紫明には「をいすかるへき」とかきて「おいつく心なり」と注たり、愚案此注心えかたし、定本には「たすかるへき」とあり

文中の「愚案」とは、作者（長慶天皇）の見解を示す。そこに引かれた『紫明抄』の注釈を系統別に並べると、京大本系と東大本系は同じで、三冊本のみ物語本文も解釈も異なる。

すこしおすかるへき　をそかるへき歟（京大本・東大本）

をのつから忘草もつみてんすこしおひすかるへき事を思ひよる　をひすかるとは追つく心也（三冊本）

ちなみに河内本源氏物語の本文は「をすかるへき」で、『仙源抄』の見出し本文および京大本・東大本『紫明抄』と一致するのに対して、『仙源抄』所引の『紫明抄』は「をいすかるへき」で三冊本『紫明抄』と合致する。よって『仙源抄』が採用したのは、三冊本の系統に属するとひとまず考えられる。

他の六例のうち、『仙源抄』所引本は京大本系・東大本系と一致するのに、三冊本には無い項目（「いきまき」）や、

三冊本のみ注釈本文を一部欠く例（「にほふ宮」「をしかいもとあるし」）があり、それらは三撰本を抄出して三冊本を作成したとき、全文または一部を省略したと考えられる。従って『仙源抄』が採用したのは三冊本ではなく、三撰本系統と言えよう。

残りの三例に説明の便宜上①～③の番号を付けると、『仙源抄』の「宮にも」（①）の項に引かれた『紫明抄』と同じ注釈は東大本系にのみ見られ、②「さくしりて」と③「かへとの」はいずれも京大本・東大本の注と異なり、②は三冊本と一致するが、③は三冊本には見られない。これらは三撰本で初めて追加（①）か改訂（②③）され、三冊本は②のみ抜き出したと推測される。

三冊本は略本ではあるが、他系統に無い項目が全巻通して五六項もあるし（注２の論文、参照）、全系統に共通する項目で三冊本のみ注釈を補足したものも五〇例あるほか、『仙源抄』に引かれた「をすかるへき」や「さくしりて」「かへとの」のように説を変えた項も数例見出せる。他にもう一例挙げると、「たきとの」（松風の巻）の解釈をめぐり、『異本紫明抄』の素寂注も京大本・東大本も、最初に滝殿と解する「古人釈」を引くが「但見名所旧記、全無之」と批判して、「滝と野」と「よむべきにや」としている。一方、三冊本も前半は同じで滝殿説を引くが、後半には「滝も殿も」と見る異説を紹介している。この新説は例えば滝殿説を支持した『河海抄』などには見当たらないが、三撰本『紫明抄』にはあったと推定される。

このように散逸した三撰本には、初撰・再撰本に満足せず改訂を続けた素寂の研究成果が反映しており、その変遷は三撰本を引用した『仙源抄』や抄出した三冊本のほか、三撰本と京大本系を混合した東大本系にも垣間見られるのである。

六、『紫明抄』と『水原抄』の関係（再考）

『紫明抄』の成立論における田坂氏の主眼点は、京大本よりも三冊本の方が『水原抄』と深く関わるということである。それに基づき氏は、素寂は『水原抄』を元に『紫明抄』を作成したが、改訂するにつれ『水原抄』から離れたと論じられ、従って三冊本の方が京大本よりも先に成ったと判断されたのである。それにひきかえ私案では、『水原抄』（『葵巻古注』）との関連を取り上げていないので、以下、葵の巻を再考する。

私見によると、当巻の成立過程は次のようになる。記号の意味は今までと同じで、Aは京大本と三冊本の共通項目、そのうちA1は『異本紫明抄』の素寂注と一致し、A2はそれ以外、Bは京大本のみに見られB1は『異本紫明抄』素寂注、B2はそれ以外（ただし当巻は該当例ナシ）、cはCを抄出したもので三冊本にのみ見られる項目を指す。なお（　）内の数字は、項目の総数を示す。

初撰本『紫明抄』（『異本紫明抄』の素寂注）…A1（44）・B1（2）
↑…主に『異本紫明抄』から追加
再撰本『紫明抄』（京大本系『紫明抄』）…A1・B1・A2（2）
↑…『異本紫明抄』以外から追加
三撰本『紫明抄』（散逸）…A1・B1・A2・C
↑…抄出
三冊本『紫明抄』（略本）…A1・A2・c（8）

当巻における『水原抄』と京大本『紫明抄』との関係については田坂氏が比較検討され、次の五つの型に分類された[15]。

A型　『水原抄』と『紫明抄』の注釈内容がほぼ一致するもの　一八
B型　『水原抄』の注釈の一部分が『紫明抄』の注釈であるもの　六
C型　『紫明抄』の注釈の一部分が『水原抄』の注釈であるもの　五
D型　『水原抄』と『紫明抄』注釈の一部だけが重なるもの　一
E型　『水原抄』と『紫明抄』の注釈が一致しないもの　九

このうちE型の九例は、私案の図式ではA1に六例、A2に一例、そしてB1の全二例に分散している。逆に『水原抄』と多少なりとも関わるのは、A1の多くとA2の一例、そしてcの七例であり、従って『水原抄』との関係が最も密接なのはcである。cはCを抄出したものであることから憶測すると、素寂はCを追加した三撰本で初めて『水原抄』を採用したのではなかろうか。するとA1A2が『水原抄』とかなり重なるのは、同じ注釈を含む他書を引用したからと考えられよう。

『葵巻古注』は欠本ながらも五百項目弱を有するのに対して、完本である京大本『紫明抄』は四八項にすぎず、そのうちの九例は『葵巻古注』の欠落部分に該当するので除くと、残りの三九項のうち、『葵巻古注』と全く一致しないのは九例（前掲E型）だけである。もし他の巻も同じ傾向ならば、京大本は分量において『水原抄』よりも劣るのみならず、過半数は類似の勘物を持つことになり、これでは質量ともに『水原抄』にかなわない。

素寂は、『水原抄』を作成した兄の源親行とその子孫に対抗して[16]『紫明抄』を編纂したが、初撰本『紫明抄』に『異本紫明抄』を追加して成立した再撰本（京大本系）でさえ、まだ『水原抄』に匹敵するとは言えない。そこで今度も他書から補って三撰本を作ろうとしたが、『水原抄』より優る注釈書が見当らないため、それを取り入れたのではなかろうか。類例を挙げると、親行は自筆の夢浮橋の巻を「破却」しようと考えていたのに、弟素寂が「奪取」して持ち去ったことが、親行の識語により知られる。(17) このような時代背景を考慮すると、素寂が自家の注釈書を充実させるため、ライバルの家伝書を借用したという推測も成り立つのではなかろうか。

七、鎌倉将軍に献上された『紫明抄』の系統

『紫明抄』の伝本中、三冊本にのみ素寂の書状とその返書が巻末に引かれている。(18)

永仁元年、としの暮に此抄将軍家のめしにしたかひて、第一第二の巻を捧奉て、同晦日に返し給しかは（御使一条左中将殿）且はよろこはしき思ひをなす処に、同二年四月十五日、一部可追書之由、依被仰下（御使同前）、同五月六日に令書進畢、其状云、紫明抄十巻、馳老耄之禿筆、終書写之旨（如本）却（都カ）作者也、

ひかりある君か御代こそあらはれん入江になつむわかのうらなみ

なれそめて忘なはてそむらさきの色よりいてしみつくきのあと

便宜之時、以此趣可有御心得之由、可令披露給候歟（者カ）

将軍家が永仁元年（一二九三）に第一・二巻のみ献上させたのは、『紫明抄』の出来具合を吟味したからであり、その結果、好評である旨を素寂に伝えたので、彼は「喜ばしき思ひをな」したのであろう。そして作者自筆の全巻を当家が求めたのは、本書を高く評価したからであり、それにより素寂が源氏物語の大家として公認されたことは、五月十二日付素寂宛の返信からも確認される。

紫明抄備披覧畢、神妙之由其沙汰候也、

いとゝ又名そきこゆへき光ある御代にあひぬるわかのうら浪

あかす見て心にしめん紫の色をあらはす水くきのあと

抑揚名介・三日夜餅事、可被注申之状如件

将軍家が『紫明抄』を称賛したからこそ、源氏秘事（揚名介・三日夜餅）の伝授まで要請したのであろう。

このとき河内本源氏物語を完成した源親行（素寂の兄）は既に亡いが、[19]親行は鎌倉将軍に長らく仕え、幕府和歌所の奉行を勤め、当地では歌人・源氏学者の重鎮であった。彼が作成した『原中最秘抄』（『水原抄』の秘説集）には、親行と孫の行阿は自説を数多く追記しているのにひきかえ、親行の跡を継いだ子の義行（行阿の父）の説はあまり見られないことに基づき、義行は比較的凡庸な器であったかと推測されている。[20]すると親行が生涯をかけて鎌倉で築いた基盤に対して、その後継者（義行）が平凡であるのに付け込み、素寂が『紫明抄』を将軍に進呈して揺さぶりをかけたと解釈できる。以前にも素寂は親行自筆の源氏物語を「奪取」したことがあったが（前節参照）、もしその本を素寂が鎌倉にいた貴顕に献じたという推測が成り立つならば、[21]素寂は親行の生存中から鎌倉に目を付けていたことになる。確かに受領階級の河内家にとって、親行が河内本源氏物語の校訂作業に用いた諸本（定家本も含む）を所有している高位高官がいる京都よりも、鎌倉の方が源氏学の碩学の地位を手に入れやすかったであろう。

では素寂が永仁元年に将軍に披露した『紫明抄』は、どの系統であろうか。『異本紫明抄』所引の素寂注しか含まない初撰本や、『異本紫明抄』所収の他の注釈を取り入れた再撰本よりも、『水原抄』を引用した三撰本の方が最も大部であり、また『水原抄』を作成した親行一派に対抗できるので、三撰本を進上したと見なせよう。あるいは『紫明抄』全巻を素寂一人で書写したのが、四月一五日から五月六日までの僅かな期間であることを考慮に入れると、献上本は作者自ら抜き書きした三冊本であったかもしれない。

一般に他家に打ち勝つには、二通りの方法がある。一つは相手の説と異なる解釈を持つことであり、それは田坂氏の論に当てはまる。すなわち素寂は『水原抄』を元に初稿本『紫明抄』（三冊本）を著したが、その後「意識的に独自性を強く打ち出し」て、再稿本『紫明抄』（京大本）を仕上げたと見るのである（第二節、参照）。ただし異説を考え出すのは、なかなか容易ではない。そこでもっと簡単で手っ取り早い方法は、ライバルの家伝書を入手して取り込むことにより、相手より質量ともに優れた注釈書を拵えて優位に立つやり方であり、私見はその考えによる。当時は他人の説でも採用してしまえば、自説として人に伝授したものである。たとえば冷泉家では『紫明抄』を摂取した際、出典を表記せずに引用したり、親行・素寂一派が批判の対象になるように時には故意に改竄したりして利用している。(22)素寂も初撰本『紫明抄』を制作した時には手元になかった『異本紫明抄』を手に入れるや、それを利用して再撰本を取り上げたが、それでもまだ『水原抄』に太刀打ちできないので、『水原抄』を導入して三撰本を完成した結果、ようやく親行派と張り合えるようになり、その自信作が将軍の耳に入るように努めたのではなかろうか。その甲斐あって、ついに永仁元年にお召しがあり、翌年に全巻奉納という栄誉に浴し、これにより鎌倉における源氏学者の地位を確立したのである。

終わりに

今まで三冊本に関しては、東大本系統の略本にすぎない（第一節参照）とか、「『水原抄』に近い部分をもつ三冊本よりも、京大本の方が『紫明抄』としてはより完成された形となっている」（第二節）と考えられていた。しかしながら私案によると、素寂は初撰本（『異本紫明抄』素寂注）に『異本紫明抄』所収の他家の説を取り入れて再撰本（京大本系統）を作成したが、それでも兄親行の著『水原抄』には質量ともに及ばないため、今度は『水原抄』を取り込み三撰本（散逸）を完成したと見られる。そして三撰本、またはその略本である三冊本が将軍家に献上されたと推定すると、三冊本は、親行一派のお膝元である鎌倉に、素寂がいわば殴り込みをかける切り札として使用した系統と定義付けられる。三冊本は抄出本ながら、当地における勢力争いを物語る貴重な孤本と認めてよかろう。

注

(1) 田坂憲二氏「『紫明抄』の古筆資料について」(「香椎潟」41、平成八年三月)。
(2) 田坂憲二氏「内閣文庫蔵三冊本(内丙本)『紫明抄』について」(「香椎潟」39、平成六年三月)。なお田坂氏は三冊本を内丙本(内閣文庫蔵丙本の略)と称されたが、本章では三冊本と改称して引用する。
(3) 池田亀鑑氏「水原鈔は果して逸書か」(「文学」昭和八年一〇月)。後に同氏『物語文学Ⅱ』に再録(至文堂、昭和四四年)。
(4) 重松信弘氏『源氏物語研究史』(刀江書院、昭和一二年)。その増補改訂版である『新攷　源氏物語研究史』(風間書房、昭和三六年)と『増補新攷　源氏物語研究史』(風間書房、昭和五五年)においても同意見である。
(5) 寺本直彦氏「『水原抄』と『原中最秘抄』との関係」(「国語と国文学」昭和六〇年六月)。同氏「七海本吉田本源氏物語古注葵巻は『水原抄』の零簡か」(「国語と国文学」昭和六一年一月)。共に同氏『源氏物語論考　古注釈・受容』(風間書房、平成元年)に再録。
(6) 田坂憲二氏「『葵巻古注』(水原抄)について」上・下(「香椎潟」37・38、平成四年三月・同五年三月)。
(7) 田坂憲二氏「『水原抄』から『紫明抄』へ」(実践女子大学文芸資料研究所編『源氏物語古注釈の世界』所収、汲古書院、平成六年)。
(8) ただし編者として稲賀敬二氏は藤原時朝(注9の著書、一〇一頁)、堤康夫氏は金沢実時(注12の著書、五〇頁)を想定された。
(9) 稲賀敬二氏『源氏物語の研究　成立と伝流』八八頁(笠間書院、昭和四二年)。
(10) 注7の論文、一八四頁。
(11) 注7の論文、一八五頁。
(12) 堤康夫氏『源氏物語注釈史の基礎的研究』一三頁(おうふう、平成六年)。
(13) 注2の論文、六頁。
(14) 注13に同じ。
(15) 注7の論文、一六五頁。

(16) 注9の著書、五七頁。
(17) 注9の著書、五五頁。
(18) 読点の付け方は注9の著書、一一三頁の引用文を参考にした。なお同様の記事が『珊瑚秘抄』の奥書「保行法師素寂陪関東李部大王之下問撰進紫明抄之例也」にも見られる。
(19) 親行の生没年は不明だが、彼に関する最後の記録は文永九年（一二七二）で、この頃は八十歳余りと推定され、そのち数年内に没したかと考えられる（池田利夫氏『新訂　河内本源氏物語成立年譜攷』一五三頁、日本古典文学会、昭和五五年）。
(20) 注9の著書、六〇頁。
(21) 注9の著書、五五頁。
(22) 岩坪健「師説自見集「光源氏巻々注少々」の成立過程―冷泉家における『紫明抄』の摂取―」（「詞林」2、昭和六二年一一月）。後に岩坪健『源氏物語古注釈の研究』（和泉書院、平成一一年）に再録。

【付記】　本章で引用した田坂憲二氏の論文はすべて、同氏『源氏物語享受史論考』（風間書房、平成二一年）に再録された。

第四章　『源氏物語千鳥抄』の系統と位置付け

はじめに

『源氏物語千鳥抄』（以下、『千鳥抄』と称す）とは、四辻善成[1]が至徳三年（一三八六）七月から嘉慶二年（一三八八）一一月にかけて行った源氏物語全巻の講義を、平井相助が記録した聞き書きである。本書は先学の研究により三系統に分類されているが、子細に検討すると再考の余地があり、また相反する見解が唱えられたまま放置されている。そこで本章では従来の説を見直し、四辻善成の著書『河海抄』とも比較して、注釈史における『千鳥抄』の位置付けを再確認する次第である。[2]

一、奥書による分類

待井新一氏は『千鳥抄』の奥書に着眼され、次の三種類に大別された。

第一類　跋文が巻末にあり、そのあとに添付部のない系統

天理本、桃園文庫本、東北大本、書陵部本［内］

第二類　跋文が巻頭にあり、巻末に添付部のない系統
　続類従本、東大本、静嘉堂文庫本、松平文庫本
第三類　巻末の跋文のあとさらに勘物・奥書など添付部のある系統
　加持井本、書陵部本［宮］、倉野本
　その他一、二類以外の諸本

全本に共通する跋文とは、作者（平井相助）が記したものである。第一類の天理本以外の三本は跋文のほか、師の兼載の秘本を借りて写したという桑下叟（兼純）の識語を付す。第二類も松平文庫本を除く三本に、宗祇自筆本を宗長が伝えたと記す識語がある。また松平文庫本のみ、跋文が巻末にある。次に第三類に添付された勘物・奥書とは、「河海抄与花鳥余情相違事」などの勘物や、藤斎と龍翔院（三条公敦）などの奥書を指す。

さらに待井氏は各類から一本ずつ、すなわち第一類は天理本、第二類は続類従本、第三類は倉野本を選び、巻別に項目数を比較して次のようにまとめられた。

a　欠脱を考慮すれば天理本と倉野本は項目数においてほぼ等しい。従つて本文自体には共通性が濃い。
b　続類従本は項目数が一般に少い上に独自項目が多い。これはこの系統本に別人・後人の手が加わつていることを推測せしめる。
c　天理本、続類従本にある欠脱・錯簡箇所が全く同一であるのは両系統が同一祖本から出ていることを推測せしめる。また欠脱・錯簡は文献学上古本に往々見うけられる現象であるからこの事実にも注意を要する。

右記のcによると第一類と第二類は同一祖本から生まれ、aによれば第一類と第三類は共通性が濃いということは、諸本の祖本は同じとなる。たとえば未だ指摘されていない例で示すと、幻の巻にあるはずの五項目が、どの伝本も前の御法の巻末に混入していることからも、三系統の祖本は同じであることが確認される。しかしながら、これだけで

は各系統の関係は不明瞭である。

二、三系統の関係

大津有一氏は待井新一氏の分類に従い、各類から一本ずつ選び、巻別の項目数を一覧表にされ、それに基づき次のように論じられた。なお私に、待井氏の分類を（　）内に補う。

八雲軒本（桃園文庫蔵。第一類の兼純奥書本系）は倉野本（第三類）の独自項目を持っている巻もあれば、続類従本（第二類の宗祇自筆本系）のそれを持っている場合もある。すなわち兼純奥書本系統のもの（第一類）は、槐下桑門藤斎奥書本（第三類）と宗祇自筆本系統のもの（第二類）との中間に位置していることを示している。

さらに大津氏は字句の異同も調査され、同じ結論を導かれた。それによると第一類に属する天理本も、他の二系統の中間に位置することになるが、片桐洋一氏は別の見解を示された。両説いずれが適切か、次節で考察する。

三、天理本の位置付け

片桐氏は天理本の誤脱を六例列挙され、そのうちの二例は天理本だけの欠陥であるが、他の四例は天理本のみならず兼純奥書を持つ伝本すべてに共通することを見抜かれた。そのほか朝顔の巻末七項と次の乙女の巻頭四項の欠落も、天理本と兼純奥書本は共有しており、これらの写本は待井新一氏の分類によると第一類に収まる。この天理本・兼純奥書本に共通する脱落は、第二類に属する続類従本にも見られる。しかもそのうちの一箇所（賢木の巻）は、続類従本の方が更に多く欠けている。よって片桐氏は、続類従本は、著者の跋文以外に識語を持たぬ天理図書館本やそれと全く一致する兼純奥書本が持っていた欠陥を前提とし、その欠落の前後に残っていたまとまりのない項目（この場合は後述する連歌の寄合の語）を整理して成り立っていることが確認されたというわけである。

と論じられ、続類従本を「天理図書館本の末流に位置する」と判断され、次のように図示された。

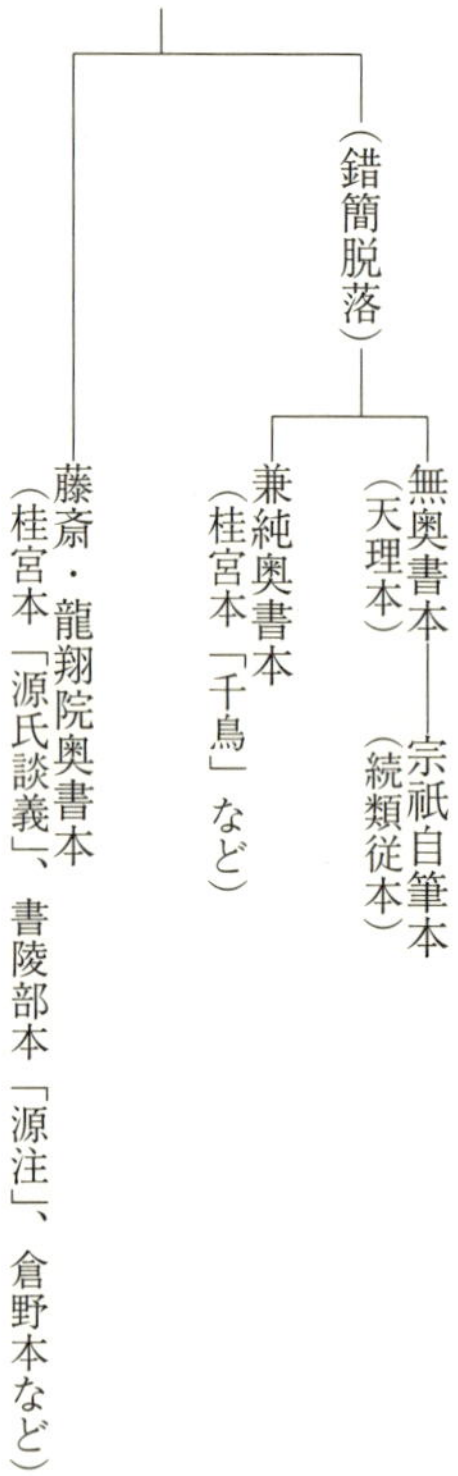

今度は前節で紹介した大津有一氏の説――兼純系統は宗祇系統と藤斎系統の中間に位置する――を、見直すことにする。まず兼純系統と天理本は酷似しており、その一部を省略して異文を追加すると宗祇系統になる（詳細は次節、参照）。一方、兼純系統と藤斎系統は錯簡脱落のほか、項目の出入りなど異同が多少ある。よって兼純系統は誤脱に関しては宗祇系統と共通するが、他の本文異同では独自の省略・追加が多い宗祇本系統よりも、むしろ藤斎系統に似る。そこで兼純系統は他の二系統の中間に位置するという大津氏の見解は、誤りではない。しかしながら続類従本が天理本の末流であると判明した以上、続類従本と他本を比較検討しても系統間の正確な関係は解らない。待井氏が選ばれた伝本は天理本と続類従本・倉野本、大津氏は八雲軒本（兼純本系統）と続類従本・倉野本であり、続類従本を使用されたのが両氏の説の弱点である。

四、宗祇自筆本系統の位置付け

前節に引用した片桐氏の説と系統図を見直すと、宗祇本系統の位置付けに関して一つの疑問がわく。それは天理本と兼純奥書本系統が「全く一致する」のならば、なぜ宗祇系統を兼純系統の末流ではなく、天理本の末流と見なされたのかである。そこで天理本と兼純本を校合して本文が異なる場合、続類従本はいずれに合うか調べることにする。

とはいうものの天理本と兼純本の本文異同は少ないうえに、誤脱の可能性があるものを除くと、両系統の相違は次の帚木の巻の四例ぐらいである。

①「ソコ　足下ト書。少シ人ヲサケシムル心也。（下略）」（天理本、六丁オ）において、「少シ」の箇所が兼純本は「チト」。

②「ケハイ」項（六丁ウ）が、兼純本は天理本より六項目前にある。

③「オホヤケハラタ、シキ」項（七丁ウ）が、兼純本は天理本より二項目後にある。

④「ムツカル」項（一〇丁ウ）が、兼純本は一七項目後の巻末、すなわち最終項にある。

宗祇本は①②は兼純本、③④は天理本と一致するので、一方の末流とは断定できない。しかも藤斎本も①〜④に関しては宗祇本と合致することから、この四点は宗祇本独自の異同ではない。よって宗祇本は、この点に関しては藤斎本に近く、天理本と兼純本の中間に位置すると言えよう。

ちなみに『河海抄』を見ると右記の四例のうち、①は勘物が異なり、②と③の項目は無く、④は天理本と同じ箇所にある。また物語では②は兼純本、③④は天理本の方が本文順に並ぶので、②〜④の位置に関しては宗祇本・藤斎本が原形を留めると推定される。①も平安時代から使用されている「少シ」より、中世の用語である「チト」[3]の方が、講釈の場の雰囲気をよく伝えていると見ると、四例すべて宗祇本・藤斎本の方が原文であると言えよう。

五、島原松平文庫本の位置付け

島原市立図書館松平文庫蔵の写本は、待井新一氏の分類によると第二類に属する。しかし第二類の他の伝本はすべて宗祇云々の奥書を有するのに、島原本には無く、本文も同系統の他本と比べると相違が目立つ。そこで松田修氏は島原本を「続類従本と倉野本系統の中間的存在」と見なされたが、待井新一氏は「総体的には続類従本に遥かに近い」と判断され、続類従本と同じ第二類に入れられた。そこで両説いずれが適切か、本節で考察する。

まず松田氏が検討された桐壺の巻を見ると、氏の指摘通り、倉野本にあり続類従本に全く無い項目（α）は九例、逆に続類従本にあり倉野本に無い項目（β）は五例あり、島原本はαもβも全て落ちている。よって島原本はαが無い点では続類従本と、βを欠く点では倉野本と一致するので、島原本を両者の「中間的存在」と松田氏は考えられたのであろう。しかしながら天理本と兼純本も調べると、両方とも倉野本と同じでαを有しβを欠くため、島原本は続類従本と他系統の中間と見る方がふさわしい。

次に第三節の冒頭で問題にした錯簡脱落と、第四節で扱った四項目（①〜④）を取り上げると、島原本はすべて続類従本と一致するので、この点に関しては待井氏の説「総体的には続類従本に遥かに近い」が適切である。ただし全系統に共通する項目を比較すると、続類従本は独自本文が散在し、その多くは項目の末尾にある。たとえば夢浮橋の巻にある「谷の軒端」という言葉を、他本は「谷の端」と解釈したのに、続類従本のみ末尾に異説（谷の家）を追加している。従って続類従本は夙に橋本進吉氏が「原著の面目を失つたところが少くなく」と指摘された通り、かなり加筆されているのに対して、島原本にはそのような補筆は見られない。ゆえに待井氏のように、島原本を続類従本と同じ系統に収めるのは無理である。そこで次のように考えてみた。

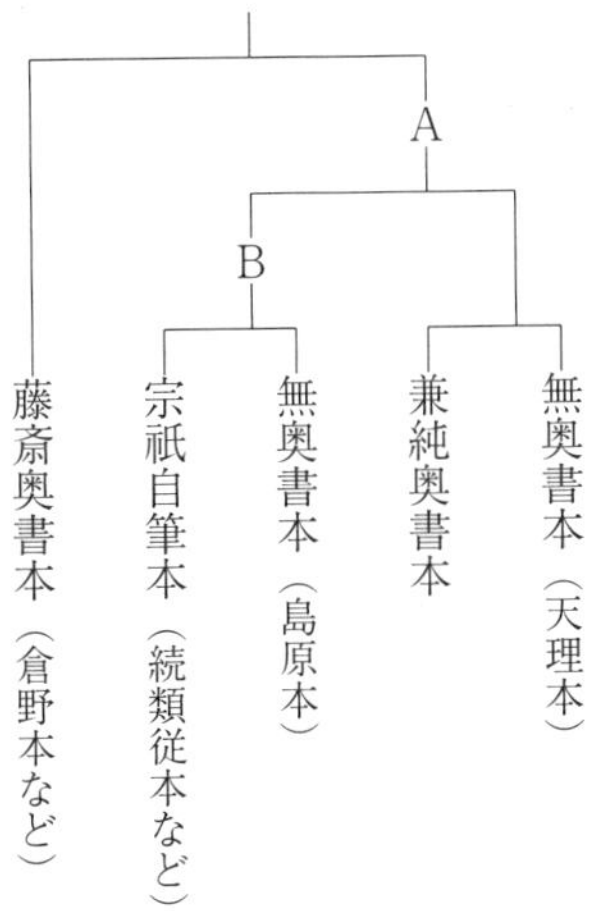

AとBの伝本は現存せず、Aで錯簡脱落が起こり、Bでそのうちの一箇所（賢木の巻）が更に欠け（第三節、参照）、また前掲の九項目（α）も落ちた。そしてBに五項目（β）や異説などを追加する代わりに、連歌の寄合などを省略して宗祇本系統が成立したが、島原本にはそのような加筆はない。このほか前節で取り上げた帚木の巻の四点（①〜④）は、島原本と宗祇本・藤斎本が原形を留め、天理本と兼純本はそれぞれ異同を起こしている。

参考までに、管見に及んだ伝本を列挙する。書写時期は天理本のみ室町時代、他は近世である。

・天理本（天理図書館善本叢書所収）。

・兼純奥書本系統

書陵部蔵（一五四・五四八）、同（五〇二・五三）、東海大学桃園文庫（桃七―六一）、東北大学狩野文庫（四・一一四〇四）。天理図書館（少女巻まで存。九一三・三六、イ一五一）。八雲軒本（東海大学桃園文庫、桃七―五九）[4]。

・島原本（一〇二―一一）。

・宗祇自筆本系統

続類従本、東京大学国語研究室、静嘉堂文庫。陽明文庫（少女巻まで存。近・二　三一・七）。

・藤斎奥書本系統

(1)倉野本、学習院大学国文研究室（三条西家旧蔵）、九州大学付属図書館（五四五・ケ・三九）、陽明文庫（近・二四三・七三）。書陵部（末摘花巻から存。一五一・一八三）。

(2)書陵部（五〇二・四五）、京都大学平松文庫（七―チ三）。

(3)ノートルダム清心女子大学黒川文庫（ノートルダム清心女子大学古典叢書所収）。

藤斎本系統を三種類に細分したのは、(2)と(3)は略本だからである。たとえば橋姫の巻を見ると、(2)は(1)より四項、(3)は(1)より九項も少ない。(2)と(3)の脱落は三項しか共通しないので、(2)から(3)が生まれたのではなく、両者はそれぞれ(1)を抜粋して別々に成立したと考えられる。それは『花鳥余情』の引用を示す出典名「花鳥」が、(1)と(3)には九例あるのに対して、(2)には五例しかないことからも裏付けられる。

六、藤斎奥書本系統の位置付け

『千鳥抄』の伝本で、最善本を決めるのは難しい。というのは錯簡脱落を免れたのは藤斎本しかないが、当系統は一条兼良著『花鳥余情』を九例引いているからである。それを他系統と共通する『千鳥抄』本来の注釈と比較すると、説を異にするのが三例、補注として加えられたのが四例ある。

残りの二例は、『千鳥抄』にない項目が追加されたと考えられ、いずれも宿木の巻にある。一つめは「シキノ葉

水洩不通　花鳥」であり、これは物語本文「シヰノ葉」と注解「水洩不通」が本来別々であったと推定される。なぜならば『花鳥余情』には、

水もるましくおもひさためんとてもなを〳〵しき、はにくたらん（一七〇六2）水もるましきは水洩不通といふ本文也たとへは堅密にしてすきまなきをいふ（下略）

しゐの葉のをとにはおとりておほゆ（一七二二11）しゐかもとのやとりをおもふ心也

（本文は、『源氏物語古注集成』1、桜楓社、昭和五三年による）

のように、別の項目になっているからである。他系統の『千鳥抄』は「シヰノハ　葉」または「シヰノ葉」のみで、これは「葉」の漢字を当てただけと解される。それに対して藤斎本系統は『花鳥余情』を引用したが、錯簡が生じたのであろう。ちなみに『河海抄』は二項とも、引歌を載せるだけである。

二つめの例も、同様に解釈できる。藤斎本『千鳥抄』には「ヤトモリ云々　御厨子小唐櫃　花鳥」とあるが、他系統には「ヤトモリ云々」のみで勘物を載せず、藤斎本のは次の『花鳥余情』の引用である。

ちかき御つしからうつなと（一七四六6）御厨子小唐櫃也

「やともり」という物語本文は別の箇所（一七五八2）にあり、それに関して『花鳥余情』は注を付けていない。これも先の例と同じで、『花鳥余情』の注釈本文が他の項目に紛れ込んだと推定される。

このように藤斎本系『千鳥抄』は『花鳥余情』から補注や異説、あるいは原著になかった項目の注解を引用しており、それは本文批判の立場から見ると原形を損っている。しかしながら別の見方をすると、すなわち『千鳥抄』の注釈態度は講釈した善成の著書『河海抄』よりも『花鳥余情』に近いという吉森佳奈子氏の説によると、藤斎本系の「花鳥」はその傾向を強めたと言えよう。次節では、この吉森氏の論を問題にする。(5)

七、注釈史における『千鳥抄』の位置付け

吉森氏が『河海抄』と『千鳥抄』を比較検討されて指摘された相違点を、私にまとめると次のようになる。

1、項目の立て方は原則として『河海抄』は文か文節、『千鳥抄』は語句である。

2、『河海抄』が数多く載せる史実の記事を、『千鳥抄』は引かない。

3、『河海抄』は出典を明記するが、『千鳥抄』は示さない。

4、『河海抄』にない語義の注が『千鳥抄』に多くあり、語注の占める割合は『千鳥抄』の方が高い。

右記の四点は吉森氏の論によると互いに関連しており、1と2に関しては、

『千鳥抄』が語句で項目を立てることは、結果として史実を挙げようもないものとして、『河海抄』が列挙する史実を捨象することになっている。

であり、3と4の関係を例示すると、

『河海抄』が「けはひ」という言葉の典拠を示す注であるのに対し、出典を示さない『千鳥抄』は結果として、漢字をあてることで語義の理解の便を図る注となっている。

となる。

従って『千鳥抄』の特徴は、「語句の理解を中心とした、実用的な注となっていること」であり、この注釈態度は『花鳥余情』に近いことにより、

『千鳥抄』のありようは、『河海抄』と『花鳥余情』の間に多く現れた源氏抄物に類似する。

と、吉森氏は説かれた。そこで前節の最後に述べたように、『花鳥余情』を九例引用した藤斎本系統は、本文におい

ては原文から遠退いたが、実は『千鳥抄』本来の性格に添うものと評価できる。また宗祇本系統（続類従本など）にのみ追加された本文も語釈が多く、藤斎本よりも一層『花鳥余情』に近づいたと言えよう。

従来の注釈史における『千鳥抄』の位置付けを振り返ると、『河海抄』とかなり重複することが災いして、本文が詳細で分量も多い『河海抄』の方が重視され、『千鳥抄』はあまり注目されなかった。たとえば本居宣長は、「ちうさくは河海抄ぞ第一の物なる」と評したが（『玉の小櫛』巻一、「注釈」の項）、『千鳥抄』には触れていない。しかしながら『河海抄』の注釈方法は後世に継承されず、

『河海抄』の注の態度は、しばしば『花鳥余情』によって批判され、『花鳥余情』の、物語の展開の理解に必要である以上の史実や典拠を挙げない態度は、後の注釈書の受け継ぐところとなり、二つの注釈書の間に転換を認むべきであるが、その、具体的なかたちとなったものとして源氏抄物類や『千鳥抄』を位置づけることができるのではないか。言い換えると、『千鳥抄』を見あわすことで、『源氏物語』注釈史における『河海抄』と『花鳥余情』の間は具体的に描き得るのではないだろうか。

と、吉森氏が述べられた通りである。ゆえに『河海抄』と『花鳥余情』の注釈方針が全く異なることに基づき、両者を断絶させてしまうのではなく、両著とそれぞれ共通する『千鳥抄』を間に置くことにより、『河海抄』の語意・文意などの注解を『千鳥抄』は推し進めて『花鳥余情』に引き継いだと考えられる。

さて別の観点から『千鳥抄』の意義を見出されたのは、片桐洋一氏である。氏の説によると、本書は物語を離れて「故事や本説の類」に関心を向けており、それはまさに「中世的雑知識の世界」である。それに対して吉森氏は、次のように反論された。

『千鳥抄』が、片桐の指摘のように中世らしい雑学的関心を窺わせる起源説話的なものを多く載せているように見えるのは、『河海抄』の注の史上の例、或いは例の出典を捨象して説話的な部分だけを採っているためと見ら

れる。(中略)

『千鳥抄』の独自性として指摘されたことは、実際には『河海抄』にほぼ収斂し得るもので、片桐の論は肯えない。具体的には、『河海抄』と『千鳥抄』の出典の扱いの相違の問題で、一足飛びに『千鳥抄』の独自性を言い得ることではなかった。

しかしながら吉森氏が指摘されたように『千鳥抄』の内容が『河海抄』に収まるのならば、『河海抄』にも中世らしい雑学的興味が含まれていることになり、『河海抄』が掲載する種々の注釈の中から雑学の要素を取り出し、時には拡大したところに『千鳥抄』の特徴があると言えよう。従って『千鳥抄』は『河海抄』から中世の雑学的要素と、『花鳥余情』の注釈方針に合う勘物を受け継ぎ、『花鳥余情』に橋渡ししたのである。

終わりに

『河海抄』と『千鳥抄』に関する従来の研究を通観すると、両者を対等に比較検討してきた嫌いがある。しかしながら『河海抄』は当初から注釈書として執筆されたのに対して、『千鳥抄』は講釈の後も不審点を四辻善成に尋ねて記したとはいえ、もともと聞き書きである。すなわち前者は著作、後者は記録と性格を異にする。そこで例えば項目の立て方に関しては、

『千鳥抄』はいずれも語句を取り出して、語義について説明する。逆に、『河海抄』は、右の例のように実質的には語句の注であっても文節で項目を立て、語句を取り出して項目としたものは殆ど見られない。

と、吉森佳奈子氏が指摘された通りであるが、その相違は両著のみならず、一般に著述と聞書の関係にも当てはまる。というのは『千鳥抄』に記された講説の日付を見ると、一日に最低一巻、多いときは三巻も行われているので、受講

しながら文・文節まで書き留める時間はないからである。一方『河海抄』のような著書では一語の注釈であっても、その語句が物語のどこにあるか分かるように、文節で項目を立てるのが普通である。従って今後は両著を比較する際、成立事情の相違を考慮する必要がある。

注

（1）四辻善成の事績に関しては、小川剛生氏「四辻善成の生涯」（『国語国文』平成一二年七月）に詳しい。
（2）本章に使用する論文は、次の通りである。なお引用する際は、執筆者名のみ記す。
・橋本進吉氏「源氏物語千鳥抄について」（『国語と国文学』大正一四年一〇月）。
・松田修氏「『源氏御談義（千鳥抄）』私見」（『国語国文』昭和三六年三月）。
・待井新一氏「源氏物語千鳥抄の考察―諸本の分類と原著形態について―」（『国語と国文学』昭和三八年一〇月）。
・大津有一氏「千鳥抄について」（『源氏物語の探究』1所収、風間書房、昭和四九年）。
・片桐洋一氏「源氏物語千鳥抄」（天理図書館善本叢書『和歌物語古註續集』解題、昭和五七年）。
・片桐洋一氏「当座の聞書と聞書の当座性―『源氏物語千鳥抄』新攷―」（『文学』、昭和五七年一一月）。
・吉森佳奈子氏「『千鳥抄』の位置」（『むらさき』平成八年一二月。後に同氏『『河海抄』の『源氏物語』』和泉書院、平成一五年に再録）。
（3）桑原博史氏『中世物語の基礎的研究　資料と史的考察』一八四頁（風間書房、昭和四四年）。
（4）八雲軒本は第四節で取り上げた四例（①～④）に関しては、宗祇本・藤斎本と一致する。しかし他の箇所においては兼純本の特徴を兼ね備えているので、その系統に属すると判断した。
（5）漢数字と算用数字は、『源氏物語大成　校異篇』の頁数と行数を示す。

第五章　源氏物語注釈書に見える中国古典

はじめに

源氏物語の注釈書は、平安時代から今日に至るまで作られ続けている。とりわけ中世では現代と異なり、秘伝が重視されていた。奥義には中国古典とその注釈が深く関わり、漢詩文は現在よりも幅広く利用されていた。今日では採用されず、日の目を見ない中世の秘説と、それを支えた漢籍を取り上げ考察する。

一、紫式部と中国文学

源氏物語の作者である紫式部は、漢文学に堪能であった。その才能は幼少の時から群を抜き、兄弟よりも早く漢詩文を理解したので、父親はいつも嘆いて、「この子が男の子でないのが残念だ」と言っていた。当時の女性は漢字を読むことさえ禁止され、亡夫の遺品である漢籍を暇つぶしに見ているだけで、侍女たちに「これだから幸せになれず、寡婦になるのね」と、陰口を言われる有様であった。そこで紫式部は、宮仕えを始めてからは、一という漢字すら人前では書かないようにしていたのに、主人の藤原彰子に頼まれて、白楽天の作品『白氏文集』を隠れて教えることになった。いわば彰子の家庭教師になるほど、学識に優れた人であった。

以上のエピソードは、『紫式部日記』に記されている。これほどの女性が執筆した源氏物語には、漢詩文が多く引かれている。その引き方もいろいろで、漢詩の一句を口ずさんだというように、引用していることが明白なものもあれば、宮中において知識をひけらかさなかった作者らしく、漢籍を踏まえているとは気づかないものもある。両者のうち、本章では後者に的を絞り、その中でも古人が指摘しながら現代の注釈書では採用していないものを取り上げることにする。(1)

二、二段階伝授

例1、「蓬のまろ寝」の意味

まず手始めに、現代も意味不明の言葉である「蓬《よもぎ》のまろ寝《ね》」について見てみよう。それは東屋の巻に見られ、薫大将が三条の小家を訪れ、初めて浮舟の君に逢い、一夜を明かした場面である。翌朝、明るくなるにつれ、近くの大路から物売りの声などが聞こえてくる。大邸宅に住んでいる薫には聞きなれない物音なので、「かかる蓬のまろ寝にならひたまはぬ心地も、をかしくもありけり。」（九三頁）と、薫は感じた。「蓬のまろ寝」の「蓬」とは植物の名で、廃屋になり庭も手入れされなくなると蓬が生い茂ることから、荒れた屋敷の描写によく用いられる。一方「まろ寝」とは衣服を着たまま寝ることで、ごろ寝または旅寝を意味する。そこで「蓬のまろ寝」とは蓬草での仮寝、すなわち地面で寝ることになる。しかしながら物語では、薫は屋内で一夜を過ごしているので、古来、難解な語とされてきたのである。

それを解明したのは、一五世紀後半に一条兼良が著した源氏物語の注釈書『花鳥余情』である。

「よもぎ」はただ、蓬生《よもぎふ》の宿の心にてこそあらめ。荒れたる所に一宿するを「蓬のまろね」と言はんは、さらにたがひはべるまじきにや。

「生《ふ》」は植物が茂っている所を表す語で、「蓬生《よもぎふ》」とは蓬などの雑草が繁茂している所、すなわち荒屋を意味する。一条兼良は物語本文の「蓬」を「蓬生」と見なしたのである。貴族である薫から見れば、粗末なみすぼらしい家であるし、またこの隠れ家は「まだ造りさしたる所」（同巻、七七頁）でもあったから、なおさらである(2)。

この見解は現代にも引き継がれ、粗末な宿の仮寝と訳されている。それでは、これで一件落着かというと、そうでもない。すでに江戸時代に、国学者の本居宣長が『源氏物語玉の小櫛』において、「聞こえぬ事なり。文字の誤りなどにや。」と指摘したように、この語句は他の文献には見当たらない。そのため一条兼良は「蓬生」と見て解釈したのであるが、別の語に置き換えるのは不自然である。

そこで『花鳥余情』以前の注釈書に目を向けると、南北朝時代に四辻善成が著した『河海抄』には、『淮南子』の一節が引用されている。

飛蓬の転ずるを見て、車を為《つく》ることを知る。（〔訳〕強風に吹かれ転がり飛んでいく蓬を見て、車を作ることを思いつく。）

地面を転がる蓬を見て、回転する車輪を発想したのである。この蓬は車の比喩であり、その解釈を源氏物語に導入すると、物語本文の「蓬」も車、すなわち薫が乗ってきた牛車を指し、「蓬のまろ寝」は車内の仮寝を意味する。しかし前述したように物語では、薫は車を降り室内で夜を明かしたとあるので、やはりこの説も文脈に合わない。

実はその矛盾を四辻善成も気づいていて、別の注解を『珊瑚秘抄』で紹介している。この書物は『河海抄』には掲載しない秘説を著者自ら一冊にまとめたもので、そこでは『荘子』の一節を引用している。

夫子、なほ蓬の心あるかな。（〔訳〕先生にはやはり、すなおな心がありませんね。）

蓬は茎が曲がっているので、素直でない曲がった心に例えられている。それを『珊瑚秘抄』は源氏物語に当てはめ、

蓬はさし伸びず屈曲のよしを言はんためなり。（〔訳〕「蓬」は伸び伸びできず屈折していることの比喩である。）

と解した。大邸宅に住む薫にとって、粗末で狭苦しい宿でのごろ寝は、心身ともに窮屈でくつろげない、と読むのである。

その説の根拠として『荘子』に郭象と向秀が付けた注釈を、『珊瑚秘抄』は引いている。それは「蓬は直達にあらざる者なり」と「蓬は短くして暢《の》びず、曲士の謂《いひ》」であり、いずれも『荘子』の解釈には必要である。しかしながら中国語と日本語では漢字の語意が異なることがあり、漢文の語釈をそのまま和文に当てはめるのは無理である。それと同じことが、蓬を車と捉える『河海抄』にも言える。従って源氏物語の読解に漢籍の注解を利用する方法は、現代では用いられていない。

今日から見ると無意味とも言える注釈方法が、なぜ中世には行われていたのであろうか。それは古代から中国文化への敬意と憧憬の念があり、注釈の根拠に中国の書物を引用すると、説得力があり箔が付くのである。仮に当時の日本の俗語で「蓬」に車または屈曲という意味があり、それを源氏物語の注釈書に載せても典拠としては弱くなる。

また武士が政治・経済面で台頭してきた中世において、貴族は生きのびるため武家方にはないもの、すなわち平安時代の公家文化や伝統芸能を継承し、それを伝授することで収入を得るようになった。いわば今でいう家元である。源氏物語も王朝文化の華として利用され、その研究の泰斗になれば、源氏学の家を確立することができる。権威者になるには論争に打ち勝たねばならず、相手を打ち負かすには論拠が必要であり、その中でも漢籍が最も重きをなした。従って漢文の注解を和文の読解に導入するのは、現代では短絡的とされるが、中世では重要かつ有効な方法だったのである。

その作業を四辻善成は『河海抄』にも『珊瑚秘抄』にも行い、後者にのみ奥義を載せているが、なぜ前者にも別の

説を紹介したのであろうか。言い換えると、『河海抄』では全くこの件には触れないという手もあるのに、なぜそうしなかったのか。それは収入を得るには弟子を採り教えなければならないが、解釈が一つしかないと、それを披露すれば家の説が無くなるからである。また初めから秘説を伝授するわけにはいかない。そこで初心者には『河海抄』の注解を教え、経験を積み限られた者にのみ『珊瑚秘抄』の奥伝を許すという、段階を経た方法を採り、『珊瑚秘抄』の秘密を保持し、また源氏学の家の継続を図った。これを私に、二段階伝授と命名した。(3)

この相伝には二種類の注釈が必要であるが、一つの資料で両説を唱えた例を次に紹介する。

例2、墨色の雲

光源氏が須磨に引き籠っていたとき、暴風雨に襲われ、源氏の住まいの一部は落雷で燃え上がり、「空は墨をすりたるやうにて」（明石の巻、二二七頁）であった。この箇所に『河海抄』は杜甫の詩の一句を挙げている。

俄頃《がけい》、風は定まり、雲は墨色なり。（〔訳〕しばらく風は止み、雲は墨色をしている。）

『河海抄』には説明文がないので、この詩を引用した意図は明らかではないが、おそらく空や雲が暗いという状況が似ているので取り上げたのであろう。現代の注釈書ではこの種の注解は本文の読解には不要と見て採用しないが、中世においては和文より格が上の漢文に、物語と類似した表現があることを指摘するのは、前述したとおり重要な作業であった。紫式部のころ、漢詩文と和歌には勅撰集があり、晴れの文学として公認されていたのに対して、物語は女性が読む物であり社会的地位は低かった。ところが中世になると藤原俊成が、「源氏見ざる歌詠みは遺恨の事なり。」（『六百番歌合』）と述べたこともあって、源氏物語は歌道の必読書になり、他の物語よりも評価が高まった。そこで源氏物語の地位を上げるためにも、漢籍を踏まえて書かれていることを解明することが必要であった。

一方、『珊瑚秘抄』も同じ漢詩を引くが、それに続けて宋代の蘇庠が付けた注釈も引用している。

雲の墨色は、雲は礼楽法度に喩へ、墨色は明らかならざるなり。

それを『珊瑚秘抄』は源氏物語に当てはめ、

朱雀院、御まつりごと明らかならで、光源氏、左遷ありし事を言ふか。

と見て、物語の自然描写は政治批判の暗喩と解した。このように同じ文献を引きながら、『河海抄』では表の意味、『珊瑚秘抄』では裏の意味を披露する、という二段階伝授の体裁を取っている。

例3、犬の声

最初に取り上げた例1「蓬のまろ寝」の場面で薫は浮舟と出会い、三条の小家から連れ出し、宇治の山荘に隠しておいたのに、匂宮が探り当て、浮舟の元に通うようになる。それに気づいた薫は警固を強化して、匂宮が近づけないようにした。そうとは知らず匂宮は、いつものように入ろうとするが、今までとは違い警備が厳重で近寄れず、そのうえ番犬まで吠え出した。

里びたる声したる犬どもの出で来て、ののしるも、いと恐ろしく、（浮舟の巻、一九〇頁）

この箇所に『河海抄』は、『白氏文集』の一節を当てている。

犬、吠えて、村胥《そんしよ》、鬧《さわ》がし。（［訳］犬が吠えたのは、村役人が税金の取り立てに来たからだった。）

源氏物語と共通するのは里の犬が吠えたという点だけで、状況は異なるので、この漢詩は現代の注釈書では顧みられない。にもかかわらず中世では採用されたのは、前の例「空の墨色」と同じ理由による。すなわち物語より社会的地位が高い漢籍との類似を示すことで、源氏物語の権威を高め、男性の読み物としてふさわしいことを示すためである。

一方、『珊瑚秘抄』では『白氏文集』の代わりに『毛詩』の一句「尨《ぼう》をして吠へしむる無かれ。」（［訳］犬に吠えさせないでください）を引き、毛伝の注も引用している。

尨は狗《いぬ》なり。非礼、相凌《あひしの》げば、すなわち狗、吠ゆ。

礼儀が廃れると、犬が吠える、というのである。それを踏まえて『珊瑚秘抄』では、今の兵部卿宮の行跡、非礼の至りなれば、里の犬の咎めたるも、いささか心あるにや。

と解いた。兵部卿宮（匂宮のこと）が親友である薫を裏切り、彼の恋人に近寄ったという不道徳な振る舞いを、犬が吠えて咎めた、と見るのである。それは『河海抄』だけでは予想もつかない秘説である。

今までに紹介した例はすべて、『河海抄』『珊瑚秘抄』いずれの説も現代の注釈書では利用されていない。それに対して次の例では、『河海抄』の説のみ今日も受け継がれている。

例4、綱引き

光源氏が一七歳のとき、雨が降り続いたある夜、宮中で三人の男性と徹夜して、女性の話で盛り上がった。いわゆる帚木の巻における、雨夜の品定めである。その中で女性経験が豊富な左馬の頭が、自分の体験談を披露した。それは誠実に尽くしてくれるが、非常に嫉妬深い女性の話である。彼はその焼き餅を焼く性格が気に入らず、彼女を懲らしめるため、わざと別れる振りをして、「いたく綱引きて見せ」ているうちに、彼女はひどく悲しみ亡くなってしまった。

しばし懲らさむの心にて、「しか改めむ」とも言はず、いたく綱引きて見せし間に、いといたく思ひ嘆きて、はかなくなりはべり（帚木の巻、七六頁）

古語辞典で「綱引く」を調べると、三つの意味がある。

①つながれた綱を引く。
②牛馬などが、手綱に引かれまいとして逆らう。
③（人が相手に）逆らう。意地を張る。

③の例文として「いたく綱引きて見せ」が掲載され、現在はそのように解釈されている。では、古人はどのように読んでいたのであろうか。

まず『河海抄』を見ると、『拾遺和歌集』の和歌を引いている。

引き寄せばただには寄らで春駒の綱引きするぞなはたつと聞く（〔訳〕春の野にいる馬の手綱を引き寄せても、すぐには近寄らず、馬が逆らっているうちに縄が切れるように、求愛に逆らっているうちに噂が立ったと聞いています。）

「綱引き」と「なはたつ」が掛詞で、前者には古語辞典の②と③の意味が、後者には「縄絶つ」と「名は立つ」が掛けられている。馬が逆らうのは気性が激しいから、また春の野原でもっと遊んでいたいからであろう。それはさておき、この和歌の意味で源氏物語を解釈すると、「いたく綱引きて」は彼が彼女にひどく逆らって、と読める。

この読み方は現代にも受け継がれているが、『河海抄』は右記の古歌に続けて、それを批判した文章を加えている。

この歌の心、叶はず。「つなひく」は嫉妬の心なり。秘説あり。

「つなひく」の語釈は抵抗ではなく、嫉妬とするのが奥義であり、その根拠は『珊瑚秘抄』に詳しく記されている。それは南朝宋の虞通之が著した『妬記』（『妬婦記』とも言う）にある話で、要約すると次のようになる。

夫に対して非常に妬み深い妻がいて、夫が浮気しないように、いつも夫の足に長い縄を付けて、夫を呼ぶときはその縄を引いていた。困り果てた夫は密かに老いた巫女に相談したところ、妻が眠っている間にその縄を解き、代りに羊に付けておくように、と助言された。夫はその通りにして、なにも知らず眠りから覚めた妻が、いつものように縄を引くと、夫ではなく羊が来た。妻は驚き怪しんで巫女に尋ねると、「あなたが夫にそのような仕打ちをするから、夫は羊に変身したのだ」と言われた。妻は悲しみ後悔して、七日間、潔斎をして神事を行ない祈願した結果、羊は夫に戻った。

しばらくして、また妻が焼き餅を焼くと、夫は地に伏し羊の鳴きまねをしたので、妻は驚き、改めて誓いを立て、その後は二度と嫉妬しなくなった。

この話は、平安時代後期の一一二〇年頃に藤原範兼が編纂した歌学書『和歌童蒙抄』にも収められ、その当時から知られていたらしい。漢文では「綱」ではなく「縄」であるが、前掲の和歌でも「綱」と「縄」を同じ物として扱っている。

『珊瑚秘抄』は『妬記』の話を源氏物語に当てはめ、

「綱引きて」とは、女のもの妬みする心なり。物語の面にも、そのよし見えたり。

と解いた。すなわち物語本文の「いたく綱引きて」とは、彼女が彼にひどく嫉妬して、となる。『河海抄』の解釈では、彼が彼女に意地を張って、であるので、『珊瑚秘抄』とは主語と目的語が逆になる。『河海抄』の読み方は現代と同じで、誤りとは言えないのに、『珊瑚秘抄』は否定している。

『奥入』に、

引き寄せばただには寄らで春駒の綱引きするぞなはたつと聞く

といふ歌を載せたるは、この心に叶はざるにや。この古事を言ふなり。

物語の内容に合うのは「この古事」（『妬記』）であり、『奥入』に引かれた和歌ではない、と断じている。『奥入』とは藤原定家が著した源氏物語の注釈書で、南北朝時代になると、定家は和歌の聖として尊敬され、その著書も尊重されていた。にもかかわらず、定家の説に反論して新説を唱えたところに『珊瑚秘抄』の価値があると言えよう。

ここで、もう一度『河海抄』を見直すと、

この歌の心、叶はず。「つなひく」は嫉妬の心なり。秘説あり。

とあり、『珊瑚秘抄』の秘説である「嫉妬の心」が紹介されている。前述したように、『珊瑚秘抄』の奥義は『河海抄』を読まれても分からないようにするのが二段階伝授であるので、これでは『珊瑚秘抄』に秘伝書としての価値がないように見える。しかしながら『河海抄』に『珊瑚秘抄』説の主旨を載せても、その根拠となる出典（『妬記』）を知らないと、そのように解く理由は不明である。たとえば中世の論争では典拠が重視されたため、たとえ「つなひく」の意味は嫉妬だと主張しても、その論拠になる漢籍を提示できないと負けてしまう。よって『河海抄』で『珊瑚秘抄』説の主旨を披露しても、『珊瑚秘抄』の秘密は保持できるのである。

三、南北朝時代と室町時代の相違

源氏物語の本文に隠された出典を考証し、時には漢籍の注釈も導入して、物語本文に秘められた裏の意味を解明するという作業は、南北朝時代に成立した『河海抄』において頂点に達した。しかし室町時代になると、その方法は廃れ、新たに主流になったのは文意の解釈や鑑賞批評であり、その先駆けをなしたのは一五世紀後半に一条兼良が著した『花鳥余情』である。具体的に一例を挙げて、両著の相違を見てみよう。

光源氏の正室でありながら出家した女三宮の持仏を開眼する供養が、光源氏により盛大に催された。その法事も無事に終了し、出席した僧侶たちは豪華なお布施を頂いて、各自の寺に帰った。

夕《ゆふべ》の寺に置き所なげなるまで、ところせき勢ひになりてなん、僧どもは帰りける。（鈴虫の巻、三七八頁）

この一文に『河海抄』は漢詩を引いている。

蒼茫たる霧雨の霽《は》れの初め、寒汀に鷺立てり。重畳せる煙嵐の絶えたる処《ところ》、晩寺に僧帰る。（〔訳〕薄暗い霧雨が止み晴れ出すと、寒々とした汀に鷺が立っている。幾重にも重なった雲や煙を夕風が吹き払った隙間から、僧が寺に帰っていくのが見える。）

この対句は、紫式部と同じ頃に活躍した藤原公任が、有名な和歌や漢詩文を編集した『和漢朗詠集』に収められている。平安時代末期に信阿が作成した注釈書『和漢朗詠集私注』には「閑賦　張読」とあり、張読（伝未詳）の作品「閑賦」の一節である。それは現存する最古の源氏物語注釈書で、平安末期に藤原伊行が著した『源氏釈』にも引かれていて、その頃から『河海抄』が編まれた南北朝期まで百年以上にわたり、この漢詩は注釈書に採られていた。

しかしながら、その漢詩が物語本文と一致するのは、「晩寺僧帰」の箇所にすぎず、またそこに詠まれた静かな情景は、物語の豪奢な法要の雰囲気と重ならない。そのうえ、この注がなくても物語は読めるので、『花鳥余情』以後、現代に至るまで、この注釈は採用されていない。『花鳥余情』は和歌や漢詩文を引かず、解説文を載せるだけである。

名僧ども、御布施・捧げ物など持ち帰りて、おのが寺に置き所なきまで積み置けるなり。「僧ども帰りける」といふ言葉に付けて「夕べの寺」とは書けり。いと、おもしろし。

末尾の「いと、おもしろし」は、文章表現の巧みさを評したもので、現代の注釈書でも「軽い諧謔[4]」と称している。このような評語は『河海抄』では全く見出せず、これが両著の相違点である。平安末期の『源氏釈』から南北朝期の『河海抄』までの注釈書が最も力を注いだのは、博引旁証であった。しかし、その考証は深化すればするほど、衒学に陥り、その解読に学識を要し、反って物語の読解から離れてしまう。それよりも物語の味読に重点を移したのが『花鳥余情』である。

終わりに

『花鳥余情』の序文には、「我が国の至宝は源氏の物語に過ぎたるは無かるべし。」とあり、源氏物語を絶賛している。もはや漢籍の権威を借りなくても、源氏物語の社会的地位は向上したと言えよう。こうして『花鳥余情』以後の注釈書では漢詩文は減少して最小限に絞られ、今日に至るのである。そして『河海抄』に載せない秘説をまとめた『珊瑚秘抄』は、その書名すら世に知られず、昭和初期に学会で発表されるまでは三条西家に秘蔵され、天下の孤本となったのである。

注

（1）本章に引用した注釈書は、以下の通りである。『河海抄』は『紫明抄　河海抄』（角川書店、昭和四三年）、『珊瑚秘抄』は『古代文学論叢』6（武蔵野書院、昭和五三年）所収の影印、『花鳥余情』は『源氏物語古注集成』1（桜楓社、昭和五三年）。源氏物語の本文は新編日本古典文学全集（小学館、平成六～一〇年）により、私に適宜、漢字を当てたり読点を付けたりした。

（2）「蓬のまろ寝」の用例は、鎌倉時代の歌人である飛鳥井雅有の日記に二例あり、いずれも京都から鎌倉へ下向する途中の記事に見られる。一つは鏡の宿（滋賀県蒲生郡竜王町鏡）で、「物語しつつ蓬のまろ寝、皆したり。」（『みやぢのわかれ』）、もう一つは萱津の宿（愛知県海部郡甚目寺町）で、「むなしく蓬のまろ寝にて明かしぬ。」（『春のみやまぢ』）とあり、両例とも旅先でのごろ寝と解釈できる。なお雅有は『弘安源氏論議』に参加して、「源氏のひじり」と称賛されている。

（3）岩坪健『源氏物語古注釈の研究』第六編第二章（和泉書院、平成一一年）。

（4）新編日本古典文学全集『源氏物語』鈴虫の巻、三七八頁の頭注。

第六章　一条兼良著『花鳥余情』の系統に関する再考

――一条家伝来本、大内政弘送付本、および混態本の位置付け――

はじめに

『花鳥余情』とは源氏物語の注釈書で、著者は一五世紀に活躍した、碩学の誉れ高い一条兼良である。数多く編まれた源氏古注釈の中でも、本書は南北朝時代に作成された『河海抄』と共に、「両抄は必ず見では、かなはぬものなり。」と、本居宣長も『紫文要領』において称賛したほど、後世に多大な影響を及ぼした。

『花鳥余情』の伝本は約六〇本あり、先学の研究により三系統に分類されている。しかしながら私が調査したところ、第四の系統が見出され、その存在により今まで未解決であった次の二点を解明するのが、本章の目的である。

○従来の三系統の本文を混合したように見えるため、混態本と呼ばれていたものの正体が明らかになる。

○奥書によると、一条家に伝来した本と、大内政弘に送付した本が存在する。しかしながら両者の具体的な本文異同は今まで不明であったが、それが明確になる。

一、従来の系統分類

本書は今まで兼良の奥書により、次の三系統に分類されていた。

1、初稿本。文明四年（一四七二）、兼良が七一歳の年に完成したもの。
2、再稿本。文明八年に、大内政弘の所望により兼良が送付したもの。
3、献上本。文明一〇年に、後土御門天皇の勅命により兼良が奉じたもの。

初稿本と献上本に関しては、善本が実在する。まず献上本は第一冊が兼良自筆、以下は寄合書きであるが、全冊にわたり兼良が校合していて、原本と言えるものが、龍門文庫に収蔵されている。(1)次に初稿本は兼良が脱稿した後、紹永法眼が整理して浄書したものを、文明九年から明応七年（一四九八）にかけて四条隆量が書写したのが現存し、所蔵者の名字にちなみ松永本と呼ばれている。(2)それらに比べ、再稿本は定本と言えるほどのものがなく、本文が良好な中野幸一氏蔵本（以下、中野本と称す）が翻刻されている。(3)

再稿本に原本かそれに近い伝本が確認されていないため、その諸本の中に実は第四系統の伝本が潜在していることを、次節で指摘する。

二、系統間の本文異同

三系統に大別されるといっても、著しい本文異同は全巻を通して僅かしかなく、伝本間の相違が大きい箇所として夙に知られているのは、次の二点である。

○桐壺の巻で、「内侍、宣旨うけたまはり伝へて、大臣《おとど》参りたまふべきよしあり」の項目が初稿本になく、再稿本と献上本にある。

○次の物語本文において、傍線aの箇所を注した項目は初稿本にのみあり、代わりに傍線bの項目が再稿本と献上本にのみある。

ᵃともかくも違ふべきふしあらむを、のどかに見忍ばむよりほかに、ますことあるまじかりけり」と言ひて、ᵇわが妹の姫君は、この定めにかなひたまへりと思へば（帚木の巻）(4)

一つめの例について、阿部秋生氏は三系統の本文を挙げて比較検討された。(5)そのうち問題の再稿本を引用する。なお適宜、私に句読点を付し、見せ消ちにされた箇所は［　］で括る。

内侍せんしうけたまはりつたへておとゝまいり給へきよしあり

この下のこと葉に、御さかつきのついてに御うたなとよませ給へるよしみえたり。しからは『西宮抄』に〔いへることく〕。御遊盃酒［ありとみえたるは盃酒は御殿にてあるへし。〔ハ殿上にてありて引入大臣をはさらに御前にめされて御さか月を給へるなるへし〕此物語ニいへるに相違なき也。］

追案、『西宮抄』（下略）

末尾の「追案」以下は下部の余白に書かれているので、第六節で取り上げることにする。阿部氏は伝本の出典を示されていないが、冬良の書き入れがあると記されているので（注10参照）、前掲本文は尊経閣文庫本と思われる。ここで注目したいのは、［　］内の抹消された部分である。すなわち「盃酒は御殿にてあるべし」を消して、「盃酒は殿上にてありて」と直している。「盃酒」（酒宴）の場所が、「御殿」から「殿上」に変更されている。再稿本の諸本を調べると、多くは改訂後の本文のみであるが、一部の写本は改訂前の本文しかない。これは二種類の本文を、書写者が任意に選択したかのように見えるが、実はそうではない。というのは、その相違は前掲の帚木の巻の異同（傍線a・

b項の有無）と深く関わるからである。

仮に改訂前の本文を持つ写本を再稿本第一類、改訂後のを再稿本第二類と名付けると、前者は「ともかくも」項（傍線a）、後者は「わが妹」項（傍線b）しかないと分けられる。(6) これに初稿本と献上本も加えて整理すると、次のようになる。
○「ともかくも」項は、初稿本・再稿本第一類にあり、再稿本第二類・献上本にない。
○「わが妹」項は、初稿本・再稿本第一類になく、再稿本第二類・献上本にある。
この二項を比較すると、本文は異なるが主旨も結論も同じで、「わが妹」項は物語本文の引用を増やして、「ともかくも」項の見解を補強したと考えられる。(7) それに対して桐壺の巻の異同は、兼良が本文の解釈を改めた結果、生じたことを次に明らかにする。

三、現代の解釈

『花鳥余情』の注釈を検討する前に、現代の解釈を物語本文に沿って押さえておく。光源氏の元服の儀式が催されたのは、「おはします殿《でん》の東の廂」（帝が常にお住まいの清涼殿の東廂。図版のA）であった。加冠の儀が済んだ後、源氏は一旦「御休み所」（殿上の間の南向かいにある下侍。図版のB）に退出して、成人の衣装に着替え、清涼殿の東庭（図版のC）に降りて拝舞した。そのあと、

（源氏は）さぶらひにまかでたまひて、人々大御酒《おほみき》など参るほど、親王《みこ》たちの御座の末に、源氏着きたまへり。

とあり、酒宴が開かれたのは「さぶらひ」で、その場所は源氏が着替えた「御休み所」と同じと見なされている。やがて左大臣は、帝から召されて参上する。

御前《おまへ》より、内侍、宣旨うけたまはり伝へて、大臣《おとど》参りたまふべき召しあれば、参りたまふ。（中略）御さかづきのついでに、（以下、贈答歌あり）と奏して、長橋よりおりて舞踏したまふ。

大臣は「長橋」（清涼殿から紫宸殿に通じる廊下。図版のD）から東庭に降りて拝舞したので、帝から盃を賜り和歌を詠み合ったのは、元服が執り行われた東廂と考えられる。すると帝は、加冠の儀が終わった後も東廂に残り、宴会は下侍で行われ、左大臣のみ帝のお召しにより、下侍から東廂へ移動したことになる。

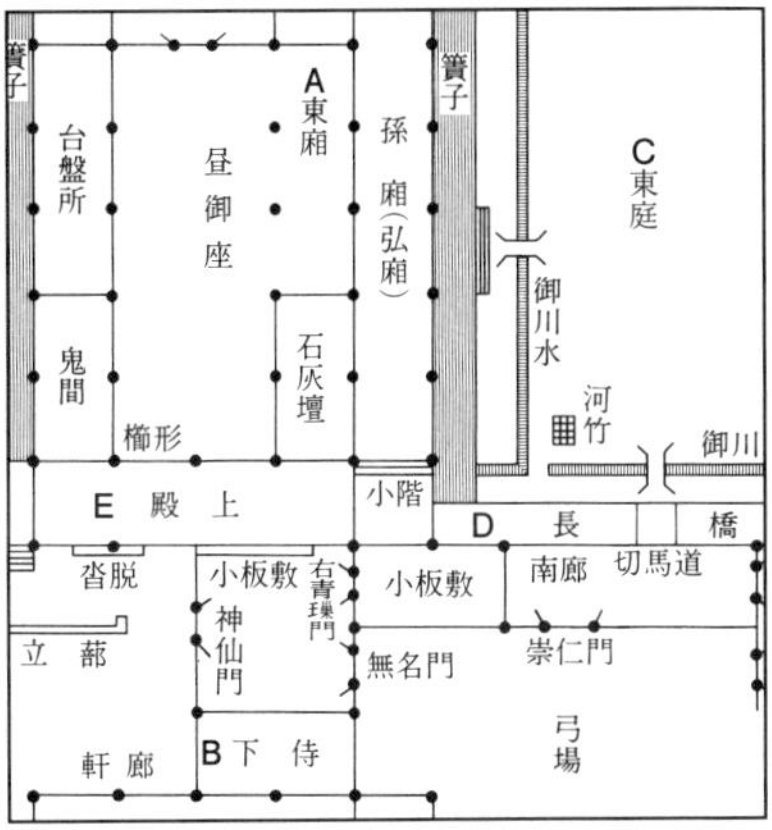

四、『花鳥余情』における解釈の変化

『花鳥余情』による物語本文の解釈は系統により異なり、これは兼良の考えが推移したからと考えられる。以下、系統別に本文を列挙する。

○初稿本（松永本）

さふらひにまかて給て

侍は殿上の事也。これによて殿上人をは「みさふらひ」と歌なとにもよめり。又、侍臣ともいふ也。源氏元服の時、主上さふらひ所の御倚子につき給て御遊盃酒なとありと『西宮抄』にみえたり。其時、冠者は親王の座の次に着する也。此物語のおもては内侍せんしうけ給りつたへて、おとゝまいり給ふへきよしあり。其下の詞に御さかつきのついてに御歌なとよませ給へるよしみえたり。しからは盃酒の事も御殿にてあるへきにや。

○再稿本（尊経閣文庫本）［　］内は見せ消ちにされた本文

さふらひにまかて給て

侍は殿上の事也。これによ［り］て殿上人をは「御さふらひ」と、うたなとにもよめり。又、侍臣ともいふ。

内侍せんしうけたまはりつたへておとゝまいり給へきよしあり

この下のこと葉に、御さかつきのついてに御うたなと、よませ給へるよしみえたり。しからは『西宮抄』に。《いへることく》御遊盃酒［ありとみえたるは盃酒は御殿にてあるへし。此物語ニ《ハ殿上にてありて引入大臣をはさらに御前にめされて御さか月を給へるなるへし》いへるに相違なき也。］

追案、『西宮抄』（下略）

○献上本（龍門文庫本）

さふらひにまかて給て

侍は殿上の事也。これによて殿上人をは「御さふらひ」と、うたなとにもよめり。又、侍臣ともいふ。

内侍せんしうけたまはりつたへておとゝまいり給へきよしあり

この下のこと葉に、御さかつきのついてに御うたなと、よませ給へるよしみえたり。しからは『西宮抄』にいへることく御遊盃酒は殿上にてありて、引入大臣をはさらに御前にめされて御さか月を給へるなるへし。

追案、『西宮抄』（下略）

いずれの系統も第一文は「侍は殿上の事也」とあり、それによると物語本文の「さぶらひ（侍）」は「殿上」（殿上の間。図版のE）を指し、下侍（図版のB）とする現代の解釈とは異なる。それはさておき、系統間の最大の相違は先に述べたように、元服後の酒宴の場所が「殿上」（Eの殿上の間）か「御殿」（Aの東廂）かであり、初稿本と再稿本第一類は「御殿」、再稿本第二類と献上本は「殿上」である。再稿本第二類と献上本はほぼ同文であるのに対して、初稿本と再稿本第一類は主旨は同じでも断定の度合いが異なる。初稿本の末尾は「盃酒の事も御殿にてあるへきにや」と軽い疑問で、判断を控えているのに反して、再稿本第一類は「盃酒は御殿にてあるへし」と断言している。

このように違うのは、『西宮抄』の読み方が替わったからである。初稿本では「主上さふらひ所の御倚子につき給て御遊盃酒なとありと『西宮抄』にみえたり」として、「盃酒」は「さふらひ所」、すなわち「殿上」でなされたと解した。にもかかわらず結論を「御殿」に改めたのは、物語に合わせたからである。左大臣は帝に召され、「長橋よりおりて舞踏したまふ」と物語にあり、「長橋」の解釈は現代と同じで、「長橋といふは御殿より南殿へかよふ廊也」である。ということは帝は「御殿」にいるわけで、帝は「さふらひ所」（殿上の間）にいると記す『西宮抄』の注解と齟齬するので、ひとまず物語の内容に合う方を結論に採用したため、「御殿にてあるへきにや」と弱い口調になったのであろう。

ところが再稿本第一類では、「西宮抄に御遊盃酒ありとみえたるは、盃酒は御殿にてあるへし」となり、『西宮抄』の解釈が変化している。『西宮抄』に記された「御遊盃酒」の場を、初稿本は「殿上」としたのに、再稿本第一類では「御殿」と改めている。このように転換したのは、左記の項目に引かれた『西宮抄』の一節「天皇御二侍ノ倚子一」（天皇、侍の倚子におはします）の読解を変更したからである。

おはします殿のひんかしのひさしにひんかしむきに御いしたてゝくわんさの御座引入の大臣の御さ御前にあり

『西宮抄』一世源氏元服御装束同二親王儀一（中略）天皇御二侍倚子一王卿已下候有御遊盃酒（中略）

今案、親王の元服の時は昼御座を撤して大床子二脚をたてゝ出御あり。源氏の元服には殿上の御倚子をうつさるゝなり。（中略）＊但、『西宮抄』のことくは「御装束同親王儀」とあれは、なを大床子所たつへきにや。其下に「天皇御侍倚子」とあり。殿上の御倚子はもとのまゝにてありとみえたり。（本文は初稿本系統の松永本に

よる）

末尾の二文に注目したい。それによると殿上の御倚子は動かさないとあるので、元服の儀式が御殿で行われたのち帝が殿上に赴き、そこで御遊盃酒が開かれたことになる。その場合、帝は御殿にいて、左大臣を召したという物語の内容と食い違ってしまう。その矛盾を解決するため、初稿本の最後の部分（＊以下）を、再稿本第一類は次のように変更した。

『西宮抄』ニ「天皇御二侍倚子一」トアリ。殿上ノ御倚子《コイシ》ヲウツサル、ト見エタリ。此物語ノ心ト相違ナキニヤ。
（本文は注6の本居文庫本による。再稿本第二類・献上本も同文。なお末尾本文を「物語の心と相違にや」とする伝本が、再稿本第一類の中にある）

『西宮抄』の「天皇御二侍ノ倚子一」を、初稿本は「殿上の御倚子はもとのまヽにてあり」（帝が座る倚子は殿上から動かさない）と解したが、再稿本第一類は「殿上の御倚子をうつさるヽ」（殿上の倚子を動かす）と捉え直したのである。すなわち「侍」にいつも置かれている倚子を、帝がいる「御殿」に移したと考えたのである。そうすれば帝が御殿で左大臣に賜杯したという物語の記述に合うので、この項では「此物語の心と相違なきにや」、前掲の項では「此物語ニいへるに相違なき也」と断定するに到ったのである。

　このように再稿本第一類では「盃酒は御殿にてあるへし」と断言したのに、再稿本第二類では「御遊盃酒は殿上にてありて」と、「盃酒」の場を変えている。これは第二類では、「御遊盃酒は殿上にてありて、引入大臣をはさらに御前にめされて、御さか月を給へるなるへし」として、現代の解釈のように宴会は殿上、賜杯は御殿と分けたのに対して、第一類では宴会も賜杯も御殿と捉えたからである。ここで今までに述べたことを整理すると、次のようになる。

　なお、いずれの場合も元服の儀式が行われたのは、物語に「おはします殿の東の廂」とあり清涼殿の東廂、賜杯も物語に「長橋よりおりて舞踏したまふ」とあるので清涼殿の東廂と見なし、それは現代の解釈と同じである。

○初稿本…宴会も賜杯も同じ場所と見る。『西宮抄』の「天皇御㆓侍ノ倚子㆒。（中略）有御遊盃酒」を、天皇が侍（殿上の間）へ出向き、そこで宴が開かれたと解くため、賜杯は御殿でと記す物語と一致しない。そこで『西宮抄』の記事よりも物語を優先して、宴会も賜杯も御殿で行われたかとする。

○再稿本第一類…宴会も賜杯も同じ場所と見る。『西宮抄』の一節を、普段は殿上に置かれている倚子を御殿に移して、すべての行事が御殿で催されたとする。

○再稿本第二類…殿上の倚子を御殿に移して、元服の儀式が行われた。その後、帝は御殿に留まり、人々は殿上に移り宴が開かれた。左大臣だけが帝に呼び出され、御殿で盃を賜った。

○献上本…再稿本第二類と同じ解釈。

『西宮抄』の読み方は、初稿本のみ異なる。また宴会と賜杯の場を、初稿本と再稿本第一類は同じ所、再稿本第二類と献上本は違う所とする。現代の注釈書は、再稿本第二類に似るが、「さぶらひ」の解釈は異なる。宴会場所の「さぶらひ」も源氏が着替えた「御休み所」も、現在は同じ所と見て下侍とするのに対して、『花鳥余情』では「御休み所」は下侍、(8)「さぶらひ」は殿上の間と分けている。

五、一条家伝来本と大内政弘送付本の本文異同

再稿本系統に属する尊経閣文庫本には、一冊めの巻末に次の識語がある。

右首書小注者、『河海抄』等之説也。後日愚叟、少々書加之畢。此内又、故禅閤御説等、相交之。書写幷披見之輩、御抄与首書不可混乱者也。

明応六年仲春吉日　　一条冬良公花押（付箋）

前博陸侯（花押）

これは兼良が没して一六年後の明応六年（一四九七）に、兼良の子息である冬良が記したものである。それに関して伊井春樹氏は以下のように述べられた。

　ここに記されるように本文の行間等に細字の書入れ（河海抄等）がなされるが、第一冊にはとくにそれが多い。冬良は故禅閤（兼良）の説も混じっているので、後世の書写者は注意するよう述べるのである。この伝本は文明八年に大内政弘に与えたのとは異なり、一条家に留められた再稿本なのであろう。すると再稿本には、一条家伝来本と、政弘送付本の二種が存在していたはずで、それらがいずれもすこしの異なりなどを見せていたに違いない。（注2の著書、三九一頁）

このように兼良が大内家に送った後も加筆したため、一条家伝来本は政弘送付本と本文を異にするようになったと推定される。

　とはいえ両者の本文異同は、未だ具体的には示されていない。そこで前節でまとめた系統別の本文が当てはまるかどうか調べてみると、再稿本第一類は再稿本第二類と異なり、再稿本第二類は献上本と一致した。ということは大内家に送ったのは再稿本第一類で、それと同じものが一条家にもあったが兼良が改訂した結果、再稿本第二類が成立し、その家本を元に献上本が作成されたと推測される。すると政弘送付本は再稿本第一類、一条家伝来本は再稿本第二類になる。そして尊経閣本は前掲の識語によると、一条家に伝来したものであり、従って再稿本第二類の原本と認められる。当写本において、系統分類の基準にされてきた帚木の巻の箇所を見ると、当然のことながら初稿本と再稿本第一類にある「ともかくも」項がなく、代わりに再稿本第二類と献上本にある「わが妹」項を有する（第二節、参照）。その一つ前の項目には、

　さしあたりてをかしともあはれとも　　第七段、右馬頭《中将の》か詞也。

とあり、「さしあたりて」から始まる会話の主を、右馬頭から頭中将に変更している。右馬頭とする説は初稿本と再稿本第一類、頭中将説は再稿本第二類と献上本である。[9] 尊経閣本に両説ともあるということは、兼良が再稿本第二類を作成し始めたときはまだ旧説のままであり、後に新説に改めたと推測される。同様に、第四節の冒頭で系統別に列挙した項目においても、尊経閣本は再稿本第一類の本文を見せ消ちにして第二類に書き改めている。ゆえに尊経閣本から、再稿本第二類を執筆した当初の注解と、それを改訂した過程が窺われるのである。言い換えると当写本は、再稿本第二類の原形と現形を留める貴重な資料と言えよう。

六、追加された注釈本文

今まで問題にした桐壺の巻の項目で、尊経閣文庫本には最終行の下部の余白に、細字で本文とは別筆で[10]、次の注釈が書き込まれている。

追案、『西宮抄』「御装束同親王儀」といへるは、猶、大床子の御座たるへし。「天皇御侍倚子」は元服の儀はて丶主上、殿上に出御ありて御倚子に着し給ふて御遊の事ある。にや《ヘキ》。是は物語の心に相違すへし。

『西宮抄』の一節である「天皇御侍倚子」を、帝が殿上に行き、そこの倚子に座ると解釈している。この説によると、帝が御殿に左大臣を召したと記す物語と一致せず、そのため末尾で「是は物語の心に相違すへし」と判断している。これは初稿本の考え方とおなじで、再稿本第一類の注解（普段は殿上に置かれている倚子を御殿に運び、帝が座る）とは異なる。さらに再稿本第二類では第一類の見方を踏まえながらも、それまで同じ所と見なしていた宴会と賜杯の場を分け、献上本は第二類の見解を踏襲している。このように初稿本から献上本に到るまでの過程において、論が発展して展開しているのに、この「追案」はその流れに逆行している。

すると、その案は兼良の考えを理解していない人が書き加えたかというと、そうではない。献上本系統の龍門文庫本（注1参照）には、兼良自筆で「追案」以下が記され、その本文は前掲の尊経閣文庫本と同文である。また尊経閣文庫本は余白に小字で書かれていたのに対して、龍門文庫本は「追案」以下を改行して、前行の文字と同じ大きさで記している。「追案」の内容は再稿本第一類にはないので、大内政弘に送付してから献上本が成立するまでの間に考え出され、献上本に採用されたことになる。これは「天皇御侍倚子」を読み直すと、再稿本第一類の解釈には無理があり、初稿本の方が自然であると評価し直したのであろう。というのは『西宮抄』によると、元服の儀の最中、帝は大床子に座るので（第四節に引用した「おはします殿」項、参照）、殿上から倚子を運ぶ必要はないからである。ただし、その説に従うと物語の内容と矛盾してしまうので、「追案」の末尾でそれを指摘している。兼良の飽くなき探究心が窺える一文である。(11)

「追案」以下の文章は初稿本・再稿本第一類にはなく、再稿本第二類・献上本に見られる。再稿本第一類に属する中野本には、再稿本第二類の本文も加えられているが、末尾に「後々被改置分別注之」という注記があり(12)、それにより「追案」説は本来なかったことが分かる。この種の注記事項は、他の項目にも見られる。たとえば源氏が北山の僧都と話をした場面において、二首の和歌が詠まれた（若紫の巻、第26項）。再稿本第二類以外は贈答歌と見るのに対して、再稿本第二類は他系統と同じ本文を挙げたあと、「又案に、二首なから源氏の君の御歌なるへし。（下略）」として、二首とも源氏の作とする異見を立てている。この「又案」以下の異説に但し書きを付けた写本があり、中野本は冒頭に「付紙にあり」、書陵部本（五〇〇―六〇）も冒頭に「此詞ハ後ニあそはし入歟」、国会図書館本（別三―二七）は末尾に「後日置改分」と記している。

このほかにも、中野本には「後日示注也」「後日注也」という付記が数例あり(13)、その注釈の多くは松永本（初稿本系統）や尊経閣本（再稿本第二類の原本）には余白に書き込まれているが、龍門文庫本（献上本の原本）には殆ど見られない。同様に「後日注也」の類の注記がない勘物で、松永本と尊経閣本には追加され、龍門文庫本には無いものも見られる[14]。その理由を推測すると、それらの注解は献上本が帝に奉じられた後に成立したか、献上本を編集するときに取捨選択され、大部分は採用されなかったか[15]であろう。あるいは『花鳥余情』には追記されず別に保管されていたため、一部の伝本にしか伝わらなかったのかもしれない。

七、混態本の正体

混態本とは、従来の三系統の分類には当てはまらず、複数の系統の本文を持つため、そのように名付けられた系統で、伝本は三件あり、実践女子大学・鶴舞中央図書館・松浦史料博物館に所蔵されている。その特徴について、伊井春樹氏は以下のように指摘された。

桐壺巻の「さぶらひにまかで給て」「内侍せんじうけ給りつたへて云々」は再稿本なのだが、帚木巻では「ともかくもたがふべきふしあらんをのどかに見しのばん」の初稿本の注記を継承する。ただ、献上本の静嘉堂文庫本では、右の注記に続いて、再稿本の特色とされる「わがいもうとの姫君はこのさだめにかなひ給へり」の両方を持っている。内容的には重なる注記なので、こういった伝本から一項目削除してできあがった系統なのであろうか。（注2の著書、三九七頁）

献上本の静嘉堂文庫本のほか中野本のように、他系統の本文を追加した伝本は珍しくないので、この推論は十分成り立つが、本章で立てた新しい系統分類に当てはめると、右記に示された二例のうち、帚木の巻で「ともかくも」項があるのは初稿本と再稿本第一類のみである。もう一例の桐壺の巻について、鶴舞中央図書館本の本文を引用する。

さむらひにまかて給て　侍は殿上の事也。是によりて殿上人をは御さむらひと歌なとにもよめり。又、侍臣とも云。
内侍せんしうけ給りつたへておとゝまいり給へきよしあり
此下の詞に御さかつきのつゐてに
然は西宮抄に御遊盃酒ありと見えたるは
有へし此物語にいへる相違なき也

これでは文意が通じないので、書写する際に故意に省略したのではなく、虫損などによる破損であろう。残された箇所を見ると、末尾は明らかに再稿本第一類の独自本文である。

翻刻するにあたり、改行も写本の通りに揃えた。第二項の本文は所々抜けているが、実践女子大学本も同文である。

混態本と見なされた三本のうち、二本（実践・鶴舞本と略称す）は再稿本第一類であるが、残りの一本（松浦本と略称す）は違う。まず帚木の巻を見ると、伊井氏も当本の解説（注2の著書、三九八頁）で指摘されたように、「ともかくも」項も「わが妹」項もあり、この箇所から系統を判断することはできない。次に桐壺の巻において、「さふらひにまかて給て」項の本文は前掲の鶴舞本と同じであるが、その次の「内侍宣旨うけ給つたへて」項は鶴舞本と異なり、再稿本第二類か献上本である。そこで系統を確定するため、再稿本第二類が他系統と注釈を異にする項目、具体的には夕顔の第14項（注15参照）と若紫26項（前節、参照）を調べると、松浦本は再稿本第二類に属する。ちなみに実践・鶴舞本は、その二項においても松浦本と本文が異なる。よって混態本とされた三本のうち、実践・鶴舞本は再稿本第一類、松浦本は再稿本第二類であることが判明した。

実践・鶴舞本と松浦本を比較すると、本文が大きく異なる箇所が散見され、前者は初稿本、後者は献上本と一致する。[16] これは初稿本の本文を再稿本第一類はそのまま引用したが、再稿本第二類では加筆して本文を改め、献上本は改訂された方を選択したからであろう。

八、抄出本『花鳥余情』の系統

次に引く奥書によると、宗祇は五〇余歳のときに作成した『河海抄』と『花鳥余情』の抄出本を、八〇歳になった明応九年（一五〇〇）に門弟の宗碩に譲与したことが知られる。

此四帖者、予五十有余之比、『河海』『花鳥』之中、令抄出者也。今八旬之末、門弟有宗碩云、道之志依異他、両部之抄出所譲置也。

明応九年六月九日　宗祇在判(17)

『花鳥余情』が成立したときの宗祇の年齢を調べると、初稿本は文明四年で五二歳、再稿本第一類は同八年で五六歳、献上本は同一〇年で五八歳であり、いずれも五〇代のときである。宗祇抄出本の系統を探るため、注16に列挙した項目に当たると、五項が採られており、そのうちの四項は初稿本・再稿本第一類と、他の一項は再稿本第二類・献上本と一致する。(18) 同様に初稿本のみが他の系統と本文を異にする場合、抄出本は初稿本と同じもの（たとえば空蟬２）もあれば、他の系統と同じもの（夕顔６）もある。

このように抄出本の親本の系統が確定できない理由は、二通り考えられる。一つは巻により系統が異なるからである。たとえば書陵部本（五〇三―二〇七）は、全一五冊のうち第二冊が欠けていたため、冬良筆本を書写して補ったと識語にあるとおり、当本は献上本に分類されているが、第二冊は再稿本第二類である。二つめの理由は、他系統の本文を書き加えたからである。たとえば抄出本において桐壺の巻の第26項「おはします殿のひんかしのひさしに」と、29「さふらひにまかて給て」・30「内侍せんしうけ給つたへておと丶まいり給へきよし」を見ると、第一・二項は初稿本、第三項は再稿本第二類か献上本である。これは親本が初稿本で、それに無い項目を他系統から追加したと想定される。

兼良の奥書によると、初稿本が完成したのは文明四年一二月、献上本は同一〇年春のことであり、わずか五年余りの間に次々と改訂されている。宗祇はまず入手した初稿本に他系統の本文を書き入れてから、抜粋したのではなかろうか。宗祇が兼良の新釈を熱心に取り入れた結果、抄出本には複数の系統本文が混在すると推測される。

終わりに　――系統分類の新基準――

『花鳥余情』の系統は、今までは初稿本・再稿本・献上本に大別されていたが（第一節）、再稿本は更に第一類と第二類に分類される。第一類は大内政弘に送付された本、第二類は第一類を改訂した一条家伝来本で、尊経閣本が原本と認められる。奥書によると第一類は文明八年七月、献上本は文明一〇年春に完成したので、第二類はその間に成立したと推定される。なお献上本が清書された後も、兼良は注釈作業を続行したようである（第六節末）。

今後、新たに『花鳥余情』の写本が現れた場合、その系統を判別する方法を整理しておく。従来の基準は桐壺・帚木の巻に一件ずつあり、帚木では初稿本・再稿本第一類か、再稿本第二類・献上本かに分かれる（第二節）。桐壺では初稿本・再稿本第一類・第二類でそれぞれ本文が異なり、献上本は第二類と同じである（第四節）。今までの方法では再稿本第二類と献上本を区別できないので、再稿本第二類が他系統と異なる項目を調べなければならない。それは二首の詠者（若紫の巻。第六節）と、夕顔の宿の向き（注15参照）である。

古人が所持している『花鳥余情』にない注釈を別の伝本から見つけて、それを手択本に書き込むと、系統間の相違が曖昧になってしまう。たとえば、宗祇が作成した抄出本に複数の系統が混在するのも、親本の段階で他系統の本文を加えたからと考えられる。同様に、翻刻されている中野本は再稿本第一類であるが、再稿本第二類の注釈が追加されているので、取り扱いに注意を要する（第六節末と注9・16参照）。

このように本文が純粋な伝本は稀であるが、幸いなことに本書には原本が二件―再稿本第二類の尊経閣文庫本、献上本系統の龍門文庫本―もあり、また初稿本には兼良が在世中に書写された松永本が現存するので、それらを用いて今後は本文批判しなければならない[19]。

注

（1）第一冊の複製は龍門文庫覆製叢刊13（同文庫、昭和五二年）、全冊の影印は龍門文庫善本叢刊・別篇2（勉誠社、昭和六一年）に収められている。

（2）伊井春樹氏編『花鳥余情』（『源氏物語古注集成』1、桜楓社、昭和五三年）に翻刻されている。

（3）当本は江戸初期写で僧正慈海旧蔵本、中野幸一氏編『花鳥余情』（『源氏物語古註釈叢刊』2、武蔵野書院、昭和五三年）に翻刻されている。なお『国文註釈全書』の底本に選ばれた内閣文庫蔵本も再稿本系統であるが、緒言に「帝国図書館本、三木五百枝氏所蔵本、其ノ他数種ノ異本ヲ以テ対照校合セリ」とあり、他系統の本文が混在しているので、本章では用いない。

（4）源氏物語の本文は、新潮日本古典集成による。以下、同じ。

（5）阿部秋生氏「天理本　伝一条兼良等筆『花鳥余情』について」（「ビブリア」11、昭和三三年七月）。

（6）今まで再稿本に分類されていた諸本は、大部分が第二類に属する。第一類と認められるのは、今治市河野記念文化館、東京大学本居文庫、新潟大学佐野文庫（以上の三件は国文学研究資料館にマイクロフィルムあり）と、中野本（注3参照）、東北大学本などである。東北大学本に関しては、「初度本系統と再度本系統（岩坪注「初稿本系統と再稿本系統」に同じ）の中間に位置する一本である」と指摘されている（呉羽長氏「東北大学附属図書館所蔵『花鳥余情』について」、「日本文芸論稿」11、昭和五六年一一月）。

（7）参考までに以下、本文を引用する。初稿本は注2の松永本、献上本は注1の龍門文庫本による。物語本文を引用した箇所には「　」を付し、二項で共通する箇所には傍線を引く。

ともかくもたかふへきふしあらんをのとかにみしのはん

これは女のおとこのたかひたる事あるを、はらたちゐんせすして、みしのふをいふなり。葵の上の心むけ、これにかなひ侍れは、中将の君、「わかいもうとの姫君は此さたにかなひ給へり」と思へる也。紫上は「ゐんすへき事をは見しれるさまに」「にくからすかすめなす」。をとこの心までも、おさまるやうなり。これを女の本様にすへし。そのつきはたかふふしあれと、のとやかにみしのひて、かる〳〵しくはらたち、ゐんしなともせぬなり。これは上らうのまことしきためしにすへし。紫上とあふひのうへとを女の本様にして、ほめたる心なり。

我いもうとのひめ君はこのさためにかなひ給へり

上のこと葉に「たゝひとへに物まめやかにしつかなる心のおもむきならんよるへをそ、つゐのたのみ所には思をくへかりけり」とあり。又「うしろやすくのとけき所たにつよくは、うはへのなさけは、をのつからもてつけつへきわさをや」とあり。これらは葵のうへの心むけにかなへるゆへに、中将「わかいもうとの姫君は、このさためにかなひ給《(ママ)》へり」と思へり。又「ゐんすへき事をは、みしれるさまにほのめかし、うらむへからん事をは、にくからすかすかすめなさは、それにつけて」「わか心もおさまりもすへし」といへるは、むらさきの上の心さま、これにかなへり。かるかゆへに、あふひの上と紫のうへの事を女の本様にしていへる巻の心なるへし。

(8)「かうふりし給て御やすみ所にまかて給て御そたてまつりかへて」の項に、「御やすみ所は冠者の休所也。康保二年八月御記云、下侍ノ東第一間（中略）今案、一世源氏元服にも下侍をもて休所とす。西宮抄にみえたり。（下略）」とある。

(9) ただし注3の中野本は「中将」であるが、他の再稿本第一類の諸本は「右馬頭」である。

(10)「細字で、本文とは別筆（しかも書入の冬良の字とも違うようだ）」と、阿部秋生氏は判断された（注5の論文）。

(11)『西宮抄』の「天皇御二侍倚子一王卿已下候有御遊盃酒」と物語が矛盾しないように解釈すると、以下のようになる。清涼殿の東廂で元服の儀式が終わった後、帝も人々と同じく「さぶらひ（侍）」に出向き、そこで宴会が開かれた。宴の途中で帝のみ東廂に戻り、左大臣を呼び寄せた。この場合、帝の中座が物語には書かれていないことになる。

(12)「後々」の箇所が、国会図書館本（別三―二七）には「後日」とある。

(13) 該当する項目を巻名と、巻ごとの通し番号（注2の翻刻に付けられた番号）で示すと、真木柱6、同13、同22、若菜上137である。

(14) 該当する項目は、真木柱34、同61、梅枝47、若菜上139である（示し方は注13と同じ）。

(15) たとえば再稿本第二類のみが、他の系統と本文解釈を異にする場合、献上本は再稿本第一類と第二類の両説を比較検討して、第一類を選択したと考えられる。その一例を示すと、夕顔の宿に夕日が射し込んでいるという一節に基づき、その家の向きが問題にされた（夕顔の巻、第14項）。尊経閣文庫本には、「昨日ゆうひの、こりなく　夕かほのやとは西《南》むきの家なる《西かけたる》へし」とあり、西向き説を西にも面した南向き説に直している。新説は再稿本第二類にしかなく、他系統はすべて旧説である。これは第二類を作成した当初はまだ第一類と同じ解釈であったが、後に改訂され、第二類の諸本には新釈だけが伝わったと推定される。

(16) 該当する項目を注13の示し方で列挙すると、明石97、松風47、朝顔54、野分5、若菜上6、同63、同105、若菜下64、同84、宿木6である。なお以上の項目において、再稿本第一類に属する中野本は、第二類と同文である。これは中野本が、第二類の本文を取り入れて改めたからであろう。

(17) 本文は鶴見大学図書館蔵『花鳥余情抄出』による。その翻刻は池田利夫・高田信敬氏により、紫式部学会編『源氏物語と歌物語　研究と資料』（古代文学論叢9、武蔵野書院、昭和五九年）に収められた。以下に引用する本文も、この翻刻による。

(18) その四項は明石30（通し番号は注17の翻刻に付けられたものによる）、松風8、若菜下27、同30、他の一項は宿木2である。

(19) たとえば初稿本・再稿本・献上本の本文を対照した一覧表が、注2と注5の論文に掲載されているが、注2に引かれた再稿本と注5の献上本は転写の過程で誤脱が生じたせいか、いずれも原本の本文とは大きく異なる。

第二編　梗概書

第一章　冷泉家時雨亭文庫蔵『源氏和歌集』

はじめに

近年、冷泉家時雨亭文庫に『源氏和歌集』が所蔵されていることが知られ、冷泉家時雨亭叢書83（朝日新聞社、平成二〇年）に影印が収められた。また翻刻は品川高志氏等により、全文が「同志社国文学」71（平成二一年一二月）に掲載された。それは、源氏物語で登場人物が詠んだ和歌を巻ごとにすべて抜き出して詠歌状況を詞書にまとめ、詠者名も付けて歌集の体裁に仕立てた、源氏物語歌集である。本書は、源氏物語から和歌を抜き出して詞書を付けただけのものではなく、その当時における源氏物語の享受について、大きな示唆を与えてくれる貴重書である。

当写本は鎌倉時代の写しで、作者も成立時期も不明であるが、本集のような源氏物語歌集は記録の上では平安末期まで遡れる。まず後徳大寺実定の家集『林下集』によると、承安二年（一一七二）から安元二年（一一七六）の間に、実定は藤原俊成から「源氏集」を借りている。次に藤原定家の日記『明月記』によると、建永二年（一二〇七）五月二日に「源氏集一帖」、その二日後に「源氏集下帖」を定家は後鳥羽院から賜り、書写して進上した。また、東京帝国大学蔵「源氏歌集」三帖（関東大震災で焼失）や、高野辰之氏蔵「源氏巻歌」二帖（現在、所在不明）は、鎌倉時代の写本であったらしい[1]。冷泉家に伝わる「私所持和歌草子目録」にも、「源氏集」の書名が見られる[2]。とはいえ南北朝期以前の写しで現存するものは、今まで古筆切しか確認されていない。一方、冷泉家時雨亭文庫蔵本は後半部を欠くため書写奥書がなく、筆者も不明であるが、鎌倉時代後期に書写されたと推定される。ということは該本は現時点において、写本として伝来する最古の源氏物語歌集であり、その意味においても貴重な資料である。

一、冷泉家時雨亭文庫蔵本の書誌

当写本は、重要文化財に指定。綴葉装、一帖。寸法は縦二三・一センチ、横一五・八センチ。表紙は後補装、料紙は楮紙打紙。全丁数は二八丁、その内訳は前遊紙が一丁、本文墨付が二六丁、後遊紙が一丁。第一括は八枚の料紙を折り、前遊紙と第一丁から第一四丁までで、最後の一丁は切り取られている。第二括は七枚を折り、最初の一丁は切り出され、第一五丁から第二六丁までに後遊紙を付す。第一括と第二括の間に、前表紙と前遊紙の端が一四丁ウ側に、後表紙と後遊紙の端が一五丁オ側に見えている。また第二〇丁と第二一丁の間に、綴じ紐がはさまれている。

外題も内題も「源氏和謌集　上」で、上巻のみ現存。ただし第三括以下が脱落しており、第一帖・桐壺から第十帖・榊の途中までしかない。さらに第一四丁ウは81番め(3)（末摘花の巻）の歌の詞書の途中で終わり、第一五丁オは86番歌（紅葉賀の巻）から始まる。これは前述したとおり、第一折の最終丁と第二折の最初の丁が切られているからである。その現存しない二丁分に81〜85番歌が書かれていたのであろう。ただし五首の和歌と詞書を記すのに、二丁も必要であろうか。ことによると、この二丁は一緒にめくったためか、片面にしか書かれていなかったのかもしれない。

また一二丁ウの一行めは66番歌の詞書、二行めは68番歌で、66・67番歌が抜けている。よって巻末歌は153番であるが、66・67番と81〜85番を欠くため、合わせて一四六首が残存する。そのほか一九丁ウから二〇丁オにかけて、112・113番の歌だけが逆になっている。正しい順序に直すと、112は詞書が「祭の日〜」で、「源内侍のすけ」が詠んだ「はかなしや〜」の歌、113はその「返し」で「六条院」の「かざしける〜」である。このように落丁などはあるが破損はなく、汚損や虫損もほとんどなく、保存状態は良好である。

本文は書き入れも含め、すべて墨筆で朱筆はない。書き込みの性質は数種類に分けられ、一つめは読み仮名の類で、たとえば45番歌の結句「きえん空なき」の「え」（字母「衣」）の右横に記された「え」（字母「盈」）で、これは元の仮名が「え」とは読みにくいためであろう。二つめは見せ消ちで、たとえば46「しらぬみ《ま》に」のような字句の改変もあれば、79「あつこへ《え》たる」のような仮名遣いの変更もある。磨り消しは150番にあり「あさちふの」を消している。三つめは他本との校合で、3「空きよき《くイ》」のように詞書の例もあるが、和歌本文の方が多い。以上の三種類の記入はいずれも例が少なく、本文と同筆かと思われる。それらに対して、詞書・詠者・和歌に付けられた注釈は量が多く、本文と異筆の可能性が高い。

注釈本文には、平仮名文と片仮名文が混在している。片仮名は僧侶がよく用いたことを考慮すると、表紙の左下に記された漢字は、所蔵していた僧の署名かもしれない。一字めは消されているが、「永」または「承」と判読できる。二字めは判然としないが「快」、三字めは「之」か「也」であろう。

二、和歌の本文系統

まず、本集における和歌の本文系統から論じる。先に結論を言うと、青表紙本でも河内本でもなく別本である。別本のなかで最も本文が近い伝本を『源氏物語大成　校異篇』『源氏物語別本集成　正・続』[4]および飯島本から探すと、75番歌（末摘花の巻）の四句め「いふせさまさる」と一致するのは、御物本しかなく、青表紙本も河内本も「いふせさそふる」である。それに対して榊の巻では、御物本よりも為相本の方が本集に近くなる。たとえば146番歌の「袖のぬる、かな」と合うのは為相本のみで、他本はみな「袖をぬらすかな」である。しかしながら榊の巻でも、本文が合致する伝本が見つからない場合もある。138番の下の句は『源氏物語大成　校異篇』『源氏物語別本集成　正・続』によると、全本「なをさりことをまつやた丶さむ」であるのに対して、当写本だけが「なをことはりをまつやいさめん」である。

このように該本だけが異文である例は数多くあり、その中から三首を取り上げ、丁数・歌番号・初句のあとに、本文異同を本集―他本の順に列挙する。

4ウ　18　あふ事の　まはゆかるへき―まはゆからまし
10オ　53　おく山の　むろのとほそを―まつのとほそを
10オ　53　おく山の　花の色をみるかな―花の顔をみるかな
19オ　109　かけをたに　かけをたに―かけをのみ（ただし国冬本は「かけをのみ《たに》」）

右記の例における独自本文は、実は源氏物語の梗概書に引かれたものと一致する。109番歌は室町時代に成立した『源氏大鏡』[5]、18番歌は広島大学蔵本[6]や南北朝時代に書写された『源氏抜書』[7]、53番歌は前掲の『源氏抜書』や『源氏大鏡』のほか『源氏物語提要』[8]『光源氏一部歌』[9]『源氏大概真秘抄』[10]と、それぞれ同文である。それらの作品と本集の共通点は、物語の和歌をすべて抜き出すことである。

三、詞書　――梗概書との比較――

次に、詞書について考察する。当写本は歌集形式であるため、同一人物の和歌が連続するとき、詠者名は一首めにのみ置き、二首め以下は省略する。たとえば葵の巻で128～131番はすべて光源氏の歌であるので、128番に「六条院」と記し、129～131番は無記名である。それに対して梗概書は、概ね一首ごとに詠者名を付けている。誰が詠んだかを明示するのが、粗筋に必要不可欠なためであろう。

梗概書との相違点は、まだある。物語でも梗概書でも粗筋は語り手（地の文は作者、会話は話し手）が語るものであるのにひきかえ、詞書は詠者の立場から記される。一例を示すと、本集の12番は雨夜の品定めで披露された左馬頭の体験談で、木枯の女に詠みかけた殿上人の歌である。その詞書は、「馬頭とひとつくるまにて、しのひたる所へまかりけるに」と、殿上人の視点で書かれている。一方、梗概書は物語と同様に左馬頭の側から、あるいは第三者（編者）の視点で語られている。

今度は詠者名に目を向けると、歌集の形式に倣い最終官職で示されている。そのため詞書では、和歌が詠まれた当時の官職が紹介される。たとえば葵の上の兄は、詠者名は前太政大臣であるが、末摘花の巻では頭中将であったので、「頭中将と聞えし時」（巻頭歌70）と記されている。その続きは「六条院もいまた中将におはせしかは」で、光源氏もその頃は中将であった、と指摘している。この断り書きは光源氏の最初の歌である19番から始まり、夕顔・若紫・末摘花の各巻頭歌に現れ、さらに若紫の60番にも重出する。このように一つの巻で同じ事柄を何度も述べるのは、梗概書では見られない現象であるが(11)、本集では珍しいことではない。たとえば紅葉賀の巻では、90番「六条の院、三位中将と聞えし時」と92番「六条院、三位中将と申しけるか」のように、繰り返し語られている。

重複するのは、官職だけではない。夕顔の死は36番「夕かほのうへ、かくれて後」、37番「夕かほの露きえにし御物おもひの頃」と、連続する二首に記されている。葵上の死に至っては、葵の巻だけで五首（118・119・122・128・131）に見られる。この五首のうち、二首は定家撰『物語二百番歌合』に、また二首は『風葉和歌集』（為家撰か）に採られている。梗概書では葵の上の死亡記事は頻出しないので、もし撰者が梗概書の中から和歌を選出して詞書を作成する場合、その歌の前後を見ただけでは状況が把握しにくいときは、梗概本文をかなり前まで遡って読まねばならない。

それに対して本集のような源氏物語歌集ならば、一首の詞書だけ読めば詠作事情が分かるように工夫されているので、詞書がそのまま使える。従って撰者の立場に立つと、同一事項が重出しない梗概書よりも、一首ごとに詞書が完結している歌集の方が便利である。

四、『物語二百番歌合』との比較

『物語二百番歌合』とは藤原定家が編纂した物語歌合で、前後二編、各百番から成る。両編ともに左方に源氏物語所収歌、右方に他の物語の歌を配して、詠歌状況を詞書にまとめている。従来の説では、定家は『源氏物語』を用いて『物語二百番歌合』を編纂したと考えられていた。しかしながら当作品の本文は、定家が校訂した青表紙本ではない。その矛盾を解決するには、定家が青表紙本の本文を改変した、あるいはそのときの定家所持本は『物語二百番歌合』と同文であった、と想定せざるをえない。けれども、物語を読みながら自分で詞書の梗概文を作成するよりも、本集のような源氏物語歌集を用いた方が便利であろう。

「物語二百番歌合」や下って「源氏物語歌合」（岩坪注、注13の作品）なども、その成立過程では、『源氏物語』自体から直接歌を選ぶのではなく、「源氏集」などが存在し、そこから歌合の歌を選ぶのが手順ではなかったろうか。（注1の著書、三三七頁）

という指摘は、今まではその根拠になる資料がなかったため、推測に留まっていた。しかし本集により、当説が裏づけされることを以下、具体的に考察してみよう。

次の例はいずれも桐壺の巻で、靫負命婦が詠んだ和歌の詞書である。

（1）**本集3番**

内[a]の御つかひにて、御休所の母のもとにまうて丶、まちおは[b]すらんといそ[c]きかへるに、月はいりかたちかき空きよき《くイ》風涼しく吹て、草むらのむしの声々もよほしかほなりけれは、

『物語二百番歌合』301番

内の御使にて、桐壺の御息所の母のもとにまうでて、待ちおはしますらむと急ぎ帰るに、月入り方近き空清く、風涼しく吹きて、草むらの虫の声声もよほし顔なるに、

『風葉和歌集』299番

桐壺の更衣の母のもとに、御使にてまかでたるに、風いと涼しく、草むらの虫の声々催し顔なれば[12]、

本集の文章をa～cに分けると、cの箇所は和歌の直前にある物語本文、

いそきまいる月はいりかたのそらきようすみわたるに風いとす丶しくなりてくさむらのむしのこゑ〳〵もよほしかほなるも（『源氏物語大成　校異篇』一五頁4～5行目）

とほぼ同じ、bは和歌（同書、一五頁7行目）からかなり離れた箇所にある「まちおはしますらんに夜ふけ侍ぬへしとていそく」（同書、一三頁13行目）から抜き出されている。それに対してaは、物語に該当する本文が見当たらないので梗概文であろう。『物語二百番歌合』は本集とほぼ同文、『風葉和歌集』はaに似た文とcの一部から成る。このように三作品の本文が酷似するのは偶然の一致ではなく、撰者は当写本のような物語歌集を利用したのであろう。この例に限らず、総じて『風葉和歌集』より『物語二百番歌合』の方が本集に似る。ちなみに該本の「空きよき《くイ》」の異文は『物語二百番歌合』のと一致するので、本集が校合に用いた系統の歌集を定家は使用したかもしれない。

先の例でbとcのような物語本文の抄出ならば、たまたま複数の作品に共通することもあろう。しかし次の例において、aのような梗概本文が似るのは偶然ではなかろう。

(2) **本集146番（榊の巻）**

弘徽殿のほそ殿にしのひてあかし給夜、殿ゐ申こゑ、とら一とそうしけるをきゝて、

『物語二百番歌合』33（和歌は本集147と同じ）

弘徽殿の細殿に忍びて明かし給ふ夜、殿居申しの声聞こえけるに、

『物語二百番歌合』377（和歌は本集146と同じ）

弘徽殿の細殿にて、宿直申しの声聞こえけるに、

両作品に共通する本文のうち、物語にもあるのは「細殿」と「宿直申」だけである。この二単語を用いて定家が作り出した梗概本文が、本集と偶然一致したとは考えにくい。

同じことが、詞書の末尾にも言える。

(3) **本集148番（榊の巻）**

又①いかなるたよりかありけん、薄雲院にまいりて②なく〳〵うらみても、③かひなき心ちすれは、

本文を①〜③に分け、それらに該当する物語本文を『源氏物語大成　校異篇』で示すと、①は「いかなるをりにかありけん、あさましうてちかつきまいり給へり」（三四九頁14行目）、②は「なく〳〵うらみきこえ給へと」（三五二頁5行目）である。①②とも物語に即しているとはいえ、和歌は三五三頁4行目にあるので、①②の本文は和歌からかけ離れた箇所から抜き出されている。それに対して③に相当する物語本文は見出せないが、『物語二百番歌合』85に、「泣く泣く恨みてもかひなき御心のうちなれば」という類似した表現がある。

類例をもう一つ挙げよう。次の例は若紫の巻において、光源氏が藤壺との逢瀬の折に詠んだ和歌の詞書である。

(4) **本集60番（若紫の巻）**

中将におはせし時かきりなくしのひたる所にて、くらふの山にやとりもせまほしけれと、あやにて《（くカ）》なるみしか夜

さへ、ほとなかりけれは中〳〵にて、

『物語二百番歌合』1

中将ときこえし時、限りなく忍びたる所にて、あやにくなるみじか夜さへほどなかりければ、

『風葉和歌集』870

いと忍びたる所におはしましたりけるに、あやにくなるみじか夜にて、あさましうなかなかなりければ、

『源氏物語歌合』19(13)

藤壺の宮わづらひ給ふことありてまかで給へり。いかがたばかり給ひけん、いとわりなきさまにて見たてまつり給ふ。何ごとをか聞こえ尽くし給はん。くらぶの山に宿りも取らまほしくおぼえ給へど、あやにくなる短夜にて、あさましうなかなかなれば、

右記の四作品のうち、前の三作に共通する「忍びたる所」という語句は藤壺の実家を指し、物語にはない言葉である。文末を見ると前の二作は「ほどなかりければ」、後の二作は「あさましうなかなか」と異なり、後者の方が物語本文「あさましうなかなかなり」に似る。これも前の例と同じく、『物語二百番歌合』編纂時の定家所持本が青表紙本と違っていた、と仮定するよりも、源氏物語歌集を利用したと考えるほうが自然であろう。

このように物語に見られず両作品に共通するのは、文末表現だけではない。たとえば「斎宮群行」という言葉は本集の133・139番の詞書にあり、後者の和歌は『物語二百番歌合』に採られ、詞書まで似ている。

(5) 本集139番（榊の巻）

斎宮群行の日、又もゝしきを見給て、ちゝおとゝのことなとおほし出られけれは、

『物語二百番歌合』235

斎宮群行の日、また、ももしきの内を見給ひて、前坊の御時、父おとどのことなど思ひ出でて、

のであろう。この「斎宮群行」という語句は物語にないが、定家が自分で考え出したのではなく、本集のような資料から引用した

(6)　本集154番（榊の巻）

本集の記述の中には物語と内容が齟齬する場合があり、その一例として154番の詞書にある「八月十五夜」を取り上げる。物語では当該場面は「二十日の月やうやうさし出でて」（賢木の巻）で、十五夜ではない。何月であるかは物語に明記されていないが、一五世紀初めに成立した今川範政著『源氏物語提要』（注8に掲載）には「九月廿日」とある。その前の場面に源氏が参籠した雲林院では「紅葉やうやう色づきわたりて」であったので、九月と判断したのであろう。一方、一五世紀中頃の祐倫著『光源氏一部歌』（注9に掲載）には、「こよひは十五夜なれと御あそひもなし」、『源氏大鏡』にも、

月さし出たるほど、十五夜なれば、故院の御とき、か様の折ふし御あそび有しをおぼし出て哀なる。十五夜のよ、中宮よりげんじの御かたへ、中宮、(14)（以下、154番歌）

とある。物語には、

二十日の月やうやうさし出でて、をかしきほどなるに、「遊びなどもせまほしきほどかな」とのたまはす。

とあり、「遊び」を月見の宴と誤解して十五夜と見なしたのであろう。あるいは別本の一つである御物本には「十五夜の月」とあるので、祐倫はその類のテキストを用いたのかもしれない。そして『物語二百番歌合』137にも「八月十五夜に」とある。(15)当作品の詞書は源氏物語に拠ると見る説に立つと、定家が使用したのは青表紙本と異なる。しかしながら今まで論じてきたことから判断すると、御物本の類の源氏物語から作成された源氏物語歌集を定家は利用したのであろう。

五、『源氏小鏡』との比較

本集には行間などに小字で注釈が書き込まれていて、その注記内容は詠者の解説とそれ以外に分けられ、前者は出典未詳だが、後者は主に『源氏小鏡』と同じと考えられるので、まず後者から論じることにする。

最初に『源氏小鏡』が、他の注釈書と解釈を異にする例から始めよう。帚木の巻で、光源氏が方違えにより空蝉に出会ったのは何月か、に関しては諸説ある。一条兼良が文明四年（一四七二）に完成した『花鳥余情』では六月とされたが、三条西実隆が一六世紀初めに著した『細流抄』では五月末としている。一方、『源氏小鏡』は四月説である。

さて、このかたゝかへは、う月《卯月》なり。せちふん《節分》ならては、かたゝかへせぬ事とは、おもふまし。むかしの上らう《上臈》は、四季にかたゝかへといふ事ありしなり。(16)

本集では19番歌に「方違　卯月歟」とあり、『源氏小鏡』と同じ説を引いている。このほか源氏三箇秘事の一つである「三つが一つ」の解釈も諸説紛々としているが、本集130番に書き込まれたのは『源氏小鏡』と一致する。

次に、末摘花巻頭歌（70番）に書かれた三つの注釈を取り上げる。その歌は常陸宮邸で、頭中将が光源氏に詠みかけた歌である。

A、葵上、兄也。是も末摘花に心を懸し人也。源氏、忍給御跡を見あらはして此歌を奉るとなん。（詠者名の下）

B、尓時、二月十六日事也。（詞書の上）

C、侘人と云事あり。（詞書の上）

右記の注記内容を物語と比較すると、Aには頭中将は葵上の兄とあるが、物語では兄か弟か明記していない。Bによると当歌は、二月一六日に詠まれたことになる。しかし物語では「十六夜の月をかしきほど」とあるだけで月は不明だが、同じ場面に「梅の香をかしき」とあるので、二月と見なしたのであろう。(17) Cの「侘人」という語句は、『源氏物語大成　索引篇』にも、またその著書に収められていない語を拾集した渡辺仁作氏『河内本源氏物語語彙の研究』（教育出版センター、昭和四八年）にも見当たらない。

　このように物語と照合しただけでは理解できない注解であるが、それらはすべて『源氏小鏡』に見られる。

　このきみを心にく丶おもひて、あふひのうへの［あにの］とうの中将も心かけて、源氏のおはしますを見あらはさんとて、あとにつきてゆきて、つゐに見あらはして、そのうた《（かたカ）》に源氏の御そてをひかへて、

　　もろともにおほうち山はいてつれといりかたみせぬいさよひの月

二月十六日の事なり。この女君、きんの琴をは、ひき給ひしなり。

　あれたるやとのこと。わひ人。春のいさよひ。もろともにいてし、おほうち山。

とは、つくへし。（［　］内の本文は他本により補う）

傍線部によると頭中将は葵上の兄で、二月の出来事としている。また「侘人」は、連歌に使う寄合であることが分かる。

　これらの注釈本文が記入されたのは、書風から判断すると、本集が書写された鎌倉後期からさほど隔たっていないと思われる。すると問題になるのは、『源氏小鏡』の制作時期である。従来は当作品に見られる解釈（たとえば前掲の、方違えは四月とする説）を古注釈と比較して、おおよそ南北朝時代に成立したと推定されていた。(18) ところが本集の書入れが鎌倉末期だとすると、『源氏小鏡』の成立年代は通説より早くなる。しかしながら先の例でも分かるように、本集の書き込みと『源氏小鏡』とは内容は合うが、文章はかなり異なり、わざわざ本文を変更して引用したとは考えにくい。そこで臆測すると、『源氏小鏡』の編纂に用いられたのと同じような資料が、本集に引かれたのではなかろうか。そのように考えると、『源氏小鏡』の成立時期を引き上げる必要はなくなる。ちなみに、これに似たことは一

五世紀にも見られる。永享五年（一四三三）に没した今川範政の著書『源氏物語提要』と、文明四年（一四七二）に一条兼良が著した『花鳥余情』などを比較すると、和歌の解釈や秘説に関する解説文の一部が共通している。これは兼良が範政のを引用したからではなく、両人が同じ資料を利用したからと推定されている。(19)

六、登場人物の注記

登場人物の呼称は、作品により異なる。たとえば現在、六条御息所と呼ばれている女性は、『風葉和歌集』や『源氏物語歌合』では現代と同じ名称であるが、『物語二百番歌合』では「前坊御息所」、本集では「伊勢の宮す所」（28番歌）「伊勢御休所」（29）と表記されている。この御息所という敬称は、帝の寵愛を受けた女性、とりわけ御子を産んだ人に使われる。そこで若紫を育てた祖母は、物語では按察大納言の北の方であるので、御息所とは呼ばれていない。ところが本集では、「京極の宮す所」（66）と称されている。この「京極」とは、62番歌の詞書「六条京極なる故按察大納言のふるさとに北山の尼公のわつらひける」に基づく。ただし物語では、光源氏が六条御息所に会うために「六条京極わたり」へ行く途中、「故按察大納言の家」に立ち寄ったとある。従ってその家が、六条京極にあったかどうかは分からないが、それはさておき、なぜ若紫の祖母が「京極の宮す所」と呼ばれているのであろうか。その理由を臆測すると、この「宮す所」は正妻という意味で使われているのではなかろうか。というのは詠者名に付けられた注釈の中に、類例が見出せるからである。「桐壺御休所」（1）には「延喜帝后」、「紫のうへ」（69）には「藤壺更衣めい也」と注されているが、今では桐壺更衣を后、藤壺を更衣と呼ぶことはない。しかし中世においては、「后」も「更衣」も帝の配偶者という意味合いで用いられていたのかもしれない。

このほか本集に記入された注記内容の中には、物語に合わないものがあり、そのうちの三例を取り上げる。一つめは桐壺更衣の親に関してで、物語では父は大納言としか記されていない。ところが本集で、4・5番歌は「御休所の母」（桐壺更衣の母）が詠んだもので、4番歌の詠者名には「摂政太政大臣女」、5番歌の詞書の下には「故院女御」と書き込まれている。この二つの注を合わせると、桐壺更衣は故院と女御との間に生まれた皇女であり、母方の祖父は摂政太政大臣になる。一方、藤壺は物語によると「先帝《せんだい》の四の宮」、本集も「薄雲ゐむ先帝御女御母中宮」である。もし桐壺更衣の父である「故院」が「先帝」と同一人物であるならば、藤壺と桐壺更衣は異腹姉妹になり、瓜二つであるのも当然と言えよう。

二つめの例も、物語では血縁関係のない人物を親戚に扱っている。それは20番歌を詠んだ「うつせみ」で、物語では空蝉の父は衛門督と中納言（河内本と別本では権中納言）を兼ねていた。本集にも詠者名に「権中納言左衛門督女」と注され、それは物語の内容と齟齬しない。問題となるのは、その「権中納言」の右上に記載された「致仕大臣男」と、左下の「葵上兄也」である。この二つの注記がどちらも空蝉の父に関するものならば、空蝉の父は左大臣の子息で、葵上の兄になり、空蝉は葵上の姪になる。すると光源氏は北の方である葵上よりも、その姪にあたる空蝉に魅せられたことになる。また空蝉が源氏を拒んだのは、物語では人妻だからであるが、この書き入れ注によると源氏の正妻である叔母に遠慮したからとも解釈できよう。

三つめの例は、雨夜の品定めにおいて、自らの体験談を披露した男性たちの相関関係である。物語では左馬頭・頭中将・藤式部丞の順に話し、そのうち左馬頭が語った木枯の女は「ある上人」（ある殿上人）とも交際していた。一方、本集では詠者名の「左馬頭」（10番歌）に「頭中将　葵上兄歟」、「笛ふきけるうへ人」（12番歌）に「藤式部卜云人歟」、「藤式部丞」（17番歌）に「右馬頭」という注が付けられている。この三つの解釈を合わせると、木枯の女の相手は頭中将（左馬頭）と藤式部丞（右馬頭）になり、頭中将は同席している藤式部丞と鉢合せしたことになる。そして頭中将は、目の前にいる藤式部丞にあてつけて恨みがましく話し、その内情を知らない光源氏は、話に登場する殿上人が、まさか自分の傍らに居る藤式部丞とは思わずに聞いていた、ということになる。

終わりに

前節で取り上げた三つの例から推測すると、物語とは違う世界が繰り広げられていたことが垣間見られる。これは現代人から見ると、荒唐無稽な話であるが、現存する僅かな資料から推測すると、中世においては『源氏物語』とは異なる光源氏の物語が語られていたらしい[20]。本集に書き込まれた注釈も、その片鱗が窺える貴重な用例と言えよう。

注

（1）以上の記述は、寺本直彦氏『源氏物語受容史論考　続編』三二四頁以下（風間書房、昭和五九年）による。

（2）『中世歌学集・書目集』四九一頁（冷泉家時雨亭叢書40、朝日新聞社、平成七年）。

（3）解題に付けた歌番号は本集の所出順ではなく、源氏物語の順であり、『新編国歌大観』所収の番号と一致する。

（4）ただし藤原伊行著『源氏釈』の原型かと推定されている北野克氏蔵「末摘花・紅葉賀断簡」も、御物本と同文である。梗概書に引かれた物語本文に関しては後述する。

（5）本文は、稲賀敬二氏「源氏物語梗概書にあらわれた中世の流布本文研究―源氏物語和歌異文一覧1―」（「広島大学文学部紀要」第二四巻第三号、昭和四〇年三月）による。

（6）本文は、稲賀敬二・妹尾好信氏「逸名　源氏物語梗概書」（広島平安文学研究会「翻刻　平安文学資料稿」第三期別巻一、平成一一年一二月）による。

（7）本文は、本書の第五編1の翻刻による。

（8）本文は、稲賀敬二氏編『源氏物語提要』（桜楓社、昭和五三年）による。

（9）本文は、今井源衛氏編『光源氏一部歌』（桜楓社、昭和五四年）による。

(10)　本文は、稲賀敬二氏『中世源氏物語梗概書』（中世文芸叢書2、広島中世文芸研究会、昭和四〇年）による。

(11)　ただし梗概書である『源氏小鏡』の若紫の巻では、若紫を育てた祖母の死が二度も記され、例外のように見える。しかし一回めは粗筋の中で、二回めは「秘事」に関する説明の中で触れられているので、梗概本文では一例だけと言えよう。

(12)　『物語二百番歌合』と『風葉和歌集』の本文は、樋口芳麻呂氏『王朝物語秀歌選』上・下（岩波文庫、昭和六二年・平成元年）による。

(13)　本作品は『風葉和歌集』成立前後に成立したと推定されている。本文は注12の著書による。

(14)　本文は、石田穣二・茅場康雄氏編『源氏大鏡』（古典文庫508、平成元年）による。

(15)　「十五夜」の例は、伊井春樹氏「物語二百番歌合の本文」（大阪大学「語文」第四八輯、昭和六二年二月。後に同氏『源氏物語論とその研究世界』に再録、風間書房、平成一四年）において指摘されている。

(16)　本文は『源氏小鏡』伝本の中で、最古の姿を留めていると考えられる伝持明院基春筆本の翻刻（岩坪健編『源氏小鏡』諸本集成』和泉書院、平成一七年）による。以下、同じ。なお適宜、振り漢字を（　）内に記して右側の行間に示した。

(17)　ただし伊勢物語の第四段には「睦月に梅の花盛りに」とあるので、一月の可能性もある。ちなみに本集70番歌の詞書には「のちちかき《（ママ）》紅梅に」、『物語二百番歌合』にも「軒近き紅梅の陰に」（187番）とあるが、物語にはそのような記述はない。この問題に関しては、本書の第二編第二章第三節、参照。

(18)　伊井春樹氏『源氏物語注釈史の研究』八〇一頁以下（桜楓社、昭和五五年）。

(19)　注18の著書、一九一頁以下。

(20)　詳細は本書の第二編第五章、参照。

第二章　『物語二百番歌合』の本文
――冷泉家時雨亭文庫蔵『源氏和歌集』との関係――

はじめに

『物語二百番歌合』とは藤原定家が編纂した物語歌合で、前後二編、各百番から成る。両編ともに左方に源氏物語所収歌、右方に他の物語の歌を配して、詠歌状況を詞書にまとめている。定家が源氏物語を基に作成したものであるから、本作品に引かれた源氏物語の本文は、定家が校訂した青表紙本と一致するかというと、必ずしもそうではない。この矛盾の解決策としては既に諸説あるが、本章では近年公表された新資料、すなわち冷泉家時雨亭文庫蔵『源氏和歌集』を用いて、異説を提案する次第である。なお本章で使用するテキストは、以下の通りである。

○冷泉家時雨亭文庫蔵『源氏和歌集』は、冷泉家時雨亭叢書83（朝日新聞社、平成二〇年）に影印が収められている。翻刻は品川高志氏等により、全文が「同志社国文学」71（平成二一年一二月）に掲載された。歌番号は、翻刻に付けられたものにより、私に句読点や濁点を付す。

○『物語二百番歌合』は、自筆本の影印を収めた日本古典文学影印叢刊14（貴重本刊行会、昭和五五年）により、私に句読点や濁点を付す。

○『風葉和歌集』と『源氏物語歌合』は、樋口芳麻呂氏『王朝物語秀歌選』上・下（岩波文庫、昭和六二年・平成元年）による。

一、『物語二百番歌合』の和歌の本文

『物語二百番歌合』に採用された源氏物語の和歌の本文系統について、池田利夫氏は次のように論じられた。

『源氏物語』よりの採取歌本文は、青表紙本である。自筆本二百首のうち、『源氏物語大成』底本と一致しないのは、わずかに十二首で、それも前編、後編各六首である。（中略）『大成』によると、総歌七九五首のうち、河内本では三〇％、別本群では五〇％にわたって底本との異同が見られ、青表紙本相互でも底本に対して一七％の異文が見られるのであるから、『物語二百番歌合』の六％という数値は、まさに純正青表紙本本文と言ってよい。(1)

氏が用いられた資料は二百首の和歌であるが、安宅克己氏は詞書に引かれた源氏物語の和歌にも注目された。それは重複歌を除くと一六首あり、合わせて二一六首に関する安宅氏の調査(2)を私にまとめ直すと、次のようになる。

A、青表紙本と一致する例（小計一九三首）

①河内本とも一致する例（一七六首）

②河内本とは一致しない例（一七首）

B、青表紙本と一致しない例（小計二三首）

③河内本とは一致する例（五首）

④河内本とも一致しない例（四首）

⑤『源氏物語大成』所収本と一致しない例（一四首）(3)

全二一六首のうち非青表紙本はBの二三首で、全体の一一％しかない。青表紙本は定家の日記『明月記』によると、

元仁二年（一二二五）二月一六日に完成した。一方『物語二百番歌合』は現存する定家自筆本の奥書によると、藤原良経の依頼に応じて撰進したとある。つまり本作品の成立は、良経が没する元久三年（一二〇六）三月七日以前になる。よって『物語二百番歌合』に引かれた源氏物語は「青表紙本源氏物語成立以前の定家本」、すなわち「原青表紙本」であると安宅氏は認定され、その本文は前記の分析に基づき、「河内本よりも青表紙本的な要素が強い別本である」と結論づけられた。

数値に基づいて導かれた池田氏・安宅氏の論は見事ではあるが、両氏の説には問題点がある。それは安宅氏が説かれた箇所に、実は潜んでいる。

源氏物語には七九五首の和歌がある。そのうち青表紙本と河内本とで本文に異同があるものは一一八首である。全体の十四・八％の歌が異同をもっていることになる。その一一八首のうち、物語二百番歌合に採られているものは二十二首である。（注2の論文）

この二二首とは前掲の②と③を合わせたものである。それはさておき、ここで注目したいのは源氏物語の和歌七九五首のうち、青表紙本と河内本で本文が異なるのは一一八首、約一五％しかない点である。言い替えると八五％にあたる六七七首は、青表紙本も河内本も同文になる。つまり八割強の和歌は、青表紙本とも河内本とも言えるのである。そこで前出の分類①〜⑤を整理し直すと、『物語二百番歌合』に採用された二一六首のうち系統が判別できるのは、②の青表紙本（一七首）、③の河内本（五首）、④⑤の別本（一八首）にすぎず、残りの一七六首（①）は青表紙本にも河内本にも分類できることになる。それは全体の八割を占めるので、二割しか本文異同がない和歌を基準にして、散文も含む本文の系統分類を試みるのは無理である。

そもそも和歌は五音と七音からなる定型詩であるから、本文異同は文章よりも起こりにくい。となると韻文よりも散文のほうが、系統立てには役立つ。源氏物語の本文は『物語二百番歌合』では詞書に引かれているが、両氏とも考

察の対象から外された。その理由は、
物語二百番歌合の和歌にはそれぞれ詞書がついているが、これは物語本文そのままではなく原文を要約したものなので、源氏物語の本文を考える上では殆ど参考にならない。（注2の論文）
と判断されたからである。それに対して、伊井春樹氏は次のように反論された。
ダイジェスト化の方法の項で検討したように、一部には原文の引用が見られたし、全体からの要約であっても随所に原典の句を並べる工夫もされている。定家の用いた本文が青表紙本だったのか、そうでなかったのかは、成立の時期ともかかわってくるため、ここではあえて詞書に残存する本文を分析してみたく思う。(4)
そこで次節以下では、詞書を取り上げる。なお『物語二百番歌合』の詞書には、源氏物語本文を引用した箇所と、梗概化した箇所がある、と伊井氏は指摘されている。よって次節では物語本文、次々節では梗概本文を扱うことにする。

二、『物語二百番歌合』の詞書の本文　⑴物語本文

伊井氏は詞書に引用された源氏物語の本文を検討された結果、
詞書作成の典拠とした本文は明らかに青表紙本や河内本とは異なっており、現存する中では別本の一部と共通することが知られる。これ以外にも、現存の諸伝本のいずれとも一致しない語句が数多く見いだせるが、すべてではないにしても、今日伝えられていない本文の系譜にあるのではないか。（注4の著書、五四六頁）
として、別本と判断された。一方、和歌の本文にも別本があることを指摘されたが、「全体としては青表紙本的性格を多分に持っていることは確かである」ことを確認され、「和歌は青表紙本、詞書は別本的要素と、二つの性格に分離してくる」という結論を導かれた。このように一作品で、和歌と詞書とが本文系統を異にする原因について、以下

のように推測された。

このような現象は珍しいことではなく、ダイジェスト本などでは初め別本によって作成し、後に青表紙本で訂正された場合、本文に挿入された語句はそのまま残存するものの、引用された和歌は手を加えるのが容易なだけにすべて直されてしまうといった例がある。『物語二百番歌合』も、当初は後の定家本とは異なる本文によって作成され、青表紙本の出現後に和歌は訂正されたものの、一部は見落とされてもとの姿が残ったのではないか。

（注4の著書、五四七頁）

右記に示された「ダイジェスト本」の一例として、『源氏小鏡』が挙げられる。伊井氏は『源氏小鏡』の諸本を六種類の系統に大別され、古い形態を有する第一系統本を青表紙本で改訂して第二系統本が作られた、と論述された。(5)

このように「二段階の成長」を経て『物語二百番歌合』は成立したと考えると、従来の問題点は解決されることになる。それは定家の日記『明月記』との関係である。青表紙本は『明月記』によると、元仁二年（一二二五）二月一六日に完成したのに対して、『物語二百番歌合』は良経が没する元久三年（一二〇六）三月七日以前に成立している。『物語二百番歌合』の和歌の本文系統に基づき、それに使われたのは青表紙本であると見なした場合、当作品の作成時には未完成であったはずの青表紙本が用いられている、という不可思議なことになる。しかし伊井氏の二段階説によれば、その矛盾は生じない。

また、『明月記』の一節、「生来依懈怠、家中無此物［建久之比／被盗失了］」（［　］内は割注）によると、源氏物語は建久年間（一一九〇～九九年）に盗まれて以来、元仁二年まで約三〇年間も家になかったことになる。建久年間はまさに『物語二百番歌合』の編纂時期と重なるため、これも研究者を悩ませてきた。たとえば樋口芳麻呂氏は、「『物語二百番歌合』の撰定に用いられた『源氏物語』は、盗難にあう以前の家蔵本であった」と仮定して、「『百番歌合』は建久三、四年ごろ、『後百番歌合』は建久六、七年ごろの成立」と推定され、「盗難は『物語二百番歌合』撰定後に生じた」と見なされた(6)。このように盗難にあった建久年間が、本作品成立時期の下限になっていたのである。けれども、その見解に伊井春樹氏は異論を唱えられた。同氏によると、元仁二年までなかったのは「証本」とすべき本であり、

三十年間余り伝本の一つも所持していなかったとはとても考えられない（注4の著書、五四七頁）

と論断された。『物語二百番歌合』の成立時期については未だ決着は付いていないが、伊井説により『明月記』の記事の縛り、すなわち一二〇六年までに作成された『物語二百番歌合』に使われた源氏物語は、一一九〇年代から一二二五年まで定家の手元になかった、という制約から解放されたことになる。

三、『物語二百番歌合』の詞書の本文　(2)梗概本文

『物語二百番歌合』の詞書の中には物語本文をそのまま引用するのではなく、梗概化された箇所が散在する。定家が物語の本文からダイジェスト化して詞書を作り出すとなると、本文によりかかりながら語順を替えるなどといった方法と、部分的に自分のことばで表現し直す場合とがみられるが、後者になると長い文章をいかにコンパクトにまとめるかという解釈の問題も入ってくるようである。（注4の著書、五三九頁）

右記で示された後者のなかには、物語の内容と合わない例も見受けられる。その一つとして末摘花の巻で、末摘花邸を密かに訪れた光源氏を頭中将が見つけて詠みかけた場面が挙げられる。

頭中将ときこえし時、六条院、中将に物したまひし時、うちよりひたちの宮にかくろへいりて、のきちかきこうばいのむめのかげにたちよりたまふに、もとよりたちかくれて、ふりすてさせ給へるつらさに、御をくりしつるはとて　前太政大臣

もろともにおほうちやまはいでつれどいるかたみせぬいざよひの月（『物語二百番歌合』前九十四番）（詞書本文の「むめの」は見せ消ち）

文中の傍線部分が物語の状況と一致しない、と伊井氏は指摘された。

頭中将が軒のもとに咲く紅梅に歩み寄ると光源氏のいるのに気がついたという。本文を見ると「すいがいのすこしおれのこりたるかくれのかたにたちよりたまふに、もとよりたてるをとこありけり」とあって、この前後に紅梅の咲いていた気配はまったくない。定家の用いた本文にはこのようになっていたのかと思いたくなるのだが、あるいはそのような情緒的な場面であったと思い出してダイジェスト化してしまったのであろうか。末摘花巻末の「はしがくしのもとのこうばい、いと、くさく花にて色づきにけり」の一文が、ふと連想されて取り込んだとも考えられよう。（注4の著書、五四一頁）

末摘花巻末の本文は二条院の紅梅であり、頭中将が歌を詠んだ末摘花邸ではないが、それは定家が「ふと連想されて取り込んだ」からと推量された。その見解を踏まえて東野泰子氏は、「「ふと連想された」というより、もう一歩進めて、積極的な意図をもつ詞書」[7]と評価された。この例以外にも物語と内容が合わない文章が『物語二百番歌合』には散見され、その改変は「定家の意図」によるものと東野氏は論じられた（注7の論文）。

たしかに源氏物語と『物語二百番歌合』を対比するだけでは、定家が操作したと考えざるをえない。けれども近年公開された新資料、すなわち冷泉家時雨亭文庫蔵『源氏和歌集』と照合すると、別の見方が生じる。本集は源氏物語で詠まれた和歌を巻ごとにすべて抜き出し、詠歌状況を詞書にまとめ、詠者名も付けて歌集の体裁に仕立てたものである。ただし残欠本で桐壺から賢木の巻までしかなく、奥書も欠くため、成立時期も作者や筆者も不明であるが、鎌倉時代後期に書写されたと推定される。問題の和歌（70番歌）の詞書を見ると、

頭中将と聞えし時、六条院もいまた中将におはせしかは、ひたちの宮にかくろへいりてのちちかき紅梅に立より

給けるに、もとより又たちかくれて、ふりすて給つらさに御をくりし侍とて、

とあり、傍線部分の「のちちかき紅梅《のきカ》」には物語に登場しない紅梅が記され、『物語二百番歌合』の本文と一致する。当歌合の作成には源氏物語が使われた、と今まで見なされていたが、そうではなく、定家は『源氏和歌集』のようなものを利用したのではなかろうか。

「物語二百番歌合」や下って「源氏物語歌合」なども、その成立過程では、『源氏物語』自体から直接歌を選ぶのではなく、「源氏集」などが存在し、そこから歌合の歌を選ぶのが手順ではなかったろうか。(8)

という寺本直彦氏の指摘は、今まではその根拠になる資料がなかったため、推測に留まっていた。しかしながら時雨亭文庫蔵『源氏和歌集』により、寺本説は裏づけられたと言えよう。物語を読みながら自分で詞書の梗概文を作成するよりも、本集のような源氏物語歌集を用いた方が便利である。すると物語本文にない「軒近き紅梅」という言葉は、定家が別の場面から連想したのでも、意図的に改変したのでもなく、梗概本の一節を利用したのであろう。(9)

四、『物語二百番歌合』と冷泉家時雨亭文庫蔵『源氏和歌集』

『物語二百番歌合』と『源氏和歌集』の詞書を比べると、共通する梗概本文が数多くあり、偶然の一致とは考えがたい。まず前掲の「軒近き紅梅」のように、当該場面にはない語句が両作品に見られる例を夕顔の巻から三つ（ⅰ〜ⅲ）列挙する。

ⅰかの院にて、もろともにながめくらして、しのび給し御さまも、あらはれにける後（『源氏和歌集』34番）

ゆふかほの君、いざなひいでゝ、なにがしの院に、もろともにながめくらし給ふとて、しのびたまひし御さま、あらはれてのち（『物語二百番歌合』後五十五番）

傍線を付けた「もろともに」「ながめくらし」「しのび」の語句は、当該巻の別の場面には使われているが、この箇所には見られない。また波線部の「あらはれ」は索引による限り、当巻には見当たらない語である。[10]二重線部の「いざなひいで、」は、次の例iiでは両作品に見られるが、索引によると総角の巻に一例しかない。よって、定家が源氏物語を基に詞書を作成したという通説に立つと、当該場面にない言葉を用いて定家が創作した文章が、偶々『源氏和歌集』の本文と合致したことになる。

ii夕かほのうへ、いざなひ出て、なにがしの院へおはしけるあかつき（『源氏和歌集』32番）

ゆふかほの君、いざなひいで、、なにがしの院へおはせしあか月（『物語二百番歌合』前十一番）

両者の末尾には「暁」（夜明け前）とあるが、ここで詠まれた和歌には「しののめ」（夜明け方）とあり、時間帯が異なる。当場面の少し前に「明けゆく空」とあるので、詞書の「暁」は間違っている。しかしながら同じ和歌を収めた『風葉和歌集』895番の詞書にも、「飽かずおぼされける女を、暁いざなひ出でさせ給ひて（下略）」とあり、また中世の梗概書[11]にも「暁」とあるので、源氏物語では「しののめ」であっても中世の梗概文では「暁」であり、『物語二百番歌合』はそれを引用したと推定される。つまり定家は「暁」と改変したのではなく、孫引きしたのである。

iiiかのもむけのおり、心ならずごらんぜし女のもとへ、たかやかなるおぎにつけて、こ君してつかはしける（『源氏和歌集』39番）

心ならず御らむしそめたりける人につかはしける（『物語二百番歌合』前十五番）

両著に共通する「心ならず」という語は、索引によれば賢木の巻に一例しかない。これも当場面にない言葉を定家が意図的に加えた、あるいは定家が用いた源氏物語に当該語句があったと仮定するよりも、源氏物語歌集の類を利用したと考えるほうが自然である。

以上の三例（i～iii）はいずれも、物語では別の箇所にある言葉が両作品に取り入れられている。これは定家が

『物語二百番歌合』を編纂する際、物語本文に加筆したのではなく、梗概文を利用したからと考えられる。一方、次の三例（ⅳ～ⅵ）では、当該場面にある語句は各例とも二語しかないのに、両作品の詞書は酷似している。そこで『源氏和歌集』の本文を挙げて、『物語二百番歌合』と異なる部分に傍線を引き、異文を傍記する。なお『源氏和歌集』に本文がない箇所には「・」、『物語二百番歌合』にない場合は（ナシ）と表記する。

ⅳ中将におはせし時《(ナシ)》、うつせみの《(ナシ)》やどりの御かたたがへのあかつき（19番。後四十四番）

「かたたがへ」と「あかつき」の二語は当該場面に使われているが、他の語句（「うつせみ」「やどり」）は索引によると当巻（帚木）には見当たらない。にも拘らず両書で共通するのは偶然の一致ではなく、定家が梗概文を取り込んだからである。

ⅴ諒闇のとし、雲林院にて《(ナシ)》法文などならひ・《(給)》て、日頃おはせしころ《に》、むらさきのうへにつかはしける《(ナシ)》（150番。前十三番）

物語で当場面に見られる語は「雲林院」と「法文」だけである。この二語は定家が物語から選び、それ以外は定家が創案した文章が『源氏和歌集』と同じになったとは考えにくい。

ⅵ弘徽殿の朧月夜の後、二条のおほいまうちぎみ《右のおとゞの》、藤の宴《の夜》におはして、内侍のかみのよりゐたりける《たまへる》戸口に尋より給て（107番。後五番）

物語本文と重なるのは「藤の宴」と「戸口」だけである。なお物語の当場面には「寄りゐたまへり」という語句が二例あるが、いずれも光源氏の動作であるのに対して、前掲の二作品では「内侍のかみのよりゐ」で朧月夜の仕草になっている。この源氏物語と『物語二百番歌合』との相違に関して米田明美氏は、

「弘徽殿の朧月夜の後、右のおとどの藤の宴の夜おはして、内侍のかみの」までは、定家の要約した言葉であり、この場面ではまだ右大臣の姫君であったが、作品全体を意識し「内侍のかみ」としている。「いづれならむと」

（岩坪注、源氏物語の本文で光源氏の気持を表す）が詞書では「尋ね」に置き換えられている。[12]

と見なされた。この例以外にも『物語二百番歌合』と源氏物語とで異なる箇所を列挙され、その異同が起きたのは、「定家は自らの世界を描き出すため、物語本文を利用しつつも独自の言葉に置き換えている」からと説かれた（注12の論文、四〇七頁）。

定家は各物語を実に深く、詳細に読み込んでいるのではないだろうか。しかも詞書においても、物語歌集のような梗概本から写しまとめたとは到底考えられず、歌・詞書を番わせてから何度も要約することを含め、推敲を繰り返したと思われる。（注12の論文、四〇四頁）

この推論は、『物語二百番歌合』と源氏物語を比較するだけならば成り立つであろう。しかし『源氏和歌集』のように『物語二百番歌合』と詞書本文が酷似する源氏物語歌集の存在を想定すると、物語本文と異なる箇所をすべて定家の作為と見なす必然性はなくなる。

定家が改変したと解釈されてきた例を、もう一つ示す。

故院かくれさせ給て、つぎのとし八月十五夜に　入道の宮

こゝのへにきりやへだつるくものうへの月をはるかにおもひやるかな

これは『物語二百番歌合』前六十九番、藤壺の詠歌である。和歌に詠まれた「雲の上の月」が誰を指すかをめぐり、桐壺院と朱雀帝の両説が並立している。ただし『物語二百番歌合』においては、

詞書が「故院かくれさせ給てつぎのとし」としている以上、番の意図は「くものうへのつき」を故院桐壺とすることにあると読むべきだろう。（注7の論文）

と、東野氏は解され、それを踏まえて、

詞書にある「故院かくれさせ給てつぎのとし」という部分は、源氏物語のこの歌の前をかなり遡っても明文化さ

れておらず、あくまで物語の推移をたどってゆくとそうなるというものだから、ここには何らかの定家の意図を考えるべきである。「くものうへのつき」が桐壺帝を暗示しているということがこの番の理解にとって不可欠であったため、敢えて明文化されたものだろう。（注7の論文）

と見て、『物語二百番歌合』の詞書に「定家の意図」を汲み取ろうとされた。

源氏物語に明文化されていない箇所から、定家の創作意図を推し量るのは構わない。しかしながら、その独自の文章は定家が創案した、と決めつけることはできない。なぜならば『源氏和歌集』も同文だからである。

院かくれさせ給て、つぎのとし八月十五夜、王命婦して六条院にきこえ給ける（154番）

しかも物語では「二十日の月」であるのに、『源氏和歌集』も『物語二百番歌合』も「八月十五夜」である。[13] よって鎌倉時代には、藤壺が詠んだ「雲の上の月」は中秋の名月で、桐壺院と解釈する梗概本があり、その説を定家は受け継いだのであろう。独自異文は定家が明文化したのではなく梗概文にあり、それを定家は引用したのである。

五、『物語二百番歌合』の撰者の意図

『物語二百番歌合』の結番・配列の見事さは、夙に樋口芳麻呂氏が指摘されている。

本歌合における配列は、右の一〇番（岩坪注、『物語百番歌合』の一番から十番まで）からでも推察されるように、連想などにより自然に巧妙に行われている。したがって、その配列は、定家の個性・好尚をよく反映していると考えられるのである。[14]

この見解は、現在の研究にも継承されている。ただし、すでに述べたように、それらをすべて定家の苦心の賜物と見なして、詞書も全文、定家が創作したと解釈するのは問題である。その一例として、『物語二百番歌合』の冒頭部を

見てみよう。

一番

左　中将ときこえし時、かぎりなくしのびたる所にて、あやにくなるみじか夜さへ、ほどなかりければ、

六条院

見ても又あふ夜まれなる夢のうちにやがてまぎるゝわが身ともがな

右　譲位のこと、さだまりてのち、しのびて斎院にまいりて、いでさせ給とて、

御製

めぐりあはむかぎりだになき別かなそらゆく月のはてをしらねば

左右の歌を見ると、「ともに物語の男主人公から、激しく思慕した理想の女性へ贈られた歌」であり、かつ「女との再会が容易ではないことを嘆いた歌」であり、また「歌に、「あふ」(左)、「めぐりあはむ」(右)という相似の表現が含まれている」と、内容・表現において共通する点を樋口氏は指摘された(注14の著書、三七五頁)。そのように歌が配列されているのは、定家の手腕と見てよい。しかしながら左右の詞書にも同じ言葉「しのび」があるが、それを和歌と同じように解釈するのは疑問である。というのは左歌は『源氏和歌集』と『風葉和歌集』にも採られ、両集の詞書にも「しのびたる所」と記されているからである。左歌は若紫の巻において、光源氏が藤壺との逢瀬の折に詠んだ和歌である。三作品に共通する「しのびたる所」という語句は藤壺の実家を指し、物語にはない言葉である。それゆえ定家が創作したと判断するのは、早計に過ぎる。

また、左歌の詞書の文末「ほどなかりければ」の本文も特異である。和歌の直前にある物語本文(若紫の巻)は、

なに事をかは、きこえつくし給はむ。くらぶの山にやどりもとらまほしげなれど、あやにくなるみじか夜にて、あさましう中〳〵なり。(『源氏物語大成』一七四頁4〜5行)

であり、「ほどなかりければ」という表現は見当たらない(15)。ちなみに他の作品の詞書は、以下の通りである。

○中将におはせし時、かぎりなくしのびたる所にて、くらぶの山にやどりもせまほしけれど、あやにてなるみじか《(くカ)》夜さへ、ほどなかりければ中〳〵にて、（『源氏和歌集』60番）
○いと忍びたる所におはしましたりけるに、あやにくなるみじか夜にて、あさましうなかなかなりければ、（『風葉和歌集』870番）
○藤壺の宮わづらひ給ふことありてまかで給へり。いかがたばかり給ひけん、いとわりなきさまにて見たてまつり給ふ。何ごとをか聞こえ尽くし給はん。くらぶの山に宿りも取らまほしくおぼえ給へど、あやにくなる短夜にて、あさましうなかなかなれば、（『源氏物語歌合』十番左）

文末表現が『物語二百番歌合』の「ほどなかりければ」に似るのは、『源氏和歌集』の「ほどなかりければ中〳〵にて」である。それに対して『風葉和歌集』も『源氏物語歌合』も「あさましうなかなか」で、その方が物語本文「あさましうなかなかなり」に似る。よって『物語二百番歌合』の本文は、『源氏和歌集』の類から引かれたのであろう。

以上により、『物語二百番歌合』巻頭の左歌の詞書は物語本文とかなり異なるが、それは右歌の詞書と共通する言葉「しのび」を置くため、定家が源氏物語の文章を改変したのではなく、定家は源氏物語歌集などの梗概文を利用したのである。よって、「各歌の番（配列）により定家の創り出した世界を鑑賞できるよう、定家自身の言葉に置き換えている」（注12の論文）かどうかは、慎重を期したい。

次に『物語二百番歌合』前二番を見てみよう。

二番

左　弘徽殿の三のくちにて、おぼろ月夜のないしのかみに

ふかき夜のあはれをしるも入月のおぼろけならぬちぎりとぞ思

右　大将におはせし時、弘徽殿にて女二の宮に

しにかへりまつにいのちぞたえぬべきなか〳〵なに、たのみそめけむ

一番右歌の「そらゆく月」を受けて、二番左の詞書に「おぼろ月夜」が置かれ、「入月」の和歌が配列されているのは、定家の編纂意図によると見られる（注1の著書、四一二頁。注14の著書、三七七頁）。一方、二番左の詞書には「弘徽殿の三のくちにて」とあり、源氏物語本文には、「弘徽殿のほそどのにたちより給へれば、三のくちあきたり。」（『源氏物語大成』二七一頁）とあるが、この相違は定家が梗概化したために生じたとは言いきれない。というのは『源氏和歌集』も、「弘徽殿の三口にて、おぼろ月よの内侍のかみ」（102番）で、『物語二百番歌合』と同文だからである。

むろん定家が梗概本文を孫引きしたからといって、『物語二百番歌合』の配列の妙が損なわれるわけではない。巻頭の一番に「しのび」、二番に「弘徽殿」と、同一語を左右の詞書に配置したのは、定家の才腕である。問題は、詞書の本文が源氏物語の表現や内容と相違する場合、それは定家が改変したからと見なし、そこに定家の意図を汲み取ろうとした点である。よって、源氏物語と異なる箇所はすべて定家の作意と決めつけるのは、早計に失すると言えよう。

終わりに

『物語二百番歌合』の作成には源氏物語ではなく、源氏物語歌集の類が使われ、その梗概本文が利用された可能性が高いことを提案した。『物語二百番歌合』は「和歌は青表紙本、詞書は別本的要素」（第二節、参照）と分離しているが、それは依拠した本文が「原青表紙本」（第一節）でも、また和歌だけ青表紙本に訂正した（第二節）のでもなく、定家が用いた梗概文が別本であったからと推測される。ちなみに冷泉家時雨亭文庫蔵『源氏和歌集』は、和歌も詞書も別本である(16)。なお本章では、『源氏和歌集』と『物語二百番歌合』の詞書本文の共通点に注目したが、両者には相

違点もある。[17]それは定家が参照した梗概書は複数あり、配列に工夫を凝らすため取捨選択したり、ときには梗概文に加筆したりしたからかもしれない。

注

（1）池田利夫氏「『物語二百番歌合』解説」（日本古典文学影印叢刊14『物語二百番歌合』所収、貴重本刊行会、昭和五五年）。
（2）安宅克己氏「青表紙本源氏物語成立以前の定家本」（「学習院大学国語国文学会誌」26、昭和五八年二月）。
（3）安宅氏は一三首とされたが、それでは総数が二一五首になり一首足りなくなる。そこで同氏が示された一三首に、次の和歌を加えて一四首とした。
　あさほらけいゐちもしらすたつねこしまきのをやまはきりこめてけり（『物語二百番歌合』前七十五番二句めの「しらす」が、『源氏物語大成』所収本ではすべて「みえす」である。
（4）伊井春樹氏「『物語二百番歌合』の本文—定家所持本源氏物語の性格—」（大阪大学「語文」48、昭和六二年二月）。後に同氏『源氏物語論とその研究世界』（風間書房、平成一四年）に再録。
（5）伊井春樹氏『源氏物語注釈史の研究』第二部第一章（桜楓社、昭和五五年）。
（6）樋口芳麻呂氏「『物語二百番歌合』と『風葉和歌集』（上）」（「文学」昭和五九年五月）。
（7）東野泰子氏「『源氏狭衣歌合』の番とその形成」（「百舌鳥国文」9、平成元年一〇月）。
（8）寺本直彦氏『源氏物語受容史論考　続編』三三七頁（風間書房、昭和五八年）。
（9）当場面は当巻を代表する名場面として、よく源氏絵に描かれ、絵にも紅梅が登場する。白梅でないのは末摘花の赤鼻を暗示するためであるが、中世の梗概文には紅梅と記され、それを絵画化した可能性も考えられる。ちなみに室町時代末に成立したとされる『源氏物語絵詞』（片桐洋一氏・大阪女子大学物語研究会編『源氏物語絵詞—翻刻と解説—』大学堂書店、昭和五八年）にも、
　常陸宮きん引給ふそはに大夫命婦なとあるへし庭に紅梅有庭のすいかいのをれのこりたるに源氏かくれきゝ給ふ頭

中将かり衣にて源氏のそばにより給ふ所おほろ月夜とありいさよいの月なりとあり、庭に紅梅を描くように指示している。

(10) 市販されている源氏物語の索引は、すべて定家本による。したがって河内本や別本では当巻に当該語句があるかもしれないので、「索引による限り」と限定した。

(11) 『源氏大鏡』のほか、『源氏物語提要』『光源氏一部歌』（両著とも『源氏物語古注集成』2・3所収、桜楓社、昭和五三・五四年）、尊経閣文庫蔵伝二条為明筆「源氏抜書」（本書の第五編資料集1に収録）にも「暁」と記されている。

(12) 米田明美氏「『後百番歌合』の詞書の記述と歌の配列―ほの見える『伊勢物語』の世界―」、片桐洋一氏編『王朝文学の本質と変容　散文編』（和泉書院、平成一三年）所収。

(13) 『源氏大鏡』『光源氏一部歌』も「十五夜」である。源氏物語の伝本のなかでは、別本の御物本だけが「十五夜の月」である。詳細は本書の第二編第一章第四節、参照。

(14) 樋口芳麻呂氏「源氏狭衣百番歌合の配列について」（「文学・語学」57、昭和四五年九月）。後に同氏『平安・鎌倉時代散逸物語の研究』三八五頁（ひたく書房、昭和五七年）に再録。

(15) 『源氏物語大成　校異篇』若紫の巻には別本は収録されていないが、『源氏物語別本集成　正・続』および『飯島本源氏物語』にも大きな異同は見られない。

(16) 本書の第二編第一章、参照。

(17) 品川高志氏は両著の詞書の異同に着眼して、「詞書の性質が違う」と論じられた。詳細は同氏「冷泉家時雨亭文庫蔵『源氏和歌集』詞書考―歌われた状況を説明する詞書―」（「同志社国文学」72、平成二二年三月）参照。

第三章　尊経閣文庫蔵　伝二条為明筆『源氏抜書』

はじめに

源氏物語は江戸時代になると出版され入手しやすくなるが、それでも全巻を所有できたのは限られた人々であった。ましてや中世において全帖を揃えられたのは、公家・武家など極めて少人数であり、大多数が所持していたのは源氏物語の梗概書であった。それが既に平安末期に作成されていたことは古筆切により知られるし(1)、また鎌倉時代写の『源氏古鏡』も存在する(2)。とはいえ古筆切は断簡であり、『源氏古鏡』はわずか八帖（桐壺～花宴の巻）しか残存せず、いずれも全貌を窺うことは難しい。完本として現存する最古の作品は、『源氏小鏡』『源氏大鏡』であるが、南北朝期に成立したと推定されており(3)、それ以前の実体は不明であった。

ところが、鎌倉後期から南北朝にかけて書写された伝本が、前田育徳会尊経閣文庫に存在するのである。それは昭和一四年に刊行された『尊経閣文庫国書分類目録』三四三頁に、「源氏抜書　写（伝二条為明筆）一冊」と掲載されていながら、いまだ学会には紹介されていない。惜しいことに三八帖（桐壺～鈴虫の巻）しか現存しないが、それでも『源氏小鏡』『源氏大鏡』以前の梗概書として貴重な資料である。

一、尊経閣本の書誌

尊経閣文庫蔵『源氏抜書』（以下、尊経閣本と略称す）の書誌を記す。当本は縦一六・一センチ、横一六・二センチの升型本で列帖装。表紙は黄緑色の布地、見返しは前後とも金銀泥霞引きに金銀箔・銀野毛散らし。表紙も見返しも、後補と思われる。外題・内題とも無し。料紙は鳥の子。遊紙は前に一丁あり、それも含めると丁数は全部で一〇六丁。本文は二丁オから一〇五丁ウまで。一〇六丁オは白紙で、同ウに次の極め書きがある。

此一冊者、権中納言為明卿真跡也。而小松黄門利常卿、就予被求証明之次、備　仙洞叡覧畢。深秘箱底敢莫窓外而已。　槐陰散木源（花押）

右記によると当写本は、前田利常（生没一五九三～一六五八年）の時から現代に至るまで、前田家に伝来したことが知られる。利常が「黄門」（中納言）に任じたのは寛永三年（一六二六）であり、同六年に利常と改名、同一六年に致仕して加賀国小松城に隠居した。この当時「仙洞」（上皇）であったのは、寛永六年に退位し、延宝八年（一六八〇）に崩御した後水尾院である。本書を鑑定した人の署名「槐陰散木源」のうち、槐陰とは三公（太政大臣・左大臣・右大臣）を指し、散木は役に立たない人の譬え。その人物は正保四年（一六四七）七月に内大臣に任じたものの、同年一一月に辞退して以来、承応二年（一六五三）二月に六六歳で没するまで散位（前内大臣正二位）のままで過ごした中院通村が該当する。以上によりこの極め書きは、正保四年（一六四七）一一月から承応二年（一六五三）二月までの間に、中院通村が前田利常の求めに応じて記したと考えられる。

通村が鑑定した二条為明（生没一二九五～一三六四年）[4]とは、為世の孫、為藤の子で、後光厳天皇や足利将軍義詮に古今集を伝授した。為明の真筆には短冊・懐紙が知られ、彼の筆と推測されるものでは梅沢本古今集が名高く、また伝為明筆としては朝倉切（続古今集の断簡）・暦切（勅撰集の断簡）のほか、源氏物語梗概本の切もあるが(5)、いずれも尊経閣本とは筆跡が異なる。しかしながら尊経閣本は書風から判断して、為明が活躍した頃に写されたと見てよかろう。

二、他の梗概書との関係

一般に源氏物語を梗概化するには三種類の方法、すなわち抄出・補足・要約が用いられる。たとえば物語本文を抜き出すだけの場合もあれば、抜粋した本文を繋ぐために簡単な言葉や詳しい説明を加えたり、あるいは粗筋をまとめたりして、三通りの方法を組み合わせることが多い。尊経閣本を『源氏古鏡』『源氏小鏡』『源氏大鏡』と比較すると、『源氏小鏡』が物語中の和歌を一部しか引かないのに対して、他の三作は全歌を収めるという点では共通するが(6)、梗概本文は全く異なる。『源氏古鏡』は登場人物が和歌を詠んだ場面しか抜き出していないため、大事件であっても詠歌がない箇所は略されている。たとえば桐壺の巻では光源氏の祖母の死［a］、高麗の相人［b］、藤壺の入内［c］といった構想上、重要な事項が抜けている(7)。一方『源氏大鏡』は、物語本文をそのまま引くことは少ない代りに、和歌がない箇所にも言及している。『源氏大鏡』は三系統（第一〜三類本）に分類され(8)、いずれの系統も高麗人［b］は記し、祖母の死［a］は述べず、藤壺入内［c］は第二類本にのみ見られる。

一方、尊経閣本はａｂｃの記述がない点では『源氏古鏡』と一致するが、冒頭本文は異なる。すなわち『源氏古鏡』は一首めの和歌「限りとて〜」の説明として、光源氏が三歳になった箇所「みこ三つになりたまふとし」から始まるのに対して、尊経閣本は物語と同じ「いつれの御時にか」であり、二類本『源氏大鏡』の出だしと共通する(9)。従って和歌中心の『源氏古鏡』と、和歌が詠まれない場面も載せる『源氏大鏡』との間に尊経閣本は位置することになる。『源氏古鏡』は鎌倉時代写、『源氏大鏡』の成立は南北朝期で、尊経閣本の書写時期はちょうど両者の間に当たる。すると尊経閣本の成立時期も『源氏古鏡』より後かというと、そうとは限らないことを次に述べる。

三、『源氏釈』との関係　⑴紅葉賀の巻

尊経閣本と他の梗概書を比較検討した結果、本文が最も似ているのは『源氏釈』の一本である。それは安元元年（一一七五）に没したらしい藤原伊行が著した源氏物語の注釈書で、伝本は非常に少なく、先学により次のように系統分類されている[10]。

A、原型本…北野克氏所蔵、伝二条為家（生没一一九八～一二七五年）筆『末摘花・紅葉賀断簡』。

B、第一次一類本…書陵部所蔵、伝貞成親王（生没一三七二～一四五六年）筆『源氏物語注釈』所収「源氏或抄物」、抄出本。

C、第一次二類本…冷泉家時雨亭文庫所蔵、鎌倉時代中期写、完本。なお書陵部所蔵残欠本（明石の巻まで残存。近世初期写）は冷泉家本の写し。

D、第二次本…前田家所蔵、伝二条為定（生没一二九三～一三六〇年）筆、完本。

Aとそれ以外は体裁が全く異なり、B以下は物語本文を抄出した後にその考勘を記すだけで、伊行が注釈を付けない場面には全く触れないのに対して、Aは勘物以外に尊経閣本と同じく物語中の和歌をすべて引き、梗概書の役割も担っている。

池田亀鑑氏はCとDおよび古筆切を校勘され、「前田家本［D］と、書陵部本［C］と、古筆切とに引く所の物語本文は、そのあげ方が一定せず、或ひは長く、或ひは短く、すこぶる統一を欠いてゐる」ことに着目され、次の結論

を導かれた。

もし伊行自筆の源氏釈が、最初から、整然と物語本文を引抄してゐたならば、このやうに雑多不統一な体裁にはならなかつたであらう。後人が任意に源氏の本文を抄出したからこそ、このやうなことになつたと思はれる。この点からして、伊行の釈の原本は、源氏物語各巻の本文中に書入れや貼紙の形式でなされた注釈書であつたのを、後人が思ひ思ひに整理したものと推定される(11)。

しかしその後、新たに『源氏釈』の伝本Bを発見された伊井春樹氏は、B〜Dの諸本を比較検討の結果、「注記に必要な本文とその前後の場面をダイジェスト化して示すという方法は一致している」ことに注目され、三本いずれも伊行自身により抄出整理されたと論じられた。また諸本により勘物が異なるのは、伊行の「源氏物語研究の進展を反映している」からと判断され、ＢＣＤの順に成立したと説かれた(12)。次いでAが公刊され(13)、田坂憲二氏は項目の出入・配列や勘注の本文異同により、Aの注記内容に最も似るのはBであること、また物語の引用本文も、「全体の体裁は異なるものの、北野本（岩坪注、前掲のA）の一部分が書新本［B］の全文とほぼ完全に一致し、見かけの上では、北野本の抜き書きが書新本のような形となっている」ことを指摘された。それを踏まえて、「北野本のように梗概を述べながら必要に応じて注記を加えたのが原型で、その注記の部分のみ抜き出し、一冊の注釈書として纏められたのが新書本の祖本である」と推定された(14)。以上の考察を踏まえて『源氏釈』の成立過程を、稲賀敬二氏は次のように整理された。

伊行は最初、自分の所持する五十四帖に引歌、引詩などを付箋で加えたり書き入れたりしたであろう。次の段階では、五十四帖の本文のダイジェスト版梗概書を作り、既に書き入れていた勘注を転記し、また新たに勘注の増補も行ったであろう。北野本の形である。その勘注を独立させ、注釈書としての性格を強くしたのが書陵部本など第一次本、前田家本はそれをより精選した第二次本ということになる(15)。

さて、尊経閣本には勘物があまりないので（詳細は後述）、物語の本文を『源氏釈』諸本と比較すると、最も近いのはAの北野本である。ただし北野本は二巻しか残存せず、本節では紅葉賀の巻（冒頭から、最初の和歌が詠まれるところまで現存）を取り上げる。その箇所の粗筋は、左記の通りである。

①桐壺帝、行幸の試楽実施を決定。
②光源氏と頭中将、青海波を披露。
③光源氏の舞い姿に対する、弘徽殿女御と藤壺女御の思い。
④その夜、桐壺帝と藤壺、試楽の感想を語り合う。
⑤その翌朝、光源氏、藤壺に手紙を送る。

尊経閣本と北野本は③④を欠き、その間を繋ぐ言葉はない。ちなみに『源氏古鏡』は④のみ無く、③から⑤へ直接続いている。以下、具体的に本文を列挙し、共通する部分に傍線を引き、通し番号（1～11）を付す。たとえば物語の傍線部1は、尊経閣本と北野本の1に各々対応する。

・源氏物語（本文は新編日本古典文学全集［小学館］による）

[1]朱雀院の行幸は神無月の十日あまりなり。世の常ならず、[2]おもしろかるべきたびのことなりければ、御方々、物見たまはぬことを口惜しがりたまふ。上も、藤壺の見たまはざらむをあかず思さるれば、[3]試楽を御前にてせさせたまふ。

[4]源氏の中将は、[6]青海波をぞ舞ひたまひける。[5]片手には大殿の頭中将、容貌用意人にはことなるを、立ち並びては、なほ花のかたはらの深山木なり。[7]入り方の日影さやかにさしたるに、楽の声まさり、もののおもしろきほどに、[8]同じ舞の足踏面持、世に見えぬさまなり。[9]詠などしたまへるは、[10]これや仏の御迦陵頻伽の声ならむと聞こゆ。おもしろくあはれなるに、帝涙をのごひたまひ、上達部親王たちも、みな泣きたまひぬ。詠はてて、袖うちなほ

したまへるに、待ちとりたる楽のにぎははしきに、顔の色あひまさりて、常よりも光ると見えたまふ。（中略）
つとめて中将の君、[11]「いかに御覧じけむ。世に知らぬ乱り心地ながらこそ。（以下、和歌）

・尊経閣本

[1]朱雀院行幸[2]おもしろきたひなれは、[3]しかくは御前にて、[4]源氏君せいかいは、[5]かたてにこしうとの中将、[8]をなしきまいのあひまひ、をもゝち、よにみえぬに、[9]詠なとし給へるさへ、これや、ほとけの御かれうひんのこゑならんときこゆ。[10]詠はてゝ、中将てうちなをし給つる。なみた、なかさぬ人なし。頭中将の、[6]かたはらなる、はなのそはのみやまきなり。源し中将まいはて給て、ふちつほ、[11]「いかゝ御覧しつらん。よにしらぬ心ちしなからこそ」とて、（以下、和歌）

・北野本

[1]朱雀院行幸[2]はをもしろかるへきたひなれは、[3]試楽は御まへにてせさせ給。[4]源氏の中将せいかいはまい給へしとあり。[5]かたてにこしうとの中将　[8]をなしまいのあしふみをもゝちよにみえぬさまなり。[6]はなのかたはらのときはきなり。[7]いりひのはなやかにさしたるに、かくのこゑまさりて、ものをもしろきほとに、[9]ゑいしなとし給つる、これやほとけのかれうひんのこゑならんときこゆ。[10]ゑいはてゝ、源氏の中将そてうちなをし給へるありさまに、なみたなかさぬ人なし。けんしのきみはふちつほに、[11]いかゝこらんすらん、よにしらぬこゝちしなからとてなん、

（以下、欠脱）

尊経閣本も北野本も、源氏物語から抽出した箇所は傍線部分（1〜11）で一致しており、尊経閣本が7を欠くにすぎない。また物語では1〜11の順であるのに対して、北野本は6 7が、尊経閣本も6の配列が、それぞれ本文順でないという点も共通している。そのうえ両本に見られる一節「涙流さぬ人なし」（波線部）は物語には見当たらず、強いて言えば「みな泣きたまひぬ」(16)（二重傍線部）に近い。両作がこれほどまでに合致するのは偶然ではなく、両者の祖本

が同類であったからと推測される。

四、『源氏釈』との関係　(2)末摘花の巻

北野本の紅葉賀の巻は前掲文しか現存せず、残りは末摘花の巻である。当巻も総じて北野本の方が尊経閣本よりも長文であるため、一字一句厳密に本文を対校するのは難しいが、ここでも先の例「涙流さぬ人なし」（波線部）と同様に、両本に共通しながら『源氏物語大成　校異篇』所収の諸本には見られない本文がある。たとえば次の一節では、傍線を付した箇所がそれに該当する。

・尊経閣本

さてこの女。《きみ》、あはせたてまつりたりし命婦、「あやしく、かたはらいたきことさふらふ」とて、ほゝゐみてきこゆれは、「れいの、ゐんたちたらん」とのたまふ。みちのくにかみの、いたふきにあつこゐたる、にほひはかりふかくしみたり。うたても、よくかきあはせたまひたり。

からころもきみかこゝろのつらけれはたもとはふかく。《そ》そほちつゝのみ

・北野本

さて、ほとひさしうなりて、このすえつむつたへたりしたいふの命部、あやしうかたはらいたきことの、いとほゝゐみて申せば、「れいのいたく、えんなるらん」との給に、「これ」とてたてまつりたる御文を見給へは、いたくきにあつこえたるかみに、にほひはかりはふかくしみて、うたもてもよくかきあはせたり。

からころもきみかこゝろのつらけれはたもとはかくそそほちつゝのみ

傍線アは命婦のセリフ、イは料紙の説明、ウは和歌の批評であり、それらに該当する物語本文（青表紙本）を列挙す

る。

ア、「あやしきことのはべるを、聞こえさせざらむも、ひがひがしう思ひたまへわづらひて」と、ほほ笑みて聞こえやらぬを、

イ、陸奥国紙《みちのくにがみ》の厚肥えたるに、匂ひばかりは深う染めたまへり。

ウ、いとよう書きおほせたり。歌も、（以下「からころも」の歌）

それぞれ河内本・別本に異文はあるものの、尊経閣本・北野本の傍線部分と一致または類似した本文は見られない。

このように北野本『源氏釈』と尊経閣本の文章がかなり似ていること、とりわけ独自本文を共有することから、『源氏釈』の編纂方法に関して仮説を提起したい。通説は前述した通り、伊行が勘物を書き込んだ手沢本源氏物語から注釈と全和歌を転記し、「注記に必要な部分は本文をそのまま抜き出し、その場面を説明するために、初めにダイジェストを加える」[17]、すなわち『源氏釈』所引の物語本文は伊行所持本により、ダイジェストは伊行の手になると見なされていた。しかしながら北野本『源氏釈』と梗概本文が類似する尊経閣本の出現により、伊行は梗概書を利用した可能性が考えられる。伊行の頃に梗概本が存在していたことは、伝寂蓮筆の古筆切によりあきらかである（注1参照）。すると北野本『源氏釈』で勘注がなく、詠歌とその状況を説明しただけの箇所は、手元にある梗概書を引用したと推定される。それは『源氏古鏡』のように、登場人物の詠歌をすべて収めていたと考えられる。そのため登場人物が歌を詠んでいないので、梗概書では取り上げない場面に注釈を付ける場合には、伊行自ら物語本文を抜き出したりしたであろう。

この私見を応用すると、北野本で物語が進行する順でない箇所がなぜ生じたか解釈できる。それは二例あり、北野本の内容を箇条書きにすると以下の通りになる。

・一例め

1、光源氏、末摘花に「朝日さす」（二二二3）[18]の歌を詠みかける。
2、光源氏が末摘花邸の門を出ようとして、「ふりにける」（二二三8）の歌を詠み、漢詩を口ずさむ。その出典（白文文集）の指摘あり。
3、末摘花邸の庭の様子。および引歌の指摘（二二二14）。
4、「さて、ほどひさしうなりて」で始まる、宮中での出来事。

・二例め
1、命婦、宮中にて光源氏の傍らで「くれなゐの」の歌を詠む（二二六6）。
2、光源氏、末摘花への返歌「逢はぬ夜を」（二二七6）を詠む。
3、2の歌を命婦に渡したとき、光源氏が口ずさんだ一節に関する出典の指摘（二二六13）。
4、「又すゑつむはなのもとへ、としかへりて」で始まる、末摘花邸での出来事。

二例とも2と3を逆にすると、本文順になる。両例の共通点を挙げると、
・1～3は同じ場面で、4のみ異なること。
・登場人物の詠歌が1と2にあり、3にはないこと
・3に、注釈が付いていること
である。

以上の点から、次の推測が成り立つ。伊行が注を付けた3の場面は登場人物の和歌がなく、伊行が利用した梗概書には省かれていたため、伊行自ら物語を抄出して勘物と一緒に『源氏釈』に加える際、1の次に置くと本文順になるが、むしろ2の後に入れた方が自著では粗筋がわかりやすくなると伊行は判断したのであろう。なぜならば一例めは、2が「かどあくるをきな」という「場面転換の言葉」[19]から始まるので、そのあとに同じ屋外を描いた3が置けるから。

また二例めは物語では、光源氏が返歌を手渡した3の場面のあと、それを末摘花邸で女房たちが見たときに初めて歌の内容が紹介される（2の条）が、配列を逆にして返歌の本文を先に披露し（2）、それを受けて「この御返事かきて、たいふの命部（ママ）にとらせ給とて」（3の出だし）とした方が、続き具合がよくなるからである。

以上により『源氏釈』所引の本文は、すべて物語から引かれたのではなく、梗概書も利用されたと推定される。従って本書に基づき、伊行所持本の本文系統を考察する際は注意を要する。今までは注釈書の掲出本文は源氏物語に拠り、それを調べれば作者が用いた写本の本文系統が識別できると見なされていた。しかしながら、中世に成立した四種の古注釈（『異本紫明抄』『仙源抄』『類字源語抄』『師説自見集』）はいずれも物語からではなく、注釈書から物語本文も引いているため、引用本文に基づき作者所持本の系統を判断する従来の方法は適用できない(20)。北野本『源氏釈』の場合は注釈書からではなく、梗概書から転載されたのである。

すると北野本所収の物語歌も、梗概書による可能性が考えられる。そこで当本に残存する八首の本文系統を、まず『源氏物語大成　校異篇』で調べると、青表紙本系でないのは次の七例である。以下、北野本―『源氏物語大成　校異篇』の底本（大島本）―大島本と異なる本文の順に列挙する。なお諸本の略号は、『源氏物語大成』による。

①いひなから（末摘花二一四2）―しりなから―［青表紙本］いひ《しり》(21)なから横
②まさる（同二一六1）―そふる―［別本］まさる御
③たるひも《ハ》（同二二二3）―たるひは―［河内本］たるひも河［別本］つらゝ《たるひ》も陽
④なとて（同二二二3）―なとか―なとて［別本］陽
⑤ぬるゝ（同二二三8）―ぬらす―［別本］ぬるる御
⑥こほり《そほち》（同二二五3）―そほち―（諸本、異同ナシ）
⑦くち《た》す（同二二六6）―くたす―（諸本、異同ナシ）

③⑥⑦の北野本の傍書は別人が書き入れたように見えるが、⑥⑦は元の本文が誤写の可能性があるので考察から除くと、②⑤は御物本と、③④は陽明家本と一致する。和歌に限らず『源氏釈』（書陵部本・前田家本）の物語本文は陽明家本に近似する、という指摘(22)が北野本にも当てはまる。

次に右記の七例を、梗概書の本文と比較する。稲賀敬二氏は一八件に及ぶ源氏物語の梗概書類を取り上げ、その中の物語歌を校合された結果、「約四分の一の歌に梗概書の諸本が河内本、別本と共通の異文が見出される」ことから、「梗概書のみに見えて、大成所収の諸本に全く類例の見られぬ異文の多くは、今伝わらぬ別本系統の一本に存したものと推定される」とされた(23)。その一例として『源氏大鏡』では、「第一類本が別本系統の一本を台として梗概を記しており、その中には伊行の源氏釈や無名草子などと部分的に一致する異文が見える」と指摘された(24)。同氏が調査された一八件の校異は須磨の巻まで発表されており(25)、それを借用して北野本『源氏釈』を対校すると、前掲の七例のうち④は五件の梗概書と、⑤は三件と一致する。一方、尊経閣本は⑤が「ぬる《らす》」（書き入れは他筆か）である以外は、青表紙本系統である。すると青表紙本との異同は北野本よりも少なくなるが、他の箇所もそうであるかどうか次節で検討する。

五、尊経閣本の和歌の本文系統

源氏物語には和歌が全部で七九五首あり、尊経閣本は鈴虫の巻までしかなく、また二首を欠くため（注6参照）、計五二三首が現存する。そのうち、稲賀敬二氏が調査された須磨の巻まで（注25参照）の二一七首を取り上げる。なお尊経閣本には見セ消チにして、あるいは見セ消チにせずに異文を傍らに書き込んだ例が数多く見られるが、書き入れの中には他筆かと思われるものもあるので、以下の考察では除く。尊経閣本が『源氏物語大成　校異篇』（以下、

『大成』と略称）の底本と異なる箇所を抜き出し、一首に二箇所あれば二例と計算すると、一〇五例に及ぶ。そのうち稲賀氏が調査された伝本（『大成』と一八件の梗概書類）に見られない、尊経閣本独自の本文は四九例もある。但しその中には尊経閣本の誤写と思われるものや、助詞が一字違うだけのもの（たとえば「涙の」「涙そ」、「大宮人の」「大宮人は」等）も含むが、それ以外で大きな異同を三例列挙する。

いとけなきはつもとゆひによろつよをちきるこゝろはむすひこめつや（桐壺二六1）
見しゆめをあふよありやとなけくまにめさへあはてもほとのふる《ヘそころもへにける》かな（帚木七四10）
はかな《みはか》くてさすらへぬとも君かあたりさらぬかゝみのかけはゝなれし（須磨四〇三14）

『大成』所収の諸本と一八件の梗概書類は、いずれも一首めの傍線部が「なかき」で、第二・三首は書き入れの方と一致する。なお他の和歌においても、傍記や合点記号（ヘ）付きの方が殆どの場合、青表紙本系統である。[26]

次に、尊経閣本の本文が『大成』に見当たらず、梗概書類に見られる例を探すと一四箇所あり、そのうち三首を引用する。

山かつのかきをなりとも《ヘあるイ》おり〳〵にあはれはかけよなてしこのはな《露イ》（帚木五六14）
しも《草イ》かれのまかきにのこるなてしこをわかれしあきのかたみとそみる（葵三一一3）
をく山のむろ《ヘまつイ》のとほそをまれにあけてまたみぬ花のいろ《かほイ》を見るかな（若紫一六七2）

三首とも傍記された本文は『大成』諸本と、元の本文は梗概書類とそれぞれ一致する。[27] 詳しく見ると、二首めの初句は梗概書により「霜かれの」「草かれの」と「冬かれの」に分かれる。一首めの元の本文は書陵部蔵『源氏小鏡』[28]と、三首めは六件の諸書と合い、その中には『風葉集』も含まれる。

『風葉集』は物語歌撰集で、約二百種の作り物語から歌を選び、『古今集』を模して分類配列したものである。従来は物語から直接歌を引いたと考えられていたが、その中の一首が尊経閣本の本文と合致することから、『風葉集』の編纂に尊経閣本のような資料も利用されたという仮説が成り立つ。源氏物語に関しては、尊経閣本のように詠歌を全て収めた梗概書（注1参照）や、和歌が詠まれた場面を詞書のように記した歌集が作られ[29]、それらが『風葉集』の成立した文永八年（一二七一）以前に存在していたことは、古筆切により明らかである。よって『風葉集』編集の際、源氏物語のように梗概書や物語歌集がある作品は、わざわざ物語から和歌を抜き出して詞書を作成する手間が省ける。よって『風葉集』所収の源氏歌で、青表紙本でも河内本でもない本文は、通説によると別本になるが、梗概書類から転載した可能性も考えられる。

『風葉集』の撰者には藤原為家が有力視されているが[30]、その父、定家も物語歌を左右に結番した『物語二百番歌合』を選定している。従来は本作も物語から直に本文を引いたと見なしたため、青表紙本を校定した定家の手になるにもかかわらず、河内本や別本が混じるので、その矛盾を解決する説が提唱された。たとえば本書の成立は、『明月記』（定家の日記）に記された青表紙本完成の記事よりも二〇年ほど早いことに基づき、定家が『物語二百番歌合』に使用した源氏物語は青表紙本以前のものであり、「現在の青表紙本を遡るひとつの手懸りとなりうる本」と見る説[31]、あるいは類似歌による「記憶の混同、覚え違いによる誤写」と推測する説[32]がある。その他の理由として私見を付け加えると、定家が使用した梗概書か物語歌集[33]が青表紙本系統でなかったからという推定も成り立つ。伊行が北野本『源氏釈』を制作した際、物語のほかに尊経閣本のような梗概書も利用したと見なす仮説は、『物語二百番歌合』や『風葉集』にも当てはまるのである。

六、尊経閣本の巻名・巻数

さて尊経閣本は各巻頭に巻名を記すが、その中に珍しい例が見られる。それは若菜の巻で、上巻の見出しは「廿わかな」、下巻は「わかなの下」で、これだけならば他書と異ならない。ところが上巻の途中に「はことり」、下巻の中程にも「もろかつら」という小見出しがあり、巻の後半を別名で呼ぶのは他に類を見ない。その二語は『河海抄』も、両巻の冒頭に取り上げている(34)。

第二十若菜上

巻名

こ松原すゐのよはひにひかれてや野へのわかなも年をつむへき

一名はこ鳥、みやま木にねくらさたむるはことりの歌故也、当流不用之

若菜下

此巻一名もろかつら云々、おち葉をなに、ひろひけんの歌による歟、当流不用之

『河海抄』の場合、問題の言葉は巻の異名を指すにすぎない。また定家自筆本『奥入』も、若菜下の巻末に「わかなのまき一の名　もろかつら」とあり、これも下巻全体の別称である。

他の巻で尊経閣本のように一巻を二分して、各々呼び分ける体裁は、自筆本『奥入』の桐壺の巻頭に見られる。

このまき　一の名　つほせんさい

或本分奥端　有此名　謬説也

一巻之二名也

「壺前栽」という言葉は、桐壺帝が亡き更衣を慕っている場面の一節、「御前の壺前栽の、いとおもしろき盛りなるを、御覧ずるやうにて」による。定家は壺前栽を桐壺の巻の異称と考えたが、当時、本巻を「端」（前半）と「奥」（後半）に分け、前者を桐壺、後者を壺前栽と呼称する説があったらしい。すると尊経閣本のように若菜上巻の後半を「はこ

とり」、下巻の後半を「もろかつら」と称する説も存在したのであろう。「はことり」の冒頭は明石中宮の皇子出産であり、「もろかつら」は柏木・女三の宮の密通から始まり、いずれも重大事件の前後で一巻を区分している。

次に尊経閣本で巻数の付け方を見ると、当時の慣習で並びの巻を用いていて、『源氏釈』や『紫明抄』と比較すると一箇所だけ異なる。それは尊経閣本では「廿二　よこふゑ」「廿三　すゝむし」とあるが、他書では鈴虫を横笛の並びとし、次の夕霧を第二三巻としている。残念ながら尊経閣本は夕霧の巻以下を欠くため、「廿三　すゝむし」が誤写かどうか判然としない。

七、尊経閣本の注記内容

尊経閣本には注釈が多少あり、ここでは他の作品と関連する例を二つ問題にする。一つめは、光源氏が軒端荻に和歌を送った場面（夕顔一四二11）である。

いつもちのかたゝかへにて、見そめ給へりし人は、蔵人の少将をなんかよはす、ときゝたまひて（下略）

光源氏が軒端荻に出会ったのは「いつもちのかたゝかへ」（傍線部）の折とあり、帚木の巻では「源氏いよのすけといふ人のもとにかたゝかへにわたり給へるに」と記すので、伊予介邸は「いつもち」にあったことになるが、『源氏物語大成　索引篇』には「いつもち」（出雲寺、出雲路）という言葉は無い。物語には「紀伊守にて親しく仕うまつる人の、中川のわたりなる家」とあり、その川については定家が『奥入』で京極川と解釈した説が後世に受け継がれた。その子、為家が著したと伝える『源氏紫明抄』（素寂の『紫明抄』とは同名異書）には、「中川の宿　京極川の上御霊也出雲寺のあたり也[35]」とあり、尊経閣本の内容と一致する。『源氏紫明抄』は為家の著書に仮託されているが、貞治三年（一三六四）頃に成立した私撰集『六花集』の書名とその和歌が引かれているので、それ以後に作られ、一条兼良が文明二年（一四七〇）に写している。

二例めは須磨の巻で、登場人物の一人「はなちるさと」の傍らに書き込まれた「大臣ノマコナリ」である。物語では花散里は桐壺院の女御麗景殿の妹としか語られず、祖父や父の記述はない。しかし朱雀院の女御にも麗景殿がおり、その人は右大臣の孫で、弘徽殿や朧月夜の姪にあたる。そこで二人の麗景殿が混同され、花散里は大臣の孫と誤認されたのかもしれない。同じ記載が大島本古系図にもあり、これは他の系図には見られない大島本独自の誤謬と指摘されている。[36]また同じ記述が『源概抄』（『源氏小鏡』の一本）にもあり、[37]大島本との関係に関しては、「『源概抄』の作者が物語本文を誤読したために偶然一致したというよりは、源侍従上の注記によっても分かるように、作者は大島本と同一系統の古系図を用いて書き入れたことによると見る方が妥当であろう。[38]」と推定されている。すると当時、この誤解が伝播しており、尊経閣本もその影響を受けたと考えられる。

終わりに

花散里を大臣の孫とする解釈は、物語の内容と異なるが古系図に見られ、尊経閣本や『源氏小鏡』にも引かれた。また、『源氏紫明抄』に使われた「出雲寺」という語句も物語には出てこないが、尊経閣本の梗概文に使用されている。よって尊経閣本は、源氏物語の歌集や梗概書であると同時に、中世の源氏の解釈を載せる貴重な資料と言えよう。

注

（1）小松茂美氏『古筆学大成』第二三巻（講談社、平成四年）に、源氏物語（梗概本）切が一二件収められており、その中で最も古いのは、一二世紀半ばに写されたと推定される伝寂蓮筆である。

（2）『和歌物語古註續集』（天理図書館善本叢書　和書之部　第五八巻、八木書店、昭和五七年）に、影印と解題（片桐洋一氏執筆）が収められている。
なお『源氏古鏡』に似た作品が東京帝国大学国語研究室にあったが、関東大震災で焼失した。橋本進吉氏「国語研究室焼失主要書目録」（「国語と国文学」創刊号、大正一三年五月）には、「源氏歌集　三帖　胡蝶装の冊子で、甚古色がある。古筆家が為氏筆と定めて居るのは信じがたいとしても、恐らくは鎌倉末期を下らないものであろう。源氏物語中の歌を、その前後の文と共に抜萃したものである。」とある。

（3）稲賀敬二氏『源氏物語の研究　成立と伝流』第三章第二節（笠間書院、昭和四二年）。寺本直彦氏『源氏物語受容史論考　正編』後編第七・八節（風間書房、昭和四五年）。伊井春樹氏『源氏物語注釈史の研究』第二部第一章第一節（桜楓社、昭和五五年）。

（4）為明の書は、『日本書蹟大鑑』６（講談社、昭和五四年）に収められている。その中の短冊は、康永三年（一三四四）に足利直義が高野山に奉納した『宝積経要品』（前田育徳会蔵）の紙背にある。また懐紙は、元徳二年（一三三〇）に詠まれた和歌詠草で、井上宗雄氏『中世歌壇史の研究　南北朝期』（改訂新版、九〇〇頁、明治書院、昭和六二年）にも紹介されている。

（5）注１の著書、所収。

（6）ただし尊経閣本は次の二首を欠くが、脱落であろう。
　ａ松風の巻、「すみなれし」歌の次。
　　いさらゐははやくのことも忘れじをもとのあるじや面がはりせる
　ｂ真木柱の巻、「ながめする」歌の次。
　　思はずに井手のなか道へだつともいはでぞ恋ふる山吹の花（本文は小学館・新編日本古典文学全集による）
いずれも詠者は光源氏で、ｂは独詠歌。ａは前の歌に対する答歌。欠落に気づいた古人が、二首が置かれるはずの行間の上に墨で〇を付けている。なお、本書の第五編資料集１に収めた翻刻では、〇印は省略した。

（7）田坂憲二氏「天理図書館『源氏古鏡』について」（「中古文学」28、昭和五六年一一月）、および注２の片桐氏の解題、参照。なお田坂氏の論文は後に、同氏『源氏物語享受史論考』（和泉書院、平成二一年）に再録された。

(8)　注3の稲賀氏著書、第三章第一節。
(9)　一類本『源氏大鏡』は「桐壺は、大内四十八殿のそのひとつなり」、三類本は「きりつぼは、五舎の其一つ也」で、系統により本文が異なる（注3の稲賀氏著書、一八四頁）。
(10)　伊井春樹氏『源氏物語注釈史の研究』第一部第一章第二節。
田坂憲二氏「北野克氏蔵『末摘花・紅葉賀断簡』について―『源氏釈』原型本の推定―」（「文学研究」79、昭和五七年三月。後に同氏『源氏物語享受史論考』に再録）。

なお『源氏釈』の伝本は他に、都立中央図書館本と吉川家本源氏物語巻末の勘物があるが、これらは「第三次本とも呼ぶべき増補本」の系統に後人が手を加えたと考えられるので（伊井氏の前掲書）、本章では取り上げない。また古筆切は、田坂憲二氏が一二葉を集めて考察された（「『源氏釈』の古筆資料について」、「香椎潟」43、平成一〇年三月。後に同氏『源氏物語享受史論考』に再録）。なお主な伝本は、渋谷栄一氏編『源氏釈』（『源氏物語古注集成』16、おうふう、平成一二年）に翻刻されている。
(11)　池田亀鑑氏『源氏物語大成　研究資料篇』三八頁（中央公論社、昭和三一年）。
(12)　伊井春樹氏『源氏物語注釈史の研究』二六頁。
(13)　北野克氏編『源氏物語抄・「末摘花」断簡』（勉誠社文庫83、昭和五六年）。後に中野幸一氏・栗山元子氏編『源氏釈・奥入・光源氏物語抄』（『源氏物語古註釈叢刊』1、武蔵野書院、平成二一年）においても翻刻された。
(14)　注10の田坂憲二氏の論文（「文学研究」79）、一八六頁。同氏『源氏物語享受史論考』二八頁。
(15)　稲賀敬二氏「源氏物語初期古注釈の問題」（『古筆と源氏物語』一四頁、古筆学叢林3、八木書店、平成三年）。後に同氏『源氏物語注釈史と享受史の世界』（新典社、平成一四年）に再録。
(16)　この一節は『源氏物語大成　校異篇』所収の諸本にも異文はない。ちなみに『源氏大鏡』には、「みな人、涙（を）おとし給ふ」（第一～三類本、共通）とある。
(17)　注12の著書、三七頁。
(18)　（　）内の漢数字と算用数字は、『源氏物語大成　校異篇』の頁と行数を示す。
(19)　注10の田坂憲二氏の論文（「文学研究」79）、一九一頁。同氏『源氏物語享受史論考』三四頁。

(20) 岩坪健『源氏物語古注釈の研究』第一編（和泉書院、平成一一年）。

(21) 「いひ《しり》」は、「いひ」を見せ消ちにして「しり」を書き入れたことを示す。以下も同じ。

(22) 注12の著書、四一頁。

(23) 稲賀敬二氏『源氏物語の研究　成立と伝流』四二頁。

(24) 注23の著書、一九五頁。

(25) 稲賀敬二氏「源氏物語梗概書にあらわれた中世の流布本文研究―源氏物語和歌異文一覧1―」（「広島大学文学部紀要」二四巻三号、昭和四〇年三月）。なお紅葉賀の巻までの主な異同は、注23の著書（三七〜四二頁）にも再録されている。

(26) 合点記号は計四〇例あり、〽付きの本文は全て青表紙本系統である。また見セ消チにして異文が書き込まれた場合、すべて元の本文は非青表紙本で、傍記が青表紙本系である。一方、見セ消チにせずに傍らに異文が並記された場合も、両方とも青表紙本系のが四例あるが（ただし傍記は、肖柏本など一部の写本とのみ一致）、それ以外は傍書の方が青表紙本系である。

(27) 引用した三首のうち、第二・三首は注25の論文に引かれ、また注23の著書の三三頁にも再録されている。

(28) 当写本は伊井春樹氏の分類によると、古本系統に属する（注12の著書、八三五頁）。

(29) 注1の著書に五件、所収。そのうち最古のものは、一三世紀初頭に書写された伝後京極良経筆切である。そのほか鎌倉時代後期に写された「源氏和歌集」もある（詳細は本書の第二編第一章、参照）。

(30) 樋口芳麻呂氏「風葉和歌集序文考」（「国語と国文学」昭和四〇年一・二月）。後に同氏『平安・鎌倉時代散逸物語の研究』（ひたく書房、昭和五七年）に再録。

(31) 安宅克己氏「青表紙本源氏物語成立以前の定家本」（学習院大学「国語国文学会誌」26、昭和五八年三月）。

(32) 上野英二氏「源氏物語の享受と本文―物語二百番歌合所収本文をめぐって―」（「国語国文」昭和五九年一月）。後に同氏『源氏物語序説』（平凡社、平成七年）に再録。なお、その論文の注25では中世の梗概書類にも言及して、『後百番歌合』の本文が源氏物語の諸本と異なり、『源氏小鏡』『風葉和歌集』などと一致すると指摘されている。

(33) 定家は後鳥羽院から、「物語之中歌可書進、源氏以下也」と命じられている（『明月記』元久二［一二〇五］年一二月七日）。また同書の建永二［一二〇七］年五月二・四日の条には、「賜源氏集一帖、其歌可書進由有仰事」「又給源氏集下帖書進」とあり、この「源氏集」は尊経閣本のようなものかもしれない。なお定家自筆本『物語二百番歌合』の奥書には、「此歌先年依㆓後京極殿仰㆒、給㆓宣陽門院御本物語㆒所㆓撰進㆒也。」とあり、この「御本物語」の中には物語歌集や梗概書が含まれていたと考えられる。以上の用例は、寺本直彦氏『源氏物語受容史論考　続編』三二八・三三七頁（風間書房、昭和五九年）、および川平ひとし氏「物語二百番歌合」（『体系物語文学史』5所収、有精堂、平成三年）の注10による。これに関しては、本書の第二編第二章で詳述した。

ちなみに定家四十代前後の筆跡と推定される、源氏物語の和歌を抜書きした断簡がある。詳細は、田中登氏「定家筆源氏物語和歌抜書切」（『むらさき』34、平成九年一二月）参照。

(34) 本文は玉上琢彌氏編『紫明抄・河海抄』（角川書店、昭和四三年）による。

(35) 『源氏紫明抄』は注20の著書に、全文を翻刻した。

(36) 小山敦子氏「源氏物語古系図の実態」（『国文学　解釈と教材の研究』昭和三五年四月）。

(37) 『源概抄』は、岩坪健編『『源氏小鏡』諸本集成』（和泉書院、平成一七年）に翻刻した。

(38) 注12の著書、八二七頁。

第四章　吉永文庫蔵『源氏秘事聞書』

はじめに

源氏物語の梗概書は現代も作成され、それらはいずれも源氏物語の内容を簡潔にまとめたものである。したがって、源氏物語に記されていない話を載せることはない。しかしながら中世に成立した梗概本の中には、源氏物語とかけ離れたものもある。本章ではその一つとして吉永文庫蔵『源氏秘事聞書』を取り上げる。

一、書誌

『源氏秘事聞書』は現在、園田学園女子大学図書館吉永文庫（故元関西大学名誉教授吉永登《みのる》氏旧蔵）に所蔵され、当館の分類番号は913364―GH。またマイクロフィルムは昭和六二年（一九八七）に国文学研究資料館に収められ、フィルム番号はヨ1―3、3、〈A〉である。まず当写本の書誌について記す。縦二四・六センチ、横一八・三センチ。表紙は紺色無地に、銀泥にて梅花らしきものを描く。見返しは本文共紙、遊紙は前後とも無し。外題・内題ともに「源氏秘叓聞書」。内題は本文と同筆、外題は後筆。本文は江戸中期頃の写し。一面に一一行書き。全一冊で、計五四丁。本文は一丁め表から五四丁め表までで、第五四丁裏は白紙。最後は胡蝶の巻で終わり、以下の巻も作成され現存するかどうかは不明である。なお本書の第五編資料集に全文を翻刻した。

二、『源氏大綱』の系統分類

当写本の内容を他書と比較すると、『源氏大綱』に最もよく似ている。そこで先ず、『源氏大綱』に関する先学の研究を引用する。稲賀敬二氏は架蔵の四件と、東北大学図書館・高岡市立図書館・巌松堂の三件を元に、二つのグループに分類された[1]。便宜上、私にⅠ群・Ⅱ群と仮称し、管見に及んだ写本（東海大学桃園文庫・慶応義塾図書館）も加えて列挙する。

Ⅰ群

①稲賀氏蔵。一冊。外題「源氏」、内題「源氏大概真秘抄」。寛永・寛文頃写。『中世源氏物語梗概書』（注1掲出）の底本。

②東海大学桃園文庫蔵（桃八―八二）。二冊。外題なし、内題「源氏真秘抄　上」「源氏大杋真秘抄　下」。江戸前期写。①の写本と、誤写の箇所も一致するほど似ている。

③東海大学桃園文庫蔵（桃八―八〇）。一冊。外題なし、内題「源氏大縄之事」。元禄七年（一六九四）羽石剛岩書写奥書あり。大正一〇年に麓園が模写したものが、実践女子大学山岸文庫（函架番号、八四四）にあり、そのマイクロフィルムは国文学研究資料館にあり（ヤ3―17、5、〈A〉）。

④東海大学桃園文庫蔵（桃八―八三）。一冊。外題「源氏大縄」、内題「源氏大縄之事」。天保九年（一八三八）炉房書写奥書あり。

⑤慶応義塾図書館蔵（90―178―2）。二冊。外題「源氏物語大縄抄」、内題「源氏大縄之事」。江戸中期写。
⑥東北大学図書館蔵（狩野文庫、第四門、一一四一一）。一冊。外題「源氏物語大綱」、内題「源氏大綱之事」。稲賀敬二氏の解説には、「欄外・行間に註釈的書入れが多いが、一冊本大綱（引用者注、Ⅱ群⑴の写本）の書入れとは無関係である。巻末に語句・人物についての註が付載されている。この本の書入れの中には、他の本がこれを本行化したと思われる点がある」（注1の著書）とある。
⑦稲賀氏蔵。三冊。外題「源氏大つな」、内題「源氏大綱之事」。同氏の解説には、「巻末の語句・人物の註のある点まで、前記の東北大学本に近い。」（注1の著書）とある。
⑧東海大学桃園文庫蔵（桃八―七八）。榊原家本の青写真、二冊。影写本（二冊）もあり。外題「源氏大綱」、内題「源氏大綱之事」。天保一二年（一八四二）書写奥書あり。東北大学本と同じ頭注あり。
⑨東海大学桃園文庫蔵（桃八―七九）。一冊。外題・内題なし。江戸前期写。本文を追加した箇所、少々あり。
⑩高岡市立中央図書館蔵。一冊。外題「京都宰相歌集　巻二」。内題なし。薄雲～鈴虫の巻のみ現存。江戸前期写。国文学研究資料館にマイクロフィルムあり（50―21、5、〈C〉）。

Ⅱ群
⑴稲賀氏蔵。一冊。外題「源氏物語大綱」、内題「源氏大綱事」。寛永・寛文頃写。『中世源氏物語梗概書』（注1掲出）の校合本。同書の解説には、「上欄余白に書入（本文同筆）があり、記述内容の誤りなどを批判する。」とある。
⑵稲賀氏蔵。西下経一氏旧蔵。三冊。外題「源氏大綱」、内題「源氏物語大綱の事」。江戸中期写。稲賀氏の解説には、
　一冊本大綱（引用者注、Ⅱ群⑴の写本）の独自部分を若干有するが、「以下、法華経をとく事ながし、こ

とく〳〵略す」などとして省略した所がある。一冊本大綱の独自部分を保つ一方、語句の端々では真秘抄（引用者注、Ⅰ群①の写本）に近い点が見られ、一冊本大綱の原形を考える上に参考となる。（注１の著書）とある。たとえば巻頭の一文「光源氏と云は紫式部か書也」は、⑴の「此源氏は日本半学の物と云也」と異なりⅠ群と一致する。

⑶東海大学桃園文庫蔵（桃八―七六）。二冊。外題「源氏大綱」、内題「源氏物語大綱の事」。江戸前期写。冒頭の本文は⑴と同じであるが、⑴と異なり⑵と一致する箇所がある（用例は後出）。

⑷東海大学桃園文庫蔵（桃八―七七）。三冊。外題「源氏大綱」、内題「源氏物語大綱の事」。新写本。冒頭はⅠ群の本文と同じ。「以下法華経をとく事なかしことく〳〵略す」と注記したりして省略した箇所が、所々にある。

⑸巌松堂蔵。巌松堂新収古書目録「古典」（昭和八年一号）に巻頭写真と解説あり。ただし写真を見ておらず、ことによると桃園文庫本と同一かもしれない。

このほか『桃園文庫目録　上』（一二八頁）において、「源氏大縄」としている写本（桃八―八一、外題・内題なし）は『源氏大鏡』であるので、本章では取り上げない。

大津有一氏は「注釈書解題」（池田亀鑑氏編『源氏物語事典』下巻所収、東京堂出版、昭和三五年）において、「源氏大綱」と「源氏大縄」の項目を立て、諸本として前者に東北大学図書館蔵本と桃園文庫蔵本四部（青写真と影写本も含む）、後者に桃園文庫蔵本四部（「源氏真秘抄」、元禄七年羽石剛岩書写奥書本、天保九年書写本を含む）を示され、両著の文章は近いと指摘された。それらを前の二群に当てはめると、「源氏大綱」項のうち東北大学本（右記の⑥）と桃園文庫の青写真・影写本（⑧）、「源氏大縄」項の中の「源氏真秘抄」（①）と元禄七年本（③）と天保九年本（④）は、いずれもⅠ群に所属するので、大津氏の分類は意味をなさない。これは両群に共通する箇所は文章がかなり似ているからであり、そのため両者を混成した本文をもつ写本（Ⅱ群の⑵⑷）も存在する。また観智院本『類聚名義抄』では

「縄」をナハともツナとも訓じているように、綱も縄も束ね寄せる、ここでは物語の粗筋をまとめるという意味を表し、内容のみならず書名までもが似ていて紛らわしい。それゆえ古人も混同したらしく、Ⅱ群の外題・内題は概ね「大綱」であるが、Ⅰ群は「大縄」と「大綱」が混在している。本来はⅠ群が「大縄」、Ⅱ群が「大綱」であったかもしれないが、現状では区別することは難しい。そこで本稿ではⅠ群・Ⅱ群と称して、論を進めることにする。

三、『源氏物語提要』との関係

稲賀敬二氏はⅠ・Ⅱ群と、今川範政が永享四年（一四三二）に完成した『源氏物語提要』（以下『提要』と略称）とを比較検討された結果、『提要』を簡約化して成立したⅠに、増補改訂を加えてⅡが作成されたと結論付けられた（注1参照）。吉永文庫『源氏秘事聞書』は、Ⅱで付加された注記内容に類似した本文が散見されることから、Ⅰより Ⅱに近いことがわかる。ためしに本書の冒頭（源氏物語の来由など）において、Ⅱの増補部分と共通する箇所を列挙しておく。

A、源平藤橘の四家、清和源氏・宇多源氏などの起こり。
B、鴻臚館の注釈。
C、鳩鳥、招月（正徹）の和歌。
D、古今集・平家物語・方丈記の冒頭文の引用。

この四項（A～D）は、いずれもⅡより『源氏秘事聞書』の方が長文で詳しいが、文章がかなり異なるので、一方が他方を元に加筆したとは考えがたい。一例として、C項をⅡ群(1)の翻刻から引用する。

一、三国に桐坪のれいあり。てんちくに桐葉舎(2)、桐をそうへて置事也。大唐には金井にもうへらるゝ也。一、桐の木は諸木の王たり、仍鳥の王鳳凰住也。然に鴆鳥をはれてきりにとまらす。鳳凰は竹実にあらす不食《（ママ）》、非梧桐不宿といへり。古詩曰、斅《ゑい》紫殿東金井清、轆轤暁転似車声、后宮夢やふる桐□《（誤字）》かんの月。一句をとるか。

　ちらせ猶見ぬもろこしのとりもゐすきりの葉そふる秋の三カ月(3)　招月《もてあそふつき》《檻》

Ⅱ群⑶の写本と比較すると、波線部の箇所は「又根《（ママ）》月の歌に」、傍線部は以下の文章で、大きく異なる。

　桐をうへるはほうわうを宿させんため也。然に鳳凰はすまず、月のさはりなれはと云心也。されは大唐の内裏に桐をうへらる、をうつして日本にも御殿に桐をうへらる、也。然ともほうわうはなきゆへに、そのましなひに大内をほうけつと云也。

ちなみに⑵の写本は⑶の本文とほぼ同じ、⑷はこの箇所を欠く。

　この鴆鳥説話は、源氏物語本文を梗概化して叙述する本筋からは外れているが、その種の記事はⅠよりⅡに顕著に見受けられると稲賀敬二氏は指摘された。(4) このような本来の粗筋から脱線した注釈は『源氏秘事聞書』にも散在し、一例として桐壺の巻において、光源氏を右大弁が鴻臚館に連れて行き、高麗人に観相させた場面を取り上げる。『提要』は物語の内容をほぼ忠実に伝え、Ⅰはその箇所をすべて省略したのに対して、Ⅱには右大弁が登場せず、誰が光源氏と同行したか不明であり、また本文は『提要』よりも簡単である。その代わり鴻臚館の位置を説明するため平安京の通りや門を詳しく述べ、当館の歴史（菅丞相の霊により焼失など）も追加している。『源氏秘事聞書』も右大弁には触れず、桐壺の天皇自ら鴻臚館に行幸し、占ってもらったのは光源氏こと光明后のほか天真后・管丞相・点へい《（時平カ）》のおとどの計四人に及ぶ。(5)

　ではⅠに増補改訂を施してⅡが成立したかというと、『源氏秘事聞書』もⅡを元に大幅に加筆して作られたかというと、その可能性は低いと思われる。というのは両作品は文章のみならず内容もかなり異なるからである。たとえば稲賀敬二氏が指摘されたように、ⅠとⅡは若紫の巻において叙述が殆ど一致しない（注1の著書）。しかしながら北山から帰京後、若紫が祖母の尼君に先立たれるという、物語に合う記述は共通している。ところが『源氏秘事聞書』では祖母（本文では尼公《にこう》）は亡くならず、光源氏が若紫を引き取る場面にも立ち合っている。そのほか犬公《いぬき》の描写を見ると、Ⅰは「犬公がにがしたる」で物語に沿い、Ⅱは省略、本書は「ゑぬこのくび、たまつけたるを庭へいづ。」で、首に玉をつけた子犬になっている。

また光源氏が造営した六条院に住む女君を見ると、ⅠとⅡは物語と同じ人々（紫の上・花散里・秋好中宮・明石の上）であるのにひきかえ、『源氏秘事聞書』では花散里が明石の中宮に、明石の上が末摘花に入れ替わっていて、Ⅱを下敷きにしたとは考えられない。このほかⅠとⅡは物語の内容と一致するのに、『源氏秘事聞書』のみ異なる点が多々あり、これはⅡを誤読したからではなく、本書の種本は別にあると推定される。ただし正徹の和歌（注3参照）などⅡと共通する注記内容を含むのは、ⅡがⅠを元に執筆したときに利用した資料の類を本書も引用したからと考えられる。

終わりに

稲賀敬二氏が論じられたように、中世における有力な源氏物語梗概書としては「源氏大鏡の類」「源氏小鏡の類」のほか、本書を含む「源氏大綱の類」が挙げられる[6]（注1の著書）。本書は「源氏大綱の類」に属し、その中ではⅡ群に、特にⅠ群にない増補部分に最も近いが、相違点も多い作品と位置付けられる。

注

（1）稲賀敬二氏『中世源氏物語梗概書』（中世文芸叢書2、広島中世文芸研究会、昭和四〇年。後に加筆して同氏『源氏

物語の研究　成立と伝流』笠間書院、昭和四二年に再録）。

（2）この桐葉舎（または桐楊舎）の故事は、『源氏小鏡』の一系統にも見られるが（注1の著書『源氏物語の研究　成立と伝流』二四八・三四三頁）、『源氏秘事聞書』の「天竺の飯王」（第五編資料集2に収めた翻刻の第七段落）に相当する箇所は、『源氏小鏡』では「天竺の上品天《大イ》王」で一致しない。

（3）この和歌は、文安五年（一四四八）一〇月頃に詠出された畠山匠作亭詩歌（『新編国歌大観』10所収）にあり、「正徹の謫居説と結びつけられた著名な歌」（注1の著書）である。詳細は、稲田利徳氏『正徹の研究』（笠間書院、昭和五三年）参照。

（4）稲賀敬二氏「源氏大綱と一四、五世紀の物語世界―脱線・越境と同化の軌跡―」（『源氏物語の探究』16所収、風間書房、平成三年）。後に同氏『源氏物語注釈史と享受史の世界』（新典社、平成一四年）に再録。

（5）ちなみに聖武天皇の皇后である光明皇后を、光明后宮とも呼ぶ（日本歌学大系別巻六所収の『后宮三十六人撰』）。なお『提要』およびⅠⅡでは光源氏を「光明公」と称するが、光源氏のモデルとされる源高明の高を、光（音読みは高も光も同じ）に置き換えた可能性も考えられる。

（6）大津有一氏が「注釈書解題」（『源氏物語事典』下巻所収、東京堂出版、昭和三五年）において、「『源氏大綱』『源氏大縄』などに似ている。」と記された「源氏物語和解抄」（東海大学桃園文庫蔵、桃八―八四）は、Ⅰ群の類を抄出したような作品である。

第五章　もう一つの源氏物語

――梗概書と連歌における源氏物語の世界――

はじめに

連歌の世界で重んじられた源氏物語の言葉、いわゆる源氏寄合は、連歌の実作のみならず秘説・秘伝にも利用された。たとえば「須磨の風祭り」は、須磨における光源氏のわび住まいを物語る用語であり、また別の源氏寄合と結合して「須磨のなでもの」という秘事を生み出した。(1) ところが源氏物語には「風祭り」という語句はおろか、その話の内容さえ見当たらない。この矛盾を解決するため、当該語は源氏の梗概書に依ったと推定されている。(2) ただし今まで、そのような作品は知られていなかったが、今回「須磨の風祭り」に言及した「源氏小鏡」を見出したので、紹介して考察する次第である。

一、梗概書と連歌

「須磨の風祭り」については、安達敬子氏に詳細な論考がある（注1の論文）。それによると当該語句は、連歌師の梵灯庵が三六歳の至徳元年（一三八四）に著した『梵灯庵袖下集』で取り上げ、それを簡略化したのが『宗祇袖下』

に、逆に他の源氏寄合を付会したのが『詞林三知抄』に収められている。『梵灯庵袖下集』は連歌師が作成した寄合の著書の中では最古のものであり、本文は四系統に分類され、そのうち最も原形を留める系統の一本を引用する。(3)

一須磨の風まつりと申は、源氏須磨の山里に夢の春を送り給ひけるに、四方の嵐激しく吹て、花をのこさずふきすてけるあひだ、花のためにしづかになれと、風をまつり給ふなり。いかなる花も、りんげんなれば、やがてふきしづまりてありけるなり。須磨の風まつりとあらば、花をも付てよし。風祭りは雑なり。もとは春也。

これと同趣の記述が、「源氏小鏡」の一本に見出せる。それは天理図書館所蔵（分類番号は913・36、イ253）で、文禄四年（一五九五）に七〇歳の連蔵が写したという書写奥書をもつ（以下、当写本を連蔵筆本と称す）。当該記事は、

又、「かせまつり」と云事あり。源しの、花をおしみたまひて、よものあらしのふきけるを、かせのかみをまつりたまふ事あり。(4)

である。このように物語に見られない内容を含む梗概書が一四世紀にも存在し、それが『梵灯庵袖下集』に採られたと考えられる。

梵灯庵が連蔵筆本のような作品から「須磨の風祭り」を自作に引用したように、連歌師の心敬も源氏物語そのものではなく、その梗概書を利用している。『芝草句内岩橋』は、心敬の自撰集『芝草』の中から興俊（猪苗代兼載の初名か）が抄出した発句・付句・和歌に、心敬が自注を施したもので、文明二年（一四七〇）に成立した。その著書において心敬は源氏物語を多く引いているが、その中には現行の源氏には見られない記載が散在する。湯浅清氏は五六例を指摘され、(5)そのうちの一五例を上野英子氏は詳論され、源氏の梗概書と一致することを見抜かれた。

例えば心敬は、六条御息所の生霊が夜な夜な賀茂の河原に彷徨ったというイメージを抱いている。自注のなかで二度にわたって繰り返し述べているのだから、よほど深く信じていたのだろう。ところがそれは実際の物語本文にはなく、『源氏最要抄』等一部の梗概書にのみ記された本文であった。この例ひとつをとってみても、かかる

梗概書が心敬の源氏享受に大きな影響を与えていたことは、あきらかであろう。(6)

右記の文章で例に引かれた、六条御息所に関する心敬の自注と『源氏最要抄』は以下の通りである。

・『芝草句内岩橋』(7)

いて丶川辺にはらへする人

うらめしなそなたにむくへいきす玉

六条御息所、車あらそひのうらめしさに、かもの川へに、よな〳〵忍ひいて丶、あふひの上を、なやまし給ひし、そのいきす玉、つゐに葵の上を、とり侍しこと丶もなり、霊字也。（一七六頁）

川蛍

御祓せしたか世のいきす玉みせてかもの河へにほたるとふらん

かもの河へに、みたる丶玉は、六条の御息所の、あふひの上を祈し世の、いきす玉のこり侍るかと也。（二七六頁）

・『源氏最要抄』(8)

そのより御やす所はかも河におりたち、夜とともに水をかきなかし、いさこをまき、我はちす丶き給へ〳〵と水神にいのり給ふ。夜ことにかやうにせさせたまふほとに、御たましゐか、とひみたれければ、さてはこのいのり、かなひけるにやとて、

物おもひそらにみたる丶我たまをむすひと丶めんしたかひのつま（四一頁）

右記の類例は、『源氏肝要』（内閣文庫蔵）に見出せる。

みやすところ、これをほいなくおほしめし、かはのみつをかき、いさこをまき、てんにあふき、ちにふし、も

の、けとなりて、つゐにあふひのうへをころしたてまつる。（一九丁ウ）

川の名前は明記されていないが、傍線を付した箇所は『源氏最要抄』の本文と一致する。

また『源氏小鏡』（以下『小鏡』と略称す）の一本である『源氏略章』（京都大学蔵）にも、

賀茂の川原によな〳〵たち出給て、あふひのうへをのろひ給ふそおそろしき。（注4の著書、七三四頁）

とある。ちなみに前掲の連蔵筆本には、

みやす所、けしのこまをたき、あふひのうへをしゆそしたまふ。こまのけふり、あふひのうへのあを《ママ》くしみたり。

（注4の著書、七〇四頁）

とあり、川は出てこないものの、御息所が呪咀したという内容は共通している。従って賀茂川をさまよい呪い殺した六条御息所像は、現代人には奇異に思われるが、室町時代には定着していたと言えよう。

このほか湯浅清・上野英子両氏が考察された例の中に、待井新一氏が紹介された『小鏡』の本文と合致するものがある。[9] それは稲賀敬二氏が三井寺聖護院秘本系（以下、三井寺本系と称す）と名付けられたものに属し、[10] 管見に及んだ写本は片桐洋一氏本、[11] 東京都立中央図書館本（特別買上文庫、三七五）、桑名市立図書館蔵秋山文庫本、[12] 天理図書館本（913・36、イ285。桃園文庫旧蔵）と、東海大学桃園文庫蔵の三本である。[13]

まず『芝草句内岩橋』を引くと、

山新樹

玉つさのたよりもたえぬ夏ふかみ青葉かおくのをの丶山さと

うき舟の小野といへる所に住給しに、兵部卿宮より、文なとかよはし侍るあたりに、青葉の山やり水のくらき
こといへるさま（二七七頁）

と尻切れトンボであるが、これが全文である。この本文によると、小野に移住した浮舟に手紙を送ったのは匂宮にな

るが、物語では薫である（注5・6の論文に指摘）。物語と異なり匂宮が遣わしたという記述は、三井寺本系『小鏡』にも見られる。

又あるほんには、みやのき、いたし給て、御つかひなとも、みやよりなりともあり。（注4の著書、三七九頁）

この一節は夢浮橋の巻末にあり、それ以前の本文は他系統の『小鏡』とほぼ同じで、薫が浮舟に文を遣わしたとある。三井寺本系には「あるほん（或本）」の引用が数例あり、いずれも他系統には見られず、物語の内容と齟齬する。従って「或本」は三井寺本系に追加されたものであり、当時そのような伝承があったと考えられる。

この「或本」の類例が、『塵荊鈔』に見出せる。本書は文明一四年（一四八二）頃に執筆され、巻五に源氏物語の梗概を収める。(14) どの巻も物語の内容と大きく異なり、浮舟の巻を要約すると、匂宮との仲を薫に気づかれ三角関係に悩んだ浮舟は、宇治川に身投げしたものの匂宮に助けられ竹田に置かれるが、やがて薫にも知られ再会するとあり、物語とも『小鏡』とも粗筋を異にする。けれども行方不明になった浮舟を、薫よりも匂宮の方が早く知って行動したという点は、三井寺本系の「或本」と共通する。

このように『小鏡』の伝本の中には、物語の世界とかけ離れた記事を含むものがあり、その傾向が最も著しいのは連蔵筆本である。にもかかわらず当写本はいまだ詳しく論じられたことがないので、次節からは当本を中心にして考察する。

二、連蔵筆「源氏小鏡」の構成

伊井春樹氏は六〇余本にも及ぶ『小鏡』の伝本を調査されて六系統に大別され、(15) 第二系統以下は、第一系統（古本系）を元にそれぞれ改作されたと論じられた。すなわち第二系統は改訂本系、第三系統は増補本、第四系統は簡略本、第五系統は梗概中心本、第六系統は和歌中心本であり、第一～四系統は寄合を有し、第五・六系統は寄合を省略している。このうち同一系統内で本文異同が少ないのは第一・二系統で、他は個々の伝本により異文が多い。たとえば前節で引用した三井寺本系は第三系統の中の一グループであり、「或本」のような追加本文は同じ系統内の他のグループにも見られない。また連蔵筆本は第五系統に属し、その系統のどの写本にも似ず、前見返しに記された「源氏小鏡」という書名がなければ、とても『小鏡』とは思われないほどである。その点に関しては伊井春樹氏が、

> この『小鏡』は諸本の中でも後に述べる『源氏略章』とともに、原典からはかなり内容的に隔たった伝本と言える。『小鏡』の書名を持つとはいえ、本文からはすぐさま同一系統とは判別できないほど改作されてしまっているが、それでも前半はいく分依拠本の面影をたどることができる。（中略）
>
> 桐壺巻は、右のすべてで終っている。『小鏡』の本文と比較してみると、表現はほとんど重ならないものの、叙述の方法、即ち筋の展開のさせ方や、引用された歌、傍線の断片的な表現が原典と共通することから、その派生本だと認定できる程度である。しかしこのあたりはまだよい方で、後の巻々になると類似性を見いだすのも困難なほどで、宇治十帖にいたるともはや『小鏡』とは別種のダイジェスト版と言わざるを得ない。

と述べられた通りである。(16)

当写本を考察するにあたり、書誌を簡単に記すと、一冊本で外題・内題はなく、前見返しに記された「源氏小鏡」は、本文の筆跡とは異なる。遊紙は前後ともなく、墨付は六二丁。本文は一丁オから六二丁ウまで、六二丁ウに「文禄四年乙未二月廿七日連蔵書之七十才」とあり、書風から判断しても、その年（一五九五年）に七〇歳の連蔵が写したものと見なして差し支えない。

本書が他の『小鏡』と大きく異なる点は、全体の構成である。他の伝本はすべて（本作とともに異同が甚だしい『源氏略章』も含めて）、巻の順に並んでいる。たとえば第五系統の一本（飛鳥井宋世筆）の竹河の巻の全文は、「ならひ

竹かは　歌あり」で、粗筋は一切ない。このように本文をどんなに簡略化しても、巻名を欠かさないのが『小鏡』の原則である。すなわち稲賀敬二氏が、

> 巻名提示と、その由来の簡潔な説明と云う形式は、註釈書の上では既に「異本紫明抄」などにも散見し、発生は古い。そして梗概書の中でもこの形式は一つの流れをなして踏襲されている。（中略）
>
> このように、巻名と、その由来を述べる短文乃至、本文中の和歌一首を引用するだけの形式が、中世を通して一つの流れをなしている。(17)

と、まとめられた通りである。

ところが連蔵筆本は一部の巻名しか掲載せず、第一・二系統に無い序文（石山寺起筆伝説など）を冒頭に置き、そのあと本文を二五段に分けている。以下、各段の出だしを列挙し、通し番号（1～25）を付す。

序「そも〳〵けんしの物かたりと申はへるは」
1「一　きりつほの更衣と申は」
2「一　はゝきゝのまきに、いよのすけか妻」
3「一　ゆふかほのうへ」
4「一　わかむらさきと云事は」
5「一　すゑつむ花と申は」
6「一　おほろ月よのなひしのかみとは」
7「一　あふひのうへ」
8「一　六ちやうのみやすところは」
9「一　花ちるさとゝ申は」
10「一　すまのまきと云事」
11「一　あかしのまきと云事」
12「一　みほつくしのまきとは」
13「一　せきやのまきと云事」
14「一　うすくものにうゐんは」
15「一　あさかほのうへと申は」
16「一　五せつのまいひめに、これみつかむすめ」
17「一　たまかつらのまきの事」
18「一　まきはしらと云事」
19「一　女三のみや」

20「一　みなもとのなひしのすけ」
21「一　廿五まほろしのまきと云事は」
22「一　うちのまきとて十ちうあり」
23「一　うきふねのきみ」
24「一　かけろふのまきといふ事は」
25「一　ゆめのうきはしといふことは」

各段の冒頭は、巻名か人物名（全員、女性）である。前者の場合、その巻の粗筋しか記さない段もあれば、当巻に登場する人物の後日談として別の巻に触れる段もある。同様に後者（女性名）も、第3段のように一巻（夕顔の巻）しか扱わない例もあるが、多くはその人物が関わる複数の巻を取り上げている。

ゆえに大部分の段は複数の巻を含んでいるが、各段の出だしを通覧して、第20段（源典侍の話。紅葉賀の巻など）を第5段の次に置き換えると、物語の巻の配列に合う。すなわち第1～12と20段は、①桐壺～⑭澪標（○内の数字は巻数を示す）の順に対応する。それ以後は飛び飛びになり13段は⑯関屋、14～17は⑲薄雲～㉒玉鬘、18は㉛真木柱、19は㉞若菜上、21は㊶幻、22は㊺橋姫～㊼総角、23は51浮舟、24は52蜻蛉、25は54夢浮橋に相当する。従って各段の冒頭の人物名は、源典侍以外は登場する巻の順に並んでいると見なせる。とはいえ欠巻が多く、全巻を網羅する『小鏡』の原則は守られていないし、他の伝本に見られない記述が散在する。そこで次節では、その特異な内容を検証する。なお今後、単に『小鏡』と言うときは、第二系統以下の基盤になった第一系統（古本系）を指し、その本文は「古形を保ち信頼するに足る善本」[18]とされる伝持明院基春筆本（京都大学蔵。注4の著書に収録）による。

三、連蔵筆本と他の梗概書

『小鏡』や源氏物語と異なる連蔵筆本の記事のうち、他の梗概書に類例が見出せないものは比較検討ができないため、本章では割愛する。そこで以下、四件の著書との共通点を作品別に取り上げる。

1　『源氏最要抄』との類似

心敬が思い抱いていた、賀茂川にて呪咀する六条御息所像は、『源氏最要抄』（以下『最要抄』と称す）にも見られた（第一節）。本書は作者不明、ただし簗瀬一雄氏本の識語には応永二三年（一四一六）に拂雲（耕雲の誤写か）が勝定院（足利義持）に進上したとある。[19]連蔵筆本との類似は四例あり、一つずつ列挙する。

(1)　桐壺更衣が死去した季節（桐壺の巻）

桐壺更衣が亡くなったのは、物語では光源氏が三歳になった「その年の夏」であり、『小鏡』も同じである。一方、連蔵筆本は「源氏をうみをき給ひて三とせといふあき、かくれたまふ」（注4の著書、六九七頁）、『最要抄』も「はつ秋」で夏ではない。これは次に続く野分の段が秋であるのにつられて、勘違いしたからかもしれない。

(2)　妹尼の婿（手習の巻）

倒れていた浮舟を妹尼が看病したのは、亡き娘の代りと信じたからである。かつて娘婿だった中将と、少将（妹尼の弟子）を混同して、連蔵筆本は「あまうへのふるむこ、せうしやうと云人、みやこよりとき〳〵きたり」（七二二頁）、『最要抄』も「此少将はあまかむかしのむこ也」とし、さらには「これは大将との御うちのてんしやうに、みなもとの少将といふ人なり」（八六頁）として、物語には説明がない氏族（源氏）まで記載している。

以上の二例は、もし一作品にだけ見られたならば、一個人の思い違いであるかもしれない。しかし両作に共通することから、物語とは異なる知識が共有されていたことが確認できる。次の例では、そのような共通理解が数作品にも及ぶ。

(3)　夕顔が死去したときの天候（夕顔の巻）

物語によると、夕顔が亡くなる数時間前は「たとしへなく静かなる夕《ゆふべ》の空」（二三六頁）[20]であり、亡くなったときは「風すこしうち吹きたる」（二三九頁）、その後は「風のやや荒々しう吹きたる」（二四二頁）で、雨や雷の記述はない。物音も「松の響き木深く聞こえて、気色ある鳥のから声に鳴きたるも、梟《ふくろふ》はこれにやとおぼゆ」（二四二頁）ぐらいである。ところが連蔵筆本は、

よもふけかたになれは、きつね・ふくろふなきて、なるかみおひたゝしくしけれは、（七〇一頁）

で、物語には描写されない狐と雷があり騒々しい。雷鳴は『最要抄』に、

雨風にはかに吹きわたり、かみなり・いなひかりおひたゝしうして、おそろしき夜のありさまなり。（三六頁）

とあるほか、『塵荊鈔』にも「野分吹 雷《いかづち》 鳴り」とある。また狐は、『源氏物語提要』(21)の「雨風はけしく雷電し、きつねめく物、梟なともなきさはき」（三三頁）と、それを改作した『源氏大綱』(22)の「大雨ふり、あらき風ふき、雷電し、きつね鳴、ふくらうなともなき」（二五頁）にも見られる。

このように狐や雷が付加されたのは、夕顔が死去した場面（八月一六日の夜）ではないが、狐と雷が比喩として物語に引かれているからであろう。

○げに、いづれか狐なるらんな。ただはかられたまへかし。（二二八頁。八月一五日以前に、光源氏が夕顔に語ったセリフ）

○ごほごほと鳴神よりもおどろおどろしく、踏みとどろかす唐臼の音も枕上とおぼゆる、（二三〇頁。八月一六日の朝、夕顔の宿にて）

○荒れたる所は、狐などやうのものの、人をおびやかさんとて、け恐ろしう思はするならん。（二四〇頁。臨終の夕顔に、光源氏が話しかけたセリフ）

このほか、伊勢物語の芥川の段の影響も考えられる。

夜もふけにければ、鬼ある所ともしらで、神さへいといみじう鳴り、雨もいたう降りければ、あばらなる倉に、女をば奥におし入れて、（中略）鬼はや一口に食ひてけり。「あなや」といひけれど、神鳴るさわぎに、え聞かざ

りけり。(23)

雷雨と連れ出した女性の急死という点で、先の梗概書と共通する。そのうえ『最要抄』の「をんな、た丶一こゑ、あなやとさけふ」（三六頁）の表現は、『伊勢物語』を借用している。ただし『伊勢物語』に登場する「鬼」は梗概書では言及されないが、源氏物語では別の場面に引かれている。

○けうとくもなりにける所かな、さりとも、鬼なども我をば見ゆるしてん。（一三五頁。八月一六日の昼、廃院にて光源氏のセリフ）

○南殿の鬼のなにがしの大臣おびやかしけるたとひを思し出でて（一四二頁。夕顔が死去した直後）

狐・雷は当巻の寄合語であり、(24)それらは物語では夕顔の死去と無関係であるが、臨終の場面に結びつけて恐ろしさを演出するのは、ごく自然のなりゆきであろう。

(4) 光源氏の没年

光源氏が何歳で亡くなったかについて、物語は幻の巻で俗人として最後の一年を過ごしたことと、晩年の二、三年間、嵯峨院に籠ったこと（宿木の巻、三八五頁）しか記さないので、幻の巻の翌年に出家して数年後に死去かと推測するしかない。源氏物語の年立には一条兼良の旧年立と、それを改訂した本居宣長の新年立があり、幻の巻の光源氏の年齢を、旧・新ともに五二歳とするのに対して、藤原定家の『奥入』（大島本）は当巻の前年にあたる御法の巻を「六条院　五十」とするので、年立とは一歳くい違う。とはいえ光源氏の没年を五〇代半ばと見るのが、定家や兼良など公家の見解である。また『小鏡』の「源氏五十三、むらさきのうへ四十五にて、かくれ給ふ」（若紫の巻末）も、堂上の説に近い。(25)

一方、梗概書の世界には別の説が伝わり、連蔵筆本には、

のちには六ちやうのいんと申なり。御とし四十九にて、くもかくれたまひぬ。（六九九頁）

とあり、享年を四九歳とする。『最要抄』には、

正月のひきてものまてと、のへをき給ひけり。その冬、雲隠し給ふ。辞世に、

いつそちに一とせたらぬ月かけのもとの雲井に又やかへらん（幻の巻）

とあり、和歌の「いつそち」を「いそぢ（五十路）」と同義と見なすと、「いつそちに一とせたらぬ」は五〇歳に一歳足りないと解釈でき、やはり四九歳になる。同じ和歌が『塵荊鈔』にも引かれている。

源氏ノ雲隠ハ天暦二年八月十八日ノ夜也。入如クニ六条院ヨリ兜卒天ニ上リ給ト云ヘリ。御年四十九。書置給歌ヲバ兵部卿宮取テ見給ニ、

五十年ニハ一年足ラヌ月影ノ本ノ雲居ニ今ヤカヘラント（雲隠の巻）

類歌が、蓬左文庫蔵『源氏物語一部之抜書幷伊勢物語』に見られる。

雲かくれは天暦二年八月十八日のあかつき、むらさきのくもにのりたまひて、月のいるかことくに、うせたまひしなり。御ころものつまをきり、御うた一首のこし給ふ。

いよそちにひとゝせたらぬ月かけのもとの雲井にいまやかへらん(26)

初句の「いよそち」は誤写でなければ、『最要抄』の「いつそち」と異なり、稲賀敬二氏は、「いよそぢ」という語自体、疑わしいが、仮にこれを五十四歳と解すれば、「五十四歳に一年足らぬ」五十三歳で、光源氏は雲隠したことになる。現行の年立は幻巻の光源氏を五十二歳としている。これを基準にして設定された年齢であり、歌である。

と解された(27)。

没年が四九か五三に分かれたが、物語では五二、三歳で出家してから数年間は生きているので、梗概書の方が数年早く没したことになる。ちなみに『雲隠六帖』では、紫の上の十三回忌に光源氏は寂滅したと描くので、没年は六〇

過ぎになる。このように中世には、堂上や地下などに諸説あったと言えよう。

2　『塵荊鈔』との類似

先に挙げた光源氏の没年に関して、連蔵筆本も『塵荊鈔』も同年であったが、両書の類似点はそれ以外にも指摘できる。

(1)　扇の色（夕顔の巻）

光源氏が折ってまいれと命じた夕顔の花を、ここに置くようにと、夕顔の宿の者が差し出したのは、物語では「白き扇の、いたうこがしたる」であり、白い扇は夏用で、白い花にも合う。『小鏡』『最要抄』『提要』も白い扇であるのに、連蔵筆本は「くれなひのいとゝこかれたるあふきに、ゆふかほのはなを、ひとふさをきて」（七〇〇頁）、『塵荊鈔』も「紅ノ扇ニ花ヲ折テ出ヌ」で、ともに紅色の扇で、白い花との取り合わせが鮮やかである。[28]また伝飛鳥井宋世筆『小鏡』には、

しろきあふきのいたうこかしたるに、花をゝきて奉る。「いたうこかしたるあふき」とは、たゝよくかうはしきなり。又は、つまくれなゐとも、いふなるへし。（注4の著書、六三一頁）

とあり、「端《つま》」の部分が紅色の扇も紹介されている（「端」に関しては後述）。このように物語とは異なるイメージが、中世には存在していたのである。

(2)　常陸介の死去（関屋の巻）

空蝉は光源氏と逢った後、夫の伊予介が常陸介になり、夫と共に任国に下り、任期を終えて上京する途中、逢坂の関で石山寺に詣でる光源氏と出会い、和歌を詠みあう。そののち都にて夫に先立たれる、というのが物語の粗筋であり、『小鏡』『提要』『最要抄』も同趣である。

一方、連蔵筆本は「おとこ、ひたちのくににてうせぬ。女はかり、みやこへのほり」（七〇九頁）、『塵荊鈔』も「伊与守ト連レテ常陸へ下給フ。常陸守失テ後、都へ上、相坂ニテ源氏ニ行合奉リ」（空蟬の巻）で、空蟬は常陸国で夫と死別したことになる。

(3)　小侍従と弁の尼

柏木と女三の宮の密通を知っているのは、光源氏以外には二人しかいず、一人は手引きした小侍従で、女三の宮の乳母子、もう一人は薫に実父を教えた弁の尼で、柏木の乳母子である。小侍従は薫が五、六歳の頃、胸を病んで死んだが（橋姫の巻、一五四頁）、弁の尼は薫が二一歳（旧年立による。新年立では二二歳）のとき、六〇歳足らずであった（同巻、一五一頁）。以上が物語の内容であり、早世した小侍従と、長生きした弁の尼とは別人である。

ところが連蔵筆本は、二人を同一人物としている。

又かほる大しやうの御は丶、女三のみやのめしつかはれけるこちちう、かしは木のゑもんに中たちしたりとて、源しにうとくおもはれ申、あまになりて、いまはへんのあまといふなり。つねは、かほる大しやうの御もとにまいり物かたりしけり。（七一七頁）

三井寺本系『小鏡』の一本である都立中央図書館本にも、「へんのきみ、めのとこなれは」の箇所に、「そのころ、し丶うといふ也。し丶うは、によさんのみやのめのとも見えたり。」（注4の著書、三六四頁）という傍注がある。一方『塵荊鈔』には、「彼女三ノ宮ニ仕奉シ侍従、今ハ宰相ノ尼ト云。薫大将ト夜ト共ニ物語シ、」（東屋の巻、三三八頁）とあり、弁の尼ではなく宰相の尼とするが、柏木を導いた人と薫に秘密を打ち明けた人を同人とする点は連蔵筆本と一致する。『小鏡』には二人とも登場するが、小侍従の死亡記事はなく、逢瀬の秘事を知る二人を同じ人物と見る考えが生まれたのであろう。

(4) 浮舟は父宮・姉君と同居したか

八の宮は京の屋敷が焼失して後、娘の大君と中君を伴い宇治へ移り住む（橋姫の巻）。八の宮に続き大君も亡くなったあと、二〇歳ぐらいになった異腹の浮舟が物語に初めて登場する（宿木の巻）。二〇年もの空白が生じたのは、浮舟の誕生を八の宮が喜ばず、女房として仕えていた浮舟の母はいたたまれず、娘を連れて陸奥守の後妻になり下向し、八の宮の生存中は戻らなかったからである。以上が物語の世界であり、浮舟が父宮や姉君たちと同居した記載はなく、もし一緒に住んだことがあったとしても、それは八の宮邸を出るまでの間、すなわち小児のときだけであろう。

一方、連蔵筆本は八の宮が没するまで、三姉妹は同居していたと記す。

もとは八のみやと申。源しには御おとゝなり。よをいとひ、うちや《(宇治山カ)》にこもり山ふしにならせたまひて、御なをうはそくのみやとそ申ける。むすめを三人、もちたまふ。一人をは、あけまきの太《(ママ)》きみと申。一人をは、ふるさとさらぬなかのきみと申。一人をは、うきふねのきみと申。この御むすめたち、みやこにすみたまふか、あるとき、ひいてきたつて、御しよやけぬ。されは、ひめきみたちも、ちゝの御あとをたつねて、うぢのさとへこへたまふ。うはそくのみや、かくれたまへは、もゝかの御ふつ事のとき、物ともとりあはせて、いとなみたまふ。（七二〇頁）

三姉妹の同居以外に、八の宮だけ先に宇治に移住し、のちに三姉妹も都から引っ越すという設定も物語と異なり、その特徴は次に引く『塵荊鈔』にも見られる。

宇治十帖

第一橋妃。優婆塞トモ、宇治宮トモ云。此君ハ延喜第八ノ皇子、都二条渡ニ御座ス。後ニヲヤキノ住居《スミイ》ニ成給。妃宮三人御座ス。何モ幼《イトケナ》キ比《コロ》、母宮失給。然而宇治山ニ住給ヒ、出家在テ、聖ノ宮ト申。都ヨリ三人ノ妃宮、御跡ヲ尋テ御座ス。（中略）サテ聖ノ宮失給。三人ノ妃君、一処ニ御座アリ、（下略）

第三早蕨《サワラビ》。此巻ニ三人ノ姫君、一所ニ御座ス。（下略）

このほか三井寺本系『小鏡』の橋姫の巻に加えられた「あるほん（或本）」にも、八の宮が娘たちと別れ峰の堂に籠ると言うと、「此三人のひめきみ」が泣き沈んだとあり（三五九頁）、やはり浮舟は父・姉たちと同居していたことになる。

(5) 匂宮と浮舟の初見

匂宮が初めて浮舟を見て近づいたのは、自邸の二条院であり、危うく難を逃れた浮舟は、母の手で三条の小家に移され、それを聞き伝えた薫が浮舟を宇治に連れ出し、世間には隠していたが、嗅ぎ付けた匂宮が宇治を訪れ、薫を装って浮舟と契った。以上が、物語の粗筋である。

一方、連蔵筆本は匂宮と浮舟の初会も再会も、宇治にしている。

にほふひやうふきやうと申なり。かの人、うぢあたりへ、こたかかりにいてたまふに、日もくるれは、かほる大しやうのかよひ所へたちより、うきふねのきみをひそかに見たまひ、いかにしてとおほしめしけれとも、さりぬへきこひの中たちなけれは、ちからおよはす、みやこへかへりたまふ。又あるとき、にほふの、みやこをいて、、うきふねのましますところへおはします。（七二一頁。以下、薫の振りをして浮舟に近寄ると続く）

傍線を付した小鷹狩りという言葉は、物語では全く別の場面に使われている。すなわち小野に移り住んだ浮舟を、世話した妹尼の娘婿が「小鷹狩のついで」に訪れたときであり（手習、三〇二頁）、匂宮とは関係ない。

一方『塵荊鈔』では、浮舟を「東屋ノ妃」または「東姫」と呼んでいる。

第四宿木《ヤドリギ》。此巻、秋ノ暮方ニ兵部卿ノ宮、泊瀬詣ヲシ給。彼ノ東屋ノ妃ノ御事聞伝給テ、（以下、和歌の贈答あり）

第五東屋。此巻、カホル大将夜ナ々通給。兵部卿ノ宮モ有カ無カノ身トハ思ヘドモ、常ニ玉札ヲ送給ケリ。（下

略）

第六総角《アゲマキ》。此巻兵部卿ノ宮忘モハテ給ハデ東姫へ玉札ヲ送給フ。聿ニ侍従ヲ頼忍入、東姫ト夜ト共ニ物語テ、暁皈給。其暁程ニ玉札ヲ送玉。カホル又宇治へ出給ニ、（以下、薫は匂宮と浮舟の仲を知る）

匂宮と浮舟の馴れ初めは「泊瀬詣」（傍線部）のときとあるので、都から初瀬へ行く途中、浮舟がいる宇治に立ち寄ったと考えられる。ちなみに物語でも別の場面において、匂宮は初瀬詣での帰途、宇治に中宿りしている（椎本の巻）。

連蔵筆本は小鷹狩、『塵荊鈔』は初瀬詣でと異なるが、匂宮と浮舟の最初の出会いが二条院ではなく外出先の宇治である点は共通している。

3　蓬左文庫蔵『源氏物語一部之抜書幷伊勢物語』との類似

この蓬左文庫蔵本（以下、『抜書』と略称す）は江戸初期写の一冊本で、伊勢・源氏の秘説を一八一項収める。伝来を記した識語に天文二〇年（一五五一）とあり、本書は『塵荊鈔』と深く関わると指摘されている。[29]本節では『抜書』が『塵荊鈔』と共通せず、連蔵筆本と関連する項目を取り上げる。

(1)　宮城野の解釈（桐壺の巻）

桐壺更衣を亡くした帝は、更衣の母に次の歌を送った。

みやきのゝつゆふきむすふかせのおとにこはきかもとをおもひこそやれ（連蔵筆本、六九八頁）

初句の「宮城野」は、宮城県仙台市にある歌枕で萩の名所。ここでは『提要』が「宮城野は宮中也」と解釈したように、宮廷説は『花鳥余情』や『細流抄』そして『湖月抄』『玉の小櫛』など、中世・近世から現代に至るまで受け継がれている。

ところが連蔵筆本は、宮城野を桐壺更衣の実家としている。

御やまふかきりにて、太り《(内裏カ)》をいてたまひしに、てくるまをゆるされ、わかさとみやきのへいて、うせたまひしかは、（六九七頁）

『抜書』も、同じ意味に用いている。（通し番号の3113は、注26の翻刻による）

3一　あさ路のやとゝは、かういの御母、わか君、いみのほと、すみ給ひしところ也。これを宮きのともいふ。
113一　宮城野より御母の御門へまいらせ給ふきぬに、なてしこいろといふは、うすくれなひ也。

文中の「なてしこいろ」は物語にないが、更衣の母が帝に贈った形見の品（物語では「御装束一領《ひとくだり》」）の説明であろう。連蔵筆本と『抜書』の異説は、『小鏡』の読み誤りから生じたかもしれない。というのは寄合語を列挙した中に「宮城野の小萩」と「浅茅生の宿」があり、その説明文「これらはかうゐのさとにてのことなれは、なき人のやとなといふ事あらは、つけさせたまふへし」と合わせると、「宮城野」も「浅茅生」も桐壺更衣の実家と誤解する恐れが生じるからである。ともあれ、現代まで継承される堂上派の解釈（内裏説）とは異なる理解（更衣の実家説）が、中世には伝承されていたのである。

(2) 高麗の相人（桐壺の巻）

高麗から渡来した人相見が、光源氏を観相して言ったセリフは、物語には、

国の親となりて、帝王の上なき位にのぼるべき相おはします人の、そなたにて見れば、乱れ憂ふることやあらむ。おほやけのかためとなりて、天の下を輔弼《たす》くる方にて見れば、またその相違ふべし。（一一六頁）

とあり、政治に関する予言しか記されていない。

一方、連蔵筆本には奇妙な占いが紹介されている。

そのころ、かうらひこくより相人わたりて、「このきみはなへての人にてまします《(マヽ)》。ひたいに女と云ぢ三なかれ

ましく〱と、（ママ）世にくまなく、てりひかりたまふへき」と申たりしゆへに、ひかるきみと申なり。（六九九頁）

この相人が光る君と名付けたという記述は、物語（桐壺巻末）にもある。しかし額に女という字が三つある、という不可解な人相は物語にはなく、『抜書』と照合して初めて謎が解ける。

11一　源氏を四つかはかせ、うらなふやう、「この君のひたいに女といふもんし三あり。よつて女にきゐんふかくあるへし」と。「廿五のとし、なんあるへし。たゝ武家になし給へ」とさうしたるによつて、十二のとしより武家へ下たまふ。

「女」三文字とは「姦」を意味し、藤壺などとの姦通を暗示しており、女性に機縁が深いとは女性遍歴が多い、あるいは女性に左右される人生を予見している。ちなみに「四つかはかせ（四塚博士）」とは、『小鏡』の「かのはかせにあひしところ、こうろくわむなり。いまの四つかなり」により高麗の相人を指し、また「十二のとしより武家へ下たまふ」も、『小鏡』の「源氏十二にてけんふく、その日みなもとの氏を給て、たゝ人となり給ふ。いはゆるひかる源氏これなり」を参照すると、臣籍降下と解せる。[30]

(3)　若紫の素性（若紫の巻）

若紫について光源氏が聞き出した僧都は、物語では若紫の祖母にあたる尼君の兄である（若紫、二八六頁）。すなわち僧都からみて、若紫は姪の娘になる。ところが連蔵筆本には、「このおさなき人は、そうつのためには、めひなり」（七〇一頁）とあり、若紫を僧都の姪とする。これは梗概化する際、誤って姪の娘を姪と簡略化したとも考えられるが、同じ記述が『抜書』にも見られる。

138一　北山に三輪くむといふは、人の老てたち居なき事也。なにかし寺の僧都の事也。これは、むらさきのうへのおちなり。

また『小鏡』の一本である「源氏一部大綱集」（天理図書館蔵）も、同じである。

彼紫の上いとけなくて、僧都のいもうとのあま君にそひまいらせて、きた山におはす。僧都にも、むらさきの上はめいなる故そかし。（三二丁ウ）

第一・二系統の『小鏡』は物語と同じで姪の娘とするのに対して、前掲の写本は第三系統に属し、若紫の素性に関する第一・二系統の本文を別の文章に置き換えている。僧都の姪の方が正しいと判断した古人が加筆したことを重視すると、物語と異なる解釈は単に一個人の勘違いではなく、当時流布していたと思われる。

同じことが『提要』と、それを改訂して成った『源氏大綱』の類である吉永文庫『源氏秘事聞書』（園田学園女子大学蔵）にも当てはまる。『提要』も『源氏大綱』も物語の系図と合うのに、『源氏秘事聞書』は「かち申さる、そうつの又めい也」（本書の第五編資料集2に翻刻あり）と変えている。

(4) 端を焦がした扇（紅葉賀の巻）

老いた源典侍が持っていた扇は、物語によると「赤き紙の、映るばかり色深きに、木高き森のかたを塗り隠したり。」で、「大荒木の森の下草老いぬれば」の歌を書き散らしていた（紅葉賀、四〇九頁）。それに対して連蔵筆本には、物語にない説明が加わる。

くれなひに、つまこかしたるあをきに、大あらきのもりのしたくさをかきたり。（七一八頁）

傍線部の「端焦《つま》がしたる扇」とは、薫物をたきしめて端が焦げたように色づいた扇を意味する。端だけ色づくのは、絵が描かれた面が変色しないように、扇を閉じたまま香炉に近づけたからであろう。

それはさておき物語には五四帖を通して、「端焦がしたる扇」は一度も現れないのに、梗概書では別の巻々に見られる。まず『抜書』には、

146一　花のえんに、つまこかすあふきとは、もちなからしたるあふきの事なり。ひはいろのころもとは、ひはたいろ也。

とあり、「持ちながらしたる扇」とは、扇を手に持ったまま香炉に近づけてたきしめた、という意味であろう。花宴の巻における扇といえば、光源氏が取り替えた朧月夜の扇が有名で、物語には、

かのしるしの扇は、桜がさねにて、濃きかたに霞める月を描きて、水にうつしたる心ばへ、目馴れたることなれど、ゆゑなつかしうもてならしたり。（四三〇頁）

とあり、それを受けて『小鏡』にも、

なひしのせうのあふきは、さくらのみゐかさねにかすめるそらの月を水にうつしたり。心へてつけへし。（中略）

この花のゑんのまきには、かのあふきの事めいくにて候へし。

として、連歌の世界においても名高い。

しかしながら『抜書』の一節「花のえんに、つまこかすあふき」は『小鏡』の当巻に見られず、ことによると「花のえん」は、夕顔の巻の誤りかもしれない。というのは夕顔の花を置くようにと夕顔の宿の者が差し出した扇を、物語は「白き扇の、いたうこがしたる」と記すのに対して（本節、2の(1)参照）、「つまこがしたる」と表現した梗概書が存在するからである。たとえば『提要』には「白扇のつま、いたふこかしたるに」とあり、それを改作した『源氏大概真秘抄』にも「しろき扇のつま、いとこかしたるに」（「いと」の箇所、『源氏大綱』は「紅に」とする）とある。ちなみに謡曲「半蔀」にも、「白き扇の、端《つま》いたう焦がしたりしに、この花を折りて参らする」とある。(31)

このように「つまこがしたる」扇は、源典侍・朧月夜・夕顔の三人に見られたが、これらとは別の扇にも同じ描写がされている。それは桐壺の巻で、光源氏を観相した高麗人が源氏に献上した品々について、物語は「いみじき贈り物どもを捧げたてまつる」（一一六頁）としか記さないのに対して、三井寺本系の『小鏡』は長文の説明を加えており、そのなかに例の扇がある。

又あふきは、御こゝちなやみのとき、つかはせ給へは、おこたり給とかや。これなん、「つまこかすあふき」と

いへり。（注4の著書、二九四頁）

以上の例は室町時代に成立した作品から引用したが、この表現は鎌倉時代まで遡れる。一三世紀後半に編まれた『異本紫明抄』の夕顔の巻に、

つまいたくこかしたるあふきと云事
たきものをいたくたきしめて、くむしかへりて、かうはしきを云事也　素寂（七九丁オ）[32]

とある。末尾の「素寂」は出典を示すが、素寂が著した『紫明抄』の引用本文は次の通り物語と同文で、注解も異なる。

しろき扇のいたうこかしたるを
人ことに、かういろなる扇と思へり。香薫物也にたきしめたるか、こかれたる心ちのするといへるなるへし。
（四四丁オ）[33]

両者が異なるのは、『異本紫明抄』所引の注釈を素寂自ら改訂して『紫明抄』に収めたからである。[34]『異本紫明抄』は物語本文も勘物も素寂の注釈書から転載しており、[35]「つまいたくこかしたるあふき」は素寂が手沢本源氏物語から引用したのならば、『源氏物語大成　校異篇』には見当たらないので、青表紙本でも河内本でもなく別本になる。あるいは素寂が他書から孫引きしたのかもしれないが、『紫明抄』では現行と同じ本文に直したことから推測すると、「つまいたく」云々は当時も源氏学の本流ではなく傍流に伝来していたのであろう。このように鎌倉時代から夕顔の扇は「つまこがしたる」と伝承され、室町期になると源典侍や朧月夜の扇、さらには物語では語られない高麗の扇にまで転用されるに至ったのである。

4　『源氏物語提要』との類似

『提要』は今川範政が著した梗概書で、作者の跋文によると、永享四年（一四三二）に成立した。

⑴　轅《ながえ》か榻《しぢ》か（葵の巻）

葵の巻における車争いで、六条御息所の牛車は葵の上の一行に乱暴されたが、車のどの部分が破損したかについては、轅と榻に分かれる。轅は車の軸から前方に長く出ている二本の長い柄、榻は牛をはずしたとき、車の平衡を保つため轅を載せる台を指す。物語には、

榻などもみな押し折られて、すずろなる車の筒《どう》にうちかけたれば、（一七頁）

とあり、もし轅が壊れた場合は別の車にうち掛けることも難しく、この文脈では榻の方がふさわしい。『最要抄』も「くるまのしちまて、うちおりたり」で榻である。

それに対して連蔵筆本は、轅（長柄）説である。

みやすところくるまのなかへなと、しところにおしおりけり。（七〇四頁）

『提要』も「みやす所の車の長柄をおし折」である。車本体とは別の榻よりも轅を損なう方が乱暴であり、また榻が必要なのは車を止めるときで、動かすときは要らないのに対して、轅は折られると牛を繋いで動かすことも、牛を外して止めておくことも困難になる。よって榻より轅の方が被害も暴力も甚だしいので、荒々しさを強調するため梗概化するにあたり置き換えたかと推量される。

⑵　無言か怒号か（紅葉賀の巻）

光源氏と源典侍の逢瀬を見つけた頭中将は、現場に踏み込み光源氏を脅かすが、自分の正体を隠すため始終無言で振る舞ったと物語にはある。すなわち本文には、

中将、いかで我と知られきこえじ、と思ひて、ものも言はず、ただいみじう怒れる気色にもてなして、太刀を引

き抜けば、（四一四頁）

と描写している。それとは対照的に連蔵筆本には、

源しのよそおひをきゝつけて、そらをとししたてまつらんとて、つまのしゆりのかみかまねをして、こゑをいからかし、（七一九頁）

とあり、頭中将は源典侍の夫《つま》（修理大夫《すりのかみ》）の真似をして荒々しい声を出している。『提要』も同様で、

頭中将は源氏のあまりに夜あるきし給ふほとに、おとしすかさむとて、内侍か方へつと入て、太刀をぬき、「ぬす人こそあなり」とて、ふりまはしけれは、（五四頁）

のように、セリフまで載せている。

無言の方が光源氏を欺いた効果や面白みが増すが、梗概書は記述を簡単にして迫力のある場面に仕立てたのであろう。

(3) 五節の舞姫の起源（少女の巻）

惟光の娘が選ばれた五節の舞姫の起こりについて、物語にない記述が連蔵筆本にある。

そも〳〵五せつにおとめのたつ事は、むかし、てんむてんわう、よしのゝみやにおはせしとき、ことをひきたまひし。さよなかに、てん女あまくたつて、五せつのそてをひるかへす。されはそのまひをうつして、いまのよまても大りには、五せつとて、くきやう、てんちやう人のむすめ、みめかたちよきを、てん人のことくにいてたゝせて、まいかなてさするなり。

おとめ子もかみさひぬらんあまつそてふるきよのともよはひへぬれは（七一〇頁）

類話が『河海抄』にもあるが[36]、その中の和歌は連蔵筆本のものとは異なり、次に引く『提要』と一致する。

抑、此五節の舞といふは、むかし天武天皇、大友の皇子にをそはれ給ひて吉野宮にまし〳〵て琴をかきならし御

心のすみける時に、前の峯より天女あまくたりて天の羽衣の袖を五度ひるかへし舞けれは、帝感にたへ給ひて御歌に、

　乙女子もをとめさひすもから玉をたもとにまきて乙女さひすも

是より例となれり。（一三七頁）

『小鏡』の一本である『新撰増注光源氏之小鏡』には、天女の数まで記している。(37)

おとめといふ事のはじまりは、きよみばらのみかど天地天皇《（ママ）》と申、よし野の宮におはしませし時、琴をひき給ふに天女五人あまくだりて琴の音《ね》をかんじて五度袖《いつたびそで》をひるがへして、うたひけるうたに、

　おとめこがおとめまひするからたまやそらにかしこききみひかりくもらじ〳〵

これをうたひてまいしより、おとめの舞《まひ》はじまる也。（中巻、二二丁オ）

「天女五人」は右記の続きに、

はたちよりうちの女房《はう》を五人、天人のすかたに出たゝせて舞姫《まいひめ》と、せつしやう・くわんばくどのよりまひらせらゝ《（ママ）》（二二丁ウ）

とあり、天女と舞姫の数を一致させたのであろう。

この起源説話は平安時代の作品だけでも『政事要略』第二七をはじめ、『江談抄』『奥義抄』『袋草紙』『袖中抄』に見られる。また古今集や百人一首に採られた僧正遍昭の代表作、

　天つ風雲の通ひ路吹きとぢよ乙女の姿しばしとどめむ

に注を付けた、顕昭の『古今集註』や『顕註密勘』などにも、この説話は引かれている。よって連蔵筆本の記述は、源氏以外の著書（歌学書など）の引用かもしれない。

四、連蔵筆本と『花鳥余情』の類似

前節において連蔵筆本と梗概書との類似点を取り上げ、その中には堂上派と異なる注解も見られることを指摘した。今度は逆に、堂上の著作として名高い一条兼良『花鳥余情』との共通点を本節で考察する。

例、蛍を包んだ物（蛍の巻）

光源氏が玉鬘の美しい姿を懸想人の蛍の宮に見せようとして、集めた蛍を包んだ物の正体は、古来論争の的であった。物語本文には、

寄りたまひて、御几帳の帷子《かたびら》を一重《ひとへ》うちかけたまふにあはせて、さと光るもの、紙燭《しそく》をさし出でたるか、とあきれたり。蛍を薄きかたに、この夕つ方いと多くつつみおきて、光をつつみ隠したまへりけるを、さりげなく、とかくひきつくろふやうにて。（一九二頁）

とあり、傍線を付した「薄きかた」の「かた」が難解で、「かたびら（帷子）」「かたち（蚊館）」の脱字、あるいは「かみ（紙）」の誤写とも言われている。(38)この箇所の古注に関しては、寺本直彦氏が宗砌『古今連談集』と『了俊歌学書』を引いて論考されたので、(39)それを参照しながら進めていく。

まず『小鏡』には、

ゆふつかたより、ほたるをおほくとりあつめて、きちやうのかたひらにつゝみて、ひかりをさと見せて、ほのかに見せしなり。

かのかつらのしんわうに、心をかけし女こそ、月のひかりをまちかねて、ほたるをそてにつゝみけれなと、ふるきためしによそへたり。

とあり、昔物語の例（蛍を袖に包む）を引きながら、源氏物語の場合は几帳の帷子、すなわち几帳に使う絹布としている。几帳の帷子は物語にもある言葉（前掲の波線部）で、それを物語では「薄きかた」に言い換えたと解釈したのであろう。ちなみに伝二条為明（生没一二九五～一三六四年）筆『源氏抜書』にも、「ほたるをとりあつめて、き丁のかたひらに、をと丶のつ丶み給へるなりけり。」とある[40]。

その見解は、宗砌『古今連談集』にも見られる。

すのうちにある几帳かたびら
日暮れば蛍のおもひ顕れて

几帳の帳（ママ）に蛍を付候事は、源氏の大将のしはざに、玉かつらの君を御をと丶の兵部卿のみや恋忍び給ふ故に猶御心尽させ給はんとて、夕殿に向ひ給ひ蛍を取集て几帳の帷子につ丶みて其光を放て御姿を見せ給ひしより、ことに忘がたく思召けるなり。何の宮とも見えぬに、覚えず蛍の光にて見し人は我身の思ひなりとの給ひし心をよせたり[41]。

また物語本文の「薄きかた」の説明として、『河海抄』には、

几丁の帷は三重なる物也。表は綾、裏は縑文紗也。中重あり。うすき方とは裏の方也[42]。

とあり、「薄きかた」を三重からなる几帳の帷子の裏の方と見ている。

以上の説に対して、『花鳥余情』は長文を挙げて反論している。抄出すると、「几帳のかたひら夏は表裏ともにうす物也。但几丁のかたひらに、ゆふつかたより蛍をつ丶みをかん事は、たやすかるへき事にあらす[43]」として帷子説を退け、宇津保物語の例（帝が薄物の直衣の袖に蛍を包み隠したまま尚侍に近づき、袖を通して蛍の光で尚侍を見た）により、光源氏もそのようにしたと唱えた。すなわち物語の「薄きかた」を、薄い直衣の袖と捉えたのである。

この袖説は、文明四年（一四七二）に初稿本が完成した『花鳥余情』が初出ではなく、すでに『了俊歌学書[44]』に見

られる。二条良基に合点を請い、康暦二年（一三八〇）に返された「下草」の中に、

たき物の袖にこめたる匂にて　と云句に
ほたるのひとり身をやゝくらん

無風情わろく候云々、作者の心には、袖にこめたると云に、蛍を付、たき物に火とりを仕たる也、如此躰を嫌給也、

とある。了俊が「袖にこめたる」に「蛍」を付けたことを、良基が批判したことから、蛍を袖に籠めるという共通理解が二人にあったことが知られる。

連蔵筆本も、その説を踏まえる。

あるゆふくれに、ほたるをそてにつゝみ、たまかつらのおはしけるきちやうのうちに、まきれたまへは、しそくをともしたるかことく、にほやかにみへけれは（七一二頁）

連蔵筆本の解釈の中で、『花鳥余情』のような堂上派の著作と一致する本例も、連歌の世界で受け継がれた教えを引用した可能性が高く、結局、連蔵筆本は堂上の説とは無関係と言えよう。

終わりに

東海大学所蔵の桃園文庫にある「けんし小かゝみ」（桃八―一七）は、寛文五年（一六六五）に六兵衛政次が書写した識語があり、その時の写しと見られる。外題に「けんし小かゝみ」とあるが、それは本文と筆跡が異なり、後補した可能性が高く、内容は『小鏡』ではなく、前半は各巻の説明、後半は源氏物語の和歌や語句の注釈である。蜻蛉の巻で「かけろふ」の説明（唐の皇帝が養由に命じて蜻蛉を生け捕りにさせた説話など）が二丁足らず続いた後、興味深い

教えが記されている。

源氏はし〳〵の事そとつゝゑ《(ママ)》て違たる事なと、まことにし給ふへからす。その中、何かまこと、何かうそともしりかたく侍らんまゝ、むさとしたるものは中々御覧んせぬかよく侍るへし。さるによりて、しよしんのひとに「源氏の小かゝみ」みせたまふな。後に源氏のやまひなるもの也と、物しりたる人の給ひける、まことなるへし。ほんかと思ひてしりかほ思ふに、一かう、そにてもなき事なれは、見ぬにおとる也。よく分別あるへき事也。

文中の「源氏の小かゝみ」は、『小鏡』を指すとは限らない。というのは当写本や連蔵筆本が「源氏小鏡」と呼ばれていたように、当時の「小鏡」は源氏物語の梗概書全般を意味する普通名詞と推定されるからである。(45) よって世に「小鏡」と称されるものの中には、当写本のような『小鏡』ではない作品もあり、物語とかけ離れた中身を含むため、有識家が「源氏の病」とまで批判するに至ったのであろう。(46) 確かに本章で取り上げた、源氏物語の内容と一致しない諸例を見ると、初心者にふさわしくないと言えよう。しかしながら別の見方をすると「小鏡」は、物知りが眉を顰めるほど遍く広まっていたと言えよう。

注

（1）安達敬子氏「源氏寄合一面―室町期源氏享受における展開―」（「国語国文」平成元年一〇月。後に同氏『源氏世界の文学』（清文堂出版、平成一七年）に再録）。

（2）寺本直彦氏『源氏物語受容史論考　正編』五一九頁（風間書房、昭和四五年）。

（3）本文は、島津忠夫氏が翻刻された太宰府天満宮西高辻家蔵本（『連歌の研究』所収、角川書店、昭和四八年）による。当資料は後に『島津忠夫著作集』5（和泉書院、平成一六年）に再録。

（4）本文は、岩坪健編『『源氏小鏡』諸本集成』（和泉書院、平成一七年）による。

（5）湯浅清氏「心敬と源氏物語」（「和歌山大学学芸学部紀要　人文科学」13、昭和三八年一二月）。

（6）上野英子氏「連歌師たちの源氏物語本文―心敬の連歌自注にみる源氏本文とその矛盾点を中心に―」（「実践国文学」55、平成一一年三月）。
（7）本文は、横山重・野口英一氏『心敬集　論集』（吉昌社、昭和二三年）による。
（8）本文は、中野幸一氏編『源氏物語古註釈叢刊』5（武蔵野書院、昭和五七年）による。
（9）待井新一氏「源氏小鏡の資料的意義―源氏物語研究に示唆するもの―」（「駒沢大学文学部研究紀要」25、昭和四二年三月）。
（10）稲賀敬二氏『源氏物語の研究 成立と伝流』二四八頁（笠間書院、昭和四二年）。
（11）当本は和泉書院より『異本　源氏こかゞみ』として、影印が昭和五三年に刊行された。
（12）当本は国文学研究資料館蔵マイクロ資料に収められている。
（13）待井新一氏が注9の論文で紹介された一本（桃八―一〇。『東海大学蔵　桃園文庫影印叢書』所収）のほか、戦災で焼失した広島高等師範学校本の写し（桃八―一四）と、残欠本（桃八―七三）である。
（14）市古貞次氏「『塵荊鈔』解説」（古典文庫448所収、昭和五九年）。本文も、同書による。
（15）伊井春樹氏『源氏物語注釈史の研究』八三一頁（桜楓社、昭和五五年）。
（16）注15の著書、八七四頁。
（17）注10の著書、一八・一九頁。
（18）注15の著書、八八〇頁の注3。
（19）注15の著書、九三四頁。
（20）源氏物語の本文と頁数は、日本古典文学全集（小学館）による。
（21）本文は、稲賀敬二氏『源氏物語古注集成』2（桜楓社、昭和五三年）による。以下『提要』と略称する。
（22）本文は稲賀敬二氏が『源氏大概真秘抄』に『源氏大綱』を対校された中世文芸叢書（広島中世文芸研究会、昭和四〇年）による。
（23）本文は、日本古典文学全集（小学館）による。
（24）たとえば二条良基『光源氏一部連歌寄合』や『和歌集心躰抄抽肝要』には夕顔の巻の寄合語として、狐・唐臼・鳴雷・梟などを挙げている。

(25) 紫の上の没年に関しては諸説あり、定家『奥入』の四三歳をはじめ、連蔵筆本は三九歳、『提要』三八歳、『塵荊鈔』三一歳のほか、明応二年（一四九三）奥書『源氏抄』は四九歳（寺本直彦氏『源氏物語受容史論考　続編』に翻刻あり）、『源氏秘義抄』は三七歳（中野幸一氏『源氏物語古註釈叢刊』5所収）である。

(26) 本文は、伊井春樹氏「『源氏物語一部之抜書并伊勢物語』解題および翻刻」（『古代文学論叢』11所収、武蔵野書院、平成元年）による。

(27) 稲賀敬二氏「創作的注釈が描く源氏物語像―塵荊鈔、蓬左本抜書の共通源泉―」（「国語と国文学」昭和五九年一一月）。後に同氏『源氏物語の研究　物語流通機構論』（笠間書院、平成五年）に再録。

(28) ちなみに『塵荊鈔』を利用した『太平記賢愚抄』も、「紅ノ扇ニ花ヲ折テ出ス」である。詳細は野上潤一氏「『年中行事歌合』広本の基礎的検討―『太平記鈔』巻二十四との同文関係をめぐって―」（「詞林」45、平成二一年四月）参照。

(29) 注1・26・27の論文。

(30) 元服は物語に一二歳と明示されているが、それ以前に行われた賜姓の年齢は記載されていないため、諸説が生じた。臣籍降下の年齢を『提要』は『小鏡』と同じ一二歳、一条兼良『源氏物語年立』は一一歳、『源氏大鏡』などは七歳とすると、注1の論文に指摘されている。

(31) 鈴木健一氏が紹介された次の一節において、傍線を付けた箇所が物語の文章と異なるのは、謡曲の影響であろう。

松尾芭蕉が判をした『十八番発句合』に、「夕がほやあばら屋のむかし古雪隠《せっちん》」という句があり、判詞に「碓《いしうす》の音にきこえたる五条あたり、古き雪隠のかほりも、つまいたうこがせる扇の匂ひにけされて、風流にやさしく、ことばの花の光、露そふ夕顔なるべし」とある。（同氏「源氏享受の多層構造」一一頁、同氏編『源氏物語の変奏曲―江戸の調べ』所収、三弥井書店、平成一五年）

(32) 本文は、ノートルダム清心女子大学古典叢書（福武書店、昭和五一年）による。

(33) 本文は、京都大学国語国文資料叢書（臨川書店、昭和五六年）による。なお『紫明抄』には他に二系統あり、次に一本ずつ引用する。なお『紫明抄』の系統に関しては、本書の第一編第三章で取り上げた。

・内閣文庫蔵、十冊本

しろきあふきのいたうこかしたるを
人ことにかう色なるあふきとおもへり。しかにはあらす。たき物をこかる、程にたきしめたるといふなるへし。
・内閣文庫蔵、三冊本
しろきあふきのいたうこかしたるを
人ことにかう色なる扇をおもへり。たき物したるを云。

(34) 注10の著書、第二章第二節。
(35) 岩坪健『源氏物語古注釈の研究』第一編第一章（和泉書院、平成一一年）。
(36) 『河海抄』所引の記事に関しては、吉森佳奈子氏「『河海抄』の「日本紀」」（『国語と国文学』平成一一年七月）に詳しい。後に同氏『『河海抄』の『源氏物語』』（和泉書院、平成一五年）に再録。
(37) 本文は、田尻紀子氏『新撰増注光源氏之小鏡—影印・翻刻・研究—』（おうふう、平成七年）による。
(38) 日本古典文学全集（小学館）の頭注による。
(39) 注2の著書、五〇九頁。
(40) 本文は、本書の第五編資料集1の翻刻による。
(41) 本文は、『宗砌連歌論集』七四頁（古典文庫85、昭和二九年）による。
(42) 本文は、玉上琢彌氏編『紫明抄　河海抄』（角川書店、昭和四三年）による。
(43) 本文は、伊井春樹氏編『花鳥余情』（『源氏物語古注集成』1、桜楓社、昭和五三年）による。
(44) 本文は、伊地知鐵男氏『今川了俊歌学書と研究』（未刊国文資料、昭和三一年）による。
(45) ちなみに『源氏小鏡』の写本・版本の題名は、源海集・源概集・源氏目録・源氏木芙蓉など多種多様である。
(46) 前掲の本文（「源氏はし〳〵の事」云々）は、近衛稙家の息女である玉栄が慶長七年（一六〇二）に著した源氏物語の注釈書『玉栄集』に記されている。この一節について、堤康夫氏は次のように指摘された。
「源氏の小鏡」を挙げつつ、梗概書類の内容のいかがわしさ、不正確さが指弾されている。こうした思いは、玉栄同様、当時の上層の『源氏物語』読者の共通の思いであったのではなかろうか。（同氏『源氏物語注釈史論考』二五九頁、新典社、平成一一年）

第六章　明石の君の評価
――中世と現代の相違――

はじめに

源氏物語は、成立してから現代に至る約千年もの間、愛読されてきたが、その読み方は時代の影響を受けて一律ではない。それが顕著に現れるのは、登場人物に対する評価であり、時代により人物批評は変遷している。本章では明石の君を例にして、中世から現代に至る評価の相違について考察する。

一、時代による人物批評の相違

たとえば光源氏に言い寄られても応じなかった朝顔の宮や空蟬に対する判定は、『無名草子』と『細流抄』では著しく異なると指摘されている(1)。要約すると、『細流抄』は空蟬を「貞節なる人」、朝顔の宮を「真実の貞女」として称賛しているのに反して、『無名草子』は、

朝顔の宮、さばかり心強き人なめり。世にさしも思ひ染められながら、心強くてやみたまへるほど、いみじくこそおぼゆれ。空蟬も。それもその方はむげに人わろき。後に尼姿にて交らひゐたる、また心づきなし(2)。

のように批判している。このような相違が生じた理由として、重松信弘氏は『細流抄』には「儒教的な教へが多く、忠孝・孝心・貞節・貞女・仁恕等の評がみられる」のに対して、

無名草子の時代は、まだ平安時代的な、優にやさしい美的情趣を喜ぶ物のあはれの心情が強くて、女は心の強くないのがよいといふやうな考へ方が、そのまま批評の精神となつてゐた。（注1に同じ）

からであると論じられた。

両作品の成立時期は、『無名草子』が一二〇〇年頃、『細流抄』が一六世紀初めで、約三百年もの隔たりがあり、時代の好尚が登場人物の褒貶に反映しているといえよう。また、貞女と評するのは男性の論理によると考えると、著者の性別（『細流抄』は三条西実隆、『無名草子』は作者不明だが女性か[3]）も毀誉に関わるかもしれない。

このように人物批評は、時代や性差に左右されることを踏まえて、本章では明石の君を取り上げることにする。彼女は源氏を取り巻く女性たちの中で、紫の上に次いで詠歌数が多く（紫の上は二三首、明石の君は二一首）、しかもその過半数にあたる一三首は源氏との贈答歌で、和歌の面から見ても源氏と深く結びつき、物語で重要な地位を占めている。また明石の君には出生譚など昔物語の話型が多く見られ、他の人物よりもひときわ異彩を放っている点も考慮して選んだ次第である。

二、明石の君の栄華　――室町時代の評価――

明石の君の名は、室町時代に成立した物語『花世の姫』に引かれている。

「源氏を伝へ聞くにも、明石の上こそ末も繁昌し給へ。めでたき巻にて候ふなり。明石の乳母と呼びたまへ」とて、常は明石と召しにけり。（『室町時代物語大成』10、五二〇頁、角川書店、昭和五七年。なお適宜、漢字に直したり

した）

主人公の乳母が「明石の乳母」と名付けられたのは、明石の君が「末も繁昌」した女性の代表にされたからである。(4)しかしながら、それを明石一族の栄華と呼ぶことに、今西祐一郎氏は異論を立てられた。氏は「栄華」の和語に相当する名詞「栄え」と動詞「栄ゆ」の用例（源氏物語では併せて一五例あり）を調査された結果、『源氏物語』において「さかえ（ゆ）」とは、その大部分が主人公光源氏を中心とし、大臣級の人物または一族に用いられている言葉なのである。そして注目すべきは、明石の君、明石一族に関してこの言葉が一度も使われなかったということだ。いや、厳密にいえば一度だけ用いられているが、それは後述のごとく否定形であったと説かれた。そして明石の君もその母尼も、物語で「幸ひ人」と呼ばれていることに注目され、その一族の繁栄を古語で表現すると「栄え」ではなく「幸ひ」であると論じられた。

明石一族の「栄華」などというものはなかった。それは所詮、「幸い」の域にとどまる。「栄華」と「幸い」という、一見似て非なるものの峻別のもとに、明石一族をめぐる物語は書かれている。（中略）そして、この「栄華」と「幸い」についてのいわば遠近法が消滅した時、たとえば『花世の姫』に見られるような、「幸い」を至高のものと信じて疑わない御伽草子的な見方が出現するのである。

源氏物語では区別されていた「栄え」と「幸ひ」の等級が、室町時代になると曖昧になったのである。では、鎌倉時代はどうであろうか。

三、明石の君の栄華　――鎌倉時代の評価――

正応年間（一二八八〜九三）に作られた『賦源氏物語詩』の序文に、次の一節がある。

或入二深宮之華帳一兮結二密契一。模三在原中将之耽二艶色一。
或出二散地之松戸一兮為二好逑一。如三交野少女之顕二栄昌一。

（訳）奥深い宮殿の華やかな几帳の下に忍び入り、秘められた契りを結ぶ。このような男の行為は業平の中将の好色の模倣であり、閑散なる家の松の板戸の下より出でて、貴公子のよき伴侶となる。このような女の境遇は交野少女の幸運の再現である。(5)

対句の前半は、「光源氏と藤壺との宿命的な恋」と「業平と二条后高子との密事」が対応している、と後藤昭雄氏は判断された（注5に同じ）。後半に関しては、

「散地の松の戸を出でて好逑と為り」「栄昌を顕した」と呼べる人は、数多い「源氏物語」に登場する女性の中にも一人しかいない。「口惜しき山賤」と自嘲する播磨守明石入道の女に生まれて、光源氏に迎えられ、ついには国母の母となる明石上である。この彼女の栄進ぶりが「交野の少女の如し」というのである。（注5に同じ）

と推論された。明石の君の人生を「栄昌」と称しており、それは栄華の類語と見てよかろう。すると一三世紀末には、明石一族は栄華の代表と把握されていたのである。

次に、早歌を取り上げる。早歌とは、「鎌倉中末期に東国文化圏で成立し、中世末期まで二百年余の間、武士を中心に歌われた長編の歌謡。(6)」である。正和四年（一三一五）～同六年の間に月江が編集した早歌第七の撰集『別紙追加曲』の中に、「源氏紫明両栄花」という曲が収められている。その曲の作詞作曲家は月江で、内容は題名に示されたとおり、源氏物語における紫の上と明石の君両人の栄華を賛美したもので、文中にも明石の姫君が入内して皇子が誕生したことを受けて、「道ある御世の栄花の花の花盛(7)」とある。よって本曲が成立した一四世紀初めには、明石一族は栄華を極めたと理解されるようになったことが分かる。

この曲の主題には、表題に記された栄華のほか、「住吉の神の霊験談」という寺社物の性格もある、と指摘されて

いる。

この紫上と明石上の話がとりあげられた理由は、「ゆくすゑ栄したためし」と前置きし、「栄花の花の花盛」と結んでいるように、めでたい話であるという祝言性にあると思われるが、同時にこれが住吉の神の霊験談であるという点もみのがせないと思う。この「源氏紫明両栄花」の曲では、結末を示す部分に、「住吉の神の誓にまかせつゝ」とあり、また「かゝりし恵のかひありて」というように、すべてのよい結果が住吉の神に帰せられている。詞章全体からみると、一、二行のようであるが、前述のように、導入部から展開部へそして結末を示す部分へという詞章の構造を考えにいれてみると、この住吉の神への言及は単なるつけたりではなく、一曲の重要な目的がこのことにあったという風に解せられるのである。住吉の神の加護のことは、原作自体において度々語られており、早歌では、このためにこそこの一連の話をとりあげたのだと思われる。(8)

源氏物語において栄華を誇った女性は他にもいるのに、この二人が特に取り上げられたのは何故であろうか。理想的ななからいといわれる紫上と明石上とを取り上げること自体に、教訓的な匂いさえするのであり、それが住吉の神の霊験談として構成されていることは、中世の末期に多くつくられたお伽草子の類によく見られる世俗の物語が神仏の功徳を語るという一つの型に似た感じさえ与えるのである。（注8の著書、六四頁）

この二人を外村氏が「理想的ななからい」と評されたのは、たとえば物語において、

（二人の）御仲らひあらまほしううちとけゆくに（藤裏葉の巻、四五二頁）

対の上（紫の上）は、（明石の君を）まほならねど、見えかはしたまひて、さばかりゆるしなく思したりしかど、今は宮（明石の女御出生の若宮）の御徳にいと睦ましくやむごとなく思しなりにたり。（若菜上の巻、一一一頁）(9)

という箇所によると思われる。また石川徹氏は、

源氏物語の男主人公は光源氏、女主人公は中々きめにくいが、形式的には紫の上、実質上は明石の上と見てよい

のではあるまいか。

と判断され、この二人の女性を対にされた(10)。その両人の関係について、詳しく見ていくことにする。

四、紫の上と明石の君の関係　――早歌――

早歌の「源氏紫明両栄花」では、まず紫の上を紹介し、源氏が明石の浦に移ってから明石の君と姫君のことが語られ、「諸共に翼をかはひし中にして、育み立けん鶴の子」では紫の上が「鶴の子」（明石の姫君）を養女にしたこと、そして「鶴の子の、雲井に昇る秋の宮、高き位の光なれば、月の桂の里人も、さこそは御影を仰けめ」では、「桂の里人」（明石の君）(11)も恩恵を蒙ったことを暗示する。それに続く「彼も此もかたじけなき、道ある御世の栄花の花の花盛」における「彼」と「此」は、紫の上と明石の君を指すと解せる。よって「彼も此も」の「栄花」は、題名が示す「紫明両栄花」と内容が一致し、両人の描き方に優劣は見られない。

物語でも、この二人はよく一緒に取り上げられることが多い。まず明石の君が最初に登場するのは、源氏が明石一族の噂話を初めて聞くところ（若紫の巻）で、その前後に若紫に関する記述が置かれている(12)。そして明石の君が言及される最後の箇所においても、

二条院とて造り磨き、六条院の春の殿《おとど》とて世にののしりし玉の台《うてな》も、ただ一人《ひとり》の末のためなりけりと見えて、明石の御方は、あまたの宮たちの御後見をしつつ、あつかひきこえたまへり。（匂兵部卿の巻、二〇頁）

のように、「春の殿」に住み「二条院」で亡くなった紫の上を思い起こすかのように描かれており、最後まで明石の君は「紫の上と対比して語られている」（注12の論文）のである。このように一貫して、両人は対応されている。

明石の君物語は単旋律で展開せずに、常に紫の上の存在を底流において、両者の緊張関係によって進展している

のである。（中略）明石の君との結婚の後で、光源氏は都の紫の上に対してすぐに告白の消息をする。ここにも明石の君物語の二重構造が一貫している。[13]

この不即不離の関係が、早歌の「源氏紫明両栄花」にも受け継がれ、多くの女君たちの中からこの二人が選ばれたと言えよう。

五、紫の上と明石の君の関係　――物語――

早歌では両人に優劣を付けていないが、物語はそうではない。

ようやく明石の君と契りを交わした光源氏は、彼女に「近まさり」を感じたけれども、それだけにまた「あいなき御心の鬼」に責められ、明石の君のことを紫の上に手紙で打ち明けてしまい、その心中を思いやる心苦しさから、明石の君への通いは途絶えがちになる。このように、明石の君が光源氏の愛情を紫の上と対等に競いうる存在でないということは、明石の君との交流が始まって以来一貫する持続低音《バッソ・オスティナート》であった。（注12の論文）

明石の君との初会から、源氏の深層心理には紫の上が存在しており、

明石の君に対する光源氏の愛情も処遇も、紫の上に対するそれに優越することなど絶対にあり得ないのであった。そのことはすでに明石巻の随所で、幾度もだめを押すようにほのめかされていたのであって、たとえば明石の君への光源氏のはじめての後朝の手紙のことが、「御文いと忍びてぞ今日はある。……かかる事いかで漏らさじとつつみて、御使ことごとしうもてなさぬを、（入道ハ）胸いたく思へり」と語られた所に、『全集』（小学館・日本古典文学全集）の頭注が「源氏にとってこの仲らいが人目を憚られるものであることも注意されよう。彼の人生の構図の中の明石の君の位置がすでに明確に画定されているのである」と指摘するとおりである。[14]

のように、始めから明石の君は日陰の存在なのである。そして、

姫君を紫の上の養女にするよう光源氏から要請された直後の明石の君の心内に、

人（＝紫の上）の御ありさまもここらの御中にすぐれたまへるにこそは、と思ひやられて、数ならぬ人の並びきこゆべきおぼえにもあらぬを、さすがに立ち出でて、人もめざましと思すことやあらむ……。（薄雲(2)四二八頁）

とあるように、明石の君は、紫の上の自分に対する絶対優位を認めて、まったく恨みがましい発想をしていない。この箇所について篠原昭二氏が、「明石の女はいわば紫の上の物語における不可侵性のゆえに己の身の程のつたなさを嘆く女でなければならなかったのである」(15)とのべたのは、本質を衝いていると思う。（注12の論文）（傍線筆者）

と論じられたように、物語では終始一貫して紫の上は明石の君に対して「絶対優位」の立場に置かれている。

以上をまとめると、物語では「栄え」と「幸ひ」に等差があり、明石一族は「栄え」には至らず「幸ひ」の域に留まるのと呼応するかのように、紫の上と明石の君にも等級が付けられ、二人の隔たりは絶対的なのである。それに対して早歌の「源氏紫明両栄花」では、その題名からして両人は対等で、「栄花」を分かち合っている。このように物語と早歌では、二人の扱いは異なることが確認された。では両作品の中間に成立した『無名草子』では、いかがであろうか。

六、紫の上と明石の君の関係 ――『無名草子』――

当作品において源氏物語を取り上げた箇所は、〈巻々の論、女の論、男の論、ふしぶしの論〉の四つに大別され、

〈女の論〉の冒頭に明石の君の名が見える。

この若き人、「めでたき女は誰々かはべる」と言へば、「桐壺の更衣、藤壺の宮。葵の上の我から心用ゐ。紫の上さらなり。明石も心にくくいみじ」と言ふなり。（一九一頁）

この五人の女君は、単に物語に登場する順に列挙されただけかもしれないが、紫の上の次に明石の君が対のように引かれている。また「明石」と呼び捨てにされ、呼称の面においても「紫の上」より下位に置かれている。これは両人に優劣を付けない早歌とは異なり、物語における二人の位置関係に一致すると言えよう。

次に〈ふしぶしの論〉を見ると、「心やましきこと」として九条が列挙されており、そのうち第六条以下は明石の君とは関係ないので、最初の五条に通し番号（a〜e）を付けて本文を引用する。

a、紫の上、須磨へ具せられぬことだにあるに、明石の君設けて、問はず語りしおこすること。

b、「浦より遠《をち》に漕ぐ舟の」と厭はれて、文の包みばかり見せたること。

c、須磨の絵二巻、日ごろ隠して、絵合の折取り出だしたること。

ひとりゐてながめしよりは海人《あま》の住むかたをかくてぞ見るべかりける

とて、「おぼつかなさは慰みなまし物を」などあるところよ。これは「いとほしきこと」にも入れつべし。

d、女三の宮設けて、紫の上にもの思はせたること。

e、正月一日の日、御方々へ参りありきて、いつしか御騒がれもや、とはばかりながら、明石の御方に泊りたること。（二一七頁）

この五条はすべて、光源氏のせいで心痛した紫の上を著者が「心やまし」と思ったことであり、そのうちの三条（abe）には明石の君も関わっている。

中世になると、「紫の上の三つの恨み」と称する秘事が生まれ、いずれも紫の上が光源氏に対して恨んだことである。その三つは作品（注釈書や梗概書など）により異なり、先のa～eのうちaは須磨へ具せざる恨み、bは文の恨み、cは絵の恨み、eは夜の恨みと呼ばれている。そのほか衣配りの段（玉鬘の巻末）において、源氏が明石の君に贈った正月の衣装を紫の上が見て嫉妬した衣の恨みや、琴《きん》の琴《こと》を女三の宮にしか源氏が教授しなかった琴の恨みなど、多くの異説が並存する。その大部分は明石の君に関わるもので、この点においても明石の君は紫の上にとって、光源氏を取り巻く女性たちの中で最も恨みを抱く存在であり、やはり両人は対比される関係にある。

前掲の五条（a～e）は、いずれも紫の上に同情して書かれており、その方針は他の箇所にも当てはまる。たとえば〈男の論〉において光源氏を取り上げ、彼を非難したところを見ると、

また須磨へおはするほど、さばかり心苦しげに思ひ入りたまへる紫の上も具しきこえず、せめて心澄まして一筋に行ひ勤めたまふべきかと思ふほどに、明石の入道が婿になりて、日暮し琵琶の法師と向かひゐて、琴弾き澄ましておはするほど、むげに思ひどころなし。（一九九頁）

とある。紫の上を蔑ろにした源氏の振る舞いは、「むげに思ひどころなし」と批判の対象にされ、それは「心やましきこと」のaの内容と重複している。

このように『無名草子』の作者は、紫の上の側から源氏物語を読んでいるので、かの君を悩ませた明石の君は、『無名草子』の作者から見ればいわば敵役である。そのため明石一家の繁栄や、その基盤になった明石の姫君、また一族に恵みをもたらした住吉の神については賛美するどころか、それらに関する記述は一切ない。たとえば〈巻々の論〉における須磨・明石の巻を見ると、明石一族には全く言及していない。

「須磨」、あはれにいみじき巻なり。京を出でたまふほどのことども、旅の御住まひのほどなど、いとあはれにこそはべれ。「明石」は、浦より浦に浦伝ひたまふほど。また、浦を離れて京へおもむきたまふほど。

都出でし春のなげきにおとらめや年経る浦を別れぬる秋

などあるほどに、都を出で給ひしは、いかにもかくてやむべきことならねば、またたち帰るべきものとおぼされけむに、多くは慰みたまひけむ、この浦は、または何しにかはと、限りにおぼしとぢめけむほど、ものごとに目とまりたまひけむ、ことわりなりかし。（一九〇頁）

文中の和歌は、源氏が明石の入道に別れを惜しんで詠んだものであるのに、入道一家のことには触れていない。この〈巻々の論〉において、明石の巻はほかの巻よりも遥かに詳しく書かれ、また和歌を一首すべて引用する唯一の巻であるにもかかわらず、明石一族のことは〈巻々の論〉を通して一言も記されていない。それは偶然ではなく、紫の上に味方する『無名草子』の著者の作意と考えられる。

ここで当作品と早歌を比較しておくと、両著はいずれも鎌倉時代に制作されたが、紫の上と明石の君の扱い方は全く異なる。早歌は住吉神の恩恵による両人の栄華を称賛しており、二人を対等に取り上げている。それに反して『無名草子』は紫の上の肩を持ち、彼女を悩ませた明石の君を冷遇し、明石一族に深く関わる住吉神には全く言及しないという偏った描き方をしている。『無名草子』は鎌倉初期に女性が都で著し、早歌の方は鎌倉末期に男性が鎌倉で作詞作曲したものである（注3・6参照）。従って両作品における人物批評の相違には、成立時期・作者の性別・作成場所による影響も考えられる。このように鎌倉時代には、二種類の評価が存在することが判明した。では中世において、いずれの方が流布したかを次節で考察する。

七、紫の上と明石の君の関係　――中世一般――

鎌倉時代に成立したと思われる『源氏人々の心くらべ』は、源氏物語の主要な人物を二人ずつ組み合わせて心情を比較したもので、一四条から成る問答体の体裁を採る。問題の二人は、次のように組まれている。

須磨の別れに、京にとどまりて、命にかへておぼしけん紫の上の御心と、源氏召し返され給ひしに、明石にとどまりけん明石上の思ひと、いづれにてありなん。

命にかへて歎きける、かれは浅からぬ御心ざしを見知り、猶行末もたのみけん。明石の上、身も数ならで、山がつの庵に心細き事さへまじはり、親どもの思ひみだれて、いかに思ひもまさりけむ。[16]

須磨へ旅立つ源氏と別れた紫の上と、帰京する源氏を見送った明石の君とを比べて、再会を期待できない可能性は前者よりも後者の方が高く、そのぶん嘆きも深い、と判定している。この比較は、前節で引用した『無名草子』〈巻々の論〉中の和歌「都出でし～」の解釈にも見られ、そこでも都を離れるより明石を立つ方が辛いと記され、その点は両作品に共通する。しかし大きな相違点があり、『無名草子』は二つの離別をいずれも源氏の立場で書き、相手の女性たちのことには触れていない。また紫の上の嘆きは、前掲の「心やましきこと」のａ「紫の上、須磨へ具せられぬことだにあるに～」のほか、「いとほしきこと。「須磨」の御出で立ちのほどの紫の上。」にも述べられているのに、明石の君が源氏と別れる心痛を述べた記述はない、という偏りが見られる。それに対して『源氏人々の心くらべ』は、二人の女君の思いを対等に比較検討している。この同等に扱う姿勢は、早歌の描き方と同じで、紫の上を贔屓にする『無名草子』とは異なる。

『源氏人々の心くらべ』で明石の君を取り上げたのは、前掲の一条しかないが、紫の上はもう一条ある。それは明石から帰った源氏を迎えた紫の上と、初瀬で玉鬘を見つけた右近と、「いづれ猶うれしかりけん」という問いかけに対して、右近に軍配を上げている。その理由は先の条と同様で、玉鬘との遭遇に比べれば、源氏との再会はまだ希望を持てたからである。この条においても、紫の上一辺倒の『無名草子』とは異なり、紫の上を他の女君と同等に扱っている。

次に、鎌倉時代から室町初期にかけて作成されたと推測される[17]『伊勢源氏十二番女合』を見てみよう。これは歌合の形式を採り、左方は『伊勢物語』、右方は源氏物語から女性を一二人ずつ選出して一組にしたもので、明石の君は三十六歌仙の一人である伊勢と番いにされている。

左は七条の大后宮につねは侍しにや。寛平の御門おり〳〵御覧じけるが、王子一所うみ奉りけり。やまと歌の道におさ〳〵聞え侍るとなり。このみちは秋つしまのみのりなるがゆへに、その人のめいぼくならずといふことなし。伊勢物がたりといへる事は、かの女のかきえらびて、宇多の御門に奉けるよし、題号につけてつたふる人も侍るとかや。猶はなはだしきほまれなるべし。

右はち、、はりまのかみ任はて、も、猶いかなる心がまへにや、此うらをさりやらず、後の世のみちふかうつとめすみけるに、むすめ一所も給へり。（中略。娘には「凡人と結婚するぐらいならば入水せよ」と言っていたが、光源氏が須磨に来てからは機会を窺い、明石に迎えて娘を娶せた。やがて源氏は帰京する。以上の梗概は、若紫・須磨・明石の巻による）あかしには、女君うみ奉り給へば、御めのとなどくだし給て、はごくませ給。後は都にうつし奉て、御むすめの君は、紫上やしなひにて、春宮へまいり国の母とならせ給。めでたき御すくせ成けり。

此番いづくをしゆうともおもひわかれ侍らず。右はおぼろけならぬかたにいひとられ、御子のすゑまでさかへのぼり給御とくにまかす。左は、ざえのいとあさからず、世に名のたかきかたにひかれ侍れば、なずらへて持などにもや侍るべき。

両人の共通点は、天皇家と血縁関係を持ったことであるが、「しゆう（雌雄）」を決することができず「持」（引き分け）になった。その訳は、明石の君は「御子の末まで栄えのぼりたまふ御徳」という栄華に与り、伊勢は『伊勢物語』を執筆した「才のいと浅からず、世に名の高きかた」という名声に秀で、いずれも優劣が付けがたいからである。

源氏物語では明石一族の繁栄は「栄え」ではなく「幸ひ」に留まったが、『伊勢源氏十二番女合』では「御子の末まで栄えのぼり」とあるように「栄え」と表記されていて、これは早歌の「源氏紫明両栄花」と同じである。そのほか鎌倉時代に成立したと考えられる『源氏四十八ものたとへの事』[18]には「果報、明石の上」、『源氏ものたとへ』[19]にも「ほう、あかしのうへ」とあり、栄華を極めた人の代表として挙げられている。「果報」とは前世の善行によるものであり、それを功徳の賜物と見ると、「住吉の神の霊験談」（第三節、参照）を説く早歌とも関わってくる。

そのほか同じ頃に制作された『源氏解』[20]には、「源氏一部のうちに、秀れたる事」として四八条を列挙した中に、

一、めでたき事、明石の上願果しに、住吉へ源氏引具してまいり給ふ。

とあり、明石一族の願解きが「めでたき事」の筆頭として挙げられている。それは時代は下がるが、元禄七年（一六九四）に刊行された『琴曲抄』においても確認できる。

八、紫の上と明石の君の関係　――近世――

『琴曲抄』は、十三絃の筑紫琴で演奏される曲の詞章を全文引用して、詳細な注釈を付けたもので、主に古歌や伊勢物語・源氏物語などの典拠を示している。たとえば「天下大平」と題する曲は六つの節に分けられ、節ごとに注解がある。そのうち源氏物語に関わるのは、第四・五節である。いずれも最初に本文を挙げ、次に一字分下げて解釈を記す。

（第四節）

花のえんのゆふぐれ、おぼろ月夜にひくそで、さだかならぬちぎりこそ、こゝろあさく見えけれ。

此うたも、まへのおぼろ月夜のないしの事也。げんじの君、ふと袖をとらへ給ひて、いさゝかなぐさめられけれど、いづれの人ともしれず、よつてさだかならぬちぎりといへり。

（第五節）

住よしのみやどころ、かきならすことのね、神のめぐみにあひそめて、すぎしむかしをかたらん。

あかし入道、源氏君を我家にうつし奉りて、むすめあかしのうへに琴《こと》をひかせて、きかせ奉りなどして、ついにむすめにかよはせ奉りし也。もとより此入道、むすめをあてなる人にあはせ奉らん事を住よしにまうでゝいのり奉り、年ごとにむすめをもうでさせし事有。娘のげんじにあひたてまつりさかへたるも、みな住よし明神のめぐみ也。さて明石《あかし》のうへの腹《はら》にあかし中宮《ぐう》むまれ給ひて、住吉の願《ぐはん》ほどきに明石尼公、紫のうへをはじめ、中宮、あかしのうへなどをいざなひて、げんじ住吉にまうで給ひしとき、尼公の歌に、

　むかしこそまづわすられね住よしの神のしるしを見るにつけても

と詠ぜられたり。かやうの事、とり合てつくれり(21)。

第四節は注記に示されたとおり、源氏物語・花宴の巻を踏まえている、と見てよかろう。それに対して第五節は、右記の解説文がないと、果たして光源氏の話に依るのかどうか分かりにくい。注記内容に従って本文を解釈すると、次のようになる。

住吉神社に参拝して、和琴を掻き鳴らして神に奉納していると、この住吉明神の御恵によって明石の上と結ばれ、また無事都に帰れるようになったことが喜びの中に思い出される。過ぎし日のことを懐かしい昔話として語ろう(22)。

出典の説明があって初めて、源氏物語によることが明らかになる。ということは、曲の詞章に「住よしの……神のめぐみ」とあれば、明石一族の願解きを当てはめるのが、当時の理解であったと言えよう。そして注釈本文に、「さかへたるも、みな住よし明神のめぐみ也」とあるように、この一家の栄えを住吉の霊験によるとするのは、早歌の「源氏紫明両栄花」と同じ趣旨である。

九、紫の上と明石の君の関係　――中世と現代――

今までの考察をまとめると、以下のようになる。まず源氏物語では明石一家の繁栄は住吉の神の恩恵によると記されているが、それは「栄え」ではなく「幸ひ」の域に留まる。また明石の君に対して、紫の上は絶対優位である、と先学により指摘されている。『無名草子』も紫の上を贔屓にしており、住吉明神による明石一族の幸については一言も述べていない。それに対して早歌の「源氏紫明両栄花」は、その題名にも示されたとおり、両人は住吉の恩寵で共存共栄している。中世においては、『無名草子』よりも早歌の捉え方の方が一般的で、明石の君といえば果報者の代表であり、光源氏に最も愛された紫の上と対にされることが多い。

このほか『無名草子』の特異な点は、明石の君の呼称である。本書では「明石」という呼び捨てのほか、「明石の君」と呼ばれており（第六節、参照）、物語でもその二通りの名称のほか、「明石」という言葉を冠したものだけでも、「明石の人」「明石の御方」「明石のおもと」が挙げられる。現代の学会では「明石の君」が通称であるが、それは物語では一度も「上」と呼ばれたことがないことに基づき、阿部秋生氏が提案されてからのことで(23)、それまでは中世以来の「明石の上」が専ら使用されていた。すなわち呼称においても、「紫の上」と対等だったのである。源氏物語の系図で、現存最古の伝本である九条家旧蔵本も「明石の上」であり、当写本は鎌倉初期に写され、『無名草子』の成立時期と重なる。ということは、『無名草子』は当時の通称を使わなかったことになる。その理由を推測すると、紫の上の側に立つ著者が、名称においても両人を同等にしたくなかったからであろう。ちなみに物語では「明石の上」と呼んでいないので、『無名草子』も物語に即した表現を優先して、その呼称を用いなかったという可能性は低いと思われる。というのは、源氏が花宴の巻で出会った女君を、『無名草子』も九条家旧蔵本系図も「朧月夜の尚侍」と称しているが、物語ではその名は見られないからである。

以上の事柄を一覧表にすると、次のようになる。

	二人の関係	明石の君の繁栄	住吉神社
『源氏物語』	絶対優位	「幸ひ」	願掛け
『無名草子』	紫の上側	（言及せず）	（言及せず）
早歌「源氏紫明両栄花」	対等	「栄花」	霊験談

表で『源氏物語』の項に示したのは、現代の解釈を表している。それと早歌に代表される中世における理解との相違は、この表の上段と中段に顕著に表れている。早歌の両段の内容を一緒にすると、題名の「紫明両栄花」になる。では現代における上・中段を併せると、どうなるであろうか。たとえば、「明石の女はむしろ紫の上の優位を印象づけるための道具とさえされている。」（注15の著書、一四一頁）という上段の説と、

「さいはひ」は「さかえ」に較べれば随分軽い言葉である。つまり、明石一族は「さかえ」という言葉を冠せられるにはいささか低すぎる存在だったのではないか。（注4の論文）

という中段の論を合体すると、どうなるであろうか。もし紫の上の人生が「さかえ」であるならば、「さいはひ」に留まる明石の君より、幸福の程度においても優勢な立場にあると言えるので、この併合した論理に矛盾は生じない。

そこで、源氏物語における両語の用例を調べてみよう。

十、紫の上と明石の君の関係 ——「栄え」と「幸ひ」——

第二節に記したように、「栄え」は動詞も含めて一五例あり、そのうち六例は「光源氏に関するもの」で、残りの九例を見るに、四例までが大臣もしくはそれ以上の階層に関していわれている。すなわち右大臣家（賢

木)、左大臣家(澪標)、内大臣家(少女)、それに女院(薄雲)である。(注4の論文)と指摘されている。あとの五例における「栄え」の対象を列挙すると、桐壺帝の御世(花宴)、「大学」(少女)、玉鬘に仕える三条たち(玉鬘)、光源氏の「御ありさま」(初音)、そして若菜上の巻の例では、

入道が例の遺言で「今さらにこの世のさかえを思ふにも侍らず」と述べているのも、出家者たる入道一人の身の処し方を超えて、明石一族の光源氏に対するあり方を象徴しているといえないだろうか。(注4の論文)

と説かれたように、光源氏は「栄え」、明石一家は「幸ひ」と区別されているのである。一方、紫の上には「栄え」の用例は見当たらない。

次に「幸ひ」の例を調べる。索引によると「幸ひ」は一七例、「御幸ひ」は一〇例、「幸ひ人」は七例で、合わせて三四例あり、それらを誰の「幸ひ」か人物別に整理すると、次のようになる。便宜上、四つのグループ(A～D)に分けると、AとBは特定の個人で、Aは物語の第一・二部(桐壺～幻の巻)、Bは第三部に属する。Cは不特定の人々、Dは「幸ひ」の一般論である。

A、紫の上(四例)、明石の君(四例)、玉鬘(三例)、秋好中宮(二例)、大宮・明石の尼君・承香殿女御(各一例)

B、宇治の中君(四例)、浮舟(四例)、宇治の大君と中君(一例)、少将と浮舟の妹(一例)

C、宮仕えの女性たち(二例)、左大臣家に仕える女性たち(一例)

D、世人(五例)

Dの中には男性に限定できるものもあるが、A～Cのうち男性の例は一例(新郎の少将)しかなく、それも単独ではなく新婦(浮舟の異父妹)と対にされている。よって「幸ひ」な人は、ほとんど女性に限られ、過半数が上流階級の人々である。

今度は「幸ひ」の内容を見ると、Dの中から四例を除くと、あとは幸福な結婚生活に関わるものばかりである。そ

の中には立后（三例）や立太子（一例）、あるいは貴族の子息・息女の出世（二例）といった政事がらみのものもある。しかし、そのような公の例は少数で、それ以外の私の例のうち、大部分は女性が貴公子に愛されること、いわゆる玉の輿に乗ることである。人物別に分類すると殆ど女性であったが、それは「幸ひ」が専ら女君の幸せな結婚に関与するからである。

物語の第一・二部に登場する人物（右記のA）で、用例が最も多い紫の上と明石の君を見ると、紫の上の「幸ひ」は源氏に引き取られ愛されたことである。たとえば彼女の死去の噂が広まったとき、ある上達部が、

いといみじき事にもあるかな。生けるかひありつる幸ひ人の光うしなふ日にて、雨はそぼ降るなりけり。（若菜下の巻、二三八頁）

と述べたように、紫の上は「生けるかひありつる幸ひ人」と世間では称されていた。一方、明石の君の「幸ひ」は、源氏に情をかけてもらい子宝に恵まれ上京したことである。たとえば明石の姫君を、「幸ひ人の腹の后がね」（少女の巻）と内大臣が呼んでおり、それは世評の表れでもある。

結局、紫の上も明石の君も「栄え」ではなく「幸ひ」であり、その点において両人に差異は見られないのである。

十一、紫の上と明石の君の「幸ひ」

ここで、当時の「幸ひ」観を確認しておこう。それに関する一般論の中に、「急」という言葉と対比したのが二例ある。

心によりなん、人はともかくもある。おきて広き器ものには、幸ひもそれに従ひ、狭き心ある人は、さるべきにて、高き身となりても、ゆたかにゆるべる方は後れ、急なる人は久しく常ならず、心ぬるくなだらかなる人は、

長きためしなむ多かりける。（若菜下の巻、二一六頁）

なほ、しばしかくて（薫を）待ちきこえさせたまはむぞ、のどやかにさまよかるべき。（薫が浮舟を）京へなど迎へたてまつらせたまへらむ後、おだしくて親にも見えたてまつらせたまへかし。このおとど（浮舟の乳母）のいと急にものしたまひて、（石山詣でを）にはかにかう聞こえなしたまふなめりかし。昔も今も、もの念じてのどかなる人こそ、幸ひは見はてたまふなれ。（浮舟の巻、一二一頁）

一つめの例文は、重病の紫の上を源氏が励ました言葉、二つめは浮舟に仕える女房が浮舟たちに言ったセリフである。それによると、「幸ひ」になれるのは「心ぬるくなだらかなる人」や「もの念じてのどかなる人」、すなわち辛抱して気長に待つ、穏やかな人である。その例に最も当てはまるのは、花散里であろう。

ただ御心ざまのおいらかにこめきて、かばかりの宿世なりける身にこそあらめと思ひなしつつ、あり難きまでうしろやすくのどかにものしたまへば、をりふしの（源氏の）御心おきてなども、こなたの御ありさま（紫の上）に劣るけぢめこよなからずもてなしたまひて、侮りきこゆべうはあらねば、（薄雲の巻、四三八頁）

花散里の「のどか」な人柄が源氏を魅了し、六条院が完成した後は、夏の御殿を与えられるほどの幸福に恵まれたのである。

逆に「幸ひ」になれないタイプは、本人が「急なる人」、または乳母などが「いと急にものしたまひ」の場合である。つまり性急や気短では幸福になれない、と考えられていたらしい。紫の上も明石の君も「急なる人」ではないが、両人の運命を決めた人々は「いと急にものしたまひ」ではなかろうか。たとえば若紫を源氏が自邸に迎えたのも、彼女が明日、父宮邸に引き取られることを惟光から聞き、切羽詰まって急に思い立ったことであり、前もって用意周到に準備したわけではない。ましてや若紫の側にとっては、寝耳に水の出来事であった。そのあたりの事情を端的に表現したのが、紫の上の継母のセリフである。

にはかなりし幸ひのあわたたしさ。あなゆゆしや。（紫の上を）思ふ人（実母・祖母・源氏）、かたがたにつけて別れたまふ人かな。（須磨の巻、一七二頁）

これは源氏が須磨へ下る間際に語られた一節であり、「にはかなりし幸ひ」とはテキストの頭注によると、「葵の上の死後、紫の上が事実上源氏の正妻として二条院に時めいたことをさす。」である。「にはか」や「あわたたしさ」を「急」の類語と見なすと、本来「幸ひ」とは無関係であるはずの語句が用いられており、紫の上の「幸ひ」が世間一般のものとは異なり、特別なものであることが分かる。

一方、明石の君については、源氏が初めて文を送ったときの父入道の態度が参考になる。娘がなかなか返事を書こうとしないので、業を煮やして「言ひわびて入道ぞ書く。」の箇所に関して、小町谷氏は以下の指摘をされた。

通常は代作は女房などがするのであって、父親が介入するのも明石の君物語の特異性を示すものである。明石の入道の性急で焦燥な態度はやや滑稽じみたものであるが、それは代作の返歌にも反映しているように思われる。

（注13の著書、一四二頁）

源氏が若紫を誘拐するように連れ出したのに比べれば、娘と貴人との結婚は入道にとって長年の悲願であるが、その経緯を知らない世人から見ると、入道が身分不相応な結婚を源氏に願うこと自体、「急」な振る舞いである。

以上をまとめると、「幸ひ」とは、本人が「急なる人」でも、また世話役が「いと急にものし」ても得られないものである、と王朝人は考えていた。ところが紫の上と明石の君の場合、両人は「急なる人」ではないが、源氏や入道が「いと急に」振る舞ったお陰で「幸ひ人」になったと見なせる。これは当時の概念に反するので、紫の上と明石の君の「幸ひ」は特異なものであり、その点においても両人には共通点があると言えよう。

十二、紫の上と明石の君の相違

では、両人の相違点は何であろうか。まず身分制社会においては、身分が絶対的であり、貴族の北の方になるには高貴さが必要不可欠であった。ここで二人の家柄を比較しておく。明石の君について整理すると、以下のようになる。

かうして、名門の血筋でありながら、自らの「ひがもの」的性格と、親のうけた人からの思はぬ怨みのために世に容れられず、このままでゆけば、名門の格式だけで、世俗的には後退の一途を辿るとしか思はれぬ運命と自ら信じてゐる父親と、皇族出身ではあるが、現実の権勢からは遊離してゐるだけに、受領と同じく五位どまり、しかもその血筋の故に、たやすく地方へ出ることもできない家に生まれたのかと思はれる母親——だから、世間からは、その血筋の故に格式高く扱はれるが、内実としては裕福とはいへない貧乏貴族になり果てようとしてゐる両親の間に、明石の君は生まれたことになる。（注23の著書、七三三頁）

それに対して紫の上は、親王の娘であるとはいえ、母は正妻ではなく、母方の祖母に先立たれてからは孤児同然の身の上であった。ということは、名家ではあるが富裕ではない、という点において、源氏に引き取られる以前の紫の上と、地方へ下る前の明石一家は、さほど違いがないと言えよう。すなわち出自において、紫の上の方が圧倒的に優位であるとは言いがたい。しかも明石の入道は、播磨守に赴任してのち財産を蓄えたので、親の庇護や経済力においてはむしろ明石の君の方が優勢である。

身分に次いで正妻になる決め手となるのは、子供である。たとえば『かげろふ日記』の作者を例に取り上げてみる。

道綱母が結婚した時、夫兼家にはすでに時姫という妻がおり、長男道隆も生れていた。時姫は藤原中正の娘。中正は従四位上、右京大夫、摂津守。出自の上で時姫と道綱母とにほとんど径庭はない。道綱母も結婚した翌天暦九年、一子道綱を産む。彼女には結局子供は一人しかできず、後に兼家と源兼忠の娘との間に生れた女子を養女に迎えるが、それに比べて正妻時姫は、道隆をはじめ、道兼、道長、超子、詮子と三男二女の母となり、これらの子女が、男子は摂関家の後継者に、女子は入内して女御になるなど、この上ない栄達を遂げたので、その母親として兼家からも世間からも特に重んぜられるようになる(24)。

このように子供の数と彼らの栄進が、母親の地位を決定したのである。

源氏物語に話を戻すと、明石の君は源氏の一人娘を産んでおり、その点においては子のない紫の上より遥かに有利である。しかしながら明石の君は、愛娘を手放し紫の上に託した。それは実母が育てれば、姫君の「面伏せ」や「瑕」になることを恐れたからである。では、その欠点とは何であろうか。源氏に上京を勧められた明石の君は、「わが身のほどを思い知」り、「この若君の御面伏せに、数ならぬ身のほどこそあらはれめ。」と思い悩んだ（松風、三九八頁）。テキストの頭注に、

明石・澪標巻以来明石の君の思考には一貫して「身のほど」「際」の意識が特徴的である。

とあるように、この「身のほど」は明石の君を論じる上で重要な要素である。阿部秋生氏は『紫式部日記』に見られる用例も調査され、また当時の宿世観をも考量され、明石の君の「身のほど」を以下のようにまとめられた。

この「身の程」については、既に検討しておいたが、その中心に立つのは、やはり身分関係――前世以来の宿業の果報としての身分関係であつたといつていい。明石の君は、当時の女性としての容姿・才能、あるひは財産に関しては、人並以上のものを身につけてゐたのだから、それらの点では、源氏の配偶者として何のひけめをも感じる必要はなかつたが、現在の入道一門の家格を問題にされると、源氏との間に大きな距離のあることを認めざるをえなかつた。それが「身のほど」を意識させるのである。（注23の著書、七八六頁）

明石の君が源氏に対して意識せざるをえない「身のほど」は、「現在の入道一門の家格」による、すなわち斜陽族の

落ち目による、と理解される。

では、明石の君が認めざるをえない「紫の上の自分に対する絶対優位」（第五節、参照）とは、何によるのであろうか。先に考察したように、両人とも元々の家柄は良く、明石の君が圧倒的に劣るわけでもない。にもかかわらず紫の上に対して劣等感を抱くのは、何故であろうか。二人の決定的な相違、それは明石の君が明石という地方で育ったことであろう。都とそれ以外との差異は、「みやび」と「ひなび」という言葉に端的に表れているように、絶対的なものであった。源氏もそれを気にして、明石で生まれた姫君が、そのまま当地で育つことを懸念した。

若君の（明石で）さてつくづくとものしたまふを、後の世に人の言ひ伝へん、いま一際人わろき瑕にやと思ほすに、（松風、四〇〇頁）

傍線を付した箇所は頭注によると、

姫君は身分の低い女の娘であるという風評に加えて、さらに一つ、田舎育ちであるという、体裁のよくない欠点を加えるのではないか。

と解釈される。名門の出である明石の君を世人が「身分の低い女」と噂するのは、彼女が地方で育ったからである。では都で生まれ育った紫の上は、「絶対優位」と言えるであろうか。

十三、紫の上の弱点

当時は子供を産むことが、正妻の地位を保証する一因となるのに、紫の上には子が授からず、源氏は残念に思った。

いかにぞや人の思ふべき瑕なきことは、このわたり（紫の上）に出でおはせでと口惜しく思さる。（薄雲、四三五頁）

紫の上が源氏の子を生めば「瑕なきこと」であるのとは対照的に、明石の君が娘を産み育てれば「瑕」になる（前節、参照）。では明石の姫君を養女にしてから、紫の上の妻としての地位は安泰になったかというと、そうでもない。それどころか姫君を迎えてから一年も経たないうちに、紫の上が不安定な立場に置かれていることを明示する出来事が起こった。それは、朝顔の姫君に対する源氏の懸想である。そのことを人づてに聞いた紫の上は、人知れず動揺した。

> （朝顔は私と）同じ筋にはものしたまへど、（朝顔は）おぼえことに、昔よりやむごとなく聞こえたまふを、（源氏が朝顔に）御心など移りなばはしたなくもあべいかな。（源氏の）年ごろの御もてなしなどは（私と）立ち並ぶ方なくさすがにならひて、人に押し消たれむことなど、人知れず思し嘆かる。（源氏は）かき絶えなごりなきさまにはもてなしたまはずとも、いとものはかなきさまにて見馴れたまへる年ごろの睦び、あなづらはしき方にこそはあらめ、などさまざまに思ひ乱れたまふに、よろしきことこそ、うち怨じなど憎からずきこえたまへ、まめやかにつらしと思せば、色にも出だしたまはず。（朝顔、四七八頁）

紫の上も朝顔の姫君と同じ皇族の血筋であるとはいえ、世評は朝顔の方が格段に高く、もし源氏の愛情が朝顔に移れば、紫の上は北の方ではなくなる。「いとものはかなきさま」（傍線a）に関して、頭注には「紫の上は孤児であり、後見もなく、源氏の愛情だけを頼りとして生きていること。」とある。このように夫の愛だけが頼みの綱というのは、当時の貴族社会では極めて珍しいことであり、それだけに紫の上の地位は脆くて危うい。しかも源氏の寵愛を独占できたのは、藤壺の姪で瓜二つという外的条件にすぎない。もちろん紫の上は、源氏を魅了する内的条件（教養や人柄など）も備えているが、それは明石の君なども持ち合わせている。

しかしながら結局、源氏は自分に冷淡な朝顔をあきらめたので、紫の上への情愛を再確認するために、この求愛事件は設定されたとも解釈できよう。このように二人の強い絆を確かめさせる女性は、朝顔の姫君だけではない。傍線bを付した「よろしきこと」（頭注「まあよかろうと、許せる程度の源氏の情事。」）に注目したい。

十四、紫の上と明石の君の関係　――藤裏葉の巻以前――

紫の上にとって「よろしきこと」の相手とは、自分に取って代わって源氏の北の方になる恐れのない女性たちを指す。彼女たちは紫の上の地位を脅かさないのに、紫の上は無視せず嫉妬している。それは雨夜の品定めで左馬頭が、

すべて、よろづのこと、なだらかに怨ずべきことをば、見知れるさまにほのめかし、恨むべからむふしをも憎からずかすめなさば、それにつけてあはれもまさりぬべし。（帚木、六七頁）

と話したように、適度の妬みは夫を魅惑するからである。一例を挙げると、明石の君が琴の名手であることを源氏から聞かされた紫の上が、源氏に演奏を勧められても拒んだとき、源氏は怒るどころか、「をかしう見どころありと思す」と面白がっている（澪標、一九三頁）。

この「よろしきこと」に該当する女性たちの中で、紫の上が最後まで最も妬いたのが、明石の君である。たとえば源氏が正月の晴れ着を調えて方々に贈った際、花散里・末摘花・空蝉に誂えた衣装を紫の上も見ているのに、その感想は記されていない。ところが玉鬘のには「ただならず」、明石の君には「思ひやり気高きを、上（紫の上）はめざましと見たまふ。」（玉鬘、一三六頁）と、敏感に反応している。明石の君に対する感情は、初めのうちは「ただならず」が多かったが、やがて「めざまし」になる。(25)この「めざまし」とは、

自分より劣った地位にある者が、意外なほどの様子を示したときに抱く驚きと不快の感情。（玉鬘、一三六頁の頭注）

である。自分より劣ると思っていたのに、意外にも優遇されていることを知り、自らの優越感が揺らぐときに生じる気持ちである。これは明石の君が前司の娘で田舎育ちのため冷遇されているが、教養や品格においては貴人に劣らず

高いという、王朝貴族の常識を超えた性格の持ち主だからである。

紫の上が明石の君に対して嫉妬するたびに、源氏はなだめている。たとえば源氏が自分に関わった女君たちのことを紫の上に話したとき、明石の君は次のように語られた。

（紫の上が）この数にもあらずおとしめたまふ山里の人（明石の君）こそは、身のほどにはややうち過ぎものの心など得つべけれど、人よりことなるべきものなれば、思ひあがれるさまをも見消ちてはべるかな。（朝顔、四九三頁）

（頭注）このあたり、明石の君にふれた源氏の言葉には、敬語も省かれ、蔑視が目立つ。源氏の身分意識というよりは、紫の上に対するご機嫌とりの言い方。

このように源氏が明石の君を誹謗してまで紫の上の機嫌をとることにより、紫の上に寄せる源氏の並々ならぬ愛情が、読者に再確認されると言えよう。前節で述べたように、夫の愛のみが頼りという紫の上が、北の方の地位を保持するのは、当時の貴族社会ではあり得ないことである。その現実離れした状況を、いかにも尤もらしく絵空事と思われないようにするため、明石の君に嫉妬する紫の上を源氏が取り成すという状況を幾度も設定し、それにより紫の上との仲を強調しているのである。

では、なぜ夫婦の絆を強める役割として、明石の君が選ばれたのか。それは前述した通り、かの君は田舎育ちでありながら素養も気品もあるという、当時の概念に反した、矛盾を孕む人柄だからである。前司の娘で田舎者では、紫の上に取って代わり北の方になることはできない。

（大堰にいる明石の君の元から帰った源氏に対して紫の上は）例の、心とけず見えたまへど、（源氏は）見知らぬやうにて、「なずらひならぬほどを思しくらぶるも、わろきわざなめり。我は我と思ひなしたまへ」と教へきこえたまふ。（松風、四二二頁）

紫の上にとって明石の君は、「なずらひならぬほど」（頭注「紫の上は親王の子であり、明石の君は受領の子であるから、身分的には比較にならない。」）にすぎない。教養や人柄などは紫の上も妬むほど優れているが、田舎者という欠点があるがために、明石の君が選ばれたのである。

ちなみに嗜みもない田舎人（たとえば近江の君）や、趣味が時代遅れの斜陽族（末摘花）では、紫の上が嫉妬する対象にはなれず、非現実的な紫の上の境遇を保障する大役は務まらない。明石の君は、その手紙の「上包（うはづつみ）」を見ただけで、「手などのいとゆゑづきて、やむごとなき人苦しげなるを、かかればなめりと（紫の上は）思す。」（澪標、二九七頁）と、紫の上でさえ一目置かざるを得ないほど優れた女性である。そうでなければ、源氏を魅了する明石の君に悋気する紫の上を源氏がなだめ、改めて紫の上との愛情が称賛されるという設定は成立しない。もし明石の君がいなければ、紫の上の境涯は空事になり、源氏物語は貴人の愛を孤児が独占するという、夢語りに陥る恐れがある。その破綻の危機を内包する紫の上物語は、明石の君が支えているのである。

紫の上は明石の君を「めざまし」と思うほど優越感を抱き、明石の君もまた紫の上に対して劣等感を感じていた（注25参照）。ただし、それは両人が互いに相手を思うときの気持ちであり、あくまで主観的な評価である。客観的に見ると、明石の君がいてこそ紫の上の地位は安泰である。もし明石の君がいなければ、紫の上は北の方を全うできないという、極めて不安定な状況を重視すると、紫の上は明石の君に対して、主観的には絶対優位ではあるが、客観的には相対優位である、と言わざるを得ない。明石の君あっての紫の上であり、前者に支えられて始めて、後者は安穏であると考えると、中世において両人を対にして、二人とも「上」と称したのも一理あると言えよう。しかも紫の上は夫婦愛のみが頼みの綱である孤児、明石の君は田舎者なのに貴人に劣らぬ才色兼備の女性と、両人とも当時の常識を超えた人物である。その点においても、二人は光源氏に関わる女君たちの中で特異な存在である。

十五、紫の上と明石の君の関係　――若菜の巻――

しかしながら明石の君が紫の上の、さらには紫の上を中心とする六条院の、いわば安全弁であり得たのは、藤裏葉の巻までである。女三の宮が降嫁した年の初冬、紫の上は二条院で源氏の四十の賀宴を主催した。その見事な采配振りについて、後藤祥子氏は次のように論じられた。

実家の経済的・権力的支援と全く無関係に成り立っている、こうした紫の上の威勢というものは、当時の権家の妻のありようとして、およそ異様という他ない。(26)

この異様なまでの威勢は、源氏の愛情のみが頼りであるという境遇と深く関わっていよう。しかしながら、その唯一の基盤である夫婦愛が、当てにならなくなってしまった。

対の上（紫の上）、かく年月に添へて、方々に（女三の宮も明石の君も）まさりたまふ御おぼえに、わが身（紫の上）はただ一ところ（源氏）の御もてなしに人には劣らねど、あまた年つもりなば、その（源氏の）御心ばへもつひにおとろへなん（若菜下、一七七頁）

その不安は、「（源氏が女三の宮に）渡りたまふこと、（紫の上と）やうやう等しきやうになりゆく。」（同）で、たちまち現実のものとなる。また明石の君も源氏との会話に、それ以前には見られなかった感情が表れるようになる。

紫の上の明石に対する本来あるべき憎しみを意識に上せて見せることで、劣りの妻の分際を知った健気さを表現することが、この場合の発言の真意といってよいだろうが、そうした見事な健気なさが、見事であるがゆえにはらんでいる紫の上に対する優越意識を、源氏も嗅ぎとらずにはいない。真っ向から高飛車に、「その御ためには、何の心ざしかはあらむ」と制する所以である。（注26の著書、一二二頁）

紫の上が明石の君に抱いていた優越感を、今や明石の君が無意識のうちに持つようになり、二人の立場は逆転してしまう。女三の宮の降嫁で露わになった六条院の秩序の崩壊は、娘が后に、孫が東宮になった明石の君により加速されていくのである。

終わりに

光源氏が出家して嵯峨院に移り住んだ後も六条院に住み続けたのは、明石の君だけであった（第四節に掲出）。明石の君が六条院で世話した孫たちの中に、薫が恋い慕った女一宮がいた。薫は、

なほ、この御あたり（女一宮）は、いとことなりけるこそあやしけれ、明石の浦は心にくかりける所かな（蜻蛉、二七二頁）

と思いにふけり、「明石の浦」にあこがれた。明石の君は、明石で娘を産んだことが娘の瑕になることを恐れていたのに、薫が明石に心ひかれるとは皮肉である。明石の君の評価は、光源氏の死後、また大きく様変わりするのである。

注

（1）重松信弘氏『増補新攷　源氏物語研究史』二二六頁（風間書房、昭和五五年）。

（2）本文は、久保木哲夫氏校注・訳『無名草子』（新編日本古典文学全集、小学館、平成一一年）による。以下、同じ。

（3）『無名草子』の作者に関しては、男性説も唱えられている。ちなみに、「うがちすぎであろうが、ジェンダーとしての〈女〉文化にあることが重要であって、作者の性は男でも女でもありうる状況があったということである。」という見方もある（『無名草子』輪読会編『無名草子　注釈と資料』所収、高橋亨氏の解説、和泉書院、平成一六年）。私も『無名草子』は男性性読みではなく女性性読みであり、作者の性差は女性性であると考える（詳細は本書の第一編第一章、参

照）。

（4）今西祐一郎氏「明石一族の栄華とは何であったのか」（「国文学　解釈と教材の研究」昭和五五年五月）。以下に引用する今西氏の説も、この論文による。

（5）後藤昭雄氏「交野少将物語についての一試論」（「語文研究」25、昭和四三年三月）における現代語訳による。以下に引用する後藤氏の説も、この論文による。

（6）外村南都子氏「早歌」の項、『日本古典文学大辞典』（岩波書店、昭和五九年）所収。

（7）早歌の本文は、外村久江・外村南都子氏著『早歌全詞集』（三弥井書店、平成五年）による。以下、同じ。

（8）外村南都子氏『早歌の創造と展開』五九頁（明治書院、昭和六二年）。

（9）源氏物語の本文は新編日本古典文学全集（小学館）による。以下、同じ。なお適宜、主語などを（　）内に補った。

（10）石川徹氏「明石の上」（『源氏物語講座』4所収、有精堂、昭和四六年）。後に同氏『平安時代物語文学論』（笠間書院、昭和五四年）に再録。

（11）物語では明石の君が滞在していたのは「大堰川のわたり」であるが、紫の上は「桂の院」と勘違いしているので（松風の巻）、本曲の「桂の里人」は明石の君を指すと解釈できる。

（12）藤原克己氏「たけき宿世―明石の君の人物造型―」（鈴木日出男氏編『人物造型からみた「源氏物語」』、「国文学　解釈と鑑賞　別冊」平成一〇年五月）。

（13）小町谷照彦氏「光源氏の「すき」と「うた」」（同氏『源氏物語の歌ことば表現』一四〇・一四六頁、東京大学出版会、昭和五九年）。

（14）藤原克己氏「明石入道の人物造型―その〈典型化〉の方法―」（森一郎氏編『源氏物語作中人物論集』三三二頁、勉誠社、平成五年）。

（15）篠原昭二氏「『源氏物語』の成立過程の一節―大井物語の背景―」（同氏『源氏物語の論理』一四二頁、東京大学出版会、平成四年）。

（16）本文は、阿部秋生・岡一男・山岸徳平氏『源氏物語』上（増補国語国文学研究史大成3、三省堂、昭和五二年）の翻刻による。

(17) 片桐洋一氏『伊勢物語の研究〔研究篇〕』六三七頁（明治書院、昭和四三年）。なお『伊勢源氏十二番女合』の本文は、同氏『伊勢物語の研究〔資料篇〕』（明治書院、昭和四四年）による。
(18) 本文は、注16の著書に翻刻されている。
(19) 本文は、稲賀敬二氏『源氏物語の研究　成立と伝流　補訂版』（笠間書院、昭和五八年）の翻刻による。
(20) 本文は、注16の著書に翻刻されている。
(21) 本文は元禄七年刊記の版本（序文は元禄八年）により、濁点と振り仮名は底本のままで、句読点は適宜、私に付す。なお、本文の右横に記された演奏の指示は省略した。ちなみに元禄版を復刻した宝暦一三年（一七六三）版は、小野恭靖氏が「梁塵　研究と資料」17・18（平成一一年一二月・平成一二年一二月）に、影印と翻刻を掲載された。また元禄版の影印と翻刻は、小野恭靖氏『韻文文学と芸能の往還』（和泉書院、平成一九年）に収められた。
(22) 平野健次氏編『三味線と箏の組歌』九七頁（白水社、昭和六二年）。
(23) 阿部秋生氏『源氏物語研究序説』八二九～八五二頁（東京大学出版会、昭和三四年）。
(24) 木村正中・伊牟田経久氏『蜻蛉日記』（新編日本古典文学全集）解説、四〇六頁（小学館、平成七年）。
(25) たとえば明石の君について、源氏から初めて手紙で知らされたとき（明石の巻）、帰京した源氏から告白されたとき（同巻）、また明石の姫君のことを打ち明けられたとき（澪標）、大堰にいる明石の君を訪れる源氏を見送ったとき（薄雲）、いずれの場面でも紫の上は「ただならず」と描写されている。そして明石の君もまた、自分が二条の東院に移住したならば、紫の上に「めざまし」と思われることを懸念した（薄雲。古文は第五節に掲載）。
(26) 後藤祥子氏「「若菜」以後の紫の上」、同氏『源氏物語の史的空間』一一四頁（東京大学出版会、昭和六一年）。

第七章　版本『源氏小鏡』の本文系統

はじめに

源氏物語は、中世の文学・文芸に多大な影響を及ぼした。とりわけ連歌が盛んになり、地方にまで広まると、連歌を詠む上で源氏物語の内容を知ることが必要になり、それを求める人が増大した。しかしながら当時、源氏の写本を完備していたのは、公家や武家など一部の人々に限られていたので、大多数の人々の需要に応えるため、源氏の梗概書が数多く作成された。そのうち最も流布したのが、南北朝期に成立した『源氏小鏡』であり、重宝された結果、本文は多種多様になった。本書の人気は江戸時代になっても衰えず、幾度も版を重ね、版により本文異同が生じた。

写本・版本ともに本文の系統分類は成されているが、本章では版本を取り上げて見直すことにする。版本はまず古活字版が、次に整版が刊行された。古活字版の中では、慶長一五年（一六一〇）刊の嵯峨本が最も古く、次いで元和・寛永年間（一六一五〜四四）に数種類、出版された。古活字版の本文は、どの伝本も同じと見なされていたが、実はそうでないことを明らかにする。

一、古活字版の種類

川瀬一馬氏は古活字版『源氏小鏡』を次のように分類された(1)。なお伝本は私が実見したもののみ列挙し、残欠本は現存する巻を［　］内に示す。なお嵯峨本は上下二巻（上巻は御幸の巻まで）、それ以外は上中下の三巻（上は明石、中は竹川・紅梅まで）である。

1、嵯峨本。上巻の奥に、「慶長十五年十二月日書之」と刻されている。大東急記念文庫(2)。東北大学狩野文庫［上巻］(3)。九曜文庫(4)

2、慶長・元和年間、刊行。大妻女子大学（小汀文庫旧蔵）。京都大学文学部［上中］。天理図書館［下］。

3、元和年間、刊行。

(1)十二行本。（川瀬氏の著書には、鈴鹿三七氏［上中］・田村専一氏［中］蔵とあるが未見）

(2)十二行本（(1)とは異植字版）。国会図書館(5)。

4、寛永年間、刊行。

(1)十二行本。(イ)都立中央図書館［上中］。

(ロ)東京大学文学部国語研究室［上下］。

(ハ)東北大学狩野文庫(6)。早稲田大学(7)。

(2)十三行本。京都大学文学部。

右記の1～4のうち、3と4の諸本には多くの誤脱が共通していて、同一系統と認められるので便宜上、元和・寛永版と総称する。2は完本である大妻女子大学本の旧蔵者の名にちなみ、小汀本と仮称する。桐壺の巻の冒頭、半丁分に関しては、全種類の写真を川瀬氏が自著（注1の著書）に掲載されており、それらを比較すると、その半葉だけで小汀本と元和・寛永版には誤脱が二例もある。まず問題の箇所を、嵯峨本から引用する。なお適宜、句読点を付す。

　此かういは、一の人などのむすめなとにてはなし。（父は大納言にて、うせにし人の子也。形ち名高き）聞へありて、みやつかひに内へ参給ふにそかし。

小汀本と元和・寛永版は、傍線を付した部分を「きうゐ」と誤り、（　）で括った本文を欠く。その部分は、あった方が文脈が続きやすいので、脱落と見なせる。

このような欠落の箇所を数例、挙げてみる。

A、帚木の巻で、嵯峨本は「伊よの介か家は中川わたり也。今の京こく川也。」であるのに対して、小汀本と元和・寛永版は「いよのすけか□は中川わたり也。□まのきやうこく河なり。」で、□の箇所が空白である。ただし寛永十二行本(ハ)は、二つめの欠字「い」を補っている。

B、元和・寛永版は紅葉賀の巻末が、「うちの御方、のそかせ給ふに」で終わり、尻切れ蜻蛉である。一方、嵯峨本と小汀本は最後まであり、当巻の末尾本文を引用するにあたり、嵯峨本を底本とし、これに小汀本を対校する。両者に異同がある場合、底本に傍線を付し、その右側に小汀本の本文を示す。また該当する本文が小汀本に無い場合は（ナシ）、逆に底本に無い箇所は・の記号で表す。

　うちの御かた、御くしけつりはて、・・《是を》御覧し・《て》わらはせ給ふ。此中将《内侍》のもとに《かたへ》夜おはしたるとき《を》、とう中将、来《（ナシ）》あひて、源しの《（ナシ）》君をそらおとしゝて、後までのわらひたね《くさ》にしたりし也《（ナシ）》。このまきに有事《あ》なれは・・《注す》、もみちの《（ナシ）》かに《（ナシ）》は付へからす。

C、嵯峨本と小汀本では、賢木の巻は前半が野宮訪問、後半が桐壺院の崩御、また野分の巻は前半が夕霧と雲居雁、後半が源氏と明石の君の話に分かれる。それに対して元和・寛永版は両巻とも、後半の話を欠く。

右のA～Cのうち、AとBだけならば、元和・寛永版が嵯峨本よりも本文が悪い例として片付けられる。しかしCの場合は、元和・寛永版の巻末がBのような書きさしではないので、単純に脱落とは言えず、後半の話の有無は、本文系統の相違によるかもしれない。次節では、それを問題にする。

二、古活字版の本文異同

元和・寛永版の諸本を比較すると、本文異同は少なく、同一系統内のゆれと見なせる。ところが嵯峨本と校合すると、内容は同じでも、本文や配列を異にする箇所が多い。そこで本文が短い巻として、篝火の巻を全文取り上げる。

○嵯峨本（底本）、小汀本（校合本）

此巻、かゝり火といふ事は、けんし、たまかつらを御子にして、もてなし《かしつき》給ふといへとも、まことの御子ならねは、御こゝろのうちは《（ナシ）》、「むかしの御《（ナシ）》かたみにも見たてまつら《まいらせ》はや」《（ナシ）》なと、おほしめしほれ《入》て、なつの夜の月、ほ《お》そく出る頃、御前に、かゝり火ともして、御こと・・《なと》、をしへさせ《（ナシ）》給ひける時の御《（ナシ）》うたに《（ナシ）》、

かゝり火に立そふこひのけふりこそ身よりあまれるおもひなりけれ

と、よみ給ひ《ふ》し故なり。御ことを枕にして、もろともに《（ナシ）》、そひふして、よみ給ひ《（ナシ）》しなり。此心には、かゝりひ。ことをまくら。ゆふやみ。こひのけふり《（ナシ）》。秋のはつかせ。思ひかへる。たまかつら。なと云事、有へし。

○元和・寛永版（本文は国会図書館本による。以下、同じ）

このまき、かゝりひといふ事は、歌に、

かゝりひにたちそふこひのけふりこそ身よりあまれるおもひなりけれ

此心は、玉かつらの君を、けんし、心かけて、いかにせましと御心にかかる。頃は、夕すゝしきに、この御かたへわたらせ給て、御こと、をしへなとさせたまふに、月なきころにて、御まへのやりみつに、かゝりなきも、させ給ひし、此事なり。やかて、御ことをまくらにして、よりふし給て、よひすくるまておはします。「かかりひ」とあらは、

ことのまくら。こひのけふり。秋のはつ風。

なといふ事、付へし。是も、玉かつらの事なれは、「おもひそかくる玉かつら」なとのやうに、付へし。

光源氏が詠じた和歌は、元和・寛永版が巻頭、嵯峨本と小汀本が巻の途中で、位置は異なるものの、本文は一致する。ただし物語には、

かゝり火にたちそふこひのけふりこそよにはたえせぬほのをなりけれ（本文は『源氏物語大成　校異篇』の底本による。別本の国冬本が「けふりたに」「なりけり」である以外、異同はない）

とあり、下の句が異なる。『源氏小鏡』の下の句は、次の歌によると思われる。

桂のみこのほたるをとらへてといひ侍りければ、わらはのかざみのそでにつつみて
つつめどもかくれぬ物は夏虫の身よりあまれる思ひなりけり（後撰和歌集、巻四・夏、二〇九番。本文は『新編国歌大観』による）

この歌は物語にも『源氏小鏡』にも見られないが、詞書に記された話は『源氏小鏡』の蛍の巻に引かれている。

和歌以外の文章は対校できないほど異なり、たとえば源氏が玉鬘に懸想した理由が、嵯峨本と小汀本には簡潔に記されているのに、元和・寛永版では省略され、他の巻にも記述されていない。そのほか元和・寛永版の「月なきころにて」（波線部）という描写は、物語の「五六日の夕月夜は、とく入りて」に合うのに対して、嵯峨本の「月、ほそく出る頃」では、細い月が出ていることになるし、小汀本の「月、おそく出る頃」では夕月ではなくなり、ともに誤

りである。よって元和・寛永版の「内容は前記嵯峨本等と同一である」（注1の著書、五一四頁）という指摘は認めがたい。

もう一例、今度は玉鬘の巻で、源氏が正月の晴れ着を女性たちに贈った衣配りの段を取り上げる。なお篝火の巻では嵯峨本とほぼ同文であった小汀本が、当巻では元和・寛永版と一致する。

○嵯峨本

又、「絹くはり」といふ事は、たまかつらの巻の末にあり。しはすのすゑに、源氏の御方より、かた〳〵の正月の御装束くはらせ給ふ。まつ、むらさきの上へ、あか色。御女のひめきみの御かたへ紅梅。たまかつらの御かたへ、くれなゐ。あかしの御方へ白き。花ちる里へ、はなた。すゑつむへ柳。うつせみのあまのもとへ、くちなし色。これを「きぬくはり」といふ。此巻にあれはとて、「つくし上」「はや船」「はつせ」などには付まし。きぬの事いはんには、「玉かつら」「紅色ふかく」などいふ事を、ことによりてつけへし。

○元和・寛永版（底本）、小汀本（校合本）

又、「きぬくはり」といふ事あり。たまかつらのすへにあり。極月のすゑに、くゑんしの御かたより、方々へ、正月のしやうそくをくはり給ふ。むらさきのうへのかたへは、あかいろのきぬ。御むすめのあかしの上のはらのひめ君のかたへは、しろき小袖。花ちる里のかたへは、はなた色のきぬ。すへつむはなのかたへは、やなきうら。うつせみのあまのかたへは、くちなし色。これを「きぬくはり」といふなり。此まきにあれはとて、「つくしのほり」は《（ナシ）》、「はやふね」なとには、付ましく候。きぬの事をいはんには、「玉かつら」「紅の色ふかく」なと、付へし。

両者の衣裳を比較すると、紫の上・花散里・末摘花・空蟬の四人は一致するので、考察の対象から外し、残りの人物を一覧表にする。なお表中の（ナシ）とは、記述が無いことを示す。

物語の内容はまた異なり、箇条書きにすると、

明石の姫君…「桜の細長に、艶やかなる掻練」
玉鬘…「曇りなく赤きに、山吹の花の細長」
明石の君…「梅の折枝、蝶鳥、飛びちがひ、唐めいたる白き小袿に、濃きが艶やかなる重ねて」

	明石の姫君	玉鬘	明石の君
嵯峨本	紅梅	紅	白
小汀本 元和・寛永版	白き小袖	（ナシ）	（ナシ）

である。明石の姫君の衣裳は、嵯峨本も小汀本等も物語の描写と異なるので、一方が物語を参照して他方に作り替えたとは言えない。そこで両者の関係は、親子ではなく兄弟と見られる。さらに詳しい関係を追及するため、次節では『源氏小鏡』の写本と比較検討する。

三、古活字版の本文系統

写本に関しては、伊井春樹氏が六十余本を調査され、次のように六つの系統に分類された[8]。第二系統以下は、すべて第一系統にそれぞれ手を加えて作成されたもので、「現存本は古本系に位置づけられた『小鏡』が原初形態であり、他の系統本はそれぞれから派生していると認定することができる」のである（注8の著書、八七八頁）。版本に関しては、「嵯峨本および古活字本は古本系小鏡の内容を継承し、それ以外（岩坪注、整版を指す）はすべて改訂本系となっている」（前掲書、八五四頁）と指摘された通り、嵯峨本は第一系統の第一類に属する。

しかしながら小汀本と元和・寛永版は嵯峨本とは異なるので、調べ直すことにする。なお第三系統以下は、同じ系統内でも伝本により各々異なるため、一本ずつ照合するしかない。ただし第五・六系統は、小汀本と元和・寛永版が有する詞の抜書（寄合）を持たないので、調査の対象から外す。第四系統は全部で二本しかないので、先ずこれを取

- 第一系統本（第一類）（古本系）
  - 第二類
    - (一)詞の抜書（寄合）を有するもの
      - 第二系統本（改訂本系）
        - 第一類
        - 第二類
        - 第三類
        - （第二類・第三類）跋文
      - 第三系統本（増補本）
        - 第一類（巻名歌・連歌寄合）
        - 第二類
        - 第三類
        - （第二類・第三類）本文増補（巻名歌・連歌寄合）
      - 第四系統本（簡略本）
    - (二)詞の抜書（寄合）を有しないもの
      - 第五系統本（梗概中心本）
      - 第六系統本（和歌中心本）

り上げる。方法としては、嵯峨本とそれ以外とで本文異同が甚だしい例として前節で取り上げた、衣配り（玉鬘の巻）と篝火の巻全文に絞り調べると、二本とも衣配りは嵯峨本と同じ、篝火の巻も一本（神宮文庫蔵）は嵯峨本とほぼ同じ、もう一本（大阪市立大学蔵）は嵯峨本の本文を簡略化している。よって小汀本と元和・寛永版は、第四系統には属さない。

次に第三系統は三類に分かれ、第一類は衣配りも篝火の巻も嵯峨本と同じである。第二類は一〇件あり、そのうちの一件（「源氏物語宇治十帖解題」）は未見、他の九件はいずれも桐壺の巻の冒頭に、梅壺などの殿舎の説明や天竺の説話などが追加されており、小汀本や元和・寛永版とは異なる。第三類は、篝火の巻は嵯峨本とほぼ同じ本文に返歌が加わり、衣配りは嵯峨本に近い(9)。

第二系統も三類あり、第一類に対して「異文を一部有する諸本を第二類とし、これに対してさらに後人によって改訂作業の進められたのを第三類とする」（注8の著書、八五三頁）が、いずれも本文を青表紙本に改めていて、一つずつ調査しなくても本章の考察には支障を来さないので一括する。まず和歌における第一・第二系統の本文異同を、伊井氏は一覧表にされており（同書、八四四頁）、それによると古活字版はすべて第一系統と一致する。梗概本文においても、第二より第一系統に合う場合が多い。たとえば梅枝の巻で、薫物とそれを調合した人物の関係を示すと、

○第一系統

紫上――（梅花）　明石上――（黒方）　花散里――（荷葉）　光源氏――（侍従）

○第二系統

紫上――（梅花）　槿斎院――（黒方）　花散里――（荷葉）　明石上――（薫衣香）　光源氏――（侍従）

となり、両者を比較すると明石上の薫物が異なり（一重線部）、また第二系統では槿斎院を追加している（二重線部）。物語は第二系統と合致し、これは第二系統が「歌の異文を訂正したと同じように、梗概本文においてもその改訂に際しては、青表紙本を詳細に見ていって誤りを正していったと考えられる」からである（注8の著書、八五〇頁）。一方、古活字版はすべて第一系統と一致する。

以上により小汀本も元和・寛永版も、第二以下の系統には属さないことが判明した。残るは第一系統であるが、それには二類あり、嵯峨本は第一類に所属する。第二類は一本しかなく、第一類に対して、「歌とか本文は大体同じなのだが、寄合の数と内容に違いがみられる。（中略）第二類本は第一類本をもとにして寄合を増補した派生本と考えることができる。」（注8の著書、八五二～八五三頁）と認められる。たとえば第二類の本文は、篝火の巻は第一類に酷似し、衣配り（玉鬘の巻）も第一類に近い[10]。

結局、小汀本と元和・寛永版は従来の系統分類には当てはまらないが、最も近いものといえば第一系統の第一類しかない。両者の共通点は和歌の本文や薫物合（梅枝の巻）のほか、一例として若紫の巻の脱落が挙げられる。

○嵯峨本（底本）、元和・寛永版（校合本）

・《か》・《の》にけつるすゝめ子《（ナシ）》を、からすなとや《（ナシ）》とりつらんと、むらさきの上《ひめきみ》のたまひし《ふ》こゑそかし。たつ・《の》一声と云《（ナシ）》は。

この続きは別の話（僧都が源氏を招待したこと）に移るため、「たづの一声」の説明が欠落している。一方、第一系統第二類は、

からすなとやとりつらんとて、おしみ給ひし御こゑを、たつの一こゑとは申なり。

のように、直前の文章に書かれた若紫の声を「たづの一声」だと解釈しており、次に引く小汀本も同じである。

にげつるすゝめを、からすなとやとりつらんと、紫のうへの宣ひし声ぞかし。たつの一こゑといふ。

他系統にも同様に処理した写本があるが（第三系統第一類、同第二類の一部[11]、第四系統）、物語で「烏などもこそ見つくれ…」と言ったのは少納言の乳母であり食い違う。そのほか扱いに困ったのか、この部分を省略した写本もある（第三系統第二類の一部、同第三類）。物語でも「たづの一声」とは若紫の声を指すが別の場面にあり、第二系統は物語の内容に合わせて補足している。

かのにけつるすゝめの子を、からすなとや取つらんと、少納言のめのといひしなり。「たつの一こゑ」といふは又［紫上、源氏いらせ給ふを、「うは君、見給へ」との給ふ声を、源氏聞給ふて、かく云也。］

（本文は、整版では最古の慶安四年本による。［　］内は、割り注であることを示す）

以上により、小汀本と元和・寛永版は第一系統と認められるが、嵯峨本を含む第一類とも、また第二類とも異なる。小汀本は第一類にも元和・寛永版にも似ており、両者の中間に位置するので、第一系統第三類とし、元和・寛永版を第四類とすると結論付けたい。このように嵯峨本に始まり、小汀本を経て元和・寛永版に到る古活字版の系統は、三種類に分けられるのである。

四、元和・寛永版の本文異同

元和・寛永版は同じ系統に属するが、本文は多少異なる。そこで次の三種の伝本［a～c］を取り上げ、本文を比較検討する。

元和年間、刊行。

十二行本。国会図書館。…a

寛永年間、刊行。

十二行本。東北大学狩野文庫。早稲田大学。…b

十三行本。京都大学文学部。…c

右記の諸本を比較すると、aの国会図書館本の丁度一行分に該当する箇所が、他の二種（bc）では抜けている。それは空蝉の巻で、次の（　）で括った部分である。なお文中の／は、aの改行の箇所を示す。

①是は、おなし所にねつる女めの《（むすめカ）》、か／くる、とおほしたれは、是をはのこしおきて、かくれ／（ぬ。せみのもぬけのことく、きぬはかりのこしたり。）／心ならす此むすめにあひて、おこかましかるへけれは、

また次の国会図書館本の例においても、（　）内の本文を欠く伝本がある。

②「みうちき」とわ、御ひんかく事（なり。／是らは「もみちのか」に、つくへからす。見えたる事）／なれは、しるす。（紅葉賀の巻）

③あはれにて、（歌に、／

いまはとてあらしやはてんなき人の／こ、ろと、めしはるのかきねを／

と詠め給ふ。兵部卿のみやとは、ほたるのみやなり。／まいり給ひて紅梅の下に、うそふき給ひし歌に、）／

我やとわ花もてはやす人もなし／何にか春のたつねきぬらん／（幻の巻）

右記の②③で（　）内の本文を欠くのは、②はb、③はb・cで、それは目移りによると思われる。というのは、①～③の（　）内の本文に相当する箇所が嵯峨本にも小汀本にもあり、本来あったと推定されるからである。よって寛永年間（一六二四～四四）よりも古い元和年間（一六一五～二四）の方が本文は良好である。

以上をまとめると、古活字版の諸本はすべて第一系統に属し、さらに細別すると慶長十五年（一六一〇）刊行の嵯峨本は第一系統第一類、慶長・元和年間版は第三類、元和版は第四類、寛永版も第四類であるが元和版よりも本文が欠落している、となる。

五、整版『源氏小鏡』の本文系統

古活字版に引き続き整版が刊行され、吉田幸一氏は次の一一種に分類された(12)。

一、整版正文本

〔い〕慶安四年刊秋田屋版　三巻三冊

〔ろ〕無刊記正文大本　三巻三冊

〔は〕寛文六年版薄様小本　三巻三冊

二、整版絵入本（挿画本）

第一類　上方版大本

〔イ〕明暦三年刊安田十兵衛版　三巻三冊

〔ロ〕明暦三年浅見・吉田相版　三巻三冊

第二類　上方版小本

〔ハ〕寛文六年版小本　三巻三冊

〔ニ〕寛延四年吉田屋・加賀屋相版　三巻三冊

〔ホ〕文政六年加賀屋版　三巻三冊

第三類　江戸版大本

〔ヘ〕延宝三年乙卯弥生吉辰鶴屋版　三巻三冊

〔ト〕乙卯弥生吉辰鶴屋版　三巻六冊

第四類　江戸版中本

〔チ〕文林堂須原屋版　三巻三冊

吉田氏の調査によると、版式が同じなのは〔い〕と〔ろ〕、〔イ〕と〔ロ〕、〔は〕と〔ハ〕〔ニ〕〔ホ〕、〔ヘ〕と〔ト〕であり、後摺りの方を除くと、〔い〕〔イ〕〔ハ〕〔ヘ〕と〔チ〕が残る[13]。以下の考察では、この五件に限定し、無刊記・の〔チ〕は版元の名にちなみ須原屋版、他は初版が刊行された年号で呼ぶことにする。ちなみに出版された順に並べると、〔い〕慶安四年（一六五一）、〔イ〕明暦三年（一六五七）、〔ハ〕寛文六年（一六六六）、〔ヘ〕延宝三年（一六七五）になる。

各版の本文に関しては、伊井春樹氏が同一系統と述べられたが（注8の著書、八五四頁）、その根拠となる例は挙げられていないので、以下の三巻において考察する。まず少女の巻を見ると、新築した六条院の秋の御殿の件で、文脈が不自然な箇所がある。

（上略）梅つほの女御と申、六条の宮す所の御むすめ、けんしの御やしなひの御むすめなれは、にし、ひつしさるの町にすみ給ふ。これは内より出給ふ御さとの為なり。此女御の君、秋の夕しめ給へは、秋の野をはるかにうつし植て、木たかき紅葉の色をましへ、ことにおもしろし。其頃のおりに、『此きみ、秋をこのむ中宮、冷泉院のきさき共いふ。』いときよらを、ましたり。（整版の本文は慶安版による。以下、同じ）

私に『　』を付けた部分は秋好女御の説明文であり、その一節がなければ、「其頃のおりに、いときよらを、ましたり。」で文意が通じる。これは本来、傍注だった箇所が、本文に紛れ込んだと考えられる。

次に玉鬘の巻の衣配りの段で、慶安版は出だしが「紅梅のいといたく」と唐突に始まり、末尾は光源氏のセリフの途中「いて、此かたちのよそへは」で終り、尻切れとんぼである。ちなみに古活字版には不自然な点はなく、「又、きぬくはりといふ事あり。」で始まり、各人の衣裳と寄合の詞を列挙し、源氏のセリフはない。

最後に浮舟の巻において、古活字版と慶安版を比較すると、後者は二箇所、長文が抜けている。以下、古活字版（国会図書館本）の本文を引き、慶安版にない部分の初めと終わりに記号（A～B、C～D）を付ける。

　すゝり。ゑ《（絵）》。川よりおち《（遠）》。やと。あしろひやうふ。

これは、「宇治かはよりおち」なとの心に、よせへし。

Aたと〳〵しくなかき日、もろともになかめ出し給へは、雪いみしくつもりて、かの我すむかたをみやり給へは、かすみのたへ〳〵に、木すへはかりそ見えける。山は、かゝみをかけたるやうに、きら〳〵として、ゆふ日かゝやきたるに、よく《（よべカ）》わけこし道のはりなさをあはれみ、かへり給ふおりの歌に、

　みねの雪みきはのこほりふみわけて君にそまよふ道はまとはす

といふ歌、何事にも、おもしろきためしに云事也。これも宇治河よりおちの事なれは、とりわきて付へし。ころは春也。「春のゆき」なとよし。B

其後、かほる大将のおはするに、そらをそろしくはつかしくて、うちしつまりて居給へるを、大将は、「まと

をなるを、さらぬやうにて心くるしく、こよなくもてつけてあるか」と、心まさりして、あはれもふかくおほしめし、つゐたちころの夕つく日に、もろとも、はしちかくうちふして、Cなかめいたしたまへは、おとこは過しかたの事をおもひいたして、かたみに物をおもはし《ママ》。山の方はかすみへたて、、さむきすさきにたてるさきも、所々はいとおかしう見えたる。しは《柴》つみ船、こ、かしこに行ちかふなと、ほのかにして、めなれぬ事のみ、とりあつめたる所なれは、みるま《ママ》なく、日ことに、そのかみの事のみ、た、いまの心ちして、「こよなきなくさみも、此世のみかは」と、た、あわれにて、恋しかなしと、おりた、ねとも、つねにあひ見ぬほとのくるしさを、さまよき程にうちかたらひて、D歌に、

　宇ちはしのなかきちきりはたへせしとあやふむかたにこ、ろさはくな

と、よみしなり。されは、「かさ、き」「しはふね《柴舟》」なと、「宇ち」に付へし。かくて、二、三日すきて帰り給ふに、おもかけも、いとおこかましくおほえけり。

一つめの欠落（A～Bの間）に関しては、稲賀敬二氏が指摘されており、氏が使用された写本では、その箇所はちょうど一丁の裏一面に当たり、かつAもBも直前が「付べし」であることに基づき、「目移りのため脱落したと見る事もできる」[14]と推測された。それに対して、二つめ（C～D）は、CとDの前に共通する語句がなく、目移りの可能性は低い。しかしながら、欠文の中で傍線を付した一節「寒き洲崎に立てる鷺《鵲カ》」は寄合の詞で、たとえば二条良基編『光源氏一部連歌寄合』[15]にも「かさ、き　さむきすさき」とあり、この一節を故意に除いたとも考えがたい。

以上の三巻における誤脱は慶安版のみならず、いずれの整版にも見られる。このほかにも慶安版には文意不明の箇所が多くあり、それらも全ての版本に共通することから、整版の本文は同一系統といえる。

では本文は、どの版も全く同じかというと、そうではない。というのは校合すると、一部の版本にのみ脱落が見出せるからである。まず明暦版の桐壺の巻で、次の一行分、

□□□□□□けんしのきみ十二にてけんふく其日みなもを、寛文版は欠いており、この一節がないと文意が通じない。また明暦版では行頭の六字分（□の部分）が空白で、慶安版も行頭が五字分あいている。一方、延宝版と須原屋版には空白はない。従って慶安版の空白部分を明暦版は受け継ぎ、また明暦版の一行分を寛文版は抜かしたことになる。

そのほか延宝版の夢浮橋の巻で、次の一行分、

手ならひの君の心の中さこそ有けれ御返事にいかにそやあき

を、須原屋版だけが欠いている。よって刊年不明の須原屋版は、延宝版を元に版が組まれたと推定される。(16)

以上の二例により、五件の整版を大別すると、

慶安版―明暦版―寛文版

延宝版―須原屋版

の二種類に分かれ、―の上の版が下のより先行するので、以下の考察に取り上げるのは慶安版か延宝版に限定できる。両者を校合すると、慶安版の方が本文が良い。たとえば紅梅の巻の一節で、

北のかたは、ひけくろ大将のむすめ、かのひとりのは（い、か）けし人のはらそかし。真木はしらの、はなれかたくせし姫君、ほたる兵部卿の宮の（北の）かたに成しを、

において、延宝版は（　）内の文字を欠く。このような脱字が、他にも散在する。

また延宝版は、慶安版の本文を元に版が組まれたと推定される。その根拠を一例示すと、慶安版の蛍の巻には、行脚に五字分の空白がある。それは、次の＊の箇所で、その前後は文脈が続いており、欠文の可能性は考えられない。

かのかつらの親王と聞えし人は、清和天／王の第五の御子、ひわの上手そかし。これを、／きりつほのみかとに第五とかけり。＊／ひわひきとあり。おもしろし。（／は改行を示す）

その他の版も＊の箇所に空白があり、須原屋版は慶安版のように行脚が約一一字分あいているし、他の版では行の途中に空白があり、明暦版は七字分、寛文版は三字、延宝版は一字分あいている。この意味不明の余白が全ての版に見られることから、慶安版の本文を他の版は加筆せずに受け継いだと推測される。よって以下の考察では、慶安版のみを取り上げることにする。ただし引用本文は慶安版と同一版式で、慶安版より古い可能性がある無刊記本（注13参照）を採用した。

六、整版と写本の比較

伊井春樹氏は『源氏小鏡』の写本を六〇本余り調査された結果、六系統に分類され、第二系統（改訂本系）以下はそれぞれ第一系統（古本系）を元に作成されたこと、また版本に関しては古活字版は第一系統、整版は第二系統に属することを明らかにされた（第三節の系統図、参照）。ただし写本の第二系統は、さらに三種類に細分化されたが、整版がどの類に所属するかは述べておられないので、まずこの問題を解決する。

三種の相違点について、伊井氏は次のように説かれた。

第二系統の諸本は、歌・本文などにおいて青表紙本で訂正された改訂本だが、（中略）同じ改訂本系であっても異文を一部有する諸本を第二類とし、これに対してさらに後人によって改訂作業の進められたのを第三類とする。これは一度大改訂がなされた後も、所持者や書写者によって訂正され続けたことを示している。

先にも述べたように、改訂本系になると「夫生死無常云々」の跋文が付されるのが普通なのだが、『源氏小鏡』（東京大学図書館蔵）と『源氏要文抄』（京都大学文学部蔵）においてはそれを持たない。本文の方は第三類に近い改訂本系である。青表紙本によって改訂された当初は跋文を持たなかったものの、後になって別人が加えたとも考えられなくはない。しかし現存するのが右の二本だけであることや、本文が第三類に近いことからみて、むしろ跋文が削除された伝本と判断する方が自然であろう。系統図ではこれを第一類に位置づけた。（注8の著書、八五三頁）

右記の説をまとめると、跋文がないのは第一類のみで、第二類を後人が改訂したのが第三類であり、第一類の本文は第三類に近いとなる。しかしながら、本文異同は例示されておらず、私が調査したところ、類別できるほどの相違は見出せなかった。伊井氏が提示された唯一の具体例は、和歌の総数である。

改訂本系のもう一つの特徴としては、古本系に比べ歌数の増補していることである。例えば基春本［岩坪注、古本系の一本］が一〇九首であるのに対し、改訂本系の神宮文庫本は一二九首、同じく書陵部本では一三二首と、古本系に比べて二〇首ばかり多くなっている。（注8の著書、八四二頁）

引歌を含めず登場人物の詠歌のみ数えると、確かに第二類の書陵部本は一三二首あるが、第三類の神宮文庫本も私の計算では一三二首、そして慶安版も同数である。よって跋文の有無を除くと、第二系統の写本は第一～三類を通して歌数も本文も同じと見なせる。

その結論は整版にも当てはまり、跋文は全ての版に同文のものがある。ちなみに序文は寛延版・文政版にのみ掲載され、文章は互いに異なる。次に梗概本文を見ると、第五節で取り上げた例のうち、数字分の空白（桐壺・蛍の巻）は一部の写本には無いものの、傍注の混入（少女）と長文の脱落（玉鬘・浮舟）はどの写本にも見られる。そのほか整版にある多くの誤脱が、第二系統の殆どの写本にも見られる。よって整版も写本も、同一系統といえよう。

終わりに

『源氏小鏡』の写本は六系統に大別され、第一系統の本文を青表紙本に改めて第二系統が成立した。版本はまず古活字版が、次いで整版が刊行され、前者は第一系統、後者は第二系統に分類される。

第一系統の写本はさらに第一類と第二類に分けられ、「第二類本は第一類本をもとにして寄合を増補した派生本」（第三節参照）である。古活字版は、a嵯峨本、b慶長・元和年間版、c元和版、d寛永版に分かれ、aは第一類に属するが、b以下は第一・二類とは異なる。そこで仮にbを第三類、cとdを第四類とする。

第二系統の写本は伝本により跋文の有無があるが、本文は大同小異である。一方、整版は五種類あるが、最古の慶安四年版が他の刊本の元になっている。また、すべての版に写本と同じ跋文があり、本文も写本と変わらない。

注

（1）川瀬一馬氏『古活字版之研究』（増補版）昭和四二年。
（2）当本は、大東急記念文庫監修マイクロフィルム版『物語文学総瞰』に収録。
（3）当本は、狩野文庫マイクロ版集成『第四門　語学・文学』に収録。
（4）当本は影印が『九曜文庫蔵　源氏物語享受資料影印叢書』6（勉誠出版、平成二一年）に、翻刻が『源氏物語古註釈叢刊』10（武蔵野書院、平成二二年）に収められている。
（5）当本は、岩坪健編『『源氏小鏡』諸本集成』（和泉書院、平成一七年）に収録。
（6）注3に同じ。
（7）当本は、『源氏物語資料影印集成』3（早稲田大学出版部、平成二年）に収録。

（8）伊井春樹氏『源氏物語注釈史の研究』八三一頁（桜楓社、昭和五五年）。なお各系統の主な伝本は、注5の著書に翻刻されている。

（9）第三系統第三類の写本は一本しかなく、衣配りの本文は以下の通りである。

紫の上は、こうはいのもん、いたうからめきたるゑひ染のこうちき、いまやう色のすくれたるなり。あかしの上は、あさはなたの色。ひめ君の御かたへは、こうはい。玉かつらの御かたへは、くれない。花ちる里へ、はなた。すゑつむ花の御かたへは、やなき色。うつせみのあまのもとへ、くちなし色。これを、きぬくはりと申。このきぬくはりの色も、あまた、さういせり。ふしん〳〵

傍注に不審と記された通り、明石の上の記述はおかしいが、明石の姫君と玉鬘の衣裳は嵯峨本と一致する。

（10）第一系統第二類の衣配りの本文は、以下の通り。なお傍線を付した箇所は、他本と異なる。

まつ紫上へ、あかつき色。御むすめの御かたへは、こうはい。玉かつらへは、しろき。花ちるさとの御かたへは、花た。すゑつむの御かたへは、やなき色。うつせみのあまのもとへは、くちは。これを、きぬくはりといふ。

（11）稲賀敬二氏が奥書に基づき、三井寺聖護院秘本系と名付けられた諸本である（同氏『源氏物語の研究　成立と伝流』二四五頁、笠間書院、昭和四二年）。

（12）吉田幸一氏『絵入本源氏物語考』上、三二四頁（日本書誌学大系53（1）、青裳堂書店、昭和六二年）。以下、本章に引用した同氏の説は、すべて本書による。

（13）ただし〔い〕より〔ろ〕の方が古いかもしれないが（注12の著書、三三七・三四〇頁）、本章では便宜上、刊記が明らかな〔い〕を選んだ。また〔は〕は挿し絵を置く箇所が空白で、〔ハ〕の校正本だとすると〔は〕の方が古くなる。しかしながら空白のまま公刊されたとは考えられないので（同書、三三八頁）、〔ハ〕を選択した。

（14）注11の著書、二三五頁。

（15）岡見正雄氏編『良基連歌論集』三（古典文庫92、昭和三〇年）所収。

（16）両版の前後関係については、版本の状態や画風に基づき、須原屋版は「延宝三年刊鶴屋版の向うを張って、新たに改刻したもので、天和・貞享（一六八一～一六八七）頃刊か。」と推定されている（注12の著書、上三六七頁、下五〇六頁）。

第八章　『源氏絵本藤の縁』の本文

――梗概書との関わり――

はじめに

江戸時代になると、源氏物語やその梗概書が挿絵付きで相次いで出版されるようになった。管見に及んだ一三件について、その版本の挿絵に描かれた男女の人数を計算したところ、女性の方が多いのは『源氏絵本藤の縁《ゆかり》』（以下『藤の縁』と略称す）しかない。[1] 当作品は五四帖の各帖から一場面ずつ取り上げ、方舟子が本文、長谷川光信が絵を担当して、寛延四年（一七五一）に刊行された。挿絵に選ばれた場面を調べると、全五四図のうち四二図は前例があることに基づき、以下のように判断した。

『藤の縁』の本文を著した人は、源氏物語を元に梗概化したのではなく、絵にすべき場面を抜き出した『源氏物語絵詞』[2]のようなテキストを利用したのではなかろうか。その際、巻名歌を優先するという中世以来の伝統に則らず、主に贈答歌がある箇所を選んでいる。そして絵師も山本春正画を一部見た程度で、源氏絵の知識はなく、本書の梗概本文に合わせて挿し絵を描いている。（注1に同じ）

この論考では専ら絵に限定して、本文には言及していない。『藤の縁』の本文は梗概文であるが、いかなるものであろうか。

一、源氏物語本文との関係

現代人が読んでいる源氏物語は、藤原定家が校訂した本文である。しかしながら『藤の縁』が出版された当時、流布していたのは、延宝三年（一六七五）に刊行された北村季吟『湖月抄』(3)であるので、本章ではその本文と『藤の縁』とを比較検討する。両者が同文である箇所を捜すと、巻によってかなり異なる。(4)試みに源氏物語・第二部の八帖を分類すると、次のようになる。なお巻名の上の数字は、巻の通し番号である。

A、『藤の縁』の本文のほとんどが、『湖月抄』の本文と一致するのは三帖（35若菜下、38鈴虫、41幻）

B、『藤の縁』の本文のほとんどが、『湖月抄』の本文と一致しないのは二帖（39夕霧、40御法）

C、右のAとBを合わせ持つのは三帖（34若菜上、36柏木、37横笛）

Aは物語本文を抄出してつないだもの、Bは梗概文である。Cをさらに分けると、和歌とその前後の本文はA、他の部分はBに属する。ということはCは、歌を含む箇所を抜粋して、当該場面の粗筋を補足したことになる。このように連続する八帖においても、本文の作成方法は一通りではない、ということが確認される。

二、梗概文と抄出本文

『藤の縁』は原則として、各帖に一組の贈答歌を載せるが、物語本文と一致するのは必ずしも和歌の近くにあるとは限らない。たとえば先の分類でCに所属する若菜上の巻を見てみよう。

①女三の宮の御うしろ見、光《ひかる》君にあつけ給ふ。君もにげなくおほせと、院《いん》ののたまはせ給ふも、もだしかたく、

うけはり給ふ。②紫《むらさき》のうへも、ことにふれて、たゞにもおぼされぬ世の有様《ありさま》なり。かゝるにつけても、はなやかにおひさきとおく、あなつりにくきけはいにて、うつろい給へるに、なまはしたなく覚《おぼ》さるれど、つれなくのみもてなして、いとらうたけなる御有様を、君はいとゞありがたしと思ひきこへ給ふ。③女君、

④目にちかくうつればかはる世の中をゆくすへとをくたのみける哉《かな》

⑤と手ならいにし給へは、けにことはりとおほして、かく書《かき》そへ給いしとかや。

⑥命《いのち》こそたゆともたえめ定《さだ》めなき世のつねならぬ中のちぎりを

当巻の全文を①～⑥に分けると、①は前節の分類ではB（梗概文）に、②～⑥はA（物語本文）になる。すなわち①は粗筋で、それを受けて②以下の場面に移る。②は次に掲げた物語本文で、（　）内を省略した文章に相当する。

たいのうへもことにふれて、たゞにもおぼされぬ世の有さまなり。げに、かかるにつけても、（こよなく人におとりけたるることもあるまじけれど、またならぶ人なくならひ給ひて）はなやかにおひさきとほく、あなづりにくきけはひにて、うつろひ給へるに、なまはしたなくおぼさるれど、つれなくのみもてなして、（御わたりのほども、もろ心にはかなきこともしいで給ひて）いとらうたげなるみ有さまを、いとどありがたしと思ひきこえ給ふ。（『湖月抄』若菜上の巻　七二七頁）

一方、③～⑥は次の物語本文と対応する。

御硯を引よせて、

めにちかくうつればかはる世の中を行すゑとほく頼みけるかな

ふることなどかきまぜ給ふを、とりてみ給ひて、はかなきことなれど、げにとことわりにて、

命こそたゆとも絶えめさだめなき世のつねならぬ中のちぎりを（同巻　七二九頁）

『藤の縁』の③「女君」に相当する語句は、物語本文には見当たらない。これは一首めの詠者を示すため、補われた

のであろう。⑤は「けにことはり」の部分が、物語と共通するだけである。物語本文の「ふることなどかきまぜ給ふを、とりてみ給ひて、はかなきことなれど」を、『藤の縁』では「と手ならいにし給へは」と要約して、逆に物語にはない「かく書《かき》そへ給いしとかや」を補足している。

以上をまとめると、当巻の前半（①）は梗概文、後半（②〜⑥）は物語本文の抜粋と分けられる。ここで問題になるのは、後半部分の②と③以下とが同一場面ではないことである。具体的に『湖月抄』の頁数で示すと、贈答歌の箇所（③以下）は七二九頁であるのに、その直前の文章（②）は七二七頁で、かなり離れている。このように和歌が詠まれた場面とは違う箇所から、なぜわざわざ抜き出したのであろうか。これは憶測するに、源氏物語の梗概書が用いられたからではなかろうか。すなわち『湖月抄』で七二七頁に該当する物語本文と、七二九頁にある和歌とを抜き出した梗概書があり、その和歌と前後にある文章を『藤の縁』は転載しただけ、と考えるのである。[5] そこで以下、その仮説を裏付けてみよう。

三、頭中将の性格描写　──『源氏大鏡』との共通点──

物語において夕霧と雲居雁がなかなか結婚できなかったのは、頭中将が許さなかったからである。それを『藤の縁』では、頭中将の性格によると説明している。

　夕きりの君、雲ゐのかり、御もろ恋の御中なれど、又おとゞきら〱しき御心地に、御こゝろとけ給はさりしか、（藤裏葉の巻）

右の一節では、頭中将の人柄を「きらきらし」と評している。しかし、その語は当巻にはなく、別の巻に例が見出せる。

○人がらいとすくよかに、きらきらしくて、心もちゐなどもかしこく物し給ふ。（乙女の巻、二四四頁）
○きらきらしう物きよげに、さかりにはものし給へれど、限ありかし。（行幸の巻、五一〇頁）
○ゆるゆるとことさらびたる御もてなし、あなきらきらしとみえ給へるに（行幸の巻、五二五頁）

乙女の巻の用例において、現代の注釈書は次の注を付けている。

以下、内大臣の人柄。「すくよか」は、剛直で意思を貫きとおす性格。「きらきらし」は、派手好みで、威儀を誇示するような性格や態度。（『新編日本古典文学全集』三二二頁の頭注）

娘の結婚式は格式を重んじて執り行いたいのに、父親の知らぬ間に夕霧とできてしまい、盛大に祝えないのが癪に障り、二人の仲を認めたくない、と解釈できる。

この「きらきらし」という性格描写の語句を、『藤の縁』の著者が別の巻で見つけて、当巻に借用したと見るよりも、利用した梗概書の当巻にその語があり、そのまま引用したと考える方が、可能性は高いであろう。その裏付けとして、『源氏大鏡』を取り上げる。それは源氏物語の和歌をすべて収めた梗概書で、万治二年（一六五九）に「十二源氏袖鏡」の名で出版された。その藤裏葉の巻を見ると、頭中将を「きらきらし」と評している。

花をうちみあけて、ほゝゑみ給へり。いとけしきありて、にほひきら〳〵しき大臣なり。（本文は「十二源氏袖鏡」の版本により、私に句読点を付けた。以下、同じ）

これは頭中将が、自邸で催した藤の宴に夕霧を招待したときの一節である。一方、『藤の縁』で「きらきらし」が使われている箇所は、夕霧を藤の宴に招く以前であるので、場面は異なる。とはいえ、源氏物語の別の巻よりも、梗概書の同じ巻から借用したと見る方が、蓋然性は高いと言えよう。

四、ほかの巻の粗筋　――『源氏小鏡』との共通点――

「きらきらし」という言葉のほか、『藤の縁』には別の巻の粗筋も混入している。たとえば東屋の巻では、薫の君が宇治に住ませた浮舟のもとに、「おりふしごとにかよひたまひて」と書かれている。しかし当巻は、薫が浮舟を宇治へ連れて行ったところで終り、たびたび通ったのは以後の巻のことである。

このように他の巻の粗筋も述べるのは、梗概書では珍しいことではない。数ある梗概書の中でも最も流布して、江戸時代には何度も版を重ねた『源氏小鏡』の東屋の巻末を見ると、「さて、大将は、しは〳〵宇治へかよはせ給ふ。」(6)とあり、『藤の縁』と共通する。したがって『藤の縁』の編者が、源氏物語の別の巻に書かれた内容を要約した、と仮定するよりも、梗概書に他の巻の粗筋が記されていて、それを引用したと見なす方が無難であろう。

本節と前節をまとめると、『藤の縁』の本文には別の巻で語られることも盛り込まれているが、それは『源氏小鏡』や『源氏大鏡』にも見られる。ということは、『藤の縁』の編者が源氏物語のほかの巻から引用したのではなく、編者が利用した梗概書には他の巻のことも記されていて、それを孫引きしたと推定される。

五、本文解釈　――『源氏大鏡』との共通点――

雨夜の品定めで左馬頭が披露した話の中に、木枯の女と呼ばれる女性が登場する。彼女は左馬頭のほか殿上人とも付き合っていたが、そのことを左馬頭が気づいていなかったことは、物語から窺われる。問題は殿上人で、彼はこの三角関係を知っていたと見る説もあるが、(7)『湖月抄』では知らなかったと注している。

○［師］馬の頭のかよふ事を此うへ人はしらぬ也。（『湖月抄』帚木の巻、九九頁）
○うへ人、此女を馬頭が妻とはしらねども、いかさまにも此女に人のかよふと聞ていへる也。（同巻、一〇一頁）

このように解釈が揺れるのは、物語に明記されていないからである。『藤の縁』には、

左の馬の頭のかよひし女、またこと人に心かよはしけるに、此こと人、馬の頭のふかくかよゐるをしらで、馬の頭をともなひて、かの女のもとに行て、（帚木の巻）

とあり、『湖月抄』と同じ見解である。『藤の縁』の当巻には、源氏物語と一致する本文は見当たらず、巻全体が梗概文から成る。といっても、源氏物語の粗筋を記すだけではなく、前掲文のように本文解釈も載せている。これは編者が用いた梗概書にもあった、と想定される。というのは『源氏大鏡』にも同じ記述が見出せるからである。

今の殿上人も、むまのかみ、もとよりかよふ所ともしらす、又、馬の頭も此上人、心をかはしたるとも、しらさりけり。

『藤の縁』の編者が、たとえば『湖月抄』を読み、その注釈も盛り込んだのではなく、本文解釈を含む梗概書を利用したのであろう。

次の例も、同様に考えられる。『藤の縁』鈴虫の巻では、光源氏と女三宮とが和歌を詠みあう場面が採られている。まず光源氏が詠んだのち、

と、かう染なる御扇に、書つけ給へり。そのはしに宮、かくなん、かきそえたまふ。

とあり、源氏が書き付けた扇に女三宮も返歌をしたためている。しかし物語では、源氏は扇に書いたが、宮が何に記したかは分からない。

（源氏の和歌）と御硯にさしぬらして、かう染なる御扇にかきつけ給へり。みや、（宮の和歌）とかき給へれば、
（『湖月抄』鈴虫の巻、三一一頁）

宮も扇に書き添えた、と解釈する注釈書も梗概書も未見であるが、『藤の縁』の編者が利用した梗概書には、そのように記されていたと推定される。

六、人物の呼称　――梗概書との相違――

これまでの考察により『藤の縁』の本文は、物語から直接引用されたのではなく、梗概書によると考えられる。しかしがら『藤の縁』と梗概書には、相違点がある。それは光源氏の呼称である。物語では出世していくにつれ、呼び名も変わっていくのに対して、梗概書ではおおむね「源氏」（「源氏の～」も含む）で統一されている。たとえば全巻中、最長の若菜の巻において、『源氏大鏡』と『源氏小鏡』では、どのように呼ばれているかまとめてみた。

○若菜上『源氏大鏡』「源氏」一五例、「六条院」五例、「源氏の院」「おとど」各一例
『源氏小鏡』「源氏」五例、「六条院」三例、「源氏の院」「大臣」各一例
○若菜下『源氏大鏡』「源氏」一三例、「源氏の院」五例、「源氏の大殿」「院」各一例（「院」は心内語）
『源氏小鏡』「源氏」一〇例、「院」二例（うち一例は会話文）

「院」（「六条院」「源氏の院」も含む）という名称は、『源氏大鏡』と『源氏小鏡』では、光源氏が太政天皇になった藤裏葉（若菜より一つ前の巻）から使われている。よって、それ以前の巻々では、殆ど「源氏」である。これは一つの名に定めた方が、分かりやすいからである。

ところが『藤の縁』では、さまざまな名称が見られる。それらを四種類（A～D）に分類して、グループごとに呼称・用例数の順に列挙すると次のようになる。なお「六条院」は二例あるが（胡蝶・野分）、これは建物を指すので除外する。

A、「おとど」「おとどの君」各一例
B、「源中将」二例、「源大将」「源氏のおとど」「源のおとど」各一例
C、「君」一一例
D、「光（る）君」一四例、「源氏の君」七例、「源氏」二例、「男」一例

Aは物語本文を抄出した一節にある。Bは物語では、当該巻の別の箇所に似た呼称が見出せる。右に挙げた順に見ていくと、『藤の縁』では「源中将」という名称は、若紫と紅葉賀にある。物語のその二巻には「源中将」の例はないが、他の場面では「源氏の中将」と呼ばれている。梗概書は「源氏の中将」を「源中将」と簡略化したのであろう。ほかの三例（「源大将」「源氏のおとど」「源のおとど」）は、物語では同じ巻に「大将」「おとど」とあるので、梗概書は人物を明示するため「源（氏の）」を頭に付けたのであろう。Cの「君」は、一巻に光源氏の名が複数あるとき、二回め以降に用いられる。一一例のうち、「源氏の君」か「源のおとど」の次に出てくるのは一例ずつあり、残りの九例は「光（る）君」を受けている。以上のA〜Cをまとめると、抜き出した物語本文に名称があれば、そのまま用いるが（A）、ない場合は当該巻の別の箇所にある呼称を利用し（B）、一巻で二例めからは「君」（C）とする、となる。『藤の縁』には、物語本文と梗概本文が混在しているため、一つの名に限定できないのである。

このようにA〜Cは説明がつくが、Dには規則性が認められない。Dの用例を順に見ていこう。まず「光（る）君」は、物語では桐壺（二例）・匂宮（一例）・手習（一例）の巻にしかない。匂宮と手習は亡き光源氏を偲ぶ場面に使われている。よって生存中の例は、桐壺の巻だけである。一方『藤の縁』では、空蟬から幻の巻に至るまで幅広く使われている。

次に「源氏の君」は、物語では桐壺〜澪標と若菜上の巻に見られる。ただし若菜上の例は、「あるじの院は、猶いとわかき源氏の君にみえ給ふ」（七六三頁）であり、四〇の賀を迎えた源氏の若々しさを称えた一文である。よって、

これは特例で、源氏も二七歳[8]（澪標）までしか使われていない。ところが『藤の縁』では、澪標の巻以降の巻々（朝顔・胡蝶・野分・梅枝）、にも見られ、三九歳まで用いられている。

次の「源氏」は、物語では七巻（桐壺～明石の五巻と匂宮・竹川）に見られ、匂宮と竹川は源氏の死後であるので、生存中の最後の例は明石の巻（時に二七歳）である。「源氏」という呼称は、『源氏大鏡』と『源氏小鏡』では最多であるのに、『藤の縁』では二例（蛍・橋姫）しかない。蛍の巻では源氏は三六歳で、物語よりも九歳上になる。

最後に「男」は、物語では五巻（末摘花・紅葉賀・花宴・賢木・明石）に使われ[9]、最終例は二七歳である。一方『藤の縁』には、二八歳の関屋の巻にしかない。このようにD群の例はすべて、別の巻で用いられている。これに限らず『藤の縁』では、ほかの巻に見られる語句や粗筋が取り入れられているが、梗概書には当該巻にあったと考えられるので（第三・四節、参照）、D群の例もそのように見なせよう。

ただし、関屋の巻における「男」の例は特異である。一般に梗概書は、人名を具体的に記すものである。たとえば御幸の巻において、物語では、

にしのたいのひめ君も立出で給へり。そこばくいどみつくしたまへる人の、御かたち有様を見給ふに《イ見給ふままに》、みかどのあか色の御ぞ奉りて、うるはしうごきなき御かたはらめに、なずらひ聞ゆべき人なし。（『湖月抄』行幸の巻、五一〇頁）

とある箇所を、『藤の縁』は殆どそのまま引用している。

玉かつらの君も立出給へり。そこばくいとみつくし給へる人の御かたちありさまを見給ふまゝに、御かとのうるはしうこきなき御かたはらめに、なすらいきこゆへき人なし、と思し給ふ。

物語本文と異なるのは、「西の対の姫君」を「玉鬘の君」に改めたこと、「赤色の御衣奉りて」を省略したこと、末尾に「と思し給ふ」を追加したことだけである。呼称を「玉鬘」に変えたのは、その方が分かりやすいからである。

ところが次に引く『藤の縁』関屋の巻では、逆に抽象化されている。

おもへる女の、遠《とお》き国《くに》よりのぼれるに、ゆかしき男の旅《たび》の道なる関《せき》にて、行合《ゆきあひ》たれど、しのぶれは、人しれす、むかしわすれねは、かくごちて、ゐしりたまはじとおもふに、かひなし。

「おもへる女」は空蟬、「遠き国」は常陸、「ゆかしき男」は光源氏を指す、という注釈がなければ理解しがたく、これでは梗概文とは言えない。

終わりに

古文ではよく主語が省略されるが、梗概書では主語などを補い、誰が何をしたか具体的に記すものである。しかしながら前掲の『藤の縁』関屋の巻の一文は、まるで『伊勢物語』のような書き方である。ことによると、この巻だけ別の梗概書を利用したのかもしれない。これに限らず、『藤の縁』には複数の梗概書が使用されたため、光源氏の名称が多種多様であるのかもしれない。

注

（1）本書の第三編第七章、参照。なお『藤の縁』の影印は、中野幸一氏編『九曜文庫蔵　源氏物語享受資料影印叢書』12（勉誠出版、平成二一年）所収。

（2）『源氏物語絵詞』とは、「『源氏物語』に通じた文化人が注文主の依頼に応じて、『源氏物語』全巻から絵にすべき場面を選び、その部分の物語本文を詞書として抄出するとともに、絵とすべき図様を詳細に記述して呈出したもの」である（片桐洋一氏・大阪女子大学物語研究会編『源氏物語絵詞―翻刻と解説―』一三一頁、大学堂書店、昭和五八年）。

（3）本文は、有川武彦氏校訂『源氏物語湖月抄（上・中・下）増注』（講談社学術文庫、昭和五七年）を用いる。

（4）本書の第五編資料集3において『藤の縁』を全文翻刻して、それと一致する『湖月抄』の本文を巻ごとに列挙した。
（5）ちなみに藤原定家が源氏物語の和歌を選び、詠歌状況を詞書にまとめた『物語二百番歌合』も源氏物語ではなく、梗概書の一種である源氏物語和歌集による、と推定される。詳細は本書の第二編第二章、参照。
（6）本文は『源氏小鏡』の版本で最も古く、本文も最善である無刊記本を翻刻した、岩坪健編『『源氏小鏡』諸本集成』（和泉書院、平成一七年）による。以下、同じ。
（7）石田穣二氏「今宵人待つらむ宿なむあやしく心苦しき」（「むらさき」19、昭和五七年七月）。後に同氏『源氏物語攷その他』（笠間書院、平成元年）に再録。
（8）年齢は旧年立による。以下、同じ。ちなみに澪標の巻は旧年立では二七～二八歳、新年立では二八～二九歳と異なり、「源氏の君」は巻頭にあるので二七歳と判断した。
（9）稲賀敬二氏「作中人物解説」（池田亀鑑氏編『源氏物語事典』下巻、東京堂出版、昭和三五年）を参照した。

第三編　源氏絵

第一章　源氏絵研究の問題点

――肉筆画と木版画の比較――

はじめに

源氏物語を描いた源氏絵の研究は活発に行われているが、大きな問題を抱えており、本章では三つの問題点を取り上げる。まず第一節では国文学と美術史学の分離、次に第二節では肉筆画と木版画の扱い方、そして第三節では国宝『源氏物語絵巻』中心の研究方法について考察する。

一、美術史学と国文学

源氏絵の研究は美術と国文の両分野でなされているが、調査方法が異なることもあってか、両者の共同作業はあまりなく、意思の疎通はうまく図られていないのが現状である。この問題に関しては夙に久下裕利氏が、自著の「あとがき」に記しておられる。

〝源氏物語絵巻を読む〟という言挙げをわざわざするのは、従来の研究姿勢に問題があってのことである。つまり美術史家は絵巻をその描法や構図の点から、国文学畑の研究者は絵図よりも詞書に源氏物語本文との比較を通して関心が向けられていた。本来絵巻は詞書と絵図とが一体となってひとつの作品を形成しているはずなのに、研究が分離していたので、学際的な視点の欠落などという大げさなものなのではなく、全くの失態なのである。(1)この問題を解決するため、以下、四種類の方法（A～D）を導入する。

A、物語との照合

源氏絵の中には、物語の内容から逸脱した図様が定着して継承される場合もある。(2)とはいえ、一度は物語本文と照らし合わせることの必要性を、空蟬の巻を例に確認しておく。

光源氏が小君の手引きで紀伊守の邸宅に忍び込み、空蟬と軒端の荻が碁を打っているのを垣間見る場面は、当巻を代表する名場面として、古来たびたび描かれてきた。その図は土佐光吉筆「源氏物語画帖」（京都国立博物館蔵）にもあり、碁を打つ二人の女性のうち、いずれが空蟬であるかについては意見が分かれ、田口榮一氏は、

灯の下で、碁を打つ二人のうちいずれが空蟬であろうか。本文で、源氏は二人を見比べてあれこれと思案しているが、光吉もどちらが誰とはっきりわかるように描き分けてはいないようだ。(3)

と判断された。ただしこの解説では、源氏は二人を区別できず、それを光吉は絵で表現したかのように受け取れる。しかし物語では、

母屋の中柱に側《そば》める人やわが心かくると、まづ目とどめたまへば、

（母屋の中柱のところに横向きにいる人が、自分の心寄せの人かと、まず目をおつけになると、）(4)

とあり、源氏は最初から見分けている。

一方、今西祐一郎氏は、「中央右の小柄な横顔が、源氏のお目当ての空蟬、左、軒端荻。(5)」とされ、そのように断定する理由は言及されていない。絵では、右側の女性は横向きで片手を出しており、左側の女性は斜め向きで手は見え

ない。物語によると、空蟬は「そばめる人」で「頭つき細やかに小さき人」、軒端荻は「残るところなく見ゆ」（その姿はまる見え）で「肥えて、そぞろかなる人」（肥った大柄の人）である。横顔に注目すると、今西氏の指摘通りである。

しかしながら気になるのは、手の描き方である。空蟬は碁を打っている間、「手つき瘦せ瘦せにて、いたうひき隠したためり」（手つきもひどく細やかで、しきりに袖でひきつくろい隠しているようである）であるから、片手を出している右の女性ではない。また碁を打ち終わった後、軒端荻は「指をかがめて」（指を折って）数えており、それはまさに本図の右側の女性に合う。ただし空蟬は、「たとしへなく口おほひてさやかにも見せねど」（すっかり袖で口もとを覆って、はっきりと顔を見せてはいないけれども）とあり、それは本図には描かれていない。しかし、片手を出している点を重視すると、空蟬は左側の女性になり、今西氏の解説とは逆になる。

B、梗概書との照合

源氏物語は長編物語であり、全巻揃えられたのは、朝廷や幕府などの限られたごく一部の人々であったが、中世になると和歌・連歌を詠む際に源氏の知識が必要になったため、原作の梗概本や抄出本が盛んに作られるようになった。そのうちの一つ『紫塵愚抄』は、連歌師の宗祇が物語の中から情趣深い場面の本文を抜き出したもので、文明年間（一四六九～八七）に成立した(6)。一方、絵画にするのに適した部分を選出して解説を付けた資料も作成され、なかでも大阪女子大学附属図書館蔵『源氏物語絵詞』（以下『源氏絵詞』と略称す）は、選定箇所が他書より遥かに多く約二八〇にも及ぶ(7)。この二著を中野幸一氏は比較され、重なる箇所が多いと指摘された。

ことに和歌を含む場面の共通性が顕著に見られるが、これは一つには物語のクライマックスに和歌を含む場面が多いことによるものであろう。この二書は制作の意図目的の違う抄出本ではあるが、両者の場面選択の基底には、やはり大枠として享受層の好尚を認めるべきと思われる。また現存する「源氏絵」には一巻一図形式のものも多いが、そのほとんどの図柄が前二書の抄出場面に含まれることも、図柄の選定やその固定化、類型化を考える場合看過できないことであろう。(8)

その結果を踏まえて中野氏は、

「源氏絵」の場面選定においても、それは『源氏物語』そのものからではなく、当時の読者が共有していた『源氏物語』の知識源としての抜抄本や梗概本によった場合も十分にありうることと思われる。(注8の論文、一六六頁)

と、説かれた。この論を以下、具体的に検証してみる。

例1、須磨の巻

須磨の侘び住まいで、光源氏が寝床で琴を弾くと、隣室で寝ていた供人たちも起きだし鼻をかんでいる図様を、土佐光則(生没一五八三～一六三八年)は描いている。この場面は他の絵師の作品には見出しがたい点に注目して、田口榮一氏は、「光則の創案によるものかと思われる」(注3の著書、第48図の解説)と推測された。ただし光則自ら源氏物語を読み、この箇所を選んだと想定するよりも、この部分の文章は古来、名文の誉れ高く、『紫塵愚抄』にも『源氏絵詞』にも採られているので、光則もこの類の資料を参照して画題に選んだと見る方が、可能性は高いであろう。

例2、末摘花の巻

江戸時代前期に制作された源氏物語図屛風において、田口氏は次の疑問を投げ掛けられた。

常陸宮邸で一夜を過ごした源氏が、雪の朝、庭の橘の木の雪を随身に払わせるところで、五十四帖各一図を描いた屛風の「末摘花」の帖の場面である。このようなまったくなにげない情景が本文中から選びだされ、いつのまにか「末摘花」の帖を代表する場面の一つとなっていくのは、なぜであろうか。(注3の著書、第29図)

確かに物語でも、「橘の木の埋もれたる、御随身召して払はせたまふ。」という、ごくありふれた一文である。それに続く物語本文を見ると、「うらやみ顔に、松の木のおのれ起きかへりて、さとこぼるる雪も、名にたつ末のと見ゆるなどを」とあり、その箇所に対して、延宝元年（一六七三）に成立した『湖月抄』には、

うらやみかほに松の　　面白詞也。橘の雪のはらはれたるうらやみ皃に、松のわれと枝のおきたる也。

と賞している。『紫塵愚抄』にも、「橘の木の埋もれたる」から源氏の詠歌までが収められている。また『源氏絵詞』には源氏の歌のあたりからが引かれ、橘に関する物語本文はないが、その説明文の中に、「庭のたちはなの雪を御随身にはらわせ給ふ松の雪のこほる〻とあり」と記している。以上のことから推理すると、当場面は文章表現にも秀でた情緒ある光景として持て囃され、絵画化されたのであろう。(9)

例3、「槙の戸口」（明石の巻）

土佐光起（例1で取り上げた光則の子）筆「源氏物語扇面」にも珍しい場面がある。それは、源氏が明石の君の住いを訪れて、簀子に上がった図で、「光起が、男女の出会う直前の景を選んで絵画化した、他に類例のない場面である。」と、田口氏は指摘された（注3の著書、第55図）。この箇所は注釈史では古くから有名で、定家が校訂した青表紙本源氏物語は、「月入れたる真木の戸口けしきばかりおし開けたり」であるのに対して、「けしきばかり」の箇所が河内本では「けしきことに」になっている。定家の曾孫にあたる冷泉為秀に師事した今川了俊は自著の『師説自見集』において、河内本の「けしきことに」では戸をことさら開けたことになり余情が劣るとして、青表紙本を称揚しており、この一節を「源氏一の詞なりとそ定家卿は申されける」と記している。その定家の言葉は後に、一条兼良の『花鳥余情』にも引かれ、『湖月抄』にも収められた。

この箇所は連歌の世界でも知られるようになり、源氏物語関係の寄合の詞を巻別に二条良基が編集した『光源氏一部連歌寄合』(10)にも、「まきの戸口」とある。(11)そして『紫塵愚抄』にも引かれ、『源氏絵詞』にも「まきの戸口なんとあ

るへし」と、わざわざ指示されている。光起もそのような資料を参照して、画題に選んだのであろう。

C、古注釈との照合

先の例3でも『師説自見集』などの古注釈を引用したが、今度は中世において論争の的になり、秘説にまでされた例を取り上げる。それは松風の巻を代表する名場面として、室町時代から盛んに描かれ、桃山時代に成立した土佐光吉筆「源氏物語画帖」（京都国立博物館蔵）にも見られ、田口氏の解説には、

画面は、小鷹狩をしていて遅参した公達の一人が、獲物の小鳥を荻の枝につけた物を土産としてさしだしたところ。もう一人の腕には隼が止まっている。なんということもないささやかな場面ではあるが、「松風」の代表的場面として描き継がれた。（注3の著書、第73図）

とあり、たしかに粗筋に関わる重大な出来事でもない。その絵に三田村雅子氏も同じ疑問を抱かれ、

それにしても、なぜ物語の内容にとっては枝葉末節である「小鳥を荻の枝に差」す場面が重要なのだろうか。[12]

と問い掛けられ、その答えを飛鳥井雅有の『嵯峨の通ひ路』に見出された。その著書は、文永六年（一二六九）に雅有が嵯峨野に住む為家とその妻（阿仏尼）の元に二箇月余り通いつめて、源氏物語を伝授されたときの記録であり、そこに小鳥を荻の枝に付けて人に贈る記述が二箇所ある。要約すると、一件めは為家から松風の巻の講釈を受けた翌日、雅有が人から送られた小鳥を、昨日教わった通りに荻の枝に付けて、為家の元に自ら持参したこと（九月二四日の条）、二件めは雅有が荻の枝に付けた小鳥を、ある人に届けたこと（一〇月二八日の条）である。二件とも源氏物語の世界を再現して、その演出に陶酔・感動していることを踏まえて、三田村氏は次のように推測された。

二度までも繰り返しこの趣向が強調されていることからも、飛鳥井雅有にとって、小鳥を荻に付ける趣向が、源氏物語の世界の中に入りこむための手段として、特別な意味を持つものとなったことがうかがわれる。

おそらくこの時の雅有の感激の体験が、嵯峨の通ひ路によって広められ、松風巻といえば「荻に付けた小鳥」という観念連合を生んだのである。

為家・阿仏尼に辞を低くして源氏物語を学んだ飛鳥井雅有は、やがて壮年に及ぶと、「いまの世には三のくらゐ藤原雅有なん、源氏のひじりなりける」（弘安源氏論議）とあるように、並ぶ者のない源氏物語学者との名声を確立し、飛鳥井流源氏学として後代に影響を及ぼしていった。（注12の著書、二四二頁）

『嵯峨の通ひ路』の伝本は二本しかなく[13]、どれほど流布したか疑問であるが、それはさておき右記の末尾に記された『弘安源氏論議』に注目したい。本書は歌合のように左右に分かれ、源氏物語の難題を論争した際の記録であり、そこでは通釈だけでは不十分で、準拠の考証が重視されたため、典拠となる故事・本説を開陳することが、勝敗を決める要因とされた[14]。よって「源氏のひじり」と絶賛された雅有は、その方面に優れていたと考えられ、その彼が「荻の枝」に感動したのは、まさにそれが難義だったからである。たとえば素寂は『紫明抄』において、荻に枝はないから物語本文の「おぎ」の「お」を削り「き」（木）とすべきだ、と主張する西円に反論して、舎兄にあたる親行が様々な例文を列挙して論破した記事を長々と引いている。親行の没年は不明だが、文永九年（一二七二）が最後の記録で、その年（推定年齢、八五歳）以後まもなく没したらしい[15]。また『紫明抄』の記事は、建長四年（一二五二）に成立して文永四年（一二六七）に加筆された『異本紫明抄』にも引かれている。すると親行と西円の論争は、雅有が為家・阿仏尼から伝受する以前に行われ、雅有の耳にも入っていたかもしれない。

そのほか弘安年間（一二七八〜）初頭に、後深草院と亀山院が伏見津を訪れた際にも、荻の枝に付けた小鳥が献上され（「雲雀といふ小鳥を荻の枝につけたり」）、その是非について尋ねるため、後深草院が為兼（為家の孫、時に二六歳）を呼び出したことが、『増鏡』に記されている[16]。その記事から判断すると、当時は宮中でも話題になっていたらしい。

南北朝時代になると、四辻善成が自著の『河海抄』に『紫明抄』を引用して批評し、末尾に「此事、猶秘説あり」

として答えを差し控え、『珊瑚秘抄』において、「日本記に木末と書て木のえたとよめり。此心によらは荻の末葉を云也」として別の見解を披露している[17]。

このほか南北朝時代に成立したと推定される『源氏小鏡』には、

こたかゝりして、ことりともをきのえたにつけたり、とあるを、うるはしきをきと心へへからす。こきのえたなりと、心へへし[18]。

とあり、荻ではなく小木《おぎ》（小木《こき》の枝）と解釈している。

以上の注釈史を押さえて当の源氏絵を見直すと、「なんということもないささやかな場面」ではあるが、親行が家の体面をかけて西円と論争し、為家・雅有が感激し、後深草院が為兼にわざわざ尋ね、善成が秘説集に収めたほどの秘事を描いた図様なのである。そのため『紫塵愚抄』や『源氏絵詞』にも採られ、当巻を代表する画題になったと言えよう。

D、絵入り版本との照合

源氏絵を肉筆画（土佐派などの絵師が描いた絵巻・画帖・屏風絵など）と木版画（近世に刊行された版本の挿絵や錦絵など）とに大別すると、本章の冒頭に述べたように、専ら美術史家は肉筆画を、国文学者は木版画を各々独自に手掛け、両分野の交流は活発ではない。たとえば一七世紀後半に制作された伝狩野山雪筆の屏風絵の解説で、

右隻右は「桐壺」の帖、桐壺更衣が玉のような皇子（源氏）を抱いてはじめて参内し、帝の御前に進むところを描く。源氏絵の伝統的な図様にはない場面で、他には毛利家本屏風や絵入版本『源氏物語』慶安三年（一六五〇）版にみられ、ことに後者の人物姿態や構図に共通のものが認められるようである[19]。

のように、美術史家が版本を引き合いに出されるのは珍しいことで注目に値する。

一方、国文学の分野では久下裕利氏が、明暦三年（一六五七）版『源氏小鏡』の挿絵を、土佐派などの肉筆画と比較考察され、

明暦大本『源氏小鏡』の挿絵は、その線描は稚拙だが、おおよその図様は土佐派の定型化された画面構図を踏襲しており、例外として挿絵師の恣意を認めたにしてもせいぜい六・七図で、具体的には空蟬、紅葉賀、賢木、野分、梅枝、御法、匂宮の各図様が挙げられよう。これらは現存作例に照らして部分的に特異な作意が施されている紅葉賀などと、野分図などの場面選択自体が現存作例や絵画化のいわばガイドブックである『絵詞』にも見出せないものとがある。（注1の著書、二〇四頁）

と、論じられた(20)。

今度は逆に、版本の図様を肉筆画が参照したと推定される場合を考える。それに関しては、すでに吉田幸一氏・片桐洋一氏・清水婦久子氏などの論があり、まとめると、慶安三年（一六五〇）山本春正跋・画「源氏物語」(21)（『絵入源氏』と仮称す）や、承応四年（一六五五）野々口立圃画『十帖源氏』(22)の挿絵を元に制作された画帖・屏風絵などが報告されている(23)。その顰みに倣い、具体例を一つ取り上げる。それは光源氏が須磨の浦で嵐に遭遇した場面で、『紫塵愚抄』や『源氏絵詞』には採られているが、肉筆画では珍しく、管見に及んだのは江戸時代中期に成立した岩佐勝友筆「源氏物語図屏風」（出光美術館蔵）(24)ぐらいである。当図には「須磨」と墨書された紙片が貼られ、須磨の巻と指示されており、それにより田口氏は、

三月朔日、勧める人があって、源氏が海辺で御禊をしていると、にわかに暴風雨が襲いかかった。雷が鳴り、稲妻が光るなかを退散する源氏主従の場面である。不吉なことの予兆のような忌むべきこうした光景を、岩佐勝友はあえて選び、人物に過剰なまでのアクチュアリティを与えている。従者に支えられ、泣きだしそうな顔をして逃げ惑う源氏のあられもない姿、さかまく波、そして躍動感あふれる雷神など、卓抜な描写力によって、王朝物

語のひとこまを当代風俗画に引き寄せた感のあるこの場面は、又兵衛派の面目躍如たるものがある。（注3の著書、第51図）

と解説された。しかしながら右記によれば、一行は源氏の住居に帰るところなのに、絵では人々が屋外へ飛び出している。そこで当該箇所は明石の巻で、源氏の住む寝殿に続く廊屋に落雷して火災が発生したため、後方の建物に避難する光景ではなかろうか。それならば『絵入源氏』明石の巻に、よく似た図様がある（図1―1）[25]。また野々口立圃画『十帖源氏』の挿絵では須磨の巻に逃げる人々（図1―2）、明石の巻に雷神を描き（図1―3）、両者を合成すると勝友筆の絵に似る。とりわけ従者たちの様子は相似しているので、勝友は版本の挿絵を参照したのではなかろうか。

以上の考察により源氏絵の研究は、肉筆画に限定するのではなく、物語やその梗概書と注釈書、そして版本の挿絵などにも目を向けて、総合的に行うことが必要である。次説では肉筆画と木版画の関係について考察する。

二、肉筆画と木版画の比較

江戸時代に出版された源氏物語の木版画は多種多様であるが、ここでは挿絵が最も多い山本春正画『絵入源氏』（全二二六図）に限定して考察する。それと『源氏絵詞』の図様指定箇所（全二八三箇所）との一致度を吉田幸一氏は計算された結果、

○『絵入源氏』は、その約六〇％にあたる一三六図が『源氏絵詞』と一致する。

○『源氏絵詞』は、その約四八％にあたる一三六図が『絵入源氏』と一致する。

という数字を導かれ、それに基づき、

春正は『源氏物語絵詞』とは無関係に、挿絵を描いたことは、ほぼ間違いないといえるだろう。それ故、『源氏物語絵詞』の書写は、堂上家の蔵書中にのみ伝わり、地下歌人や蒔絵師のような職人の見るところとはならなかったと思われる。（注22の著書、上巻、一九二頁）（岩坪注、春正は地下歌人にして蒔絵師）

と推測された。このように両著の図様選定箇所に齟齬を来した原因として、吉田氏は、

一は、絵師に注文して描かせる側の思惑と、現実に絵画化を試みる絵師の側との立場上の相違、あるいは、源氏学者や解読者の考えた図様化のイメージと、絵画化を具体化す絵師の観点に立ってのイメージとの相違に起因したのかも知れない、とも考えられようか。（同書、一九三頁）

のように、製作者の相違に注目された。

次いで清水婦久子氏は、物語本文との関係や制作意図の相違を考慮して、次のように述べられた。

「絵入源氏」の挿絵が目指したのは、『絵詞』の目指す「絵になる所」を描くことでも源氏絵の伝統でもなかった。源氏物語の文章そのものを尊重し、跋文で述べた通りに、歌や詞の優れた場面を選び、その文章に従って描くことだったのである。挿絵を見る読者は、その画面に描かれた景物や人物の様子、そして和歌表現に着目し、それが物語の文章に書かれたものであったことに気づく。春正は歌人として、挿絵の画面によって、源氏物語の文章や和歌の素晴らしさを読者に伝えようとしていたのではないだろうか。（注20の著書、二七頁）

このように『絵入源氏』の意図は『源氏絵詞』や肉筆画と異なるが、今度は共通点を考察する。肉筆画が『絵入源氏』を参照したと思われる例は前述したが（注23参照）、逆に山本春正は肉筆画を参考にしたであろうか。これについては清水婦久子氏が、

春正程度の絵心と読解力があれば、いくつかの絵画資料を参照してさえいれば、あとは自力で独自の図を作り出すことは可能であったと思う。（注20の著書、四一六頁）

と述べておられる。それを場面設定と描き方の二点から確認しておく。

田口榮一氏が作成された「源氏絵帖別場面一覧」（注3の著書の巻末）で『絵入源氏』以前に成立した作品に限定すると、夢浮橋の巻は全部で三場面あり、それは『絵入源氏』の全三図と一致する。また花散里・紅梅の巻は『絵入源氏』には一図ずつあり、いずれも肉筆画に同じ場面がある。類例は他にもあり、これは偶然の一致ではなく、春正が絵画資料（実際の作品のほか『源氏絵詞』類も含む）を参照したからであろう。

以上の例は場面のみを取り上げ、描き方までは考慮していない。そこで今度は、図様に注目する。ただし物語の内容に合う場合は、果たして『絵入源氏』が肉筆画を模倣したかどうか確認できないので、物語に記述がない箇所、あるいは物語の内容と食い違う箇所に絞ると、次の例は『絵入源氏』と肉筆画で共通する。

1、鴻臚館の屋根は瓦、床は石造りである（桐壺の巻）。

2、髪を切り揃えてもらっている若紫は、碁盤の上に立っている（葵の巻）[26]。

3、源氏が野の宮にいる六条御息所を訪問したのは、物語では「九月七日ばかり」であるのに、描かれた月は十日か二十日頃のに見える（賢木の巻）。

4、夜、源氏が明石の君に会いに行くとき、供の中に褄折傘を持つ従者が一人、少年が一人いて、その少年は刀を背負うことが多い（明石の巻）。

5、雪転がしをする童女は三人いる（朝顔の巻）。

6、阿闍梨が「蕨、つくづくし、をかしき籠に入れて」届けた籠の数は、物語には指定されていないが、源氏絵では二つである（早蕨の巻）。

以上の例において、『絵入源氏』が肉筆画と一致するのは偶然ではなく、やはり春正が絵画資料を見たからであろう。しかしながら『絵入源氏』が肉筆画と異なる箇所も多々あり、その一例として宇治橋の描き方の違いを問題にする。

まず肉筆画はどの絵も緩やかな太鼓橋で、『十帖源氏』（図2―1）や版本『栄花物語』も同形である(27)。また清涼殿にある荒海の障子は南側に手長・足長、北側には宇治川の網代が描かれ、現存する土佐光清（時に五一歳）筆のも、また『鳳闕見聞図説』（新訂増補故実叢書25所収）に掲載された荒海の障子も太鼓橋であり、ふるくは正中年間（一三二四～二六）に成立した『石山寺縁起絵巻』巻五まで遡れる。一方、『絵入源氏』は宇治十帖に三箇所あり、いずれも川に平行して直線で、途中にベランダのように張り出した所がある（図2―2・3）。ちなみに宝永三年（一七〇六）に貝原益軒が著した『京城勝覧』（一七一八年刊）や、安永九年（一七八〇）刊『都名所図会』に描かれた宇治橋も、『絵入源氏』と同じである(28)（図2―4）。以上の資料から推測すると、絵画の世界では宇治橋は太鼓橋に描くという決まりがあったのに対して、『絵入源氏』は当時の実際の景物を写し取ったのであろう。ただし先に考察したように、『絵入源氏』には肉筆画と描き方が同じ箇所が散見されるので、山本春正は宇治橋の型に嵌まった形態を知らずに実物を描いたというよりは、あえて前例に反発したのであろう。

　それでは『絵入源氏』と肉筆画とで場面設定が異なるのも、同じ理由であろうか。肉筆画で各巻の代表的場面に限定すると、花宴（源氏と朧月夜の出会い）・少女（後述）・玉鬘（衣配り）・横笛（想夫恋）の巻の名場面は『絵入源氏』にはない。いずれも室町時代から継承され、山本春正は絵画資料を参照したはずなのに、これらの有名な箇所をなぜ採らなかったのか。その理由は三つ想定できる。一つめは宇治橋の描き方のように、あえて伝統に逆らった。二つめは春正が見た資料には、偶然その図はなかった。たとえば幻の巻の名場面は源氏が手紙を焼くところであるが、『絵入源氏』にも『源氏絵詞』にも収められていない。三つめの理由を考えるに際しては、『源氏絵詞』の少女の巻の最終項が手掛りになる。当項に抜き出された物語本文は、秋好中宮が秋の花や紅葉を紫の上に贈る部分（a）であるのに、それに付けられた図様指示にはaの説明は僅かで、代りに源氏が造営した六条院の四つの町の描き方（b）が詳しく記されている。『絵入源氏』はaを採らず、bを四面（第四六～四九丁の各表）も使って各町の庭を描いている。

一方、肉筆画の多くはaで、bを題材にしたものは見当たらない。そこで仮に、春正も肉筆画の絵師も『源氏絵詞』を用いたとしても、違う絵になるのである。
　このほか肉筆画と『絵入源氏』との相違点として、不吉な場面の扱い方が挙げられる。詳しくは次節で取り上げる。

三、国宝『源氏物語絵巻』と後世の源氏絵

　源氏絵は平安時代から現代に到るまで制作されているにもかかわらず、現存最古の作品である国宝『源氏物語絵巻』（以下、国宝『源氏絵巻』と称す）に研究は集中している。そして他の源氏絵も、国宝『源氏絵巻』を基準にして評価する傾向がある。そのために生じる問題点を以下、具体的に見てみよう。

例1、喪中の場面

　次の解説は、江戸時代初期に成立した土佐光則筆「源氏物語画帖」（徳川美術館蔵）の柏木の巻である。
　外はうららかな春の風情であるというのに、今は亡き柏木の一条邸では、妻落葉の宮をはじめ、鈍色の喪服をつけた女たちがさびしく日を送っていた。そんなある日、夕霧が訪れた。本文では母屋の廂の間の席を設けてとあるが、この図では簀子の敷物に坐って、御簾越しに母御息所と対面、話をしているうちにあふれた涙をおしぬぐい、鼻をかむところを描く。国宝絵巻三図が、帖の中心的主題を正面から捉え、主人公たちの心情を深くえぐるように表出していたのに比べると、まさにその対極をいく感を禁じえず、場面選択の意識をまず問いたいところであるが、ここでは触れない。満開の桜に柳が季節感を表わし、室内も御息所、落葉の宮、女房たちなどが説明的に配され、こまやかに描きだされている。（注3の著書、第142図）
右記で取り上げられた「国宝絵巻三図」とは、国宝『源氏絵巻』の当巻にある三図、すなわち朱雀院が女三の宮を見

舞う場、夕霧が柏木を見舞う場、そして薫の五十日の祝いであり、いずれも登場人物の悲痛な心情が聞こえてきそうな名場面である。一方、光則筆の絵も物悲しい場面とはいえ国宝絵巻三図に比べると、確かに右記の指摘通り迫力に欠け物足りない。

この論は一理あるが、国宝『源氏絵巻』との比較考察は注意を要する。というのは場面を選ぶ基準が両作品では異なるため、同等に比べると無理が生じ、時には意味をなさないからである。国宝『源氏絵巻』で柏木から御法の五巻を担当したグループが選択した場面は、後世の源氏絵にはあまり見られないと三田村雅子氏は指摘された（注12の著書、七五頁）。この孤立した独自の画面選択が生まれた背景として、三田村氏は制作事情を踏まえて、

国宝源氏物語絵巻とは、白河院と待賢門院の罪のドラマを傍らにあって見つめ続けるしかなかった側の諦念に満ちた物語なのである。（注12の著書、一三九頁）

と推測された。

では、後世の作品の場面設定の基準は何であろうか。清水好子氏は、『源氏絵詞』で選ばれた題材を考察され、

中世から近世にかけての源氏絵は数量の上からも、題材とされる章段の上からも、実に多数が制作されたにもかかわらず、画面は案外平板で一様であり、三百に近い図様指定も、あらかた華やかな儀式宴遊か恋の場面の種々相に組み入れられてしまう。（注11の著書、二一七頁）

と述べられ、たとえば物怪が出る箇所は一例もなく、また死の場面も好まれていないと指摘された。その理由として清水氏は、図様指定の文章中に散見される仕立てに関した注意書き、たとえば「海人の参るていは小さきにはわろし」「いかほともあふきく書ゑ也」「絵を大きく書ならば右と一所に書くへし」などに基づいて、本書の図様指定は挿絵ではないこと、そして

同時に多くの人の眼にふれる場合のものとして、より装飾的な立場から考案されていたと考えるべきである。そ

れはますます文学的な読み方からは遠ざかることを意味する。したがって、不吉奇怪な場面より、めでたいもの、優艶風流なもの、華やかな儀式宴遊などが好まれたのは当然である。巻名出所の箇所はすべて採用されているが、

薄雲、総角、蜻蛉の例外があるのもまたうなずける。（注11の著書、二一九頁）

と説かれた。このような好尚が生じた背景には、

特に『源氏物語』などの古典を主題とした色紙絵を貼り付けた画帖は、公武の貴紳の子女の婚礼調度のうち書棚を飾る重要なアイテムとして、また宮廷や幕府などにおける特別な行事の引出物などとして数多く制作された(29)という社会事情、また「桃の節句の雛屛風としての源氏絵(30)」という風習が考えられる。

そのため肉筆画は原則として、画題が慶賀に相応しく意匠が美麗であるという条件がつくため、図案が限定される。たとえば御法の巻を見ると、『絵入源氏』は二図あり、一つめは法華経供養の儀式で僧侶たちが立ち並んでいるところ（薪の行道か）、二つめは紫の上の臨終である。それに対して肉筆画の多くは、『絵入源氏』と同じ供養の場を取り上げながら、満開の桜の下で陵王が舞われた光景を華麗に描いている(31)。そのほか『絵入源氏』には逆髪姿の物怪（夕顔・葵・若菜下）や太刀を抜く場面（紅葉賀）が描かれているが、肉筆画にはそのような縁起の悪い図様は見当らない。

もっとも肉筆画にも、まれに不吉な場面がある。たとえば『源氏絵詞』において清水好子氏は、

浮舟葬送の図（蜻蛉第一図）や夕顔の「しがい」を車に乗せるところ（夕顔第四図）は例外である。御法に、夕霧が紫の上の死顔をのぞくのは野分より続く恋の意味の方が強いとすべきであろう。（注11の著書、二一六頁）

と述べられた。実際の作品においても、嵐（図1）や幽霊（横笛の巻）、また喪中（前述）や出家（手習の巻）の場面を描いたものはあるが、その種の題材は非常に珍しい。そのうえ描き方によっては、不吉な場面に見えない絵もある。たとえば近世初期に制作された賢木の巻の冊子の表紙絵（スペンサー・コレクション蔵）は、桐壺院が亡くなり四十九日も過ぎ、里邸に下がる藤壺を迎えに兄の兵部卿宮と源氏が参上した場面である。『源氏絵詞』には「源氏御ぶく」

とあるが、表紙絵に描かれた人物はすべて喪服を着ず、泣く仕草もしないので、物語の内容を考えなければ華やかな光景に見える。そこで『源氏絵詞』で清水好子氏が例外とされた浮舟や夕顔の亡骸を運ぶ図も、描き方によっては不吉な場面に見えないのである。

一方、土佐光則筆画帖の柏木の巻（前述）では、柏木を亡くした妻（落葉の宮）と女房たちは鈍色の喪服を着ているが、夕霧や御簾越しに対面している母御息所は喪服姿ではない。また『源氏絵詞』で「みやす所対面なきゐ給」と指示している通り、夕霧は涙にくれて鼻をかんでいるが、このような泣く仕草は肉筆画では珍しい。そのほか涕泣の表現には袖で顔を隠す仕草も用いられ、国宝『源氏絵巻』では柏木・御法の巻に見られるし、『源氏絵詞』の図様指定文にも散見される。ところが国宝『源氏絵巻』以外の肉筆画では、その仕草はなかなか見出せない。たとえば桐壺の巻の野分の段を見ると、『絵入源氏』では靫負命婦を迎えた更衣の母が袖を顔に押し当てているのに対して、土佐光則筆「白描源氏物語画帖」（フリア美術館蔵）では、母君は帝からの文を両手で持って読み、向かい側に座る命婦は袖で口を覆うだけで、二人とも泣いているようには見えない。このように国宝『源氏絵巻』以外の肉筆画では、泣いているとすぐ分かる描き方をしない方が普通である。よって同じ場面でも、肉筆画と『絵入源氏』では描き方が異なるのである。

例2、動的な場面

ハーヴァード大学美術館蔵「源氏物語画帖」は、土佐光信（一五二二年頃没）のグループが一五世紀後半から一六世紀前半頃までに制作したと想定されている。[32]その真木柱の巻は当巻を代表する場面で、夫の鬚黒に北の方が火取りの灰を浴びせるところであり、成原有貴氏の解説を抜粋する。

室町期の他の源氏絵では、北の方は、灰の入った器を右大将に向かつて掲げ持つのみであり、本作品のように直接灰を浴びせかけてはいない。（中略）灰をかけられた右大将の方は、扇を翳しつつ逃れている。このような姿態は、近世の源氏絵には類例があるが、室町期の源氏絵の中には殆ど見られないものである。浄土寺蔵「源氏物語扇面貼交屏風」の同場面では、右大将は、灰の入った器を持つ北の方のそばにおり、庭を眺めている。逃れるような気配は全くない。（注32の雑誌、四六頁）

『絵入源氏』（図3）はハーヴァード大学本と同じで、鬚黒は片手を挙げて落ちかかる灰から逃げようとしている瞬間を描いている。ただし灰が落ちる箇所は異なり、肩（ハーヴァード大学本）よりも烏帽子（『絵入源氏』）の方が迫力が増す。このような図様が稀であるのは、前述した通り泣く仕草（袖で顔を隠したり鼻をかむ等）が肉筆画では珍しいのと同じで、逃げ出す瞬間や落ちかかる灰まで描く動的な絵は不吉さの程度を強めるため、婚礼調度や引出物にはふさわしくないからであろう。他の作品の多くが、火取りを手に持ち灰を浴びせる直前の場面であるのは、その方が静的だからである。物語では鬚黒の背後から灰を掛けたとあり、ハーヴァード大学本や浄土寺本はその通りであるのに対して、火取りを持つ妻が夫と顔を見合わせている絵もあり（京都国立博物館蔵土佐光吉筆「手鑑」）、この構図では緊迫感が弱まる。さらに光吉の孫にあたる土佐光起の画帖（注3の著書に収録）では、床に置かれた火取りを挟んで夫婦が向かい合う配置をとるため、これでは北の方が異常な行為に走る以前に、玉鬘の元に出かける鬚黒と話し合い、健気にも夫の身支度を手伝うという哀れ深い光景に様変わりする。

例3、描き方の変化

例2のように同一場面における描き方の相違は肉筆画内にも見られ、その一例として夕霧の巻を取り上げる。夕霧が読んでいる一条御息所の文を、落葉の宮からの恋文と勘違いした雲居雁が、夕霧の背後から忍び寄り文を奪い取ろうとする一瞬を、国宝『源氏絵巻』は見事に捉え、動きのある画面に仕立てている。当時の姫君にとって、立ち姿は不謹慎な挙措であるのに、国宝『源氏絵巻』の雲居雁は立ち上がり[33]、「あたかも猫のように、背を丸めて飛びかかる寸前の緊張の一瞬が見事に捉えられている[34]」。詞書には、「はゐよりてうしろよりとりたまひつ」とあるのに、そのように描かなかったのは、「雲居雁の右上からかぶさるような動勢」（注3の著書、第152図）を狙ったからであろう。
それに対して住吉具慶筆「源氏物語絵巻」（茶道文化研究所蔵）の雲居雁はにじり寄っており、この方が物語本文の「這ひ寄りて」に合うものの、国宝『源氏絵巻』の迫力には及ばず、「具慶のこの場面では、雲居雁が夕霧に戯れかかっているかのようにみえる。」（注34の著書、一五三頁）と評されるほどである。一方、土佐光則・光起親子の作品はまた異なり、手紙を奪った後、夕霧の巧みな言い訳に自省して茫然と立ちすくむ雲居雁を描き画面は静的である。
このように国宝『源氏絵巻』に描かれた立ち姿は物語本文には合わないが、雲居雁の心情を鑑賞者に伝え、画面全体に緊迫感があふれる作用をもたらした。とはいえ、このような動的な画風は婚礼調度には似合わず、江戸時代になると静謐な佇まいになってしまう。また華美が競われると、同じ流派の中でも変化が見られるようになる。たとえば若菜下の巻で、土佐光則・光起親子の画帖を見比べると、図様はほぼ同じであるが、「光起本では池を遣り水の流れのように不定型にし、蓮も自然な形態を失って意匠化されている」（注3の著書、第135図）のように変化している。当図は、一命を取り戻した紫の上が源氏と共に庭の池に咲く蓮の花を見て、その葉に置く露を和歌に詠み合うという哀れ深い場面で、池の蓮が眼目であり、光則や『絵入源氏』は物語に忠実であるのに、光起が岸辺の曲線に変化をつけて州浜のようにして蓮もデフォルメしたのは、物語の内容よりも見た目の美しさを優先したからであろう。
この傾向を推し進めていくと、
如慶のあたかもミニチュアセットを見るような画面は、この帖の中心テーマである二組の男女の愛の葛藤とは、もはやまったく無縁の世界であり、源氏絵の終焉の近いことを感じさせる。（注3の著書、第177図）
になる。これは総角の巻で、匂宮が宇治の中君と契りを結んだものの、なかなか会いに行けず、それを見て薫に言い寄られていた大君は、ますます薫との結婚を拒んでいた折、宇治川の紅葉見物と称して中君を訪れることを薫に勧められた匂宮が、宇治を訪れたところである。住吉如慶筆画帖では、屋根に紅葉を飾り立てて匂宮一行が乗った二艚の屋形舟を、室内にいる三人の女性が見ているという図様であるが、これでは三人のうちどれが大君・中君か分からないし、舟が二艚では焦点がぼやける。それに対して『絵入源氏』では見開き一面を使い、右側の丁に一艚の舟、左側の丁に二人の女性を配置し、姉妹と男君たちの対比を鮮やかに描き分けている（図4）。

国宝『源氏絵巻』ならば、姉妹の嘆きと薫・匂宮の意気込みが感じられる張り詰めた画面に仕上げたかもしれない。その基準で如慶の絵を見ると、「二組の男女の愛の葛藤とは、もはやまったく無縁の世界」と評されても仕方がない。けれども源氏絵が慶事の品に使われるようになった当時の習慣を踏まえると、国宝『源氏絵巻』よりも如慶の方が当世の嗜好に合い、歓迎されたであろう。それを考慮すると、あながち「源氏絵の終焉」と言い切れようか。当時の慣習を考慮せず、国宝『源氏絵巻』を基準にして後世の作品を評価すると無理が生じると思われる(35)。

終わりに

今後の源氏絵研究では、肉筆画も木版画も取り上げ、また他の物語絵も配慮する目配りが必要になる。そのほか物語本文のみならず、梗概書や古注釈も視野に入れなければならない。そして国宝『源氏物語絵巻』が、後世の作品とは描き方などを異にするように、各々の特徴を押さえながら比較考察する柔軟さが不可欠になろう。

注

（1）久下裕利氏『源氏物語絵巻を読む―物語絵の視界』二九一頁（笠間書院、平成八年）。

（2）秋山光和氏「室町時代の源氏絵扇面について―浄土寺蔵「源氏物語絵扇面散屏風」を中心に―」（『国華』一〇八八号、昭和六〇年一〇月）など。

（3）『豪華［源氏絵］の世界　源氏物語』（学習研究社、昭和六三年）。口絵解説は、田口榮一氏の担当。
（4）源氏物語の古文と現代語訳は、新編日本古典文学全集（小学館）による。以下、同じ。
（5）今西祐一郎氏『京都国立博物館所蔵　源氏物語画帖　詞書翻字・図様解説』七頁（勉誠社、平成九年）。
（6）『紫塵愚抄』は、中野幸一氏編『源氏物語古註釈叢刊』5（武蔵野書院、昭和五七年）に翻刻されている。
（7）『源氏絵詞』は、片桐洋一氏・大阪女子大学物語研究会編『源氏物語絵詞―翻刻と解説―』（大学堂書店、昭和五八年）に翻刻されている。
（8）中野幸一氏「『源氏物語』の享受と「源氏絵」」（『江戸名作画帖全集』Ⅴ、一六四頁、駸々堂出版、平成五年）。ちなみに室町時代に制作された白描源氏物語絵巻は、「当時の『源氏物語』の梗概書中心の享受の形を、如実に反映しているといえよう。一種、絵入梗概書といってもよいかもしれない。」と、片桐弥生氏は指摘された（同氏「美術史における源氏物語」三一七頁、『源氏物語研究集成』14所収、風間書房、平成一二年）。
（9）ちなみに本屏風に描かれた桐壺の巻の図についても、「場面選択にはこの図のような他に例のない独自性がうかがわれ」（注3の著書、第5図）と解説されているが、その箇所も『紫塵愚抄』『源氏絵詞』に採られている。
（10）本書は、岡見正雄氏『良基連歌論集』3（古典文庫92、昭和三〇年）に翻刻されている。
（11）寄合と源氏絵の関係については、夙に清水好子氏が述べておられる。
私の見た数種の梗概書類によれば、連歌制作に必要なりとして抄出した語彙はみなこの冊子（岩坪注、『源氏絵詞』を指す）の「絵能所」（岩坪注、「絵に能き所」の意）の内容と一致する。例えば桐壺にあげる「あつしく」「息もたへつつ苦しき」「やへむぐら」「すすむし」「文つくる」「初もとゆひ」などはそれぞれ帝更衣別れの場、野分、高麗人対面、元服の諸段にあたり、みな絵画化されているのである。（清水好子氏『源氏物語の文体と方法』二一八頁、東京大学出版会、昭和五五年）
（12）三谷邦明・三田村雅子氏『源氏物語絵巻の謎を読み解く』二四〇頁（角川書店、平成一〇年）。
（13）二本とも筆者は飛鳥井雅威で、一本（国文学研究資料館蔵）は他本（天理図書館蔵）の写しと推定されている。
（14）岩坪健『源氏物語古注釈の研究』三六九～三七一頁（和泉書院、平成一一年）。
（15）池田利夫氏『新訂　河内本源氏物語成立年譜攷』一五三頁（貴重本刊行会、昭和五五年）。

(16)『増鏡』第十、老の波。この出来事を日本古典文学大系（三六四頁、時枝誠記・木藤才蔵氏校注、昭和四〇年）では弘安元年、講談社学術文庫（二六四頁、井上宗雄氏全訳注、昭和五八年）では弘安二年とする。

(17) このように『珊瑚秘抄』の秘説を『河海抄』に載せない仕組みを、二段階伝授と命名した。詳細は注14の著書、参照。ちなみに文亀三年（一五〇三）奥書のある持明院基春筆『鷹経弁疑論』（『続群書類従』19所収）にも、「鳥ヲ木枝ニ付ル事」の条がある。また、早歌の「鷹徳」の一節にも、「小鳥を付し荻の枝」とある。

(18) 本文は、伝持明院基春筆本（岩坪健編『『源氏小鏡』諸本集成』所収、和泉書院、平成一七年）による。

(19) 田口榮一氏の解説、『日本屏風絵集成』5、九五頁（講談社、昭和五四年）。なお同じ図様の屏風は、桃山時代に制作された二件（出光美術館、富士美術館蔵）のほか、一七世紀の作品として狩野氏信筆（注3の著書に収録）や岩佐又兵衛派（『国華』一三五八号に掲載、平成二〇年一二月）などがある。なお本書の第三編第一章の注12参照。

(20) 同じことが、清水婦久子氏『源氏物語版本の研究』（和泉書院、平成一五年）の四一五・四四九頁などに指摘されている。

(21) 承応三年（一六五四）本を初版とする吉田幸一氏の説に対して、初版は無刊記で慶安三年（一六五〇）冬から翌年秋の間に刊行されたと、清水婦久子氏は唱えられた（注20の著書、六一頁）。

(22) 跋文の一節「老て二たひ児に成たるといふにや」が著者の還暦を指すとすれば、立圃が還暦を迎えた承応三年（一六五四）に本書は成立したと渡辺守邦氏は述べられ（『日本古典文学大辞典』「十帖源氏」の項）、吉田幸一氏も同意された（吉田幸一氏『絵入本源氏物語考』上、日本書誌学大系53（1）、四・二一二頁、青裳堂書店、昭和六二年）。しかしながら還暦とは満六〇歳、数えで六一歳であり、一五九五年生まれの立圃の還暦は承応四年になる。なお『十帖源氏』の初版は万治四年（一六六一）刊本より古いと、吉田氏は判断された（同書、二一八頁）。

(23) 注20の著書、四六八・四七三頁に概説されている。

(24) 本屏風の解説を、出光美術館編『日本の絵画百選』一四六頁（昭和五八年一一月）より抜粋する。

岩佐勝友については不明だが、ともあれ岩佐又兵衛工房の画人の手になることは疑いあるまい。画中人物の表現が又兵衛スタイルとはいえ、類型的であることから又兵衛より二～三代後の画人であろうか。

ちなみに又兵衛の生没年は、一五七八～一六五〇年である。

(25)『絵本源氏物語』（貴重本刊行会、昭和六三年）所収の図は、須磨の巻末と明石の巻頭の挿絵を誤って逆に置き、解説を付けている。詳細は注22の吉田幸一氏の著書一五七頁、および注20の著書四九七頁、参照。

(26) これに関しては、注1の著書（一七一頁）、注20の著書（五三六頁）のほか、伊井春樹氏「『源氏綱目』の挿絵」（『講座平安文学論究』8、風間書房、平成四年）参照。

(27)『栄花物語』の刊行が承応年間（一六五二〜五四）頃である（日本古典文学大系『栄花物語』上の解説、一二頁）ならば、『絵入源氏』と同じ頃になる。その挿絵が『絵入源氏』などと似ることは第三編第四章、参照。

(28)『都名所図会』には、

三間水《さんのまのみづ》　山城の名水なり。瀬田の橋下、龍宮よりわき出る水、此所へ流来るなりと。又一説には、竹生嶋弁才天の社壇の下より流出るといふ。秀吉公伏見御在城の時、常に汲しめ給ふ。

とあり、竹村俊則氏編『日本名所風俗図会』8（角川書店、昭和五六年）の解説には、次のようにある。

三間水　宇治橋の南側欄干上流に面して二メートルばかり張り出したところがあり、むかし、橋の守護神（橋姫神）を祀っていた。その橋下の宇治川は最も深く、その水は清冷とされ、茶の湯に利用された。

また、初音の調度（徳川美術館蔵）の宇治香箱の宇治橋は太鼓橋であるが、張り出したところも付いている。『徳川美術館　①奥道具の華』七八頁（日本放送出版協会、昭和六三年）参照。

(29) 高松良幸氏「大阪青山短期大学蔵　住吉如慶筆『源氏物語画帖』について」（『大阪青山短大国文』14、平成一〇年三月）。

(30) 内藤正人氏「出光美術館特別展『源氏絵と物語の絵画』「物語図屛風の繚乱」―新出の狩野興以筆「佐野渡図屛風」の紹介をかねて―」（『古美術』97、四一頁、平成三年一月）。

(31) 田口榮一氏が調査された一六件のうち、陵王の絵は一〇件（注3の著書、三一五頁）、片桐弥生氏の調査では一八件中、一二件にも及ぶ（堺市博物館編『源氏物語の絵画』一二二頁、昭和六一年）。

(32) 千野香織氏「ハーヴァード大学美術館蔵『源氏物語画帖』をめぐる諸問題」一四頁（『国華』一二二二号、平成九年八月）。

(33) 国宝『源氏絵巻』に描かれている女性は六〇人ほどで、そのうち立っているのは雲居雁（夕霧の巻）と女三宮の女房

（鈴虫の巻、第一図）の二人だけである（千野香織・河添房江・松井健児氏「王朝美術とジェンダー」、「源氏研究」1、一六五頁、平成八年四月）。

（34）『見ながら読む日本のこころ　源氏物語』一五五頁、田口榮一氏の解説（学習研究社、昭和六一年）。

（35）この問題に関しては、以下の指摘がある。
場面の固定化・類型化の問題は、婚礼調度の場合、ひとえに婚礼にふさわしい吉祥性や、先例にならった画題選択が重視されたことにも一因があり、単に絵画的な面ばかりでなく、誰を対象としてどのような目的で源氏絵が製作されたかという、享受のあり方を読み解いていくことが必要であろう。（吉川美穂氏「江戸時代における源氏絵の享受について―婚礼調度を中心に―」、『絵画でつづる源氏物語―描き継がれた源氏絵の系譜』一二七頁、徳川美術館、平成一七年）

図１―１　『絵入源氏』明石の巻

図１―２　『十帖源氏』須磨の巻

図１―３　『十帖源氏』明石の巻

図２―１　『十帖源氏』宿木の巻

図２—３　『絵入源氏』宿木の巻

図２—２　『絵入源氏』橋姫の巻

図３　『絵入源氏』真木柱の巻

図２—４　『都名所図会』
左下に見えるのが宇治橋

図４　『絵入源氏』総角の巻

第二章　絵入り版本『源氏物語』（山本春正画）と肉筆画との関係
――石山寺蔵『源氏物語画帖』（四百画面）との比較――

はじめに

江戸時代になると源氏物語（梗概書の類も含む）は続々と刊行されるようになり、その多くは絵入り本である。それらのうち一作品における挿絵の総数が最多であるのは、山本春正が物語本文を校訂して絵も自ら描き、慶安三年（一六五〇）に跋文を付けたもの（以下、春正画または『絵入源氏』と称す）である。『絵入源氏』以前に成立した肉筆画の源氏絵は土佐派の遺品など数多く伝来するが、それらと春正画とは無関係で、『絵入源氏』の挿絵の大半は春正が独自に考えたものと見なされている(1)。しかしながら、従来されてきた両者の比較には問題がある。というのは作品ごとに絵の総数を調べると、今まで知られていた肉筆画の殆どは源氏物語の帖数に合わせて五四図か六〇図であるのに対して、春正画は計二二六図もあり、一桁も違うもの通しを比べても無意味だからである(2)。しかも絵に選定される場面は固定されるため、肉筆画の作品数を増やしても、図の異なり数はあまり増えない。

ところが近年、影印が出版された石山寺蔵『源氏物語画帖』（以下、『石山寺源氏画帖』と称す(3)）は四〇〇図にも及ぶ大作で、初めて『絵入源氏』より画面が多い作品が世に紹介された。『石山寺源氏画帖』の制作年代は江戸時代中期と推定され(4)、春正画より数十年遅れる。『絵入源氏』は後代の木版画のみならず肉筆画にまで多大な影響を及ぼしており、(5)石山寺本にも春正画に似ている図がある。それが『絵入源氏』の模写であれば、春正が肉筆画を参照したかどうかを考察する資料として、『石山寺源氏画帖』を使うことはできない。しかしながら二者は類似するが、『石山寺源氏画帖』は『絵入源氏』を模倣していないと判断できる（詳細は後述）。そこで両作品を比較することにより、春正画の多くは果たして彼の創作かどうか、『絵入源氏』と肉筆画との関係について検討できるようになり、通説を再考するのが本章の目的である。

一、『石山寺源氏画帖』と肉筆画の関係

まず『石山寺源氏画帖』とそれ以前の肉筆画との関係については、片桐弥生氏が主に二つの資料に基づき考察しておられる。一つめの資料は、田口榮一氏が国宝『源氏物語絵巻』から近世の源氏絵に至る作品を、巻と場面ごとに分けて作成された「源氏絵帖別場面一覧」(6)であり、それには五四帖において二五二の場面が挙げられている。それと『石山寺源氏画帖』を比較すると、

田口氏の一覧表に載せられる二五二場面のほとんどは、本画帖（岩坪注、『石山寺源氏画帖』を指す）に含まれており、本画帖の描写場面の半数近くは前代に描かれた場面を何らかの形で継承していると考えられる。源氏絵の制作は常に前代の作品の影響なしでは行なわれなかった。場面の選定のみでなく、その場面をどのように描くかというわゆる図様に関しても、前述した諸場面では前代の図様をそのまま踏襲している場合が多い。例えば「夕顔」の随身が夕顔の花を受け取る場面や、「若菜上」の蹴鞠の場面は室町時代の扇面や土佐光吉の色紙に見られるそれと同一図様である。また、さきほどから何度か取り上げている版本類よりも土佐派などの色紙作品との方が、図様の近似は顕著である。この画帖の制作者が参考としたのは版本類よりは土佐派などの色紙類であった

のであろう。（注４の論文、五六頁）

と論じられたように、『石山寺源氏画帖』は場面も図様も土佐派などの定型を継承している。

二つめの資料は、室町時代末に成立したとされる『源氏物語絵詞』（大阪府立大学蔵(7)）である。それは、各帖数場面ずつ源氏絵を描く際の図様指示を示したのち、本文から詞書とするべき箇所を抜き出したものである。他の同類の書物と較べ、その図様指示がかなり細かく、また二八三と場面数が多いのが特徴である。（注４の論文、五七頁）

という著書である。それと『石山寺源氏画帖』を比較すると、

このように数例を見てきただけでも、本画帖のかなりの場面が「源氏物語絵詞」と親密な関係にあるのが窺われる。両者の関係は一体いかなる物であろうか。勿論、四百面という場面数から「源氏物語絵詞」に含まれていない場面もあるし、反対に「絵詞」に含まれていても絵画化されていない場面もある。しかしこの親近性は単なる偶然ではあるまい。本画帖が制作された当時、「源氏物語絵詞」に含まれており現在では見出せない諸場面が絵画化されておりそれら諸作品に倣ったか、もしくは本画帖が「源氏物語絵詞」そのものでなくとも同類の源氏絵場面集といった書物をもとにして制作されたかいずれかであろう。（注４の論文、五九頁）

という結論になる。すなわち『石山寺源氏画帖』は、「中世以来の源氏絵の伝統、特に『源氏物語絵詞』のような源氏絵場面集の影響が見られる」（注４の論文、六四頁）のである。

二、『絵入源氏』と『石山寺源氏画帖』の相違

『絵入源氏』の挿絵に関しては、

その多くは、春正自身が独自に作成したものと考えるべきだろう。蒔絵師であった春正なら、源氏物語の文章から画面を作り出すことはそれほど困難なことだとは思えないからである。春正程度の絵心と読解力があれば、いくつかの絵画資料を参照してさえいれば、あとは自力で独自の図を作り出すことは可能であったと思う。（注1の著書、四一六頁）

と推定されている。このように春正画は物語に即しているのに対して、『石山寺源氏画帖』には物語に合わない図が散見され、それは源氏絵の伝統を踏まえたからと考えられる。本来、源氏絵は源氏物語を絵画化したものであるのに、物語の内容に一致しないことがあり、その理由は次のように推定されている。

なんとなれば、この種の絵画作品は、テキストをもとに構成されることは間違いないとはいえ、絵画は文学の完全なる従属物ではあり得ず、ときに絵画の制作者は、原典の行間を読みながら豊かに創意を巡らし、文章にはないモティーフを書き加えたり、あるいは表現内容に手を加えたりしながら、独自の解釈を入れて新たな源氏絵を「創造するから」である。(8)

物語に合わせた『絵入源氏』と、時には物語から離れる『石山寺源氏画帖』、この両作品の相違を明確に示すのは、異時同図の有無である。

狩野派や土佐派の絵師が描く源氏絵には、このように時間の異なる場面を合わせ描く〈異時同図〉が多い。しかし、「絵入源氏」の挿絵には、二つ以上の場面を合わせて描くことはない。〈挿絵〉の機能を果たすべく、物語の文章の表す一つの場面を一字一句忠実に描くことに徹しているのである。（注1の著書、四一六頁）

その例として、清水婦久子氏は末摘花の巻を代表する名場面を挙げられた。

末摘花巻の絵でよく見られるのは、常陸宮邸で琴を弾く末摘花を、透垣の陰から垣間見る源氏を頭中将が呼び止める場面である。この図は、伝土佐光則筆『源氏物語色紙貼付屏風』や京都国立博物館蔵の土佐光吉筆『源氏物語画帖』など、土佐派の絵ではほとんど定型化されており、『源氏小鏡』挿絵（図120）もこれを踏襲している。しかし「絵入源氏」の挿絵では、末摘花の琴を源氏が建物内で座って聞く場面（図121）と、透垣の所で頭中将に背後から呼び止められる場面（図122）とを二枚に分けて描いている。これは、物語の場面に合った挿絵を、物語の記述に沿って配置したものである。

従って、『小鏡』や土佐光吉などの絵で、格子を上げて琴を弾く末摘花、透垣のこちら側に二人の男を描くのは、時間的には別の場面であるはずの二つの絵を合わせていることになる。大阪女子大本『絵詞』にも、

常陸宮きん引給ふそはに大夫命婦なとあるへし庭に紅梅有庭のすいがいのをれのこりたるに源氏かくれき、給ふ頭中将かり衣にて源氏のそはにより給ふ所おほろ月夜ありいさよいの月なり

と指示している。つまり、源氏が末摘花の琴を透垣に隠れて聞くとする解釈が、この時代の源氏絵においては一般的であったことがわかる。（注1の著書、四一四頁。なお図120〜122に相当する絵は本章の末尾に図1〜3として掲載）『石山寺源氏画帖』の構図は土佐派と同じであるので、『絵入源氏』より後に成立したものではあるが、春正画の影響は受けず、中世以来の伝統的な型を継承している。そのため本画帖にも、物語の内容と齟齬する図が散見されることを次に取り上げる。

三、『石山寺源氏画帖』と源氏物語の関係

『石山寺源氏画帖』には各画面に付箋が貼られ、そこに場面説明や『源氏物語絵詞』に類似した図様指示が記されている。では絵と物語が合わない場合、付箋の文章はどちらに一致するであろうか。調べてみると、絵に合う例もあれば、物語に合う例もあり、まちまちであり、その理由を解明する。まず絵と付箋の関係については、次のように推

論されている。

まず最初に絵のみが存在し、その所蔵者などが各場面が『源氏物語』中のどの場面を描いているのかを調べ、このような場面説明を付けたという可能性である。帖の途中で冊が変わるときもう一度帖名を書きなおすことから、これら付箋は画帖の形に仕立てられてから付けられたのが確かであることも、この推論を裏付けるかもしれない。しかし、それにしては絵と場面説明はほとんどすべて一致し、誤りなどは見られない。前述したように、絵と場面説明はかなり緊密な関係にあるのである。（注4の論文、六〇頁）[9]

そこで絵と付箋の説明文が一致し、物語と異なる例を見てみよう。

たとえば若菜上の第八図に貼られた付箋には、

源、女三へのふみ書給ふ所也。むらさきも花をまさくりゐ給ふ所也。

とあり、それに合わせて絵にも手紙を描く光源氏と、花をもてあそぶ紫の上が描かれている。しかし物語では、文を書くのも花に触れるのも源氏である。『源氏物語絵詞』には、

頓而次、女三へ源より梅の枝つけ文あり。使女也。わた殿よりまいるてい。源はむらさきの上と、はしちかくゐ給ふ。[a]むらさきのうへは、しろき御そきて、はなをまさくり、のきちかき紅梅に鶯の鳴を、みすをしあけてなかめ給ふ所也。すゝりかみなともあるへし。

中道をへたつるほとはなけれとも心みたるゝけさのあは雪

梅につけ給へり。人めして、にしのわた殿より奉らせよとの給。やかてみいたして、はしちかくおはします。[b]しろき御そともをき給ひて、花をまさくり給つゝ、ともまつ雪のほのかにのこれるうへに、うちちりそふ空をなかめ給へり。鶯のわかやかに、ちかきこうはいのすゑにうちなきたるを、袖こそにほへと花をひきかくして、みすを、しあけてなかめ給へるさま、夢にもかゝる人のおやにて、おもきくらゐとみえ給はす、わかうなまめかしき

御さまなり。

とあり、前半の解説文では『石山寺源氏画帖』の付箋や絵と同じで、紫の上が花をもてあそんでいる(傍線a)。ところが後半の物語本文では主語は全文にわたり光源氏で、白の御衣を着て花を持つのは源氏である(傍線b)。よって『源氏物語絵詞』では図様指示と、その場面に相当する物語本文とが合わず、その図様指示に『石山寺源氏画帖』は付箋も絵も一致する。そこで、

本作品は「源氏物語絵詞」のような前代の源氏絵場面集の影響を多分に受けているのではなかろうか。(注4の論文、六三頁)

という説が確認された。

それでは『石山寺源氏画帖』の絵が物語の内容と齟齬する場合、付箋の文章はすべて絵に合うかというと、そうではない。たとえば薄雲の第三図において、付箋には、

源、かつらへ行給ふに、姫君、御さしぬきのすそにかゝりト也。ふねとむるおちかた人のト云哥の所也。

とあり、これによると明石の姫君が手で摑んでいるのは、光源氏の指貫の裾である。ところが絵を見ると、姫君の手は源氏の直衣の裾に触れている。このとき姫君は四歳になったばかりで、手を伸ばすと直衣より下にある指貫によやく届いたという方が、幼さが強調される。『源氏物語絵詞』では、前半の図様指示も後半の物語本文も指貫である。

二条院にて源、かつらへ参り給ふ時、ひめ君さしぬきにとりつきしたひ給ふ所、夕日かゝやく躰、女君もめのとも可有。ころは冬。

姫君はいわけなく御さしぬきのすそにかゝりて、したひきこえ給ふ程に、とにもいて給ぬへけれは、たちとまりて、いとあはれとおほしたり。こしらへ置て、あすかへりこんと、くちすさひて出給ふに(下略)

よって『石山寺源氏画帖』の絵のような直衣の裾では、物語の内容と異なる。しかしながら中世以来の肉筆画では、

指貫の例は見当たらない。

この場面は、浄土寺扇面などにもみられるように、はやくから絵画化されており、いずれも幼い姫君が源氏の直衣の裾を握り、源氏が振り返るポーズがパターン化されている。また紫の上が、御帳台の内から見送るところも含めて、本図とよく似通った図様の色紙型の作例も多く、おそらく光吉・光則あたりからはじまる一系統と考えられ、さらにもっと自由な構成で源氏絵屏風の場面となっているものも少なくない。（注6の著書、第76図の解説。傍線、筆者）

文中にある「浄土寺扇面」とは室町時代後期に成立した源氏物語扇面散屏風（浄土寺蔵）で、そのとき既に物語の内容に合わない図様が定着していたと考えられる。この図柄は伝土佐光元（生没一五三〇～六九年）筆源氏物語色紙絵（別冊太陽愛蔵版『源氏物語』所収、平凡社、昭和五一年）をはじめ、土佐派の遺品によく見られる。版本の挿絵においても、土佐派の影響を受けた明暦三年（一六五七）版『源氏小鏡』[10]は、直衣の裾を摑んでいる（図4）。

『絵入源氏』にはこの場面はないが、他の版本を調べると、野々口立圃が承応四年（一六五五）に跋文を記して挿絵を描いた梗概書『十帖源氏』では本文に、「姫君いはけなく御さしぬきのすそにかゝりてしたひ聞え給ふ」とあり、絵も物語に即して指貫を握っている（図5）。吉田幸一氏は『絵入源氏』の挿絵（計二二六図）と『十帖源氏』（計一三〇図）とを比較検討され、

『十帖源氏』の六九図は、図様個所が大体「絵入源氏」に一致しており、のこり六一図は、「絵入源氏」に描かれていない個所を、立圃独自の選定によつて絵画化したものと見ることができる。[11]

と判断された。その説によると、この場面は『絵入源氏』にないので、「立圃独自の選定」になる。けれども『十帖源氏』の絵は、源氏が振り返るポーズまで土佐派とデザインが共通するので、立圃は土佐派の図様を参照しながら、物語の内容に合わせて描き直したのであろう。ちなみに『十帖源氏』の跋文には、「よしある所々に絵をかきそへ、

我身ひとつのなくさめくさとす。」と記すだけで、粉本を用いたかどうかは分からない。

『石山寺源氏画帖』に話を戻すと、その絵が物語に合わない例を二つ取り上げた。そして付箋の文章は『源氏物語絵詞』の図様指示と同じで、一例め（若菜上）は絵と、二例め（薄雲）は物語本文と、それぞれ一致した。したがって付箋の作成には、『源氏物語絵詞』の類が利用されたと見られ、次の説が確認される。

『石山寺源氏画帖』の四〇〇図の選定や付箋の作成も、直に物語本文に依拠したと考えるよりも、中世の『源氏』の抄出本や絵画場面の指示書などの存在を考慮に入れるべきであろう。（注3の解説、四一七頁）

四、『絵入源氏』と『石山寺源氏画帖』の関係

このように『石山寺源氏画帖』の制作には、『源氏物語絵詞』の類や粉本が用いられ、中世の源氏絵の伝統を継承している。それに対して、『絵入源氏』には物語の記述に合わせて春正が独自に考案した図が多いと見なされている。

それでは『石山寺源氏画帖』と春正画において、設定された場面を比較しても、あまり一致しないかというと、そうでもない。全部で二二六図ある春正画のうち、『石山寺源氏画帖』と場面が同じものは、私の計算によると一四六図もあり過半数を占め、そのなかには図様まで似るものさえある。また胡蝶・浮舟の巻に至っては、春正画の全図が『石山寺源氏画帖』の場面と合致する（詳細は次節）。逆に一巻全図が異なるのは、二帖しかない。それは御法と匂宮で、匂宮は第六節で取り上げることにして、本節では御法の巻を問題にする。

当巻において、『源氏物語絵詞』『絵入源氏』『石山寺源氏画帖』がそれぞれ採用した場面を物語の進行順に並べると、次のようになる。この三作において場面の異なり数は五つ（表の1〜5）あり、それに該当する図がある場合は○、ない場合は無印で示した。なお表の「絵詞」は『源氏物語絵詞』、「春正」は『絵入源氏』、「石山」は『石山寺

表①　御法の巻

	絵詞	春正	石山	場面の説明
1	○	○		三月、紫の上、法華経千部の供養を行なう。
2	○		○	1の翌朝、陵王の舞楽が奉納される。
3			○	紫の上、匂宮に紅梅と桜を譲る。
4	○		○	紫の上、源氏、明石の中宮と歌を詠み交わす。
5	○	○		源氏、紫の上の死顔を夕霧と見る。

源氏画帖』を示す。

『絵入源氏』に採られた場面（表①の第1・5項）は『石山寺源氏画帖』にはないが『源氏物語絵詞』にはある。これは偶然の一致ではなく、春正は『源氏物語絵詞』の類を参照しながら場面を選定したと推測される。よって今まで考えられていた以上に、春正は前代の資料を利用していたと言えよう。その仮説を確認するため、さらに詳しく『絵入源氏』と『源氏物語絵詞』を比較してみる。

五、『絵入源氏』と『源氏物語絵詞』の関係　(1)一致する例

吉田幸一氏は『絵入源氏』の挿絵（計二二六図）と、『源氏物語絵詞』の図様指定箇所（計二八三箇所）とを比較検討され、

○『絵入源氏』は、その約六〇％にあたる一三六図が『源氏物語絵詞』と一致する。

○『源氏物語絵詞』は、その約四八％にあたる一三六図が『絵入源氏』と一致する。

という数字を導かれ、それに基づき、

　これによって見ると、仮に、春正が『源氏物語絵詞』写本を呈示されたとしても、その指示率は半数にも達していない。そればかりか、五十四帖の内、

> 空蟬（二図）、花宴（二図）、花散里（一図）、関屋（一図）、朝顔（三図）、胡蝶（二図）、蛍（二図）、常夏（三図）、篝火（一図）、梅枝（二図）、藤裏葉（三図）、鈴虫（二図）、御法（二図）、紅梅（一図）、浮舟（八図）
>
> 右の十五帖は、『源氏物語絵詞』の指示には依らないで、全く別の個所を選び出して描いたことになる。これによって惟うに、春正は『源氏物語絵詞』とは無関係に、挿絵を描いたことは、ほぼ間違いないといえるだろう。
>
> （注11の著書、一九二頁）

と推測された。ただし吉田氏が列挙された一五帖は、実は全図が『源氏物語絵詞』の指示した箇所と一致する巻であり、それは両者を比較した一覧表（前掲書、一九〇頁）により確認できる。その諸巻のうち浮舟の巻以外の一四帖は、どの帖も一〜三図しかない。すなわち春正は、この一四帖に関しては一帖につき三図までしか描いておらず、それらの場面はすべて『源氏物語絵詞』が示した箇所と重なるわけである。このように一帖につき最大三箇所しか選択していない場面が、全部『源氏物語絵詞』にもあるのは、単なる偶然ではなかろう。春正は『源氏物語絵詞』の類、あるいは土佐派などの作品を参照していたと考えられる。

浮舟の巻に関しては前掲の表に倣い、次の一覧表を作成した。

表②　浮舟の巻

	絵詞	春正	石山	場面の説明
1	○	○	○	正月、浮舟から中君へ便りが届き、匂宮は浮舟の居場所を知る。
2			○	匂宮、大内記を呼び出し、宇治の様子を尋ねる。
3	○	○	○	匂宮、宇治を訪ね、浮舟を垣間見る。

4	○	○	○	匂宮、男女が寄り添う絵を描き、浮舟に見せる。
5	○			浮舟、匂宮を見送り、和歌を詠み交わす。
6		○	○	匂宮の一行、宇治から帰京する途中、木幡の山を越える。
7	○	○	○	薫、浮舟と一緒に宇治川を眺める。
8	○	○	○	匂宮、浮舟を舟で連れ出す。
9	○			匂宮、因幡守の家で浮舟と和歌を詠みあう。
10			○	匂宮と浮舟、因幡守の家で手水を使う。
11	○	○	○	薫と匂宮の文使い、宇治で鉢合わせする。
12	○		○	薫、宮中で浮舟の手紙を読む匂宮を目撃する。
13			○	薫、家来の報告により匂宮と浮舟の仲を知る。
14	○			薫、浮舟に匂宮との仲をなじる手紙を送る。
15	○		○	浮舟、匂宮からの手紙を焼いたりして処分する。
16	○	○	○	匂宮、宇治を訪れるが、薫の命令で警固が厳しく浮舟に会えない。

『絵入源氏』の全八場面は、すべて『石山寺源氏画帖』にも採られている。また『絵入源氏』の全図は、『源氏物語絵詞』とも重なると吉田幸一氏は判断されたが、それは表の第5項と第6項とを吉田氏は一項目に見なされ、「匂宮、浮舟と別れを惜しみつつ帰京、五位二人が御馬の口を取る」（注11の著書、一八五頁）とされたからである。いずれにしても『絵入源氏』の場面が『源氏物語絵詞』や『石山寺源氏画帖』と一致する割合は非常に高く、それは偶然ではなかろう。すなわち春正が独自に選定した個所が、たまたま他の作品と共通したのではなく、春正は前代の資料を参

考にしたと推定される。

六、『絵入源氏』と『源氏物語絵詞』の関係　(2)一致しない例

今度は逆に、『絵入源氏』の一帖全図が『源氏物語絵詞』と一致しない例を取り上げる。それは幻・匂宮の二帖である。まず幻の巻についても、前掲の表と同じものを作成した。

表③　幻の巻

	絵詞	春正	石山	場面の説明
1	○		○	一月、蛍宮、源氏を訪れる。
2			○	一月、源氏、埋み火を掻き起こす。女房、雪を見る。
3	○			二月、源氏、紅梅に鶯が鳴くのを見る。
4		○		三月、源氏、匂宮と桜の花を見る。
5		○	○	四月、源氏、賀茂祭の葵の葉を手に、中将の君と歌を詠み合う。
6			○	五月、源氏、夕霧と紫の上の一周忌を相談する。
7	○		○	八月、紫の上の一周忌のころ、源氏、中将の君の扇に歌を書く。
8		○		十月、源氏、飛ぶ雁を眺め、巻名歌を詠む。
9	○		○	十一月、五節の頃、源氏、童殿上した夕霧の若君たちに会う。
10			○	十二月、仏名の日、源氏、導師に盃を賜う。

『源氏物語絵詞』は全四図のうち『石山寺源氏画帖』とは三図も共通するのに、『絵入源氏』とは全く重ならない。しかし『石山寺源氏画帖』などの肉筆画にも目を向けると、春正画の類例は見出せる。具体例を挙げると、『絵入源氏』の第一図（第4項）は、土佐光則筆「源氏物語画帖」（徳川美術館蔵）に同じ場面があり、そのうえ光源氏と匂宮が簀子に並び、源氏が片腕を高欄に載せるポーズまで似通う。ちなみに光則は『絵入源氏』初版より十数年前の一六三八年に没している。第二図（第5項）は『石山寺源氏画帖』に、第三図（第8項）は狩野氏信筆「源氏物語図屏風」（個人蔵）にそれぞれ類例がある。狩野氏信の生没は一六一五～六九年で、本作の成立時期は一七世紀中頃としか分からず、『絵入源氏』より先に成立したかどうかは不明である。その氏信の作品に関して、次の指摘がなされている。

各帖から描かれた場面はほぼ定型的なものばかりであるが、巻一「桐壺」・巻二十六「常夏」・巻四十一「幻」は現在のところ他に作例がない(12)。

問題の幻の巻は、たしかに春正画以外に例を見出せない。しかしながら桐壺の巻は、同じ図様が桃山時代に制作された二件の源氏物語図屏風（出光美術館・富士美術館蔵）に描かれている。また常夏の巻は、同じ場面が土佐光則筆「源氏物語画帖」（徳川美術館蔵）に見られるので、幻の巻も前例が恐らくあり、それを春正や氏信は手本にしたと思われる。

次に匂宮の巻を見ると、『源氏物語絵詞』も『石山寺源氏画帖』も場面は同じで、二箇所しかない。一つめは雪の降る中、賭弓（のりゆみ）の還饗（かえりあるじ）が開かれる六条院へ牛車を連ねて参上するところで、この巻を代表する名場面として、古くは土佐光信の工房で一五世紀後半から一六世紀前半までに制作された「源氏物語画帖」（ハーヴァード大学美術館蔵）に見られる。二つめは六条院で還饗が盛大に催されているところで、作例は土佐光則筆「白描源氏物語画帖」（バーク・コレクション蔵）などがある。

一方、『絵入源氏』は一図しかなく、一人の男性が烏帽子姿で室内に座り、庭に咲く秋草を眺めている絵である

(図6)。この人は匂宮で、生まれながら身に芳香がある薫の君に対抗して、菊や藤袴などの香り高い草花を愛でている場面と解釈できる。これに図様が似た例として、清原雪信筆「源氏物語画帖」(徳川美術館蔵)が挙げられる。各絵には貴紳による詞書が付けられ、その極め書きに記された伝承筆者によると、承応元年(一六五二)から万治三年(一六六〇)までの書写と推定され、絵もその頃に制作されたならば[13]、『絵入源氏』初版の時期と重なる[14]。『絵入源氏』には硯箱は描かれていないが、それを描きこむと『源氏絵詞』(江戸初期写。京都大学図書館蔵[15])の図様指示と同じになる。

よろつのすくれたるうつしをしめ給ひ、あさゆふのことわさにあはせ、いとなみ、おまへのせんさいにも春は
梅の花そのをなかめ給ふ

男烏帽子　梅ノ枝　すゝり

これによく似た絵が源氏物語図色紙(個人蔵[16])にあり、それは室内に硯箱と香炉などを置き、梅の枝を片手に持つ冠姿の男君と、簀子に座る少年を一人ずつ描いている(図7)。

また構図は異なるが、場面が同じ例としては、源氏物語扇面散屏風(室町末期成立。永青文庫蔵)と源氏物語図屏風(桃山末期成立。伝宇佐神宮旧蔵。注12の著書に収録)があり、いずれも庭に匂宮と家来たちが立ち、匂宮は庭に咲く草花を愛でている。

七、絵と巻名の関係

このように『絵入源氏』匂宮の巻の挿絵には、それ以前に類例があることから[17]、春正の独創というよりは、『源氏物語絵詞』の類か粉本を参照した可能性の方が高いであろう。では数場面の中から、春正が一つだけ選んだ基準は何

であろうか。春正画には匂宮と香りのよい草花が描かれていること、そして『絵入源氏』の原題簽には「匂兵部卿の宮」、版心の丁付は「匂宮」であることから推測すると、巻名に因んだエピソードが採用されたのであろう。巻名ゆかりの場面を選択するのは、中世以来の伝統である。

（『源氏物語絵詞』の図様指定は）同時に多くの人の眼にふれる場合のものとして、より装飾的な立場から考案されていたと考えるべきである。それはますます文学的な読み方からは遠ざかることを意味する。したがって、不吉奇怪な場面より、めでたいもの、優艶風流なもの、華やかな儀式宴遊などが好まれたのは当然である。巻名出所の箇所はすべて採用されているが、薄雲、総角、蜻蛉の例外があるのもまたうなずける。[18]

それに対して『絵入源氏』の挿絵には、薄雲・総角・蜻蛉の巻名由来の箇所も採られている。そのほか幻の巻の巻名にちなむ箇所も『絵入源氏』にはあるが、『源氏物語絵詞』と『石山寺源氏画帖』には見られない（表③の第8項、参照）。このように春正が不吉な場面を選定した理由を解く鍵は、春正が『絵入源氏』に記した跋文にある。

古来有絵図書中之趣者、今亦於歌与辞之尤可留心之処、則付以臆見、更増図画。

この文章は、次のように解釈されている。

「昔から絵入りの書で趣のある場面は、歌や辞句が心に残るような箇所であるから、この書では更に図を増してみた」と言うのである。つまり、挿絵の画面は、源氏物語中の和歌やことばに注目したものであった。（注1の著書、五〇九頁）

巻名ゆかりの箇所で、『源氏物語絵詞』が避けたのに春正が選択した四帖（薄雲・幻・総角・蜻蛉）の場面では、いずれも登場人物が巻名歌を詠んでいる。それは跋文によると、心に残る一節なので「臆見」により図を増やした例に当てはまり、春正が前例のない画面を創案したと理解される。しかしながら田口榮一氏が作成された「源氏絵帖別場面一覧」（注6の著書に収録）を見ると、薄雲・蜻蛉には肉筆画の作例がある。ただし薄雲の絵は、「こうした忌諱すべき場面は、源氏絵のテーマとして取り上げられることが少なく」（注6の著書、第77図解説）、また蜻蛉のも、「あまり作例のない珍しい場面（注6の著書、第199図解説）である。すると他の二図（幻・総角）も、現時点では類例を見出せないからといって春正の独創と決め付けず、前代の資料に依拠した可能性も残すべきであろう。

八、伝統と革新

『絵入源氏』は中世以来の描き方を踏襲していると同時に、春正独自の創意も散見される。たとえば、異時同図で描くのが定型であった末摘花の巻を、春正は物語の進行に合わせて二図に分けている（第二節、参照）。また蓬生の巻で、源氏が末摘花の邸宅を訪れた場面では、国宝『源氏物語絵巻』以来、傘を広げて源氏に差し掛けるのが一定の様式であるのに、『絵入源氏』では傘さえ描いていない。これは物語では、家来が「御傘さぶらふ。」と申すだけで、実際に差したかどうか記されていないからであろう。そのほか源氏が青海波を舞う場面（紅葉賀の巻）では、従来の絵には見られない武官が多数登場する。これは物語本文の「垣代（かいしろ）」を、天正三年（一五七五）に成立した『孟津抄』が「警固也」と注した説に拠ったからと考えられる（注1の著書、四一八頁）。

もっとも、この三例（末摘花・蓬生・紅葉賀）は、土佐派などもよく採用した箇所なので、春正は先例を物語に即して描き直したにすぎない、とも解釈できる。というのは、このような加筆ならば、『石山寺源氏画帖』にも指摘できるからである。当作品は中世以来の型を踏襲しているが、まれに従来の枠から外れた図がある。たとえば前出の青海波の場面で、源氏が舞う場所は通常、地面である。ところが『絵入源氏』は庭に設けられた舞台、『石山寺源氏画帖』は庭に敷かれた板敷きで、いずれも珍しい例である。また夕顔の巻で、源氏が六条の邸宅を訪れ、欄干のもとに中将の君といるとき、庭に咲く朝顔の花を折って差し出した「侍童（さぶらひわらは）」には、いくつかの解釈がある。

この者は「指貫」を穿いている、と物語は述べているので、現代の注釈書では少年の召使と見ているが、源氏絵では『絵入源氏』も含め少女に描くことが多い。しかし『石山寺源氏画帖』では烏帽子姿の従者、すなわち成人男性である。

終わりに

前例に倣いつつ新例を作るという作業は、『絵入源氏』にも『石山寺源氏画帖』にも、そして土佐派などの絵師にも共通して見られる。以前は、御用絵師と町絵師とは身分からして異なり、作品においても両者の交流はないと見なされていた。ところが明暦三年（一六五七）版『源氏小鏡』の挿絵を分析すると、「その図様は土佐派の定型化された画面構図を踏襲して」いることが解明された（注10に同じ）。となると、春正も土佐派の絵師と同等に扱い、検討すべきであろう。従来の研究では春正の独創に焦点を当て重視したため、彼を他の絵師とは違う存在として捉え、別格扱いしてきた傾向があるように見受けられる。むろん『絵入源氏』には先例のない図様や場面があり、それは春正の創案と見てよかろう。しかしながら、彼は伝統も踏まえているので、春正画を中世から続く源氏絵の流れの中に置いて評価することも必要であろう。

注

（1）清水婦久子氏『源氏物語版本の研究』二七・四一六頁（和泉書院、平成一五年）。なお、山本春正が絵画資料を参照していたことについては、本書の第三編第一章でも取り上げた。

（2）管見に及んだ肉筆画で総数が最も多いのは、一九六図である。それはフランスのパリ国立図書館所蔵の画帖（全一〇冊）で、第三冊のみ一六図、他は各二〇図から成る。ただし『絵入源氏』と構図が一致する絵が少なくないため、春正画を参照した可能性が高い。次に多いのは、慶長一七年（一六一二）に成立した土佐光吉筆『源氏物語手鑑』（和泉市久保惣記念美術館蔵）で、全八〇図である。

（3）鷲尾遍隆氏監修・中野幸一氏編集『石山寺蔵四百画面　源氏物語画帖』（勉誠出版、平成一七年）。

（4）片桐弥生氏「石山寺蔵「白描源氏物語画帖」について―源氏絵場面集の一例として―」（『講座平安文学論究』8所収、風間書房、平成四年）。

（5）たとえば注2のパリ国立図書館本のほか、宝鏡寺蔵「源氏物語図屏風」（江戸中期頃成立）などが挙げられる。詳細は注1の著書の四六八頁以下、参照。

（6）秋山虔氏・田口榮一氏監修『豪華［源氏絵］の世界　源氏物語』所収（学習研究社、昭和六三年）。

（7）片桐洋一氏・大阪女子大学物語研究会編『源氏物語絵詞―翻刻と解説―』（大学堂書店、昭和五八年）。

（8）内藤正人氏「源氏絵　その歴史と展開」五八頁（『源氏絵―華やかなる王朝の世界―』所収、出光美術館、平成一七年）。

（9）ちなみに伏見宮貞成親王の日記『看聞御記』を見ると、永享一〇年（一四三八）に「源氏絵オソクツ絵」の制作状況が記されており、まず絵が完成してから詞書が染筆されている（龍澤彩氏「源氏絵の製作と受容―中世を中心として」一〇七頁、『絵画でつづる源氏物語―描き継がれた源氏絵の系譜』所収、徳川美術館、平成一七年）。

（10）久下裕利氏『源氏物語絵巻を読む―物語絵の視界』二〇四頁（笠間書院、平成八年）。

（11）吉田幸一氏『絵入本源氏物語考』上、日本古典書誌学大系53（1）、二三七頁（青裳堂書店、昭和六二年）。

（12）長田弘通氏の作品解説による。『光君の物語～源氏絵の世界～』四三頁（大分市歴史資料館、平成一一年）。なお、本書の第三編第一章の注19参照。

（13）岩田美穂氏「清原雪信筆『源氏物語画帖』について」（「金鯱叢書」23、平成八年九月）。ちなみに雪信筆本は、狩野探幽が元禄（一六八八～一七〇四年）頃に描いた源氏物語図屏風（御物）と似ており、「探幽の屏風絵と同一図様あるいはこれを逆転借用した場面が多く見いだされる」（秋山光和氏の解説、『皇室の至宝2　御物　絵画Ⅱ』二〇六頁、毎日新聞社、平成三年）ほどであるが、当巻に関しては異なり、探幽の絵は六条院へ牛車を連ねて参上するところである。

（14）『絵入源氏』初版の年代に関しては、承応三年（一六五四）説と、慶安三年（一六五〇）冬から翌年の秋までという説がある。詳細は注1の六一頁、参照。

（15）伊井春樹氏『源氏綱目　付源氏絵詞』（『源氏物語古注集成』10、桜楓社、昭和五九年）に全文、翻刻されている。

（16）本作品は、「画風から江戸時代中頃の町絵師によって制作された」と推定されている（城陽市歴史民俗資料館展示図録24『江戸のいろどり〜城陽の近世絵画〜』一二三頁、平成一五年）。

（17）たとえば匂宮の巻には今までに挙げた例のほか、賭弓の場面が狩野氏信筆屏風（注12参照）にある。また本帖は薫大将とも言い、その巻名出所の箇所、すなわち薫が自分の出生を疑って和歌を詠む場面は、天文二三年（一五五四）に玉栄（近衛稙家の娘）が描いた白描絵巻（スペンサー・コレクション蔵）に見られる。

（18）清水好子氏「源氏物語絵画化の一方法」、同氏『源氏物語の文体と方法』二一九頁（東京大学出版会、昭和五五年）。

［付記］　図4・5に関しては、本書の第三編第五章の図12を参照。

図１　明暦版『源氏小鏡』
末摘花の巻

図３　『絵入源氏』末摘花の巻②

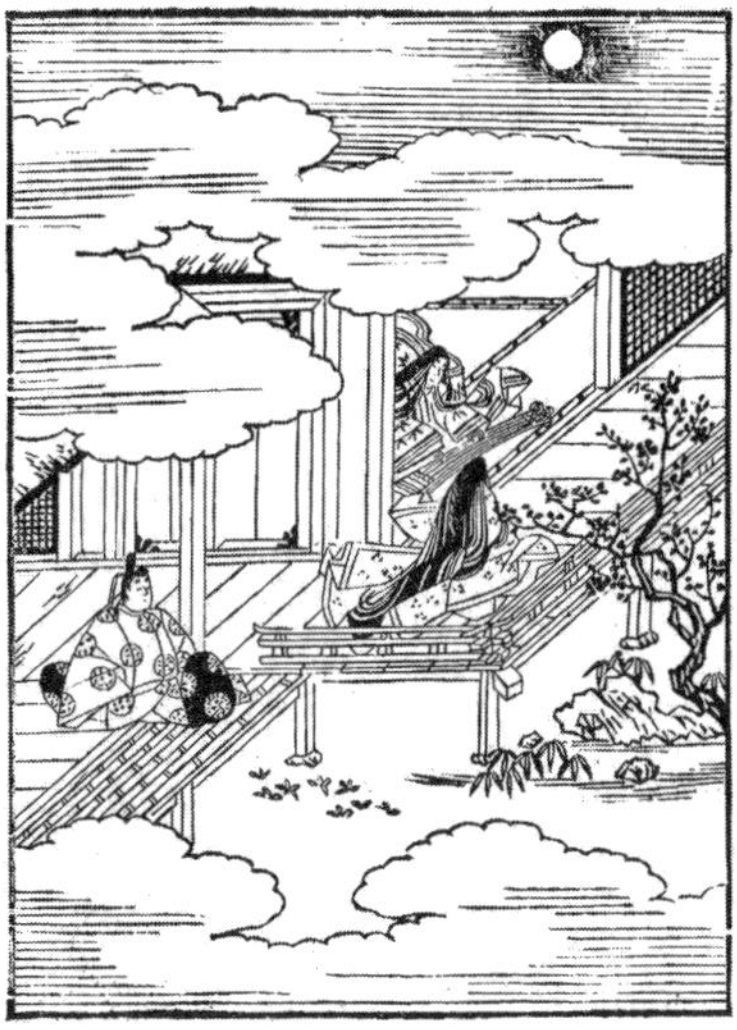

図２　『絵入源氏』末摘花の巻①

図４　明暦版『源氏小鏡』
薄雲の巻

図５　『十帖源氏』薄雲の巻

図６　『絵入源氏』匂宮の巻

図７　源氏物語図色紙

第三章　源氏絵の型について
――絵入り版本『源氏物語』（山本春正画）を中心に――

はじめに

現代に劣らず江戸時代も源氏物語ブームであり、物語本文のほか梗概書などが次々と出版され、その多くは絵入り本である。それらの中で挿し絵の総数が最多にして、かつ刊行が最古であるのは、山本春正が物語本文を校訂して絵（全二二六図）も自ら描き、慶安三年（一六五〇）に跋文を付けたもの（以下、春正画または『絵入源氏』と称す）である。(1)その絵が後世に及ぼした影響、および中世の源氏絵との関係を考察して、美術史における春正画の位置付けを試みたい。そこで以下、次のように論を進める。まず春正画が肉筆画（第一章）や木版画（第二章）、さらには他の物語の版本（第三・四章）にまで利用されたことを指摘する。次いで春正画に見られる型は、中世の源氏絵から受け継いだものであり、そのような型絵の応用は肉筆画では既に平安時代に行われていたことを、第五章で確認する。

一、春正画を利用した肉筆画

奈良絵本の源氏物語は伝本が非常に少ないが、片桐洋一氏の報告によると、アイルランドの国立チェスター・ビーティー図書館に完本が二件も所蔵されている。ともに延宝年間（一六七三～八一）頃の写本で、『絵入源氏』と比べると挿し絵の数も位置も春正画と一致し、構図も似ている。よって二件とも『絵入源氏』を元に本文を書写し、挿し絵を模倣したと推定されている。[2]すると『絵入源氏』が刊行されて二十数年後には、本文も絵も模写されたことになる。これは嫁入り本を大量生産するには、『絵入源氏』が最も便利だからであろう。

このほか江戸時代中期に製作された宝鏡寺蔵の源氏物語図屏風には、春正画と酷似する図がいくつか見られる。[3]その一つに紅葉賀の巻で源氏と頭中将が青海波を舞う場面があり、二人は庭に設けられた舞台の上におり、それを囲むように周りには武官が地面に立っている。類例を捜すと、文政九年（一八二六）に高松藩主松平頼胤に嫁した文姫（一一代将軍家斉の娘）の輿入のために制作された狩野養信筆屏風が挙げられる。[4]

この図様に関して、清水婦久子氏は次のように推測された。物語本文の「四十人のかいしろ、いひしらず吹きたてたる物の音ども」の「かいしろ（垣代）」を、天正三年（一五七五）に成立した『孟津抄』が「警固也」と注したのに基づき、春正は警護役として描いたのであろう。すなわち「四十人のかいしろ」が警備を勤め、それとは別に楽人が「いひしらず吹きたてたる」と解釈するのである。『孟津抄』を著した九条稙通は、春正の師匠である松永貞徳に源氏物語を伝授しているので、稙通の注釈が貞徳を経て春正に伝来したのであろう（注3の著書、四一七頁）。

一方、現代の解釈は『河海抄』や『細流抄』と同じで、「かいしろ」を伶人と見て、四〇人で合奏したとしている。春正画のような構図は、「『絵入源氏』以前に例を見ない」（注3の著書、四一七頁）ものであり、それ以前も以後も、舞人は地上で舞い、武官の代わりに楽人を配する図柄の方が通例である。すると春正の創案が、木挽町狩野家当主の養信にまで利用されたことになり、言い換えると狩野養信は、中世以来の伝統的な型よりも春正画の図様を選んだことになる。幕末の木挽町狩野家の画塾では、浮世絵師との交際は厳禁されていたにもかかわらず、[5]春正画が肉筆画に及ぼした影響は多大であることが確認される。

二、春正画を利用した木版画　(1)源氏物語

前掲の奈良絵本の挿し絵は、総数も位置も春正画と一致し、構図も似ていた。その類例を版本で捜すと、『十二源氏袖鏡』が挙げられる。それは源氏物語の梗概書で、本文は『源氏大鏡』とほぼ同じであり、万治二年（一六五九）に刊行された。その挿し絵の中には、春正画と全く同じ図様を別の巻に置いたものもあると指摘されている。[6] 尤も他の巻に転用しても、不自然でない場合もある。たとえば『絵入源氏』の蓬生の巻の挿し絵を、『十二源氏袖鏡』では桐壺の巻に用いている（図1―A）。すなわち末摘花邸に叔母が立派な車で乗りつけ、末摘花に九州へ下ることを勧めている図版が、桐壺の巻の野分の段で靫負命婦が桐壺更衣の母に会う場面に使われている。『絵入源氏』の野分の段の挿し絵（図1―B）と比べると、屋内に二人の女性、建物の傍らに車を配する構図は似ているので、『十二源氏袖鏡』の転用は違和感を感じない。もう一つ例を挙げると、『絵入源氏』若菜下の巻の挿し絵を、『十二源氏袖鏡』では帚木の巻に当てている（図2）。前者は柏木と女三の宮、後者は光源氏と空蟬と人は違うが、いずれも逢瀬の場面である。

このように別の巻に挿し絵を回しても無理が生じない場合もあり、それが可能であるのは、物語に似た場面が頻出するからである。たとえば前節で取り上げた狩野養信筆屏風は若菜上の巻であるのに、紅葉賀の巻と見なされていた（注4参照）。これは物語本文で夕霧と柏木の舞を評して、「いにしへの朱雀院の行幸に、青海波のいみじかりし夕、思ひ出でたまふ人々は」とあり、物語の世界において歴史が繰り返すように、源氏絵もよく似た図様が現れるのである。そのほか前掲の逢瀬の場（図2）も含め、垣間見、手紙の贈答など一連の恋愛模様のほか、毎年繰り広げられる宮廷行事、人生の節目となる催し（五十日の祝い、元服、結婚、法事）などが、源氏物語のような長編物語には幾度も

語られる。そのため一枚の絵がそのまま手を加えずに、あるいは加筆して何度も使えるため、構図が類似した図版が現れるのである。すなわち一つの型絵に変化（バリエーション）を持たせると、何種類もの挿し絵が生れるのである。この物語絵の性格に関しては、池田忍氏が、

「女絵」が「型絵」であることの意味は重い。なぜならばこの型は、王朝貴族の宮廷風恋愛の型を反復・繰り返して送り出す装置だからである。(7)

と論じておられる。昔物語に垣間見などの話型があるように、物語絵にも型があると言えよう。

三、春正画を利用した木版画　⑵源氏物語以外

春正画の影響が源氏以外の作品にまで及んでいることについては、清水婦久子氏が指摘しておられる。

近世初期の古典の版本には、「絵入源氏」の他にも、無刊記の絵入り『栄花物語』九冊本のように、素性不明で良質の書が多い。吉田幸一氏は、慶安五年（一六五二）に貞徳が跋文を書いた徒然草の注釈書『なぐさみ草』の挿絵と「絵入源氏」を比較し、構図の類似性を指摘されたが、両者はそれぞれ、絵入り『栄花物語』の挿絵にも（構図・画風ともに）よく似ている。古典の絵画化、あるいは享受史を論じる時には、こうしたさまざまな版本についての調査も必要となるだろう。（注3の著書、四七五頁）

絵入り『栄花物語』の刊行は承応年間（一六五二～五四）頃と推定され(8)、『絵入源氏』の出版時期と重なるため、いずれが先行して利用されたか分からない。ことによると両著は、それぞれ同じような絵画資料を参照した可能性も考えられる。それはさておき、いずれの場合にも言えることは、別の作品から図版を転用できることである。これは前節で述べたように、物語にも物語絵にも型があるので、源氏絵を他の作品に流用できるのである。その逆も可能で、万

治二年版『住吉物語』の挿し絵が全部、同年刊行の『十二源氏袖鏡』に使われている。両者の版元は同じであるので、「絵入り整版本『住吉物語』の発刊準備に用意した新刻の二〇図すべてが、『袖鏡』の挿絵として流用、借用された」[9]のである。そのほか承応三年（一六五四）版『狭衣物語』の挿し絵が、万治三年（一六六〇）版『うつほ物語』に転用されている（注9の著書、二七六頁）。

その場合、独創的な図柄よりも型に嵌まった図様の方が利用しやすく、それは『絵入源氏』にも当てはまる。たとえば動いている牛車を描いた図が春正画に七枚あり、そのうちの四枚は牛の両側に少年が一人ずつおり、鑑賞者から見て牛の後ろ側にいる子は振り向き、前にいる子は横顔か斜め向きである。別の一枚も牛を挟んで少年と随身がおり、やはり後ろの者は振り返り、前の者は横向きである（図3）。ちなみに源氏梗概書の版本（『十帖源氏』『おさな源氏』『源氏小鏡』『源氏鬢鏡』）の図版[10]において、このような型通りの描き方は『源氏鬢鏡』に一例（関屋の巻）見られる程度である。

そのほか『絵入源氏』には、同じポーズ（姿態）をした人物が繰り返し登場する。たとえば二人組の男性像（図4）、左手だけ挙げる仕草（図5）、右腕を手摺りに掛けて座る姿（図6）などである。このほか、似た構図も見出せる。たとえば簀子の外に置かれた踏み台に座って室内の人と対面するという設定は、三図に共通している（図7）。また建物の配置も、室内で人が手紙を書いている点も同じで、ただ人物の向きが逆の例もある（図8）。また⁄型の簀子に座り右上を眺める男性（図9―A〜D）や、それを左右反転したもの（図9―E）、あるいは簀子の形を＼にしたもの（図9―F）がある[11]。

先に述べたように、昔物語に見られる垣間見のような話型が、源氏物語のような長編物語では繰り返されるので、挿し絵も型絵が何度も利用できるのである。春正画の場合は構図のみならず、部分の図形までもが類似している。このように同じ図様が反復すると没個性になる反面、別の作品にも転用しやすくなる。春正画が源氏物語以外の図版にも利用されたのは、単に絵の総数が多く種類が豊富である以外に、流用しやすいという性格をもともと備えていたからと考えられる。

四、春正画を利用した木版画　(3)『うつほ物語』

『絵入源氏』の挿し絵が『なぐさみ草』や『栄花物語』のに類似することは、先学が指摘されている（前節、参照）。ただし三者の刊行は重なるため、前後関係は判然としない。それに対して版本『うつほ物語』の出版は『絵入源氏』より後であるので、影響関係は明らかである。これに関する指摘は未だされていないので、本節で詳細に考察する。

まず絵入り版本『うつほ物語』は、万治三年（一六六〇）版[12]と延宝五年（一六七七）版[13]の二種類があり、前者は俊蔭の巻のみ、後者は全巻揃いである。そこで共通する巻の挿し絵を比較すると、両者で「重なる構図は一つもない」（注12の解題）ことが分かる。今度は『絵入源氏』と比べると、その影響がよく見られるのは延宝五年版の方で、特に前半の巻々に著しい。そこで以下、具体的に例を挙げて詳述する。

1　構図の借用

例1、桐壺の巻（図10）

『絵入源氏』の巻頭図（桐壺の巻。図10―A）は、桐壺帝が桐壺（淑景舎）で初めて光源氏と対面した場面である。絵の右上にいて上半身が見えないのは帝、その傍らに控えるのは桐壺更衣と思われ、簀子には源氏を抱く乳母がいる。そして庭に咲く桐の花が、淑景舎を暗示している。その構図を延宝五年版『うつほ物語』（以下、延宝版『うつほ』と略称す）が借りて、人物などを描き直したものとして、次の三図が挙げられる。

x、朱雀帝が仁寿殿女御の部屋に渡り、語らう。（内侍督の巻。図10—a）
y、八月十五夜、清涼殿にて涼と仲忠が琴の御前演奏をする。（沖つ白波の巻。図10—b）
z、いぬ宮の五十日の祝い。いぬ宮を大輔の乳母が抱き、仁寿殿女御が大宮に見せる。（蔵開上の巻。図10—c）
これらを表にまとめると、次のようになる。なお／印は、それに相当する人物が描かれていないことを示す。

巻名	右上の人	左上の人	簀子にいる人	場所
桐壺の巻	桐壺帝	桐壺更衣	光源氏を抱く乳母	淑景舎
x内侍督の巻	朱雀帝	仁寿殿女御	／	女御の部屋
y沖つ白波の巻	朱雀帝	涼か仲忠	／	清涼殿
z蔵開上の巻	大宮（または女御）	女御（または大宮）	いぬ宮を抱く乳母	大宮の屋敷

源氏物語の帝はｘｙでも帝（ただしｘの帝のみ全身を描く）であるが、ｚでは女性に、また桐壺更衣もｙのみ男性に置き換えられている。乳児を抱く乳母はｘｙでは消され、場所は三例とも桐壺ではないので庭の桐の花は消され、手前の建物も省略されている。このように桐壺の巻頭図を、延宝版『うつほ』は三度も繰り返し利用したのである。

例2、藤原の君（図11）・菊の宴の巻（図12）

延宝版『うつほ』の第二巻（藤原の君）には挿し絵が全部で六枚あり、そのうち第一～四図（図11—a～d）は『絵入源氏』（図11—A～D）の構図をそれぞれ借りている。第五図（図11—e）も『絵入源氏』の図様（図11—E）に門と塀を書き足した、あるいは門と塀を描いた別の絵と合成したと考えられる。第六図（図11—f）は『絵入源氏』に類例が見当たらず、角盥を描いた図柄といえば嵯峨本『伊勢物語』の第二七段が、そして流水に人の構図は第六五段

（御手洗川の禊ぎ）が思い浮かぶ。

次に第九巻（菊の宴）も計六図あり、そのうち第二・五図以外は『絵入源氏』から構図を借り、建物の配置や人物の一部も流用している（図12―a～d、A～D）。

2　部分の借用

例3、牛車の少年

延宝版『うつほ』の挿し絵は全部で一二一図あり、そのうち動いている牛車を描いたのは八図ある。そのうちの七図に共通する点は、牛の両側に少年が一人ずついることである。残りの一図は少年が一人しかいないが、もう一人は大人に書き換えられたとも考えられる。それはさておき、少年が二人いる七図のうち、六図では後方の者は振り返っているし、前方の者は横か斜めを向いている。この型に嵌まった描き方は、『絵入源氏』によると推定される（図3参照）。

例4、刀を持つ少年

刀を持ち貴人の供をする少年は、[14] 延宝版『うつほ』に四人（一図に一人ずつ）おり、そのうちの一図は、衣裳の紋様や冠の違いを除くと『絵入源氏』と瓜二つである（図13）。先の牛車の例と合わせて憶測すると、延宝版『うつほ』の絵師は『絵入源氏』などの挿し絵を分解して、牛車や人物など個別に模写して分類し、必要に応じて適切な部分を選び組み合わせて利用したのではなかろうか。

3　構図と部分の組み合わせ

例5、蔵開上の巻

当巻の第四図（図14―a）と帚木の巻（図14―A）とを比較すると、建物の配置や左側の四人、そして柴垣や草花まで同じである。また『うつほ』の右側の二人（片手を挙げている人々）は、賢木の巻の右下の二人（図4―A）に似ている。それらから推理すると、延宝版『うつほ』の絵師の元には『絵入源氏』などから抜き出して模写した人物像の型が多数あり、その中から賢木の巻の二人を選んで帚木の巻の二人と取り替え、あとは女房たちを消したり背景を足したりなどして仕上げたのであろう。

例6、忠こその巻（図15）

当巻の第五図（図15―a）は、以下の手順で制作されたと考えられる。まず絵師は庭も含めて全体の構図を賢木の巻（図15―A）に決め、そこに描かれた人物のうち奥にいる一人だけ残して他は消し、代りに帚木の巻（図14―A）から右奥にいる人（右手を床に付けた人）を選んで簀子に置き、また別の人物（頬杖を付いた、左端の人）は『絵入源氏』に見当たらないので、他書の模写から選定して完成したのであろう。

次に当巻の第三図（図15―b）を検討すると、全体の構図は帚木の巻（図11―E）から、男性像は須磨の巻（図7―A）から、女性像は『絵入源氏』以外から選び組み合わせたのであろう。また、その須磨の巻（図7―A）の構図と室内の人物を、当巻の第二図（図15―c）に転用したのであろう。すなわち『絵入源氏』の構図に、あらかじめ模写して類別しておいた人物像などを置き換えたりなどして構成したのである。ことによると人物などは省略して構図だけ写し取って集めたもの、いわば構図集成のようなものがあり、それと人物など部分だけ抜き出して集めたもの（いわば部分集成）とを組み合わせたのかもしれない。

このように同じパターンを繰り返し使う方法は、すでに『絵入源氏』でも使われていた（前節、参照）。ただし春正画には類似した図様は散見されるものの、全く同じものは見当たらず、一つの型をそのまま手を加えずに幾度も用いるという方法は採っていないようである。それに対して延宝版『うつほ』は、『絵入源氏』などから構図や図柄などの型を取り出して集成していたようで、この手法は桃山時代に日本人絵師が描いた『狩猟図のある西洋風俗図屏風』（南蛮文化館蔵）に既に見られる。その屏風絵に描かれた西洋の建物や人物に関して、榊原悟氏が次の推論を立てられた。

こうした異国風俗そのものを、この屏風を描いた日本人画家が、直接、目にするはずもない。当然、船載された銅版画から適宜図様を抜き出し、組み合わせて一図を構成したのであろう。現にこの南蛮文化館本と、建物や人物など個々の図様を酷似させた『洋人奏楽図屏風』が三点―MOA美術館本および永青文庫本、福岡市美術館本―、『西洋風俗図屏風』が同じく三点―神戸市立博物館本など―伝来するが、そうした事実そのものが、何よりこれら初期洋風画の制作方法の一端を物語ることにほかなるまい。これらの屏風絵が、その図様の情報源として共通する銅版をもっていたことは疑いないだろう(15)。

船来の銅版画から写し取られた図柄が、いくつもの屏風絵に転写された手法は、春正画が延宝版『うつほ』に利用されたのと似ている。

また後世の例ではあるが、部分を組み合わせる制作方法を遊びに応用したものとして、立版古《たてばんこ》（組み上げ絵）が挙げられる。それは、「一枚の錦絵のなかに描き込まれた人物や家屋などの部分品を切り抜いて、糊ではり合わせて台紙の上に芝居の舞台などを作り上げる夏の遊び」であり、「その起源は明和期（一七六四～一七七二）以前に遡ることができる(16)」ものである。

五、肉筆画と春正画の共通点

『絵入源氏』に見られる型絵の中には山本春正の創案ではなく、中世の伝統に基づくものがある。たとえば第三・四節で問題にした牛飼の少年に見られる一定の様式（牛を挟んで後ろの者は振り向き、前の者は横か斜めを向く）は、土佐派に前例がある。それは桃山時代に土佐光吉（生没一五三九～一六一三年）等が制作した源氏物語色紙絵（京都国立博物館蔵の関屋の巻、和泉市久保惣記念美術館蔵の匂宮の巻）や、光吉の子とも弟子とも言われる光則（生没一五八三～一六三八年）の手になる『源氏物語画帖』（任天堂所蔵）の関屋の巻である。よって春正画は、中世土佐派の流れを汲むとも言えよう。

このように一つの作品で型が繰り返される現象は、遡ると一二世紀中葉に制作されたと推定される「扇面法華経冊子」（四天王寺蔵）に見出せる。尤も当作品は下図の一部に木版が用いられているので、型絵が使い易いこともある。それはさておき、その「同一図様の反覆」に関して、秋山光和氏は次のように分類された。(17)

一、異なる構図中の同一図形

a　二つの異なった構図中に同一または類似の図形がみられる場合

b　三つの画面が部分的な図形の一致によって関連し合う場合

二、全体が類似した構図

これは前節で試みた分類（一、構図の借用。二、部分の借用。三、構図と部分の組み合わせ）に近い。よって延宝版『うつほ』が『絵入源氏』を利用した手法は、すでに肉筆画の世界では平安時代に行われていたのである。

延宝版『うつほ』は春正画の構図と部分を別々に模写して分別し、適宜選んで組み合わせたと推定したが、この技法も土佐派に先例がある。たとえば本出家所蔵『源氏物語図屛風』は、「光吉かこれに近い土佐派画人の手になると思われる優作」であり、

右下の情景、門前に待つ車と供人とは、図様のうえでは光吉画帖（京都国立博物館蔵）に二度繰り返された「花散里」の図、中川の女の家の門前に相通ずる。しかしここでは独立の物語内容はもたせず、桂の木を松にかえて上段絵合の図に組み入れ、藤壺中宮の御所に威容を添えたのであろう。この図はしたがって、色紙源氏絵を拡大し、大画面に嵌めこんだともいえるもので、この種の構成は、江戸時代を通じ各派それぞれに源氏絵屛風の一形式として描き続けられていった。（注17の著書、一四〇頁）

と指摘されている。

このような手法は、他派にも見られる。たとえば伝岩佐又兵衛筆「平家物語図・源氏物語図」（三の丸尚蔵館所蔵）において、同類の姿態や仕草が繰り返し用いられていることについて、太田彩氏は次のように論じられた。

さらに図様の関連性をさらに展開させて考えていくなら、本屛風右隻の馬と従者は、「堀江物語（十二巻本）」第二巻第六段の牛車前の馬と従者、本屛風左隻の鵺に向かって駆け寄って行く武士の姿は、「堀江物語（十二巻本）」第五巻に見られる武士の姿に、そのポーズの型を見ることが出来る。また例えば先の個人蔵「源氏物語図屛風」の各場面において、右隻第二扇上の「若紫」に描かれる女性の姿態は、「をくり」第五巻や第七巻にみられる照手姫の姿態に、左隻第一・二扇上の図様は「をくり」第一巻第七段と、また京都国立博物館蔵「源氏物語図屛風」（六曲一双）の右隻第一・二扇最下部の蹴鞠の場面は「をくり」第五巻第十八段の場面の図様と類似するなど、又兵衛様式の継承作品には、〈又兵衛筆の作品〉と絵巻を含めた〈又兵衛在世中の又兵衛ブランドによる優れた又兵衛工房作品〉の図様をも継承し、それをその絵師なりに構築し直したと考えられる図様が実に多い。[18]

この作成方法は『絵入源氏』にも、またそれを利用した延宝版『うつほ』にも見られた。従って版本の挿し絵を描い

た町絵師と同じ方法を、又兵衛のような大名に仕えた御用絵師も用いていたのである。これは、

狩野探幽がその画業の中で遺した作品が、後の江戸狩野派においてその手本となり、図様や画風が継承されていったのと同様、又兵衛の作品も、多くの画家たちが継承していった。（注18の論文）

という師承の伝統により、「又兵衛の物語絵の図様が、粉本として描き続けられていた」（注18の論文）ため、一つの図様をさまざまな場面に当てはめて利用するようになったのであろう。

また大量の注文をこなすため、多種多様な構図や人物像などを用意して、それらを組み合わせたという推論も成り立つ。江戸時代になると源氏絵は大名の嫁入り道具として欠かせない物になり、物語で縁起のよい場面を選ぶため、同じ箇所が繰り返し採用されるようになった（注4の片桐弥生氏の論文、参照）。一方、巷では庶民の絵画需要をまかなうため、町絵師による仕込絵《しこみえ》が登場する。それは、「不特定の客の求めに備えて注文なしに制作しておく、商品としての絵」(19)である。

仕込絵としての成功の条件は、大量生産による廉価販売であること、他の商品の場合と同様である。その大量生産の要請に応えるために、絵屋の主宰者による原画を徒弟たちが模写的に描く工房制作が効率的に行われたものであった。（中略）町絵師たちの工房制作は、原図を同じくする同工異曲の作品を多数作り上げるという方法のものであった。（注19の著書、三一頁）

このように「徹底した類型化による肉筆画の効率的な量産が意識的に進められた」（注19の著書、三二頁）が、しかし当時の工房の規模を考えると、量産といえども数に限りがあった。その問題を解決したのが、版画という表現形式なのである（注19の著書、三四頁）。

終わりに

型絵を利用する方法は既に平安時代には行われていて、近世になると肉筆画のみならず版画にも応用された。源氏絵も中世になると場面が固定化し、図様も様式化して定型が生まれた。その型を春正は受け継ぎ、彼が描いた『絵入源氏』の挿絵は後世の木版画に留まらず、肉筆画にも影響を及ぼした。このように木版画と肉筆画とは、技法の点では互いに関連しており、両者の交差点に春正画は位置すると言えよう。

注

（1）承応三年（一六五四）本を初版とする吉田幸一氏の説（注6の著書）に対して、初版は無刊期で慶安三年（一六五〇）冬から翌年秋の間に刊行されたと、清水婦久子氏は唱えられた（注3の著書、六一頁）。
（2）片桐洋一氏『源氏物語以前』四五七頁（笠間書院、平成一三年）。
（3）清水婦久子氏『源氏物語版本の研究』四六八頁（和泉書院、平成一五年）。
（4）本屏風は現在、香川県の法然寺所蔵。板橋区立美術館編『狩野晴川院養信の全貌』（平成七年）にカラー写真で掲載されている。なお本図は紅葉賀の巻と伝承されていたが、晴川院自筆本『公用日記』における記述により、若菜上の巻において夕霧と柏木が入り綾を舞う情景であることが判明した（松原茂氏「奥絵師狩野晴川院――『公用日記』に見るその活動」、「東京国立博物館紀要」17、昭和五七年三月）。その図は『絵入源氏』の若菜上巻にもあり、それにも舞台を設けているが、夕霧と柏木が舞台の横の地上で舞っている点と、楽人がいて武官がいない点が晴川院のと異なる。詳細は片桐弥生氏「狩野晴川院の源氏絵屏風―法然寺本を中心に」（武田恒夫先生古希記念会編『美術史の断面』所収、清文堂出版、平成七年）参照。
（5）橋本雅邦氏「木挽町画所」（「國華」3、明治二二年一二月）。また小林忠氏『江戸浮世絵を読む』四二頁参照（ちくま新書343、平成一四年）。
（6）吉田幸一氏は、『十二源氏袖鏡』の挿絵（全一一三図）を次の三種類に分けられた（同氏『絵入本源氏物語考』上、三一三頁、日本書誌学大系53（1）、青裳堂書店、昭和六二年）。
1、山本春正跋「絵入源氏物語」の同巻同一場面挿絵の盗用、三八図。
2、同上「絵入源氏物語」の他巻の場面の挿絵の流用、五四図。
3、書林堂版新刻の挿絵、二一図。
ただし3の二一図のうち二〇図は、万治二年刊『住吉物語』の挿絵（全二〇図）を借用したと、久下裕利氏は指摘された（注9参照）。
（7）池田忍氏『日本絵画の女性像―ジェンダー美術史の視点から―』二五頁（筑摩書房、平成一〇年）。ちなみに一五、六世紀のヨーロッパにおいて盛んに出版されたイソップ物語の寓話挿し絵にも、よく似た現象が見られる。
同一図版が全く異なる物語場面に何度も採用される例が少なくないのである。（中略）それはこのころ、挿絵付与の通例として、同一木版画を別の場面へ転用するという慣習があり、同じことが寓話についても容認されていたからである。登場する動物さえ同じであれば、挿絵は別々のテクストの間でいくらでも融通された。こうして、寓話テクストとその挿絵との関係は、必ずしも常に一対一に対応しない結果となっている。（樋口桂子氏『イソップのレトリック　メタファーからメトニミーへ』一二九頁、勁草書房、平成七年）
イソップに登場する動物は様々であるのに対して、源氏物語に登場する人物の容姿は動物よりも個性が乏しいので、人物の挿絵は動物以上に融通がきくと言えよう。
（8）松村博司・山中裕氏『栄花物語』上（日本古典文学大系、岩波書店、昭和三九年）の解説、一一頁。
（9）久下裕利氏『源氏物語絵巻を読む――物語絵の視界』一八七頁（笠間書院、平成八年）。
（10）『十帖源氏』『おさな源氏』『源氏小鏡』は注6の著書の下巻に、『源氏鬢鏡』は伊井春樹氏「資料（源氏鬢鏡）」（『源氏物語の探究』6、風間書房、昭和五六年）に、図版がすべて掲載されている。
（11）図9のACEは、いずれも光源氏が亡き女性を偲び空を眺めている場面である。源氏の視線の先には、雲居（A）・雁（C）・薄雲（E）があり、それらの景物は物語にも描かれ、「その場面の鍵語【キーワード】」となっていることに注目して、清水婦久子氏は次のように論じられた。

様式化された絵の構図は、様式化された歌のことばと一致している。そして、これこそが、源氏物語を歌書として学ぶ春正の注目したところであったと思う。「絵入源氏」における同じ構図の繰り返しは、絵師の力量不足によると見られがちであるが、実は、源氏物語原文の方にも同じような表現が繰り返されていた。そして、原文がそうであるように、画面の描く同様の構図の中には、必ずその画面特有のものが描かれる。単調なモティーフの繰り返しではなく、似た場面やことばを繰り返す中で少しずつ変化を持たせる、という源氏物語の構成の特徴が、「絵入源氏」挿絵の図にも継承されているのである。（注3の著書、五〇七頁）

(12) 中野幸一氏編『うつほ物語資料』所収（武蔵野書院、昭和五六年）。
(13) 延宝五年版を文化三年（一八〇六）に補刻したのが、三谷栄一氏編『平安朝物語板本叢書』（有精堂、昭和六一年）に収められている。また、その挿し絵は全て、中野幸一氏校注・訳『うつほ物語』（新編日本古典文学全集、小学館、平成一一～一四年）に掲載されている。
(14) 物語では少年をお供に連れていると明記していない場合でも、絵の世界では少年を描くことが多い。詳細は本書の第三編第四章第五節、参照。
(15) 榊原悟氏『日本絵画のあそび』一二〇頁（岩波新書、平成一〇年）。
(16) 新藤茂氏「芝居と寄席と浮世絵と」二六頁（たばこと塩の博物館・大阪市立博物館編『芝居おもちゃ絵の華麗な世界―近世庶民と歌舞伎文化―』所収、平成七年）。
(17) 秋山光和氏『日本絵巻物の研究』上、二二九頁（中央公論美術出版、平成一二年）。
(18) 太田彩氏「伝岩佐又兵衛「平家物語図・源氏物語図屏風」―又兵衛様式と物語絵の展開についての一考察―」六三頁（「三の丸尚蔵館年報・紀要」5、平成一〇年度）。
(19) 注5の小林忠氏の著書、二九頁。

巻末の図の番号で、山本春正画『絵入源氏』はアルファベットの大文字、延宝五年版『うつほ物語』は小文字に統一した。

図１―Ｂ　『絵入源氏』桐壺の巻

図１―Ａ　『絵入源氏』蓬生の巻

図２―Ｂ　『絵入源氏』帚木の巻

図２―Ａ　『絵入源氏』若菜下の巻

図３－ａ　『うつほ』俊蔭の巻

図３－Ａ　『絵入源氏』絵合の巻

図４－Ｂ　『絵入源氏』宿木の巻

図４－Ａ　『絵入源氏』賢木の巻

図５－Ｂ　『絵入源氏』薄雲の巻

図５－Ａ　『絵入源氏』須磨の巻

図６－Ｂ　『絵入源氏』須磨の巻

図６－Ａ　『絵入源氏』葵の巻

図７－Ａ　『絵入源氏』須磨の巻

図６－Ｃ　『絵入源氏』幻の巻

図７－Ｃ　『絵入源氏』蜻蛉の巻

図７－Ｂ　『絵入源氏』椎本の巻

図８－Ａ　『絵入源氏』澪標の巻

図８－Ｂ　『絵入源氏』朝顔の巻

図９－Ａ　『絵入源氏』葵の巻

図９－Ｂ　『絵入源氏』澪標の巻

図９－Ｄ　『絵入源氏』蜻蛉の巻

図９－Ｃ　『絵入源氏』幻の巻

図９－Ｆ　『絵入源氏』宿木の巻

図９－Ｅ　『絵入源氏』薄雲の巻

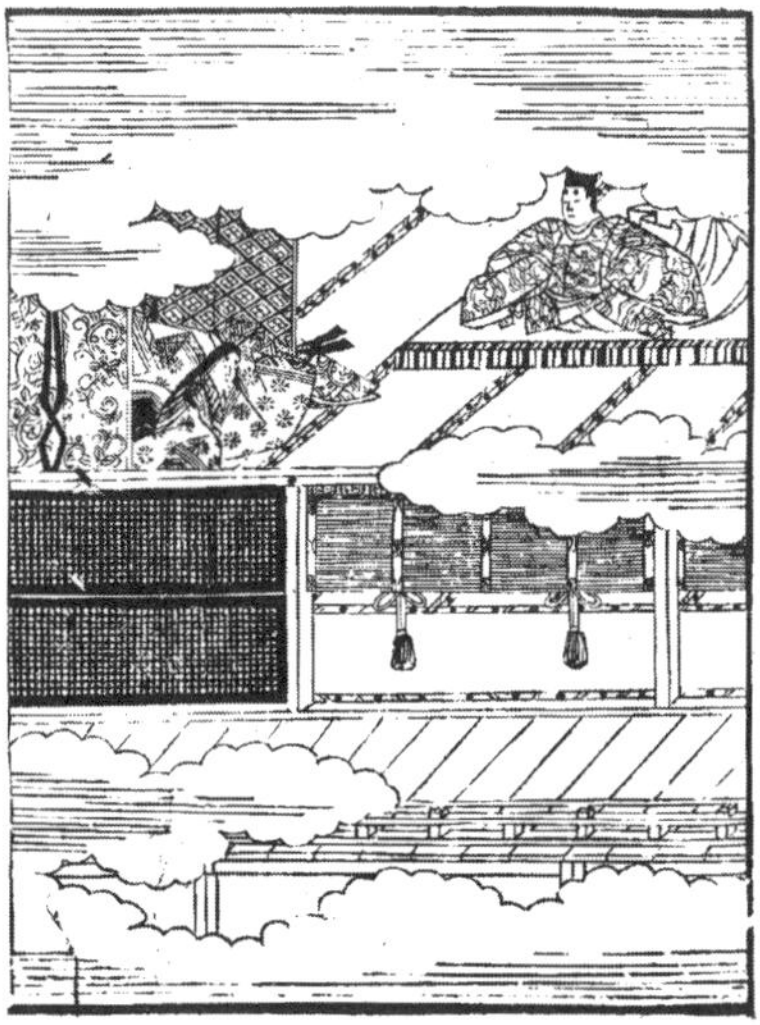

図 10 － a 『うつほ』内侍督の巻

図 10 － A 『絵入源氏』桐壺の巻

図 10 － c 『うつほ』蔵開上の巻

図 10 － b 『うつほ』沖つ白波の巻

図 11 − a　『うつほ』藤原の君の巻

図 11 − A　『絵入源氏』若菜上の巻

図 11 − b　『うつほ』藤原の君の巻

図 11 − B　『絵入源氏』末摘花の巻

図 11 − c 『うつほ』藤原の君の巻

図 11 − C 『絵入源氏』明石の巻

図 11 − d 『うつほ』藤原の君の巻

図 11 − D 『絵入源氏』桐壺の巻

図 11 － e　『うつほ』藤原の君の巻

図 11 － E　『絵入源氏』帚木の巻

図 11 － f　『うつほ』藤原の君の巻

図 12 ― a　『うつほ』菊の宴の巻

図 12 ― A　『絵入源氏』夕顔の巻

図 12 ― b　『うつほ』菊の宴の巻

図 12 ― B　『絵入源氏』末摘花の巻

図 12 − c　『うつほ』菊の宴の巻

図 12 − C　『絵入源氏』若紫の巻

図 12 − d　『うつほ』菊の宴の巻

図 12 − D　『絵入源氏』若紫の巻

図 13 ― a　『うつほ』祭の使の巻

図 13 ― A　『絵入源氏』明石の巻

図 14 ― a　『うつほ』蔵開上の巻

図 14 ― A　『絵入源氏』帚木の巻

図 15 − a　『うつほ』忠こその巻

図 15 − A　『絵入源氏』賢木の巻

図 15 − c　『うつほ』忠こその巻

図 15 − b　『うつほ』忠こその巻

第四章　版本『源氏小鏡』の挿絵

――本文との関係――

はじめに

南北朝期に成立した『源氏小鏡』（以下『小鏡』と称す）は、江戸時代に入ると刊行され版を重ねた。古活字版には挿絵はないが、整版になると絵入本が現れる。絵入本の版本は八件あり、それらを吉田幸一氏は次の四種類に分類され[1]た。

第一類　上方版大本

〔イ〕明暦三年刊安田十兵衛版　三巻三冊

〔ロ〕明暦三年浅見・吉田相版　三巻三冊

第二類　上方版小本

〔ハ〕寛文六年版小本　三巻三冊

〔ニ〕寛延四年吉田屋・加賀屋相版　三巻三冊

〔ホ〕文政六年加賀屋版　三巻三冊

第三類　江戸版大本

〔ヘ〕延宝三年乙卯弥生吉辰鶴屋版　三巻三冊
〔ト〕乙卯弥生吉辰鶴屋版　三巻六冊
第四類　江戸版中本
〔チ〕文林堂須原屋版　三巻三冊

第二類は寛文版・寛延版・文政版と三種もあるが、図様はすべて同じである。そこで以下、第一類を明暦版、第二類を寛文版、第三類を延宝版、第四類を須原屋版と呼ぶことにし、初めに第三・四類から取り上げる。というのは両者とも、他の作品の挿し絵を転用しているからである。

一、他作品の流用　(1)『源氏鬢鏡』から須原屋版『小鏡』へ

源氏物語の梗概書である『小鏡』を、さらに簡略化した作品『源氏鬢鏡』（以下『鬢鏡』と称す）が作成された。それは『小鏡』の本文を抄出して巻ごとに絵を添え、万治三年（一六六〇）に出版された。その図柄を須原屋版『小鏡』は流用していると、吉田氏は指摘された（注1の著書、上三六八頁）。『鬢鏡』の諸本は上方版と江戸版に分かれ（同書、上三九一頁）、両者の図柄は同じでも描き方は異なり、江戸版の須原屋版『小鏡』と一致するのは同じく江戸版『鬢鏡』で、その画風は「師宣風（師宣自身か、さもなければその門弟に描かせたか）」（同書、上三九〇頁）である。江戸版『鬢鏡』は大本であるのに対して、須原屋版は中本で大きさが異なる。けれども大本の挿し絵は半葉（一頁分）の下部（全体の三分の二）にしかないため、それを被彫（かぶせぼり）して左右を少し省略すれば中本に収まる。逆に縦の寸法は、中本の方が大本の三分の二より長いので、須原屋版の図は上部が広く空いている。

二、他作品の流用　⑵江戸版『おさな源氏』から延宝版『小鏡』へ

次に延宝版『小鏡』（一六七五年刊）は、それ以前に刊行された明暦版『小鏡』（一六五七年刊）と比較すると、「同じ図様場面（描かれた図様の内容は同じ箇所だが、構図その他は必ずしも同じとは限らない）」は延宝版（全四四図）に三一図あり、そのうち次の四図には問題があると、吉田氏は指摘された（同書、上三六一頁）。順に見ていくと、

第6図（末摘花）末摘花が琴を弾いているところであるべきところ、碁を打っている。あるいは、この部分、明暦大本第三図（空蟬）空蟬と軒端荻とが碁を打つ図様の構図を剽窃したか。

において、この絵は明暦版よりも『おさな源氏』竹河の巻の方が似ている（図1）。『おさな源氏』にも上方版と江戸版があり、野々口立圃が挿し絵（全一三一図）を描いて承応四年（一六五五）に著した源氏物語の梗概書『十帖源氏』[2]を、作者自ら平易に通俗化して絵も一二〇図に減らし、寛文元年（一六六一）に出版したのが上方版『おさな源氏』である。立圃が寛文九年に他界したのち、同一二年に江戸で出たのが江戸版であり、その絵は菱川師宣の手になり、全六四図と更に少なくなっている。図柄を比較すると、『十帖源氏』と上方版『おさな源氏』は被彫によるためか同一の画面が多いのに対して、

『おさな源氏』の上方版と江戸版の挿絵を比較すると、後者〈松会版〉は江戸の絵師による関係上、前者〈立圃画〉の挿絵を参照しながらも、比較的前者に忠実に描いたものと、画風の事物や人数を若干変更して改刻したもののとに区別することができよう。

と、吉田氏は述べておられる（同書、上二七七・二七八頁）。『おさな源氏』竹河の巻（図1）の場合、上方版と江戸版では女性の数や衣裳の模様が異なり、延宝版『小鏡』は江戸版『おさな源氏』を元に少年と冠姿の貴人を追加したと

考えられる。延宝版も江戸版であるので、同じ所で三年前に出版された方を利用したのであろう。なお、竹河の巻の舞台は玉鬘の屋敷で、それを末摘花の巻に転用すると、末摘花の邸宅で源氏が頭中将と出会ったところになる。また、延宝版は男性の数が『おさな源氏』より二人も増えており、このうち貴人を加えたのは物語の内容に合うが、少年に関する記述は物語にはない。この件に関しては、第五節で問題にする。(3)

第11図（須磨）　八月十五夜、源氏が須磨で故郷を憶う図だから、月夜である筈のところ、月が描かれていないなど。

この図は明らかに明暦版『小鏡』より、江戸版『おさな源氏』と一致する（図2）。この場面を吉田氏は八月十五夜とされたが、そうではなく、その日の夕方、源氏が海の見える廊に出て佇んでいる所と見れば、月が描かれていなくても構わない。

第29図（横笛）　上方版（岩坪注、明暦版のこと）は、源氏が立姿で薫の遊ぶのを傍観しているのに対して、座して薫を膝の上に抱いている。

本図も江戸版『おさな源氏』の柏木の巻、薫の五十日の祝いと一致する（図3）。吉田氏が作成された延宝版の「挿絵所在個所一覧表」（同書、上三六四頁）によると、他の巻に紛れ込んだ絵が二八図あり、この第29図（横笛）もその一つで、横笛の巻の挿絵が柏木の巻の本文中にあると見なされた。しかしながら本図を柏木の巻の絵と認めると、同じ巻に収まることになる。

第30図（鈴虫）　八月十五夜に源氏、女三の宮の方に赴き、仏前で虫の音を賞する条であるが、上方版（岩坪注、明暦版）において既に十五夜の月を描かず、鶴屋版（岩坪注、延宝版）はさらに、仏前までも描いていない。従って構図もかなり変っている。

本図も江戸版『おさな源氏』の梅枝の巻にあり（図4）、本来は明石の姫君の入内に備えて、源氏が草子を書いている件である。それを延宝版は別の巻に置いたため、解りにくくなってしまった。一つ前の第29図は柏木の巻、第31図は夕霧の巻であるので、この第30図はその間の巻（横笛か鈴虫）になる。延宝版以前に刊行された明暦版と寛文版の挿し絵を見ると、横笛の巻（図3―2）は朱雀院から贈られた竹の子を幼い薫が嚙る図、鈴虫の巻（図4―2）は女三の宮の傍らで、源氏が和歌を扇に書き付ける場面である。二人の前には硯箱が置かれており、筆で書くという点では延宝版の絵（図4―1）と共通する。

以上は延宝版の挿し絵（全四四図）で明暦版と図様場面が重なる三一図のうち、吉田氏が問題点を提議された四図である。今度は残りの一三図、すなわち明暦版に見えない図様場面で、延宝版が新たに加えたと吉田氏が推定された箇所を取り上げる。それらについて氏は、次のように整理された（同書、上三六三頁）。

①「絵入源氏物語」挿絵の利用、二図。

②「絵入源氏物語」の他巻の挿絵の流用、一図。

③『十帖源氏』挿絵の流用、一〇図となって、立圃の画作によるものが、圧倒的に多いことを知ることができる。

「絵入源氏物語」（以下、『絵入源氏』と称す）とは、山本春正が慶安三年（一六五〇）に跋を付けて出版した絵入本源氏物語で、挿し絵は全部で二二六図ある。(4) 吉田氏は『絵入源氏』と『十帖源氏』の影響を説かれたが、先の四例がすべて江戸版『おさな源氏』の転用であったように、この一三例も全てそれによる。たとえば紅梅の巻に関して吉田氏は、

明暦大本第四四図に寄りつつ、「絵入源氏」第一六一図（紅梅）を併せ摂取か。但し、按察大納言の姿を省いている。（同書、上三六三頁）

と推測されたが、これは江戸版『おさな源氏』御法の巻と一致する（図5）。もう一例だけ示すと、夢浮橋の巻を吉田氏は、「『十帖源氏』第二一図（花宴）の流用か。但し、構図の左右が逆。」（同書、上三六三頁）とされたが、江戸

版『おさな源氏』夕霧の巻は構図の左右のみならず、月の有無をはじめ庭や建物など細部の描写に至るまで延宝版と合致する（図6）。(5)

そこで改めて延宝版（全四四図）と江戸版『おさな源氏』（全六四図）を比較すると、前者の絵はすべて後者の絵によることが判明した。(6)そのうち二人を追加した末摘花の巻（図1―1）以外は、被彫かと思われるほど同じである。ちなみに両本の表紙の寸法は、ほぼ同じである。

延宝版の挿し絵で、江戸版『おさな源氏』と同じ巻の絵を用いたのが二七図、他の巻から利用したのが一七図あり、その一七図の巻名をすべて列挙する。たとえば「末摘花↑竹河」とは、『おさな源氏』竹河の巻の絵を延宝版は末摘花の巻に転用したことを示す。

末摘花↑竹河。花散里↑浮舟。明石↑夕顔。玉鬘↑椎本。蛍↑東屋。野分↑鈴虫。梅枝↑東屋。鈴虫↑梅枝。御法↑蜻蛉。匂宮↑夢浮橋。竹河↑須磨。紅梅↑御法。橋姫↑浮舟。早蕨↑野分。東屋↑宿木。蜻蛉↑花散里。夢浮橋↑夕霧。

このうち他の巻の流用であっても、不自然ではない例もある。たとえば「御法↑蜻蛉」は、いずれも法事の場面（紫の上主催の法華経千部供養↑浮舟の四十九日）であるし、「蜻蛉↑花散里」では共に時鳥が鳴いている。それに対して明らかに無理な図の方が多く、たとえば延宝版の末摘花（図1）・鈴虫（図4）の巻は吉田氏が指摘されたし、「花散里↑浮舟」では花散里の屋敷から宇治橋と舟が見えている。同じ巻の絵を引けば問題が起きないのに、わざわざ他の巻の絵を使った結果、物語の内容に合わなくなり解りにくくなってしまったのである。

三、他作品の改変　——明暦版『小鏡』から寛文版『小鏡』へ——

本節では絵入版『小鏡』では最古の明暦版（大本）と、次いで古い寛文版（小本）とを取り上げる。吉田氏は両者を比較されて、

本文と挿絵の板下が小本に見合うように新たに書き直されているが、内容はほとんど変らない（但し、第二十四図胡蝶のみ例外で、図様個所が異なる）。

と説かれた（注1の著書、上三五九頁）。たしかに胡蝶の巻は舟楽（明暦版）と、その翌日の童舞（寛文版）で異なる。寛文版以前に刊行された挿し絵を見ると、『絵入源氏』は両方とも取り上げるが、『十帖源氏』『おさな源氏』（上方版）と『鬢鏡』は童舞しか掲載しない。(7)また絵巻物や色紙絵なども、舟楽より童舞を採る方が多いので、(8)寛文版は明暦版の図柄よりも有名な方を選択したと言えよう。

このほか両版で、挿し絵の場面が違う巻は他に二つある。一つは澪標の巻で、明暦版は源氏の一行が住吉詣をした所、寛文版はその翌日、住吉神社を出立した源氏が難波で明石の君へ手紙を書いて送る所である（図7）。『絵入源氏』『十帖源氏』『おさな源氏』『鬢鏡』は、いずれも翌日の方しかない。もう一つは初音の巻で、寛文版は元日に源氏が明石の姫君を訪れると、明石の君から祝儀物が届けられ、女童たちが庭の小松を引いている所、明暦版は同じ日の夕方、源氏が明石の君を訪問した所である（図8）。『絵入源氏』と『鬢鏡』は寛文版と同じ構図、『十帖源氏』と『おさな源氏』も小松引きを略してはいるが同じ光景であり、四件とも明暦版の情景を採用していない。

以上の三巻（胡蝶・澪標・初音）において、いずれも寛文版が明暦版の絵を選択しなかったのは、版本の世界では寛文版の図様の方が、その巻を代表する有名な場面であったからと考えられる。

そのほか明暦版（大本）と寛文版（小本）の相違点について、吉田氏は次の二点を指摘された（前掲書、三五九頁）。

その一は、形態である。既述のように、大本挿絵は一図一頁大ではなく、横三行分が詰った縦長な特異な形態だったが（岩坪注、次節参照）、小本では、一図一頁大に改めている。

その二は、図様の構図はほぼ大本に拠りながら、登場人物の数、背景、車馬の位置など異なっており、機械的な縮小図ではない。

右記の二点は、相関連する。というのは大本（縦二七×横一九センチ）の挿絵を、そのまま小本（一六×一一センチ）に移すのは無理であり、そこで寛文版は車争いの人数を減らしたり（葵の巻）、明暦版の眠っている家来三人（帚木）や屋内の女性三人（夕顔）を削ったりしたのであろう。

そのほか両版の相違を挙げると、明暦版の絵で物語に合わない部分を、寛文版は描き直している。たとえば月の形を見ると、花宴の巻で源氏が初めて朧月夜に出会ったのは「二月の二十日あまり」と物語に記されているのに、明暦版は半月であり、寛文版は有明けの月に直している。ちなみに『十帖源氏』も『おさな源氏』も満月に近く、正確ではない。また寛文版が海を描き加えたり（須磨の巻）、逆に明暦版の舟を消したりしたのも（関屋の巻）、物語の内容に合わせたからと考えられる。このように手を加えたのは二四図あり、残りの三〇図は明暦版とほぼ同じである。延宝版が『おさな源氏』を、また須原屋版が『鬢鏡』をそれぞれ流用したのに対して（第一・二節、参照）、寛文版は明暦版を元にしながら改作している。その類例としては、『絵入源氏』の誤りを正しく描き直した一華堂切臨の『源氏綱目』が挙げられる。(9)

四、物語本文との関係

明暦版の挿し絵の入れ方には特異な点があると、吉田氏は指摘された（注1の著書、三五四頁）。挿絵五十四図について注目すべきは、挿絵の大きさが半葉一頁大ではなく、本文半葉十三行の内、三行分を残して十行分に図様をあてていることである。中には三行分の他に、上部五、六字分をも本文にあてた（第三二図梅枝・第三五図若菜下・第四〇図御法）変形のものもある。

「変形のもの」を全て列挙すると、挿し絵の右上の隅を四角に切り取り、そこに本文を二行（篝火の巻）、四行（玉鬘）、五行（早蕨）、六行（若菜下）、七行（梅枝）記したり、絵の上部を約六字分すべて空けて本文に当てたりしている（御法）。

挿し絵に入り込んだ本文中、最も短いのは「調させ給ふ」（篝火の巻）で、丁度そこで文章が終わっている。その他の例も、すべて文末か、文中の区切りのよい所である。従って、わざわざ本文を絵の一部に入れたのは、一文の途中に絵がこないようにしたためと推測される。その工夫は他の巻にも見られ、たとえば帚木の巻は絵が丁の裏にあり、右側に三行分あいているのに、本文は「をそいひける」（「をぞ言ひける」）しかないし、逆に夕霧の巻は丁の表に絵があり、左側に本文が三行あり、前の丁の裏は末尾が七行分も空いている。これらは皆、絵の前で文章が終わるようにしたからと解せる。

ちなみに明暦版以後の版本『小鏡』を調べると、いずれも半丁すべてを絵のスペースに当て、そこに本文を置くことはないものの、寛文版は絵の前葉に空白を設け、明暦版と同じ配慮をしている。それに対して他作品の挿し絵を流用した延宝版と須原屋版は、絵の前後に余白はなく、そのため文章の途中に絵がくることもある。

さて明暦版の挿し絵は、すべて上部に広い空間があり、その箇所には一面に横線が引かれているだけなので、そこに本文を入れても支障はない。ただし先に絵を版木に彫ると、その横線部分を削り、埋め木をしないと本文を彫れない。それは面倒なので、先に本文を彫り、あらかじめ一巻につき挿し絵用に半丁（厳密には一〇行分）ずつ空け、絵の前で文章が終わるようにしたが、止むを得ない場合は絵を置くスペースの上部に本文を入れたと推定できる。

一般に挿し絵は本文の内容を絵画にしたものであり、両者は密接に関係しているはずである。ところが明暦版の図版の中には『小鏡』に記されていない場面が含まれていて、それは行幸・若菜下・椎本の巻であると吉田氏は指摘された（注1の著書、三五七頁）。それは朝顔の巻にも当てはまり、当巻の図は有名な雪転（ゆきまろばし）で、すでに一六世紀初期頃の源氏絵扇面散屏風（浄土寺蔵）にも描かれ、版本の挿し絵では『絵入源氏』をはじめ『十帖源氏』『おさな源氏』や明暦版・寛文版・延宝版・須原屋版『小鏡』にも見られる。にもかかわらず『小鏡』には、その情景の記述は一切ない。ということは挿し絵の場面は、『小鏡』本文とは別に選ばれたことになる。

明暦版の挿し絵が依拠した資料に関しては、清水婦久子氏が、

土佐派の絵と構図や細部が一致することが多い。若菜上巻の蹴鞠の場面は、土佐光吉筆『源氏物語画帖』（京都国立博物館蔵）の、建物の内部から描く大胆な構図と全く同じで、初音巻で源氏が明石を訪れる場面の図は、伝光則筆『源氏物語図色紙』（堺市博物館蔵）の構図を逆にした他は細部まで一致する。

と述べておられる(10)。確かに明暦版の絵の中には、それ以前の版画（『絵入源氏』『十帖源氏』）と異なり、土佐派などの絵と合致するものが多い。

五、源氏物語と源氏絵の相違　(1)若紫の巻

源氏絵は源氏物語を絵画にしたものであるのに、物語の内容に合わないものがある。たとえば末摘花邸の垣根のそばで出会ったのは、物語によると光源氏と頭中将の二人だけである。けれども『小鏡』の挿絵では、少年も付け加えられた（図1―1）。このほかにも源氏絵には、物語に描かれない少年がよく登場する。その一例として、若紫の巻における垣間見の場面を取り上げる。まず、その箇所の物語本文を引用する。

日もいと長きにつれづれなれば、夕暮のいたう霞みたるにまぎれて、かの小柴垣のもとに立ち出でたまふ。人々は帰したまひて、惟光朝臣とのぞきたまへば、ただこの西面にしも、持仏すゑたてまつりて行ふ尼なりけり。

（本文は、小学館・新編日本古典文学全集による。以下、同じ）

源氏がこの北山に出かけたのはお忍びであり、「御供に睦ましき四五人ばかり」しか連れていない。前掲の物語本文には「人々は帰したまひて、惟光朝臣とのぞきたまへば」（傍線部）とあるので、垣間見に同伴したのは惟光だけと読み取れる。すると当場面を描いた絵も、源氏と惟光だけかというと、そうとは限らない。そこで小柴垣のそばにいる男性の数（光源氏も含む）に注目して分類すると、次のようになる。ただし画面に男性が多く描かれていても、小柴垣の所にいるのは一人だけならば、Aの「大人、一人」に分類する。なお作品名・絵師（不明の場合は成立時期）・所蔵者・掲載著書の順に列挙する。

A、大人、一人。

1源氏物語図扇面散屏風、室町時代、浄土寺。

2源氏物語図扇面貼交屏風、室町時代、永青文庫。

3源氏物語扇面画帖、室町時代、個人蔵。(11)

4源氏物語絵屏風、伝狩野永徳（生没一五四三〜九〇年）、宮内庁、『日本の古典』5（世界文化社、昭和四九年）、『皇室の至宝』（毎日新聞社、平成三年）。

5源氏物語絵巻、文禄三年（一五九四）龍女筆、『大阪青山短期大学所蔵品図録』1（平成四年）。

6源氏物語図屏風、「州信」印（桃山時代後期狩野派）、『大阪青山短期大学所蔵品図録』2（平成一一年）。

7「源氏絵詞」土佐光成（生没一六四六〜一七一〇年）、静嘉堂文庫、注9の伊井氏の著書。

8源氏物語図屏風、岩佐勝友、江戸時代中期、出光美術館。

9源氏物語図屏風、江戸時代中期頃、出光美術館。

10『源氏物語五十四帖絵尽』渓斎英泉画、文化九年（一八一二）刊。

B、大人、二人。

1源氏物語絵巻、南北朝時代成立、天理図書館・メトロポリタン美術館。

2源氏物語画帖、土佐光信グループ、一五世紀後半〜一六世紀前半、ハーヴァード大学美術館、「国華」一二二二号（平成九年八月）。

3源氏物語画帖、土佐光吉（生没一五三九〜一六一三年）、京都国立博物館。

4源氏物語図屏風、伝土佐光吉、出光美術館。

5源氏物語画帖、住吉如慶（生没一五九九〜一六七〇年）、大英図書館、『江戸名作画帖全集』V（駸々堂、平成五年）。

6源氏物語若紫・須磨図屏風、土佐光起（生没一六一七〜九一年）、福岡市美術館森山コレクション。

7『絵入源氏』山本春正、慶安三年（一六五〇）跋。

8『十帖源氏』野々口立圃、承応四年（一六五五）成立。

9『源氏綱目』一華堂切臨、万治三年（一六六〇）刊。

10『おさな源氏』野々口立圃、寛文元年（一六六一）刊。

11『源氏大概抄』野々口立圃、刊年未詳。

12源氏物語画帖、土佐光芳（生没一七〇〇〜七二年）、高松・松平文庫、国文学研究資料館にマイクロフィルムあり。

13源氏物語画帖、フランス・パリ国立図書館(12)。

C、大人一人、少年一人。
1明暦版『小鏡』、明暦三年（一六五七）刊。

2寛文版『小鏡』、寛文六年（一六六六）刊。

3『源氏大和絵鑑』菱川師宣画、貞享二年（一六八五）刊。

4源氏物語図屏風、江戸時代前期、インディアナ大学美術館、『見ながら読む日本の心　源氏物語』（学習研究社、昭和六一年）、『すぐわかる源氏物語の絵画』（東京美術、平成二一年）。

5源氏物語若紫図屏風、一八世紀、建中寺、『王朝の雅び千年』（徳川美術館、平成一六年）。

6『源氏絵物語』歌川豊国（三世）画、弘化年間（一八四四〜四七）刊。注3の著書。

7「源氏物語わか紫巻」、歌川豊国（三世）画、『新潮古典文学アルバム　源氏物語』（新潮社、平成二年）。

D、大人二人、少年一人。
1源氏物語色紙画、オーストラリア・メルボルン・ヴィクトリア州立美術館、伊井春樹氏「『源氏綱目』の挿絵」（『講座平安文学論究』8、風間書房、平成四年）。

2源氏・伊勢物語図屏風、江戸時代初期、「古美術」97（平成三年一月）。

3源氏物語図屏風、一七世紀、徳川美術館、『王朝の雅び千年』『絵画でつづる源氏物語』（徳川美術館、平成一七年）。

4源氏物語図屏風、狩野派、江戸時代中期、出光美術館。

E、大人三人、少年一人。

1源氏物語図屏風、伝土佐千代（土佐光信の娘、狩野元信の妻）、一六世紀、出光美術館、『源氏物語と江戸文化』（森話社、平成二〇年）。

2源氏物語図屏風、江戸時代、『日本のデザイン①　日本の意匠　源氏物語』（紫紅社、平成一三年）。

右記のA～Eのうち、物語本文と一致して問題がないのはBだけで、それ以外を順に見ていく。まずAで、惟光が描かれなかった理由は三通り考えられる。

①紙面の都合による。たとえば『源氏物語五十四帖絵尽』（右記の分類A10）は袖珍本（縦九×横六センチ）で、そこに登場人物すべてを描くのは無理である。

②彩色画ならば、源氏の衣裳を惟光より華麗に描いたりして区別できる。しかしながら静嘉堂文庫（A7）のような白描では、色彩による描き分けはできない。ちなみに版本の挿し絵も墨一色のため、『十帖源氏』（B8）と『おさな源氏』（B10）の源氏と惟光も姿などが同じで見分けがつかず、前に立つ方が源氏かと判断される程度である。

③絵師のテキストには、二人と明記されていなかった。たとえば『源氏絵詞』（京都大学蔵[13]）には、「人柴垣ノ外烏帽子」とあるだけで、人数は指定されていない。

次にCの大人一人、少年一人についても三種類の推測が成り立つ。まずAの理由②と同じで、二人のうち何れが源氏であるか明確にするため、従者を少年に描いた。ただしBの大人二人で、小道具を使うことにより主従を区別した例がある。たとえば刀（B3）や長柄傘《ながえかさ》（B13）を持つ方が惟光であるし、二人の烏帽子の違い（B2など）や、冠と烏帽子の被り分け（B9）でも見分けられる。ただし光源氏はお忍びのため、冠は不適切である。

Cの二つめの理由は、物語には書かれていない少年が梗概書には登場するからである。それは室町時代に成立した『源氏最要抄』で、源氏が少年の姿に変装して出かけたとある。

北山の大覚の僧都をめせ共、「年のたけて室の台へだにも出がたふ侍る」とてまいらず、「更ば殿上の子供の姿に、御形をやつし奉て、北山へ入奉れ」と御宣旨あり、殿上人車を十四五りやう計にて御供申侍り。[14]

この記述によると、一つめの理由（家来を少年に描いた）とは逆になり、少年が源氏になる。しかしながら明暦版『小鏡』の少年は大人の後ろに座っているし、寛文版『小鏡』の少年はうつむいていて、これでは惟光だけが垣間見たことになる（図9）。

そこで今から述べる三つめの推測が、最も有力かと思われる。それは当時、貴人が少年をお供に連れる習慣があり、それを描くのが絵画の世界でも習わしになっていたのである。まず物語から例を捜すと、源氏が夕顔の元へ通う際、身元を知られないようにするため家来は惟光のほか、「かの夕顔のしるべせし随身ばかり、さては顔むげに知るまじき童ひとりばかりぞ、率ておはしける。」とある（夕顔の巻）。源氏が身をやつして従者を最小限にした中に「童ひとり」がいることから、普段の外出にも少年を伴っていたと推理できる。また源氏が夕霧を伴い住吉参詣をした折には、源融の先例をまねて「童随身」を一〇人いただき、「馬副童（むまぞひわらは）」も付き添ったとある（澪標の巻）。

絵画においても、古くは平安末期に成立した『年中行事絵巻』に例が見出せる。たとえば関白賀茂詣の場面では、束帯姿の前駆（さきがけ）の公卿たちの中に、あるいは夜、宮中に向かう束帯姿の後ろなどに、少年の姿が散見される。そのほか松明や弓矢を持った少年や牛飼童、あるいは僧侶に付き添う稚児もいる。他の作品に目を移すと、承久

本『北野天神縁起』（一三世紀成立）で道真が弓を引く場面には、太刀と扇を持って座る少年がおり、その解説に、

> 子供が身分の高い大人の従者をつとめている例はきわめて多く、中には稚児である者も少なくない。多くは美少年で一種の愛玩のためであったとも言える。『北野天神縁起』にはそうした稚児がたくさん描かれている。(15)

とある。その観点により源氏絵を見直すと、垣間見の場面で大人と子供は、源氏とお供の少年と解せる。そこで前出の『源氏絵詞』（京都大学蔵）の一節、「人柴垣ノ外烏帽子」を見た絵師が、源氏を烏帽子姿に描き、テキストにない少年を慣習に則り付け足したと考えられる。ちなみに、この垣間見の数時間前の光景を住吉具慶が描いた『源氏物語絵巻』(16)を見ると、源氏の前に二人の男性（惟光と良清か）が立って周りの景色を説明し、少し離れて男と少年が一人ずつ座っている。物語には少年の記述はなく、果たして源氏が連れていたかどうかは分からないが、絵師の判断で加えられたのであろう。前掲の分類D（大人二人、少年一人）とE（大人三人、少年一人）の少年も、同様に解釈できる。

六、源氏物語と源氏絵の相違　(2)明石の巻

物語に記されていない少年は版本『小鏡』の挿し絵にも散見され、その一例として明石の巻を取り上げる。源氏が須磨へ退く際に少年を同行させた記述は、物語にはない。しかしながら源氏の一行が須磨から明石へ移る舟の中に、須原屋版『小鏡』は少年をひとり描いている。ちなみに『絵入源氏』にも同じ場面があり、都から須磨へ舟で行く図も載せるが、いずれも大人ばかりである（図10）。一方、源氏が明石の君の元へ馬で通う情景には、『絵入源氏』をはじめ『十帖源氏』『おさな源氏』や明暦版・寛文版『小鏡』に、刀を肩に掛けた一人の少年がいる（図11）。これらの少年は絵師が勝手に付け加えたのではなく、嵯峨本『伊勢物語』の挿し絵を模倣したと推測される。すなわち舟の絵は第九段・隅田川、馬の絵は第八段・浅間山の図様によると思われる（図12）。たとえば馬に乗った源氏に従う家来

の一人が、片手を挙げている仕草も一致する（図11―3と図12―1）。慶長一三年（一六〇八）に刊行された嵯峨本の図柄は、それ以後の絵に踏襲され、

まことに数多い江戸時代の『伊勢物語』版本が嵯峨本の絵の影響から逃れ出たのは、きわめて末期、延享・宝暦の月岡丹下・西川祐信の頃、つまり絵本流行の時代になってからのことである(17)。

という程であるから、それが源氏絵にも流用されたのであろう。

ちなみに嵯峨本の図柄は、室町時代後期に制作された小野家本『伊勢物語絵巻』と同じであるし、業平が少年を伴う例は、鎌倉時代の遺品『伊勢物語絵巻』（和泉市久保惣記念美術館蔵）にも見出せる。それは東下りの途中、富士山に向かう一行で、三頭の馬に一人ずつ乗り、歩く従者が一〇人いるうち、二人が少年で、うち一人は刀を肩に掛けている。伊勢物語には、「友とする人、ひとりふたりして行きけり。」とあり、「ひとりふたり」とは馬に乗れる身分の友人を指し、徒歩の者は含まないと解釈すれば、絵巻物に合う。歩く家来については物語に書かれていないので、絵師が自由に描け、大人ばかりでも、あるいは数人でも構わないはずである。しかしながら、貴人の外出には少年を含むお供が大勢いる、という平安朝以来の伝統が、物語(18)にも大和絵の世界にも受け継がれているのである。

終わりに

従来の源氏絵の研究では、別の物語絵も取り上げて比べることは稀であった。しかしながら当時の絵師は、様々な文学作品を描いており、従って、源氏絵と他の物語絵との比較検討も必要である。

たとえば数人が乗った舟の中に少年が一人だけ混じる構図（図10）は、元禄五年(19)（一六九二）刊『竹取物語』の挿し絵にも使われている。そのほか承応年間（一六五二～五四）頃に刊行されたかと思われる『栄花物語』にも挿し絵

があり、関白師実たちが布引の滝を見に出かけた場面の絵は、嵯峨本『伊勢物語』第八七段（布引の滝）の図様に類似する（図13）。また春日祭の上卿を勤仕した忠実中納言の行列を、宇治橋が眺められる桟敷で四条宮（寛子）が見物した折の挿し絵は、『絵入源氏』宿木の巻で、宇治橋を渡る浮舟の一行を薫が見る図柄に似通う（図14）。従って今後は、源氏絵どうしの比較に留まらず、他の絵画との影響も考慮しなければならない。[20]

注

（1）吉田幸一氏『絵入本源氏物語考』上（日本書誌学大系53（1）、三二四頁、青裳堂書店、昭和六二年）。以下、本章に引用した同氏の説は、すべて本書による。

（2）跋文の一節「老て二たひ児に成たるといふにや」が、著者の還暦を指すとすれば、立圃が還暦を迎えた承応三年（一六五四）に本書が成立したと、渡辺守邦氏は述べられた（『日本古典文学大辞典』「十帖源氏」の項）、吉田氏も同意された（注1の著書、上四・二一二頁）。しかしながら還暦とは満六〇歳、数えで六一歳であり、一五九五年生まれの立圃の還暦は承応四年になる。なお『十帖源氏』の初版は、万治四年（一六六一）刊本より古いと、吉田氏は判断された（同書、二一八頁）。

（3）江戸版『おさな源氏』竹河の巻の図（図1―4）と同じ図柄は、弘化年間（一八四四〜四七）に刊行された歌川豊国（三世）画『源氏絵物語』匂宮の巻にも見られる。豊国画の影印は全帖が、岩坪健編著『錦絵で楽しむ源氏絵物語』（和泉書院、平成二一年）に収録。

（4）承応三年（一六五四）本を初版とする吉田幸一氏の説に対して、初版は無刊記で慶安三年（一六五〇）冬から翌年秋の間に刊行されたと、清水婦久子氏は唱えられた（清水氏「版本『絵入源氏物語』の諸本（上）」、「青須我波良」三八、平成元年一二月）。後に清水氏著『源氏物語版本の研究』（和泉書院、平成一五年）に再録。

（5）同じ図柄は、歌川豊国（三世）画『源氏絵物語』（注3参照）柏木の巻にも見られる。

（6）田辺昌子氏「江戸の源氏絵―初期絵入本から浮世絵へ―」（吉井美弥子氏編『〈みやび〉異説―『源氏物語』という文

化―』一五九頁、森話社、平成九年）に、延宝版『源氏小鏡』は江戸版『おさな源氏』と、「まったく同じであり、これのかぶせ彫りによる改刻版かと思われる」と指摘されている。

（7）ただし童舞の日、楽人たちは舟ではなく廊下で演奏したのに、『十帖源氏』と『おさな源氏』（上方版）は舟の中に楽人がいる。これは間違えたのではなければ、二つの異なる場面を描く異時同図法かもしれない。たとえば「土佐光吉（生没一五三九〜一六一三年）が主宰した工房作と目される」屏風で、「光吉が色紙に描いた場面を、屏風の大画面に拡大したもので、前日の船楽と翌日の仏事の光景を重ね合わせたような図様」があり（注8の著書、一一三頁）、それが源氏絵の伝統的手法かもしれない。岡山美術館蔵の貝合の貝殻の内側にも、両日の行事が一緒に描かれている。

（8）田口榮一氏が作成された「源氏絵帖別場面一覧」によると、絵巻・色紙などで船楽の場面のみ取り上げたのは五件しかないのに対して、童舞のみ選んだのは一〇件にも及ぶ（同氏『豪華「源氏絵」の世界　源氏物語』、学習研究社、昭和六三年）。

（9）清水婦久子氏「近世源氏物語版本の挿絵」（『講座平安文学論究』8、風間書房、平成四年）。後に同氏の著書（注4に掲載）に再録。一方、伊井春樹氏は、『絵入源氏』と『源氏綱目』の「両者には共通した典拠の絵画資料のあったことを窺わせる」と説かれた。詳細は伊井春樹氏編『源氏綱目　付源氏絵詞』四八九頁（『源氏物語古注集成』10、桜楓社、昭和五八年）参照。

（10）注9に同じ。なお久下裕利氏は、明暦版『源氏小鏡』の挿絵全図を土佐派などの肉筆画と比較検討され、「おおよその図様は土佐派の定型化された画面構図を踏襲しており」と指摘された。詳細は同氏『源氏物語絵巻を読む―物語絵の視界』二〇四頁（笠間書院、平成八年）参照。

（11）以上の三点は、『源氏物語の絵画』（堺市博物館、昭和六一年）に掲載されている。このほか、「伝土佐光吉の『源氏物語画帖』や狩野永徳の『源氏物語図屏風』、それに扇面などには光源氏一人しか描かれなかったり」と、伊井春樹氏が指摘されている（注9の著書、四七五頁）。

（12）国文学研究資料館にマイクロフィルムがあり、当館の目録には「けむしものかたり」とある。彩色画。全一〇冊。第三冊のみ一六面、他は各二〇面。『絵入源氏』と構図が一致する絵が少なくない。

（13）伊井春樹氏の著書（注9に掲載）に、全文翻刻されている。

(14) 伊井春樹氏『源氏物語注釈史の研究』九二二・九三一頁（桜楓社、昭和五五年）に引かれている。なお中野幸一氏編『源氏物語古註釈叢刊』5（武蔵野書院、昭和五七年）所収の『源氏最要抄』は系統が異なり、当該本文はない。

(15) 渋沢敬三氏編『日本常民生活絵引』1、一九八頁（平凡社、昭和五九年）。ちなみに『和泉式部日記』において、敦道親王が和泉式部を訪れたとき、「例の童ばかりを御供にて」とあり、亡き為尊親王に仕えていた小舎人童だけを連れていた。

(16) 茶道文化研究所蔵。榊原悟氏「住吉派『源氏絵』解題」（「サントリー美術館論集」三号、平成元年一二月）に、写真と解説がある。

(17) 片桐洋一氏編『伊勢物語　慶長十三年刊嵯峨本第一種』二五一頁（和泉書院、昭和五六年）。なお千野香織氏『絵巻伊勢物語絵』（「日本の美術」第三〇一号、至文堂、平成三年六月）には、嵯峨本の挿し絵のみを全て掲載している。

(18) たとえば光源氏が北山へ行ったとき、物語では「御供に睦ましき四五人ばかり」と少数であるのに、前掲の『源氏最要抄』には、「殿上人車を十四五りやう計にて御供申侍り。」と大勢である。

(19) 『栄花物語』上（日本古典文学大系）の解説、一二頁。

(20) この問題に関しては、久下裕利氏が次のように指摘された。

万治三年（一六六〇）版『うつほ物語』の挿絵の一枚が、承応三年（一六五四）版『狭衣物語』からの盗用であった事実があるからで、版本の挿絵の考察にあたっては、『源氏物語』の絵入り版本ばかりではなく他の王朝物語の絵入り版本にも鋭く目を向ける必要があったのである。（注10の著書、一八四頁）

[付記] 佐野みどり氏監修・編著『源氏絵集成』（藝華書院、平成二三年）には、光源氏が若紫を垣間見る場面の図が八件あり、その成立時期は一六～一七世紀に及ぶ。小柴垣の元にいる人物を本章第五節の分類に当てはめると、C（大人一人、少年一人）が一件あり、他はA（大人一人）かB（大人二人）である。

図１―１　延宝版『小鏡』末摘花の巻

図１―２　明暦版『小鏡』
空蟬の巻

図１―３　上方版『おさな源氏』
竹河の巻

図１―４　江戸版『おさな源氏』
竹河の巻

図２―１　延宝版『小鏡』須磨の巻

図２―２　明暦版『小鏡』
須磨の巻

図２―３　江戸版『おさな源氏』
須磨の巻

図３―１　延宝版『小鏡』柏木の巻
（東京芸術大学附属図書館所蔵）

図３―３　江戸版『おさな源氏』
柏木の巻

図３―２　明暦版『小鏡』
横笛の巻

図４―２　明暦版『小鏡』
鈴虫の巻

図４―１　延宝版『小鏡』鈴虫の巻
（東京芸術大学附属図書館所蔵）

図５―１　延宝版『小鏡』紅梅の巻

図４―３　江戸版『おさな源氏』梅枝の巻

図５―３　『絵入源氏』紅梅の巻

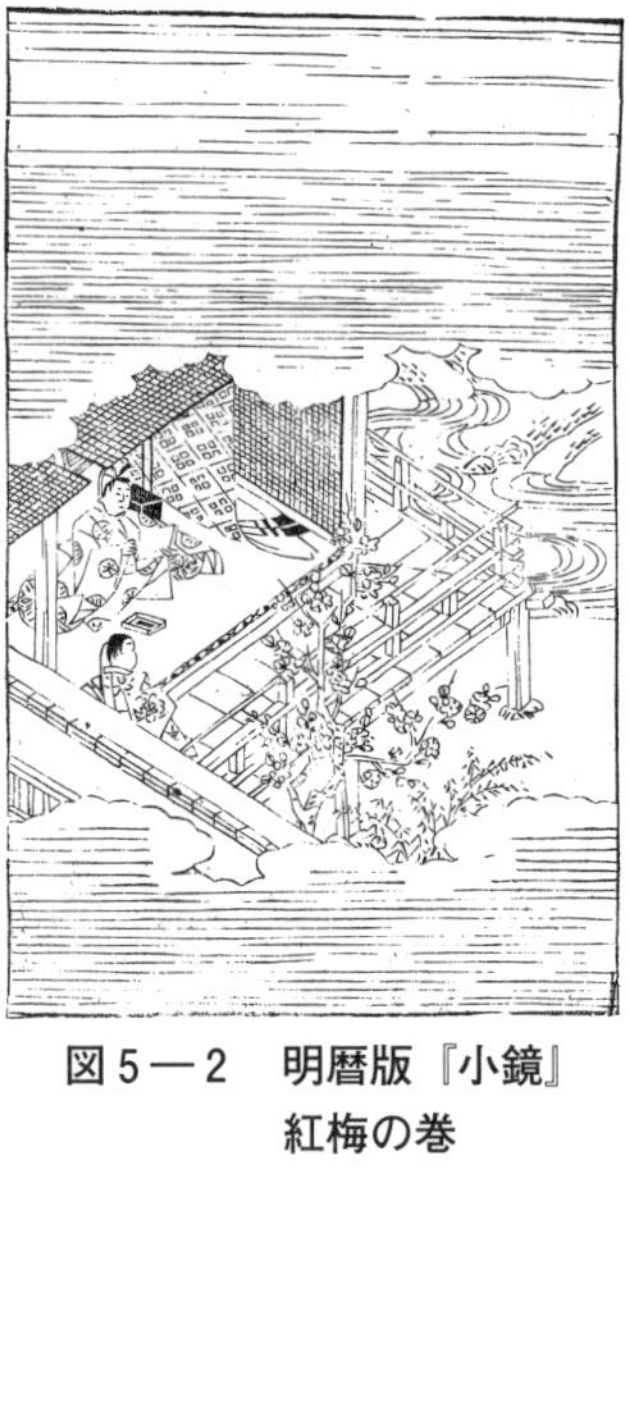

図５―２　明暦版『小鏡』紅梅の巻

図６—１　延宝版『小鏡』夢浮橋の巻

図５—４　江戸版『おさな源氏』御法の巻

図６—３　上方版『おさな源氏』夕霧の巻

図６—２　『十帖源氏』花宴の巻

図７―１　明暦版『小鏡』
澪標の巻

図６―４　江戸版『おさな源氏』
夕霧の巻

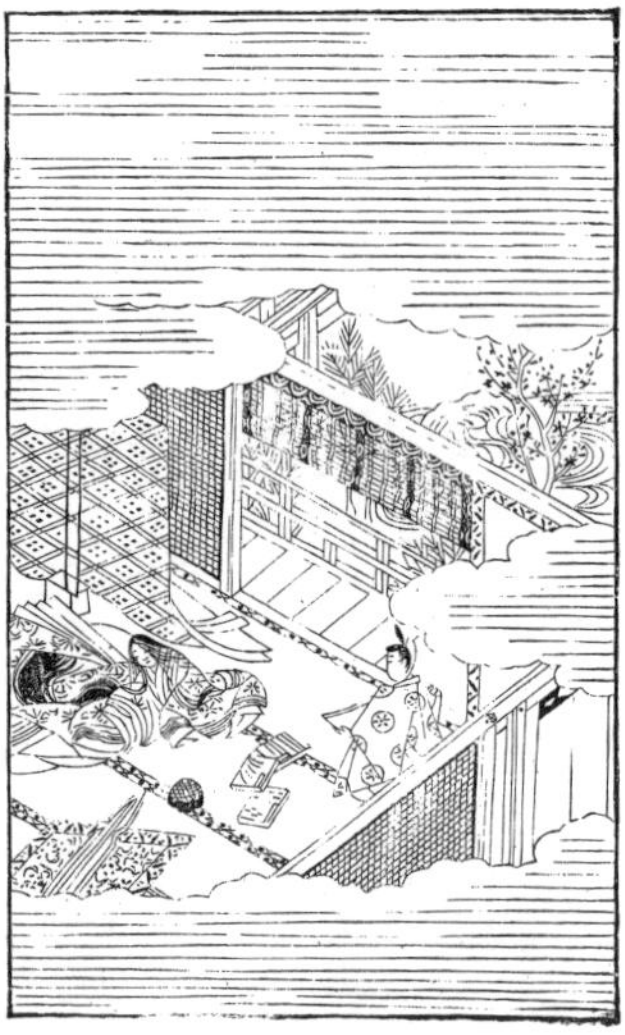

図８―１　明暦版『小鏡』
初音の巻

図７―２　寛文版『小鏡』澪標の巻

図９—１　明暦版『小鏡』
若紫の巻

図８—２　寛文版『小鏡』初音の巻

図10—１　須原屋版『小鏡』明石の巻

図９—２　寛文版『小鏡』
若紫の巻

図 10—3　版本『竹取物語』

図 10—2　『絵入源氏』明石の巻

図 11—2　『十帖源氏』明石の巻

図 11—1　『絵入源氏』明石の巻

図 12―1　嵯峨本『伊勢物語』第八段

図 11―3　寛文版『小鏡』明石の巻

図 13―2　嵯峨本『伊勢物語』第八七段

図 12―2　嵯峨本『伊勢物語』第九段

図 13—1　版本『栄花物語』巻三九

図 14—2　『絵入源氏』宿木の巻

図 14—1　版本『栄花物語』巻四〇

第五章　源氏絵史における『源氏鬢鏡』の位置付け

――肉筆画との関係――

はじめに

江戸時代になると、源氏物語が挿し絵付きで刊行されるようになり、その嚆矢は山本春正が物語本文を校訂して絵も自ら描き、慶安三年（一六五〇）に跋文を付けて出版したもの（以下『絵入源氏』と称す）である。また中世に作成された源氏の梗概書のうち、最も流布したのは『源氏小鏡』（『小鏡』と略称す）で、近世には幾度も版を重ね、絵入本も数種類ある。『源氏鬢鏡』（『鬢鏡』と略称す）は『小鏡』をさらに簡略化したもので、挿し絵も『小鏡』や『絵入源氏』を利用しているが、絵の付け方は『小鏡』と『鬢鏡』では異なることを論じる。その『鬢鏡』独自の絵の選定により、土佐・住吉派に代表される肉筆画とは異なる図様が生まれ、それが後世の木版画に影響を及ぼした結果、肉筆画とは違う型が版画の世界で継承されたことを明らかにする。

一、『鬢鏡』が用いた『小鏡』の系統

『鬢鏡』はその序文・跋文によると、松永貞徳の孫弟子にあたる小嶋宗賢・鈴村信房の二人が『小鏡』の本文を抄

出して、巻ごとに絵と俳諧の発句を付け加え、万治三年（一六六〇）に刊行したものである。『鬢鏡』の伝本は上方版と、その異版である江戸版とに分けられ、さらに前者は三種、後者は二種に分類され、そのうち初版は上方版の万治三年本で、それを元に他の諸本が作られたと吉田幸一氏は整理された[1]。そこで本章も、万治三年本の本文と挿し絵を使用する[2]。

　『小鏡』は『鬢鏡』以上に異本が多く、大別しても六系統あり、第二系統以下はそれぞれ第一系統から派生した[3]。そのうち伝本が多いのは第一系統と、その本文を青表紙本に直した第二系統である。和歌における両系統の本文異同については、伊井春樹氏が一覧表にされており（注3の著書、八四四頁）、そのうち『鬢鏡』が引用した歌で異同がある箇所を抜き出す。なお表中の（アリ）（ナシ）は、その歌の有無を示す。

初句・巻名	第一系統『小鏡』	第二系統『小鏡』
かずならぬ（帚木）	そのはらや	かずならぬ
入日さす（薄雲）	袖の色ぞ	袖に色や
なくこゑも（蛍）	（ナシ）	（アリ）
雪深き（行幸）	（ナシ）	（アリ）
小塩山（行幸）	（ナシ）	（アリ）
紫に（藤裏葉）	（ナシ）	（アリ）
露しげき（横笛）	（ナシ）	（アリ）
山ざとの（夕霧）	たちいでんかたも	たちいでん空も
たえぬべき（御法）	（ナシ）	（アリ）
おほぞらを（幻）	ゆくゑしらせよ	ゆくゑたづねよ
竹がはの（竹河）	ほどはくみきや	そこはしりきや
あげまきに（総角）	むすびつゝおなしこゝろに	むすびこめおなしところに
ありとみて（蜻蛉）	はかなくて	みればまた

　『鬢鏡』の和歌は、すべて第二系統の本文と一致する。『小鏡』の版本で古活字版は第一系統、整版は第二系統に属するので、『鬢鏡』が用いた『小鏡』が版本だとすると、整版によると考えられる。整版『小鏡』は一一種類あるが

（注1の著書、三二四頁）、『鬢鏡』の初版より前に刊行されたのは、絵入りでは明暦三年（一六五七）本、絵なしでは慶安四年（一六五一）本しかなく[4]、『鬢鏡』の挿し絵の中には明暦三年版に似たものがあるので（第三節3参照）、本文もそれに依ったと推定される。

二、物語との相違点

『小鏡』は源氏物語の梗概書ではあるが、物語と内容が一致しない箇所があり、その場合『小鏡』を抜粋した『鬢鏡』は、物語に基づいて訂正したかどうか、次の二例で確認しておく。

例1、和歌を贈った相手（花散里の巻）

『鬢鏡』当巻の本文を引用すると、

源氏、中川のあたりへしのはせたまふ道にて、御らんししりたる所あり。歌をよみて、いれ給ひしなり。

橘の香をなつかしみ郭公花ちる里をたつねてそとふ

といふ歌故なりき。

とあり、この文脈によると、光源氏が「橘の～」の和歌を中川あたりの女性に詠んで送ったことになる。しかしながら物語では、その歌は源氏が麗景殿の女御に詠みかけたもので、中川では別の歌（「をち返り～」）を贈っている。『小鏡』も『鬢鏡』と同じであるので、『鬢鏡』は物語と異なる『小鏡』の内容をそのまま用いたことになる。

例2、和歌の詠者（玉鬘の巻）

『鬢鏡』には、

玉鬘の姫君の、つくしより、のほり給ひしを、右近、初瀬にて参逢て源氏に申たりしかは、むかへ取て、もて

なし、かしつかせ給ふを、紫の上、いかなるすちの御程にかと、うたかひ給ひて、
　恋わたる身はそれなれと玉かつらいかなるすちを尋きつらん
と、読給ひしゆへならし。

とあり、この記述では紫の上の詠歌になり、『小鏡』も同じである。一方、物語では光源氏の歌であり、先の例と同じで『鬢鏡』は『小鏡』の誤りを訂正していない。

以上の二例により、『鬢鏡』は『小鏡』を簡略化しただけで、物語を参照していないことが分かった。にも拘らず、挿し絵の付け方は両著で異なることを次節で問題にする。

三、『鬢鏡』の挿し絵

1　『絵入源氏』の転用

『鬢鏡』には一巻ごとに一枚の絵がつき、雲隠の巻を含む五五帖に対して絵も五五図あり、その多くは『絵入源氏』の挿し絵（山本春正画）を借用している。利用した絵の総数は、吉田幸一氏の計算では三四図（注1の著書、三八八頁）、清水婦久子氏によると三七図になり、(5) いずれにせよ過半数に及ぶ。この中には『鬢鏡』が別の場面に置き換えた絵があり、たとえば、

帚木巻の左馬頭の体験談で嫉妬深い女の話についての「絵入源氏」の挿絵を、『源氏鬢鏡』では、別の場面に流用した例も見られる。『源氏鬢鏡』ではこの絵を、空蟬が源氏に「数ならぬふせ屋におふる名のうさにあるにもあらず消ゆる帚木」と詠んだ巻名の由来となる場面の挿絵にしたのである。「絵入源氏」では左馬頭と妻との別れの場面であったが、『源氏鬢鏡』では、源氏が夜明けの有明の月のもとで空蟬と別れる場面に変えられている

のである。（注5の著書、四五二頁）

と、清水婦久子氏が指摘されている（図1）。同じ絵であるのに場面が変わるのは、その図が『絵入源氏』では指喩いの女の話のところに置かれているのに対して、『鬢鏡』の本文は、

歌をもつて名とす。御物いみあきしかは、里へ出させ給はんとするに、ふたかる方なれば、御家の人、伊与の介といひしが許へおはして、方たかへあり。しかるに、さよ更て、源氏、彼いよの介か妻のいねたるに、忍はせ給ひて、とかくの給ふに、思ひかけす女、

数ならぬふせやにおふる名のうさにあるにもあらてきゆる箒木

と、読し故なり。

であり、源氏と空蟬の話しか載せないので、挿し絵もそのように解釈せざるをえないからである。

同じことが、常夏の巻にも当てはまる（図2）。『絵入源氏』では、昼寝している雲居雁を父の内大臣が戒めたところであるのに、『鬢鏡』は別の場面に流用している。『鬢鏡』の本文は、

玉鬘の住せ給ふ御方を西の対といふ。其御方の庭に撫子の色をとゝのへて、唐大和瞿麦を調植給ふ。彼雨夜の物語に父おとゝ、此姫君をなてしこ共語り出し給ふ故にや、此ひめ君を撫子共云。源氏、この対に入せたまひて、

なてしこのとこなつかしき色を見はもとのかきねを人や尋ん

と、よませ給ふ故なり。

であり、この文脈によると挿し絵の男女は源氏と玉鬘になる。絵巻や画帖など肉筆画の世界では、昼寝の場面は土佐派も住吉派も画題によく取り上げているのに対して、源氏と玉鬘を題材にした作例は少なく(6)、国宝『源氏物語絵巻』(7)と狩野氏信（生没一六一五〜六九年）筆の屏風(8)しか知られていない。氏信の作品では、源氏が玉鬘の横で琴を弾き、庭には撫子の花が咲いている。一方、『小鏡』も『鬢鏡』も琴には言及せず、江戸版『鬢鏡』は前栽の花の代わりに、

左端の女房の衣裳に撫子の模様を描いている。

以上の二例において、『鬢鏡』が『絵入源氏』の挿し絵を別の場面に転用したのは、『小鏡』を抄出した『鬢鏡』の本文に合う絵が『絵入源氏』や『小鏡』などにないからと考えられる。(9)

2　『絵入源氏』の加筆

前の例では加筆といっても、衣裳の紋様や前栽・調度品が書き替えられる程度であった。それに対して以下の例では、さらに大きく改変されている。

例a、松の木の位置（松風の巻）（図3）

『絵入源氏』の挿し絵と、それを同じ巻の同じ場面に引いた『鬢鏡』とを比較すると、松の木の位置が異なる。これに関しては清水婦久子氏が、

万治三年の『源氏鬢鏡』は、『源氏小鏡』から巻名の由来を記した箇所を抜き出し、その場面を挿絵として添えた入門書であるが、後述するように、その画面の大半は、「絵入源氏」の模倣である。

松風巻の挿絵もまた、「絵入源氏」を基にした画面であるが、その図では、松の木を画面手前に移動したため、尼君が松に背を向けた図になっている。巻名に関わる景物「松」を立派な枝ぶりの木として目立つように描いた結果、「松風」を詠んだ尼君の気持ちとはかけ離れた図になってしまった。これに対して「絵入源氏」の挿絵では、尼君の視線の先に「松風」を思わせる、遠く大きな松の木を描くことで、挿絵の直前にある尼君の詠んだ歌「身をかへて……」の心をよく表している。（注5の著書、四二五頁）

と指摘された。『鬢鏡』は『小鏡』から巻名由来の記述を抜き出し、絵もまた巻名に関わる描写に重きを置いたのである。

例b、木の描き方（宿木の巻）（図4）

清水婦久子氏の論を以下、引用する。

例えば、宿木巻において、「いとけしきある深山木に宿りたる蔦（つた）」を薫が取る場面において、「絵入源氏」の挿絵では、木にからむ蔦を巻名の「宿木」を表す重要な物として描いていた。ところが、これを模した万治版『源氏鬢鏡』の図において、早くも蔦とは判別しにくい図になっている。『源氏鬢鏡』では、ただ、発句にある「宿木はかし屋なりけり家桜」を描けばよいと考えていたためであろうか、「深山木」が桜の木のように描かれ、「やどりぎ」らしきものは見あたらない。（注5の著書、四五九頁）

発句も本文の一部と見なすと、『鬢鏡』の挿し絵は本文に合わせて描き直されたのであり、それは先の例aにも当てはまる。

例c、人物の消去（空蟬の巻）（図5）

忍び込んだ光源氏の気配に気づいた空蟬は、寝床に小袿を残して逃げ去ったが、それに気づかない源氏は、空蟬に添い寝していた軒端荻を空蟬と思い込んで近づく場面を、『絵入源氏』は忠実に絵画化している。ところが『鬢鏡』は、軒端荻を消している。これは『鬢鏡』の本文を見ると、

方たがへの夜のこと、いよ〳〵おぼして、いよの介が田舎わたらひし侍る折しも、彼所へ忍はせ給へは、かの女、とく聞知て、すべりかくれぬ。それを御らんずれは、絹斗残して、蟬のもぬけのやう也。帰給ひて、其あした御文あり。

空蟬の身をかへてける木の本に猶人がらのなつかしきかな

さてこそ此巻を空蟬といふ。此空蟬、後には尼になりて、うつせみのあまといふ。

のように軒端荻に関する記述がなく、その本文通りに描くと『絵入源氏』の軒端荻が邪魔になるからである。『鬢鏡』

が源氏物語を参照せずに『小鏡』の本文を抄出したように、絵も物語の内容によらず『鬢鏡』の本文にのみ合わせたのである。

この絵に関して、田辺昌子氏は次のように述べられた。

絵師とて常に内容を理解して図柄を継承していたのではないことは、原典の写し崩れが内容の誤りを導いている次のような例によって示される。

承応三年版『絵入源氏物語』・万治三年版『源氏鬢鏡』系の図柄を継承する正徳三年（一七一三）刊の『女源氏教訓鑑』という婦人教養絵本の「空蟬」の挿絵を見てみたい。（中略）原典の同場面の挿絵（岩坪注、『絵入源氏』の絵）と比較すれば明らかであるが、まず逃げる空蟬と源氏が目を合わせてしまっているのはおかしいし、軒端の荻は床に残されていてもよいはずである。[10]

『女源氏教訓鑑』[11]の絵に軒端荻が描かれていないのは「写し崩れ」によると田辺氏は推測されたが、これは『鬢鏡』の図を模倣したからであろう。また『鬢鏡』に軒端荻がいないのも写し崩れではなく、前述した通り加筆したからである。このように物語より『鬢鏡』の本文に合わせて『絵入源氏』の絵柄を改変した結果、どの場面を描いたか分かりにくい巻もある。その例を次に二つ取り上げる。

例d、髭の消去（椎本の巻）（図6）

『絵入源氏』の絵で柱にもたれて座っているのは薫であり、髭を生やした者は物語で「鬘《かづら》鬚《ひげ》とかいふ頰《つら》つき」と形容された「宿直人《とのゐびと》」である。一方『鬢鏡』の本文を見ると、

此巻、椎か本といふ事は、薫大将の歌に、

立よらん陰と頼みし椎か本むなしき床になりにけるかな

彼宇治の宮へ大将まふてたまふに、宮いつより物哀にておはしけるに、大将、都より尋来にけりとの給へは、宮

は待よろこひ給ひて、なからんあとの事、又、姫君なとのこと頼申をき給ひて、終に空しく成給ふ。扨、後、彼宮のあれたるを御覧して読給ふ歌也。

とあり、前半は八の宮と薫の対話、後半は宮の没後の薫の独詠である。『鬢鏡』の絵を薫が巻名歌を詠んだところと見なすと、『絵入源氏』と同じ場面になる。しかしながら髭を生やした者がいない点に注目すると、室内にいるのは八の宮、簀子にいるのは薫で、二人の対面を描いたとも解釈できる。結局『鬢鏡』が髭を消したため、どの場か判別しにくくなったのである。

例e、髭の消去（橋姫の巻）（図7）

『絵入源氏』の絵では、薫の狩衣を家来が髭の宿直人に与えているところで、上方版『鬢鏡』も同じ図様である。ところが江戸版『鬢鏡』は、例dのように髭を消したため、場面設定が困難になってしまった。『鬢鏡』の本文は、

薫大将、宇治の宮へ通ひたまひし時の歌に、

はし姫の心をくみて高瀬さす棹の雫に袖そぬれぬる

此宮は、桐壺の御門の八の宮、源氏には御弟そかし。うつくしきひめ君二人、持給ふなり。此宮は諸道の達者にておはせは、大将、物なとならひ奉り、通ひ給ひしそかし。猶また、ひめ君、君達にも心ありて、扨よめる御歌也。

である。巻名歌に詠み込まれた「橋」「棹」を描いた図を『絵入源氏』で捜すと、宇治橋と舟を描いたのは本図しかなく、それを流用しただけかもしれないが、『鬢鏡』の本文に即しているとは言い難い。その本文には髭面の宿直人は登場しないので、江戸版は髭を消したか、あるいは写し崩れであろう。

例f、宇治橋の描き方（橋姫の巻）―付、傘の追加（蓬生の巻）

例a～eにおいて『鬢鏡』が『絵入源氏』の絵を手直ししたのは、すべて『鬢鏡』の本文に合わせたからであった。

一方、例eの絵（図7）では本文に関わらない箇所も加筆している。それは宇治橋の形で、『鬢鏡』では太鼓橋のように丸いのに、『絵入源氏』では水面に平行して真っすぐで、途中にベランダのように突き出た所がある。『絵入源氏』に似た図を捜すと、後世のものではあるが貝原益軒著『京城勝覧』（一七〇六年成立）や『都名所図絵』（一七八〇年刊）に見られ、その本文によるとベランダのようなものは三間水《さんのまのみづ》と呼ばれ、秀吉が茶の湯に使う水を汲ませた所である（図は本書の第三編第一章に掲載）。一方『鬢鏡』の類例を、その初版（一六六〇年）以前の版本から捜すと、承応年間（一六五二〜五四）頃の『栄花物語』[12]や承応四年成立の『十帖源氏』[13]、明暦三年（一六五七）刊『小鏡』に見出せる。肉筆画では更に古い例があり、正中年間（一三二四〜二六）に成立した『石山寺縁起絵巻』巻五や、清涼殿に置かれた荒海の障子（表側は手長・足長、裏は宇治の網代で氷魚を捕る図）[14]があり、古くから宇治橋は太鼓橋に描くという慣例があったらしい。よって『絵入源氏』は当時の実際の形態を写し取り、『鬢鏡』は古例に従い描き直したのであろう。

　このように『絵入源氏』が伝統的な描き方をしていない例を捜すと、たとえば

> 蓬生巻で源氏が蓬を分けて末摘花を訪ねる場面でも、他の絵が国宝『源氏物語絵巻』（徳川美術館蔵）と同じ図様であるのに対して、「絵入源氏」のみが源氏にさしかけた傘を描いていない。そのため、『源氏鬢鏡』は、『源氏小鏡』と同様の図にしたと思われる。（注5の著書、四五二頁）

と、清水婦久子氏が述べておられる（図8）。

3　『小鏡』の利用

先の蓬生の巻のように『鬢鏡』が『絵入源氏』ではなく、『小鏡』の挿し絵に依ったと考えられる例を取り上げる。

清水婦久子氏は、

> 『源氏鬢鏡』の挿絵の中で「絵入源氏」と大きく異なるのは、「絵入源氏」の挿絵の中に巻名に関わる図のない場合や、『源氏鬢鏡』の編者が「絵入源氏」の図を不適当だと判断した場合などである。先に示した「絵入源氏」の夕顔の宿の構図や、紅葉賀巻の青海波の図などは、おそらく不適当と判断したのであろう。『源氏鬢鏡』では採らず、『源氏小鏡』や『十帖源氏』などのような一般的な図様を選んで描いている。（注5の著書、四五二頁）

として、二巻を指摘された。具体的に示すと、まず夕顔の巻において、『絵入源氏』は夕顔の女房たちが光源氏の一行を覗いているところ、『十帖源氏』と『小鏡』は童女が夕顔の花を随身に手渡すところで、肉筆画でも後者の方が当巻を代表する名場面である（図9）。次に紅葉賀の巻では、青海波を舞う場所が『絵入源氏』のみ舞台で、その回りを武官が取り囲むのに対して、『十帖源氏』『小鏡』および肉筆画でも地上で舞っている（図10）。従って『鬢鏡』が選んだ図様は、肉筆画とも一致するのである。

　このほか『鬢鏡』が『小鏡』の絵に加筆した例を取り上げる。それは野分の巻で（図11）、『小鏡』では明石の君が琴を弾いているときに源氏が野分の見舞いに来た場面である。この箇所は久下裕利氏が指摘されたとおり、肉筆画の作例は見当たらず、また絵になる箇所を抜き出した『源氏物語絵詞』[15]にも該当する場面はない[16]。一方『鬢鏡』は、琴を消している。これは『鬢鏡』の本文を見ると、

> 頃は八月に大風吹て物さはかしく、所々そこね侍る也。源氏の御子、夕霧のいまた中将にておはしまし、頃なれは、かの雲井の雁とよみし、いとこの姫君をふかく心にかけて、風のまきれに御いもうとの明石の姫君に、硯、帋、こひて御文つかはす。その御歌、
>
> 　　風さはきむら雲まよふ夕へにもわするゝまなくは《（ママ）》すられぬ君

とあり、記されていない琴を消して、夕霧が明石の姫君を訪れた場面に変えたのであろう。なお琴の代わりに上方版『鬢鏡』は硯箱らしい物を描いているが、江戸版はそれも省略している。ちなみに夕霧が姫君から紙などを借りて手

紙をしたためる図様は、室町時代の扇面に三例（浄土寺本・藤岡家本・永青文庫本）あるが、近世の作例は見当たらない（注6の資料による）。

以上により、『鬢鏡』の挿し絵は『絵入源氏』や『小鏡』などに依りながらも、『鬢鏡』の本文に合わせて加筆していることが分かった。清水婦久子氏が、

万治三年の『源氏鬢鏡』は、『源氏小鏡』から巻名の由来を記した箇所を抜き出し、その場面を挿絵として添えた入門書である（本節の2に掲出）

と述べられたように、『鬢鏡』は本文も絵も巻名の由来を説明しているのである。その方針は『鬢鏡』に限ったことではなく、実は中世以来の伝統であり、

巻名提示と、その由来の簡潔な説明と云う形式は、註釈書の上では既に「異本紫明抄」などにも散見し、発生は古い。そして梗概書の中でもこの形式は一つの流れをなして踏襲されている。

と、稲賀敬二氏が説かれた通りである。(17) よって物語中の和歌で巻名を含むものは、『小鏡』にも『鬢鏡』にも引かれており、また『鬢鏡』に加えられた発句も、すべて巻名を詠み込んでいる。

このように『鬢鏡』の絵はその本文に合うのに対して、『小鏡』の絵は必ずしも本文に沿うとは限らない。たとえば最初の絵入り版本『小鏡』である明暦三年版の絵を見ると、

須磨図をはじめ九図が『小鏡』本文に挿絵の該当場面の記述がないということからしても、明暦大本『小鏡』用として新作の挿絵を準備したという趣旨のものではなかったといえよう。（注16の著書、二〇四頁）

と久下裕利氏が指摘されたように、絵の場面が本文に記載されていない巻が九つもある。また、その挿し絵と肉筆画とを久下氏は比較され、

明暦大本『源氏小鏡』の挿絵は、その線描は稚拙だが、おおよその図様は土佐派の定型化された画面構図を踏襲しており、例外として挿絵師の恣意を認めたにしてもせいぜい六・七図で、具体的には空蟬、紅葉賀、賢木、野分、梅枝、御法、匂宮の各図様が挙げられよう。これらは現存作例に照らして部分的に特異な作意が施されている紅葉賀などと、野分図などの場面選択自体が現存作例や絵画化のいわばガイドブックである『絵詞』にも見出せないものとがある。（注16の著書、二〇四頁）

と、論じられた。すなわち明暦本『源氏小鏡』の挿し絵は本文とは関係なく、原則として肉筆画の世界で各巻を代表する名場面が選ばれているのである。

以上をまとめると、『鬢鏡』は『小鏡』のダイジェスト版であるが、挿し絵の付け方は異なり、『小鏡』は本文に関わらず有名な場面、『鬢鏡』は本文の記述に則って『小鏡』や『絵入源氏』などの絵を選び、時には本文に合うように加筆したのである。

四、『鬢鏡』の影響

『絵入源氏』は源氏物語（梗概書も含む）の絵入り版本の中では最も古く、また挿し絵も二二六図と最多であるため、後世の源氏絵を考察する際、まず『絵入源氏』と比較検討されることが多い。しかしながら、そこには落し穴が潜んでいる。というのは前節で論じた通り、『鬢鏡』は『絵入源氏』の挿し絵をかなり利用したため両者は似ているので、『鬢鏡』を転用した作品を『絵入源氏』とだけ比べて、それを用いたと結論付けてしまう恐れがあるからである。その一例として、空蟬の巻を取り上げた（第三節2の例c）。そこで述べたことを要約すると、

『絵入源氏』は物語に即して軒端荻を描き、その絵を借用した『鬢鏡』は梗概本文に記されていない軒端荻を消

し、『女源氏教訓鑑』は『鬢鏡』を模倣した。従って『女源氏教訓鑑』を『絵入源氏』と比較して、図様は同じなのに軒端荻がいないのは不適切だと判断しても意味がない。（図5）

であった。類例を挙げると、某神社の天井に描かれた源氏絵に関しても、専ら『絵入源氏』と見比べて、大部分はそれに拠るが、一部は他に類似するものがないと報告されている。しかしながら私が調べたところ、実は『女源氏教訓鑑』に依ることが判明した。そこで、その天井画を扱う前に、『女源氏教訓鑑』の挿し絵の出所を確認しておく。

1　『女源氏教訓鑑』の出典

本書に収められた「源氏物語之大意」には、全五四帖の梗概に挿し絵が一巻に一図ずつ付いている。その絵の構図などを『絵入源氏』『鬢鏡』と比較してまとめると、次の一覧表になる。

『女源氏教訓鑑』が依拠した資料は図の数だけ見ると、『鬢鏡』より『絵入源氏』の方が多い。けれども、それぞれの絵の総数は『鬢鏡』が五五図、『絵入源氏』が二二六図と一桁も違うことを考慮すると、採用された割合は『鬢鏡』の方が遥かに高くなる。

異　同	『女源氏教訓鑑』の出典	図の総数
三者とも同じ	『絵入源氏』か『鬢鏡』	二〇
『鬢鏡』のみ異なる	『絵入源氏』	一五
『絵入源氏』のみ異なる	『鬢鏡』	六
『女源氏教訓鑑』のみ異なる	『絵入源氏』『鬢鏡』以外	五
三者それぞれ異なる	『絵入源氏』『鬢鏡』以外	八

出典が確定できない巻の中には、『小鏡』に似ているものもある。たとえば薄雲の巻（図12）は『十帖源氏』『おさな源氏』とも似ているが、姫君が手を掛けている光源氏の衣の部分は異なる。『十帖源氏』と『おさな源氏』は物語に書かれている通り指貫の裾であるのに対して、『小鏡』と『女源氏教訓鑑』は直衣の裾である。肉筆画の世

界でも直衣の方が慣例で、古くは室町時代後期に制作された源氏物語扇面散屏風（浄土寺蔵）にまで溯れる。よって本図の出所は、『小鏡』かどうか決定できない。このほか紅葉賀の巻（図10）も、『小鏡』にも肉筆画にも似ている。『女源氏教訓鑑』の出典が一つでないのは、梗概本文に合う絵を複数の資料から選んだからかと言うと、そうでもない。たとえば花宴の巻は『鬢鏡』に依り（図13）、それは「『鬢鏡』の絵師の創始の図様である」と吉田幸一氏は指摘された（注1の著書、三八八頁）。その絵の場面を確定するため、『鬢鏡』の本文を見ると、

彼紅葉の賀のつきのとしの春、大内に花見有。南殿の桜さかりに、花の本にて御遊あり。各々題を給はりて、詩なんと作り給ふ。其後、去年の紅葉の賀の舞をおほし出て、東宮せちにせめさせ給へは、源氏、舞給ふ。これは柳花苑なり。

鶏冠井氏令富

花の宴に舞ぬるてふや柳花苑

とあり、この文脈によると光源氏が柳花苑を舞っている場であり、畳の上に置かれた硯箱と紙は詩作に使われたと考えられる。その文房具と男性ひとりを『女源氏教訓鑑』は消したのであろう。ところが『女源氏教訓鑑』の粗筋を見ると、作詩のあと直ぐに朧月夜との出会いに続くので、柳花苑の文字も、その場面の紹介もない。よって『女源氏教訓鑑』が複数の絵から、この図を選定した基準は不明である。

このほかにも論じる点はあるが、『女源氏教訓鑑』を元に描かれた天井画を次に取り上げ、そこで一緒に述べることにする。

2　産泰神社幣殿天井画

当神社は群馬県前橋市にあり、その幣殿の天井に描かれた源氏絵を調査された大島由紀夫氏の報告によると、

天井画の制作年代については、推定されている幣殿の建造年代（十八世紀後期から十九世紀前期頃）よりも若干遡らせてもよいとの印象をもっており、絵の制作年代は必ずしも幣殿建造年代に拘束されなくともよいと考える。[18]とのことである。問題の源氏絵は第一帖（桐壺の巻）から第三〇帖（藤袴の巻）までの各帖から一図ずつ、すなわち全部で三〇図あり、その場面の選択と図様について最も多くの類似を見出せるのは土佐派・住吉派などではなく、『絵入源氏』であると大島氏は説かれた。しかしながら私の調査では、『女源氏教訓鑑』の方が似ている。たとえば場面のみ問題にすると、天井画と一致しないのは『女源氏教訓鑑』が二図（明石・玉鬘）しかないのに対して、『絵入源氏』は四図（夕顔・花宴・薄雲・野分）もある。参考までに『鬟鏡』とは六図も重ならない。

次に構図を比較すると、天井画は他に類似するものがないと大島氏が注された四図（花宴・関屋・蛍・野分）も、実は『女源氏教訓鑑』によると考えられる。具体的に見ていくと、まず関屋の巻（図14）は『絵入源氏』では通り過ぎて行く源氏の一行と、車を留めて源氏の行列を見送る空蟬たちとを描くのに対して、『女源氏教訓鑑』と天井画は空蟬の方だけ取り上げている。ちなみに『女源氏教訓鑑』の図様は、文化九年（一八一二）刊『源氏物語絵尽大意抄』[19]や、弘化年間（一八四四〜四七）に出版された歌川豊国（三世）画の錦絵『源氏絵物語』[20]にも継承されている。

花宴の巻は本節1で述べたように、『鬟鏡』が創始したと思われる絵（源氏が柳花苑を舞う場面）から『女源氏教訓鑑』は登場人物を一人減らし、天井画も同じである（図13）。大島氏が、「右大臣邸の宴を描くかとも思われるが、庭に描くのは藤ではない。桜の花の色が褪せてしまったものか。」と推理された通り、庭の木は『鬟鏡』の本文（前出）に記された「南殿の桜」を表している。

蛍の巻（図15）も、『女源氏教訓鑑』と天井画は『鬟鏡』から一人除いている。大島氏は、「蛍の宮と玉鬘は几帳を隔てているはずであるが、そのようには描かれておらず、他に類似する構図は見出せない。」とされたが、『鬟鏡』と見比べると、『女源氏教訓鑑』が略したのは蛍の宮で、残された二人は源氏と玉鬘である。そして源氏が手に持っているのは、『鬢鏡』の本文に記された「蛍をあつめて几帳のかたびらに包て」とある帷子であろう。

野分の巻は、大島氏が「どの場面を描いたものなのか、決定できないでいる。」と記された通り難解である。当巻は第三節の3でも取り上げ（図11）、そこで述べたことが解決の糸口になるので、前述したことを要約しておく。

『小鏡』の絵は琴を演奏している明石の君を源氏が訪れたところであり、それを模倣した『鬢鏡』は梗概本文に合わせて夕霧が明石の姫君を訪ねた場面に変え、不要になった琴を消した。

『小鏡』も『鬢鏡』も男君と女君は室内におり、簀子には一人の女房が座っている。一方『女源氏教訓鑑』を見ると、二人の女性の位置は変わらないが、男性は簀子におり、これは女君を訪問する直前を描いたのではなかろうか。すると『女源氏教訓鑑』と天井画は琴が見えないので、夕霧が姫君の部屋にこれから入るところと推定される。

以上の四巻のほか、大島氏の解説で気になったのは空蟬の巻である。氏は、「承応三年版本（岩坪注、『絵入源氏』のこと）では源氏の傍らに臥す軒端荻の顔までも描くが、本図では几帳の陰にかくれている。」と見なされたが、軒端荻が隠れたという記述は物語にはない。これは本節の冒頭で要約したように、『鬢鏡』（図5）が梗概本文に合わせて軒端荻を消し、それを『女源氏教訓鑑』そして天井画が模倣したと見てよかろう。

絵合の巻も、類例の少ない図様である（図16）。まず例によって『鬢鏡』から見ると、その本文は、

其頃の帝は、冷泉院也。帝、万の御事よりも、絵を好ませ給ふ。頃は、弥生十日頃　なれは、大方の空も面白き頃、弘徽殿と梅壺と左右を分ち御絵合有。帝御覧有に、左梅壺なれは、源氏の御方より、須磨、明石の二の絵を出されたり。是によつて左、勝給ふ。此絵は源氏、須磨におはして御つれ〳〵に浦のすかた、山の気色を、御心をつくして、書給へは、いかて、これにまさる絵あらんや。

であり、それによると挿し絵は帝の御前での絵合を描いたことになる。その情景は当巻を代表する場面であるが、他の木版画では『絵入源氏』をはじめ『十帖源氏』『おさな源氏』『小鏡』に至るまで、絵巻物を収めた箱を御前に二つ

並べて置き、中から絵を取り出していない。すなわち絵合が始まる直前の風景であり、それは肉筆画にも当てはまる。『鬢鏡』のように絵巻物を広げている図を彩色画から捜すと、二つの場面がある。一つは絵合に備えて光源氏が絵を選び、紫の上に須磨の絵日記を見せているところ、もう一つは帝主催の絵合に先駆けて藤壺が絵合を催したところである。しかしながら、いずれも『鬢鏡』の図に合わない。というのは仮に前者だとすると、『鬢鏡』で一段高い所に座るのは源氏となり、その傍らに紫の上がいないから、また後者の場合は女性ばかりであるはずなのに『鬢鏡』には男性もいるからである。男女とも絵を広げている例としては、安土桃山時代の『源氏物語図色紙貼交屏風』（斎宮歴史博物館蔵）しか捜せていないが、(21)『鬢鏡』とはあまり似ていない。この特異な構図を『女源氏教訓鑑』は模倣し、一段高い畳の上に座る人物の上半身を御簾で隠すことにより帝に仕立て上げ、場面を御前絵合に仕上げている。その図は文化九年（一八一二）刊『源氏物語絵尽大意抄』に受け継がれ、産泰神社の天井画は女房を一人消して模倣したのであろう。

終わりに

一六五〇年代前半に刊行された『絵入源氏』も『十帖源氏』も、本文に合わせて挿し絵が付けられたのに対して、最初の絵入り本『小鏡』である明暦三年（一六五七）版の絵は本文とは無関係で、土佐派など肉筆画の世界で定型化していた有名な図様を踏襲している。一方、万治三年（一六六〇）刊『鬢鏡』は、『小鏡』から抄出した本文に合う図を『絵入源氏』と『小鏡』から選び、時には加筆・転用している。たとえば『絵入源氏』や『小鏡』の絵から一人（空蝉の巻）あるいは琴（篝火・野分の巻）を消したり、(22)本文に沿って図案を創作したり（花宴の巻）している。これらの図柄は正徳三年（一七一三）刊『女源氏教訓鑑』や文化九年（一八一二）刊『源氏物語絵尽大意抄』、そして一八〇

○年前後に描かれた産泰神社の天井画に継承されている。

このように『鬢鏡』は、それまでにない新しい図様を生み出し、それは後世の絵入り版本に大きな影響を及ぼしたのにひきかえ、肉筆画の世界では産泰神社の天井画以外に類例を見出せない。ということは、明暦三年版『小鏡』は土佐派と密接な関係があるのに対して、『鬢鏡』では本文は『小鏡』に依るが、挿し絵は肉筆画と異なる図案を考案し、それが以後の木版画に受け継がれたのである。すなわち『鬢鏡』以後、版画には土佐派などと異なる型が伝来していくのである。

最後に本文と挿し絵の関係をまとめておく。

○『絵入源氏』は物語本文に、『十帖源氏』は梗概本文に即して挿し絵を作成したので、絵は本文と密接で分かりやすい。

○『鬢鏡』も本文に即して『絵入源氏』などの絵を選んでいる。ただし『小鏡』を抄出した不完全な本文に合わせたため、どの場面を描いたのか分かりにくい絵が混じる。たとえば空蟬の巻では、『鬢鏡』の本文にない軒端荻を『絵入源氏』の挿し絵から消している。

○『女源氏教訓鑑』は本文とは無関係に、『鬢鏡』などの挿し絵を利用している。そのため『鬢鏡』が梗概本文に合わせて創始した絵（花宴の巻）や、『鬢鏡』の本文には合うが物語の内容に沿わない絵（空蟬の巻）、また『鬢鏡』が『絵入源氏』の図から琴を消して別の場面に転用したもの（野分の巻）や、『鬢鏡』の絵から『女源氏教訓鑑』が一人消したもの（蛍の巻）は、『鬢鏡』と照合しないと、どの場面か判断しにくい。

○『源氏物語絵尽大意抄』も産泰神社の天井画も、『女源氏教訓鑑』を最もよく利用している。[23] 天井画には詞書はなく、『源氏物語絵尽大意抄』も物語中の和歌を一首引くだけなので、『女源氏教訓鑑』と比較しないと場面の特定が困難な巻もある。とはいえ、それらも当時はその巻を代表する絵として定着し、享受されていたのであろう。

このように『鬢鏡』の出現により、物語とも土佐・住吉派の伝統とも異なる図様が生まれ、それが木版画の世界に受け継がれ、肉筆画とは違う源氏絵が形成されたのである。

注

（1）吉田幸一氏『絵入本源氏物語考』上（日本書誌学大系53（1）、三九一頁、青裳堂書店、昭和六二年）。以下、本章に引用した同氏の説は、すべて本書による。
（2）万治三年本の翻刻は、『貞門俳諧集』1（古典俳文学大系1所収、集英社、昭和四五年）に収められている。なお『鬢鏡』の本文は諸本共通であるのに対して、挿し絵は上方版と江戸版で図様は同じであるが画風は異なり、江戸版は菱川師宣風である（注1の著書、三八九頁）。ちなみに伊井春樹氏が解題を付けられた『鬢鏡』の影印（『源氏物語の探究』6所収、風間書房、昭和五六年）は江戸版で、刊記は万治三年（一六六〇）とあるが、実際に出版されたのは天和（一六八一〜八三年）頃かと、吉田幸一氏は推測された（注1の著書、三九一頁）。
（3）伊井春樹氏『源氏物語注釈史の研究』八七八頁（桜楓社、昭和五五年）。
（4）ただし慶安四年本より無刊記本の方が古いかもしれないと、吉田氏は推測された（注1の著書、三二七・三四〇頁）。
（5）清水婦久子氏『源氏物語版本の研究』四五二頁（和泉書院、平成一五年）。
（6）田口榮一氏が作成された「源氏絵帖別場面一覧」による（同氏『豪華「源氏絵」の世界　源氏物語』、学習研究社、昭和六三年）。
（7）絵は現存せず、詞書が二行だけ断簡で伝わる。
（8）当巻の絵は、『源氏物語の絵画』（堺市博物館、昭和六一年）、『光君の物語〜源氏絵の世界〜』（大分市歴史資料館、平成一一年）に掲載されている。
（9）源氏物語梗概書の絵入り版本のうち、『十帖源氏』・『おさな源氏』（二種）・『十二源氏袖鏡』・『小鏡』（四種）の挿し絵は、全図が注1の著書に掲載されているが、常夏の巻で源氏が玉鬘に琴を教える場面を描いた絵は見当たらない。
（10）田辺昌子氏「浮世絵における源氏絵成立の構造─奥村政信の作品を中心に─」（『国文学　解釈と教材の研究』第四四

巻五号、平成一一年四月）。
(11)『女源氏教訓鑑』の影印は、江戸時代女性文庫1（大空社、平成六年）に収められている。
(12)松村博司・山中裕氏校注『栄花物語』上（日本古典文学大系、岩波書店、昭和三九年）の解説、一二頁。
(13)跋文の一節「老て二たひ児に成たるといふにや」が著者の還暦を指すとすれば、野々口立圃が還暦を迎えた承応三年（一六五四）に本書が成立したと、渡辺守邦氏は述べられ（『日本古典文学大辞典』「十帖源氏」の項）、吉田氏も同意された（注1の著書、四・二一二頁）。しかしながら還暦とは満六〇歳、数えで六一歳であり、一五九五年生まれの立圃の還暦は承応四年になる。なお『十帖源氏』の初版は、万治四年（一六六一）刊本より古いと、吉田氏は判断された（同書、二一八頁）。
(14)荒海の障子は、幕末に建てられた現在の京都御所にも置かれている。また、その絵は『鳳闕見聞図説』（新訂増補故実叢書25所収）に掲載されている。
(15)片桐洋一氏・大阪女子大学物語研究会編『源氏物語絵詞―翻刻と解説―』（大学堂書店、昭和五八年）に翻刻されている。
(16)久下裕利氏『源氏物語絵巻を読む―物語絵の視界』一九八頁（笠間書院、平成八年）。
(17)稲賀敬二氏『源氏物語の研究　成立と伝流』一八頁（笠間書院、昭和四二年）。
(18)大島由紀夫氏「源氏絵の一変奏―産泰神社幣殿天井画について―」（「群馬高専レビュー」14、平成八年二月）。同氏の説は、全てその論文による。
(19)小町谷照彦氏『絵とあらすじで読む源氏物語―渓斎英泉『源氏物語絵尽大意抄』―』（新典社、平成一九年）に、影印・翻刻・解題を収録。
(20)岩坪健編著『錦絵で楽しむ源氏絵物語』（和泉書院、平成二一年）に、全図を掲載。
(21)斎宮歴史博物館編『斎宮の読んだ物語』（平成一三年）の解説には、「光源氏が梅壺女御と絵合の準備をしている「絵合」の構図は、他の光吉工房の源氏絵には見られないもので、珍しい。」とあるが、梅壺女御は紫の上の誤りであろう。ちなみに歌川豊国画『源氏絵物語』（注20の著書）では、帝の御前で一組の男女が向かい合って座り、机の上に絵巻物を広げている。

(22) 野分の巻は別の場面に流用するため、意図的に琴を除いた（第三節3）が、篝火の巻は『鬢鏡』の本文にも琴の記述があるので、それを消したのは過失であろう。

(23) 『源氏物語絵尽大意抄』の挿し絵の出所を調べると、四巻（薄雲・朝顔・柏木・東屋）は『絵入源氏』か『鬢鏡』に、それ以外は『女源氏教訓鑑』に依る。

[付記] 末尾に掲載した絵の配列は必ずしも論じる順ではなく、初出の箇所に後述する絵もまとめて置いた。

図１－２　上方版『鬢鏡』帚木の巻

図１－１　『絵入源氏』帚木の巻

図２－２　上方版『鬢鏡』常夏の巻

図２－１　『絵入源氏』常夏の巻

図３－１　『絵入源氏』松風の巻

図２－３　江戸版『鬢鏡』常夏の巻

図４－１　『絵入源氏』宿木の巻

図３－２　上方版『鬢鏡』松風の巻

図５－１　『絵入源氏』空蝉の巻

図４－２　上方版『鬢鏡』宿木の巻

図５－３　『女源氏教訓鑑』空蝉の巻

図５－２　上方版『鬢鏡』空蝉の巻

図６－１　『絵入源氏』椎本の巻

図５－４　産泰神社天井画、空蟬の巻

図６－３　江戸版『鬢鏡』椎本の巻

図６－２　上方版『鬢鏡』椎本の巻

図７－２　上方版『鬢鏡』橋姫の巻

図７－１　『絵入源氏』橋姫の巻

図８－１　『絵入源氏』蓬生の巻

図７－３　江戸版『鬢鏡』橋姫の巻

図８－３　明暦版『小鏡』
蓬生の巻

図８－２　上方版『鬢鏡』蓬生の巻

図９－２　『十帖源氏』夕顔の巻

図９－１　『絵入源氏』夕顔の巻

図９－４　上方版『鬢鏡』夕顔の巻

図９－３　明暦版『小鏡』
夕顔の巻

図10－２　『十帖源氏』紅葉賀の巻

図10－１　『絵入源氏』紅葉賀の巻

図 10 − 4　上方版『鬢鏡』
紅葉賀の巻

図 10 − 3　明暦版『小鏡』
紅葉賀の巻

図 11 − 1　明暦版『小鏡』
野分の巻

図 10 − 5　『女源氏教訓鑑』紅葉賀の巻

図 11 － 3　江戸版『鬢鏡』野分の巻

図 11 － 2　上方版『鬢鏡』野分の巻

図 11 － 4　『女源氏教訓鑑』野分の巻

図 11 － 5　『源氏物語絵尽大意抄』野分の巻

図 11 － 6　産泰神社天井画、野分の巻

図 12 － 1　『十帖源氏』薄雲の巻

図 12 － 2　上方版『おさな源氏』薄雲の巻

図 12 － 3　江戸版『おさな源氏』薄雲の巻

図 12 － 4　明暦版『小鏡』薄雲の巻

図 12 － 6　『女源氏教訓鑑』薄雲の巻

図 12 － 5　寛文版『小鏡』
薄雲の巻

図 13 － 2　『女源氏教訓鑑』花宴の巻

図 13 － 1　上方版『鬢鏡』花宴の巻

図 14 － 1　『絵入源氏』関屋の巻

図 13 － 3　産泰神社天井画、花宴の巻

図 14 － 3　産泰神社天井画、関屋の巻

図 14 － 2　『女源氏教訓鑑』
関屋の巻

図 15 － 2　『女源氏教訓鑑』蛍の巻

図 15 － 1　上方版『鬢鏡』蛍の巻

図 16 － 1　『絵入源氏』絵合の巻

図 15 － 3　産泰神社天井画、蛍の巻

図 16 － 3　上方版『おさな源氏』
絵合の巻

図 16 － 2　『十帖源氏』絵合の巻

図 16 － 5　明暦版『小鏡』
絵合の巻

図 16 － 4　江戸版『おさな源氏』
絵合の巻

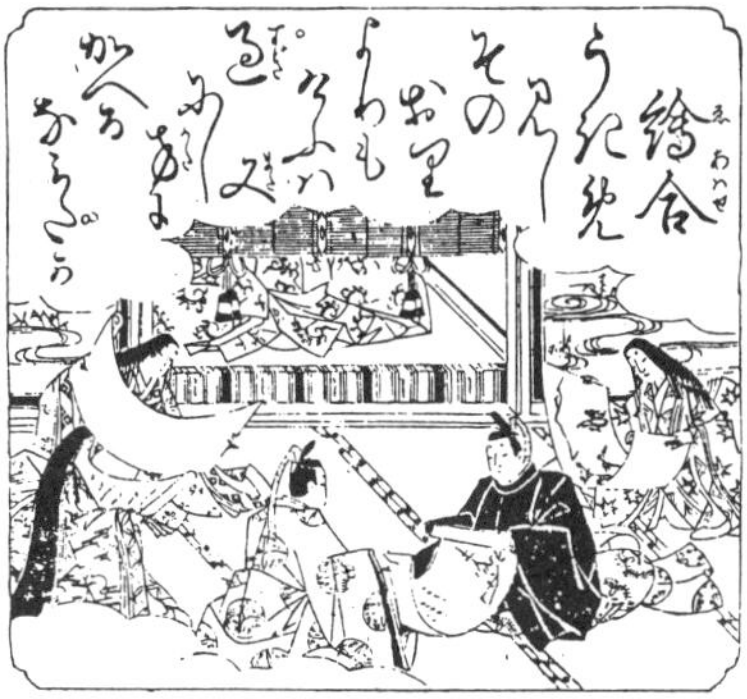

図 16 － 7　『女源氏教訓鑑』絵合の巻

図 16 － 6　上方版『鬢鏡』絵合の巻

図 16 － 9　産泰神社天井画、絵合の巻

図 16 － 8　『源氏物語絵尽大意抄』絵合の巻

第六章　源氏絵に描かれた男女の比率について
――土佐派を中心に――

はじめに

源氏物語を絵画化した源氏絵というと、何がイメージされるであろうか。たとえば現代の源氏絵とも言える源氏物語の漫画の中で、最も有名な大和和紀氏の『あさきゆめみし』を見ると、一冊めの表紙には男性一人に女性六、七人が描かれている。このように源氏絵と言えば、光源氏と彼を取り巻く女君たちを描いた華麗な場面が想像されるであろう。そして、そこに登場する人物は男女いずれが多いかというと、先の表紙絵が物語るように、女性の方が多いと思いがちである。ところが中世・近世においては、そうとは限らないことを指摘し、その理由や時代背景をも探究してみたい。

一、国宝『源氏物語絵巻』と『紫式部日記絵巻』の比較

数多く描かれた源氏絵の中で、最も有名にして現存する最古の作品は、一二世紀前半に制作された国宝『源氏物語絵巻』（以下、国宝『源氏絵巻』と略称す）である。それと一三世紀前半に成立した『紫式部日記絵巻』（以下『紫日記

絵巻』と称す）とを本節では取り上げ、四つの観点、すなわち比率・構図・身分・造形において比較分析を試みる。

1　男女の比率

この両作品に描かれた男女の数について、初めて言及されたのは源豊宗氏である。

源氏物語の十九段の絵のうち、「関屋」のみはむしろ風景画であって、人物が画面に有する効果は小さいからこれは別として、残りの十八図に描かれた人物九十三のうち、男二十四に対し女は六十九をかぞえる。紫式部日記絵巻の男六十二に対して女四十五であるのと興味ある対照をなすものである。ここにこの源氏絵巻と紫式部日記絵巻との表現の相違が見られもするのである。(1)

国宝『源氏絵巻』では女性、『紫日記絵巻』では男性が優勢という、男女比の逆転に注目されたのは卓見であるが、その理由などについては述べておられないようである。

次にこの件を問題にされたのは、皆本二三江氏である。氏は現代の幼児から大学生までが描いた絵を調査された結果、女性が描いた絵には男よりも女が多く現れ、逆に男性が描いた絵には男の方が多く登場することを発見され、「女性画のモチーフに女性が多くかかれ、男性画のモチーフに男性が多くかかれること」(2)を提示された。それを先の源豊宗氏の指摘に当てはめて、国宝『源氏絵巻』の絵師は「身分が高く、教養があり、描くことが好きな女性」である（注2の著書、一六二頁）という結論を導かれた。

その論の補強として皆本氏は、男性の絵師による源氏絵の中から次の三点を取り上げ、男女の数を計算された。

○『源氏物語図』…桃山時代に土佐光吉（生没一五三九～一六一三年）が弟子と分担制作したとされる。全五四図。男一六四、女八八人。

○『源氏物語図屛風』…光吉の晩年の頃に活躍した土佐一得による。全二四図。男四三、女三八人。

○守屋多々志氏（一九一三年生）による舟橋聖一氏の源氏物語の挿し絵…全四〇点のうち男性が大勢登場する三点（賀茂祭りなど）を除くと、男四二、女五四人になる。しかし除外した三枚を加えると、男は女の三倍ぐらいになる。（同書、一六四頁）

このように男性画家が描いた右記の三件には、いずれも男性の方が多く登場することに基づき、「男性がかいた源氏絵は、国宝・源氏絵巻よりも女性が減り男性が多くなる」ことを示された（同書、一六五頁）。

2　構図

続いて皆本氏は、国宝『源氏絵巻』の絵師を女性と見る根拠として、絵の構図に注目された。氏は現代の少年少女が描いた絵を調査されて、以下の結論を出された。

女性画が同一モチーフに集中することは、幼児期いらい顕著な傾向です。同一パターンをくり返す女児画のモチーフを変えようとする試みが成功しない例も含め、女性画の均一傾向については第四章その他で詳しくのべたところです。

源氏絵巻の舞台が、一枚をのぞきすべて屋内を中心にしており、きわめて近似する情景で一貫しているのは、右の性質と関連しているでしょう。

男性画は、幼児期いらい女性画にくらべモチーフの対象範囲がひろいのです。（同書、一六六頁）

画中の人物がいる場所を調べると、国宝『源氏絵巻』は「一九図中の一六図（八四％）が屋内の人物のみ」を描くのに対して、「光吉の源氏絵で人物が屋内に限定されるのは、五四図中の二五図（四六％）で、半数を割り」、残りの二九図のうち「九図が戸外にモチーフを求め」、二〇図が「屋内と戸外の両方に人物を配した構図」であること、また「守屋多々志氏では四〇図中の一〇図が戸外の情景」であることを皆本氏は指摘された（同書、一六六頁）。

このように「女性と男性のモチーフ選択には性差があらわれる」（同書、一六二頁）ことを踏まえて、皆本氏は次の推論を導かれた。

男性は社会のさまざまな事象に敏感で、外界の些細な動きをとらえて画題にします。こうした男性画の性質からすると、源氏絵巻の屋内に限定したモチーフを男性が選択したと考えるのは不自然ではないでしょうか。好みでない物語りの、しかも屋内に視点を固定する窮屈な計画に、異議を唱える男性がいなかったのは不思議です。つまりこのことは、源氏絵巻（岩坪注、国宝『源氏絵巻』を指す）の画家が男性でなかった、ということを示唆するでありましょう。（同書、一六六頁）

ちなみに皆本氏は『紫日記絵巻』の構図には言及されていないので、私に計算すると、現存する二四図のうち人物が室内（母屋・廂）にしかいないのは一一図（四六％）で、土佐光吉の四六％と同じ割合になる。よって、この画面構成と、前節で取り上げた男女の比率とを合わせると、次の仮説が成り立つ。

絵師が女性であると、男性の場合よりも屋内の設定が増え、描かれる人物は女性の方が多くなる。すなわち画面において、男性に対する女性の比率と、室外よりも室内が占める割合は正比例する。

この説を確認するため、画中の人数を数え直すことにする。というのは先学の計算には、以下の問題を含むからである。

○国宝『源氏絵巻』において、関屋の巻を除くと、源豊宗氏は男二四人・女六九人とされたが、長谷美幸氏によると男二八・女六七になり(3)、私の計算では二八・六六になる。これは横笛の巻における女房の数を、長谷氏は乳母一人・侍女三人、私は乳母一人・侍女二人と数えたからである。

○『紫日記絵巻』において、源豊宗氏は男六二・女四五人とされたが、私は男六〇・女五五人とした。女性の数が一〇人も異なるのは、私の計算では身体の一部しか描かれていない者も含めたこと、また出衣（室内の簾の下から出された女房装束の裾）の八人分も人数に入れたことによる。
○皆本氏が取り上げた土佐光吉と土佐一得の作品は、それぞれ一部が重複している。光吉のは全五四図のうち最後の六図がそれ以前の巻と重なり、そのうちの五図は場面も一致する。一得のは大小二種類の色紙があり、小形の三枚は大形のと図様が同一であることから、大小二セット制作したうちの残欠が屏風に貼り交ぜられたと推測される(4)。そこで、これらは除外する。また皆本氏は現代の作品も取り上げられたが、本章では割愛する。

次に、画中の人物の位置について、新たに基準を設ける。皆本氏は屋内と戸外に分類されたが、それ以外に「簀子」の項目も立てる。というのは簀子は室内から見れば外になり、庭から見れば屋内になり、いわば部屋と庭との中間地帯に当たるからである。なお廊下（「廊」「渡殿」）や庭から簀子に上がる階段も、簀子に準じて「簀子」の項に入れた。ちなみに庭が描かれていても、人物が室内にしかいない場合は、「室内のみ」の項に入れ、逆に家屋があっても人物が全員、外にいるときは「屋外のみ」の項に入れた。なお関屋の巻は剝落が甚だしいため、表Ⅰでは除外したが、どの人物も戸外（逢坂の関）にいるのは確かなので、表Ⅱには加えた。

以上の点を踏まえて、国宝『源氏絵巻』と『紫日記絵巻』の男女とその位置を一覧表にしたのが表Ⅰ・Ⅱである。なお漢数字は人数（表Ⅰ）と図の数（表Ⅱ）、洋数字は表Ⅰ・Ⅱとも各作品における比率を表す。表Ⅰによると、国宝『源氏絵巻』（ただし関屋の巻を除く一九図）に描かれた女性は六六人で、総数（九四人）の七割にも及ぶのに対して、『紫日記絵巻』（全二四図）における女性は五五人で、四八％と半数を割る。また表Ⅱによると、人物が室内にのみいる構図は、国宝『源氏絵巻』では全二〇図のうち一一図で五五％と過半数を占めるのに、『紫日記絵巻』では二四図中、一一図で四六％に減少している。「室内のみ」と「室内・簀子」を合わせると、国宝『源氏絵巻』は一六図で八割にもなるが、『紫日記絵巻』は一五図で六割強にすぎない。このように女性と屋内の割合が減った原因を、皆本氏は絵師の性別に求められた。その他の理由を次に考察する。

表Ⅰ　登場人物の数

	男性	女性	計
国宝『源氏絵巻』	二八（30％）	六六（70％）	九四
『紫日記絵巻』	六〇（52％）	五五（48％）	一一五

表Ⅱ　人物の位置

	室内のみ	室内・簀子	簀子のみ	室内・簀子・屋外	室内・屋外	簀子・屋外	屋外のみ	計
国宝『源氏絵巻』	一一（55％）	五（25％）	〇	一（5％）	一（5％）	〇	二（10％）	二〇
『紫日記絵巻』	一一（46％）	四（17％）	二（8％）	二（8％）	〇	三（13％）	二（8％）	二四

3　身分

『紫日記絵巻』において男性と戸外の占める率が増えた要因として、家来の増加が考えられる。というのは女性の方が多い国宝『源氏絵巻』でも、屋外を描いた関屋の巻では、源氏や空蝉の一行に従う者が多数確認できるからである（復元模写によると少年二人を含め男性二〇人）。そこで画中の人物を身分別に分けると、次のようになる。先の表Ⅰ

表Ⅲ　身分別

	男性貴族	僧侶	家来	女性貴族	女房
国宝『源氏絵巻』	二六（28％）	一（1％）	一（1％）	一六（17％）	五〇（53％）
『紫日記絵巻』	四〇（35％）	一（1％）	一九（17％）	五（4％）	五〇（43％）

と同じく漢数字は人数、洋数字は各作品における比率を表す。

表Ⅲで「男性貴族」「女性貴族」の項には、出家した人（朱雀院）も含め皇族・貴族、そして便宜上、浮舟の君（二例）も加えた。「僧侶」の二人は、北山の僧都（若紫の巻）と夜居の僧を指す。「家来」は男性に限定し、「女房」の項には、藤原彰子に仕えた紫式部も数えた。というのは紫式部も自宅では女主人であり、侍女たちが控えているが、女房階級として扱ったからである。

両作品を比較すると、貴女と女房の割合が減り、男性貴族と家来が増えている。とりわけ激変したのは家来で、国宝『源氏絵巻』では関屋の巻以外の従者は惟光しか登場しないのにひきかえ、『紫日記絵巻』では朝廷や貴人に奉仕する者として主殿寮の官人・舞人・陪従や、家司・随身・牛飼など多種多様の者が登場する。この件に関しては、池田忍氏が、

「源氏物語絵巻」など王朝物語絵においては、庶民はほとんど描かれず、わずかに従者としてひかえめに登場するのみである。階級の異なる人間は、王朝物語絵という同一空間には同居しえないほど、へだたりが大きく、またそのへだたりは絶対的なものであった(5)。

と論じておられる。一方『紫日記絵巻』では男性の総数六〇人のうち一九人、つまり三人に一人は家来である。女房の占める割合は、両作品とも五割前後であるのに、家来は激増することから、次の仮説が成り立つ。

女性よりも男性、とりわけ男性の従者が増えると、人物のいる場所は屋内よりも屋外の占める比率が高くなる。

すなわち男性（特に家来）と戸外の率は正比例する。

男女の人数とその配置、そして身分をまとめると、右記の案が生まれた。次いで別の観点から、両作品の相違を考察する。

4　造形

池田忍氏は画中の男女の造形を比較分析され、国宝『源氏絵巻』は「男女による際立った違いを強調していない」、すなわち「男女がきわめて相称的に造形されている」のに対して、『紫日記絵巻』は「男女の造形が、顔の表現、大きさ、ポーズ、いずれの点から見ても明らかに非対称になっている」ことを提示された（注5の著書、三三・三四頁）。氏の解説によると、

「源氏物語絵巻」においては立ち姿、着座姿にかかわらず、男性像の装束の肩はするりとなで肩である。そして、女性の唐衣などの袖と同様、男性の直衣の袖はともに丸く張りのある形態が立体的にとらえられている。指貫も大きな丸いふくらみとして描かれており、膝の位置は不明である。（同書、四五頁）

のように、男性も女性も体形（ボディ・ライン）は曲線であり、また貴人の顔は男女とも引目鉤鼻であり、その描き方は『紫日記絵巻』においても女性像には継承されている。しかし男性像は大きく異なり、

「紫式部日記絵巻」では、男性の顔にかんしては、高位の貴族であっても、多くの場合では、上下の瞼の線を引き分け、その間に瞳を描く方法が多く用いられている。また鼻は、鼻梁を両眼の間から長く引くため、より自然な形となり、小鼻の膨らみを表すといった方法で描かれている。（同書、五一頁）

男性の身体の造形がとくに大きく変化したことが注目される。男性の身体は、主要人物では女性と比して一回り大きく、立ち姿が好まれる。またピンと張った強装束の肩や着座の時の指貫の膝は鋭角的な形態を強調し、胸から腹部にかけては前に大きくふくらんでせり出す。（同書、四四頁）

のように男女の描き方が異なった結果、

画中の男性貴族の力を引き立てるように、女性たちの姿はより小さく、工芸のような繊細さで表現される。男女の造形が非対称になっていくのである。（同書、五八頁）

に到った。このように男女の造形が、国宝『源氏絵巻』では相称的であったのに、『紫日記絵巻』では非対称に変化したのである。

その原因を解明するにあたり、池田忍氏は千野香織氏が提唱された男性貴族のアイデンティティを用いられた。千野説によると、「平安時代の〈男〉たちは、自らのアイデンティティを自ら進んで〈女性性〉の中に求めた、おそらく世界でも稀な〈男〉たちであった[6]」であり、当時の男性貴族がそのように振る舞った理由として、池田忍氏は千野説を受けて、

> 「公／私」「唐／和」「男性性／女性性」という三重の二重構造をとる平安文化の内部に生きていてもなお、平安時代の支配者であった男性貴族たちは、二重構造を持つ平安文化のさらに外側に存在する偉大な本物の「唐」＝中国文化の存在を意識しないではいられなかった。この「唐」へのあこがれと畏怖があまりに強かったからこそ、「唐」の領域から一時的に逃れることのできる「和」の領域が求められたのだと考えられる。（注5の著書、四一頁）

と解釈し、

> 現存する「源氏物語絵巻」は、造形作品としてそこにあらわされたかたちのレベルにおいてはっきりと男性による女性の領域への越境と介入の痕跡を残すものである。（同書、四一頁）
>
> 男女の造形が相称的であるという大きな特徴は、女性と男性の力の差異を見えなくし、両者の境界を揺るがす作用を持つ。（同書、四二頁）

と説かれた。両氏の論をまとめると、国宝『源氏絵巻』は、男性貴族が憧憬と畏怖の対象である「唐」の領域（男性性）から逃れる「和」の領域（女性性）の産物であるからこそ、画中の女性像と男性像の力の差異を見えなくするため、男女の造形は相称的なのである。

一方、鎌倉時代に制作された『紫日記絵巻』では、男女の造形が非対称になり、その時代背景として、池田忍氏は次のように述べられた。

「紫式部日記絵巻」において、男性の表象は、その存在と力が視覚的に強調されていることは先に指摘したとおりである。そこに不在の他者、絵の中には描かれない武士への貴族階級の対抗意識を読むことができよう。武士という存在は、視界から排除されなければならないほどに、貴族たちにとっては脅威となる存在だったのである。（同書、五五頁）

すなわち平安時代の幻影としての「唐」に代わり、鎌倉時代では実在の武士が畏怖の的になり、そのため、武士という他者への対抗が物語絵のかくされた主題となる時、かつての宮廷社会における女性の文化的領域、女性性という価値は無効となり、この領域は完全に男性貴族の階級的文化領域にとりこまれ意味をうばわれる。（同書、五八頁）

という現象が生じ、そして、

武士という他者の存在におびやかされた時、貴族男性は自らの階級にふさわしい男性性を、絵画における新たな男性像の創造を通じて探求したのである。（同書、九二頁）

のように画中の男性像が大きく変化した結果、

「源氏物語絵巻」から「紫式部日記絵巻」へと、男女の造形の相称性は失われ、男性貴族の造形が絵巻の大きな焦点となる。（同書、六〇頁）

に到ったのである。

その論と今までの案を合わせて一覧表にすると、表Ⅳになる。女絵の代表作である国宝『源氏絵巻』は、女性性を強調するために男女の造形を相称化し、また男性より女性（とりわけ女房）を数多く描き、上流・中流階級の女性が

表Ⅳ

	アイデンティティ	造形	人数	身分	人物配置
国宝『源氏絵巻』	女性性	相称性	女性優勢	女房優勢	室内中心
『紫日記絵巻』	男性性	非対称	男性優勢	従者増加	室外増加

普段いる室内を主な舞台に選んだ。ところが鎌倉時代になると、台頭してきた武士に対抗するため、男性貴族の存在と力を強調するようになった結果、『紫日記絵巻』では男性性を帯び、画中の男性像は女性像よりも大きく描かれて人数も増え、特に従者が増加したため、家来たちが控える戸外の場面が増した。なお国宝『源氏絵巻』が室内にウエートを置くことに関しては、すでに源豊宗氏が指摘しておられる。

　源氏物語という藤原公達の恋愛生活を主題としたこの物語絵は、しぜん屋内をその主なる舞台とすることになるのではあるが、今日多く遺存する室町末葉頃盛んに画かれた源氏物語絵が、好んで風景をそこにあわせ描いていることを見ても、この屋内描写はただ主題から規定されているのみとはいえない。藤原人の生きる世界が、実際生活においてのみならず、精神生活においても屋内的な人間関係の世界であったからである。（注1の著書、一三九頁）

平安貴族は朝廷や寝殿造りの中で起こる出来事に専ら目を向けるだけで済んだが、鎌倉時代の貴族は屋外にいる武士を意識せざるをえなかったため、『紫日記絵巻』では従者が侍る屋外の場が増えたのである。

　もっとも家来の数が『紫日記絵巻』では男性全体の三割強も占め（表Ⅲ参照）、これでは多すぎて反って貴人を脅かす存在になるとも読めよう。しかしながら当時の人口比率を考えると、僅かしかいない男性貴族が従者の二倍も多く描かれていること、また、

「紫式部日記絵巻」の中には、平安時代以来貴族社会における武官として、貴族を護衛し、儀式に重要な役割をはたしてきた随身の姿は描きこまれる。平安以来の秩序の揺るぎなさを確認することこそが、この絵巻には期待

されていたと考えられるのだ。（注5の著書、五五頁）のように貴族に従順な者だけが選ばれ、「絵画の中だけでも、自分たちの優位が保証されるように、貴族にとっての望ましい姿で描かれ」ていることから（同書、五九頁）、『紫日記絵巻』は国宝『源氏絵巻』と同様、貴族中心の絵巻と言えよう。ただ描き方が異なるのである。では中世・近世に制作された源氏絵は、いずれの描き方を受け継いでいるのであろうか。

二、後世の源氏絵　――土佐派を中心に――

前節で問題にした四つの観点、すなわち男女の人数・位置・身分・造形のうち、まず造形から取り上げる。

1　造形

国宝『源氏絵巻』に次いで古い作品は、鎌倉時代に成立した白描絵入の零本(7)と絵巻物の残欠(8)である。前者の挿し絵に描かれた男女を比較すると、顔の表現・大きさ・ポーズ、いずれの点においても特に差異は見られない。後者の絵巻でも、子供は大人より小さく描かれているが、成人男女はさほど変わらない。また強装束の肩の線は直線であるが、着座した時の指貫の膝は曲線であり、僧侶に至ってはなで肩で、頭も含め全身、丸みを帯びている。このように男女の造形が『紫日記絵巻』ほど非対称でない傾向は、室町・江戸時代の遺品にも当てはまる。よって以下の考察では、造形は除外する。

2　男女の比率

男女の人数を計算する作品を中世・近世の遺品の中から選ぶにあたり、条件を二つ設ける。まず一つめは、全巻揃っている作品に限定する。というのは残欠では、たとえば男性の方が多く描かれていても、それが散逸した部分にも当てはまるかどうか分からないからである。二つめは、一派を中心に考察する。源氏絵を制作した有名な家系は土佐家・住吉家・狩野家など多いが、流派により特徴が異なる。その場合、現存する作品が多い方が、時代による変遷が把握しやすく好都合だからである。すると土佐派のものが他派よりも遥かに多く伝来し、その中から残欠でないものを選ぶと、以下の通りになる。それぞれ絵師・制作年・所蔵者（ただし個人蔵は表記せず）・絵の総数・影印を収めた書名の順に列挙する。

A、光信が率いるグループが、一五世紀後半から一六世紀前半までに制作。ハーヴァード大学美術館蔵。全五四図。「国華」第一二二二号（平成九年八月）。

B、伝光元筆（生没一五三〇〜六九年）。全五四図（ただし若菜上の巻を欠き、代りに浮舟の巻が二図ある）。別冊太陽愛蔵版『源氏物語』（平凡社、昭和五一年）。

C、光吉筆（生没一五三九〜一六一三年）。慶長一七年（一六一二）成立。和泉市久保惣記念美術館蔵。全八〇図。『源氏物語手鑑研究』（同美術館編、平成四年）。

D、光則筆（生没一五八三〜一六三八年）。全五四図。『源氏物語画帖』（小学館、平成一二年）。

E、光則筆。徳川美術館蔵。全六〇図。『江戸名作画帖全集Ⅴ』（駸々堂、平成五年）。

F、光則筆。バーク・コレクション蔵。全六〇図。『豪華［源氏絵］の世界　源氏物語』（学習研究社、昭和六三年）。

G、伝光則筆。宇治市源氏物語ミュージアム蔵。全五四図。『源氏絵鑑帖』（同ミュージアム編、平成一三年）。

H、光起筆（生没一六一七〜九一年）。全五四図。『源氏色紙絵讃』（美術倶楽部鑑定部、昭和四八年）。

I、光起筆。万治元年（一六五八）前後に成立。全五四図。『豪華［源氏絵］の世界　源氏物語』。

J、光成筆（生没一六四六〜一七一〇年）。静嘉堂文庫蔵。全五四図。伊井春樹氏『源氏綱目　付源氏絵詞』（『源氏物語古注集成』10、桜楓社、昭和五八年）。

K、光芳筆（生没一七〇〇〜七二年）。高松松平文庫蔵。全五四図。国文学研究資料館にマイクロフィルムあり。

右記のA〜Kの一一件のうち、FとJだけ白描で、他は彩色が施されている。また色紙の形を見ると、Kに扇面・丸形・団扇形・菱形・六角形の五種類があり、K以外はすべて長方形である。

各作品に描かれた男女の人数を計算すると、左記の表Vになる。数え方は表Iと同じであるが、新たに設けた規定もあり、ここで整理しておく。

○出家した人も、僧は男性、尼は女性として数える。

○全身が描かれていなくても、一人として扱う。たとえば帝は、上半身が簾などで隠されることが多い。

○出衣（室内から出された衣の裾）しか見えない者も数える。ちなみに最多は、作品Aの八人の女性である。

○子供、特に乳児は外見だけでは性別が見分けにくい。そこで物語の内容から判別できる場合のみ数える。不明の例は作品F・Hの夕霧の巻にあり、いずれも雲居雁の子供一人である。そのほか祭りなどを見学している庶民の子供は、服装や髪型で判断する。(9)

表Vで漢数字は人数、％は各作品における割合を示す。たとえば作品Aに描かれた人物の総数は二九四人、そのうち男性は二〇一人、女性は九三人、その比率は六八％対三二％、すなわち男女比は約七対三である。

概観すると、時代が下がるにつれ、女性の占める割合が増えていることが分かる。すなわち室町時代は三割台で、江戸時代になると四割台になる。しかし最後の作品Kでは、また三割に落ちているが、これは作品Aを元にしているからと考えられる。AもKも巻名・詞書がなく、絵のみが伝来する。Kには一部、錯簡があり、それは現状の折本形

表Ⅴ　登場人物の数

	A	B	C	D	E	F
男性	二〇一（68％）	一三六（66％）	三四一（69％）	一五四（59％）	一七六（53％）	一四六（45％）
女性	九三（32％）	七〇（34％）	一五七（31％）	一〇九（41％）	一五九（47％）	一七六（55％）
合計	二九四	二〇六	四九八	二六三	三三五	三二二

	G	H	I	J	K
男性	一五〇（64％）	一一〇（57％）	九七（54％）	九八（54％）	一七四（69％）
女性	八六（36％）	八二（43％）	八二（46％）	八五（46％）	八〇（31％）
合計	二三六	一九二	一七九	一八三	二五四

式に装丁されたとき、貼り間違えたのであろう。そこでAの配列に従い、Kの色紙の順序を改めて両者を比較すると、若菜下の巻以外は同じ場面で構図も近似する。若菜下巻のみ全く異なり、Aは蓮池に面した室内で光源氏と紫の上が向かい合っているところ、Kは簀子に烏帽子姿、屋内に琴を弾く女君が一人ずつ座り、琴の先端は簾の下から簀子に出ていて、この二人が誰でどの場面に該当するかは不明である。この一図を除くと、KはAかその同類を元にして描かれたので、男女の比率も同じになったと言えよう。

同様にJも、Iを模本にしている。田口榮一氏の解説に、「四十九図までをそのまま写しとっており、父から子、さらには弟子たちへと粉本を介して図様が伝承されていったことを伝えている。」（I所収の著書による）とあるように、五図だけ場面が異なる。

そこで模写されたＪＫを除いて再び作品群を通観すると、男性より女性の方が多いのはＦのみである。では、なぜＦだけ女性が優勢であるのか、その理由を探ってみる。

3　人物の位置

まず、どこに画中の人物がいるか調査する。調べ方は表Ⅱのときと同じであるが、表Ⅱでは「室内のみ」と「屋外のみ」の割合が重要であったので、表Ⅵでもその二項目に限り％を示す。

表Ⅵ　人物の位置

	室内のみ	室内・簀子	簀子のみ	室内・簀子・屋外	室内・屋外	簀子・屋外	屋外のみ
A	一八（33％）	九	一	二	九	三	一二（22％）
B	七（13％）	一三	二	五	九	五	一三（24％）
C	一九（24％）	二三	二	八	八	八	一二（15％）
D	二三（43％）	九	〇	五	六	三	八（15％）
E	二八（47％）	一九	二	四	四	〇	三（5％）
F	三四（57％）	一三	〇	二	一〇	〇	一（2％）
G	一九（35％）	一四	〇	四	一〇	一	六（11％）
H	二六（48％）	一四	二	三	六	一	二（3％）
I	三二（59％）	一三	一	〇	六	〇	二（4％）

問題のＦを見ると、人物が室内にしかいないのは三四図あり、それは全部で六〇図ある本作品において過半数の五七％も占めるのに対して、屋外にだけ人がいるのは一図で全体の二％にすぎず、本作品は室内中心であることが分かる。

ここで表Ⅴ・Ⅵに記した％に基づき、次の四項目において比率が高い作品を順に列挙する。

ア)表Ⅴにおいて男性の率が高い作品…Ｃ（69％）、Ａ（68％）、Ｂ（66％）、Ｇ（64％）。
イ)表Ⅵにおいて「屋外のみ」の率が高い作品…Ｂ（24％）、Ａ（22％）、ＣＤ（ともに15％）、Ｇ（11％）。
ウ)表Ⅴにおいて女性の率が高い作品…Ｆ（55％）、Ｅ（47％）、Ｉ（46％）、Ｈ（43％）。
エ)表Ⅵにおいて「室内のみ」の率が高い作品…Ｉ（59％）、Ｆ（57％）、Ｈ（48％）、Ｅ（47％）。

この結果、ア)とイ)、ウ)とエ)の作品グループはそれぞれ同じであること、すなわち男性と屋外、女性と室内は互いに深く関わることが判明した。それは、表Ⅳでまとめた結論（国宝『源氏絵巻』は女性優勢で室内中心、『紫日記絵巻』は男性優勢で室外増加）と一致する。その二作品の相違の原因は、画家の性別によると皆本二三江氏は論じられた。しかしながら前掲の作品Ａ～Ｋは、すべて男性絵師によると考えられる。なかでも土佐光則の真筆と見られるＤ～Ｆにおいて、Ｆのみ女性の方が多いのは、ＤＥよりも室内の率が高く、屋外の率が低いから、つまり絵師の性別ではなく画中の人物の居場所によると言えよう。

4　身分

次に登場人物を身分別に分類したのが、左記の表Ⅶである。表Ⅲでは男性貴族・僧侶・家来・女性貴族・女房に分けたが、表Ⅶでは出家人の項は立てず、貴人か否かに区分した。まず表の「貴男」項には、皇族を含む男性貴族や高僧（北山・横川の僧都）のほか明石の入道も加え、それ以外の男性は「非貴男」項に入れた。そこには表Ⅲの「家来」項に入れた者のほか、祭りや行列を見る庶民、また高麗の相人も当てた。時には判断に迷う図があり、一例を示すと、松風の巻で若殿たち（古文では「君達」）が源氏に小鳥を土産に渡す図様が、作品ＡＣＤＧにある。まずＣでは源氏の傍らに円坐する五人を貴人、離れて宴会の用意をしている三人を従者と見た。一方ＤとＧでは、源氏と同じ立烏帽子をかぶり衣裳が華やかな者は貴人、烏帽子が源氏と同形でも白張（白の狩衣仕立て）の者や烏帽子の形が違う者は家来とした。それらに対してＡでは、源氏を中心に車座する五人は、烏帽子も服装も源氏と差異が見られないので、すべて貴人と見なした。

　次いで女性も、貴女か否かに分類した。「貴女」の項には、生まれは高貴だが源氏や薫に引き取られる以前の生活は上流階級とは言えない人（若紫・末摘花・玉鬘・浮舟）をはじめ、明石の君やその母尼のほか、若紫の祖母も加えた。それ以外の女性を収めた「非貴女」項には、女房や庶民、また出生は卑しくないが零落した夕顔や、受領階級に成り下がった者（空蟬・末摘花の叔母・浮舟の母）、都から離れて住む小野の尼なども含めた。

　このように四種類に区分して、各作品における割合を％で示した。なお％は四捨五入したため、四項目の％を合計すると、作品ＡＤは一〇一％、ＧＩは九九％になる。なお、漢数字は人数を示す。

表Ⅶ　身分別

	A	B	C	D	E
貴男	八七（30％）	六六（32％）	一二三（25％）	七七（29％）	八二（25％）
非貴男	一一四（39％）	七〇（34％）	二一八（44％）	七八（30％）	九四（28％）
貴女	二八（10％）	三二（16％）	五一（10％）	三三（13％）	四五（13％）
非貴女	六五（22％）	三八（18％）	一〇六（21％）	七五（29％）	一一四（34％）

	F	G	H	I
貴男	八四（26％）	六九（29％）	七五（39％）	六六（37％）
非貴男	六二（19％）	八一（34％）	三五（18％）	三一（17％）
貴女	四四（14％）	三三（14％）	三一（16％）	三三（18％）
非貴女	一三三（41％）	五三（22％）	五一（27％）	四九（27％）

右記の四項で、項目ごとに％の数字が最大のものと最小のものとを取り出し、その差を計算すると次のようになる。

○「貴男」項の比率が最多なのはＨの39％、最小はＣＥの25％、その差は14。
○「非貴男」項の比率が最多なのはＣの44％、最小はⅠの17％、その差は27。
○「貴女」項の比率が最多なのはⅠの18％、最小はＡＣの10％、その差は8。
○「非貴女」項の比率が最多なのはＦの41％、最小はＢの18％、その差は23。

各項において％の最大値と最小値の差を見ると、「貴男」と「貴女」は一〇前後しかないのに「非貴男」と「非貴女」は二〇以上もある。すなわち男女とも、貴人より非貴人の方が幅が大きいのである。ということは表Ⅴで示した男女比を左右するのは、非貴人であると言えよう。

そこで今度は「非貴男」と「非貴女」にのみ注目して、それぞれ％が多い順と少ない順に列挙する。

①「非貴男」の率が多い順…Ｃ（44％）、Ａ（39％）、ＢＧ（34％）。
②「非貴女」の率が少ない順…Ｂ（18％）、Ｃ（21％）、ＡＧ（22％）。
③「非貴男」の率が少ない順…Ⅰ（17％）、Ｈ（18％）、Ｆ（19％）、Ｅ（28％）。
④「非貴女」の率が多い順…Ｆ（41％）、Ｅ（34％）、ＨⅠ（27％）。

右記の四種類で①は②と、③は④と作品群が重なる。すなわちＡＢＣＧには非貴男が多く非貴女が少ないし、逆にＥＦＨⅠには非貴男が少なく非貴女が多いのである。それを表Ⅵに基づいてまとめた箇条書きア)〜エ)の作品群と比べると、①②はア)男性優勢とイ)屋外中心、③④はウ)女性優勢とエ)室内中心と一致する。以上をまとめると、表Ⅷになる。作品ＡＢＣＧにおいて男性の比率が高いのは、貴人でない男性（家来など）が多く、そのため彼らが働く屋外が画面

表Ⅷ

作品	男女比	非貴男	非貴女	人物配置
ＡＢＣＧ	男性優勢	多数	少数	屋外中心
ＥＦＨⅠ	女性優勢	少数	多数	室内中心

の中心になるからである。逆にＥＦＨＩにおいて女性の比率が高いのは、貴人でない女性（女房など）が多く、そのため彼女たちが控える室内が中心になるからと解釈できる。

5　女性優勢の原因

田口榮一氏の解説によると、場面選択や図様においてＦもＩもＥに似通っている（ＦＩを収めた著書による）ので、この三者に女性が多いのも偶然の一致ではない。ただし表Ⅷでは、男性優勢の作品と対比するため「女性優勢」と記したが、実際に女性が過半数を占めるのはＦのみである。その理由を解明するため、Ｆ（光則筆）に関する田口氏の論を引用する。

場面選択において、この画帖（岩坪注、作品Ｆ）独自のもの、あるいはやはり光則による徳川美術館彩色本（岩坪注、作品Ｅ）とのみ共通する場面はほぼ半数以上にもなり、光則が、父光吉によって集大成された源氏絵図様に、新たなものを加えようとして積極的に創造力を発揮したことは確かである。男が女のもとに忍び寄るところなどを、光則はしばしば新たに取りあげている。（Ｆを収めた著書による）

それではＦが女性優勢である要因は、光則の創造した図様が多いから、すなわち伝統的な図柄には男性の方が多く、光則独自の図案には女性の方が多いからであろうか。それを確認するため、田口榮一氏が国宝『源氏絵巻』から近世の源氏絵に至る作品を巻と場面ごとに分けて作成された「源氏絵帖別場面一覧」（Ｆ所収の著書にあり）を利用して、Ｆの全六〇図が光吉・光則親子の創案かどうか調査した。すると光吉以前に類例がなく、光吉の創作と思われるものが四図、同様に光則の独創と考えられるものが三一図あり、合計すると三五図になる。一方それ以外の二五図は、光吉以前から伝わる定型化した意匠と見なせる。それぞれ画中の人物を数えると、独自の三五図に描かれた男性は計八〇人、女性は一〇〇人になり、その割合は四四％と五六％である。その他の二五図は男性六六人、女性七六人で、四六％対五四％になり、男女比に関してはほぼ同数である。結局、光則は作品Fを制作するにあたり、旧式の図様も新式のも女性の方が多い図柄を選択したと言えよう。従ってFのみ女性優勢の原因は、図案の新旧に因るものではないことが判明した。

そこで今度は、表Ⅷにおける項目（非貴男・非貴女・人物配置）を見直すことにする。表Ⅵでまとめた箇条書きア〜エによると、Fは女性の率こそ最多であるが、「室内のみ」の割合はⅠに次いで二番めである。次に表Ⅶでまとめた箇条書き①〜④を見ると、やはりFは「非貴女」の率では最高であるが、「非貴男」率の少なさではⅠとHに次ぐ。つまりFが第一位であるのは、女性と「非貴女」の割合であり、Fだけが男性を上回る要因は「非貴女」にあると推定される。よってFにおける「非貴女」を調べると、総数は一三一人にも及ぶ。その中には侍女が控えている者（末摘花の叔母）や、侍女が傍らに描かれていない者（木枯しの女、空蟬、惟光の娘）が一人一回ずつ登場する。そのほか初瀬詣での庶民が二人おり、それらを除いた一二五人はすべて主人に仕える女房（童女も含む）である。従って作品A以下において、Fのみ女性が過半数を占めるのは、女房の割合が他の作品よりも多いからと言えよう。確かに一つの場面において、主人公クラスの女性を勝手に増やすことはできないが、女房ならば何人でも追加できる。たとえば一つの図において、Fで女性が最も多く登場するのは鈴虫の巻の一一人で、その内訳は女三の宮と女房たちである。ちなみに光則以前の作品A〜Cにおいて、女性が最多の図はCの胡蝶の巻で九人いるが、そのうち六人は童舞の少女たちで、成人女性は三人しかいない。それが光則の作品になると、Dで一一人（胡蝶の巻。ただし八人は少女）と九人（絵合の巻。全員、成人）、Eでは一三人（絵合の巻。全員、成人）と増えてくる。

一方、一画面に描かれた男性の数を計算すると、作品A〜CではCの三三人（行幸の巻）が最も多く、以下Cの二九人（葵の巻）、Aの二三人（澪標の巻）と続く。光則の作品でもDEの二七人が最多で（ともに葵の巻）、次いでEの二一人（関屋の巻）、一三人（Eの匂宮、Fの関屋の巻）と続く。このように一図に一〇人以上の女性がいるのは珍しいのにひきかえ、男性では二〇人以上いる絵が中世から継承されている。男性が多い場面は葵祭・行幸・住吉参詣などを描いたものであり、そこには従者が数多く登場する。その多さにより、行列や儀式の壮大さ・華麗さを演出しているのであろう。

6　女房の役割

では作品Fに多く加えられた女房は、いかなる役割を演じているのであろうか。そこで一二五人の女房・童女を分類して、表Ⅸにまとめた。表の項目で「仕事中の者」とは、一見して作業中であることが明確な者を指す。たとえば出産を手伝ったり、手紙を焼いたり、縫い物をしたりなど実務をこなしている者や、庭の草花を手折ったり、庭で舞を披露したり、また外出のお供をしたりなど戸外で働く者、そのほか訪問客の相手をする接客役がいる。

それ以外の人は「仕事中でない者」に入れ、さらに主人と同じ部屋にいるかどうかで分別した。というのは主の傍らにいる場合、話相手を勤めているとも、また命令をすぐ聞けるように控えているとも解釈できるからである。なお主人は母屋か廂にいて、女房は簀子にいる場合、簾が巻き上げられているときは「主人と同室」項、簾や戸などで隔てられているときは「主人と別室」項に入れた。

調査の対象は問題の作品Fのほか、同類のE、そしてFとは逆に女房を含む「非貴女」の割合が最少のBと二番めに低いCを選んだ。ただし前述したように侍女が仕えている者（末摘花の叔母）や侍女が描かれていない者（空蝉など）、および庶民を除いて分類したので、合計数は表Ⅶの「非貴女」の総数より少ない。また

表Ⅸ

	仕事中の者	仕事中でない者		合計
		主人と同室	主人と別室	
B	一八（58%）	一一（35%）	二（6%）	三一
C	五四（55%）	三八（39%）	六（6%）	九八
E	三二（30%）	三〇（29%）	四三（41%）	一〇五
F	三四（27%）	四七（38%）	四四（35%）	一二五

漢数字は人数を表し、作品ごとに各項目の比率を計算した。ただし％は四捨五入したので、Bの三項目を足し算すると九九％になる。

まず「仕事中の者」項と「主人と別室」項とを比較すると、BとCでは前者が半数を超え、後者は数％に留まるのに対して、EFは逆に前者より後者の方が多い。その理由を考えると、男性優勢のBCでも、紙燭を持ったり、風に煽られる簾や几帳を押さえたりなどする女房は、構図の上で必要不可欠で描かざるをえないのに対して、主人とは別室で特に仕事をしていない者は省略しやすいからであろう。では、「主人と同室」項はどうかというと、四作品とも三〇％前後で変わらない。これは平安貴族の回りには常に大勢の女房がいたので、最小限は描かないと王朝の雰囲気が醸し出せないからであろう。従って女房の数を左右するのは、「主人と別室」の者と言えよう。そこで男性優勢の作品BCにおいて、できるだけ女房を減らすには、別室の者が最も適切であり、そのため六％しかいないのである。

それでは「主人と別室」の女房たちは絵において、どのような役割を果たしているのであろうか。Bの二人はともに御法の巻で、庭で演じられる舞を見ているだけであり、Cの六人（三図に二人ずつ）は、いずれも特に何かを見ているわけではなく、BCとも明確な役目を課せられていない。ところがEFになると、閉じられた引き戸を隔てて聞き耳を立てている者や、開いた戸から見ている者、あるいは離れた部屋から簾越しに覗いている者が現れる。ただし、この中には古文を忠実に絵にした例もある。たとえば作品Fの二図では、簾越しに男性を見る女房が三人ずつおり、それは古文の一節である「内にも人々のぞきて見たてまつる」（梅枝の巻）、「はつかにのぞく女房」（匂宮の巻）と符合する。その一方では、原文に書かれていない者もいる。たとえば薄雲の巻で、光源氏が大堰川のほとりに住む明石の君を訪れた際、物語ではこの二人しか描写しないのに対して、作品Fでは閉じられた引き戸を隔てて隣室に女房が二人おり、一人は戸のそばにいて聞き耳を立てているように見える。

7　国宝『源氏絵巻』との比較

このように主人公の振る舞いを見たり聞いたりする女房の姿は、すでに国宝『源氏絵巻』に描かれている。たとえば隣室の夫婦喧嘩に聞き耳を立てたり（夕霧の巻）、帝と薫の碁の勝負を覗き見たりする（宿木の巻）女房たちがいる。源氏物語は「〈古女房の昔語り〉を、物語の前提、仮の枠組み」としており、「絵巻では、そのような語り手、言葉の世界では姿かたちをもっていなかった語り手を、聞き耳を立てる女房として画面内に実在させた」[10]と、佐野みどり氏は指摘された。国宝『源氏絵巻』は男性より女性の方が多く登場するので（表I参照）、女性の比率が増えた作品EFにおいて覗き見・聞き耳の女房が現れるのは偶然の一致ではない。その意味では近世において、国宝『源氏絵巻』の同類が復活したと言えよう。ただし描き方は異なり、国宝『源氏絵巻』の女房たちは主人公の方に体を傾けており、それによって覗き見・聞き耳をしていることが一見して読み取れるように工夫されている。それに対してEFを含む近世の遺品では、女房の背筋は傾斜しておらず、絵師の意図は明確ではない。あるいは構図に変化をもたすため、隣室を設定しただけかもしれない。

従来の研究では、国宝『源氏絵巻』を中心にして、後世の源氏絵を比較検討してきた。しかしながら両者の性格は異なり、国宝『源氏絵巻』は女性（とりわけ女房）優勢であり、女房のいる室内が舞台の中心であるのに対して（表Ⅳ参照）、室町時代の土佐派の作品では男性（特に貴人でない者）が優勢であるため、従者の控える屋外の場面が多い（表Ⅷ）。その傾向は江戸時代になると弱まるが、それでも殆どの遺品において男性の総数が女性を上回る。

そのほかにも国宝『源氏絵巻』と後世のものとには相違点があり、たとえば場面選択に関して見ると、病気や出家など不吉な状況も前者は取り上げて描くが、後者は避ける傾向がある。それに関連して、袖を顔に当てるような泣く仕草の描写も、前者には見られるが、後者では稀である。このように国宝『源氏絵巻』は美術史において、特異な位置付けをするべきである。従って、国宝『源氏絵巻』を基準にして他の作品を判断する、という従来の研究方法には、問題があると言えよう(11)。

三、源氏絵とジェンダー

今まで考察したように、中世では男性優勢で屋外中心であった源氏絵が、近世になると女性の比率が増え、土佐派の中では作品Fにおいて女性優勢に転じた。その要因は女房、とりわけ主人とは別の部屋にいて仕事をしているとは見えない者が増えたことであり、その結果、女房の居場所である室内が構図の中心になったのである。ちなみに屋外にいる女性は、主人の外出に伴う者や庭の草花を採る童女のほか、祭りや行列を見学している者で、貴人が地面に降り立つことはない。

このように近世になると女性の比率が増えたということは、ジェンダーの観点から捉えると、男性優勢であった源氏絵が女性性を帯びたことになる。では、なぜ中世の作品は男性性が強かったのか。その現象を解明するには、千野香織氏の論が役立つ。

平安時代の「源氏物語絵巻」が「女絵」と呼ばれ、近世の「源氏物語画帖」が「嫁入本」と呼ばれて（ひそかに見下されて）きたように、従来は源氏絵といえば、女性のために描かれ、もっぱら女性が見るものと考えられてきた。たしかに源氏絵は、ジェンダーとしての「女性性」に満ちた絵画である。しかし十五―十六世紀の文献に見る限り、源氏絵は、男性のために描かれ、男性が見るものであった。注文主も所有者も男性であった。源氏絵を見る「場」は、彼ら男性の力関係があからさまに示される場であった。源氏絵を所有すること、源氏絵を理解することは、文化の覇者に近づく方策なのであった。

ハーヴァード本（岩坪注、本章で取り上げた作品Aを指す）もまた、天皇や公家たち（あるいは彼らの権威に接近しようとしていた武家たち）男性が作らせ、男性が享受していた作品であったと、私たちは考えている。18松風、26常夏などの画面に見るように、男性同士で共感を深め合い、精神的な絆を確認し合うようなホモソーシャルな情景が、ここにはしっかりと、もれなく選択されているのである。(12)

源氏絵の注文主は江戸時代になっても、文献で見る限り男性である。(13)詞書の筆者（伝承筆者も含む）も殆ど男性であり、たとえば作品CとEは全員男性、Dは七図のみ女性である。かつて女性性に満ちていた源氏絵に男性の方が多く描かれ、また詞書も男性が独占するのは、注文主が男性であり、伝統文化の象徴である朝廷と密接に関わるからと推測される。

次に千野氏が、「男性同士で共感を深め合い、精神的な絆を確認し合うようなホモソーシャルな情景」と表現された絵、すなわち男性しか描かれていない画面と、それとは逆に女性しか登場しない図とを作品ごとに数えて、表Xにまとめた。漢数字は図の数、%は各作品における割合を示す。

表X

	A	B	C	D	E	F	G	H	I
男性のみの図	一六（30%）	一六（30%）	二九（36%）	一七（31%）	一二（20%）	九（15%）	一六（30%）	一五（28%）	一一（20%）
女性のみの図	四（7%）	二（4%）	五（6%）	五（9%）	五（8%）	二（3%）	四（7%）	三（6%）	四（7%）

女性のみの図が最も少ないのは、意外なことに、女性の総数が男性を上回る作品Fである。逆に最多はDであるが、多いと言っても五図で九%と一桁台である。それに対して男性のみの図は遥かに多く、最少でもFの九図（一五%）である。AからIを概観すると、「女性のみの図」の比率はあまり変化しないが、「男性のみの図」は時代が下がるにつれ少なくなり、これは男性の占める割合が近世になると減少する現象（表V参照）と呼応する。この変遷を理解するには、千野香織氏の論が参考になる。

〈男性性〉に満ちた美術も、戦乱の短い一時期が過ぎると、少しずつ〈女性性〉を帯びる方向へと収束してしまう。たとえば慶派の作風は、運慶の力強く堂々とした美しさから、息子・湛慶の穏やかで洗練された美しさに取って替わられ、また狩野派においては、大きなモチーフと豪壮な筆致で大画面障壁画を構成した永徳の後、江戸時代になると、探幽の軽やかで瀟洒な作風が一世を風靡することになる。（注6の論文、二四二頁）

源氏絵も中世においては男性性を強く帯びていたが、近世になると女性性を増すようになる。その変化の原因には、所有者が関係しているのではなかろうか。それは千野氏が述べられた通り、一五、六世紀には男性であったが、江戸時代になると源氏物語画帖が嫁入本になり、所有者が花嫁、すなわち女性になる。源氏絵は武家・公家の婚礼道具の装飾に用いられるようになり、たとえば数ある調度品の中で最も格が高いのは、貝桶（貝合わせに使う蛤を収める入れ物）であり[14]、その貝や貝桶の図様として源氏絵が採られることがあった。また尾張徳川家に輿入した千代姫の豪華な道具類には、すべて源氏物語の初音の巻の意匠が施されている。その風潮から推理すると、土佐派の源氏絵において女性の比率が近世になると増えたのは、婚礼用として女性向きになったからであろう。また画中の人物の居場所が屋内中心になったのも、ふだん室内にいる姫君に合わせたからかもしれない[15]。

しかしながら、それでも殆どの作品において、男性の総数が女性を上回るのは何故であろうか。たとえば千代姫の初音の道具は、父の徳川家光が制作を命じたことから知られるように、単に新婦のためではなく、その実家の権威の象徴であり、この場合はとりわけ徳川宗家という支配者の思惑が絡んでいる。ということは、源氏絵が婚礼用に使われるようになっても、男性性は消えるどころか、色濃く残存するのである。そのうえ源氏絵は「宮廷や幕府などにおける特別な行事の引出物」にも使われ[16]、いわば政治の道具にされたのである

終わりに

源氏絵が権力者に利用される、という特異な機能に関しては、千野氏が次のように述べておられる。

偉大でもなく、力強くもなく、攻撃的でもない〈女性性〉が、日本の中では、支配的な価値観であり続けてきた。そして支配する側の価値観となれば、穏やかで調和的であるはずの〈女性性〉も、巧妙な抑圧機能を持つようになる。「みやび、洗練、上品」を理解できない者は「野蛮で下品な田舎者」だという、他者を抑圧する価値観として機能するようになってしまうのである。これが日本の内部における「中心」側からの「周縁」抑圧の論理であった。（中略）「文化」つまり「みやび」が〈女性性〉であり、「自然」つまり「野蛮」が〈男性性〉であって、〈女性性〉は、支配する側の価値観として〈男性性〉の上に君臨するものであった。（注6の論文、二四三頁）

源氏絵は本来、国宝『源氏絵巻』のように女性性に満ちたものであったと思われるが、支配者に利用されたため、画面の登場人物は男性の方が多くなったのであろう。それにしても作品Fのみ女性優勢である理由は、今後の課題としたい。

注

（1）源豊宗氏「源氏物語絵巻について」（『宝雲』24、昭和一四年六月）。後に「源氏物語絵」と改題して、同氏著『大和絵の研究』一三五頁（角川書店、昭和五一年）に再録。
（2）皆本二三江氏『絵が語る男女の性差』一六四頁（東書選書103、東京書籍、昭和六一年）。
（3）長谷美幸氏『源氏物語絵巻の世界』一二八頁（和泉書院、平成二年）の「図中人物一覧表」による。なお国宝『源氏絵巻』の絵を源豊宗氏は全一九図とされたが、そののち若紫の巻が発見され、長谷氏は全二〇図として計算され、私もそれに従う。

（4）『日本屏風絵集成』5（講談社、昭和五四年）の田口榮一氏の解説による。

（5）池田忍氏『日本絵画の女性像』三四頁（筑摩書房、平成一〇年）。

（6）千野香織氏「日本美術のジェンダー」二四一頁（「美術史」一三六号、平成六年二月）。

（7）浮舟の巻の前半部が徳川美術館に、後半部が大和文華館に所蔵されている。

（8）若紫・末摘花の巻が天理図書館に、澪標の巻がメトロポリタン美術館に所蔵され、いずれも小松茂美氏『日本の絵巻』18（中央公論社、昭和六三年）に収められている。

（9）平安末期に制作された『年中行事絵巻』に描かれた子供について、黒田日出男氏は次のように述べておられる。

中世社会では、まず第一に、子供は決して「人」とはみなされなかったのである。彼等は「童（わらわ）」と呼ばれ、何段階もの成長儀礼を経て徐々に「人」に近付いていく存在であった。性別の点でも、「人」だけが男と女なのであって、「童」は基本的には性別区別もない状態から、成長過程で徐々に男と女の区別を服装や髪型で身に付けていくのである。（同氏『［増補］姿としぐさの中世史』一四二頁、平凡社ライブラリー、平成一四年）

（10）佐野みどり氏『じっくり見たい源氏物語絵巻』六四頁、小学館、平成一二年。ちなみに、このような女房は草子地に相当すると、石井正己氏は論じられた（同氏「描かれた女房―『源氏物語絵巻』の方法」、「国文学」平成一一年四月）。

（11）この問題に関しては、本書の第三編第一章で詳述した。

（12）千野香織氏「ハーヴァード大学美術館蔵『源氏物語画帖』をめぐる諸問題」一二三頁（「国華」第一二二三号、平成九年八月）。

（13）河田昌之氏「『源氏物語手鑑』考」（『和泉市久保惣記念美術館　源氏物語手鑑研究』同美術館編、平成四年）など。

（14）たとえば『貞丈雑記』に、「嫁入の時、貝桶を第一の調度調度とは道具の事也とする事」とある。

（15）ちなみに、「建物の住み手が男性から女性に変わった時、障壁画の主題も、男性から女性と子供に描き改められた」という指摘もある（千野香織氏「天皇の母のための絵画―南禅寺大方丈の障壁画をめぐって―」、鈴木杜幾子氏等編『美術とジェンダー―非対称の視線』一〇五頁、ブリュッケ、平成九年）。

（16）高松良幸氏「大阪青山短期大学蔵　住吉如慶筆『源氏物語画帖』について」（「大阪青山短大国文」14、平成一〇年三月）。

第七章　源氏絵に描かれた男女の比率について
――絵入り版本を中心に――

はじめに

源氏絵とは源氏物語を絵画にしたもので、現存する最古の遺品は一二世紀前半に成立した国宝『源氏物語絵巻』である。その後も次々と制作され、室町後期になると、細密画を得意とする土佐派のお家芸になった。また江戸時代には、源氏物語やその梗概書の挿し絵入り版本が続々と刊行された。源氏物語というと、光源氏と彼を取り巻く女性たちがイメージされ、それを絵にすると男性より女性の方が多く登場すると思いがちである。ところが一作品に描かれた男女の総数を調べたところ、女性が過半数を占めるのは、土佐派も版本も一点ずつしかないことが判明した。この理由、およびその状況を生み出した時代背景をも探究してみたい。

一、土佐派の作品における男女比

前章において、中世から近世にかけて制作された土佐派の源氏絵を一一件取り上げ、そこに描かれた男女の総数を計算したところ、女性の方が多いのは一件のみで、他の一〇件はすべて男性優勢である。土佐家の当主は光信・光茂・光元・光吉・光則・光起・光成・光芳と続くが、便宜上、光吉（生没一五三九〜一六一三年）までを中世、光則（生没一五八三〜一六三八年）以降を近世に分けて両者の作品群を比較すると、後者よりも前者の方が男性、なかでも従者の割合が高い。また画中の人物の居場所を室内か室外かに分類すると、中世は近世よりも屋外の率が高い。この二つの現象は互いに関連しており、家来が活躍する主な舞台は戸外であるため、彼らが大勢登場する画面は室外が多くなるのである。逆に近世になると女性、とくに女房の比率が増えるため、女房の控える室内が構図の中心になる。

このように土佐派の中世の遺品において、男性の方が多く描かれる理由に関しては、

十五―十六世紀の文献に見る限り、源氏絵は、男性のために描かれ、男性が見るものであった。注文主も所有者も男性であった。源氏絵を見る「場」は、彼ら男性の力関係があからさまに示される場であった。源氏絵を所有すること、源氏絵を理解することは、文化の覇者に近づく方策なのであった(1)。

という時代背景が絡んでいると考えられる。そして近世においても注文主は男性であるのに、画中の女性の率が増す件に関しては、次の論が当てはまる。

〈男性性〉に満ちた美術も、戦乱の短い一時期が過ぎると、少しずつ〈女性性〉を帯びる方向へと収束してしまう。たとえば慶派の作風は、運慶の力強く堂々とした美しさから、息子・湛慶の穏やかで洗練された美しさに取って替わられ、また狩野派においては、大きなモチーフと豪壮な筆致で大画面障壁画を構成した永徳の後、江戸時代になると、探幽の軽やかで瀟洒な作風が一世を風靡することになる(2)。

そのほか近世になると源氏絵が婚礼道具になり、女性も所有者になったことも、画面の女性比が増えた一因

表1　土佐派の特徴

	画中人物の男女比	画中人物の身分		画中人物の位置	注文主	所有者
		家来	女房			
中世	男性優勢	多数	少数	屋外重視	男性	男性
近世	女性増加	少数	多数	室内中心	男性	男女

であろう。(3)

以上を表にまとめると、表1になる。なお「家来」の項目には男性のみで、女性は含まない。

二、女性絵師の作品における男女比

前章で取り上げた土佐派の作品は、すべて男性絵師によるものであった。では絵師が女性であれば、いかがであろうか。というのは画家の性差が、画風に影響すると指摘されているからである。たとえば、国宝『源氏物語絵巻』の絵師は女性である、と皆本二三江氏が判断された根拠の一つは、当絵巻において女性が男性の約三倍も多く描かれていることであった。(4)そこで女性絵師の源氏絵を調査しようとしたが、男性絵師に比べて遺品が非常に少なく、近世前期までで確実に女性の手になると言えるのは、次の二点しか見当たらない。

○スペンサー本…極め書きに「近衛関白稙家卿息女慶福院玉栄筆絵とも」とある。玉栄（一五二六年生〜没年未詳）は近衛稙家の娘で、源氏物語の注釈書である『花屋抄』『玉栄集』を著した。巻末に本文と同筆で「本のことくうつし申候、おかしきふてのあと御らんしわけかたふ候、天文廿三年四月吉日」とあり、天文二三年（一五五四）に成立した、白描の絵巻。源氏物語五四帖を一帖に一段ずつ描くが、紅梅の巻が抜け、宿木・手習の巻は二段ずつ描くので、合わせて五五段になる。(5)ニューヨーク・パブリック・ライブラリー所蔵スペンサー・コレクション。フィリップ・モリス社の二〇〇一年カレンダーに全図を掲載。

○清原雪信筆本…巻末に「清原氏女雪信筆」という署名があり、「清原」の落款が押されている。清原雪信は狩野探幽の姪の娘と言われ、狩野派随一の閨秀画家と評された。生没年未詳、一説に寛永二〇年（一六四三）生まれ。絹地に彩色された色紙絵で画帖仕立て。源氏物語五四帖を一帖に一段ずつ描き、計五四段。貴紳五四名による詞

表2　登場人物の数

	スペンサー本	清原雪信筆本	狩野探幽筆本
男性	二四一（59％）	一一八（59％）	一二八（61％）
女性	一六五（41％）	八三（41％）	八一（39％）
合計	四〇六	二〇一	二〇九

書があり、その極め書きに記された伝承筆者に基づくと、承応元年（一六五二）から万治三年（一六六〇）までの書写と推定され、絵もその頃に制作されたか。[6]徳川美術館所蔵。別冊太陽愛蔵版『源氏物語』（平凡社、昭和五一年）に全図をカラー写真で掲載。

清原雪信筆本を、狩野探幽が元禄（一六八八～一七〇四年）頃に描いた源氏物語図屏風（御物）と比較すると、「探幽の屏風絵と同一図様あるいはこれを逆転借用した場面が多く見いだされる。[7]」と指摘されている。そこで探幽のも男女の総数を計算して、表2に挙げた。なお表の漢数字は人数、％は各作品における比率を表す。

スペンサー本も雪信筆本も男女比は五九対四一で、男性の方が多い。ただしスペンサー本に登場する女性は全部で一六五人であるが、そのうちの四人は人名が書かれているものの姿は見えず衣だけ、あるいは牛車の中にいるように描かれている。

中世の土佐派の作品群も男性優勢であり、その理由は千野香織氏の論によると、注文主も所有者も男性だからであった。しかしながらスペンサー本は、「貴族の子女といった人が手すさびに写したもの」（注5の論文）であり、また当本は天地が約一〇センチしかなく、「掌中にすっぽりとおさまりそうな、小型の絵巻」（同論文）という形態からしても、女性の愛玩の品と思われる。にもかかわらず男性の方が多く描かれているのは、巻末に「本のことくうつし申候」とあるように、当本が参考にした源氏絵が男性優勢であったからであろう。

スペンサー本、というよりはスペンサー本の原本は、細見家本、天理図書館本のような『源氏物語』中の和歌をすべて抜き出し、絵画化した絵巻を参考にして制作されたのは間違いなかろう。つまりスペンサー本は細見家本、天理図書館本のような絵巻の抄出本として制作されたと考えてよいのではなかろうか。そして一帖から一段を選ぶ基準は、詞は巻名を含む和歌がある段が原則として選ばれた。しかし絵の方は必ずしもそうではなく、絵そのものの面白さや著名な場面であることから他の段の絵が使われたり、数段が合成されたりしたのである。（注5の論文、一一〇頁）

右記の論文で「著名な場面」とは、巻を代表する有名な場面として、昔から描き継がれ固定化したものである。それらは土佐派の作品にも見られ、それを踏襲したスペンサー本が男性優勢であるのも当然の結果である。

清原雪信筆本も女性絵師によるのに男性優勢であるのは、狩野探幽筆本（あるいはその粉本）を多く取り入れたからであろう。表2により両者の人数を比べると、雪信本は探幽本より男性が十人減り、女性が二人増えただけである。構図や図様の相違はさておき、場面と人数のみに着目して両作品を比較してまとめると、次のようになる。

〇場面も人数も同じ…三五図
〇場面は同じであるが、人数は異なる…一〇図
〇場面は異なるが、人数は同じ…二図
〇場面も人数も異なる…七図

両作品とも五四図ずつあり、そのうち三五図は場面も人数も一致する。人数が違う場合も匂宮の巻を除くと(8)、同じ巻における差は最大三人である。

探幽本に関しては、「それぞれの帖からの情景選択法はほとんど室町時代以来定型化した伝統を踏襲しており、図様自体も古くからの先蹤に準拠した点が多い」（注7の解説）と指摘されている。その型を雪信本が継承した以上、たとえ絵師が女性であっても画中の女性は少なくなってしまうのである。三田村雅子氏が、

源氏物語絵は政治と無縁な女子供の玩び物ではない。手すさびによる「白描源氏物語絵」などを例外として、色

感鮮やかに彩られた源氏物語絵の世界は、多く権力者たちの権力回復、奪還、誇示のなまぐさい欲望に満ちている。むしろ、源氏物語絵は始終政治的な動きの中で利用されてきたといってよい。[9]

と論じられたように、源氏絵の中でもスペンサー本のような白描画は例外とされてきた。しかしながら、その種の作品にも男性優勢の伝統は受け継がれているのである。それほど中世の源氏絵は、男性性に満ちた絵画なのである。

三、絵入り版本における男女比

江戸時代になると、源氏物語やその梗概書が挿し絵入りで続々と出版されるようになり、それらに描かれた男女の比率が肉筆画と同じかどうか調べることにする。数多い作品の中で、管見に及んだものを刊行された順に列挙し、それぞれ書名・著者・絵師・成立年・初版年・図の総数・影印の順に記した。ただし作者など不明の場合は、表記せず省略した。なお源氏物語の翻案である『偐紫田舎源氏』も、参考までに挙げた。

a、「絵入源氏物語」（仮称）…山本春正跋・画。慶安三年（一六五〇）跋。[10] 全二二六図。吉田幸一氏『絵入本源氏物語考』中（日本書誌学大系53（2）、青裳堂書店、昭和六二年）、『絵本　源氏物語』（貴重本刊行会、昭和六三年）、小町谷照彦氏『絵とあらすじで読む源氏物語』（新典社、平成一九年）所収。

b、明暦版『源氏小鏡』…明暦三年（一六五七）刊。全五四図。吉田幸一氏『絵入本源氏物語考』所収。

c、『源氏綱目』…一花堂切臨著・画。慶安三年（一六五〇）成立。万治三年（一六六〇）刊。全五四図。伊井春樹氏『源氏綱目　付源氏絵詞』（『源氏物語古注集成』10、桜楓社、昭和五九年）所収。

d、『源氏鬢鏡』（上方版）…小嶋宗賢・鈴村信房著。万治三年（一六六〇）刊。全五四図。

e、『十帖源氏』…野々口立圃著・画。承応四年（一六五五）跋。[11] 全一三一図。吉田幸一氏『絵入本源氏物語考』

所収。

f、『おさな源氏』（上方版）…野々口立圃著・画。寛文元年（一六六一）刊。全一二〇図。吉田幸一氏『絵入本源氏物語考』所収。

g、寛文版『源氏小鏡』…寛文六年（一六六六）刊。全五四図。吉田幸一氏『絵入本源氏物語考』所収。

h、『おさな源氏』（江戸版）…野々口立圃著。菱川師宣画。寛文一二年（一六七二）刊。全六四図。吉田幸一氏『絵入本源氏物語考』所収。

i、『源氏鬢鏡』（江戸版）…小嶋宗賢・鈴村信房著。菱川師宣（?）画。天和（一六八一〜八三）頃刊[12]。全五四図。伊井春樹氏「資料　源氏鬢鏡」（『源氏物語の探究』6、風間書房、昭和五六年）所収。

j、『源氏大和絵鑑』…菱川師宣画。貞享二年（一六八五）刊。全五四図。

k、『女源氏教訓鑑』…山朝子著。正徳三年（一七一三）刊。全五四図。『江戸時代女性文庫』1（大空社、平成六年）所収。

l、『源氏絵本藤の縁』…方舟子著。長谷川光信画。寛延四年（一七五一）刊。全五四図。中野幸一氏『九曜文庫蔵　源氏物語享受資料影印叢書』12（勉誠出版、平成二二年）所収。

m、『源氏物語絵尽大意抄』…渓斎英泉画。文化九年（一八一二）刊。全五四図。小町谷照彦氏の著書（aに掲出）所収。

n、『偐紫田舎源氏』…柳亭種彦著。歌川国貞画。文政一二（一八二九）〜天保一三（一八四二）刊。全八八一図（表紙と見返しの絵も含む）。新日本古典文学大系（鈴木重三氏、岩波書店、平成七年）所収。

以上の作品、全一四件に描かれた男女の総数を計算して一覧表にしたのが表3である。その表で漢数字は人数、%は各作品における割合を示す。たとえば作品hに描かれた人物の総数は三〇〇人、そのうち男性は一八一人、女性は一

表3　登場人物の数

	a	b	c	d	e	f	g
男性	六七一（66％）	二三一（74％）	二〇〇（69％）	一五〇（66％）	四〇六（64％）	三七三（63％）	一六五（71％）
女性	三五三（34％）	八三（26％）	九〇（31％）	七八（34％）	二二五（36％）	二二二（37％）	六九（29％）
合計	一〇二四	三一四	二九〇	二二八	六三一	五九五	二三四

	h	i	j	k	l	m	n
男性	一八一（60％）	一四二（65％）	一二六（64％）	一一七（63％）	九三（48％）	一二〇（68％）	一二〇一（40％）
女性	一一九（40％）	七五（35％）	七〇（36％）	七〇（37％）	一〇二（52％）	五六（32％）	一八〇二（60％）
合計	三〇〇	二一七	一九六	一八七	一九五	一七六	三〇〇三

一九八人、その比率は六〇％対四〇％、すなわち男女比は六対四である。男性の比率が最も高いのは、b明暦版『源氏小鏡』で七四％、逆に最小値はn『偐紫田舎源氏』の四〇％、次いでl『源氏絵本藤の縁』の四八％である。ちなみに土佐派において男性比の最大値は六九％、最小値は四五％である（前章の表V参照）。前章では取り上げた土佐派の作品すべてについて以下の調査（人物の位置・身分）を行ったが、本章では男性比が最大のb明暦版『源氏小鏡』（以下、明暦版『小鏡』と略称す）と、参考に挙げた『偐紫田舎源氏』に次いで最小のl『源氏絵本藤の縁』（『藤の縁』と略称）に限定する。

1　人物の位置

画中の人物の居場所について、室内と屋外のほか「簀子」の項目も立てる。というのは簀子は室内から見れば外になり、庭から見れば屋内になり、いわば部屋と庭との中間地帯に当たるからである。なお廊下（「廊」「渡殿」）や庭から簀子に上がる階段も、簀子に準じて「簀子」の項に入れた。ちなみに庭が描かれていても、人物が室内にしかいない場合は「室内のみ」の項に入れ、逆に家屋があっても人物が全員、外にいるときは「屋外のみ」項に入れた。なお漢数字は人数、洋数字は各作品における比率を表す。

表4　人物の位置

	室内のみ	室内・簀子	簀子のみ	室内・簀子・屋外	室内・屋外	簀子・屋外	屋外のみ
明暦版『小鏡』	一四（26％）	一三（24％）	一（2％）	四（7％）	八（15％）	二（4％）	一二（22％）
『藤の縁』	二〇（37％）	一九（35％）	一（2％）	三（6％）	五（9％）	一（2％）	五（9％）

「室内のみ」と「室内・簀子」項を足すと、『藤の縁』は七割強もあり室内中心である。一方「屋外のみ」項を見ると、明暦版『小鏡』は『藤の縁』の二倍強もあり、屋外のウエイトが高い。この結果を表1（土佐派の特徴）と比べると、明暦版『小鏡』は中世、『藤の縁』は近世の特色と一致する。土佐派の性格が時代により異なる原因は、表1で示した通り、中世には男性の従者が大勢描かれたため、彼らが働く屋外が多く選ばれたのに対して、近世になると女房の割合が増え、彼女らが控える室内が構図の中心になったからであった。それが絵入り版本にも当てはまるかどうか探るため、画中の人物を身分別に分類する。

2　人物の身分

まず男性を貴人か否かに区分した。表5の「貴男」項には皇族を含む男性貴族を入れ、それ以外の男性（受領階級、従者、道を往来する庶民）は「非貴男」項に収めた。次いで女性も、貴女か否かに分類した。「貴女」の項には、生まれは高貴だが源氏や薫に引き取られる以前の生活は上流階級とは言えない人（若紫・末摘花・明石の君・玉鬘・浮舟）も加えた。それ以外の女性を収めた「非貴女」項には、女房や庶民、また出生は卑しくないが零落した夕顔や、受領階級に成り下がった者（空蝉・末摘花の叔母）、都から離れて住む小野の尼なども含めた。

このように四種類に区分して、各作品における割合を％で示した。なお％は四捨五入したため、四項目の％を合計すると、明暦版『小鏡』は一〇一％になる。なお、漢数字は人数を示す。

表5　身分別

	貴男	非貴男	貴女	非貴女
明暦版『小鏡』	七八（25％）	一五三（49％）	二七（9％）	五六（18％）
『藤の縁』	五四（28％）	三九（20％）	三七（19％）	六五（33％）

ちなみに土佐派の作品群で、項目ごとに％の数字が最大のものと最小のものとを取り出し、その差を計算すると次のようになる（前章の表Ⅶ参照）。

○「貴男」項の最大値は39％、最小値は25％、その差は14。
○「非貴男」項の最大値は44％、最小値は17％、その差は27。
○「貴女」項の最大値は18％、最小値は10％、その差は8。

○「非貴女」項の最大値は41％、最小値は18％、その差は23。

この数値と表5を比較すると、明暦版『小鏡』は非貴男の率（四九％）が土佐派の最大値（四四％）を上回るが、他の三項は土佐派の最小値かそれ以下である。よって明暦版『小鏡』の男性比（七四％）が土佐派の最高値（六九％）を超す原因は、非貴男の割合が土佐派より大きいからと言えよう（土佐派の最高値は前章の表V参照）。これは表1に示したように、中世の男性優勢の要因が家来の多勢によることと一致する。

表1によると、近世において女性が増加したのは、女房が増えたからであった。しかしながら『藤の縁』は、貴女の割合（一九％）が僅かに土佐派の最高値（一八％）を上回るだけで、他の三項は土佐派の最大値と最小値の中間に収まっている。つまり『藤の縁』では、女房を含む非貴女より貴女の占める率の方が、土佐派よりも高いのである。ゆえに『藤の縁』が女性優勢である要因は、女房ではなく貴女にあると推測される。

では、なぜ当作品に貴女が多いのであろうか。それは本書が原則として、一巻に一組の贈答歌を掲載していることに関わると思われる。詳しくは次の節で述べることにして、ここでは和歌を詠んだ女性と、さし絵に描かれた女性の関係を数字で示すと、表6になる。

表6　詠者と画中の人物

	①描かれた詠者	②描かれた非詠者	③描かれていない詠者
貴女	二五人	一二人	六人
非貴女	一四人	五一人	二人

①と②を合計すると絵に描かれた女性の総数になり、それは貴女（三七人）より非貴女（六五人）の方が多い。しかし①と③を足した詠者の数は、非貴女（一六人）より貴女（三一人）の方が多くなる。また描かれた貴女（三七人）のうち、詠者は二五人おり過半数を占めるのに対して、描かれた非貴女（六五人）のうち詠者は一四人で半数を割る。本作品は原則として贈答歌を載せたため、その詠者は非貴女より貴女の方が多くなり、その結果、挿し絵で貴女が占

める割合も増したと考えられる。

四、『藤の縁』の特徴

土佐派の源氏絵で女性が増えた要因は女房の増加であり、とりわけ主人とは別の部屋にいて仕事をしていない女房の比率が増したからであった（前章の表Ⅸ、参照）。一方『藤の縁』が女性優勢であるのは、和歌を詠む貴女が多く描かれたからである。この『藤の縁』の特徴に関わる和歌や挿し絵の選定方法については、いまだ論じられていないので、次の1～4の観点において詳細に考察する。なお『藤の縁』の本文は、本書の第五編資料集3に全文翻刻した。

1　和歌の選び方

本作品は各帖に一、二首の和歌を収めており、その選び方は他の作品とは異なる。通行の方法では一帖に一、二首しか載せない場合、巻名を含んだ和歌、すなわち巻名歌が優先される。たとえば第二節で取り上げたスペンサー本白描源氏物語絵巻では、「一帖から一段を選ぶ基準は、詞は巻名を含む和歌がある段が原則として選ばれ」ていた（注5の論文）。その方針は実は中世以来の伝統であり、

巻名提示と、その由来の簡潔な説明と云う形式は、註釈書の上では既に「異本紫明抄」などにも散見し、発生は古い。そして梗概書の中でもこの形式は一つの流れをなして踏襲されている。[13]

と、稲賀敬二氏が述べられた通り、巻名由来の説明に巻名歌は欠かせないのである。

源氏物語五四帖のうち、巻名歌を含むのは四一帖[14]もあるのに、『藤の縁』は三帖（須磨、篝火・行幸）しか採用していない。これは本作は原則として贈答歌を掲載しているからであり、先の三帖も巻名を含む贈答歌である。なかには

別々に詠まれた歌を合わせて贈答歌に仕立てた帖も、一例（若菜下）ある。例外として一首しか載せない巻が五帖あるが、そのうちの二帖（匂宮・夢浮橋）は巻全体で一首しか詠まれていないので除き、残りの三帖に掲載された和歌を見ると、歌の内容は引歌（空蟬）・答歌（花散里）・独詠歌（関屋）である。空蟬の巻で詠まれた歌は全部で二首、花散里は四首、関屋は三首と少数であるが、いずれも巻名歌を含んでいる。[15]とりわけ空蟬の巻で交わされた贈答歌[16]は、両首とも巻名を詠み込んでいるのに採用されていない。以上をまとめると、次のようになる。

○源氏物語五四帖のうち、『藤の縁』は四九帖において贈答歌を採用。そのうち三帖（須磨、篝火・行幸）は巻名歌を含む。また若菜下の巻の二首は、別々の時に詠まれたものを贈答歌のように仕立てている。

○匂宮・夢浮橋の巻は、一巻を通して和歌が一首しかなく、代わりに引歌を一首ずつ引用。そのうちの一首は巻名「夢浮橋」を含む。

○残りの三帖（空蟬・花散里・関屋）は巻名を含む贈答歌があるのに、別の和歌を一首のみ引用。

空蟬の巻のように巻名を両首とも詠み込んだ贈答歌があるのに、本書が採用していない巻は他に六帖（帚木・夕顔・澪標・真木柱・御法・竹河）もある。これでは、まるで従来の巻名歌優先の方針に反発しているように見えるが、しかし挿し絵も考慮しなければならない。というのは源氏絵の世界で有名な場面を選んだため、巻名歌が詠まれた箇所を取り上げなかったとも考えられるからである。たとえば帚木の巻では、殿上人と木枯しの女との贈答歌を載せており、その箇所は源氏絵では中世以来、当巻を代表する名場面である。よって『藤の縁』では、まず絵の構図を決めてから贈答歌を探しただけで、巻名歌を敢えて避けたわけではないとも推定される。そこで次に、挿し絵を問題にする

2　挿し絵の選び方

『藤の縁』において、絵の場面や図様の選定は中世以来の定型化した伝統を踏まえているかどうか調べるため、他

の作品と比較検討する。まず版本の挿し絵では、第三節で調査した一三件（a「絵入源氏物語」～m『源氏物語絵尽大意抄』）を取り上げる。また土佐派などの肉筆画の影響も考えられるので、田口榮一氏が国宝『源氏物語絵巻』から近世の源氏絵に至る作品を、巻と場面ごとに分けて作成された「源氏絵帖別場面一覧」[17]を利用する。そのほか、『源氏物語絵詞』も参照する。それは、「『源氏物語』に通じた文化人が注文主の依頼に応じて、『源氏物語』全巻から絵にすべき場面を選び、その部分の物語本文を詞書として抄出するとともに、絵とすべき図様を詳細に記述して呈出したもの」[18]である。以上の資料に基づいて、『藤の縁』の挿し絵の場面は伝統的な型に当てはまるかどうか調査すると、次の三種類に分けられる。

(1)遺品にあるもの…三八図。

(2)遺品にはないが『源氏物語絵詞』にあるもの…四図（関屋・少女・梅枝・夕霧）。

(3)遺品にも『源氏物語絵詞』にもないもの…一二図（須磨・明石・松風・朝顔・胡蝶・常夏・藤裏葉・御法・匂宮・紅梅・早蕨・蜻蛉）。

右記の「遺品」とは、一三件の木版画と「源氏絵帖別場面一覧」掲載の肉筆画とを指し、その何れかにあれば(1)に入れた。(1)と(2)を足すと四二図もあるので、この分類によると『藤の縁』の挿し絵は概ね先例に従っているように見える。

しかしながら、それはあくまで場面の選定に限られており、構図も遺品に似るのは六図（空蟬・薄雲・真木柱・竹河・橋姫・手習）にすぎず、いずれも山本春正画（第三節の作品a）に似ている。なお空蟬・手習の巻の挿し絵は別の巻（帚木・夢浮橋）の図を転用しており、これは本文に合う図様が同じ巻になかったからであろう（巻末の図1参照）。

3　図様の選び方

『藤の縁』全五四図のうち三八図の場面選定は古例に則るとはいえ、描き方では源氏絵の約束事を守っていないものが多い。以下、具体的に三例を列挙する。

○末摘花の巻…『藤の縁』では常陸宮邸の垣根の元で、源氏と頭中将が出会い、室内には末摘花と女房がいる。この構図は中世以来、描き継がれ固定している。しかしながら、他の作品では末摘花は琴を弾いているのに、本作では琴を描いていない。

○篝火の巻…『藤の縁』では庭に篝火が焚かれ、廂には玉鬘が琴を弾き、簀子には源氏が対座している。このあと二人が琴を枕に添い付す図の方が、「ごく短いこの帖からほとんど常に選ばれ、源氏絵のなかでも最もポピュラーな情景」（注17の著書の解説）であるが、その差異はさておき、庭で篝火を燃やす家来が通行の源氏絵では必ず登場するのに、本作では描かれていない。

○浮舟の巻…浮舟に会いに宇治へ来た匂宮一行は、薫が命じた警護の者たちに咎められ近寄れない。そこで仕方なく匂宮が浮舟の女房と話をする場面は、中世から遺品がある。物語本文では匂宮が地面に敷いた障泥（あふり。馬の鞍に付け、泥のはねを防ぐ毛皮。河内本には「むかばき」とあり、それも毛皮製の馬具）に座ったとあり、他の作品では本文に合わせて敷物を描いている。ところが『藤の縁』では敷物はなく、二人は立ち話をしている。（図3—Bb参照）

以上の三図における共通点を示すと、場面選択は中世以来の定番であるのに、その情景に必要な小道具（琴・従者・敷物）を欠くことである。一般に源氏絵には、場面を特定するモチーフが必要である。たとえば柏木が女三の宮を初めて垣間見た蹴鞠の場では猫を描かないと、単なる王朝風の絵になってしまう。その種の約束事を『藤の縁』は守っておらず、これでは画龍点睛を欠く。本作の挿し絵を担当した絵師は、源氏絵のスタイルを知らなかったと言えよう。

では挿し絵は、何に基づいて描かれたのであろうか。

4　挿し絵と本文の関係

絵入り版本の中には、挿し絵が本文の内容と一致しないものがある。たとえば明暦三年（一六五七）版『源氏小鏡』には、本文に記されていない場面を絵にした巻があり[19]、これは本文とは無関係に古来よく描かれてきた図様を採用したからである。またスペンサー本白描源氏物語絵巻も、詞は巻名歌、絵は「絵そのものの面白さや著名な場面」（第二節に掲出）を選んだように、選定基準は本文と挿し絵では異なるのである。

では源氏絵の型を知らない『藤の縁』の絵師は、何を手掛りに描いたのであろうか。そのような絵師が源氏物語梗概書の挿し絵を描くには、本文に頼るしかないであろう。前掲の三図において源氏絵に必要な小道具を欠いたのは、梗概本文に書かれていないからと考えられる。すなわち琴・従者・敷物が本文に記されていないので、挿し絵にも現れないのである。このように本文と絵が密接な関係であることを確認するため、東屋の巻を取り上げる。

当巻の図には廂に琴を弾く女君、簀子に男君と女房がいる。本作の本文には薫が浮舟を「宇治の山里」に住ませ、「おりふしごとに、かよひたまひて、よろつおしゑ《教え》給ひて」とあり、それを絵の三人に当てはめると薫・浮舟・女房になる。ところが物語によると、その巻は薫が浮舟を宇治へ連れて行った当日で終わり、その日、琴を弾いたのは薫だけである。よって『藤の縁』の本文は物語の内容と異なり、挿し絵は梗概本文に合うことから、梗概本文に合わせて絵が描かれたと言えよう。

この絵の付け方を押さえると、伝統的な図様と異なる本作独自の挿し絵が生れた理由が理解される。たとえば葵の巻では車争い、行幸の巻では大原野への行幸という、中世以来の名場面を本作も採用している。にもかかわらず、従来の源氏絵には登場しないものが描かれている。それは牛車に乗った女性の姿である。通行の源氏絵でも女車は見られるが、その中の女性を描くことはない。その謎は、『藤の縁』の本文を読むと解ける。葵の巻では車争いの後日談として源氏と六条御息所の贈答歌、行幸の巻では行幸を見学した玉鬘が翌日、源氏と交わした和歌を載せており、いずれも主題は行事（葵祭・行幸）よりも、それを見た女君と源氏との和歌にある。他の作品では儀式に参加した一行が絵の中心であるのに対して、『藤の縁』の本文では行列を見る女車に重点が置かれている。そこで、その本文に即して絵画化すると、源氏に歌を送った車内の女性は外せなくなる。

関屋の巻も、同様に解釈できる。当巻の遺品は肉筆画も木版画も殆どが巻名にちなみ、逢坂の関を取り上げている。『藤の縁』も場面は同じであるが、描き方は異なる。すなわち他の作品は関所を通る一行を描き、人々は全員、屋外にいるのに対して、本書は女君と女房が対座する室内を大きく描き、登場人物はこの二人だけである。これは本文中の和歌が空蟬の独詠歌のみであり、それに合わせて挿し絵が描かれたからであろう。

今度は逆に、構図は他の作品と似ているのに、『藤の縁』の本文に照らし合わせると、違う場面になるという例を取り上げる。それは幻の巻で、『藤の縁』の挿し絵には烏帽子姿の男性と、無帽の少年がいる。それに似た絵を探すと、山本春正画や土佐光則筆画帖（徳川美術館蔵）にあり、いずれも光源氏と元服前の匂宮が紫の上遺愛の桜の花を見ているところである（図2）。ところが『藤の縁』に描かれた木は桜ではなく梅で、鶯が止まっている。また『藤の縁』の本文には匂宮は登場せず、源氏は「兵部卿の宮わたり給へるにそ、たいめんしたまはんとて、御せうそこきこへ給ふ」とあり、源氏と兵部卿の宮（蛍宮）の贈答歌が続く。よって本作の挿し絵で室内に座っているのは源氏で、簀子に立っている少年の姿は蛍宮になるが、物語では蛍宮は成人である。これは絵師が本文の「兵部卿の宮」を少年と勘違いしたか、あるいは男宮は少年のように描くという約束事があったのかもしれない。

というのは匂宮も、物語では元服後であるにもかかわらず、『藤の縁』では無帽で少年の姿をしているからである。それは二例あり、一例は総角の巻で匂宮と宇治の中君を描き、二人の贈答歌を引用している。もう一例は浮舟の巻で、挿し絵には匂宮と女房、本文には匂宮と浮舟の和歌を載せている（図3）。二例とも山本春正画にあり、その匂宮は烏帽子姿である。『藤の縁』の挿し絵の中には春正画に似たものもあるのに（図1参照）、この無帽の三図は異なる。これは『藤の縁』の絵師が春正の源氏物語を全巻揃えて持っていなかったか、または春正画を一部だけ転用した梗概書の類を参照したのであろう。

五、『藤の縁』と『偐紫田舎源氏』の比較

『藤の縁』に描かれた蛍宮・匂宮は無帽で髪を垂らしており、まるで子供のようであると指摘した。しかし本作に登場する本当の少年と比べると、髪の描き方が異なる。まず髪を束ねる箇所が違い、空蟬の巻における少年（小君）は後頭部であるのに対して、浮舟の巻の匂宮は肩の辺りである。また後ろ髪の幅も異なり、小君の方が極端に細い（図1―a、図3―b参照）。類例を本書で探すと、藤袴の巻に描かれた二人の女房に見出せ、立っている方の髪型は小君に、座って墨を擦っている方は匂宮のに似る（図4）。従って匂宮・蛍宮の姿は、少年というより女性に近いと言えよう。

このように男性を女性のように描くのは、『偐紫田舎源氏』に登場する小姓にも当てはまる。小姓は主君の身近に仕え、時には主人のために戦うので、動きやすいように袖が短いはずなのに、当本ではまるで振り袖のように長く、また前髪がある（図5）。これは女性の読者向けに描かれたからであり、ちょうど現代の少女漫画に現れる青年が女性のように見え、男性美というよりは中性的な魅力を醸しだしているのに似通う[20]。その傾向は『偐紫田舎源氏』ではさらに強まり、男性の役を女性に置き換えている。たとえば鵜飼いの姿をした女性がおり、これは「源氏物語「松風」巻に出る桂川の鵜飼を、女性でやつした趣向[21]」である。

このように男性を女性に取り替えた描き方は先例があり、元文五年（一七四〇）刊『絵本小倉錦』において、奥村政信が描いた源氏絵には男性は登場しない。本作品では源氏物語の巻名を詠み込んだ上の句に、百人一首の下の句を合わせて解釈を付けている。まず、桐壺～玉鬘の巻の内題は「女百人一首官女源氏絵」で、挿し絵の人物は全員女性である。次いで初音～竹川の巻は「官女を源氏姿になして　冠直衣　源氏姿絵百人一首」で、男性役は烏帽子を被り、直衣か十二単を着ている。そのほか喜多川歌麿の版画連作「江戸名物錦画耕作」は、「錦絵が出来上がり客の手に渡るまでの工程」を、「稲を育て米を作るまでを描く耕作図になぞらえたもの」で、「現実には男だけの職場」であるが、「彫師や摺師がすべて女性に擬せられている」のである。[22]また『偐紫田舎源氏』より後の例としては、安政四年（一八五七）刊『今様見立士農工商』歌川豊国三代（国貞）画が挙げられる。これは士農工商の生業に携わる男性を、すべて美人に置き換えたシリーズ（大判錦絵三枚続）である。

このほか『偐紫田舎源氏』では、遊廓を描いた挿し絵がある。たとえば源氏物語で源氏が若紫を初めて垣間見た僧坊を、『偐紫田舎源氏』は娼家に見立てて禿などを配している。この前例としては、貞享三年（一六八六）刊『好色伊勢物語』がある。これは『伊勢物語』のパロディで、「主人公好色男を元禄時代風に、遊里や茶屋女、素人女を相手にして遊ぶ風流男に仕立てた戯作的作品[23]」である。

このように『偐紫田舎源氏』は本文も挿し絵も源氏物語の翻案であるのに対して、『藤の縁』にはそのような趣向は見られず、あくまで源氏梗概書の範疇に収まっている。両作品とも、挿し絵に登場する女性の総数は男性を上回るが、その実体は異なるのである。

六、『藤の縁』と土佐派の比較

第一節で述べたように、土佐派の源氏絵で画中の女性総数が男性を上回るのは光則筆バーク本のみである。版本の挿し絵も源氏物語のパロディである『偐紫田舎源氏』を除くと、女性の方が多いのは『藤の縁』しかない。すなわちバーク本と『藤の縁』は、女性優勢の希有な作品ではあるが、相違点もあり性格を異にする。まず女性の比率が増えた要因は、前者が女房、後者は貴女の増加であり（第三節）、それは『藤の縁』が巻名歌優先の伝統に依らず、主に贈答歌を選んだからである（第四節の1）。また絵の選定場面について見ると、バーク本は父光吉以前から伝わる定型化したものが全六〇図のうち二五図しかなく、それ以外は光吉か光則の創案と考えられる（前章の第二節5）。つまり半分以上は新しい場面であるのに対して、『藤の縁』は全五四図のうち過半数の三八図に先例がある（第四節の2）。ただし描き方に関しては逆で、バーク本は源氏絵の約束事を遵守しているが、『藤の縁』は型破りで（第四節の3）、時には近世の風俗が混入している。たとえば女性の髪型を見ると、後ろ髪を束ね頭上に櫛を刺している（図6）。平安時代も儀式では髪上げをすることは、『紫式部日記』やそれを一三世紀前半に絵巻物にした『紫式部日記絵詞』に見られ、産養に参加した女房たちは、元結を結んで頂上に作った小さな髻《もとどり》に釵子《さいし》を刺し留めている。しかし『藤の縁』のように櫛を差して首筋が見える風習は、平安時代にはない。『藤の縁』にも王朝風の垂れ髪の女性がいることから推測すると、垂髪は貴人、結髪は女房（乳母も含む）として描き分けたのであろう。

男性の場合も、王朝風でない姿が一部に見られる。それは玉鬘の巻に登場する大夫監（肥後の国の豪族）とその家来たちで、その有様は近世の侍と奴《やっこ》のようである（図7）。一方、貴人や随人などの都人は伝統的な装いであるので、侍・奴姿は田舎人を表現するために用いたのであろう。たとえば門前で居眠りする家来の姿は、嵯峨本『伊勢物語』

の挿し絵（関守の段）に似ている（図3―ｂｃ）。このような描き分けは既に肉筆画に例があり、土佐光吉の襖絵・色紙絵には、「見物する子女を当代の風俗で描き込む」「時代の好みを反映」[24]しているし、狩野山楽の屏風絵（もと九条家源氏の間の襖絵）にも、

公家の障壁画にふさわしく古典的な主題と伝統的な技法とを充分尊重しながら、山楽は謹直でしかも的確な描写力を生かし、新しい源氏絵の形を創り出した。特に沿道の街並みや、見物する庶民たちには、思い切って時世粧を盛りこみ、風俗画的興趣を加えながら、古典的人物との見事な調和に成功している。（注24の著書、一三九頁）

のように、近世の風俗を意識して取り入れている。一方バーク本では、わずかに玉鬘の巻において、庶民の様子に当世風が見られる程度である。[25]

終わりに

『藤の縁』の本文を著した人は、源氏物語を元に梗概化したのではなく、絵にすべき場面を抜き出した『源氏物語絵詞』（注18参照）のようなテキストを利用したのではなかろうか。その際、巻名歌を優先するという中世以来の伝統に則らず、主に贈答歌がある箇所を選んでいる。そして絵師も山本春正画を一部見た程度で、源氏絵の知識はなく、本作品の梗概本文に合わせて挿し絵を描いている。春正画は土佐派などの作品と同じく男性優勢であり、古くからの先蹤に準拠しながら創案も試みている。それに対して『藤の縁』の絵師は源氏絵の約束事を知らず、女性化が好まれた当時の嗜好・風潮に沿って描いたため女性の方が多くなり、また近世の風俗も混入している。

本書のほか、光則筆バーク本と『偐紫田舎源氏』も女性の総数が男性を上回っている。しかし前者は源氏絵の型を踏襲しているし、後者は見立てという点で他の作品と異なる。結局この三件は、近世になっても男性優勢が主流であ

る世界において、女性優勢という希有な作品ではあるが、その性格や実体は三者三様なのである。

注

（1）千野香織氏「ハーヴァード大学美術館蔵『源氏物語画帖』をめぐる諸問題」一二二頁（「国華」第一一二二号、平成九年八月）。
（2）千野香織氏「日本美術のジェンダー」二四二頁（「美術史」一三六号、平成六年三月）。
（3）以上の記述は、本書の第三編第六章による。
（4）皆本二三江氏『絵が語る男女の性差』（東書選書103、東京書籍、昭和六一年）。
（5）片桐弥生氏「白描源氏物語絵巻における絵と詞―スペンサー本を中心に―」（大阪大学文学部美学科「フィロカリア」6、平成元年三月）。
（6）岩田美穂氏「清原雪信筆『源氏物語画帖』について」（「金鯱叢書」23、平成八年九月）。
（7）秋山光和氏の解説、『皇室の至宝2　御物　絵画Ⅱ』二〇六頁（毎日新聞社、平成三年）。
（8）当巻は探幽本が男性のみ十人、雪信本が男性のみ一人である。九人もの差が生じたのは場面が違うからで、前者は匂宮や薫らが車を連ねて六条院へ向かうところで当巻を代表する名場面、後者は匂宮が室内に座り前裁を眺めているところで巻名に関わる場面である。
（9）三谷邦明・三田村雅子氏『源氏物語絵巻の謎を読み解く』二六四頁、（角川選書302、角川書店、平成一〇年）。
（10）承応三年（一六五四）本を初版とする吉田幸一氏の説に対して、初版は無刊記で慶安三年（一六五〇）冬から翌年秋の間に刊行されたと、清水婦久子氏は唱えられた（清水氏「版本『絵入源氏物語』の諸本（上）」、「青須我波良」38、平成元年一二月。後に同氏『源氏物語版本の研究』に再録、和泉書院、平成一五年）。
（11）跋文の一節「老て二たひ児に成たるといふにや」が、著者の還暦を指すとすれば、立圃が還暦を迎えた承応三年（一六五四）に本書が成立したと、渡辺守邦氏は述べられ（『日本古典文学大辞典』「十帖源氏」の項）、吉田幸一氏も同意された（注12の著書、上四・二一二頁）。しかしながら還暦とは満六〇歳、数えで六一歳であり、一五九五年生まれの立圃の還暦は承応四年になる。なお『十帖源氏』の初版は、万治四年（一六六一）刊本より古いと、吉田氏は判断された（同書、二一八頁）。
(12) 挿し絵は菱川師宣風であり、刊行は万治三年（一六六〇）とあるが、実際に出版されたのは天和頃かと、吉田幸一氏は推測された（同氏『絵入本源氏物語考』上、三八九・三九一頁、〈日本書誌学大系53（1）、青裳堂書店、昭和六二年〉）。
(13) 稲賀敬二氏『源氏物語の研究　成立と伝流』一八頁（笠間書院、昭和四二年）。
(14) 『河海抄』などの古注釈で、巻名歌が指摘されている帖に限定した。例外は注15参照。
(15) ただし関屋の巻の由来は和歌ではなく、文章の「関屋よりさとはづれ出でたる旅姿」により、和歌の「逢坂の関やいかなる」の「や」は助詞で巻名歌ではないと注されている（『湖月抄』所収の『河海抄』『細流抄』）。けれども、その歌を巻名歌と見る考えが近世の人々、とりわけ『藤の縁』のような梗概書に親しんだ程度の人々には広まっていたと見なした。
(16) ただし二首めは伊勢集にある伊勢御の古歌で、一首めを記した手紙の端に空蝉が書き添えただけで答歌ではないと、『岷江入楚』所収の「箋」に注されている（『湖月抄』所収）。一方、本居宣長『源氏物語玉の小櫛』では、空蝉が新たに詠んだように物語では設定したと解釈している。
(17) 秋山虔・田口榮一氏監修『豪華［源氏絵］の世界　源氏物語』（学習研究社、昭和六三年）所収。
(18) 片桐洋一氏・大阪女子大学物語研究会編『源氏物語絵詞─翻刻と解説─』一三二頁（大学堂書店、昭和五八年）。
(19) 久下裕利氏が指摘されたように、絵の場面が本文に記載されていない巻が九つもある。
　須磨図をはじめ九図が『小鏡』本文に挿絵の該当場面の記述がないということからしても、明暦大本『小鏡』用として新作の挿絵を準備したという趣旨のものではなかったといえよう。（同氏『源氏物語絵巻を読む─物語絵の視界』二〇四頁、笠間書院、平成八年）
(20) 『偐紫田舎源氏』や少女漫画の指摘は、神谷勝広氏の教示による。ちなみに袖が長い男性像は、鈴木春信の浮世絵「見立て東下り」（伊勢物語・東下りの段の見立て）に見られ、「馬上の若い男（刀や髪型等は男ながら右袖が長すぎるのは不可解）」と指摘されている（仲町啓子氏「浮世絵が記憶した「伊勢物語絵」」一七四頁、「実践女子大学文学部紀要」41、平成一一年三月）。

(21) 鈴木重三氏『偐紫田舎源氏』第二十七編、二二一頁の解説（新日本古典文学大系、岩波書店、平成七年）。
(22) 小林忠氏『江戸浮世絵を読む』一四九～一五一頁（ちくま新書343、筑摩書房、平成一四年）。
(23) 吉田幸一氏担当「好色伊勢物語」の項、『日本古典文学大辞典』所収（岩波書店、昭和五九年）。
(24) 秋山光和氏『日本絵巻物の研究』上、一四一頁（中央公論美術出版、平成一二年）。
(25) そのほかバーク本の幻の巻では、畳を敷き詰めた部屋に炉を切っており、これは平安時代の習わしではないと指摘されている（清水好子氏『源氏物語五十四帖』一七四頁、平凡社、昭和五七年）。しかし、それは光則が意識して取り入れたのではなく、後世の慣習と気付かず描いたのかもしれない。

図１―Ａ　『絵入源氏』帚木の巻

図１―ａ　『藤の縁』空蝉の巻

図１—b　『藤の縁』薄雲の巻

図１—B　『絵入源氏』薄雲の巻

図１—c　『藤の縁』真木柱の巻

図１—C　『絵入源氏』真木柱の巻

図１—Ｄ　『絵入源氏』竹川の巻

図１—ｄ　『藤の縁』竹川の巻

図１―Ｅ　『絵入源氏』橋姫の巻

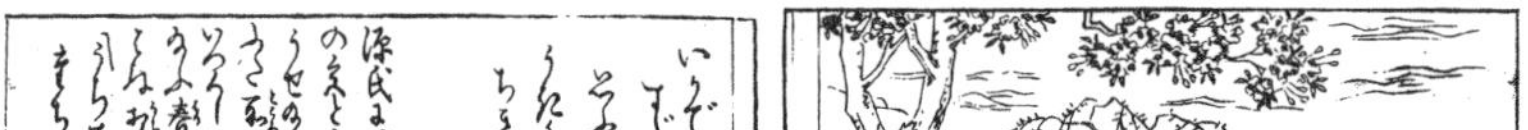

図１―ｅ　『藤の縁』橋姫の巻

図１―Ｆ　『絵入源氏』夢浮橋の巻

図１―ｆ　『藤の縁』手習の巻

図２―ａ　『藤の縁』幻の巻

図２―Ａ　『絵入源氏』幻の巻

図３―Ａ　『絵入源氏』総角の巻

図３―ａ　『藤の縁』総角の巻

図３―Ｂ　『絵入源氏』浮舟の巻

図３―ｂ　『藤の縁』浮舟の巻

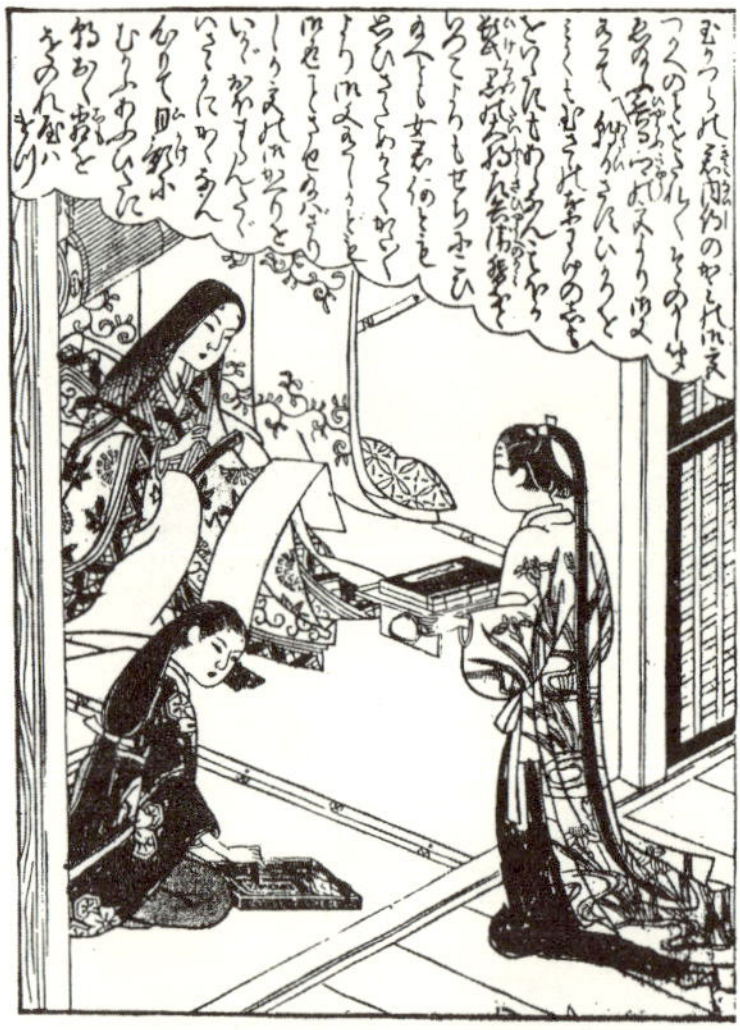

図４　『藤の縁』藤袴の巻

図３―ｃ　嵯峨本『伊勢物語』関守の段

図５－１　『偐紫田舎源氏』十二編

図５－２　『偐紫田舎源氏』三十八編

図 6　『藤の縁』明石の巻

図 7　『藤の縁』玉鬘の巻

第八章　源氏絵における几帳の役割について

——国宝『源氏物語絵巻』と土佐派、版本——

はじめに

源氏物語において、夕霧が落葉の宮を迎えるため一条邸を修理した際、「壁代、御屏風、御几帳、御座《おまし》など」を用意したとある（夕霧の巻、四六一頁）[1]。これらは固定した間仕切りがない寝殿造の室内には欠かせないものであり、庶民の家ではあまり使用されないため、絵の世界では貴族のステータスシンボルとして利用されるようになった。その機能を最大限に活用したのが、百人一首絵（藤原定家が選定した百人一首に詠者像を添えたもの）である。その形態は画帖・版本・歌留多など様々であるが、詠者が座る畳にはある共通の規則が見られる。それは最高位の人が使う縞模様の繧繝縁《うんげんべり》を敷くのは、天皇・上皇と皇族に限るということである[2]。畳以外には几帳が使われ、これもまた女帝と内親王に限定されている[3]。つまり繧繝縁は天皇家にのみ許され、当家の女性にのみ几帳が認められている。いわばこの二つの調度は、高貴さの象徴である。

几帳は元々、男性の視線から女性を遮る物である。その働きを忠実に絵にすると、少なくとも女性の顔は几帳に隠れて見えないはずである。しかしながら殆どの遺品では顔が見え、衣の裾が几帳に隠れる程度である。すなわち百人一首絵は几帳を、本来の役割よりも貴女のシンボルとして運用している。それでは、源氏物語を絵画化した源氏絵は几帳をどのように利用しているのか、その解明が本章の目的である。

一、几帳の総数

まず手始めに、几帳が一つの作品にどのくらい描かれているか計算することにする。その資料を中世・近世の遺品の中から選ぶにあたり、条件を二つ設ける。まず一つめは、全巻揃っている作品に限定する。というのは残欠では、源氏物語全帖に及ぶ几帳の総数が分からないからである。二つめは、一派に絞り考察する。源氏絵を制作した有名な家系には土佐家・住吉家・狩野家などが挙げられ、流派により特徴があり几帳の描き方にも相違が見られる。その場合、現存する作品の多い方が時代による変遷を把握しやすく、好都合だからである。すると源氏絵をお家芸とした土佐派のものが、他派よりも遥かに数多く伝来し、その中から残欠でないものを選ぶと、以下の通りになる。それぞれ絵師・制作年・所蔵者（ただし個人蔵は表記せず）・絵の総数・影印を収めた書名の順に列挙する。

A、光信が率いるグループが、一五世紀後半から一六世紀前半までに制作。ハーヴァード大学美術館蔵。全五四図。「国華」第一二二二号（平成九年八月）。

B、伝光元筆（生没一五三〇～六九年）。全五四図（ただし若菜上の巻を欠き、代りに浮舟の巻が二図ある）。別冊太陽愛蔵版『源氏物語』（平凡社、昭和五一年）。

C、光吉筆（生没一五三九～一六一三年）。慶長一七年（一六一二）成立。和泉市久保惣記念美術館蔵。全八〇図。『源氏物語手鑑研究』（同美術館編、平成四年）。

D、光則筆（生没一五八三～一六三八年）。任天堂蔵。全五四図。『源氏物語画帖』（小学館、平成一二年）。

E、光則筆。徳川美術館蔵。全六〇図。『江戸名作画帖全集V』（駸々堂、平成五年）。

F、光則筆。バーク・コレクション蔵。全六〇図。『豪華［源氏絵］の世界　源氏物語』（学習研究社、昭和六三年）。

G、伝光則筆。宇治市源氏物語ミュージアム蔵。全五四図。『源氏絵鑑帖』（同ミュージアム編、平成一三年）。

H、光起筆（生没一六一七〜九一年）。全五四図。『源氏色紙絵讃』（美術倶楽部鑑定部、昭和四八年）。

I、光起筆。万治元年（一六五八）前後に成立。全五四図。『豪華［源氏絵］の世界　源氏物語』。

J、光成筆（生没一六四六〜一七一〇年）。静嘉堂文庫蔵。全五四図。伊井春樹氏『源氏綱目　付源氏絵詞』（『源氏物語古注集成』10、桜楓社、昭和五八年）。

K、光芳筆（生没一七〇〇〜七二年）。高松松平文庫蔵。全五四図。国文学研究資料館にマイクロフィルムあり。

右記のA〜Kの一一件のうち、FとJだけ白描で、他は彩色が施されている。また色紙の形を見ると、Kに扇面・丸形・団扇形・菱形・六角形の五種類があり、K以外はすべて長方形である。

各作品に描かれた几帳の数を一覧にすると、表1になる。たとえば作品Aは全部で五四図あり、そのうち几帳を描いたのは一九図ある。一つの図に几帳を二基設けたのが三図あるので、几帳の総数は二二基になる。ただし蜻蛉の巻は後補で、「もとの図様を再現したものではなく、色彩、構図などを極力ハーヴァード本全体のムードに似せようと、48早蕨や50東屋を参考に新たに作りだされたものと考えるべきであろう。[4]」と推定されている。そこで当巻を除くと、几帳があるのは一八図、計二〇基になる。

表1

	A	B	C	D	E	F	G	H	I	J	K
几帳のある図	19	23	33	25	36	34	39	25	26	22	19
几帳の総数	22	33	46	28	46	35	45	28	26	22	23

なお表1には入れていないが、作品Aには几帳か壁代か判断しにくいものが、全部で三例（桐壺・花宴・柏木）ある。これは御簾に接しているため、上長押から簾と一緒に吊した壁代か、それとも簾のすぐそばに置いた几帳か区別しにくいのである。当作

品で壁代と断定できるのは三図（花宴・少女・野分）だけで几帳との相違点を挙げると、几帳の帷子《かたびら》には文様があり、壁代のは無地である。また几帳の野筋は幅が太く多彩、壁代のは細く黒一色である。問題の三例は、帷子も野筋も壁代に似ている。ところが簾との位置関係に注目すると、その三例は降ろした簾の内側にあるのに対して、壁代は巻き上げた簾の外側にある。壁代も本来ならば簾の内側に垂らすものであるが、本作品において簾の内か外かで几帳と壁代を描き分けているならば、問題の三例は几帳になる。従ってこの三例は、文様と色彩では壁代、吊し方では几帳と同じになる。

作品B以下においても、几帳か壁代、あるいは御帳台か紛らわしいものはあるが、作品Aほど識別しにくいものはない。というのは簾に重なるように置かれた几帳が、A以外には見当たらないからである。すなわちB以後の几帳は簾から離され、最も簾に接近した場合でも、几帳の裾が床に垂れて簾に接する程度である。平安時代に制作された国宝『源氏物語絵巻』は絵が二〇図現存し、そのうち几帳の裾が簾から簀子に出ているものが三図もある（第十節、参照）。それにひきかえ同じ例を作品A～Kに探すと、Aの二基（桐壺・花宴）しか見出せず、それらは先に問題にした壁代かもしれないものである。一方、降ろした簾の下から壁代の裾が出ている図は、作品EHIJに一例ずつあり、いずれも野分の巻で構図も共通する。ただし、この箇所は物語本文には、「隅《すみ》の間《ま》の御簾の、几帳は添ひながらしどけなきを、やをら引き上げて見るに」（二七九頁）とあり、壁代に関する記述はない。しかしながら、いずれの絵にも几帳は描かれず、御簾の内側に垂らした壁代を男君が片手で引き寄せ、室内を垣間見ている。

このほか、巻き上げた簾の内か外に壁代を吊るし、裾が簀子にまで出ているものは二例ある（Aの少女、Hの藤袴）。結局、裾が室外にまで出ている図は、壁代には六例しかなく、几帳に至っては二例（これも壁代かもしれないが）と極めて少ない。同じ例が国宝『源氏物語絵巻』では、現存する二〇図のうち三図もあるのとは対照的である。激減した理由を以下、考察する。

二、一人が占める几帳の数

再び表1に戻り見直すと、作品IJは図と基の総数が同じである。これはどの図も、几帳を一基しか描いていないからである[5]。Kになると、また一図に二基を設けた例が現われる。ただしKの絵はAによく似ており、Aかその類いを手本にしたと推測される[6]。またGも二基の図が多いが、当作品は土佐家の真跡かどうか疑わしい（第六節、参照）。そこでGとKを除くと、おおよそ時代が下るにつれ几帳の数は一図に一基と限定されるようになる。一図に描いた数を調べるため、表1をさらに詳しくしたのが表2である。

たとえば作品Cを見ると、一図に一基のみあるのが全部で二三例、一図に二基が一〇例、一図に四基も描いたものが一例ある。D以下は一図に一基が圧倒的に多くなる。その一因は、一人につき二基も設ける例が少なくなるからである。具体的にその数を挙げると、Aでは一人の両側に一基ずつ置いたのが二例あり、以下Bは七例、Cは八例と増えるが、光則の作品（D～F）からは減り、Dは一例（垂直に交わるように二基を置く）、Eは五例（置き方は垂直・平行など）、Fは〇例、Gは三例、HIJは〇例、Kは四例となる。

表2

	一基	二基	三基	四基
A	16	3	0	0
B	14	8	1	0
C	22	10	0	1
D	23	1	1	0
E	28	7	0	1
F	33	1	0	0
G	33	6	0	0
H	23	1	1	0
I	26	0	0	0
J	22	0	0	0
K	15	4	0	0

一図に三基以上描いたものは五例しかないので、順に見ていくことにする。一図に三基置いたものは三例あり、まずBの初音の巻は奥に座った明石の姫君の両側と、向かい合う女房たちの背後に一基ずつある。姫君は一人で二基も占めるのに対して、女房たちには一基しかなく、几帳の数で身分の上

下を表している。次にDもHも絵合の巻で、男性が一人もいないことから、藤壺主催の絵合の場面と確定できる。奥に三人の貴女（藤壺・梅壺・弘徽殿）が一列に並び、それぞれ右側に几帳を置いている。それに対して画面の手前で絵巻物を広げたりしている女房たちには几帳はない。百人一首絵と同じく、几帳は貴女の証しとして用いられている。

一図に四基も設けたものは、二例しかない。Eは先のD・Hと同じ場面（藤壺主催の絵合）で、画面の手前に女房たちがいる点も共通する。しかしD・Hでは三人の貴女が一人につき一基ずつ立てていたのに対して、Eは一人だけ二基もある。すなわち右奥に並んで座る二人の女性は右側に一基ずつしかないが、左奥の女性は両側に一基ずつある。一人で二基もあるのは藤壺で、片側にのみ置くのは梅壺と弘徽殿であろう。藤壺はこのとき女院で、他の二人の女御より格が高いことを、几帳の数と座席の位置（一人で座るか、二人並ぶか）で示しているのである。

もう一例はCの若菜下の巻、六条院における女楽の場面である。三人の女性（奥から順に明石の女御、女三の宮、紫の上）が畳の上に敷かれた敷物に座り、一人ずつ一基を簀子の方に向けて、すなわち屋外から見られないように立てて並んでいる。それに引き替え、三人と向かい合って琵琶を弾く明石の君は、敷物を敷かず畳の上に座り、几帳を他の女君とは逆に部屋の奥側に置いている。そして女君たちがいる部屋と夕霧がいる簀子の間には御簾が掛けられている。そこで夕霧から見ると、三人並んだ女君とは御簾と几帳で隔たれているのに対して、明石の君と御簾の間には、一人の女房がいるだけである。よって明石の君は、夕霧の目に最も触れやすい女房に次ぐ扱いである。つまり敷物の有無と座席の位置、そして几帳の置き方により、六条院における女君たちの地位が示されているのである。

三、几帳が暗示するもの

このように几帳が貴女のステータスシンボルになると、人物を描かなくても几帳を置くだけで貴人の存在を暗示できるようになり、その例は作品A～Kにおいて全部で八例ある。但しこのうち初音の巻（AとK）は、物語においても女君は不在と記されている。これは元日の夕方、源氏が明石の君を訪れた場面で、物語では調度品（硯・琴など）を列挙するだけで、几帳には言及していない。にもかかわらず几帳が絵に加えられたのは、それが貴女の住む証しになるからである。

次に末摘花の巻（ＥＨＩＪ）はいずれも同じ図様で、常陸宮邸を訪ねた源氏が格子を叩くと、女房が灯りを手に取って迎え入れるところである。源氏から見て女房の奥に置かれた几帳は、これから会う末摘花を象徴している。Bの鈴虫の巻も同様で、出家した女三の宮を尋ねた源氏が、琴を前にして簀子に座っている。物語では二人は和歌を詠み合うが、絵には女君を描かず、代りに廂に置いた几帳でその存在を示している。

最後にKの柏木の巻は、Aの図を元にしている。Aでは、「左上方に小さく描かれた几帳や衣の裾が、室内の高貴の女性たち（岩坪注、一条御息所と落葉宮）の存在を暗示する。[7]」のに対して、Kではその裾が几帳に替えられている。Kの几帳はAの裾の写し崩れかもしれないが、Kの時代になると衣の裾を描かなくても、几帳のみで貴女の存在を指示できるようになったと解釈できる。

四、几帳を所有する女性の身分

前節で取り上げた八図で几帳が示唆した女君たちは、女三の宮、一条御息所と落葉宮、末摘花、明石の君であり、いずれも身分が高い。では、几帳のそばに女性が描かれている場合も、貴人ばかりであろうか。ここで念のため貴女の定義をしておくと、藤壺のように生まれも育ちも貴い人だけに限定せず、生まれは高貴だが源氏や薫に引き取られる以前の生活は上流階級とは言えない人（若紫・末摘花・玉鬘・浮舟）や、明石の君やその母尼のほか、若紫の祖母も加えた。ちなみに貴女以外の女性には、女房や庶民のほか、出生は卑しくないが零落した夕顔や、受領階級に成り下がった者（空蟬・末摘花の叔母・浮舟の母）、都から離れて住む小野の尼などを含めた。次いで几帳の所有者に関して述べると、たとえば女主人と女房が同席している場合、たとえ女房の方が几帳に近い所にいても、几帳は女主人に属すると見なした。ただし女主人と女房とが離れていて、それぞれ傍らに几帳がある場合、女房のそばにある几帳も当時の社会通念では女主人（またはその親や夫）の所有物であるが、絵の世界では女房に属すると判断した。以上の基準に従って調査すると、几帳のそばにいる女性は、ほとんど貴女である。それ以外は女房か、その階級の者であり、その理由を大別すると次の(1)〜(3)になる。

(1)　物語に記載されている例

空蟬の巻で、空蟬と軒端荻が紀伊守邸で碁を打っているところ（作品ＡＢＤＧＪＫ）と、そのあと二人が同じ部屋で寝ているところ（ＥＨＩ）は、物語にも几帳の記事がある。二人とも受領階級であるが、物語の内容に合わせて絵にしたため、几帳が置かれたのである。ただし、いずれの場合も物語では暑いので、風通しをよくするため帷子をまくり上げて横木に掛けたとあるが、その通りに描いたのはＡＤＫのみで、他の作品は通常通り帷子を降ろしている。

次に作品Ｆの藤袴の巻は、夕霧が藤袴の花を持って玉鬘を訪れたところである。几帳は玉鬘のすぐ左側と、離れて右側に一基ずつあり、右手の几帳の向こう側に女房たちがおり、この几帳は彼女たちに属する。これは物語において、玉鬘は夕霧とは「御簾に几帳添へたる御対面」で、この二人に遠慮して「近くさぶらふ人も、すこし退きつつ、御几帳の背後《うしろ》などに側《そば》みあへり。」とあり、それを忠実に絵にしたのである。

もう一例は蜻蛉の巻で、六条院に里住まいしている明石の中宮に仕える女房たちは、薫が来たので恥じて几帳の陰に隠れたりした、と物語にあり、その内容に合うように、土佐光則の作品ＥＦは仕上げている。このほかにも物語では几帳の近くに女房がいると述べた箇所があるが、それを絵画化した図は極めて少ない。これはやはり源氏絵の世界では、几帳が貴女のステータスシンボルにされているからである。

(2) 物語に記載されていない例

(2)の例も(1)と同じで、几帳は女房に属する。しかし几帳に関する物語の記述は(1)にはあるが、(2)には全くない。まず一図に三基ある例として第二節で示したBの初音の巻では、女房たちの後ろに一基ある。Bの絵合の巻も同様で、源氏が須磨の絵日記を見せている紫の上の背後と、対座する女房たちの後方とに一基ずつある。次に夕霧の巻において、雲居雁が一条御息所の手紙を奪う場面は、すでに国宝『源氏物語絵巻』が取り上げている。そこでは物語には述べられていない、隣室で聞き耳を立てる女房が二人描かれている。一方、作品Fも同じ場面で、襖を閉ざした隣室に女房と子供が二人ずつおり、そこに一基の几帳が置かれている。几帳のある部屋に主人がいないことは実際の生活ではありえるが、源氏絵では非常に珍しい。

次に早蕨の巻を見ると、EF以外は同じ場面である。それは宇治の中君が山寺の阿闍梨の手紙を読んでいるところで、そばに女房が一人（Cのみ二人）控えている。几帳が描かれていない図（AIJK）は除き、几帳が一基しかない図（BCDH）は、中君に属すると見て問題ない。しかしながらGのみ二基、置かれている。もし中君の傍らに二基ともあれば、両方とも彼女の物と見なせるが、Gは対座する二人の其々の背後に一基ずつあるので、片方のは女房に属すると見るしかない。Gにおける几帳の描き方は特異で、他の作品と大きく異なり（詳細は第六節、参照）、これもその一例と考えられる。

(3)　貴人の恋人である証し

(2)の例は、いずれも貴族の屋敷が舞台であるので、几帳を描き入れるのは当然である。しかし(3)の例は、すべて中流階級の家である。それは木枯しの女（帚木の巻、作品FG）、中川の女（花散里、C）、夕顔（夕顔、HIJ）、惟光の娘（少女、FH）で、それぞれ自宅にいる。木枯しの女は簀子に腰掛けた殿上人と合奏しており、中川の女も演奏しているとき、家の前を通りがかった源氏に声を掛けられた。夕顔は五条の宅で源氏に逢い、惟光の娘は夕霧から届いた手紙を父親に見つけられたところである。いずれの例も、物語に几帳の記述はない。源氏物語では紀伊守のような受領階級の邸宅にも几帳があるので（(1)の例）、琴を嗜むほどの女性が住む家に几帳があっても不自然ではない。しかしながら百人一首絵や源氏絵の世界では、原則として女房階級には几帳は描かないにもかかわらず、几帳が置かれたのは何故であろうか。この四人の女性に共通するのは、身分が高い男性を恋人に持つ点である。几帳が貴女の証しであることを考慮すると、木枯しの女たちは貴人の相手として相応しい女性であることを示すために、几帳が加えられたのではなかろうか。

五、几帳の傍らにいる男女の関係

几帳のそばに女君が、そこから少し離れて男君がいるという構図は、几帳が貴女の象徴であるという法則に適っている。しかしながら几帳と女性との間に男性がいる例が、少数ではあるが存在する。その理由は男女の仲により、二通り考えられる。まず一つは、几帳と女君との間に広がる空間は本来、女性の居場所であるのに、そこに男性が割り込んだのは侵入したからと解釈できる。たとえば物語では、薫が宇治の姫君たちの寝所に忍び込んだ様子を、「いと馴れ顔に几帳の帷子を引き上げて入りぬる」（総角、二五二頁）と描写している。このほか源氏絵では作品BもCも篝火の巻は、源氏が玉鬘に琴を教えている場面であるが、描き方は異なる。Bでは琴を弾く玉鬘の両側に几帳があり、その向かい側に源氏が座っている。この構図では琴が二人を隔て、また玉鬘は二基の几帳に挿まれた場の中にいる。それに対してCでは、琴を奏でる玉鬘と横に置かれた一基の几帳との間に源氏が座っている。すなわち男性の視線から女性を隠して守るはずの几帳と玉鬘との間に、源氏が入り込んでいる。よってこの図様は、養女に懸想してしまった源氏の思いを表現していると言えよう。

二つめの理由は、男女の仲が恋人か夫婦の場合、几帳と女性との間に男性が座るのは、女性に寄せる愛情の証しになるからである。たとえば物語では正月の挨拶回りで、源氏は花散里に対しては「御几帳隔てたれど、すこし押しや」って話したが、末摘花には「ことさらに御几帳ひきつくろひ隔て」たままであった（初音、一四七・一五四頁）。このように几帳は、愛情の程度を示す小道具に使われている。源氏絵で例を探すと、源氏が紫の上と一緒に絵合に出す絵を選んだり（Gの絵合）、庭で舞われる陵王を見たり（Gの御法）、あるいは薫が浮舟を初めて宇治に連れてきて並んで庭を眺めたり（Cの東屋）、匂宮が中君と、または薫が浮舟と共に宇治川を見たりしている（Dの総角、HIJの浮舟）ところである。それらは女君が本来独占する几帳の空間を、男君と共有するほど仲が親密であることを物語っている。

このように几帳と女性との間に男性がいる意味合いは、二通り考えられる。それでは女三の宮と几帳との間に源氏が寝そべって扇に和歌を書き付けている図（IJの鈴虫）は、どのように解釈できようか。二人は夫婦であるとはいえ、すでに女三の宮は出家しているし、このとき詠み交わされた歌を見ると、源氏は未練がましいのに反して、宮は冷淡である。源氏が宮と几帳との間にいることは、源氏にとっては愛情表現であっても、宮からすると自分の領域を侵され不快であると想像される。ちなみに当巻より一つ前の巻では、源氏は宮に対して「御几帳ばかり隔てて」話している（横笛、三四八頁）。

六、男性に属する几帳

今までに見た例は、女君より男君の方が几帳の近くにいる場合でも、几帳が貴女のステータスシンボルであるという法則に反していない。それに対して本節で問題にする例はすべて、その原則を踏まえていない。まずGの梅枝の巻は、室内に源氏と蛍宮が対座し、二人の間には朝顔の姫君より贈られた薫物入りの壺が置かれている。簀子には女房が控えていて、その贈り物を運んできたとも想定される。几帳は源氏の背後にあるので、女房ではなく源氏に属すると考えると、几帳は貴女の象徴という規範から外れている。ちなみに江戸時代前期に成立した源氏物語図屛風（作者不明）を見ると、簀子には誰もおらず、屋内には贈り物を挟んで向き合う源氏と蛍宮、そして部屋の奥には両側に几帳を置いて座る女性がいる。解説によると、「几帳の陰に女房が控えているのは本文にはないことであるが、藤岡家扇面など類似の図様は多い。(8)」とある。しかしながら女房が二基に挟まれている例は、作品A～Kには見当たらない。この女性は物語に記されていないので断定できないが、明石の姫君の入内に備えて源氏が朝顔の君に薫物を依頼したことを考慮すると、屛風に描かれた女性は明石の姫君かもしれない。

Gの若菜下の巻も、几帳の近くに貴公子、遠くに女房という配置である。すなわち部屋の奥にいて猫を抱いている柏木は、簀子のそばに控える女房と対座している。几帳は柏木から見て少し後方にあるので、柏木に属すると判断せざるをえない。几帳が女房より男主人に所属するのは、身分制社会では当然のことであるが、源氏絵では極めて珍しい。ということは源氏絵は、必ずしも当時の風俗習慣をそのまま描いたとは限らず、源氏物語とも貴族社会とも異なる規則が存在すると言えよう。

平安時代の邸宅において几帳は生活必需品であり、女性の部屋は勿論のこと、男性しかいない場にも置かれていたであろう。ところが作品A～Kにおいて、男性しか登場しない図において几帳を設けた例は甚だ少ない。まず作品Aと、それを元にしたKの初音の巻では、源氏がいるだけである。これは第三節で述べたように明石の君の部屋で、物語でも源氏が訪れたとき女君は不在だったとある。よってこの図は、男性しかいないのに几帳を置いた稀な例ではあるが、貴女の存在を几帳で表現したと解釈できる。問題になるのは、以下の例である。

Bの梅枝の巻には、三人の男性（室内に烏帽子姿が一人、簀子に冠姿が二人）しか描かれていない。屋内にいる人は右側に几帳、左側に屏風、前方に三方《さんぼう》を置いている。その折敷《おしき》に載っている紅梅の花は、朝顔の姫君への返事に付けるため、源氏が庭の木を折らせたものである。そこで室内の人物は源氏、対座する人は蛍の宮で、その横にいる者は侍従（蛍の宮の子息。ただし登場するのは、この日ではなく後日）であろうか。ともあれ男性ばかりの場に几帳を添えた図は、作品Gを除くと以上の二件（初音・梅枝）しかない。

Gは表紙に「源氏絵鑑帖　伝土佐光則筆」とあるが、「いわゆる光則画とは少しばかり様相を異にする(9)」と指摘されている。たしかに几帳の描き方は光則真筆の作品DEFとは異なり、男性のみの図に几帳を加えたのはGだけで八例もある。各図において几帳に最も近く、その所有者と考えられる人を挙げると、源氏（夕顔・明石・行幸）、夕霧（藤裏葉）、頭中将（柏木）、按察大納言（紅梅）、八の宮（椎本）、帝（宿木）である。それはまた各場面において、最も身分が高い人でもある。よって几帳が高貴さの証しであるという規範は、女性がいない場合でも守られている。前述した通り百人一首絵では、繧繝縁の畳は男女とも天皇家の人々にのみ許されていた。Gの几帳も男女を問わず、貴人の調度品として使われている。源氏絵の世界では原則として貴女に限定されていた几帳を、Gは貴男にも応用したと考えられる。この例外が生じた理由を、次節で考察する。

七、几帳の役割

几帳は元々、男性の視線から女性を防ぐものである。たとえば第四節の(1)で取り上げたように、夕霧が玉鬘を訪れたときは、「御簾に几帳添へたる御対面」であった。それは当巻を代表する名場面で、作品A～KのうちEH以外が採用している。しかしながら物語本文に合わせて描いたのはFのみで、Gを除く他の図では二人を隔てるのは御簾しかなく、Gに至っては御簾を巻き上げ玉鬘は夕霧に見られている。几帳はＩＪには全く無く、Aは女房たちとの間に一基あるだけで玉鬘のそばにはない。BとKは玉鬘の両側に、CとDは彼女のすぐ横に、そしてGは玉鬘からかなり離れて奥に、それぞれ一基ずつある。CDのように簾の前に女君が座り、その傍らに几帳を置く構図は、別の巻にも頻出する。几帳の置き方に注目すると、物語では玉鬘が夕霧に見られないように立てていたのに、源氏絵ではそのように置かず、簾に対して垂直に交わるような位置にある。これでは男性から隠れるという几帳本来の役割を果たさず、貴女の象徴として添えられているにすぎない。よって前節で取り上げた作品Gの例では、几帳を貴男の証しとして流用し、男性のみの場にも使用したと推測される。

玉鬘と夕霧のように几帳越しに対面する例は、物語では散見されるが、源氏絵では稀である。その希有な例として、作品Eの薄雲の巻が挙げられる。二条院に下った斎宮の女御を訪ねた養父の源氏は、御簾の内に入り、「御几帳ばかりを隔てて」直接、言葉を交わした、と物語にある。その様子を作品Eは忠実に描き、几帳の端から女御の顔が半分ほど、そして衣の裾と髪の一部が見えている。このように女君の姿が几帳で大部分隠れている図もまた、絵では極めて少なく、これ以外には七図しかない。そのうち物語の記述と合うものを引くと、「しぶしぶにゐざり出でて、几帳にはた隠れたるかたはら目」（Fの松風）、「すこし起き上りたまひて、御几帳に、はた、隠れておはす」（Dの真木柱）、

「かたへは几帳のあるにすべり隠れ」（EFの蜻蛉）である。残りの例（AKの賢木、Eの若紫）は物語では几帳に触れず、絵師が加えたものである。この描き方は男君の目から見た女君の有様であるが、殆どの几帳は男性から女性を隠すようには置かず、いわば貴女の飾りとして機能している。言いかえると画中の女性は、絵の鑑賞者の視線にも晒されているのである。

八、几帳の置き方

では几帳は女君から見て、どのような位置に立てられているのであろうか。すべての図を調べると、大部分は衣裳や髪の流れに添って平行になるように、横（真横のほか少しずれた場合も含む）に置かれている（次頁の図1参照）。それ以外の例の総数を作品別に列挙すると、次の通りになる。ただし、几帳のそばに二人以上の女君（たとえば宇治の大君・中君）がいても一人でも几帳の横にいれば、また一人に二基あっても少なくとも一基が横にあれば、以下の数には入れないことにする。順に挙げると、Aは三例（すべて女君の前）、Bは一例（斜め前に置き、髪の流れに対して垂直になる位置。図2参照）、Cは一例（詳細は後述）、Dは四例（Bと同様、または後方）、Eの五例とFの六例は前か後、Gは一〇例（前か後。髪に平行または垂直）、Hは五例（すべて前）、Iも五例（前か斜め前）、JもKも二例ずつで斜め前である。このうちGが最多で一〇例もある。当作品は男性に属する例が際立って多く（第六節）、置き方に関しても特異である。

逆に一例しか例外がないCを見てみよう。それは夢浮橋の巻で、簀子にいる弟の小君に会わない浮舟は、几帳からかなり離れている。それまで几帳の横にいたが、小君が来たので、そのまま後退りしたとも読める位置に座っている。当作品では、他の几帳はすべて所有者の横（真横以外に斜め前・斜め後も含む）にある。たとえば手習の巻の二図では、

図1　几帳は人物の横にあり、髪の流れに対して平行になるように置かれている（『源氏鬢鏡』真木柱の巻）。

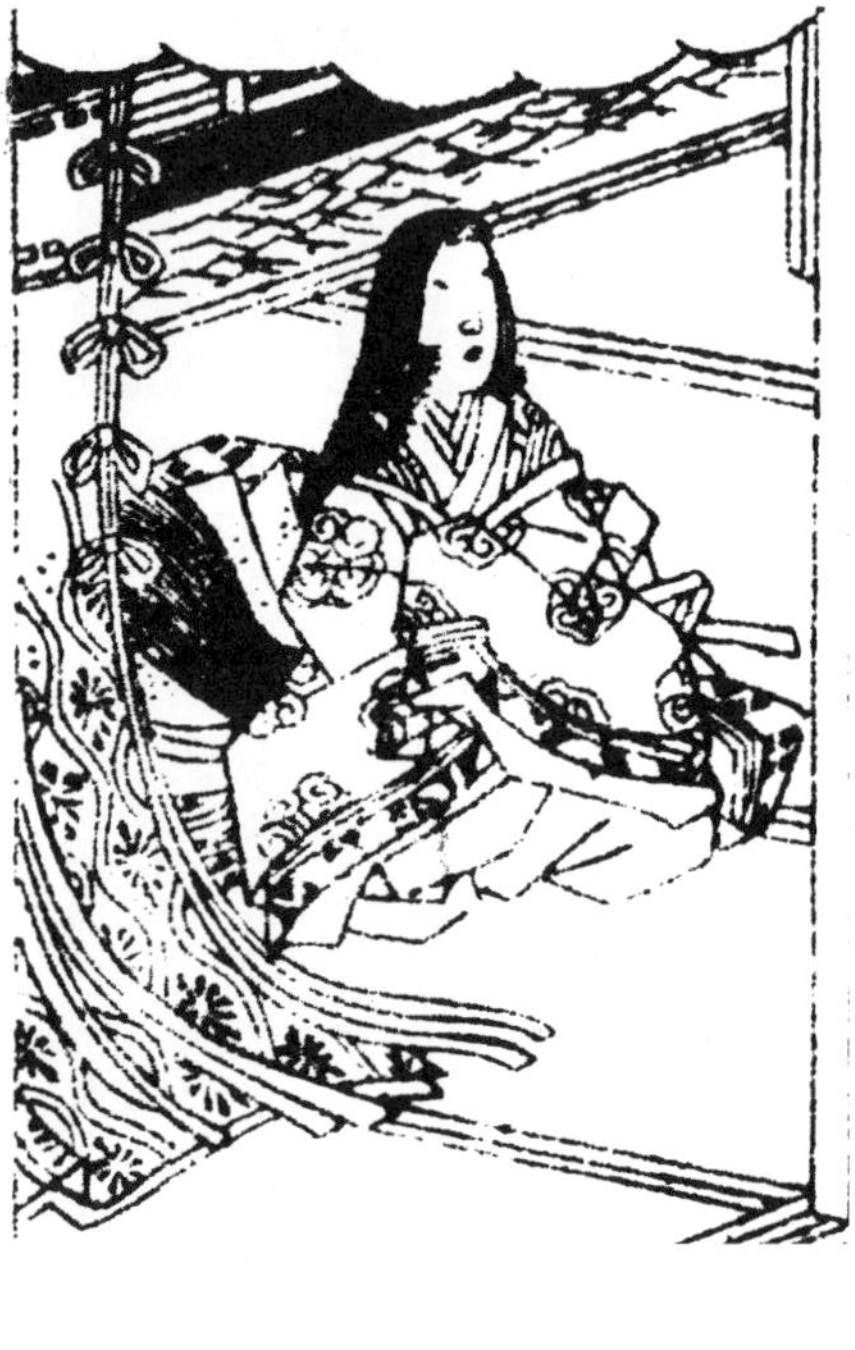

図2　几帳は人物の斜め前にあり、髪の流れに対して垂直になるように置かれている（『源氏物語絵尽大意抄』真木柱の巻）。

浮舟のほぼ横に几帳がある。とはいえ壁か襖に沿って立てられ、簾がないので庭から丸見えで、姿を隠すという几帳本来の役割を果たしていない。これは同室の尼たちと区別するため、浮舟の横に置いたと考えられる。そこで本作品において、几帳を女君の傍らに設けない構図は、この一例（夢浮橋の巻）だけである。源氏絵の世界では、貴女とその横の几帳はいわば一組のものであるのに、その規則に背いたところに、浮舟の心情を表現した絵師の意図が感じられよう。

九、源氏物語との比較

源氏物語と比較検討するにあたり、今までの考察を整理しておく。

まず土佐派の源氏絵において、几帳は貴女のステータスシンボルと見なされ、次のように利用された。
1、人物を描かなくても、几帳によって女君の存在を暗示できる。（第三節、参照）
2、原則として、几帳は中流階級の女性（女房クラス）には用いない。（第四節）
3、原則として、男性にも用いない。（第五・六節）
次いで、貴女と几帳は一組として扱われ、次のように描かれた。
4、多くの場合、一人が所有するのは一基である。（第二節）
5、簾の下から几帳の裾を出す例は、殆ど無い。（第一節）
6、大方の几帳は、女性の髪の流れに沿うように横に立てる。（第八節）
7、男性との対面は簾越しが多く、几帳越しは稀である。（第七節）
8、男性に見られないように女性が几帳の陰に隠れ、顔・髪・衣の一部しか見えない図は希有である。（第七節）
5の理由を憶測すると、几帳はいわば貴人の装飾となり、貴女は普段、部屋の奥にいるので、几帳だけ女君から離して簾沿いに置けないからであろう。次いで6と7を合わせた例、すなわち女性の前に簾、横に几帳の組合せは非常に多い。8の規則が生まれたのは、几帳が貴女の飾りであり、主の女君に寄り添う几帳が、女主人を隠すことはないからであろう。

2の規則により、同室に女主人と女房がいても、几帳のそばにいるのが女君だと区別できる。平安時代は女房と女主人では衣裳が異なり、女房は主人の前では裳と唐衣を着る習慣があった。たとえば国宝『源氏物語絵巻』を見ると、女房は夜中でも唐衣は省略しても裳は着用している（横笛の巻）。そのため男君が垣間見しても、大勢の女房に囲まれている女君を見分けられたのである。ところが作品A～Kを見ると、裳や唐衣まで描いた例はごく少ない。たとえば光起の作品で、HもIも玉鬘の巻は同じ場面で、源氏が初めて玉鬘に会い、女房の右近が灯心を掻きあげているところである。右近の服装に注目するとHでは裳を、そして恐らく唐衣も着ているのに対して、Iでは両方とも身に付けていない。そこで女君と女房を区別するものとして、几帳が利用されたのであろう。

一方、源氏物語には「几帳」が五八例、「御几帳」が五九例あり、それらと右記の1～8を比べると、物語にも共通するのは1～3である。物語で女房階級に属する几帳は九例（うち三例は弁の尼）しかなく、男性は僅か一例（重病の柏木の枕元）である。また男性が女性の寝所に侵入する際、「母屋の几帳の帷子ひき上げて」（空蟬、一二四頁）とか、「いと馴れ顔に几帳の帷子を引き上げて入りぬる」（総角、二五二頁）とあり、それは几帳を目印に近づいたと解釈すれば、1が当てはまる。

逆に物語と異なるのは4以下で、几帳越しの男女の語らい（7）や、几帳の陰に隠れる（8）のは、物語ではよく見かけることである（第七節、参照）。几帳の数（4）や置き方（6）は、物語では特に規定はない。簾の下から几帳の裾を出す例（5）は、物語では記述されていないが、几帳を簾に添えて立てるという表現はある。また風が簾を吹き上げるので、几帳を「簾に押し寄せ」た場合（椎本、二一七頁）、几帳の裾が室外に出る可能性は十分ありうる。

十、国宝『源氏物語絵巻』との相違

一二世紀前半に成立した国宝『源氏物語絵巻』の絵は二〇図（後世に加筆された若紫の巻も含む）が現存し、そのうち几帳は一五図に描かれ、その総数は二八基にも及ぶ。これを一六〜一八世紀に土佐家で制作された遺品と比較するため、作品ごとに比率を計算したのが表3である。表の「几帳がある図の率」項の数字は%を表し、几帳がある図の数を図の総数で割り百を掛けたものである。これにより一作品において、几帳の図が全体の何割を占めるかが分かる。たとえば国宝『源氏物語絵巻』（表3では「国宝」と略称す）は二〇図のうち几帳が一五図にあるので七五%、すなわち四分の三に当たる図に几帳が描かれている。次に表の「一図の平均基数」項は倍率を示し、几帳の総数を几帳のある図で割ったものである。国宝『源氏物語絵巻』の場合、一五図に二八基あるので二八を一五で割ると1.9になり、平均して一図あたり二基近くある。なお表3の数値は、すべて四捨五入している。

表3によると、図の率も平均基数も、国宝『源氏物語絵巻』の数値が最も高い。二番めは平均値ではBとCの1.4基、率ではGの七二%だが、Gは前述したように特異な作品なので除くと、二位はEの六〇%になる。したがって几帳を描いた図の頻出度も、一図あたりの几帳の平均値も、国宝『源氏物語絵巻』は土佐派の作品よりかなり多いことが判明する。

国宝『源氏物語絵巻』の几帳で、物語本文にもその記述があるのは僅かに四例で、残りは絵師が付け加えたものである。一図に描き込まれた几帳の数を調べると、最も多いのは柏木の巻㈠で六基、次いで三基が三図、二基が四図、一基が七図となり、二基以上の図が過半数を占める。それに対して土佐派で最多は四基であるが、半数以上の図は一基である（表2参照）。もっとも、色紙に描かれた土佐派の作品よりも、横長の絵巻の方が料紙の面積が大きく、よって几帳も一図に多く描けるということも考慮する必要がある。

表3

	国宝	A	B	C	D	E	F	G	H	I	J	K
几帳がある図の率	75	35	43	41	46	60	57	72	46	48	41	35
一図の平均基数	1.9	1.2	1.4	1.4	1.1	1.3	1.0	1.2	1.1	1.0	1.0	1.2

それはさておき、一図に六基も置いた柏木㈠は、出家を決意した女三の宮が源氏と朱雀院に対面している場面である。この構図に関しては、次の指摘がある。

画面は急角度の俯瞰描写によつて、やや安定の破れた精神的な不安感を出し、さらに三人の人物が形づくる三角形的な配置が、解決なき心理的対立をめぐる緊張感をもたせて、悲劇的な精神交流を示し、この三角形を破るような位置に、不規則な几帳の線が錯綜し、帳台や几帳、さらに女房たちの衣の線が微かな動揺を含み、この段の主題である進行形の状態を巧みに表現した画面構成がなされている。(10)

「不規則な几帳の線が錯綜」するように、六基の几帳の位置は計算されているのである。また、「三人のかみ合わぬ思いは、不統一に置かれた几帳の線によって象徴的に表わされている。(11)」ように、几帳は単なる調度ではなく、登場人物の心境をも反映している。

そのうえ几帳の野筋も、当絵巻では重要な意味合いを持っている。それは柏木の巻㈢で、薫の五十日の祝いである。簀子と廂の間との境には御簾を垂れ、内側に四尺の几帳を立てつらね、御簾の下からは朽木形の帳の裾をこぼれ出している。この黒い布筋《のすじ》は彩色にあたり、下図にかなりの修正を加え、入念に書き直していることが赤外線写真などでわかる。この黒い線は源氏の複雑な心理を表現するかのように屈折し錯乱している。（注10の著書、一〇二頁）

野筋の乱れは、源氏の屈折して錯乱した複雑な心情を表現しているのである。

それに引き替え土佐派の遺品では几帳は貴女の象徴にすぎず、また置き方も大方は女君の横と決められ、創意工夫は感じられない。野筋も真直ぐで、心理描写は見られない。壁代の野筋の方が多少ねじれているが、単に風に揺れているだけで、積極的な意味付けは見出しにくい。(12)

ここで第九節でまとめた土佐派の特徴1～8が、国宝『源氏物語絵巻』にも該当するかどうか調べてみる。まず、

1の「人物を描かなくても、几帳によって女君の存在を暗示できる。」に関しては、柏木の巻㈢において、「左上、斜めに巻き上げた御簾の下に几帳の裾をのぞかせて、奥に女三の宮のいることを示し」（注10の著書、一〇二頁）と指摘されているので1の内容に合う。しかしながら林功氏と弟子の馬場弥生氏・宮崎いず美氏が復元模写されたのを見ると、几帳ではなく御帳台と思われるので、1に相当する例はなくなる。次に2の「原則として、几帳は中流階級の女性（女房クラス）には用いない。」も、国宝『源氏物語絵巻』では女房にも多用しているので当てはまらない。一方、3の「原則として、男性にも用いない。」に関して、明らかに男性にしか属さないのは三例しかない（朱雀院の座、重病の柏木の枕元、碁を打つ帝と薫）。4〜7は物語の内容と異なるため（第九節、参照）、国宝『源氏物語絵巻』にもそぐわない。最後の8の「男性に見られないように女性が几帳の陰に隠れ、顔・髪・衣の一部しか見えない図は希有である。」は、国宝『源氏物語絵巻』でも竹河㈠しかない。それは御簾に沿って並べられた几帳の端や帷子の隙間から、顔や衣の一部が見えている絵である。この一図を除くと、第8条は国宝『源氏物語絵巻』に適うかというと、大きな相違点がある。具体的に例を挙げて述べると、宿木㈡は匂宮と六の君の露顕《ところあらわし》の場面で、図の中央に几帳と屏風を立てて画面を左右に分け、左側に女房たち、右側に新郎新婦がいる。この絵巻を見ている人には登場人物は全員見渡せ、几帳などで隠れて見えない者はいない。しかし画中の女房の目線に立つと、新郎新婦の姿は几帳と屏風に隔てられて見えない。すなわちこの几帳は、鑑賞者の視線は妨げないが、登場人物の視界は遮るように置かれているのである。これは吹抜屋台で描かれているためで、このような几帳の置き方は国宝『源氏物語絵巻』では多く見られる。その技法を土佐派も用いているのに、画中の人の視野を阻むように几帳を立てた例は甚だ少ない。それは前述したように、几帳本来の隠す機能よりも、貴女の象徴としての役割が優先されているからである。結局、土佐派の特徴1〜8のなかで国宝『源氏物語絵巻』にも適合する項目は、第3条ぐらいである。

　そこで国宝『源氏物語絵巻』における几帳の役割を改めて考えると、隔てる物として使われていることに気づく。

その機能は二つに分類され、一つは室内と室外の隔てである。それは五図あり、いずれも簀子に面して吊り下げられた御簾のすぐ内側に置かれ、そのうちの三図は几帳の裾が簾の下から出ている。これらは庭から屋内が見られないようにするためで、それは几帳本来の使用目的でもある。もう一つは部屋の中で、人と人を隔てる物として用いられ、その例は八図ある。そのうちの六図は、主人クラスと女房たちとを画面の上で分ける働きをしている。たとえば柏木㈠では、「周囲に几帳を立てて朱雀院の座」と、「中央に中敷を重ねて几帳で囲い、女三の宮の座」とを設け、「几帳の外には、歎きに沈む女房四人」を配置している（注10に同じ）。すなわち几帳が貴人の座を形成すると同時に、几帳の内と外で身分の違いを表している。

さらに畳も、身分差を示す小道具として利用されている。それは宿木㈡（露顕の場）で、夫婦の周りに几帳を立てめぐらして貴人の座とするのは、前掲の柏木㈠と同じである。女房たちが座っているのは高麗縁《こうらいべり》の畳、夫婦のは繧繝《うんげん》縁《べり》の畳で、その上に花筵《はなむしろ》を敷いている。これは百人一首絵における畳の使い分けと同じである（注2参照）。

宿木㈠も、障子などで画面の中央を仕切り、右側は囲碁をする帝と薫、左側は女房の詰め所とする。少し開いた障子には御座の側に几帳が立てられ、やはり貴人と女房とを隔てている。薫は高麗縁の畳に座り、その上に重ねた繧繝縁の畳に帝がいるのに対して、女房たちは床の上に直に座っている。このように几帳と畳とで身分を区別する方法は、百人一首絵にも見られた。

几帳には身分制社会を反映して階級を区分する性能があるほか、貴族の家族をも区切ることがある。それは二例あり、一つは宿木㈢で夫婦（匂宮と中君）の間に置かれている。これは物語本文の「小さき御几帳のつまより、脇息に寄りかかりてほのかにさし出でたまへる」（四六五頁）に合わせて描いたのであるが、それに留まらず二人を隔てる物、すなわち心が離反している二人の仲を象徴する物とも解釈できる。もう一つは源氏と明石の中宮が、臨終に瀕した紫の上を見舞う場面（御法の巻）で、「中宮と紫の上の方には、それぞれ夏の四尺の几帳を立てて設けの座」としている（注10の著書、一〇五頁）。いずれの几帳も貴女の座を形作っているが、立て方は異なる。中宮の横に置かれた几帳は源氏との間にあり、二人を隔てている。これは娘とはいえ、后という高貴な女性への配慮であろう。一方、紫の上の几帳は誰をも隔てず、簀子に面して下ろされた御簾に沿って置かれているので、前述した室内と室外の隔ての例にもなる。

以上をまとめると、次のようになる。

ア、室内と室外の隔て

①几帳の裾が簾から出る…柏木㈢、竹河㈠㈡

②几帳の裾が簾から出ず…蓬生、鈴虫㈠

イ、人と人の隔て

①貴人と女房の区別…柏木㈠㈡、早蕨、宿木㈠㈡、東屋㈠

②家族内の隔て…宿木㈢、御法

ウ、その他…橋姫、東屋㈡

ウの「その他」について詳述する。まず橋姫の巻は、演奏している宇治の姫君たちを薫が垣間見ているところである。画面の右側が庭、左側が屋内で、廂に姫君たち、簀子に女房たちがいる。几帳は御簾と垂直に交わるように置かれているので、室外との隔て（右記のア）にも、また簀子にいる女房たちとの隔て（イ）にもならない。几帳は画面の左端にあり、さらに左側の描かれていない場所に女房たちがいると仮定すれば、イの①に相当する。しかしアとイの例は、すべて描かれたものだけを取り上げ考察したので、この憶測は無理がある。そこで几帳と貴女の位置に注目すると、姫君たちの前に御簾、横に几帳があり、この形式は土佐家の作品によく見られる（第九節の第6・7条）。すると国宝『源氏物語絵巻』にも、当家と同じ几帳の用い方、すなわち貴人の座を設けるという実質的な役割のほかに、貴女の象徴という形式的な機能があると言える。

一方、東屋㈡は、薫が弁の尼を伴い、浮舟がいる三条の小家を訪れた場面である。画面構成は橋姫の巻と同様で、右側が庭、左側が屋内で、薫は簀子に腰掛け、室内では浮舟や弁の尼のほか三人の女性（乳母や女房たち）がいる。「一段高い母屋の畳の上に茵（座蒲団）を敷き、几帳を立てて浮舟の座としている」（注10の著書、一一一頁）ので、右記の分類ではイに該当するように思われる。しかしながら几帳は図の左端に置かれ、登場人物は浮舟も含め全員、几帳の右側にいるので、イには当てはまらない。また几帳は浮舟よりも部屋の奥にあるので、屋外との隔て（ア）にもならない。この几帳に最も近いのは浮舟であることに注目すると、五人の女性のうち誰が薫の恋人であるかを示しているのであろう。これは土佐家における几帳の働きと同じである。しかも几帳は浮舟のすぐ横にあり、人物との位置関係も共通する。したがって、その他の二図には、後世における土佐派の定式の萌芽が見られると言えよう。

十一、絵入り版本の挿し絵

江戸時代になると、源氏物語やその梗概書が挿し絵入りで続々と出版されるようになり、それらも調べることにする。数多い作品の中で、管見に及んだのを刊行された順に列挙し、それぞれ書名・著者・絵師・成立年・初版年・図の総数・影印の順に記した。ただし作者など不明の場合は、表記せず省略した。

a、「絵入源氏物語」（仮称）…山本春正跋・画。慶安三年（一六五〇）跋。[13] 全二二六図。吉田幸一氏『絵入本源氏物語考』上（日本書誌学大系53（1）、青裳堂書店、昭和六二年）、『絵本　源氏物語』（貴重本刊行会、昭和六三年）、小町谷照彦氏『絵とあらすじで読む源氏物語』（新典社、平成一九年）所収。

b、明暦版『源氏小鏡』…南北朝時代成立。明暦三年（一六五七）刊。全五四図。吉田幸一氏『絵入本源氏物語考』所収。

c、『源氏綱目』…一花堂切臨著・画。慶安三年（一六五〇）成立。万治三年（一六六〇）刊。全五四図。伊井春樹氏『源氏綱目 付源氏絵詞』（『源氏物語古注集成』10、桜楓社、昭和五九年）所収。

d、『源氏鬢鏡』（上方版）…小嶋宗賢・鈴村信房著。万治三年（一六六〇）刊。全五四図。

e、『十帖源氏』…野々口立圃著・画。承応四年（一六五五）跋[14]。全一三一図。吉田幸一氏『絵入本源氏物語考』所収。

f、『おさな源氏』（上方版）…野々口立圃著・画。寛文元年（一六六一）刊。全一二〇図。吉田幸一氏『絵入本源氏物語考』所収。

g、寛文版『源氏小鏡』…寛文六年（一六六六）刊。全五四図。吉田幸一氏『絵入本源氏物語考』所収。

h、『おさな源氏』（江戸版）…野々口立圃著。菱川師宣画。寛文一二年（一六七二）刊。全六四図。吉田幸一氏『絵入本源氏物語考』所収。

i、『源氏鬢鏡』（江戸版）…小嶋宗賢・鈴村信房著。菱川師宣（?）画。天和（一六八一～八三）頃刊[15]。全五四図。伊井春樹氏「資料　源氏鬢鏡」（『源氏物語の探究』6、風間書房、昭和五六年）所収。

j、『源氏大和絵鑑』…菱川師宣画。貞享二年（一六八五）刊。全五四図。

k、『女源氏教訓鑑』…山朝子著。正徳三年（一七一三）刊。全五四図。江戸時代女性文庫1（大空社、平成六年）所収。

l、『源氏絵本藤の縁』…方舟子著。長谷川光信画。寛延四年（一七五一）刊。全五四図。中野幸一氏編『九曜文庫蔵　源氏物語享受資料影印叢書』12（勉誠出版、平成二一年）所収。

m、『源氏物語絵尽大意抄』…渓斎英泉画。文化九年（一八一二）刊。全五四図。小町谷照彦氏の著書（aに掲出）

所収。

以上の一三件は出版された順に並べたが、今度は図様の継承に基づいて整理してみる。作品a～jに関しては先学の研究があり、[16] それによると土佐派の流れを汲むのはb明暦版『源氏小鏡』で、それをg寛文版『源氏小鏡』とj『源氏大和絵鑑』がそれぞれ独自に踏襲している。一方、土佐派の影響があまり見られないのは山本春正のaと野々口立圃のefで、春正のは『源氏鬢鏡』（di）、立圃のはhが受け継いでいる。また一花堂切臨はaに批判を加えてcを著した。次にk以下を調べると、まずlは特異な画風で、他に類例を見ない[17]。残りのkとmを比較すると、場面が違うのは三図のみで、他は図様も酷似する。a～jのうち最もkに近いのは『源氏鬢鏡』（di）で、場面が異なるのは八図しかなく、他は構図も似る。またmの中には、kより『源氏鬢鏡』に似ている巻もある。以上の相関関係を図式化すると、左記のようになる。

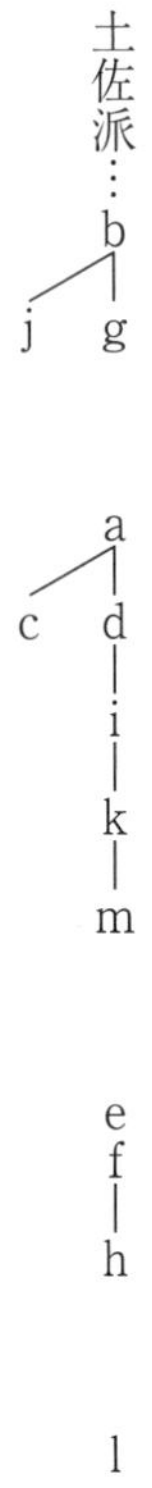

次に土佐派の作品を元に作成した表1～3に合わせて、表4～6を拵えた。表4～6は、それぞれ表1～3に対応する。表4は几帳が描かれた図の数と、全図における几帳の総数を示す。なお壁代か屏風かもしれないものが、作品d～fに一、二例ずつあるが、それらも几帳と見なした。

表5は、一つの画面に描かれた几帳の数を表す。なお一図に三基を設けた例はない。

表6は几帳のある図が全体の何%を占めるか、また一図あたり平均して何基あるかを示す。

土佐派と版本を比較検討するため、表3と表6を照合する。まず平均値の最小値と最大値は、土佐派も版本も1.0～1.4で一致する。それに対して比率は異なり版本は一八～三七%、土佐派は三五～七二%で、版本の最高値と土佐派の最低値はほぼ同じである。すなわち土佐派に比べると、版本は几帳の頻出度が極めて低いことが分かる。

では、几帳の描き方も異なるのであろうか。第九節でまとめた土佐派の規定（全八項目）が、版本に当てはまるかどうか調べてみると、第1条「人物を描かなくても、几帳によって女君の存在を暗示できる。」に該当する例は、版本には見出せない。しかし第2条以下はすべて版本にも適うので、以下、順に例外を取り上げながら見ていくことにする。

表4

	a	b	c	d	e	f	g	h	i	j	k	l	m
几帳のある図	64	12	12	17	24	23	11	16	17	13	13	20	15
几帳の総数	89	12	14	20	25	24	11	17	20	13	15	20	17

表5

	a	b	c	d	e	f	g	h	i	j	k	l	m
一基	41	12	10	14	23	22	11	15	14	13	11	20	13
二基	22	0	2	3	1	1	0	1	3	0	2	0	2
四基	1	0	0	0	0	0	0	0	0	0	0	0	0

表6

	a	b	c	d	e	f	g	h	i	j	k	l	m
几帳がある図の率	28	22	22	31	18	19	20	25	31	24	24	37	28
一図の平均基数	1.4	1.0	1.2	1.2	1.0	1.0	1.0	1.1	1.2	1.0	1.2	1.0	1.1

第2条「原則として、几帳は中流階級の女性（女房クラス）には用いない。」の例外は、どの作品にも少ない。たとえば几帳の総数が最も多い作品aで捜すと、中流階級が所有するのは四例（空蝉・軒端荻・夕顔・源典侍）、女房に属するのも四例あり、これら八例のうち半数は物語にも几帳の記述がある。

第3条「原則として、男性にも用いない。」の例外は二種類に分けられ、一つは女性と几帳の間に男性が割り込んだ図で、作品a～mを通して七巻一〇例あり、それが女性への愛情を示すのは二例だけで、残りは男性が侵入した場面である。もう一つは女性が登場しないか、あるいは居ても几帳のそばにいない場合で、五巻九例ある。このうち注目されるのはbとgで、同じ図柄であるにもかかわらず、第3条にgは適うがbは合わない。それは二例あり、まず紅梅の巻ではbもgも室内に按察大納言、簀子に子息の小君がおり、大納言の横にbは几帳があるのにgにはない。一方、鈴虫の巻では女三の宮の傍らに源氏が座り、bは几帳・源氏・宮、gは源氏・宮・几帳の順に並んでいる。すなわちgの几帳は宮に属し、bは宮と几帳の間に源氏が入り込んでいる。ゆえに両巻とも第3条に反するbを、gは原則に合うように描き直している。

第4条「多くの場合、一人が所有するのは一基である。」に関しては、表5が示すように、b以下は殆どが一図に一基で、aも約三分の二が一基のみである。一図に二基ある場合、aの五例とcefhの各一例（いずれも絵合の巻）を除くと、他はすべて一人の両側に一基ずつ置かれ、その傾向は土佐派にも見られた（第二節、参照）。一図に四基も設けたのがaに一例あり、それは六条院での女楽の場（若菜下の巻）である。土佐派の作品Cにも同じ場面に四基あり、明石の君が三人の女君と対座している構図も共通する。しかしCでは全員に一基ずつあるのに対して、aでは明石の君だけ几帳がなく、他の三人は平行に並べて置かれた四基が作る三つの空間にそれぞれ収まっている。

第5条の「簾から几帳の裾を出す例」は、版本にも見当らない。

第6条「大方の几帳は、女性の髪の流れに沿うように横に立てる。」の例外を列挙すると、几帳が人の前にあるのは全部で四例（aに三例、cに一例）しかないが、後ろにあるのは一五例にも及ぶ。髪の流れに対して垂直になる位置で横にあるのは全三例（すべてl）しかないのに、垂直で斜め前にあるのは一六例（efhの賢木とgの藤袴の巻、そしてlに五例、mに七例）もある。土佐派は前か後が多く、斜め前は少なく、横で垂直の例は見当らない。よって横か斜め前で垂直に置くのは土佐派の原則に反するが、この形式は百人一首絵ではよく見かける（図2参照）。たとえば手前の几帳越しに、持統天皇の顔や衣装の一部が見える構図は、平面的である。版本のlとmにこの様式が頻出するのは、他の作品よりも画面の奥行きが狭いから、言いかえると絵師の視点の位置が低く、また対象物に接近したため、遠くまで見渡せないからであろう。

第7条「男性との対面は簾越しが多く、几帳越しは稀である。」において、几帳越しはaに六例、dijに各一例（常夏の巻）、lに一例（柏木の巻）しかない。

第8条で「男性に見られないように女性が几帳の陰に隠れ、顔・髪・衣の一部しか見えない図」は、aの四例（そのうち三例は衣の裾だけ、他の一例は裾と髪の一部だけ見える）しか見当たらない。

全八条を通して例外が少ないのは『源氏小鏡』（bg）で、それは土佐派の影響を受けているからである。逆に多いのはalmで、その理由はaは場面の選定基準が土佐派とは異なり「源氏物語中の和歌やことばに注目したもの[18]」であるから、mはaの流れを汲むから、そしてlは場面も画風も特異であるから（注17参照）と考えられる。

終わりに

福井貞助氏・石田穣二氏は源氏物語における几帳を、用途・形態などに基づき一八項目に分けて解説され、その第一項に「女の人の座の近くに立てた例。親しい人との対面も大部分この几帳を隔ててである。」と記された[19]。このように貴女の座を設けるため、そして声は聞こえるが姿は見られないように用いるのが、几帳本来の役割であり、国宝源氏物語絵巻はそれを踏まえつつ、心理描写も盛り込んで描いている。

中世になると土佐家では、女房の装束に裳や唐衣を描かなくなった結果、女房と女主人との区別が曖昧になり、そこで貴人の座を示すという几帳の機能を利用して、女君の横にそれを置くという規則が作られた。これは例えて言うと、現代の時代劇において、殿様が座る席の真横に脇息があるのに似ている。こうして当家では、几帳を貴女のステータスシンボルとして扱い、その方針は近世以後も、そして版本にも受け継がれた。たとえば土佐派の作品B（伝光元筆）では、几帳本体の描き方も一貫して同じかというと、そうとは限らない。Bでは、帷子の表側は赤地、裏側は白地という定番の彩色が目に付く。また帷子は四、五枚を綴じ合わせるのに、Bでは縫い目がなく一枚のように見える。この定型化した手法は、他の作品には見られない。そのほかBとC（光吉筆）は貴人の両側に一基ずつ立てることが多いが、D（光則筆）以後はあまり例がなく、EやGでは二基を互いに垂直に交わるように置いたりなど変化に富む（第二節、参照）。江戸時代になると場面の選択や構図は固定化するが、几帳の描き方は必ずしもそうではないと言えよう。(20)

注

（1）源氏物語本文は、新編日本古典文学全集（小学館）による。以下、同じ。
（2）ちなみに一五世紀初頭に成立した故実書『海人藻芥《あまのもくず》』にも、「畳之事。帝王、院、繧繝端也。神仏前半畳用繧繝端。此外更不可用者也。」とある。ところが、崇徳院のみ繧繝縁でない歌留多がある、と指摘されている（江橋崇氏「百人一首かるた成立期の謎」、「月刊文化財」三三八号、平成三年一月）。また皇族と間違えたのか、祐子内親王家紀伊や待賢門院堀川にも、さらには赤染衛門にまで繧繝縁を用いた例もある。
（3）持統天皇と式子内親王のほか、皇族と間違えたのか祐子内親王家紀伊にも几帳を置いた例がある。
（4）「国華」第一二二二号（平成九年八月）五一頁、前田麻衣子氏の解説。
（5）これはJがIを模本にしているからである。田口榮一氏の解説に、「四十九図までをそのまま写しとっており、父から子、さらには弟子たちへと粉本を介して図様が伝承されていったことを伝えている。」（『豪華［源氏絵］の世界　源氏物語』二六四頁、学習研究社、昭和六三年）とあるように、五図だけ場面が異なる。
（6）AもKも巻名・詞書がなく、絵のみが伝来する。Kには一部、錯簡があり、それは現状の折本形式に装丁されたとき、貼り間違えたのであろう。そこでAの配列に従い、Kの色紙の順序を改めて両者を比較すると、若菜下の巻以外は同じ場面で構図も近似する。若菜下巻のみ全く異なり、Aは蓮池に面した室内で光源氏と紫の上が向かい合っているところ、Kは簀子に烏帽子姿、屋内に琴を弾く女君が一人ずつ座り、琴の先端は簾の下から簀子に出ている。このKの二人が誰で、どの場面に該当するかは不明である。女楽が始まる前に光源氏が、「御簾の下より、箏の御琴の裾すこしさし出て」（一八八頁）、夕霧に調絃を頼んだ箇所と関係があろうか。

（7）注4の論文、四七頁、細井眞子氏の解説。

（8）注5の著書、一四九頁。

（9）狩野博幸氏「土佐家の興亡―源氏物語ミュージアム「源氏物語絵鑑」へ至る道―」（宇治市源氏物語ミュージアム編『源氏絵鑑帖』六〇頁、平成一三年）。

（10）秋山光和・鈴木敬三・中村義雄氏「図版解説」一〇〇頁（『源氏物語絵巻』所収、新修日本絵巻物全集2、角川書店、昭和五〇年）。

（11）佐野みどり氏『じっくり見たい「源氏物語絵巻」』二四頁（小学館、平成一二年）。

（12）この件に関しては、中川正美氏が次のように論じておられる。

源氏物語絵巻の几帳は、整然と立てられている、以後の源氏絵の几帳とはちがって、それぞれにある表情を湛えている。（中略）国宝の絵巻と他の源氏絵との相違はさまざまな点があろうが、こうした御簾や几帳による何気ない表現が、確かな生活感覚を放出し、臨場感を形成していると思う。（「源氏絵と源氏物語―軟障・御簾・屏風・几帳―」九・一〇頁、「梅花短期大学研究紀要」42、平成六年三月）

（13）承応三年（一六五四）本を初版とする吉田幸一氏の説に対して、初版は無刊記で慶安三年（一六五〇）冬から翌年秋の間に刊行されたと、清水婦久子氏は唱えられた（清水氏「版本『絵入源氏物語』の諸本（上）」、「青須我波良」38、平成元年一二月。後に同氏『源氏物語版本の研究』所収、和泉書院、平成一五年）。

（14）跋文の一節「老て二たひ児に成たるといふにや」が、著者の還暦を指すとすれば、立圃が還暦を迎えた承応三年（一六五四）に本書が成立したと、渡辺守邦氏は述べられ（『日本古典文学大辞典』「十帖源氏」の項）、吉田幸一氏も同意された（同氏『絵入本源氏物語考』上、四・二一二頁、日本書誌学大系53（1）、青裳堂書店、昭和六二年）。しかしながら還暦とは満六〇歳、数えで六一歳であり、一五九五年生まれの立圃の還暦は承応四年になる。なお『十帖源氏』の初版は、万治四年（一六六一）刊本より古いと、吉田氏は判断された（同書、二一八頁）。

（15）挿し絵は菱川師宣風であり、刊行は万治三年（一六六〇）とあるが、実際に出版されたのは天和頃かと、吉田幸一氏は推測された（注14の著書、三八九・三九一頁）。

（16）久下裕利氏『源氏物語絵巻を読む―物語絵の視界』（笠間書院、平成八年）。清水婦久子氏『源氏物語版本の研究』（和泉書院、平成一五年）。

（17）本書の第三編第七章、参照。

（18）注16の清水氏の著書、五〇九頁。本書の第三篇第二章第七節にも引用。

（19）池田亀鑑氏編『源氏物語事典』上巻（東京堂出版、昭和三五年）所収の語彙編。

（20）赤澤真理氏・波多野純氏は、建築学の立場から近世の源氏絵を考察され、次のようにまとめられた。なお〈　〉内は、岩坪が補った。

『サントリー本』〈一七世紀半ば成立、住吉如慶筆、五四図、サントリー美術館蔵〉の几帳や襖障子の意匠は、繊細で装飾的になり、屏風等の画中画は淡彩となる。これまで検討した土佐派の描いた『久保惣本』〈本章の作品C〉・『京博本』〈一七世紀初頭成立、土佐光吉筆、三五図、京都国立博物館蔵〉の几帳や屏風・襖障子は金碧で、『光則徳川本』〈本章の作品E〉は復古的な調度を描くが、両者とは全く異なる意匠となる。（中略）『サントリー本』に描かれる、装飾的な几帳や淡彩の屏風などは、寛永期の「綺麗」の趣向を窺うことができる。（「一連の源氏物語絵を通してみた16・17世紀における寝殿造の理解とその変容要因―物語絵を通してみた近世における上流階級の住宅観に関する研究（1）―」一九〇頁、「日本建築学会計画系論文集」第五八九号、平成一七年三月）

当論文は後に赤澤真理氏『源氏物語絵にみる近世上流住宅史論』（中央公論美術出版、平成二二年）に再録。

第九章　伝賀茂真淵撰『源氏物語十二月絵料』

はじめに

源氏物語の絵画化は既に平安時代から行われ、江戸時代になると源氏絵は公家や武家の婚礼道具の意匠として欠かせないものになり、その需要は急増した。また出版の世界においても、山本春正が物語本文を校訂して絵も自ら描き、慶安三年（一六五〇）に跋文を付けたものを始めとして、次々と絵入本が刊行されるようになった。

源氏絵研究の対象は、以前は専ら肉筆画であったが、近年は木版画も取り上げられるようになった。しかしながら、近世の国学者による源氏絵の研究については、いまだ解明されていない。本書の第五編資料集4に全文翻刻した伝賀茂真淵撰『源氏物語十二月絵料』もまた新資料であり、その内容は題名が示す通り、源氏物語の中から十二箇月の絵になる場面を選び出したものである。

一、書誌と旧蔵者

当写本は現在、埼玉県川越市立中央図書館所蔵である。まず書誌を記すと、大きさは縦二四・二センチ、横一六・

八センチ、表紙は本文と同じ料紙を用い、右端を上下二ケ所、紙縒りで留めただけの袋綴、一冊である。全部で一一丁あり、本文は第一丁表から第一一丁裏まであり、後ろの見返しに跋文を記す。巻頭に「清水濱臣蔵書」と「川越図書館印」の朱印、および「4年7月7日購入　寄贈者　綾部利氏」の受入印が押されている。昭和四一年に刊行された『川越市立図書館貴重図書目録』の「まえがき」によると、当本は川越出身の新井政毅《まさはた》が収集したものの一本で、彼が明治三五年に七六歳で没した後、親類筋の綾部家（綾部利助氏）を通じて当館に寄贈された。この集書の特色の一つは、「清水浜臣の自筆稿本や校正書入本の類がみられること」とある。

二、真淵と浜臣

本書の表紙に直に書かれた外題も、また本文冒頭の内題も「源氏物語十二月絵料」である。後見返しに記された左記の跋文は、清水浜臣が書いたものである。

縣居翁、伊勢物語、源氏物語ともの絵の料とて、おほくかきおかれたるあり。又さらに源氏物語のうちにて、十二月の絵料かき出られたるは、屏風絵なとかゝんためにとの心しらひにおはん《し》けんかし。あな、みやひの心すさひや。　濱臣

それによれば賀茂真淵は生前に、伊勢物語と源氏物語で絵になる場面を数多く抜き出しており、さらに屏風絵にするためであろうか、源氏物語で十二箇月の絵の材料も抜き書きしていた、という。その十二月分の抄出が、本書であろう。

浜臣が真淵の蔵書を入手した経緯については、丸山季夫氏『泊洦舎《さざなみのや》年譜』（私家版、昭和三九年）で指摘されたように、本間游清著『耳敏《みみと》川《がわ》』と黒川盛隆著『松の下草』に詳述されている。

田安卿の岡部平三郎は真淵の孫也。今の主人は風流文事もなく、そのうへ家も貧しくなりければ、書なとも多くうりはらひぬ。浜臣この事を伝へ聞て、真淵の遺書をかはん事を乞しに、反古とものつゞら一つに在しを、金三両に買たり。此うちにはさま〴〵の説ども多かりしとそ。是よりして浜臣は真淵の書に富たり。（本文は愛媛大学文学資料集5『みゝと川（上）』二九頁（愛媛大学国語国文学研究室、平成四年）による）

この件については、浜臣の師匠で真淵の弟子である村田春海も知っていたようで、黒川盛隆著『松の下草』には、

此浜臣は村田翁の門人にて、村田翁、加茂翁の家集を撰せしとき、浜臣、賀茂翁の文章など蔵したりしを、をしみて村田翁に見せざりしかば、破門せられき。人々のわびことにて、漸々に破門はせられざりし也。浜臣は少し六ケしき人物也き。（本文は続日本随筆大成8、吉川弘文館、昭和五四年より引用）

と記されている。春海が師の真淵の家集を撰集した際、浜臣は春海の門下生でありながら、真淵の蔵書を春海に見せなかったので、破門騒動にまで至ったらしい。浜臣がそれほど秘蔵していた真淵旧蔵本の一つが、この『源氏物語十二月絵料』であろう。ただし当本に関して、真淵自ら言及した記事は未だ管見に入らない。

三、引用本文の系統

本書は原則として、一箇月につき二場面を異なる巻から選び、その箇所の物語本文を「詞に云」以下に引き、その前後に行頭を二字分ほど下げて、物語や絵の解説をしている。ただし物語本文を省略したり、逆に説明文に他の場面を追加したりすることもある。

真淵が著した『源氏物語新釈』の原形は、『湖月抄』に注釈を書き入れたものと認められる。(1) しかしながら、本書に引かれた物語本文と『湖月抄』を比較すると、異なる箇所が散見される。ただし五月・花散里の巻で、本書の「家

のこたち、よしはめるに」は河内本系統、『湖月抄』の「家の木だちなど、よしばめるに」は青表紙本系統であるが、真淵が「など」を省いて引用した可能性もありうる。このような小異は除いても、やはり本書の本文は『湖月抄』と一致しない。先の例では本書は河内本、『湖月抄』は青表紙本であったが、それとは逆の例も見出せる。たとえば七月・篝火の巻において、本書―『湖月抄』の順に主な異同を列挙すると、「秋になりぬ―秋にもなりぬ」「すこし雲かくる、けしき―すゞしくくもれる気色」「かゝり火のすこし―かゞり火すこし」となり、いずれも本書は青表紙本、『湖月抄』は河内本である。このほか本書独自の本文もあり、「物し給ひし人」（六月・夕顔の巻）は、『湖月抄』も『源氏物語大成』所収の諸本もすべて「ものし給ふ人」である。

以上の三例（花散里・篝火・夕顔の巻）が『源氏物語新釈』にもあるかどうか調べると、夕顔の巻にのみ注が付けられ、「物し給人　こゝに来し人」とあり、その物語本文は本書の「物し給ひし人」と異なる。このように『源氏物語新釈』と本文が齟齬する理由については、第六節で考察する。

四、月に関する考察

本書が採用した場面が、物語で何月と記されている場合は問題ないが、示されていない場合は解釈が揺れることがある。たとえば雨夜の品定め（帚木の巻）がなされた月は古来、論議の的であった。『湖月抄』の頭注には、

風すゝしくて　細『花鳥』に此時節を長雨より悉、皆六月とあり。只「月はありあけ」とあるほどに、五月の末なるへき也。（本文は版本により、適宜、句読点などを付す）

とあり、『細流抄』は『花鳥余情』の六月説に反論して五月説を提唱している。本書もそれに従ってか、当場面を五月にしている。

そのほか、本書の撰者が考察を加えた例もある。それは六月・夕顔の巻と一一月・薄雲の巻で、『湖月抄』の「年立」では前者は「夏頃」、後者は「冬」と季節しか記さないのに対して、本書では各々の続きの文章に前者は五月、後者は一二月とあることから、当該場面の月を判断している。

同様に七月・明石の巻も、撰者は物語本文に即して月を割り出し、七月と定めた。しかし『湖月抄』では、物語本文「十三日の月の花やかに」の傍注に、「八月十三日也」という『細流抄』の解釈を載せている。八月説は古くからあり、一五世紀に成立した今川範政『源氏物語提要』と祐倫『光源氏一部歌』(2)にまで遡れる。一方、『源氏物語絵詞』(3)には「定而、四五月か」とある。これは前の場面に「三月十三日、雷鳴ひらめき」とあり、そして「月日、重なりて」の後に当該場面がくるため、『源氏物語絵詞』は四月か五月と見なしたのであろう。しかし、「月日、重なりて」の続きに「明石には例の、秋は浜風のことなるに」と語られてから問題の箇所に移るので、秋の七〜九月でなければならないが、その三箇月のうち何月であるかを決める手掛りは物語に記されていない。古人が八月と解したのは、「十三日の月の花やかにさし出てたるに、た丶『あたらよの』と聞えたり。」のように美しい月が描かれているので、中秋の名月の二日前と定めたのであろう。

ただし、その認定作業には物語本文に基づく根拠があるわけではない。そこで本書の撰者は不審に思い、調べ直した結果、

此つ丶きに、七月廿よ日のほとに、又かさねて京へかへり給ふへきせんしくたり云々とあれは、この十三日の月は七月の十三日也。

という結論に達した。しかしながら問題の箇所と「七月廿よ日のほとに」との間に、「年かはりぬ。」という一節があり、年が改まったことを撰者は見落としたようである。『湖月抄』の「年立」には、光源氏が二六歳のときに「八月十二三日頃、乗御馬給、出岡辺家事」、二七歳で「七月廿日、源氏帰京宣旨事」とある。現代の注釈書も八月説を採

用しているが、撰者は通説を鵜呑みにせず考察し直している。彼の下した結論には難点があるものの、学問に対する真摯な態度は高く評価されよう。

ところが真淵の『源氏物語新釈』には、『湖月抄』と同じ解釈が見られる。

年かはりぬ　源、京を出て三年めの春にて廿七歳也。此年そ立帰り給ふ。（本文は『賀茂真淵全集』13、続群書類従完成会、昭和五四年により、適宜、私に句読点を付す）

このように同人の著作でありながら見解が異なる矛盾を解決するため、以下の推理を試みた。『新釈』は自跋によると、宝暦八年（一七五八）に完成された。そのとき著者は六二歳、亡くなる一一年前に仕上げた晩年の作である。一方、本書の成立は不明だが、若年の作と仮定すると、『新釈』は物語に即して、または『湖月抄』の「年立」に従って月を七月から八月に改めたのであろう。あるいは、ことによると晩年に至っても、七月一三日に源氏は岡辺に出かけ、翌年の七月二〇日に宣旨が下ったと考えていたかもしれない。ともあれ解釈も本文も『源氏物語新釈』と異なる点があるため（本文に関しては第三節、参照）、本書を伝真淵撰と見なした次第である。ただし以下の論では便宜上、撰者を真淵としておく。

五、絵の場面の選定

本書の類書として、霊元院御撰「源氏十二月詞書」がある。これは宝永二年（一七〇五）に、時の上皇（霊元院）が将軍（徳川綱吉）に下賜した屏風の詞書である。源氏物語の中から毎月一場面ずつ選び、屏風絵は土佐刑部が担当し、屏風に張られた色紙形の詞書は関白たちの寄合書きである。その詞書すなわち物語本文だけを一書にまとめたものが一〇数件現存し、書名は「源氏十二月詞書」のほか、「源氏十二月絵詞」「源氏月次絵詞」など伝本により異なる。(4)

その作品と真淵撰を比較すると、場面が共通するのは五例（霊元院撰の一・四・六・八・一二月）にも及ぶ。ただし真淵撰の記事は、四月は「六条の御息所の車あらそひの所」、一二月は「行幸に、大原野のみゆきの事、有」と簡単であるが、霊元院撰と同じと判断した。また前節で取り上げた真淵撰の七月・明石の巻は、霊元院撰では『湖月抄』などと同じく八月で、月は違うが同じ場面である。このように両書が五箇月分も重なるのは、偶然の一致ではなく、真淵はよく絵にされる箇所を熟知していたのであろう。たとえば真淵が一二月・朝顔の巻で、「雪まろめする所。こゝは常にかきなれたれは、絵の料にはいとよき所也。」と記したのも、その図がよく描かれることを知っていたからである。では真淵は、名場面集を作成するつもりだったかというと、そうでもない。

源氏物語で絵画化された主な所を巻別に列挙して、場面ごとに現存する作品を示した「源氏絵帖別場面一覧」[5]を見ると、霊元院撰で作例がないのは二月だけである。[6]よって本屏風の一一箇月分は、よく描かれた箇所ばかりと言えよう。たとえば一〇月は、光源氏が頭中将と青海波を舞うところ（紅葉賀の巻）で古来、当巻を代表する名場面であり、室町時代の遺品も伝来する。真淵も一〇月で、その箇所を示しながら、

青海波まひ給ふ所は常にかきなれたれは、此かさしをさしかふる所なとをかゝは、めつらしく侍らんか。

として、ありふれた図様よりも珍しい方を優先している。同様に一一月・幻の巻も、「此ありさまなと、絵にはめつらしかるへし。」として、有名でない箇所を採用している。[7]真淵は定型化された源氏絵に精通していたからこそ、「常にかきなれ」ている場と「めつらし」い場とが識別できたのである。ということは本書を作成するにあたり、真淵は源氏絵（肉筆画・木版画）や『源氏物語絵詞』類を見て、有名な場面を選出したと推測される。

六、絵の解説

本書には「かきやう（書やう）」という言葉が九回も使われている。たとえば四月・葵の巻には、

六条の御息所の車あらそひの所。ここはかきやうにて、おもしろく侍るへし。

とあり、その第二文は、この図は描き方次第で趣深くなるでしょう、と解釈できる。一方、「又、はしかくしのさまなと、かきやうあらんか。」（一月・末摘花）は、階隠《はしがくし》にいろいろな描き方があるとは考えにくいので、この「かきやう」は典型的な描き方という意味であろう。他の七例（六・七・一二月に各一例、八月に四例）も、描き方に定型があると解せる。すると真淵は、よく絵画化された場面のみならず、描き方の規定まで熟知していたと推定される。

本書に記された絵の説明文の中には、その場面の物語本文には使われていない語句も見られる。たとえば七月・明石の巻には、

こゝは源氏の君、直衣にて、月毛の駒にのりたまひ、惟光、かちにて、狩衣すかたにて、御ともつかうまつるさまを書へし。

とある。光源氏が直衣姿で月毛の駒に乗ったことは物語に書かれているが、惟光が狩衣を着て徒歩で、という記述はない。しかし源氏絵では、室町時代からそのように描かれているので、その伝統的な描き方を真淵は知っていて、それに合わせるように指示したのであろう。

同様に、「八の宮の家居は、あしろの屛風、萱か軒なと、事そきたるさまなるへし。」（一二月・椎本）の解説において、「網代屛風」という言葉は物語の当該箇所に見られるが、「萱が軒」はない。源氏物語の索引によると「軒」は二例あり、いずれも八宮邸で、都と宇治に一例ずつ使われている。ところが「萱」という言葉は、源氏物語の索引には見出

せない。このほか右大臣邸での宴会を描写した絵の説明に、「をしき、ついかさね、へいし、かはらけ、らいしなとやうのもの、とりならへたるかたあるへし。」（三月・花宴）として、具体的に容器類を五つも併記しているが、いずれも物語の当該箇所にはない。「をしき、ついかさね」は柏木・宿木の巻、「へいし、かはらけ」は少女の巻における饗宴の場などに、そして「らいし」は横笛の巻にのみ見られる。

このような物語にない記述は、真淵が源氏絵を実際に見て記したか、あるいは『源氏物語絵詞』（注3参照）の類に書かれた解説を引用したかであろう。すると本書の物語本文が『湖月抄』のと一致しないのは（第三節、参照）、本文も『源氏物語絵詞』類から転載したからかもしれない。ただし物語本文に基づいて、問題の場面が何月であるか考察した箇所は、『湖月抄』など源氏物語のテキストを使用したであろう。前節と本節をまとめると、真淵は源氏絵や『源氏物語絵詞』類を手掛りにして絵になる場面を選定し、描き方や描く物も記載し、月の認定には『湖月抄』なども参照して本書を仕上げたと推定される。

終わりに

源氏絵資料で真淵の著書として伝来しているものが、もう一件ある。それは『源氏物語花宴御屏風絵料考』[8]と言い、前見返しに、

是は十二月御屏風の料、仰によりて源氏物語の中より抜出て、絵料の文等、記て奉れりし時の案也。他は案書分、失て是のみあり。

と記されたように、八丁しか現存しない残欠本である。第一丁表から第七丁裏までは、花宴の巻頭に催された南殿の桜の宴に関する考証で、『西宮記』などを引用して行事の準拠や探韻の作法などを考察している。ちなみにその場面

は、霊元院御撰『源氏十二月詞書』に採られている（注6参照）。

第八丁は「十二月　あけまき」と題して、総角の巻から物語本文を抜き出している。それは宇治の大君の喪に服している中君の元に、匂宮が十二月の夜に訪れた箇所である。その続きに、次の文章が書かれている。

> 十二月の事、書たるは、てならひの巻と此所なるへし。されと此大君のいみ、はてん後に、中君を二条院にわたし給はんあらましも、此御しのひあるきにつけて、中々によろしき事にも成侍れは、しかしなから此たひの匂宮にて終りの御絵に嫌なくや候はん。　直淵《ママ》上

この総角の巻の場面は『石山寺蔵　四百画面　源氏物語画帖』（注6参照）には描かれているが、『源氏物語絵詞』（注3参照）や「源氏絵帖別場面一覧」（注5参照）には見当たらない。また版画では最多の二二六図を含む慶安三年（一六五〇）山本春正跋[9]にも、当該画面はない。

十二月の絵として手習の巻も候補に挙げられているが、どの場面を指すのか分からないし、作例も見出せない。よって、この二例はあまり描かれたことがないと思われる。それに対して、伝真淵撰『源氏物語十二月絵料』に十二月の場面として引かれた四例（朝顔・玉鬘・行幸・幻の巻）は、すべて巻を代表する有名な箇所である。両書の例は重ならないが、真淵は求めに応じて類書を作成していたのであろう。そのあたりの事情を聞き知っていたのか、浜臣は跋文に、「縣居翁、伊勢物語、源氏物語ともの絵の料とて、おほくかきおかれたるあり。」と記したのであろう。

注

（1）徳川元子氏「田安家蔵　湖月抄の真淵書き入れ本について」（「中古文学」8、昭和四六年九月）など。

（2）二書とも『源氏物語古注集成』2・3（桜楓社、昭和五三・五四年）に翻刻されている。

（3）片桐洋一氏・大阪女子大学物語研究会編『源氏物語絵詞—翻刻と解説—』（大学堂書店、昭和五八年）。当本は、「『源

氏物語』に通じた文化人が注文主の依頼に応じて、『源氏物語』全巻から絵にすべき場面を選び、その部分の物語本文を詞書として抄出するとともに、絵とすべき図様を詳細に記述して呈出したもの」（解題の一三一頁）と定義されている。

（4）当作品に関する記述は、齋麻子氏「霊元院御撰『源氏十二月詞書』考」（田中隆昭氏編『日本古代文学と東アジア』所収、勉誠出版、平成一六年）による。それを絵画にしたものとしては、齋麻子氏が指摘された京都大学蔵「源氏十二月画粉本」のほか、東海大学桃園文庫蔵「源氏十二月絵巻」（桃一〇―一一五）がある。参考までに、霊元院ゆかりの一二月物として「十二月和歌」があり（宮川葉子氏「柳沢文庫蔵　霊元院下賜『十二月和歌』」、淑徳大学国際コミュニケーション学部「国際経営・文化研究」一一―一、平成一八年一一月）、その影印と翻刻は『柳沢文庫収蔵品図録』（平成二二年）、および宮川葉子氏『柳澤家の古典学（下）』（青簡舎、平成二四年）に所収。なお末尾の補注、参照。

（5）田口榮一氏担当。『豪華［源氏絵］の世界　源氏物語』所収（学習研究社、昭和六三年）。

（6）二月は花宴の巻の冒頭近くで、親王・上達部らが韻字を賜り詩作した場面である。ちなみに注3の『源氏物語絵詞』にも、また一作品で絵の総数が最多である『石山寺蔵　四百画面　源氏物語画帖』（勉誠出版、平成一七年）にも、当該場面は見当たらない。ことによると霊元院は将軍家に贈られることを配慮して、晴れの場を選定したのかもしれない。

（7）この一〇・一一月の両例は、いずれも注6の二書（『源氏物語絵詞』『石山寺蔵　四百画面　源氏物語画帖』）に採られている。

（8）当写本は「静嘉堂文庫所蔵　物語文学書集成　マイクロフィルム版」（雄松堂書店）に収められている。

（9）当書の絵は全図、吉田幸一氏『絵入本源氏物語考』上（日本書誌学大系53（1）、青裳堂書店、昭和六二年）、『絵本源氏物語』（貴重本刊行会、昭和六三年）、小町谷照彦氏『絵とあらすじで読む源氏物語』（新典社、平成一九年）に収められている。

［補注］　注4で取り上げた霊元院御撰『源氏十二月詞書』は、その書写奥書に「宝永二年（中略）上皇始令撰出給」とあるので、その年（一七〇五年）に霊元院が選んだと考えられていた。ところが、室町時代の写本が存在する。それは大分市歴史資料館蔵「十二月言葉手鑑」で、その影印（カラー写真）と解説が「大分市歴史資料館ニュース」55（平成一三

年六月）に掲載されている。それによると巻末に「子　九月廿九日　よし統（花押）」とあり、「その花押の形状から、天正一六年（一五八八）九月二九日に大友氏二十二代、義統（吉統）が書き記したもの」と判断されている。すると当写本の成立は、霊元院の頃より百余年も古くなる。

ちなみに当作品の類書として、陽明文庫蔵「源氏絵詞新作」（国文学研究資料館のマイクロフィルム目録には「源氏物語新作草稿」とあり）が挙げられる。その前半部は、桐壺から宿木までの巻々（計三五帖）から絵になる場面を箇条書きで列挙している。たとえば桐壺の巻は、「十一歳、若宮於鴻臚館謁高麗人事。十二歳、源氏君御元服」の二箇所、初音の巻も、「一日、子日引小松事。十四日、男踏歌事、参六条院事」の二箇所が選ばれている。後半部では更に限定して、桐壺〜若菜下の一八帖の中から物語本文を引用している。たとえば桐壺の巻は鴻臚館の箇所のみ、初音の巻は二場面とも本文を引くが、一例めの冒頭に合点記号が付けられている。

本書の末尾には桐壺〜藤裏葉の一二帖を、次のように掲載している。

桐壺、空蟬、若紫、花宴、澪標、絵合、松風、乙女、玉鬘、初子、真木柱、藤裏葉。

右外、梅かえ、若菜ノ内歟。

元禄十五正廿六、承仰撰出之。廿七八両日ニ撰大概了。御屏風十二枚絵之詞也。

右記によると、元禄一五年（一七〇二）に屏風絵にする一二場面の物語本文が抄出されたことが分かる。「依頼主は天皇か、当時の近衛家の人物だとすると基熈が該当しようか。」と伊井春樹氏は推定されたが（同氏編『源氏物語注釈書・享受史事典』東京堂出版、平成一三年）、もし依頼主が上皇ならば霊元院になる。すると院の手元には多くの類書があり、その中から宝永二年に選ばれたのが霊元院御撰『源氏十二月詞書』であったかもしれない。

第四編　源氏流活花

第一章　源氏流生花書について

はじめに

華道には様々な流派があり、その中の一つに源氏流がある。これは系譜の上で源氏の流れをくむ足利義政（室町幕府八代将軍。東山殿慈照院）を祖と仰ぐ一派で、その活け方などを記した伝書の中には源氏物語と深く結びついたものもある。この分野は研究が進んでおらず、中野幸一氏の調査が現在のところ唯一の文献である。(1)本章では、中野氏が列挙された伝本に新資料をいくつか加えて概説する。

まず、源氏流の祖と言われる千葉龍卜の著作を取り上げ、次に源氏物語の内容に関わるものと、それ以外とに分け、一件ずつ解説を付けることにする。また従来、源氏流は龍卜の一派しかないと思われていたが、実は同じ時期に他の人物が立てた別の源氏流があることも明らかにする。

一、千葉龍卜と足利義政

龍卜の著作のうち、明和二年（一七六五）に出版された『源氏活花記』と、同四年刊『活花百瓶図』に記された源氏流の由来を要約すると、次のようになる。

康正二年（一四五六）、足利義政が六人の連衆（江州芦浦寺、堺文阿弥、筑紫朱阿弥、京珠慶坊、徳大寺義門、大江広末）に源氏流活花の大成を命じ、「五十四帖の花論」を「極花伝抄」と定めて秘蔵したため、世間には流布しなかった。それは「五十四帖の活方並源秘の巻、六種の図式活方」であり、その「六種の秘事」のうち、「紅葉の賀の花器と花論の巻」を、珠慶坊から龍卜の先祖にあたる行胤が継承して、紅葉の賀の花器は今も我が家に伝来している。

宝暦七年（一七五七）三月九日[2]、銀閣慈照寺に詣で、義政の尊像の霊前に生花を供えた。そののち浪華で源氏流を人々に伝え、宝暦十二年に江戸に下り、浅草の茶店で花会を催し評判になり、当流は繁栄した。

それでは源氏流は、行胤から龍卜に至るまで脈々と受け継がれたかというと、そうではないらしい。というのは『活花百瓶図』によると、

先祖行胤、花を愛し東山公の流を汲んで活花の妙術を得たり。其後、星霜むなしく去り、伝は家に残り、道を行ふ者、絶たり。予、中興せんと宝暦の頃、慈性《ママ》院殿、尊霊に誓ひ、花洛浪花に是を弘む。

とあり、断絶していたのを龍卜が復興し、自ら中興の祖と称しているからである。

この義政が定めた源氏の花論を龍卜が再興したという触れ込みは、当初から疑いの目で見られ、明和三年（一七六六）に刊行された石浜可然著『生花評判当世垣のぞき』[3]には、

源氏は花生の名成事

「源氏とは花の生方に六十帖ありや」と尋れば、「いや〳〵さよふにてはなし。花生の形、六十品ありと東山殿の御時、此形ありしが断絶したる事也。今、是を再興すとは証人のなき物語成べし。其六十色の中、二つ三つ見しに、磁器には花くばりをこしらへ焼つけてあり。拙き業也」。

として手厳しく批判しているので、源氏流の由来の信憑性は低いと言えよう。工藤昌伸氏が、

> 千葉龍卜という、おそらく茶家のなげいれ花を身につけていたであろう人物が、江戸時代の中期に新しく流派を興そうとして、その創流の次第を足利義政に仮託したとみて間違いはないだろう（4）。

と指摘された通りであろう。

では、なぜ龍卜は足利義政を持ち出したのか。それに関して工藤氏は、次のように推測された。

> 当時、もっとも古い歴史を誇る流派は、当然のことに代々六角堂頂法寺の執行《しぎょう》を務めた池坊であった。立花を専門としていた池坊に対して、茶の湯のなげいれ花を出自とした花師たちが、それぞれ茶の湯を離れていけばなとしての抛入花を創始しようとした時期であったから、千葉龍卜にしてみれば、池坊を祖とせず足利義政という人物を流派の祖として自らの源氏流を飾ろうとしたのだろう。

この義政を祖と仰ぐ考えは、他流にも利用された。というのは義政の生け花は断絶したため、後人が勝手に自ら創案したものでも、これこそ義政の流れをくむと主張できたからである。たとえば東山流の家元が記した奥書（第三節の資料Dの奥書）を見ると、創流の過程は源氏流と同じである。

> 器釜にいへることく源氏の巻は六十帖也。其内六帖は式部、深く秘して石山観世音に　奉納有りて世に伝ふる所は五十四帖也。流祖義政公、これを花器にかたちとり、同しく六帖は是、秘事の花器として文庫に納め給ふ。惜哉□□之ために焼失して世に伝る事、無し。家祖ひたすら、これをしたひ其深意を探りて□ひ六十帖の佗の花器を製し六帖は前のことく奥伝に納めて極秘とし、五十四帖之佗を専ら連衆に玩弄せしむ。しかるに壱句、一句、名の違ひありけるを、此頃、故翁の枕辺に積たりし遺草の中より見出し、これまて唱へ来りし野萩を写コメとし立花の色を落葉色とし、又これを連衆にあらためにすのみ。
>
> 文化十一年甲戌夏五月　得實斎　（□は虫損などにより読めない箇所）

この奥書を記した得実斎とは東山流の二代め家元で、文政一一年（一八二八）に六〇歳で没した千葉万水である（5）。奥書の文中にある「家祖」と「故翁」は同一人物で、当流始祖の千葉一流（初代、得実斎）を指すと考えられる。千葉一流には『小伝書首言』という著作があり（6）、その冒頭は足利義政の事績で始まり、次いで、

しかしより、このかた花の道、世にひろまりて流々多しといへとも、此君を流祖とせさるはなし。

と記されている。この一節から、義政を祖と仰ぐのは、源氏流と東山流だけではなく、多数あったことが知られる。これは、義政の流れを汲むのは我一人と自負している千葉龍卜への痛烈な批判とも受け取れよう。源氏流も、その他大勢の一派にすぎぬと言いたいのであろう。

同じ事が、東山流二世の著『抛入花薄精微』（『花道古書集成』5所収）にも窺える。冒頭の文章によると、初代は家に伝来した「東山公の伝法」を再興しようとしたが、義政が亡くなり数百年もたち、真意が分からなくなってしまった。そこで先代は諸説を渉猟し取捨選択して、ついに本意を会得し、ようやく旧伝に復した、とある。ということは、龍卜などが唱えているのは誤りで、東山流こそが義政の奥義を継承していると主張しているのであろう。

二、千葉龍卜と源氏物語

龍卜が生け花に源氏物語を取り上げたことについて、工藤昌伸氏は次のように推測された。まず延宝三年（一六七五）に北村季吟の『湖月抄』が刊行され源氏物語が普及したことに注目され、こうした状況の中で、千葉龍卜があえて「源氏五十四帖」にちなんだ花論をつくり上げ、それを自らの抛入花として世に広めようとしたことは、現代からみればまさに卓抜な流派の創流であるといってもいいのではないだろうか。この『源氏物語』への花形《かぎよう》の仮託は、のち龍卜の門下によって著された『源氏挿花碑銘抄』では五十四帖

ではなく六十帖となっている。この変化は先学の指摘によれば歌舞伎の浄瑠璃本『源氏六十帖』の影響ではないかといわれる。当時江戸で上演された歌舞伎の「源氏物語」の帖数に合わせたものとすれば、時勢への見事な対応を示したものだといえるだろう。

と論じられた。ただし六〇帖の記述は、『源氏挿花碑銘抄』より早く龍卜が刊行した『活花百瓶図』の自序に、「夫、源氏活花の名は源氏六十帖より出たり」とある。また『湖月抄』の首巻、発端にある「此物語の冊数」項にも、「天台六十巻になぞらへて源氏六十帖といへり」とある。これは既に中世において、六〇帖と見る説が流布していたからである。(7)

さて、龍卜が始めた源氏流は隆盛を極め、その編著書は短期間に次々に出版された。

①「源氏活花記」明和二年（一七六五）刊。『花道古書集成』3所収（思文閣出版、昭和四五年。大日本華道会、昭和五年刊の復刻）。
②「活花百瓶図」明和四年刊。『花道古書集成』3所収。
③「生花枝折抄」安永二年（一七七三）刊。『花道古書集成』4所収。(8)
④「百器図解」安永二年刊。『花道古書集成』4所収。
⑤「盆石手引」安永四年刊。散逸。江戸出版書目による。(9)
⑥「源氏挿花碑銘抄」天明六年（一七八六）刊。『花道古書集成』4所収。
⑦「源氏活花図式」享和元年（一八〇一）刊。

編著者は①〜⑤が龍卜、⑥は源氏流二世家元になった千葉龍子である。また④と⑥の巻末に置かれた目録には、「枝折抄百器末巻全部二冊　近刻」とあるが、それは未梓に終わったらしい。⑦は弟子の松林斎千路が主催した、龍卜の追善花会の記録である。

このように源氏流の著書は、一八世紀後半に集中して出版され、それ以後の刊行物は見当たらない。また、いずれの書も、源氏物語に関わる具体的な記述は載せていない。たとえば『源氏活花記』を例にとると、「源氏花論六帖深秘」として六つの巻名を示したり（後述）、「表之巻箇条」と題して「花数葉《はなかずは》員《かず》の事」「花斗《はなばかり》葉斗《はばかり》の事」など五四ケ条を列挙したりのように、源氏物語との関係は主に巻名と巻数に限られ、物語の内容には触れていない。工藤氏が、

龍卜には伝統的な六角堂池坊に対抗して自らの流派の出自を飾る必要があり、大坂で名を挙げ法橋に任じられてはいたが、さらに新興都市である江戸において、自らの流派の声名を挙げるという目的があった。当時の他の諸流が、その後表現を形式化させるのに比べ、「源氏五十四帖」を主題とした花を考案し、流派名を源氏流と名付けたというのは、当時のいけばなの師匠としてはまさに出色の存在だったと思われる。

と述べられたように、源氏物語の摂取は源氏流の特色であるにもかかわらず、その記載は出版物には掲載されていない。これは龍卜が『源氏活花記』において、

源氏の花は別伝にして、桐壺・箒木を始め五十四瓶の活方、貴人へ奉る花なれば、印可免許に至て知るべし。源氏全部花法は堪技の人になくんば授る事かたし。此書に著す処は、書院七所粧《なゝところかざり》、其外、会席等の花形《はながた》を初心のために出す。源氏の巻々の花形は秘事たるが故に、一向、花形とても図にも出さず。（原文は総ルビ）

として別伝の奥義に扱い、そのため、として秘めたからであろう。そこで版本には記載されないが、写本では伝えられていることを次節で確認する。

三、源氏物語の内容を掲載する生花書

本節では源氏物語に関する生花書について、龍卜とその弟子の著作、および他流の著書の順に取り上げる。

A、『源氏流瓶花規範絵巻』

九曜文庫蔵。『国書総目録』には掲載されず、中野幸一氏の解説（注1の著書、四一六頁）を転載する。

巻子本一巻。紙高十八センチの小巻。「桐壺」から「夢の浮橋」までの活花図の彩色絵巻。寛政・享和頃の写。ただし彩色図はどういうわけか「玉鬘」までの二十二図で、「初音」以下は、

初音　二重筒上白梅ニ寒菊下寒菊
胡蝶　掛花生たまに撫子ノあしらい
蛍　平物　加満沢桔梗

のように巻名と活花の説明のみとなっている。奥書・識語の類はない。二十二図のみではあるが着彩の源氏流活花図として貴重である。

ちなみに当本の巻頭写真は、『読む、見る、遊ぶ　源氏物語の世界―浮世絵から源氏意匠まで―』（京都文化博物館、平成二〇年）と『特別展　いけばな』（京都文化博物館・江戸東京博物館、平成二一年）に掲載されている。後者の図録の解説（松原清耕氏担当）には、「安永二年（一七七三）に流祖千葉龍卜が門弟のために考案した花器を図示している『百器図解』には見られない花器が使用されていて、花も当時流行の諸流の花姿とあまり変わっていない。江戸時代中期に流行した源氏流とは別の流であろう。」とある。

B、『源氏流極秘奥儀抄』

九曜文庫蔵。『国書総目録』未掲載。中野氏の紹介によると（注1の著書、四一八頁）、巻子本二巻、千葉龍卜著、安政三年（一八五六）正蔭写。序文によると、足利義政の奥義を千葉龍卜が伝えたとあり、全五四帖にわたり巻ごとに用いる花を場面に応じて指示しており、花の図はない。中野氏が翻刻された桐壺の巻を、早稲田大学の古典籍総合

データベースの画像で確認して、私に句読点を付す。

桐壺

御伝曰、是は桐壺といふ名によりて桐を生る也。桐、鳳凰は、聖代ならでは出ぬ位あるもの也。御簾の花、第一の習とせり。祝儀にもちふべし。

愚按曰、桐壺更衣に手車の宣旨といふ事あり。小車といふ竹縁あり。又、三位のくらゐおくらせ給ふ。是は桐壺、長く此世を去給ふ時の事也。仏花と心得へし。又、桐壺帝、母北の方に源氏若宮にてましますとき、靭負命婦を使として給はりし歌、

みやきのの露吹むすふ風の音に小萩かもとをおもひこそやれ

といふ時は必、萩を生る也。又、源氏、七の御年、御文始とて御学文始あり。琴笛の音にも雲井をひゞかすと有。此時は必、松を主として生る也。松は琴に通ふ。下准レ之。又、鴻盧《ママ》館にて唐人、人相を見奉りて源の氏を給はることあり。此時、花、白花にかぎる也。又、葵の上と御祝言の時は必、紫色の花を生へし。歌によれり。以上、桐壺一巻のうち考證かくの如し。

文中の「御伝」は義政、「愚按」は龍卜の説を示す。前掲資料Aでは一巻につき一つの生け方しか載せていないのに対して、本書では同じ巻でも場面に応じて用いる花が異なり、おそらく活け方も違うと思われる。このほか、龍卜が版本に掲載しなかった源氏物語の粗筋も分かり、源氏物語の享受史においても貴重な資料である。

C、『源氏五拾四帖之巻』

東京大学総合図書館蔵（ＹＢ20／511）。写本、一冊。江戸後期写。外題はなく、内題は「源氏五拾四帖之巻」。冒頭に蔵書印「南葵文庫」あり。『国書総目録』に収められているが、いまだ学会に紹介されたことはない。当本は袋綴

じで、寸法は縦一三・七センチ、横一九・八センチ。

本書は五四帖のうち五巻を欠き、また巻の順でない部分が少々ある。問題の箇所を巻名と通し番号（1桐壺〜54夢浮橋）で記すと、欠巻は2帚木・7紅葉賀・12須磨・13明石・50東屋であり、配列が不揃いの箇所は4夕顔から20朝顔までの間で、番号のみで示すと、4 8 5 6 11 9 10 17 18 15 16 14 20 19の順に並んでいる。この問題に関しては、本書の第四編第三章で再考する。

各巻の構成はみな同じで、次の通りである。

①巻名。②登場人物名（一人）。③和歌（一首）。④物語の粗筋。⑤生け花の図。⑥活け方の解説。

①から順にみると、①の巻名は名称も漢字の当て方も特異な点はない。昔から順序が問題にされている箇所は、本書では蓬生・関屋、紅梅・竹川の順で、これは『源氏物語湖月抄』と同じで、『源氏小鏡』とは逆である。②の登場人物は、桐壺の巻にしか現れない靭負命婦が空蟬の巻に置かれるなど、不審な点が多い。③の和歌は、その多くが巻名を含んだ、いわゆる巻名歌である。登場人物の口ずさんだ古歌が藤裏葉・若菜下の巻に一首ずつあるほかは、すべて物語で詠まれたものである。④の粗筋の中には、物語の内容と一致しないものがある。たとえば、宇治の八宮は光源氏の弟であるのに、「光源氏のおぢ」（伯父、叔父）としている。次に⑤の図は白描で、彩色はなされていない。最後に⑥で活け方が語られ、桐壺の巻の記述を前掲資料B（龍卜著）と比較すると、「御簾の花、第一の習」という箇所が一致する。当写本には序文や奥書がなく成立の経過が不明で、龍卜の名も見られないが、近年、当本の原本と関連資料が見つかったので、本書の第四編第三章で詳述する。

D、『源氏生花手引艸　佗花器切方寸法記』

池坊総務所（基1.0／ケ／12）。『国書総目録』未掲載。写本、一冊。後見返しに、「明治三拾五年九月中旬写之　月嘯

庵霞晴　所有」と記されているので、明治三五年（一九〇二）に月嘯庵霞晴が書写して所持していたことが知られる。外題は表紙の中央にあり、「源氏生花手引艸」と「侘花器切方寸法記」を並べて記す。内題はなく、冒頭に「凡例」として活け方の心得や竹製の花器の説明などを箇条書きに記している。次いで源氏物語が全帖にわたり、①巻名。②その巻の和歌か文章。③竹の花入れの活け方と、その図。の順に書かれている。たとえば巻頭は、

初髻　桐壺之巻

歌に、いとけなき初髻になかきよふ《（ママ）》ちきる心はむすひこめつや

で始まり、以下、活け方の解説とその図を載せている。

夢浮橋の巻のあと、

雲隠　名斗りにて詞なけれは切方も無し。

右、佗五拾四は源氏六拾之内、五拾四によせて切たる器なり。奥六帖は江州石山寺に納りて世に流布せさるよしなれは、器の切方も右六帖は奥秘なれは爰にしるさす。

とあり、そのあと「附録」として一七個の竹筒の花器が図示され、解説が付けられている。

最後に、奥書が三つ並んでいる。まず文政一〇年（一八二七）に花章亭芳□（□は虫損などにより読めない箇所）が、故花暁先生の教えを元に作成して「花生源氏手引草」と題した、と記したもの。次に、「明治三十五年秋九月中旬写之　月嘯亭霞晴」という書写奥書。最後に、文化一一年（一八一四）東山流二世得実斎の奥書があり（第一節に全文引用）、それにより本書は源氏流ではなく東山流の著作と判断した。

E、『源氏流活花聞書』

『国書総目録』未掲載。写本、一冊。江戸中期写。外題は「源氏流活花聞書」、内題は無し。益田家蔵（一〇四）。冒頭に蔵書印「須佐笠松文庫」あり。国文学研究資料館にマイクロフィルムあり。

本書は、「相守へき事」を始めとして、「切紙伝授箇条」「草木五十四品」などの項目を立て、それぞれ五四ケ条の教えを列挙している。その中で源氏物語と関係するものは、次の項である。なお私に付けた振り漢字を、右側行間の（　）内に記した。

源氏五十四ケ条

一、桐壺。花にては唐きり也。花器にては焼物也。坪也。是、活花之始也。尊方は衆意に三色、天地人三つ、花実はそろふなり。

一、箒木。花に雲さくら也。花器にては、うすはた《（薄端）》也。活方は好みたるを、よしとす。夏活には、ちるをよしとす。

一、空蟬。花にては、ほたん《（牡丹）》なり。花器にては焼物也。鋳物也。活方は、すそ葉なく上しけり涼しく活るなり。

一、夕顔。花にては夕かほ也。花器にては夕皃也。又、活方とまり船夜会女中客之時なり。

一、若紫。花にては、しや《（射干）》花也。花器にては焼物也。活方は朝の席也。尤、習ひ有なり。

一、末摘花。花にては紅也。花器にては花ほん《（花盆カ）》也。活方にては《（ママ）》。

一、紅葉賀。花にては紅葉也。花器にては紅葉の賀といふ名物也。鋳物、□物に紅葉のもやう《（模様）》あり。活方は大秘伝也。

一、花宴。花にてはすゝき《（薄）》、いしつくもなり。花器にてはれん《（蓮）》なり。花活方は向生、或は葉斗活る時之季也。伝、有。

以下、葵の巻からは巻名のみで解説はなく、夢浮橋の巻のあと、「右は花の名、花器の活方習也」の一文で締め括っている。なお巻名で特異なものは、幻の巻が「幻夕」であること、また紅梅と竹川の巻の間に「ようめいノ助」（揚名介?）という名称が書かれていることである。

次に序文を見ると、その一節に、

安永九年、上京して初て先師の門に入、是迄の事を語り、三月九日〈此日、当流、代々、祭日なり〉、先生の御前にて桐壺の花器にも柳を活、又しきりう形に春梅に椿を生る。夫より直弟《（直弟子カ）》となる。

（〈 〉内は割注。以下、同じ）

とあり、作者が入門した師匠は千葉龍卜と推定される。というのは三月九日は、龍卜が銀閣寺に参り義政像に供花した日であり（注2、参照）、また同じ序文に、

委しきは源氏花論之書〈此書は室町の将軍源義政公、康正二年丙子初冬に六人之連衆に命して五十四帖の秘伝也。是により世間知人、稀也〉、活花記　幷百瓶之図〈是は先生、其撰の門人に□し置れたり〉、是を見て知るへし。

（□は虫損などにより読めない箇所）

として、『活花記』と『百瓶之図』の著者である千葉龍卜を「先生」と称しているからである。また、本文中に「奉恐神文之事」の項があり、その文中に「松翁斎法橋千葉龍卜先生」とあることからも、本書の作者は千葉龍卜の門下生であると知られる。そこで本書の次の一節が『活花記』と同文であるのは、それを引用したからと考えられる。

源氏花論六帖深秘

一　箒木　一　紅葉賀

一　須磨　一　明石

一　雲隠　一　東屋

この六帖は、次の資料F・Gで問題にする。

F、『源氏六拾帖花器之図』

『国書総目録』未掲載。写本、一冊。全八丁。東海大学桃園文庫蔵（桃一〇―一八五）。外題は「源氏六拾帖花器之図」、内題は「源氏六拾帖花器図」。奥書に、

右之図、源氏活花之花器、行之形、当流之秘事也。故、門人之外、不許之。堅他見外言、不可有之也。

苔雪庵　蘭幸

右寛政六丑年写之。

とあり、寛政六年（一七九四）に苔雪庵蘭幸が書写したものである。(10)

序文は、以下の通りで、その内容は源氏流の由来と同じである。

源氏六十帖花論之書者、往来、東山室町将軍源義政公、康正二年丙子初冬、定め給ひ秘して宝蔵に納置給ふゆへ、世間に知人無更。其後、花道堪能之者六人〈江州芦浦寺、徳大寺義門、京朱慶坊、築世（ママ）原朱阿弥、堺文阿弥、大江広末〉、付与免許したまふ。夫より代々、令伝法といへとも其深切、不見届者には曾て不能見ス。爰に器形斗、顕す。修行の一ト助ハ成ス。然とも寸法并器之生は為秘伝、略之者也。

続いて夢浮橋と後出の六巻（箒木～雲隠）を除く四八巻から、一巻ごとに一つの花器（焼き物・木器など）を墨で描くが、花散里と早蕨の巻は巻名のみで花器の図はない。また次の四巻にのみ注記があり、他の巻には解説などは一切ない。

「此花器、口伝有。猥に不可活」（夕顔）。「掛花器」（柏木、横笛）。「卓下花器」（手習）。

そのあと次の一節がある。

右源氏五拾四帖之内
箒木々《ママ》。紅葉賀。須摩《ママ》。
明石。東屋。雲隠。
六種の巻、其極秘にて別して大事成巻ゆへに、花器のも爰に記さす。何も寸法、口伝也。

これは資料Eにも引かれた龍卜著『源氏活花記』の記述と一致するし、また本書の序文も源氏流の趣旨と同じである。しかしながら、六帖のうち雲隠の位置が資料Eとは異なり、Eの雲隠は東屋の前で、その方が巻の順に合う（この問題は後出の資料Gで扱う）。またEが「千葉龍卜先生」と記したのに対して、当写本には龍卜の名前は見られない。そこで当本は源氏流の影響を受けた、他流の著作と見ておく。最後に竹製の花入れが一三個、墨で描かれている。

G、『源氏花論之書』

東海大学桃園文庫蔵（桃一〇―一九二）。『国書総目録』未掲載。写本、一冊。江戸後期写。

資料Fで問題にした六帖、すなわち龍卜が『源氏活花記』において「源氏花論六帖深秘」と定めた六巻のうち、雲隠を東屋の前に置いたのとは逆に、資料Fでは東屋の後に雲隠がある。そこで資料Gの本文で問題の六帖を見ると、雲隠以外の五巻は全て、花器と活け方を極秘に扱い説明を省いている。Gには雲隠の巻はなく、代わりに幻の巻に、

此巻、至て大事の巻也。活方心得、前巻と同し。秘中の極秘也。此巻の心、巻軸夢の浮橋と同意也。依之、当流にて巻軸を雲かくれの伝とせり。

とあり、夢浮橋の巻には、

此巻の心、謹て考、可知所也。至て極秘にして雲かくれの伝と号し、花器の図并活形、極秘なり。

とある。すなわち当流では、夢浮橋の巻を雲隠の伝と定めるのである。そのため資料Fにおいて、東屋の後に雲隠が

あると理解される。まとめると、源氏流は巻の順に合わせて雲隠・東屋と並べるのに対して、当流では夢浮橋を雲隠の伝と扱い東屋・雲隠と置くのである。よって資料F・Gは、龍卜の源氏流ではないと言えよう。ちなみにFと同じくGにも、龍卜の名は見られない。

さて資料Gの外題は題簽に「桐壺」、その横に貼られた紙に「源氏物語各巻秘説」とある。内題は「源氏花論之書」であるが、表紙から剝がれた前見返しの表側に書かれているので、後人の命名であろう。この三つの題名が示す通り、内容は源氏物語の全帖にわたり、桐壺の巻から順に物語の粗筋と花の活け方を記したもので、生け花の絵はない。参考までに桐壺の巻を全文引用し、適宜、句読点を付し、また割注は〈　〉内に入れた。ただし振り仮名は多く付けられているが、特殊な読み以外は割愛した。

桐壺

源氏一の巻を桐壺といへるは、大内に五壺あり。是を五舎といふ。一には桐壺〈淑景舎〉、二には梨壺〈照陽舎〉、三には藤壺〈飛香舎〉、四には梅壺〈凝花舎〉、五には雷鳴壺〈襲芳舎〉、是なり。光源氏の母御息所を、桐壺更衣といふ〈更衣とは四位給女の惣名也。御門御服を召かふる時、扱給ふ人なるゆへ更衣といふ也〉。桐は諸木の王也。鳳凰も鳥の王なるゆへに、此木に宿り巣を喰。されは唐堯舜の御代とて聖帝、有。日本にても延喜の帝〈六十代、醍醐帝也〉を賢王と賞す。依之、桐壺の御門と名付奉り、第一の巻とする也。

○醍醐天皇、桐壺の更衣を寵愛有て、皇子御誕生あり。是、二の宮也。一の宮は弘徽殿の御腹也。然るに二の宮、いつくしさ世にならひなきゆへ光明君とも光る公とも申。是、源氏の君也。

○当流に於ては唯、花器の名をよせたる斗なりといへとも、巻の次第によりて心得へし。花論、有之ゆへに聊、其発語を顕すのみ。依之、委しき事は略す。

○此巻、桐は諸木の王たるゆへ、鳳凰も宿る聖代の心、賞すへきの極に至れり。諸祝儀、婚礼式、最上たり。花

　は賞翫もなき詠《ながめ》うすき花は、遠慮有へし。蘭は殊に鳳眼の活形有れは、可活用。然し極伝の物ゆへ乱に不可用。

概観すると、活け方の解説よりも巻の説明の方が長く、また梗概文は必ずしも物語の粗筋を忠実に語るわけではなく、これらの特徴は他の巻にも当てはまる。ちなみに龍卜の著書「源氏流極秘奥儀抄」(資料B)と比較すると、桐や鳳凰などの語句は共通するが、内容はまったく異なり、Bの方が物語の粗筋に合っている。源氏流には資料BEがあるのに対して、Gの奥書には「当家、同流にも、この書、無之ゆへ可秘々々」とあり、当流には他に類書がなかったらしい。

右に掲げた桐壺の巻の本文を見直すと、巻頭に五舎の説明があり、その類例を他の梗概書で探すと、南北朝時代に成立した『源氏小鏡』の系統で道安が加筆した伝本が挙げられ、それにも桐壺の巻頭に、桐壺・梅壺・藤壺・梨壺の四つが例示されている。

次に注目されるのは、光源氏を「光明君とも光る公とも申」の箇所(傍線部)で、似た名称を他書で探すと、今川範政が永享四年(一四三二)に著した『源氏物語提要』(11)と、それを元に作成された『源氏大綱』『源氏大縄』(12)には「光明公」、また『源氏大綱』『源氏大縄』に似た『源氏秘事聞書』(13)には「光明后」とある。『源氏小鏡』『源氏物語提要』との関わりは、帚木の巻にも見出せる。雨夜の品定めのあと、光源氏が方違えをしたことに関して、本書には、

　此巻に、かたちかえ(ママ)といふ事、有。是は源氏、門違《かどちがい》をし給ひしなり。四月也。昔の上臈は四季のかはりまし(ママ)に門違ひせり。

とあり、同様の記述が『源氏小鏡』『源氏物語提要』にもあり、いずれも源氏の方違えを四季の変わり目である四月としている。ちなみに、一条兼良が文明四年(一四七二)に初稿本を完成した『花鳥余情』では六月と解釈したが、肖柏が文明八年に作成した第一次本『源氏聞書』(14)と、宗祇が文明一七年にまとめた『雨夜談抄』で五月を唱えてから

は、五月説の方が流布した。

H、『源氏物語五拾四帖之生方図』

九曜文庫蔵。『読む、見る、遊ぶ　源氏物語の世界』と『特別展　いけばな』（ともにAに掲出）に、見開き一面の写真が掲載されている。一九世紀の写しで梅廼舎一枝筆。後者の図録の解説（植山茂氏担当）には、「源氏物語五十四帖の各巻に題をとったいけばなの図が写されている。各頁ごとに源氏香図と巻名を記し、いけばなの図と、源氏物語の当該巻にある歌などを載せている。江戸時代後期の一般教養としての源氏物語人気の様子もうかがえる。」とある。なお本文中の「源氏物語の当該巻にある歌」とは巻名歌である。

以上の八件（資料A～H）を整理して表にすると、次のようになる。まず物語の梗概文があれば〇（ただし和歌か短文を引く程度ならば△）、なければ／、同様に花の挿し絵があれば〇（ただし花器のみは△）、なければ／、最後に源氏流は〇、他流は／、判別できないが源氏流の影響を受けているものは△とした。この一覧表が示す通り、物語の梗概文も生け方の絵も含む著作は、Cの「源氏五拾四帖之巻」のみである。

	A	B	C	D	E	F	G	H
梗概文	／	〇	〇	△	／	／	〇	△
挿し絵	〇	／	〇	〇	／	△	／	〇
源氏流	△	〇	△	／	〇	／	／	△

以上の資料は江戸時代のものであるが、類書は明治以後も制作されている。たとえば大正七年（一九一八）に出版された方円居宗与著『盛花源氏五十四帖図絵』（東海大学桃園文庫蔵、桃一〇―一八八）は、全五四帖の活け花の図を、一頁に一帖ずつ描いたもので、物語の粗筋や活け方の説明は一切ない。自序によると著者は尾張国の人で、

幼年の頃より松月堂古流生花に心を寄せて楽みとし（中略）源氏五

十四帖の古歌を本として五十四通りの盛花を工夫し、をしへけるに、其形をは図絵にあらはし授けてよと請ふ（中略）自ら禿筆をもて写し出すこと、はなしつ。されはこれを盛花源氏五十四帖と題号して童蒙の輩までに覚え易からしめむ為め、鄙語《ママ》もて盛花の旨意をも述ふ（下略）（句読点は私に付す）

とあり、源氏物語にちなむ生け方は自ら工夫したもので、師伝ではないようである。

現代でも源氏の巻ごとに生けた花の写真に、物語の梗概を添えた書物が刊行されている。管見に及んだのは、次の三点である。

①『嵯峨御流　花の源氏五十四帖』（同朋舎、平成七年）

嵯峨御流華道総司所に所属する五四人の華人が活けた花の写真に、物語の粗筋と塚本邦雄氏の短歌（五四首）を添える。

②『生花　拾花春秋』（文英堂、平成一〇年）

桑原仙渓（桑原専慶流第一四世家元）が、江戸中期に成立したという『生花　源氏五拾四帖』を参考にして生け、田辺聖子氏が粗筋を担当。

③『源氏物語　花の五十四帖』（求龍堂、平成一三年）

生け花は岡田広山（広山流三代目家元）、梗概文は原岡文子氏の合作。

このように源氏物語と華道の結びつきは、今や源氏流以外の流派でも試みられている。ちなみに「現代いけばな諸流一覧」（大井ミノブ氏編『いけばな辞典』所収、東京堂出版、昭和五一年）には、「源氏流　近藤清峯」とあるが、その実態については未調査である。

四、源氏物語の内容を掲載しない源氏流生花書

本節では「源氏」の名を書名に冠するが、源氏物語の内容には触れていない著書を、伝本の成立または書写の順に列挙する。いずれも写本で伝わり、版本はない。

a、『源氏流瓶花規範抄』

本書は自序によると、一貫堂自頼（のち二斎堂自頼と改名）の著作で、寛政四年（一七九二）に成立した。『国書総目録』には大阪府立中之島図書館本（九九一―三二。以下、中之島本と略称す）しか載せていないが、国会図書館にも一件ある（二三七―三一五。国会本と称す）。それは国会本の内題は「源氏流瓶花規範抄」であるのに、外題が「源氏瓶花規範抄」であるため、当館の目録も『国書総目録』も「源氏瓶花規範抄」と掲載するからで、内容は中之島本と同じである。中之島本は全二冊、国会本は四冊を二冊ずつ合冊にしており、前半の二冊は中之島本と同じ、後半の二冊は内題に「源氏流瓶花規範抄　後篇」とある通り前半の続きである。前篇にも後篇にも作者の長い序文があり、それによると作者が源氏流と号して立てた流派は足利義政から始まり、活け方なども千葉龍卜の源氏流に似ている点もあるが別流であり、龍卜の方が当流の末である、と述べている。序文のほか、いくつかある奥書の記述をまとめて当流の成立状況を年譜にしてみた。

宝永年間（一七〇四～一一）	六条大納言(注a)、初老にて辞任の後、立花・投入に執心し、一〇年後に当流を活け出す。
	播州の篠田何某、弱冠のとき六条家に従属し、多年にわたり当流の大意を伝授される。

宝暦五年（一七五五）頃か	篠田何某、老いて浪花で石州流茶事・生花の師範になり、著者（自頼）に教える。まもなく篠田、病死。
明和二年（一七六五）頃（注b）	著者、十年間、江戸に滞在。当時、江戸にて千葉立朴（ママ）の源氏流、繁昌。初め御代流と唱えていたが、源氏六十条之活方により、源氏流と呼ばれるようになったと、門人から聞く。活け方など当流と同じに思われたが、よく見るうちに別流と判明。
	そののち作者、京都に五、六年、滞在。
寛政二年（一七九〇）	著者、浪花で源氏流を興し、一貫堂と号す。五年間で門人、三百余人に及ぶ。
寛政四年（一七九二）	本書の前篇、成立。
寛政五年（一七九三）	著者、自分の花名を皆伝の門人、松生（貫拙堂）（注c）に譲り、再び江戸に赴き一〇年間、仕官。その間も花道を広め、二斎堂と号す。
享和三年（一八〇三）	仕官退身して浪花に戻り、再び流儀を広める。本書の後篇、成立。
文化九年（一八一二）	巻二の末尾に「文化九壬申歳五月」とある。（注d）
文政三年（一八二〇）早春	本書の前篇（国会本）に奥書あり。

文政三年（一八二〇）二月	本書の後篇（国会本）に奥書あり。

（注a）中之島本は「大納言」（正三位相当）、国会本は「亜相公」（大納言の唐名）。『公卿補任』によると、宝永年間に六条家で公卿の人は源有藤しかいないが、彼の官職は権中納言までで大納言にはなっていない。また位階は、享保一四年（一七二九）に有藤が五八歳で没するまで正二位である。よって、位階を辞してのち華道に精進した、という本書の記述に合わない。

（注b）国会本は「三十七八ケ年」前、中之島本は「二十六七ケ年」前。本書前篇が成立した寛政四年（一七九二）から三七年前は宝暦五年、二七年前は明和二年になる。ちなみに明和二年に、千葉龍卜著『源氏活花記』が刊行された。

（注c）享和三年（一八〇三）の奥書には松生、国会本の前篇の序文には貫拙堂とある。序文の本文は伝本により異同が多くあり、中之島本には貫拙堂の名は見られない。

（注d）中野幸一氏が紹介された別の一本にあるらしい（注1の著書、四一六頁）。

作者は自分の師匠として六条と篠田の二人を挙げているが、果たして実在の人物かどうか疑わしい。実際のところは、作者が最初に江戸にいたとき、折しも隆盛を誇っていた源氏流を羨み、その名声にあやかり利用して、浪花で源氏流を興したのではなかろうか。

それはさておき本書の内容は、前篇も後篇も作者が定めた百ケ条の規範を載せたもので、前篇の第一条は「花揃心得之事」、後篇の第一条は「早咲の梅、活方之事」である。各項とも心得を説明するだけで、源氏物語の内容に関わる記述は見当たらない。

b、『源氏活花』

東海大学桃園文庫蔵（桃一〇―一八七）。『国書総目録』未掲載。写本、一冊。外題・内題とも無し。巻頭に長い序文があり、抄出して引用し、句読点を適宜付す。

　源氏活花の巻の序

夫、生花の濫觴は千有余年前、護命尊師といひし人有て、此人を活花の祖とするなり。（略）又、護命より四百年ばかりをへて後、明恵上人といふありて、此道の跡をしたひ名誉有てけるを中興活花の師とは言ふなり。夫より後、二百有余年をへて松月堂英尊と言ふ人、有。此人なん護命・明恵(15)の二祖の流を汲て世にしられ、活花にたへなりけるよりして、是を古流とはいふ也。また人々、寄つとひ、あまたの花を活ならへて楽しむは、昔、足利八世の君、慈照院殿、洛陽東山の別館に遊ひ給ひし時よりはじまりたる趣とそ聞伝へけるなり。我祖師、楽只斎先生は此跡をしたひ、万のこと、あめつちのみち陰陽のことわりにもるゝ事なきをさとりて、何くれとひろく、ものにわたり給へる。ことに源氏の言の葉のたへなるくさ〳〵を、おかしくおもひよそへて、此式を定られ源氏活花の巻と題するものなりけらし。

　文化元甲子歳　九月よき日　　長谷川忠英序（印）

右記によると本書は、楽只斎が定めて「源氏活花の巻」と名付けた書に、弟子の長谷川忠英が文化元年（一八〇四）に序文を寄せたものである。千葉龍卜の名は見えず、他派の名（松月堂）が引かれているので源氏流以外か、資料aのように龍卜以外の源氏流かもしれない。

　次に奥書を見ると、

右、源氏活花式、天地人三巻内、天之巻六十条、及相伝候。努々他見他言、有之間敷候。猶、奥義等、追々可令伝授者也。

文化九年申ノ五月吉旦　玉樹軒　忠英（印）

とあり、全三巻のうち第一巻の六〇条を文化九年に忠英が某人に授けたことが知られる。当本の内容は奥書に記された通り、六〇条から成る。本文の冒頭に「源氏活花式　天之巻　宗耳伝」と題し、第一条の見出しは「花生置様之事」で、以下その解説が付く。源氏物語と関係するのは、六〇という数字ぐらいである。

c、『源氏流挿花秘伝』

東京大学総合図書館蔵（ＹＢ20／285）。『国書総目録』によると孤本。写本、二冊。二冊とも外題はなく、内題は「表之巻伝書　五十四箇条」と「裏之巻伝書　五十四箇条」。二冊とも奥書があり、それによると文政一一年（一八二八）に和田移春斎龍甫が著した。なお序文も跋文もないので、成立事情は不明である。

源氏物語と関わるのは、内題に書かれたように、五四箇条という数字であり、そのほかは「轡六形之図彙」と題して、「表関屋組方之図」「裏浮船」「総角組方之図」「胡蝶組方之図」「空蟬組方之図」「御幸組方之図」の名称で、それぞれ図が示されている程度である。この六つの巻名は、龍卜が「源氏花論六帖深秘」として定めたもの（前節のE参照）とは異なる。ちなみに「御幸組方之図」の次に、「時代花轡之図」と題して図があり、「竹節金象眼露銀象眼　真ノ図外花ニ寄テ遺ウ事在」という説明が付いている。

d、『源氏流花伝書』

池坊総務所（基1.0／ケ3）。『国書総目録』によると孤本。写本、一冊。外題は「源氏流花伝書」、内題は無し。奥書には、「天保十五年甲辰のとし春日、筆を納む。播陽　源氏花道家元　暁雲斎遊□述」とある。『国書総目録』では著者を暁雲斎竜雲とするが、奥書には「暁雲斎遊□」とあり、□の箇所は「竜」にも「亀」にも読める。暁雲斎は遊竜とも遊亀とも称した（詳細は本書の第四編第三章、参照）。本書の内容は千葉龍卜『源氏活花記』と重複する箇所が多い。天保一五年（一八四四）は、『源氏活花記』が刊行された明和二年（一七六五）から七九年も後である。これは暁雲斎が千葉龍卜に直接師事したのではなく、『源氏活花記』から学び自説に取り入れたからと解釈できる。(16)

終わりに

千葉龍卜が始めた源氏流の伝書が他流と比べて非常に少ないのは、工藤昌伸氏が、

千葉龍卜という花師が活躍したのはまさに江戸の田沼時代（一七六七〜八六年）であり、源氏流はその後寛政の改革（一七八七〜九三年）を越えては発展することがなかった

と述べられたように、当流が廃れたからであろう。しかしながら始祖龍卜が唱えた二点、すなわち足利義政を祖と仰ぐことと、源氏物語を取り入れたことに絞り、華道史における源氏流の位置付けと役割を考えると、義政を祖とする考えは他派にも利用され、その結果、東山流など多くの流派が生まれ、華道の隆盛に貢献したと考えられる。その中には江戸で活躍した龍卜に対抗してか、浪花でも自頼が源氏流を興している。そして源氏物語に合わせた五四種の活け方も東山流などが模倣し、さらには現代の華人も試みており、その意味では源氏流が後世に残した功績は非常に大きいと言えよう。

注

（1）中野幸一氏「源氏流生花書解題」（『源氏物語の享受資料―調査と発掘―』所収、武蔵野書院、平成九年）。

（2）「三月九日」の箇所に本文異同があり、『源氏活花記』の翻刻（『花道古書集成』3所収、初版は昭和五年。復刻版は

昭和四五年に思文閣出版より）と、その写本（大阪府立中之島図書館蔵、明治四一年写）は「二月九日」、版本と『源氏挿花碑銘抄』には「三月九日」とある。これは本文の揺れか、あるいは刷りが悪く文字が擦れて「三」が「二」に見えたかであろう。

（3）『花道古書集成』3所収。

（4）工藤昌伸氏「源氏流千葉龍卜　諸流派成立の時代」、同氏『江戸文化といけばなの展開』（『日本いけばな文化史』2、同朋舎、平成五年）所収。以下、工藤氏の論はすべて、この著書による。

（5）東山流の系図と生没年は、武内範男氏「花道系図」（『日本史総覧Ⅴ近世2』所収、新人物往来社、昭和五九年）による。

（6）『続花道古書集成』2（思文閣出版、昭和四七年）所収。『小伝書首言』の成立時期を知る手掛りは、そこに書かれた「前得実斎一流」という署名である。二世得実斎の著書『抛入花薄精微』（『花道古書集成』5所収、思文閣出版、昭和四五年）には、寛政七年（一七九五）の跋文があり、序文には一世が七〇歳を過ぎてから得実斎の名を襲名したとある。よって『小伝書首言』の成立は、文化二年（一八〇五）に八二歳で没した一世が七〇余歳のとき、すなわち一七九〇年代後半と推定される。

（7）伊井春樹氏『源氏物語の伝説』（昭和出版、昭和五一年）など参照。

（8）『いけばなの伝書』（図説いけばな大系6、角川書店、昭和四七年）において、松原清太郎氏が解題・本文校訂・注釈を担当された。

（9）安永四年に刊行された「東山殿御流伝盆石書院荘図式」（内題）には末尾に龍卜の著書が列挙されており、「盆石手引草」は既刊、「盆石図解」は近刊とある。詳細は『神戸・淡路・鳴門　近世の画家たち』五一頁（神戸市立博物館、平成一〇年）参照。

（10）ただし奥書の末尾に「寛政六丑年写之」とあるが、寛政六年は寅年で、丑年は寛政五年である。

（11）稲賀敬二氏編『源氏物語提要』（『源氏物語古注集成』2、桜楓社、昭和五三年）に翻刻されている。

（12）稲賀敬二氏『中世源氏物語梗概書』（中世文芸叢書2、広島中世文芸研究会、昭和四〇年）に翻刻されている。

（13）本書の第五編資料集2に全文翻刻した。

(14)伊井春樹氏編『弄花抄　付源氏物語聞書』(『源氏物語古注集成』8、桜楓社、昭和五八年)に翻刻されている。

(15)護命(生没七五〇～八三四年)は法相宗の僧正。明恵(一一七三～一二三二年)は華厳宗の僧侶にして歌人。二人とも、松月堂古流の由来にも登場する。

(16)ちなみに小林鷺洲氏編『いけばな古今書籍一覧』(大正一三年、大日本華道会)によると、暁雲斎遊亀の著書として、「源氏六帖之花形　及び裏中之巻」(天保九年、写本一冊)と、「源氏五十四帖巻」(成立年不明、写本一冊)が挙げられている。

第二章　源氏流華道の継承

はじめに

源氏流華道とは、一八世紀後半に江戸で千葉龍卜が始めた一派であり、初めて活け花に源氏物語を取り入れたことで、世間の注目を浴びた。そのため一時は一世を風靡したが、二代めで断絶して一九世紀になると廃絶した、というのが通説である。ところが、二〇世紀まで継続していたことを示す資料が数多く見つかったので、本章で紹介する次第である。

一、千葉龍卜の業績

千葉龍卜に関する資料は、彼および門人が刊行した版本しか知られていなかった。しかし近年に至り、成澤勝嗣氏が新資料を紹介された。まずは龍卜筆の肉筆画、二点である。それは「牡丹に猫図」三幅と「群禽図」一幅で、前者は中幅に「源氏活花宗匠松翁斎法橋千葉龍卜写意」、左右に「千葉法橋写意」、後者は「源氏活花宗匠松翁斎法橋千葉龍卜写意」と墨書されている。いずれも神戸市立博物館の図録『花と鳥たちのパラダイス—江戸時代長崎派の花鳥画

―』（平成五年）に、カラー写真で掲載されている。画風については、当図録の解説（成澤勝嗣氏「出品目録・画家略伝」）によると、「牡丹に猫図」は「宋紫石の影響を強く見せる」と指摘され、

明和四年（一七六七）に龍卜が出版した『活花百瓶図』では、跋に相当する部分に宋紫石が墨竹図を寄せており、両者の交遊をうかがわせる。また龍卜自身が生け花を描いた出版物でも、その画風は紫石風である。

とある。宋紫石は江戸の人で、本名は楠本幸八郎、生没年は一七一五〜八六年、長崎に遊学して南蘋流を学んだ。一方、「群禽図」については、「多彩な表情を見せるインコは三谷東亭の作品と相似の姿態が多く、共通粉本を予想させる。」と記されている。

次に成澤勝嗣氏は、龍卜の評判が窺える当時の文献を発見された。以下、同氏「海峡をめぐる画家たち―ごく私的な郷土絵画史ノート―」（神戸市立博物館編『神戸・淡路・鳴門　近世の画家たち』七七頁、平成一〇年）から引用する。

その流行ぶりを『大田南畝全集』から拾ってみる。まず安永五年（一七七六）刊の『評判茶臼芸』。これは芸能評判記で、その活花の項には「此度千葉之介の役、かりに吉祥寺の小姓と身をやつし、座敷をかりて源氏の会、かりばの切手を出さるゝ所よし。釣船の三ぶに天窓をぶたれ、猪口の怒りをなし、二重切の太刀打見事〳〵」と見える。また、天明四年（一七八四）刊の黄表紙『此奴和日本《こいつはにっぽん》』は、日本の流行を真似したがる変な唐人を主人公とする、江戸のシノワズリに対するパロディだが、「来ル寒食の日、洞庭湖の池の端、岳陽楼にて、生け花の会あり。晴雨ともに御来駕くだされべく候と、摺り物をまはし、わが国の袁宏道流ではさへぬと、日本ではやるときく、千葉の介つねたね流とやらを興行する」として、大がかりな花会の挿絵をのせている。寺社や料亭の座敷を使ったデモンストレーションは、龍卜の得意とするところだった。また珍しい記録としては安永七年（一七七八）三月二八日、龍野藩の儒者・股野玉川がその江戸詰日記に「龍卜ちょと過ル」と記している。また、同年五月二七日にも「龍卜来ル」とある。同郷のよしみもあろうが、書院向きを標榜した豪奢な源氏流は、武家に需

要があったものとみえる。

補足すると、股野玉川の日記は、竹下喜久男氏編『播州龍野藩儒家日記』（清文堂出版、平成七年）に翻刻されている。それによると三月二八日は、「千葉龍卜子ちよと過ル、斉藤一弥取持也、即興探韻初更頃皆退散」、すなわち龍卜と探韻に興じたとあり、文化人としての一面が窺える。なお右記の文章には「同郷のよしみ」とあるが、龍卜の故郷は龍野ではない。

二、明源寺の住職

千葉龍卜の出自に関しては、彼が生前に刊行した『源氏活花記』の跋文に門人が記した、「先生、姓平、族千葉、名胤綱、字龍卜、号松翁斎、播磨赤穂之人也」が、唯一の資料であった。忠臣蔵の赤穂義士で名高い「播磨赤穂」（兵庫県赤穂市）が、龍卜の故郷である。そして地元では龍卜は、浄土真宗本願寺派に属する明源寺の住職であったと言われている。当寺は赤穂市有年《うね》原《はら》（近世は赤穂郡有年村原）にあり、その過去帳および諸文献[1]を基にして要約すると、以下のようになる。千葉家は代々、下総の守護であったが、千葉政胤は文明年間（一四六九～八七）に守護職を辞めて諸国行脚の旅に出て、播磨国赤穂郡に来たとき病にかかり出家する。彼が有年千葉家の元祖になる。政胤の嫡男である行胤は上洛して、珠慶坊から華道を習う。珠慶坊は千葉龍卜著『源氏活花記』によると、足利将軍義政が源氏流活花の大成を命じた「花論六人連衆」の一人である。のちに行胤は播磨で剃髪して専龍と号し、明源寺を開いた。その子、専宝が初代住職となり、現在の一九代に至る。その一九人の法名は、次の通りである。

1専宝、2真了、3覚了、4了忍、5了順、6了性、7玄了、8専了、9閑了、10了然、11了雅、12了阿、13了厳、14了音、15了因、16了弁、17了保、18信也、19徹也

第一一代め了雅の字《あざな》が龍卜で、以下、一二代めが龍子、一三代めが龍弎、一四代めが龍弎と、源氏流活花の家元を継承した。龍卜の没後、龍子が跡を継いだが振るわず、当流は途絶えたと見なされていた。しかし実際には四代にわたり、流派を維持していたのである。では、なぜ龍弎と龍弎の存在は世に知られなかったのか。それは龍子以後は故郷の赤穂に戻り当地で活躍したので、当流はいわば地域限定になってしまったからであろう。また龍子の具体的な足跡については不明な点が多いが、これも龍卜が江戸で華々しく活躍したのに対して、龍子は帰郷したため知名度が他国では高くなかったからであろう。

さて、龍卜の生没年は不明とされていたが、明源寺の過去帳には文化五年（一八〇八）九月五日に没したとある。ところが龍卜の追悼花会を催した門人の松林斎千路が、享和元年（一八〇一）に刊行した『源氏活花図式』の序文には、「抑竜卜先生、去し秋、一露の嵐と空しく黄泉過給ひぬ」とあるので、その前年（寛政一二年）に死去したことになり、過去帳の記事と食い違う。この矛盾を成澤勝嗣氏は、次のように解釈された。

寛政一二年を偽死と考えることである。龍卜は、死んだと称してふるさとへ帰った。江戸源氏流に自らの手で幕を引くために。他例がないわけではない。（同氏「海峡をめぐる画家たち―ごく私的な郷土絵画史ノート―」）

龍弎もまた、没年が両説ある。明源寺の過去帳によると、龍子の没年は嘉永五年（一八五二）四月二三日、龍弎の没年は嘉永六年五月二六日、そして龍弎は文化一四年（一八一七）七月六日に生まれ、明治三四年（一九〇一）一一月一七日に没した。しかし明源寺の敷地内には門人たちが建てた龍弎の墓があり、表側には「活花源氏流家本　千葉龍弎墓」、裏側「明治廿三年三月日」と彫られていて、過去帳の年月と一致しない。けれども、明治二四年に龍弎が授与した免状があり（注10参照）、また明治三〇年の龍弎宛の古文書もあること（次節、参照）から考えると、没年は過去帳の方が正しいと思われる。問題の墓は墓地ではなく、本堂と庫裏の間にあるので、龍弎が生存中の明治二三年に顕彰碑として門人たちが建てたものが、彼の死後、墓にされたのではなかろうか。

三、龍卜の継承者たち

龍卜の跡を継いだ龍子に関する資料は乏しく、そのため源氏流は実質、龍卜一代で終わったと見なされていた。しかしながら、龍卜没後の動静が窺える古文書類を多く収めた著書が存在する。それは高田孝三氏『源氏流活花残記』（昭和五三年、非売品）で、二二二ページにも及ぶ手書きの原稿である。一ページあたり一四行、一行は三〇余字で書かれ、文献の影印・翻刻を多数収録している。龍卜亡き後、播磨国龍野（兵庫県たつの市龍野町）に住む円尾家が徳大寺家の庇護を受け、源氏流活花宗匠として活躍した。(2) そのため円尾家への対策が、千葉家において切実な問題となる。そのあたりの経緯について、高田氏は次のように記している。なお当著作には読点が付けられていないが、読解の便宜を図り、私に句読点や「　」を付す。

千葉家においても、これより高弟の間に種々の論争が起り、処するに江戸にしばしば連絡をとった模様がある。しかし時に竜卜既になく、同室何竜斉八重女、語って云く、「当方には祖志を嗣ぐ者、既になく、東山公拝領の遺品、紅葉の賀、並に源氏流深秘、一切、古郷に送らん」と。また天保九年戌睦月、千葉宗胤より長治氏宛書状に、「紅葉の賀、秘書など父なきあと火中に投すべしと遺言されているが、苦心の作ゆえ今日まで温存している郷里のために千葉家に送る」との意あり。山野里、長治祐義、偶々、東都（江戸）に趣くを幸に紅葉の賀、其他秘書一切を持帰りて生家千葉家に納め、この道の千葉家に永続することを願ったのである。このとき花道の後見役たる長治祐義には源氏流の花器、箒木を、高田清兵衛には桐壺を分譲している。この紅葉の賀については次の文書が名器と共に残っている。

唐筆　黒頭一管

右者古代の筐也。東山殿、紅葉の賀之御器物、紛無者也。仍如件。

狛宿祢近家　花押

宝永二乙丙年《ママ》　八月　日

この証明が如何なる理由で書かれたものかわからないが、狛宿祢近家は雅楽の家元にて、この真憑《ママ》を物語り、千葉氏の正統を語るものであろう。時は流れ、千葉家においては竜卜より竜子へ、更に竜弌、竜弌へ伝授されて明治年代に入る。

右記に引用された書状などによると、龍卜の妻は何竜斉八重女、子息は千葉宗胤である。今まで知られていなかった妻子に関する貴重な資料であるが、現在その所在は不明である。また、宝永二年（一七〇五）に狛近家が鑑定した「紅葉の賀之御器物」とは、千葉龍卜著『源氏活花記』によると、足利義政から拝領して千葉家に伝来する花器である。その名器が実は「古代の筐」であったとは新事実である。

龍子のあと龍弌、龍弌と続くが、『源氏流活花残記』には龍弌に関する記載はなく、龍弌宛の古文書が翻刻されている。

松翁斉千葉竜弌

其許儀、源氏流花道家本ニ付、当御室御殿入門加列の上、別記目録之通、令許容候事。

明治三十年十一月廿七日　大本山仁和寺門跡

目録

一、御定紋　桜ニ引　紫幕一張

一、御定紋　桃燈(3)　壱張

一、御定紋　絵符　壱枚

一、御席札　壱枚

右ノ之　　御室仁和寺門跡印

仁和寺は今でも御室流華道の家元であり、その門跡と千葉家が手を組んだのは、徳大寺家という公家の権威を借りた円尾家に対抗するためであろう。徳大寺家は言い伝えによると、足利義政の命を受けて源氏流活花を完成した六人連衆の一人、徳大寺義門の子孫である(4)。そのため円尾家は、徳大寺家に近づいたのであろう。

こうして仁和寺公認のもと、千葉家は繁栄したようである。『源氏流活花残記』には、仁和寺の許可もあり門弟次第に増し明治三十一年、門人、前田桃渓、趣意して博眞社(5)なるものを組織し強固なる家元制を再現さすのである。

と記して、六ページにわたり「源氏流花道家元規定」を引用している。その冒頭は次の通りである。私に句読点を付す。

明治三十一年七月下完《（下浣カ）》、高弟ノ輩、家元ニ集合シ、花道拡張ノ決議ヲ成シ、其都度、宗匠ノ認可ヲ得テ確定シ、来ル明治三十二年八月一日ヨリ施行ス。

以下、全七条を設け、続いて「社則」を全一一条、掲載している。

次いで「源氏流花道家元規定　第二綱（口授秘伝ノ階梯）」と題して、七項（其一〜其七）を立てている。其一は「入門料　金壱円　席札免許料共」、其二は「表巻五十四条　免許料　金二円」、其三は「裏巻切紙五十四条ノ内、最初、大葉十二月ノ伝ヲ授ク。免許料　金二円」と規定して、それぞれ席札の色や寸法を定めている。其三では、さらに「別伝六種」として、「紅葉、桜、松、竹、蘭、万年青。右伝授料金、六円也」と記し、「合計、裏五十四条ヲ相伝シ得ルモノ、源氏流活花皆伝ト云フ」として、免許皆伝の席札の色や寸法を示している。

次に、其四〜其六の全文を列挙する。

其四、
一、源氏流定紋染込ミ幕、最モ紫地　免許料　拾円
其五、
一、奥伝十七種、真ノ活方
此ノ伝書ハ素ヨリ神秘ノ口授ナルモノニシテ、其士ノ深志努力ニ因リ、宗匠ノ意見ヲ以テ免許スルモノナレバ、金ノ定額ナシ。
其六、
一、源氏花尊六帖之由来
一、同五十四帖ノ巻、併セテ源氏六十帖之巻ト称ス。古来、家元一子相伝也。

其七は役員の席札の色や寸法で、以上が規定の全貌である。続いて『源氏流活花残記』では、役員の名前一覧を載せている。

四、源氏流活花の伝授方法

前節で紹介した「源氏流花道家元規定　第二綱（口授秘伝ノ階梯）」によると、「表巻五十四条」を習得した後、「裏巻切紙五四条」に進む、と段階を踏んでいる。これは龍卜が『源氏活花記』で定めたのを踏襲した、と考えられる。

『源氏活花記』ではまず「表之巻箇条」と題して、「花数葉数の事」を始めとする五四条を列挙したあと、

右、五十四箇条、一年ほど稽古有之、四季の花出生遣《つかい》かたも相分《あいわかり》、執心の人々には、右ケ条一巻として伝授せしむるなり。（原文は総ルビ）

と記す。続いて「切紙伝授箇条」として、「大葉遺毎月の別」以下、五四条を引き、

右、切紙五十四箇条は、手練深志を見届、切紙を以て口授せしむ。表五十四ケ条、切紙五十四ケ条、不残相済上、源氏五十四ケ条有り。都合、百六拾二箇条也。（ルビは省略）

と規定している。すなわち「表五十四ケ条」「切紙五十四ケ条」そして「源氏五十四ケ条」と、三段階に及ぶ伝授である。その具体的な内容は不明とされていたが、手掛りになる資料が奈良県郡山市にある柳沢文庫に所蔵されている。柳沢家といえば、五代将軍徳川綱吉に仕えた柳沢吉保が有名である。その曾孫にあたる柳沢保光《やすみつ》は大和郡山の藩主で、千葉龍卜と交流があり、後に甲州流華道を創始して家元になった人である。ちなみに甲州流の名称は保光が甲斐守であったことに由来し、その流派は今も続いている。

柳沢文庫には源氏流に関わる資料が四点、伝来する。年号の古い順に挙げると、「花之表の巻聞書」は天明七年（一七八七）に、五四箇条の内容に関して保光が記し、龍卜が奥書を付けた冊子本である。この五四条は、『源氏活花記』所収の「表之巻箇条」と一致する。ただし『源氏活花記』では、「〇花数葉数の事　〇花斗葉斗の事」のように項目を挙げるだけで、その内容には触れていない。それに対して柳沢文庫本には花の活け方なども記され、巻末には本書の本文を承認する龍卜自筆の奥書が添えられている。

右、御聞書の趣、疑惑なきものなり。必、他見なき事、肝要御事、秘中し給へし。

源氏活花宗匠　松翁斉法橋　（白文方印）（朱文方印）

天明七丁未季　初秋日

その翌年、先の五四箇条の伝授を認めて龍卜が保光に与えたのが「生花表之巻」である。これは巻物本で、本文はすべて定家様で書かれ、格式の高さが窺える。(6)

次いで「源氏活花切紙皆伝巻」は、寛政二年（一七九〇）に龍卜が列挙した、別の五四箇条の巻物本である。これ

は『源氏活花記』所収の「切紙伝授箇条」と一致する。この具体的な内容を記したものは柳沢文庫には見当たらないが、それに該当するのが高田孝三氏著『源氏流活花残記』収録の「源氏活花書院向切紙伝」である。それは龍卜が同室の何龍斉八重女に授与すると記した奥書の付いた伝本で、絵入りの箇所は影印、それ以外は翻刻で収められている。(7)

最後に「源氏活花花論之巻」は、寛政八年に柳沢保光に授与されたもので、源氏物語の巻ごとに花器・花材などを記している。(8) それに相当するものが『源氏流活花残記』に翻刻されているが、柳沢文庫本と比較すると本文異同が多い。以下、最初の三帖を全文引用する。

○柳沢文庫本

桐壺、六条の院は桐壺の御門の御子なれは、きりつほの心はへ有へし。御門の御心なり。花は白を専と用ひ給ふ。白梅、白牡丹、白菊、水仙。四季に用給ふ活方、口伝。花瓶、青竹。花台、雲足。

箒木、別伝。

空蟬、秋。花は百合、とこ夏。活方、口伝。花器、硝子。花台、折敷。

○『源氏流活花残記』収録本

桐壺　きりつぼ

私考、此花、物語の発端にあらねども、中の秘事と云べし。六条の院は桐壺の御門の御子なれば、桐つぼの心はへ有て、御門の御心なり。花形は白を雪と用ひ給ふ。いかにも、のつしりと、ゆふに生べし。花瓶、青竹。花台、雲足、白木。白梅、白牡丹、白菊、水仙。

空蟬　うつせみ　秋

私考、これは夜の気色、専ならん。少、盛過たる花と、萏の花と打交、用ひ給ふ。盛過たるは、西の御方にたとへ、萏る花は空蟬の君によそへしか。花形は何となく、ゆふにおとなしき風情なるべし。花器は硝子、花台は折敷也。百合、常夏、交て生る。

両者とも、帚木の巻には言及していない。これは帚木を含む六帖は『源氏活花記』で、「源氏花論六帖深秘」と定められたからである。柳沢文庫本にはこの六帖に関する文献は見当たらないが、『源氏流活花残記』には「源氏花論深秘」と題して図入りで掲載している。

右に挙げた二種類の本文を比較すると、『源氏流活花残記』の方が詳細である。このほか当書に収録された「源氏流活花書院向表巻」は、柳沢文庫蔵「花之表の巻聞書」に相当するが、やはり柳沢文庫本の方が簡略である。この相違に関しては、二通りの理由が考えられる。一つは龍卜自筆原本が『源氏流活花残記』と同じで、龍卜は柳沢保光には一部しか伝授しなかった。もう一つは逆に柳沢文庫本の方が原本に近く、『源氏流活花残記』は後に大幅に追加された、である。

以上をまとめると、龍卜が定めた三段階に及ぶ伝授は次の通りになる。伝授内容も収めているものはアルファベットの大文字で、項目を列挙しているだけのものは小文字で示す。

Ａ「花之表の巻聞書」…五四条の伝授
ａ「生花表之巻」…Ａの許可状
Ｂ「源氏活花書院向切紙伝」…別の五四条の伝授
ｂ「源氏活花切紙皆伝巻」…Ｂの許可状
Ｃ「源氏活花花論之巻」…四八帖の伝授
Ｃ’「源氏花論深秘」…六帖の伝授

このうち源氏物語の内容と関わるのはＣとＣ’で、これはＣの序文によると一子相伝である。(9)

五、大嶋家の系譜

前節の最後にまとめたA~Cのうちaの「生花表之巻」は、龍卜筆（柳沢文庫蔵）のほか、彼の次に家元になった龍子自筆の巻物本も存在する(10)。それは天保八年（一八三七）に、龍子が大嶋宗丹に授けた「源氏活花書院向表巻」である。宗丹は地元の赤穂では今でも有名であり、諸文献(11)を基にまとめると次のようになる。

大嶋宗丹（通称、九郎次）は、文政四年（一八二一）に赤穂で生まれた。当家は彼の祖父である万助の代から、世襲勅許鋳物師である。万助はまた、赤穂郡有年《うね》村原《はら》（赤穂市有年原）で寺子屋を営んでいた。当地にある明源寺の当時の住職は千葉龍子で、先代は千葉龍卜であった。九郎次の叔父にあたる大嶋栄蔵は、千葉龍子に師事して源氏流活花を習い、文化六年（一八〇九）に源氏流の最初の免状である「書院向表巻」を授かり、松寿斎白露と号した。九郎次もまた天保八年（一八三七）に一七歳で、千葉龍子から「書院向表巻」を授けられ、その後も修業を積み免許皆伝を得て、松声斎宗丹と号した。宗丹は陶工としても有名で黄谷と号し、嘉永五年（一八五二）に雲火焼を創出して、明治三七年（一九〇四）に八四歳で没した。明治三二年に活花の門人たちの手で、敷地内（赤穂市加里屋）に石碑が建てられ、碑の表側には「大嶋宗丹先生碑」、裏側には彼の業績が刻まれている。大正九年（一九二〇）には宗丹の十七回忌が、地元で盛大に催された。

さて、『没後100年記念　企画展　大嶋黄谷』の図録に掲載されている資料のなかで、源氏物語と関わるのは「源氏流極秘奥儀抄」（便宜上、大嶋本と呼ぶ）である。それは真と行の二冊からなり、木曾こころ氏の解説によると、

筆写本。源氏流は足利義政が命じて作らせた花論をもとにしているという。真の巻では源氏物語54帖のあらすじが記され、行の巻では義政の花論に千葉龍卜の解釈を加えるという形式で、各帖ごとの活け方と用いる花材が記

されている。巻末に「源氏活花会頭　松聲斎大嶋宗丹」の署名がある。

とある。九曜文庫（早稲田大学蔵）に同名の巻子本が二巻あり、中野幸一氏の解題(12)によると千葉龍卜の著書で、安政三年（一八五六）に正蔭が筆写したものである。上巻の末尾には別筆で「源氏活花会頭　松聲斎大嶋宗丹／明治廿九年五月三日／中司通明殿」、下巻末には「源氏流活華会頭　松聲斎宗丹識」とあり、九曜文庫も宗丹ゆかりの写本である。図録と中野幸一氏の解説を照合すると、大嶋本の行巻と九曜文庫の上巻は内容が同じであるらしい。

それに対して、大嶋本の真巻と九曜文庫の下巻は違うようである。下巻は「源氏流初伝目録」として二六項の秘伝を挙げている。両書とも正蔭の序文があるが、本文は全く異なる。また真巻は物語の要旨であるのに対して、下巻は「源氏流初伝目録」として二六項の秘伝を挙げている。図録に収められた見開き一面には、真巻の序文の末尾と、梗概の冒頭が掲載されている。それを以下、私に句読点を付けて翻刻する。なお本文には読み仮名が多く付けられているが、翻刻するにあたり最小限に留めた。

つまびらかに物し、先此《マツコノ》五十四帖の巻の名を解《カイ》し、別に活方の秘伝抄はおくの巻としつ。そのことのよしを、こゝにしるしつ。正蔭

桐壺

桐壺は大内に有《アル》、御殿の名也。光君の御母、此殿におはしましけるによりて、桐壺の更衣と、なつけたてまつれり。此更衣の御腹に若宮やす〳〵と御誕生有て、玉のやうなるをのこ御子、産給ふ。光君といふ也。ほどなく十二歳の時、御元服し給ふ。其儀式いかめしく、葵の上と御婚礼あり。御父君を桐壺の御門と申也。

いとけなき初元ゆひに長き世を契る心はむすひこめつや

この桐壺の巻の梗概文を、龍野の円尾家（注2参照）が著した「源氏五十四帖之巻」(13)と比較すると、共通点が見られる。それは和歌のほか、次の一節である。

やす〳〵と御誕生、玉のやうなる御若宮にて、光る君ト申にて、ほとなく十二才の御元服も過て、葵の上と御婚

礼ありし

以上をまとめると、九曜文庫本「源氏流極秘奥儀抄」も大嶋本「源氏流極秘奥儀抄」も大嶋宗丹ゆかりの写本ではあるが、全巻一致するとは限らない。一方、大嶋家と円尾家では源氏物語の梗概文が似通っている。

終わりに

九曜文庫本「源氏流極秘奥儀抄」下巻の巻末には、「初代松翁斎千葉龍卜——二代千葉龍子——三代松寿斎白露——四代松聲斎宗丹」として、家元の系譜が記されている。これは龍卜直系の宗匠を自負する龍弐、龍弐からすれば、ゆゆしき問題である。龍弐が仁和寺と組んだのは（第三節、参照）、円尾家のほか大嶋家にも対抗するためだったかもしれない。こうして千葉龍卜が創始した源氏流活花は、龍子が継ぎ、龍弐、龍弐と続くが、龍子から伝受した大嶋家は頭角をあらわし、千葉家を脅かす存在になった。この両家が龍卜没後の赤穂で活躍していた頃、同じ播磨国の龍野では、京都の徳大寺家の庇護を受けた円尾家が隆盛を極めた。徳大寺家は円尾家を源氏流宗匠として認め、他家が家元を名乗ることを禁止した。大嶋宗丹が初めて免状を与えられた天保八年（一八三七）は、円尾家が徳大寺家から家元を認可された年の翌年である。天保一〇年の古文書によると、徳大寺家は「千葉竜卜之末流と申立候族」の取り締まりに躍起になっていた（詳細は注2参照）。その龍卜の末流とは、赤穂の千葉家や大嶋家を指すのかもしれない。千葉家を本流とすると、大嶋家は支流、そしてこの両家と師弟関係にない円尾家は傍流と言えよう。このように一九世紀になると三つ巴の争いが起るほど、龍卜が後世に残した影響は多大であった。決して源氏流は、龍卜一代で消滅したのではないのである。

注

（1）吉栖生一氏『赤穂のやきもの』（昭和四六年、非売品）、高田孝三氏『源氏流活花残記』（昭和五三年、非売品）、久保良道氏「播磨国赤穂郡原村における村組織と寺院との結びつきについて―天保期以降の変遷を中心に―」（『松岡秀夫傘寿記念論文集　兵庫史の研究』所収、神戸新聞出版センター、昭和六〇年）、赤穂市立有年中学校編『郷土に学ぶ』（昭和六一年）、横山博光氏「源氏流活花本宗匠　千葉龍卜」（「ふるさと思考」28所収、平成一〇年）など。

（2）円尾家については文書が大量に現存する。詳細は本書の第四編第三章、参照。

（3）ただし明治三一年に制定された「源氏流花道家元規定」の第九条には、「御室御殿ヨリ家元拝領ノ御定紋提灯」とある。

（4）ただし徳大寺義門は、当家の系図には見当たらない。

（5）ただし明治三一年に制定された「源氏流花道家元規定」の第一条には、「博親社」とある。

（6）「生花表之巻」は、『甲州御流百年史』（甲州流家元野村聴松庵編集・発行、平成二〇年）において米田弘義氏が全文翻刻されたが、写本に当たり直して本書の第五編資料集5に収めた。なお当写本とほぼ同文で、千葉竜卜が沖昌庵に授けた巻子本「源氏生花書院向表巻」が九曜文庫にあり、早稲田大学の古典籍総合データベースに収められている。

（7）参考までに『源氏流活花残記』に翻刻された奥書を、全文引用する。なお□は、読解できない箇所である。

右、此切紙秘伝の図書は、自画をもて五十四条共、委しるし□なり。執心深志の門弟たりとも、一ケ条つゝ口伝して、図式は他見有へからす。生花を以て指南はひとつ〱、後世、我意をくわへす。予筆の丹精野写意を考へ、一子の外、猥に他見すへからさるものなり。

于時天明四甲辰歳、初冬十九日、浅草寺地内、梅園院において、一世一度の会莚も満尾せしにより、御流義の後世たかわさらん事をしめし、花形をゑかき、後に見る人、わたくしの沙汰、有へからさるものなり。

源氏活花宗匠　松翁斉法橋

生花中興開基　千葉龍卜胤綱

同室

書画　竜　卜

何龍斉八重女
授与之

この奥書の後半部と、影印の二葉分に該当する箇所は、『赤穂市史』第二巻（昭和五八年）五一八ページに写真が掲載されている。

（8）柳沢文庫所蔵の四点のうち寛政年間の二点は、巻末の写真が神戸市立博物館の図録『花と鳥たちのパラダイス―江戸時代長崎派の花鳥画―』七七頁に掲載されている。その二点の筆跡を比べると、同一人物の手になるとは思われないほど異なる。一方は龍卜が右筆に書かせたものであろうか。なお四点とも、『柳沢文庫収蔵品図録』（平成二二年）に収録されている。また「花之表の巻聞書」を除く三点は、巻頭写真と全文翻刻が『甲州御流百年史』（注6に掲出）に収められている。

（9）以下、柳沢文庫蔵「源氏活花花論之巻」の序文を全文翻刻する。

室町将軍源義政君、康正年中、政事のいとま、風流の御翫ひ、世にたくひなく侍る。御遊の折から、六十帖を花になそらへて花論をたゞし、証拠を考よと、六人に命し給ひ、君にも御心を用給ひ、都て春秋を経る事、六たひ、事なりけれは、春秋の草を極、花をもいけならへ、春秋の趣を席上に写し、此書を選述し給ひ、御秘蔵あり。御宝蔵に納たるを後、御相伝ありて、今一家の秘書とす。一子相伝、外家に伝る事なし。誠に日本無双の秘書、他見他言、不可有也。右、此六十帖の花論、品定は、

紫の一もとゆへに武蔵野ゝ草はみなから哀とそみる

此歌を本拠とし給ふ。

（10）龍子筆本の全文は、赤穂市立美術工芸館田淵記念館の図録『没後100年記念　企画展　大嶋黄谷《おおしまこうこく》』（平成一六年一〇月）にカラー写真で掲載されている。それと千葉龍卜が柳沢保光に与えた「生花表之巻」（本書の第五編資料集5に全文翻刻）とを比較すると、本文は多少異なる。ちなみに明治二四年一月に龍弌が記した巻物本もあり（個人蔵）、その本文は龍子筆本とほぼ同文である。

（11）注1・10の文献のほか、『赤穂市史』第二巻の第3章「森氏の定着と藩政の推移」第6節「近世後期の文教と芸能」（竹下喜久男氏担当）による。

（12）　中野幸一氏「源氏流生花書解題」（同氏『源氏物語の享受資料』四一八頁、武蔵野書院、平成九年）。なお当写本は、早稲田大学の古典籍総合データベースに公開されている。また九曜文庫の写本の一部は、京都文化博物館編『読む、見る、遊ぶ　源氏物語の世界―浮世絵から源氏意匠まで―』（平成二〇年一〇月）、京都文化博物館・江戸東京博物館編『いけばな―歴史を彩る日本の美―』（平成二一年一〇月）にも収められている。

（13）　当写本は、本書の第五編資料集6に影印・翻刻を全文掲載した。

第三章　源氏流華道の変奏

はじめに

源氏流華道とは、一八世紀後半に江戸で千葉龍卜が始めた一派であり、初めて生け花に源氏物語を取り入れたことで世間の注目を浴びた。そのため一時は一世を風靡したが、二代めで断絶して一九世紀になると廃絶した、というのが通説である。ところが実際には子孫は帰郷して、家業を伝承していたのである[1]。

さて源氏流の「源氏」には、二つの意味が込められている。一つは源氏の流れをくむ足利義政を祖と仰ぐこと、もう一つは源氏物語五四帖にちなみ、巻ごとに五四通りの活け方を秘伝にしたことである。以前、源氏物語に関わる生花書を調査したとき、源氏物語の梗概も活け方の図も収めているものは一件（東京大学蔵）しか見当たらず、その全図の影印と翻刻を紹介した[2]。当本には活け方の解説もあり、桐壺の巻には「御簾の花、第一の習」と記されている。その一節は、千葉龍卜の著書『源氏流極秘奥儀抄』の本文と一致することに基づき、東京大学本は「源氏流か、その影響を受けた著作」と判断した（注2の論文）。その後、東京大学本の原本とそれに関連する資料が多く見つかり、本作品の性格が明らかになったので、本章で取り上げる次第である。

一、円尾家文書

東京大学本の原本を含む一連の資料は現在、兵庫県たつの市にある市立龍野歴史文化資料館に蔵されている。全資料の目録は、龍野市史編纂専門委員会が作成した『龍野市史編集資料目録集』4（昭和五三年一二月）に掲載されている。その冊子には一二件の文書類が収められ、本章で検討するのは円尾勇子氏文書（本目録集における通し番号は第38、全二五六件）と、円尾和之氏文書（通し番号39、全二六七件）である。当目録に付けられた解説によると、円尾勇子氏文書には、

昭和五二年七月一八日、円尾勇子氏より寄贈される。当家は源氏流家元であつたので花円尾と称されている。

とあり、円尾和之氏文書には、「昭和五二年八月一六日、円尾和之氏より寄贈される。」とある。

両方の資料には、旧蔵者である暁雲斎の蔵書ラベル（「暁雲齋蔵書」と印刷されたラベル）が貼られ、整理番号が手書きで記されている。円尾勇子氏文書の整理番号は甲一から、円尾和之氏文書のは甲三から始まる。円尾勇子氏文書には、昭和一三年に作成された目録が残されている。その表紙には「昭和十三年四月吉日／門外不出／蔵書　重要書類　目録／遊龍書屋」（／は改行を示す）と記され、遊龍と暁雲斎とは同一人物である（詳細は後述）。巻頭には、「甲

御家流源氏花道伝書類　　乙　花道重要書類　　丙　花道ニ関スル書類及雑記類　　丁　花道ニ関スル参考書類

戊　茶道盆石ニ関スル書籍類　　己　一般書籍」と、箇条書きで分類されている。次いで「目録」と題して、「甲一号　七種伝（初許）甲ニト同ジ」のように列挙されている。勇子氏文書も和之氏文書も、昭和一三年制作の目録に収められているので、もとはいずれも暁雲斎（円尾慎終）の蔵書であろう。ちなみに勇子氏は円尾慎終氏の夫人、和之氏は慎終氏の甥にあたり、慎終氏は昭和四八年に七八歳で、勇子夫人は昭和六二年に八五歳で亡くなられた（円尾家

の菩提寺の過去帳による)。

本章では暁雲斎が記した整理番号ではなく、『龍野市史編集資料目録集』4に付けられた通し番号を使用する。たとえば円尾和之氏文書で、目録の一件めにある資料は「文書39・1」と示す。その表記によると東京大学本の原本は、「文書39・97」である。

二、円尾家と徳大寺家

東京大学本の内題は「源氏五拾四帖之巻」で、巻末には「播磨国会頭　鳳尾斎　龍松」とある。その原本である龍野歴史文化資料館本の外題は「源氏五十四帖之巻」で、内題はない。末尾には「播磨国会頭　鳳尾斎　龍松」の代わりに、「天保九戊戌年秋八月改／徳大寺殿御免許／源氏花道家元／暁雲斎／遊竜／(花押)」(／は改行を示す)とある。文中の「徳大寺」とは徳大寺家のことで、藤原公季を祖とする藤原氏北家、清華家の一つである。家名は平安後期に、実能が京都の衣笠に徳大寺を建立したことにちなむ。当家と暁雲斎遊竜との関係は、彼の曾孫にあたる人(第四代暁雲斎遊龍こと円尾慎終)が昭和三四年に著したものに詳述されている。それは四〇〇字詰め原稿用紙、一〇枚に記され、表紙には、「昭和卅四年九月十日稿／御家流花道源氏流家元　初代暁雲斉遊龍略伝／四代暁雲斉遊龍」と書かれている(文書39・244)。それによると、初代は円尾《まるお》祐利《すけとし》と言い、天保七年(一八三六)に京都の徳大寺邸に参上した。

天保七年九月十三日、京都浄土宗十念寺方丈の御執政に依り、暁雲斉、京師に上り、徳大寺大納言御館に至り召され、時の摂政関白太政大臣鷹司政通公、徳大寺大納言実堅卿(政通公の御弟)、花山院大納言家厚卿、醍醐大納言輝弘卿、山科大納言忠言卿、清水谷中納言実揖卿を始め、御公家御列座の御前に於て、義政公相伝の挿花七瓶、並《ならび》に左中将徳大寺公純卿(関白政通公の御子)の御所望により別に一瓶、謹みて挿花をなし、之《こ》れを上覧に供せしところ、其系理、整然、真善美、渾然と具象せる気高き作風に、関白鷹司政通公始め、御列座の御公家より御激賞の有難き御言葉に浴し、無上の光栄に暁雲斉いたく感激せり。徳大寺大納言実堅卿は直ちに家臣小川参河守正彪をして口述書を与へられ、御自ら純銀菱形御花納（銘、春秋瓶）を拝領、次いで同年十一月御家流花道源氏流家元の栄職を仰付られ、同年十二月三日、御挨拶言上の砌、御紋付紫幕一張、拝領、尚、花号を遊龍と命名され、大いに面目を施し名声を天下に轟かせり。（原文にはルビが多く付けられているが、引用するにあたりルビは最小限に留めた。また原文には句読点が全くないが、適宜、付け、旧漢字などは通常の字体に改めた）

文中に列挙された公家を『公卿補任』で調べると、「山科大納言忠言卿」は三年前の天保四年に七二歳で亡くなっているが、それ以外の人々の記述は正確である。このときの徳大寺家の当主は実堅で、寛政二年（一七九〇）に生まれ安政五年（一八五八）に没した。天保七年時は四七歳、正二位権大納言である。

右記の文章が何によるのかは不明である。昭和一三年に作成された「蔵書　重要書類　目録」（文書38・256）には掲載されていても現存しない資料があるので、ことによると散逸した資料によるのかもしれない。それはさておき前掲の冒頭文を見ると、初代暁雲斎を徳大寺家に引き合わせたのは、「京都浄土宗十念寺方丈の御執政に依り」とある。この文章が書かれた原稿用紙の欄外に、執筆者（円尾慎終）の筆跡で、「十念寺ハ徳大寺家の菩提寺、如来寺ト十念寺ハ法類ナリ」と書き込まれている。如来寺とは円尾家の菩提寺で、両寺とも宗派は西山《せいざん》浄土宗（光明寺《こうみょうじ》派）である。(4)十念寺の過去帳によると、文化一三年（一八一六）から当寺の住職であった人が、文政七年（一八二四）に如来寺に転住した。そののち六〇歳で遷化する天保九年（一八三八）まで如来寺に勤め、その間に当寺の客殿・庫裡・玄関・居間などを再建して中興した、とのことである。おそらく当住職の紹介で、天保七年に円尾祐利は上洛したのであろう。そして、徳大寺邸(5)で花を生けたところ、時の当主（徳大寺実堅）に絶賛された。そのときの見取り図、すなわち当邸宅内にて誰がどこに座り、どのような生け花が飾られたかを描いた図も残されている（文書39・192）。そののち家元を許可され、代々の家元が名乗る遊龍という花号も賜った。

それでは両家は天保七年に初めて知り合ったかというと、そうではないようである。天保七年以前に関しては、文書39・233が参考になる。それは外題も内題もない巻子本で、後半は「姓名録二之巻」と題して、八八人の門人の名前と住所が列挙されている。前半は源氏流の起こりについて述べたあと、次の文章で締め括られている。なお文中の□は、読めない箇所である。

義政公の御時より星霜漸く移り、これを行ふもの絶はてたりしを、予祖父潜淵斉卜龍、漸くその流れを尋得て予に伝えぬ。かしこくも徳大寺殿より、その潭奥をみせしめ給へければ、家に行ひ人にも伝へて東山の山の尾つゞき□なく萬磐に堅磐に業永くあらしめむことを祈る而已。（略）

暁雲斎遊龍（花押）

天保六年乙未之歳

末尾の年号は天保六年であることから、天保七年以前から両家の交流はあったことが確認される。すると天保七年の催しは両家が仕組んだパフォーマンス、いわば公家社会へのお披露目会と見なせよう。こうして円尾家は公卿たちのお墨付きを得て、世に華々しくデビューしたのである。

三、徳大寺家と華道

では、なぜ円尾家は公家の中から徳大寺家を選んだのであろうか。徳大寺家と華道の関わりについては、初代暁雲斎が著した「源氏活花記」（文書39・24）[6]が手掛りになる。その巻頭には徳大寺義門の名が見られる。

当流、花の濫觴は桐壺の帝、はしめて御簾に桐の花を挿させられ給ひしより、おこれり。その、ち室町の将軍、源義政公、月花に御心をゆたね給ひ、康正年中のころ、花道微妙の規矩を定め給ひて世におこなはれけり。そを徳大寺義門の卿、受つかせ給ひ、五十四帖の花論をよく発明なさせ給ひてけれは、いまの世にも源氏御家流とて、号奉ることゝはなれり。こは紫式部の源氏物語に御名をよそえし時の帝のはしめさせ給ひしによりて、なつけ給ひぬ。予、このみちの中絶しことを歎て、其花源を採り得て、ひそかに門に入、多年末那（ママ）眉得て、忝も御家にまします大納言実堅卿より花道家元の職を蒙り、御家に伝はる御花伝深秘巻を下し給ひ、其余、御かつけもの給はりし。中にも、

一、真之□　御紋付紫花幕　一張
一、右大臣実祖公御作　竹二重切御花納　御自銘　五節
　天つかせ雲のかよひち吹とちよおとめのすかたしはしとゝめん
一、大納言実堅卿御作　竹一重切御花納　御自銘　千代東母
一、御詠歌　一首
一、銀蓋形御花納　銘　春秋瓶
一、薬玉　一

かく数々給はりしかうへ、号を遊龍と下し給ひぬれは、家に行ひ、人にもつたへて、其竜の齢ひの年久に、山曲海底里外に潜みて謹耳。しのゝめの空に棚引横雲の上まて、のこさむものならし。源氏花道家元　暁雲斎　遊亀

右記の文中に記された「右大臣実祖」は「大納言実堅」より二代前の徳大寺家当主である。実祖は文政二年（一八一九）に亡くなったので、暁雲斎が当家から家元職を認可された天保七年（一八三六）の時点では故人である。

文中に登場する徳大寺義門とは、足利義政に仕えた六人の連衆の一人である。千葉龍卜も、六人連衆の一人である珠慶坊を、自派の権威付けに持ち出している。龍卜が明和二年（一七六五）と同四年に刊行した『源氏活花記』と『活花百瓶図』によると、龍卜の先祖にあたる行胤は珠慶坊から伝授されたが、そののち断絶していたのを龍卜が復

興したと主張している。右に引用した暁雲斎の「源氏活花記」にも、徳大寺義門のあと中絶したため暁雲斎が復活したと読める。龍卜が始めた源氏流は一八世紀後半の江戸で評判になったが、一九世紀になると衰退してしまう。しかし、その過去の名声にあやかり暁雲斎が新たに源氏流を始め、徳大寺義門の子孫と称する当家から(7)家元の免状を授かったのである。龍卜が利用した六人連衆を円尾家も借用したが、珠慶坊ではなく義門を担ぎ出したのは、龍卜一派に対抗するためであろう。

龍卜は江戸で活躍したからか、公家の権威を借りることはしなかったようである(8)。それに対して龍野に住んでいた暁雲斎は、公家からお墨付きを得た。そのため当流は御家流（後掲の文書39・129）とも、また、上層階級にだけ許されたので「お止め流(9)」とも呼ばれた。

四、源氏流の二派　――千葉派と円尾派――

江戸の千葉龍卜と龍野の円尾暁雲斎、この両派の関係については、徳大寺家が暁雲斎に与えた次の免状（文書39・129）が手掛りになる(10)。

免状

此度、御家流花道家元職、申付。御紋付紫幕、相許候間、随分国々江可弘様、可致候。然処、宝暦年間、於関東、松翁斎千葉竜卜ト申者、流義之道、相弘候故、其門人共、諸処ニ未相残有之趣、已来者其方、可致師範候。若日本六拾余州之内、同流之者、取立松翁斎之名跡、源氏之家元抔ト申、流名立抜候族、於有之者、従此方、急度差押、可令沙汰。此旨、可相心得候。仍而免状、如件。

天保七丙申年冬十一月

徳大寺殿家臣　五位小川参河守　四位淡川伊勢守　三位物加波左馬之助

暁雲斎殿

この文書から、以下のことが分かる。

宝暦年間（一七五一～六四）、千葉龍卜が関東で源氏流を広め、その門人は天保七年（一八三六）に至っても、まだ残存する。しかし今後は暁雲斎が師範になることを、徳大寺家は認める。したがって、暁雲斎以外の者が源氏流の家元と称したならば、当家が差し押さえる。

通説によると、千葉龍卜が一八世紀後半に創始した源氏流は、一九世紀になると衰退してしまう。

千葉龍卜という花師が活躍したのはまさに江戸の田沼時代（一七六七～八六年）であり、源氏流はその後寛政の改革（一七八七～九三年）を超えては発展することがなかった(11)。

けれども前掲文書によると、一九世紀になっても千葉龍卜派の影響は無視できないほどであった。天保七年に徳大寺家の取り締まりが始まっても、その効果はなかなか現れず、三年後に再び文書が発行された。そのあたりの事情に関しては、「御家流花道源氏流家元　初代暁雲斉遊龍略伝」（文書39・244）の解説が参考になる。

尚、其当時、前述の同流千葉龍卜の末流の者、源氏の家元と申立て、甚だ紛らわしく、流儀の道、普及にも多大の支障を醸し、従って家元の信用に重大なる影響を及ぼす故に、此旨、徳大寺家に具申せし所、直《ただち》に左記の家元保護に関する御念書を拝受せり。

末尾に記された「家元保護に関する御念書」とは、次の念書（文書39・130）である。

当御流儀、華道之事、先般、改革之上、其許江家元職、被仰渡、向後、当流相学之人体、於有之者、交名、早速可有注進旨及約諾置候処、其後、何等之物移りも不相聞、剰同流千葉竜卜之末流と申立候族も有之由、自然紛敷義共有之。其許江示談も無之候ては、一流之可為故障哉。猶可被及吟味。尤源氏流之家元職之義は其許に相限候間、聊以不可有疎意違乱候。仍而為念、如斯候也。

天保十亥年九月　小川参河守（花押）　淡川陸奥守（花押）　物加波肥後守（花押）

暁雲斎殿

いまだに千葉龍卜の末流と称する残党がいるが、源氏流の家元は暁雲斎に限る、と記されている。徳大寺家の権威をもってしても、龍卜の後継者と自称する人を取り締まれず、それだけ龍卜の影響は多大であったことが知られる。果たして龍卜の教条を伝承しているかどうかは怪しいが、龍卜の死後も彼の評判は衰えず、その名声を利用して継承者と名乗る者が跡を絶たなかったようである。ことによると龍卜の末流とは、龍卜の跡を継いで二代めになった千葉龍子を指すのかもしれない。ちなみに龍子が天保八年に門弟に授与した巻子本が存在する（詳細は本書の第四編第二章、参照）。

五、初代暁雲斎と源氏物語

千葉龍卜がどのように源氏物語を華道に取り入れたかは不明であるが、初代暁雲斎の場合は、彼が天保九年に著した「源氏五十四帖之巻」（東京大学本の原本）を見れば明らかである。本書の第五編資料集6に収めた全文（影印・翻刻）を見ると、各巻の構成はみな同じで次の通りである。

①巻名　②登場人物名（一人）　③和歌（一首）　④物語の粗筋　⑤生け花の図　⑥活け方の解説

③の和歌は、いわゆる巻名歌である。龍野歴史文化資料館には原本のほか、転写本が三件あり（文書38・30、39・98、39・99）、そのうちの一件（38・30）には「龍野町　長谷川勘兵衛所持」とある。また東京大学本の巻末に記された「鳳尾斎　龍松」とは宗野重次郎のことで、長谷川勘兵衛と共に当流の門弟総代である（第十節、参照）。

原本と門人たちが写した伝本とを比較すると、原本には所々に紙が貼られている。たとえば朝顔の巻の活け方を描いた図を見ると、原本では一度描いた上に新しい紙を貼り、別の図を書き起こしている。それに対して転写本には、描き直された図しかない。このような例は他の巻にもあり、創作の過程が窺われるのは原本ならではである。

東京大学本では巻の配列が一部、順不同であった。それは第4帖・夕顔から第20帖・朝顔までの間で、巻の番号で示すと、4 8 5 6 11 9 10 17 18 15 16 14 20 19の順であり、原本もその並び方である。原本の装丁は袋綴で、第二丁表に4夕顔、第二丁裏に8花宴が書かれているので、元から夕顔の次に花宴があったと考えられる。とはいえ、なぜ巻の順でないのかは不明である。また東京大学本には、2帚木・7紅葉賀・12須磨・13明石・50東屋が欠けていた。これを以前は欠巻と見なしたが（注2の論文）、そうではないことを次節で取り上げる。

六、源氏物語六帖　(1)版本

千葉龍卜が著して明和二年（一七六五）に出版した『源氏活花記』(12)には、源氏物語五四帖のうち、次の六帖を特別扱いしている(13)。

源氏花論六帖深秘　　箒木　紅葉賀　須磨　明石　雲隠　東屋

この六帖が初代暁雲斎の著「源氏五十四帖之巻」にないのは、深秘の巻として扱い、故意に載せなかったからである。その六帖の活け方は、嘉永五年（一八五二）に如来寺で披露された。「御家流花道源氏流家元　初代暁雲斉遊龍略伝」には、次のように記されている。

嘉永五年初冬、東山義政公相伝極秘の源氏六帖の花形に準《なぞら》へて、之《こ》れを新らしく工夫いたし、松龍山（龍野如来寺）に於て、挿花したる所、此義、徳大寺権大納言公純卿、御聞こし召されて、左記御自詠の色紙を拝領するの栄を受けたり。

　暁雲斉が松龍山にて源氏六帖の花形を活けるとき、て　　権大納言公純

　村肝のこゝろをこめて挿花にたれもむかしを仰がざらめや

欄外に執筆者（四代暁雲斎）の手により、「松龍山ハ如来寺ナリ」「円尾家ノ菩提寺ナリ」と書き込まれている。松龍山という山号は、享保一五年（一七三〇）に宝鏡寺門跡から賜った[14]。この話を聞きつけた徳大寺公純とは、初代暁雲斎に家元を認可した徳大寺実堅の養子で、文政四年（一八二一）に生まれ、明治一六年（一八八三）に没した。

　嘉永五年には、「源氏六帖之花形」（文書39・61）と題した版本も刊行された。その序文の全文は、以下の通りである。なおルビも全て翻刻したが、読めない箇所は□で示した。

室町将軍義政公、花は書院床飾りの第一なるか故に、源氏五拾四帖の花形を定め給はむと、康正二年丙子、初冬、徳大寺義門公、大江広末公、筑紫朱阿弥、堺文阿弥、京朱慶坊、江州芦浦寺の公達は花論をさせ給ひて、花伝抄といふ書を作り、御《ミ》宝蔵《ホウソウ》におさめ給ふ。中にも此数六帖は故由ある花形と殊更《コトサラ》に珍らしからせ、深く秘し給ひけるとなり。予、嚢年《サキツトシ》、辱くも御館《ミタチ》より此花形の御巻《ミマキ》をさへ下し給ひ、御免《ミユルシ》をも蒙りたり。かゝる辱きものを、予、亦、ひめ置き無味《イタツラ》にせむは、いと本意なき事《ワサ》なれは、如何にもしては年頃の志願なりしか、こ度、思ひたち松竜山におきて、かの御《ミ》花形に准《ナツラ》へて新《アラタ》にものしける。かくものしぬるから同し御志《ミコヽロ》の君達の為にも□□画に写し桜木にもゑりのほせしもの□かし。

　嘉永五壬子初冬　　源氏活花家元　暁雲斎遊竜述

この序文のあと、一帖の活け方が半丁ごとに描かれ、巻名・草花・花器が次のように記されている[15]。（図I）

　第一　紅葉賀　紅葉にまつ　嵯峨竹三重切蒔絵　上ニ冠下ニ鹿雌雄

　第二　須磨　まつにつた　嵯峨竹百度切　蒔絵浪ニ千鳥

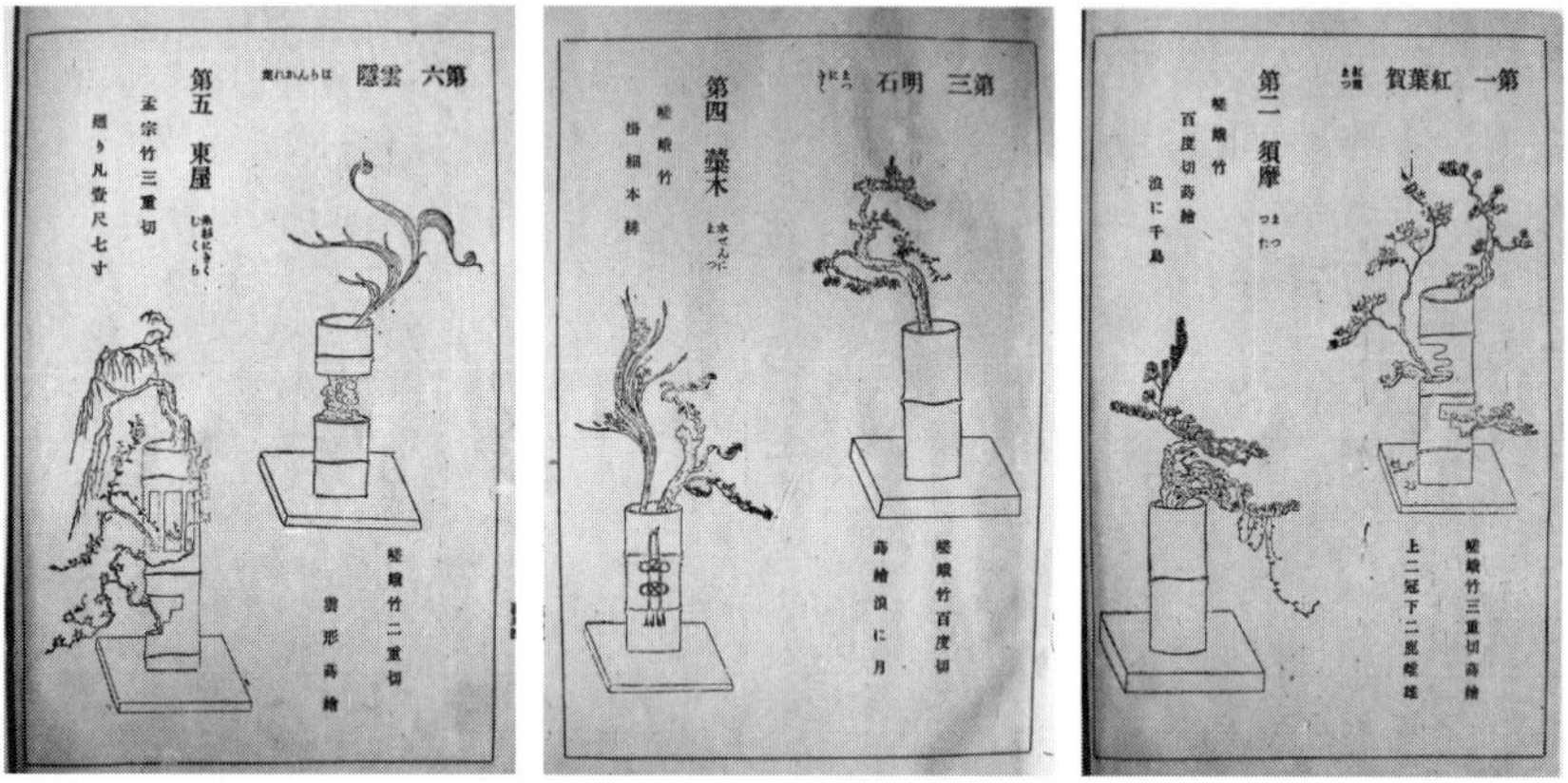

図Ⅰ

第三　明石　まつにきく　嵯峨竹百度切　蒔絵浪ニ月

第四　箒木　水せんニまつ　嵯峨竹　掛紐本緋

第五　東屋　糸杉ニきく　むくら　孟宗竹三重切　廻り凡壹尺七寸

第六　雲隠　はらん　かれ葉　嵯峨竹二重切　雲形蒔絵

六帖の順序を千葉龍卜の著『源氏活花記』に記されたのと比べると、雲隠と東屋の配列が異なる。龍卜のは物語の順と同じで雲隠の次に東屋であるのに対して、暁雲斎のは逆である。このように東屋のあとに雲隠を置くのは、ほかの書物にも見られる。たとえば「源氏花論之書」（東海大学桃園文庫蔵）では、夢浮橋の巻を雲隠の伝と定めている（詳細は本書の第四編第一章、参照）。では、なぜ暁雲斎は巻の順序を逆にしたかについて次節で検討する。

七、源氏物語六帖　(2)写本

昭和三〇年（一九五五）七月一九日付けの神戸新聞の西播版（西播磨版の意）には、第四代暁雲斎の話が掲載されている。

源氏五十四帖のうち六帖花論の巻は秘中の秘として珍重されており、表題東屋（あずまや）は宮中御涼所をさして東屋といい、一般には禁止となっています。そうした文献や図解相伝書などこのままではおしい限りです。

文中に「六帖花論の巻は秘中の秘」とあるが、幕末に刊行され公開されたのに「秘中の秘」と言えるであろうか。実は類書が、もう一本あるのである。それは表紙に「源氏六帖花論巻　全」と記された写本（文書39・104）で全八丁あり、第一丁は白紙、第二丁表に「六帖之深秘巻」と題して、半丁に一帖ずつ活け方が描かれている。全図は彩色され、各帖ごとに巻名などが書き入れられている。以下、その全文を掲載する。（図Ⅱ。巻頭にカラー写真あり）

「源氏第一箒木　真行に用」（2オ）「第二紅葉賀　行」（2ウ）「第三須磨　真行」（3オ）「第四明石　真行」（3ウ）「第五雲隠　草」（4オ）「第六東屋　極真　禁裏之御涼所ヲサシテ／東屋トイウ　東屋のまやのあまり[16]の雨そゝき／そゝきそけなく匂ふ橘　是は右近の橘を／詠し哥なり」（4ウ）

東屋の巻のみ、巻名の説明（前掲の新聞記事と同じ内容）と一首の和歌が添えられている。和歌の上の句は催馬楽「東屋」の本文と一致するが、下の句の出典は不明である。

第五丁からは再び帚木の巻に戻り、また半丁に一巻ずつ当てて、今度は文章で説明している。その全文は、本書の第五編資料集7に掲載した。全巻にわたり、次の順序で記されている。

①巻名　②登場人物名（一人）　③和歌（一首）　④物語の粗筋　⑤活け方の解説

この配列は初代暁雲斎の「源氏五十四帖之巻」と同じである。②の人物がその巻に登場するとは限らないこと、また③の和歌はいわゆる巻名歌であることも共通する。従って、天保九年に初代暁雲斎が「源氏五十四帖之巻」に掲載しなかった六帖は、初代が嘉永五年に刊行した「源氏六帖之花形」ではなく、彩色が施された「源氏六帖花論巻」であると言えよう。また六帖の活け花図を比較すると、版本と写本では全く異なるので、幕末に版本が世に出ても、写本が秘伝書としての価値を損なうことはない。

六帖の写本には著者も成立年も記されていないが、その本文の一部は嘉永三年に初代が作成した「源氏説中説」

図Ⅱ

源氏第一箒木

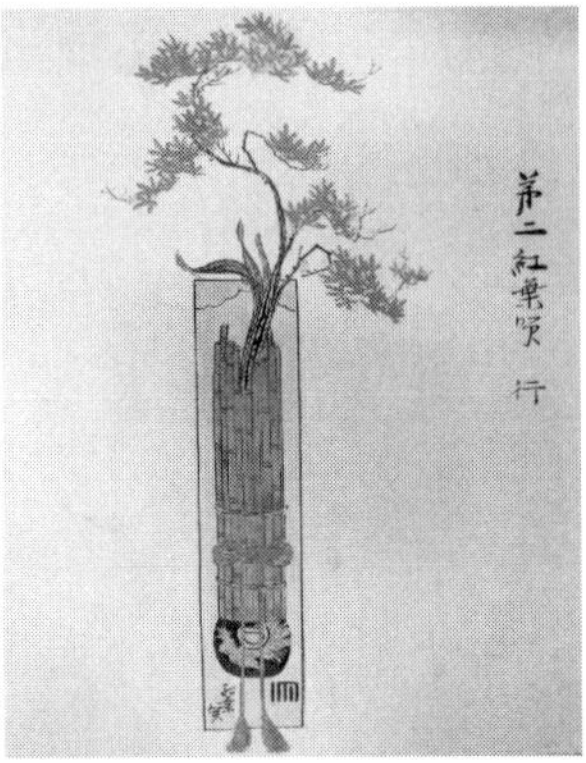

第二紅葉賀

第三須磨

第四明石

第五雲隠

第六東屋

（文書39・67）と共通する（次節、参照）。また、初代の著作「源氏五十四帖之巻」とセットになることから考えると、六帖の写本も初代の作であろう。ということは、初代は二種類の六帖を作成したことになる。両著は活け方も、また巻（雲隠・東屋）の順序も異なり、版本は初代が亡くなる二年前に刊行された。その意図は、版本の図は公開して一般向け用にするが、写本の方は奥義扱いにして高弟にのみ伝授したのであろう。(17) 言い換えると二件の類書のうち、一件を出版することにより、別の一件を秘書に仕立てたのである。

八、初代暁雲斎の業績　(1)源氏物語関連

初代の著作で源氏物語だけを扱ったのは、今までに取り上げた三件しか見当たらないが、そのほかの著書にも源氏物語を取り入れた記事は散見される。たとえば巻末に「嘉永三庚戌年仲夏良日　暁雲斎遊竜（花押）」と記された「源氏説中説」（文書39・67）を見ると、秘中の秘とされた「源氏六帖花論巻」（文書39・104）の須磨の巻の一節（本書の第五編資料集7に掲載）が引かれている。そのほか、初めに巻名・人名・和歌を置く形式も一致する。

須磨　　とうの中将

うきめかるいせのあまをおもひやれもしほたるてふすまの浦にて

すまはみつから、うつろひ給よりの名也。

うづくひは、うづくまるといふ事のちゞみなり。うづくまるは、うつむきて隠居るの姿也。源氏の君、此所に暫、隠居給ふ故に、うづくひ給ひし様いふ意ありと見ゆ。

頭中将は左大臣の御子也。竹川にて侍従たり。頭中将は光公のをひ也。光公は伯父也。

うき布苅伊勢をの海人を思ひやれとは、伊勢の海に浮たる布を海人苅る故に云。もしほたるてふとは、むかしは

海中のもを取り其をたれて塩を取故に云。
花のゑん頃、扇を［以下の本文は、本書の第五編資料集に全文翻刻した「源氏六帖花論巻」（文書39・104）の「五十四帖のかんもんと承りまいらせ候。かしく。」までと同じ］
須磨、明石、出船、入船之事
光君、須磨におはしましゝ時、明石の入道の娘の方へしのび給ひし事を□にとるなり。或時は馬乗にて通ひ給ひ、又或時は御船に召れて通ひ給ひしとなり。須磨より明石へ御通ひの船路故、入船、仕立るよし、明石より須磨へ御なりの船路故、出船に仕立るよし、光君、須磨に居給ひしは、わすかに一とせなり。其より明石の入道、光君をむかへ奉ると云也。出船は、へ先を左へむけ、入船はへ先を右へむけて置へし。花向の左右也。取違ふへからす。
一、糸芒は□の心様に遣ふへし。
須磨、明石を筒に活る時は、糸芒は身《ミハ、ウミノコトナリ》とも磯ともみるへし。

須磨と云は、淡路

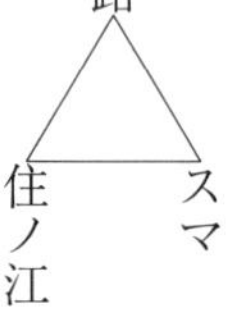

如図、三ツノ角ミニ当ル

兵庫、イバラ住吉、住の江と淡路嶋、此三つの角《スミ》に当る故にスマスミ也。因テ、スマト云也。明石とは浦の石、赤き故に赤石と名付。

そのほか「嘉永三　暁雲斎自画」と記された「遊龍工夫花形」（39・27）には、帚木と若紫の巻を、生け花で表現している。（図Ⅲ・Ⅳ）

源氏第一箒木花形

我は上へ立延る物なれと、つれなくかこちたる心もち、第一とスル也。

表《ハナノ》白、地添。女の品定め、ありしとの心なり。品定とは位定めの事にて其位アラソヒナリ。

　数ならぬふせやにおふるなのうさにあるにもあらてきゆるはゝきゝ

若紫

竹は僧にかたとる。下の色よき花は紫上むつかりたまふ躰なり。手かいの雀を取放し給ふ心を主として活るなり。

　手につみていつしかもみん紫の音にかよひゆく野辺の若草

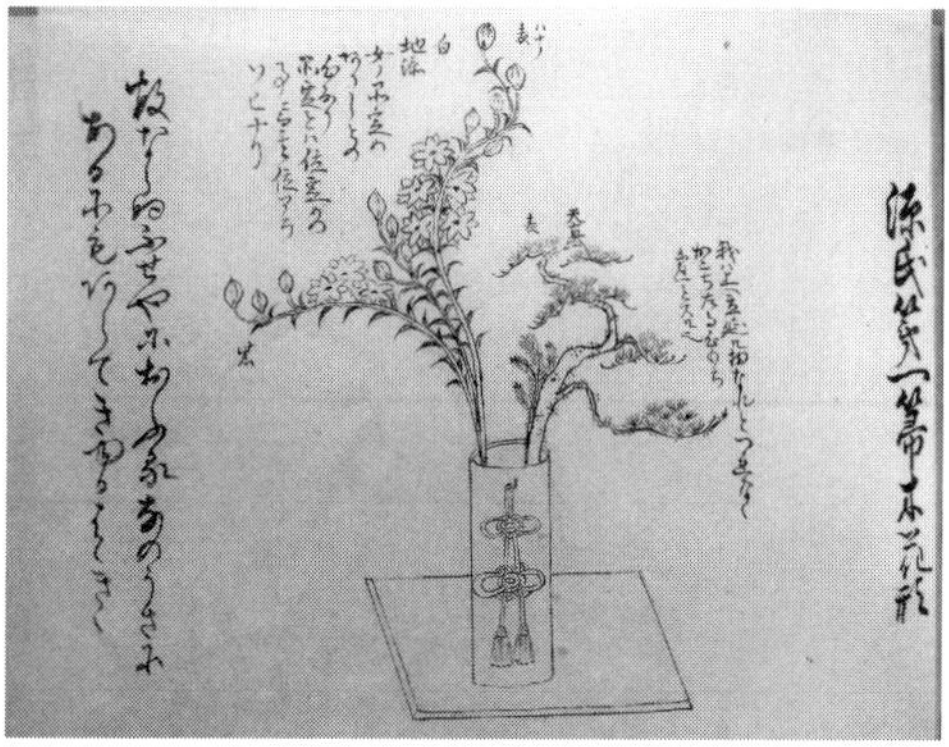

図Ⅲ

図Ⅳ

それぞれの草花を登場人物に見立てたり、心情を活け方で表現したりしている。

　また花器も、源氏物語の巻々に合わせて、五四通り作られた。初代暁雲斎の作品は見当たらないが、四代めの作ならばある（文書39・262）。それは表紙に「昭和卅四年十月　東山義政公伝　源氏五十四帖　竹花生意匠切　四代暁雲斎遊龍蔵」と書かれた冊子で、見開き四面に巻名（ただし雲隠・竹河を除く）と竹製の花器が記されている。龍野には天然記念物に指定されている片しぼ竹があり、それを用いたのかもしれない。そのほか門弟の雲泉斎竜勇の署名がある書物「源氏五拾四品　真之花納図」（文書39・123）にも、秘伝の六帖（第六・七節、参照）以外の巻々の花器が順不同で描かれている。

九、初代暁雲斎の業績　⑵源氏物語以外

四代め暁雲斎が著した「御家流花道源氏流家元　初代暁雲斉遊龍略伝」（文書39・244）を見ると、初代は草花の生態研究に邁進していたことが分かる。

元来、花道は各草木の生態を知悉する事、第一の必須条件なるは言を俟たず。当時、参考書とて無く、暁雲斉自ら草木の開花の季節に従ひ南船北馬し山野湖川を跋渉、各草木の其特異を詳しく究め丹念に自画収録せり。其間、猛毒性の植物及毒虫に悩まされ危ふく生命を失はんとせし事、屢々《しばしば》ありしが、毫もその念を絶たず遂に聚《あつ》めて数十冊を編纂し後進の為《た》め此の道の補ひを図るなどの事蹟を残せり。

この文章の続きに「其遺著の主なるもの」として、二〇件の書名を列挙している。その中に「日本三景の図」があり、それが作成された経緯に関しては、「御家流花道源氏流家元　初代暁雲斉遊龍略伝」に次のように記されている。

右の如き御念書（岩坪注、第四節に全文を掲載した文書39・130）を拝受して暁雲斉、確固たる信念を以て益々門人の養成技能の練磨を怠らず。徳大寺大納言より、日本三景の花形を工夫せよと命ぜられ、日本三景に旅立ち、詳しく之《こ》れを自画して、後《のち》に日本三景の花形を創案して、殿下に献上したる所、殊の外、御満足なされ、御褒めの御言葉に浴せり。

この記事によると、暁雲斎は実際に現地に赴き自ら写生して、活け方を編み出したことが知られ、その努力の成果は

「大日本三景之図」（文書39・103）にまとめられた。その跋文によると、徳大寺家から命じられたのは天保八年の秋、献上したのは翌年の二月とある。

引き続き「御家流花道源氏流家元　初代暁雲斉遊龍略伝」を見ると、

斯くて暁雲斉、栄光を得て、播州を中心に弘く流儀を広め、四方の士、尋ね来たりて、門下に入る。屢々全国各地に歴遊なし、諸大家と往来し益々理を究め、技術の工夫練磨に精進し、斯道の普及、門人の育成に全力を尽し、播磨・摂津・備前・美作の諸国に門葉、実に三千余名を算するに至れり。

とある。門人帳としては、「姓名録二之巻」（39・233）と「姓名録三之巻」（39・234）が現存し、前者には八八人、後者には九四人の人名と住所が列挙されている。

初代の最期については、「御家流花道源氏流家元　初代暁雲斉遊龍略伝」に、

暁雲斉は生涯を通じ花道の為め全身全霊を傾倒して幾多の巧蹟《こうせき》を後生《こうせい》に残し、安政元甲寅年八月十三日、病の為め没す。龍野小宅寺に葬る。因《ちなみ》に此の頃より圓尾家を世人、花の圓尾と呼ぶ。後年、花圓《はなまる》と通称する由縁《ゆえん》なり。

と記されている。没年の安政元年（一八五四）は、徳大寺家から家元を承認許可された天保七年から一八年後のことである。

十、暁雲斎の家系

初代の死後も代々、子息が跡を継ぎ、二代めは安政二年（一八五五）に家督を継承して東雲斎遊顕と名乗り、明治一五年（一八八二）一〇月に亡くなった。徳大寺家から家元を認可されたときの免状（文書39・131）の本文は、初代のときのもの（文書39・129、第四節に全文掲載）と同文で、末尾の人名と年月日が異なるだけである。

徳大寺殿家臣　従五位下行藤原朝臣　小川参河守　正富（花押）

安政二卯年十月日　　東雲斎殿

三代めの円尾慎太郎が明治三一年（一八九八）七月に三七歳で病没したとき、一人息子の円尾慎終はまだ数え四歳であった。そこでその年の一〇月に、本家の円尾亀次郎と門人の代表者らが徳大寺家に請願書を提出して、三代めの一子が成人するまで、家元職や免状などは本家が預かることが許された。円尾亀次郎が徳大寺家に送った請願書（文書39・135）には、次のように記されている。

相続人、生長仕候迄之間、数代本家ト称スヘキ円尾亀次郎ヘ家元預リ之義、御聞届ケ被為成下候得者、家元ニ属スル秘書類一切ハ、本家ニ於テ保護仕候得ハ、散乱之恐モ無之、門人共ニ於テモ安堵所仕義ニ御座候間、何卒、右御認許被為成下度、先々代之門人総代、連署ヲ以テ此段、請願仕候也。

このあたりの事情に関して、昭和三四年（一九五九）九月五日付け神戸新聞（文書39・196）には以下のように記載されている。

当時四歳だった慎終さんには秘伝を譲れぬので、高弟の太子町太田宗野重次郎氏（故人）龍野市龍野町長谷川勘兵衛氏（故人）らが慎終さんが成人するまで師範代として面倒をみ、奥伝や免許状は円尾家の総本家円尾亀次郎さん宅に預けた。慎終さんはこの二人の師範から手ほどきを受け、大正十三年十一月十七日徳大寺公弘氏から家元の許しを得た。

宗野重次郎も長谷川勘兵衛も、二代め家元の門弟物代である（文書39・133）。

ちなみに「大正博覧会記念版」として刊行された「大日本華道家大番附　大正三年見立鏡」（文書39・195）は、華道界の人々を大相撲の番付に見立てたものである。「行事」の一人として「源氏流家元　播摩《ママ》　暁雲斎円尾遊龍」、「東の方」の横綱として「横綱　源氏流　播摩　鳳尾斎宗野龍松」の名が見える。

「花の円尾」と称されて門弟が多く、家中・町人・農民と門弟の層も多様であり、地域的にも龍野周辺だけでなく美作・備前にまで及んでいた。（注10の著書）

とあるように、江戸時代は一地方に限られていたが、近代になると徳大寺家の後押しもあり、全国に名が知られたのであろう。

やがて三代めの忘れ形見である円尾慎終も成人して、満二九歳になった大正一三年（一九二四）に、晴れて徳大寺家から家元職相伝を許されて家督を相続して、四代めが誕生した。しかしながら昭和一八年（一九四三）に、五歳になった一人息子の礼三君を急性腸炎で失った後は、跡継ぎに恵まれなかった。また戦後、華族制度が廃止されると、徳大寺家からの庇護もなくなった。このままでは断絶の恐れが生じるとして、昭和三〇年（一九五五）七月一九日、神戸新聞の西播版（西播磨版の意）に取り上げられた（文書38・34）。見出しには「当主は病弱、世継なし　義政以来の華道源氏流」とある。このとき当主の円尾慎終氏は六〇歳であった。翌年の九月、同氏は銭湯で転倒したのがもとで、右腕を切断してしまう。

昭和三二年一一月一六日、神戸新聞（西播版）、読売新聞（播磨版）、サンケイ新聞（播州版）が、一斉に当流を取り上げた。それは当主から龍野市教育委員会を通して、兵庫県教育委員会へ文化財指定の申請をすることになったのである。しかしながら昭和三四年九月四日付けの朝日新聞とサンケイ新聞によると、県文化財指定は却下された。理由は、華道の奥義書などを指定した先例がないからである。兵庫県教育委員会から届いた手紙（文書39・209）には、

ただ、現在のところ、こうしたものが重要文化財の指定を受けるようなところへ行っておらず、こうした方面の保存が出来ないのを残念に思います

とある。なお昭和三四年七月に龍野市文化財保護条例が成立したばかりで、「この方の指定はほぼ間違いないものと期待されている」（朝日新聞、同年九月四日）と記されているが、それも却下されたようで、平成二四年時において指

定は受けていない。
翌年の昭和三五年七月二一日の毎日新聞（播州版）には、当主が「花匠暁雲斎と御家流花道源氏考」の執筆を始めたとあるが、それと同名の資料は見当たらない。

十一、『度胸時代』騒動

文書38・34に収められている新聞記事のなかで日付が最新のものは、昭和四四年（一九六九）七月五日付けのサンケイ新聞である。それには、柴田錬三郎氏の歴史小説『度胸時代』は史実を曲げているとして、源氏流家元の円尾慎終氏が抗議文を送ったと報道されている。

円尾さんの話によると、「度胸時代」には①源氏流は花器や花形に珍奇なスタイルをもちい、それによって門人をかき集めようとした②これによって一時は門前市をなしたが、たちまちきらわれ、源氏流は一代で終わった―とあるが、これは源氏流の名誉と信用を傷つけているとしている。（中略）このほかいままでも円尾家につがれているので、一代で終わったというのは誤りだとしている。

問題になった『度胸時代』の件は、以下の通りである。

中でも、源氏流の開祖・千葉松斎（ママ）などは、大坂から江戸へやって来て、浅草並木の扇屋という茶屋で、盛大な花展を催している。茶屋を入口に、活花会、という看板をかかげ、二階三室ほどを吹き通しにして、斬新と珍奇を売りものの花を、ならべてみせた。デモンストレーションである。（中略）

生花諸流の中には、世人の目を惹こうとして、例えば源氏流のように、花器や花形に、きわめて珍奇なスタイルを用いて、あっといわせたのもあった。「花形」という称は、その時生まれた。自らを高く売り込み、それによって、門人をかり集めようという、こんたんであった。一時は、その珍奇さに、目をうばわれて、門前市をなしたが、そうした流派は、たちまち、あきられた。

源氏流は、一代にしておわって、継承されなかった。（集英社文庫、二九八頁、昭和五三年二月）

『度胸時代』に書かれていることは、千葉龍卜の著作や、明和三年（一七六六）に刊行された石浜可然の著『生花評判当世垣のぞき』（注12の著書に収録）などに基づいていると判断され、工藤昌伸氏の記述（注11の論）とも齟齬しない。しかしながら、一代で終わったという一節は、円尾慎終氏には了解できなかったのであろう。おそらく柴田錬三郎氏は、龍野の源氏流を知らなかったのであろう。これは戦後になると花の円尾家は衰退してしまい、また昭和三〇年代に新聞で報道された（第十節、参照）とはいえ地方版に掲載されたため、東京にまで知れ渡らなかったからであろう。

そもそも事の発端は、昭和四三年に門人の紅雲斎龍弘が四代め家元に送った三通の手紙である。一通めは二月一八日付けで、当時「サンデー毎日」に連載されていた『度胸時代』の切り抜きも同封され、その小説に憤慨して「昨十七日午後、毎日新聞社に抗議を申込みました」とある（文書39・197）。二通めは三月三日付で、毎日新聞社からは「まだ何の音沙汰も御座いません」とある（文書39・198）。三通め（文書39・199）は同じ月の二三日付けで、

昨日、当地サンデー毎日社より電話にて、今朝、東京より連絡がありましたが、此の件は取上げられないから直接、柴田氏に交渉されたいと申して参りました

と書かれ、柴田氏の連絡先が記されている。そこで円尾慎終氏は、抗議文を四百字詰め原稿用紙で四四枚にわたり書き連ねた（文書39・200）。古文書などを撮影した写真も数枚、貼られている。表紙には「昭和四十四年七月　柴田錬三郎殿」と書かれ、その月の月末に郵送された。しかし返事がないので、三ケ月後に今度は督促状が原稿用紙四枚に書かれた。その表紙には、「昭和四十四年十月二日　昭和四十四年七月三十日付　柴田錬三郎氏宛　抗議口上書に対す

る回答督促状（写シ）」（文書39・201）とある。時に円尾慎終氏は七四歳、年を重ねても源氏流宗匠の誇りが窺えよう。

終わりに

昭和三〇年代の新聞に龍野の源氏流について何度か報道されると、意外な展開を見せた。それは龍野と同じ播磨の城下町、忠臣蔵の故郷として名高い兵庫県赤穂市に住む大嶋家が、我が家こそ源氏流華道の家元である、と名乗りを上げたのである。昭和三四年（一九五九）九月八日付けの神戸新聞（西播版）には、大嶋乾三氏（時に三三歳）の曾祖父[18]である九郎次は宗丹と号し、千葉龍卜から数えて四代めにあたる、と伝えている。すなわち初代・千葉龍卜、二代・千葉龍子、学会の通説ではここで途絶えたとされているが、三代・大嶋白露、四代・大嶋宗丹と続き、白露は宗丹の叔父にあたる。また大嶋家には入門の誓約書や免許状をはじめ、足利義政ゆかりの銀閣寺から賜った朱塗り金文字の席札などが伝来している、と報じられた。その新聞記事のほか、円尾慎終氏と大嶋乾三氏が交わした手紙などは一括され、表紙には「赤穂大嶋乾三氏　疑義申入の顚末書類」（文書39・196）と記されている。ちなみに白露も宗丹も、千葉龍子に師事した。（詳細は本書の第四編第二章、参照）

昭和三四年（一九五九）九月二六日付の神戸新聞（西播版）には、

　源氏流（華道）本家は一体どちら？　大嶋家に正統の数々　円尾家との古書争い　ますます複雑化

という見出しが掲げられている。千葉龍卜は初めて華道に源氏物語を取り入れた、という画期的な業績を残したとはいえ、どのように活けたかは不明である。それに対して大嶋家と円尾家には、源氏物語の巻ごとに粗筋や活け方を記した写本が残されており、源氏物語の享受史において、両家に伝来した資料の価値は甲乙を付けがたい。龍卜のあとは消滅したと思われていた流派が、彼の故郷である赤穂とその近辺に伝えられていたのである。赤穂と龍野において、源氏流がいかに継承され発展したかを解明するのが、今後の課題である。

注

（1）千葉龍卜の出自に関しては、彼が生前に刊行した『源氏活花記』の跋文に門人が、「先生、姓平、族千葉、名胤綱、字龍卜、号松翁斎、播磨赤穂之人也」と記した通り、播磨国の赤穂（兵庫県赤穂市）である。詳細は本書の第四編第二章、参照。

（2）岩坪健「源氏流生花書について―東京大学総合図書館蔵「源氏五拾四帖之巻」（影印・翻刻）―」（「親和國文」37、平成一四年一二月）。以下、当写本を東京大学本と呼ぶ。

（3）平成一七年に龍野市・新宮町・揖保川町・御津町が合併して、たつの市になった。

（4）両寺とも現存する。如来寺はたつの市龍野町大手65にあり、天文二年（一五三三）に創建された。十念寺は、永享三年（一四三一）に足利六代将軍義教が誓願寺に宝樹院を建てたのに始まり、天正一九年（一五九一）に現在地（京都市上京区寺町通今出川上る鶴山町）に移転した。徳大寺家の歴代当主のうち、天正一九年以後に亡くなった一七代・実久から幕末に没した二五代・実堅までの墓が十念寺にある。

（5）徳大寺家の邸宅は冷泉家より二軒西隣にあったが、明治時代に取り壊され、その跡地に華族会館が建てられた。なお当会館の門は閑院宮家のが移築され、現在は同志社大学の通用門として使われている。詳細は、霞会館編『華族会館の百年』一〇八頁（昭和五〇年、筑摩書房）、田中真人氏「同志社―冷泉家のお隣りさん」（財）冷泉家時雨亭文庫「しくれてい」80、平成一四年四月）、岩坪健「同志社と閑院宮家」（「同志社大学国文学会会報」37、平成二一年三月）参照。

（6）本書は、千葉龍卜が明和二年（一七六五）に刊行した『源氏活花記』とは同名異書である。

（7）ただし徳大寺義門は、当家の系図には見当たらない。ちなみに近世の公家衆の家職については、以下の解説が参考になる。

家職の伝授は、近世社会の生産力向上にも照応し、対象とする地域と階層を広げていった。宗教者や芸能民らが広範に活躍すると、競合する渡世の間で紛争も激化し、権利と身分の確立を求めて本所《ほんじょ》志向が生じた。公家側も、系譜や由緒により家職の本所としての権利を主張した。自我の確立と生計の確保を欲した公家と渡世民とは、相互補完的な関係にあった。渡世民の身分把握を新たな課題とした幕府にとっても、公家を介した組織化は益した。（山口和夫氏「近世の家職」、岩波講座『日本通史』14所収、平成七年）

（8）龍卜は、江戸の龍野藩邸に出入りしていた。また、柳沢吉保の曾孫にあたる柳沢保光《やすみつ》とも交流があった。ただし保光は後に甲州流華道の家元になったほどの人であるので、保光と交際があったから龍卜は武家の権威を借りたとは速断できない。（詳細は本書の第四編第二章、参照）

（9）昭和三四年九月四日付けの朝日新聞に「円尾さんの話」（岩坪注、第四代家元である円尾慎終氏の話）として掲載された記事のなかに「お止め流」という呼称が見られる。

源氏流は現在の前衛生花に通じる新しい所がある。当時の血気盛りの公げ（卿）さんたちが型にこだわらない新しいものを求めたのかも知れません。「老のツエ」という生け方は、竹を逆さまに生けたりします。源氏物語にヒントを得たらしく、花器にも〝桐壺〟だの〝末摘花〟というのがある。また〝三種神器〟といった皇室に関する名前の生け方も多く、このため〝お止め流〟として一般に普及しなかったようです。私一代で絶えるかと思うとさびしい限りで、何とかよい後継者をと思っているのですが……。

（10）この文書の写真は、『龍野市史』第二巻（昭和五六年）の第三章「近世後期の龍野」第四節「龍野の文教と芸能」の四六二頁に掲載されている。当該項目の担当は、竹下喜久男氏。

（11）工藤昌伸氏「源氏流千葉龍卜　諸流派成立の時代」、同氏『江戸文化といけばなの展開』（『日本いけばな文化史』2、同朋舎、平成五年）所収。

（12）『花道古書集成』3（初版は昭和五年。復刻版は昭和四五年に思文閣出版より）所収。

（13）ちなみに香道においても、五十四帖のうち六帖が特別に扱われているが、源氏流華道の六巻とは異なり、桐壺・帚木・若紫・紅葉賀・花宴・葵である。それらは香木を分類して収める、六つの香箱の意匠に用いられている。詳細は畑正高氏『香三才』二一七頁（東京書籍、平成一六年）参照。

（14）宝鏡寺は京都に現存する尼門跡で、今では人形の寺として名高い。ちなみに如来寺には源氏物語図衝立があり、「桂意廣壽筆」と署名されている。それは江戸幕府御用絵師である板谷家の四代め板谷広寿で、天保七年（一八三六）に数え二二歳で没した。衝立の表裏には、光源氏が若紫を垣間見た春の場面（若紫の巻）と、源氏が頭中将と青海波を舞う秋の場面（紅葉賀の巻）が描かれている。寺院に源氏物語図が蔵されているのは、当寺が円尾家の菩提寺であり、また源氏物語六帖の活け方が披露されたことと関係があるのかもしれない。

（15）龍野歴史文化資料館蔵の版本は刷りも保存状態も良くないが、ほかに伝本が見当たらない。そこで生け花の図が活版印刷にされたものを撮影して、帳簿（文書38・36）に貼り付けられた写真を本書に転載した。ただし翻刻は、版本の本文による。

（16）「雨やの」と記した上に紙を貼り「あまりの」を墨書している。「あまりの」は催馬楽の本文と一致する。

（17）このような伝授を仮に、二段階伝授と命名した。詳細は岩坪健『源氏物語古注釈の研究』第六編第二章（平成一一年、和泉書院）参照。

（18）新聞記事には「祖父」とあるが、以下の資料により「曾祖父」と訂正した。まず大嶋乾三氏が円尾慎終氏に送った手紙（文書39・196。昭和三四年九月三〇日付け）には、「私の曾祖父黄谷（宗丹）」とある。また吉栖生一氏『赤穂のやきもの』一二頁（昭和四六年、非売品）に掲載された系図にも、「九郎次―乾八―嘉三郎（養子）―乾三」とある。

第五編　資料集

1　前田育徳会尊経閣文庫蔵　伝二条為明筆『源氏抜書』（翻刻）

凡例

一、翻刻は原文のままを原則とし、誤字・脱字・当て字・仮名遣い等も底本の通りにしたが、読解や印刷の便宜を考慮して次の操作を行った。

1　底本の旧漢字・異体字・略体は、通常の字体に改めた。
2　句読点を付け、会話・心内語・手紙文などは「　」で括った。
3　明らかに誤写と思われる箇所には、右側行間に（ママ）と記した。また推定した文字を（　カ）の中に入れた。
4　見せ消ちの記号は三種類（「・」「ミ」「ヒ」）あるが、翻刻では一種類（「ミ」）に統一した。
5　一度書いた文字を擦り消して、あるいは消さずに、上に重ね書きした箇所が散在するが、元の文字は誤写か判読不能であるため翻刻していない。
6　底本には、朱筆で書かれた文字や記号（合点など）はなく、すべて墨筆である。

一　きりつほ

いつれの御時にか、女御更衣あまた候給中に、いとやむことなききはにはあらぬか、ときめき給ありけり。ちゝの大納言はかなくなりて、母きたの方はかりそものし給ける。をとこ宮さへむまれ給にけれは、いとゝもろこしのためしにもおとらす、御あさいにあさまつり事もいか〻なと、よ人も申方々もやすからぬ事に思ひあへりけるけにや、れいならてまかりいてなむとしたまひけれと、御かとゆるしたまはさりけり。五六日にいとよはくなり給にけれは、かきりある事にていて給よ、更衣、

　かきりとてわかるゝ道のかなしきにいかまほしきはいのちなりけり

みやす所うせ給てのち、源氏の君、むは北のかたの御もとにをはするに、命婦を御使にて、うへ、

　みやきの、露ふきむすふ風のをとにこはきかもとを思ひこそやれ

命婦、御返とりてたつほと、風をかしうふきて虫のこゑをしみかほなるに命婦、

　すゝむしのこゑのかきりをつくしてもなかきよあかすふるなみたかな

北のかた、御返えいひやらす、

　いとゝしくむしのねしけきあさちふに露をきそふる雲のうゑ人

みやきの、御返、

　あらき風ふせきしかけのかれしよりこはきかもと《うへイ》そしつ心なき

命婦のをくりものに、みやす所のきぬなと、とらせ給たるを御覧して、うへ、「なき人のありかたつねいたしたりけん、しるしのかむさしならましかは」と、おほしめさるゝもかなし。

　たつねゆくまほろしもかなつてにてもたまのありかをそことしるへく

源氏の君いみのほとは、さとにをはするをおほしやりつゝ、月かけをなかめさせ給て、うへ、

　雲のうゑもなみたにくるゝ秋の月いかてすむらむあさちふのやと

源氏のきみ元服したまふに、ひきいれの大臣の御むすめ、やかてこのついてにと、けしきはみたまふ。御さかつきのついてに、うへ、

　いとけなきはつもとゆひによろつよをちきるこゝろはむすひこめつや

と御心はへありて、おとろかさせ給。御返、をとゝ、

　むすひつるこゝろもふかきもとゆひにこきむらさきのいろしあせすは

二　はゝき木

源氏の中将、うちの御物いみにこもりたまへるに、はれまなきなかあめのころ、「これかれ、をかしかりけむ事かたり給へ」とありけれは、こしうとの中将、右馬頭、藤式部のせうなと、女のこゝろはへのよきあしきさたむるに、むまのかみ、かよひける女の、ものねたみをいたうして、をよひをくひきりたりけれは、いたうゝらみて、「いまは、こし」なと申て、むまのかみ、

　てをゝりてあひみし事をかそふれはこれひとつやは君かうきふし

「ゐ、うらみし」なといひ侍れは、さすかにうちなきて、

　うきふしを〵心ひとつ《コノヨイ》にかそへきてこや君かてをわかるへきおり

そのころ、またかよひ侍し所に、たえまありてまかりたりしに、またしのひてかよふおとこありけるか、ふゑをふきつゝ、まうてきたりけるに、女のわこむをかきあはせけるを、このおとこいたくめてゝ、きくをゝりて、すのもとによりて、

　ことのねもき《へ月イ》くもゐならぬやとなからつれなき人をひきやとめける

返、女、

　こからしにふきあはすめるふえのねをひきとゝむへきことの葉そなき

「かくよみかはしけるをみて、まからすなりにき」なとかたるに、中将のたひになりて、「しれものかたりし侍らん」とて、わさとならすかよひ侍し女、心やいかゝありけん。いみしくたのみて、めつらしきほとなるをも、いひうらみ

侍らさりしか、ゝらうして、ひさしくまからすなりにしかは、おさなき人にことつけて、なてしこの花につけて、

山かつのかきほなり《へあるイ》ともおり〳〵にあはれはかけよなてしこのはな《露イ》

やかてまかりて中将、

さきましる花《色イ》はいつれとわかねともなをとこ夏にしく物そなき

「ちりをたに」なと、なてしこをはさしおきて、まつをやのこゝろをとる。返、女、

うちはらふ袖も露けきとこ夏にあらしふきそふ秋もきにけり

「式部かたひにそ、けしきある事はあらむ。申せ」とせめらるれは、また文章生に侍し時、あるはかせのむすめにいひより侍りて、ひさしくまからさりしころ、たよりにたちよりて侍れは、ものこしにて、「月ころ風病をもきにたえかねて、こくねつのさう薬《やく》をふくして、いとくさきにより、えたいめむたまはらぬ」といへるに、たゝ、「うけ給はりぬ」とはかりにて、たちいて侍るに、「猶たちより給へ」とたかやかにいふを、しはしやすらひ侍しも、すちなけれは、

さゝかにのふるまひしるき夕くれにひるますくせといふそ《へか》あやなき《へさ》

「いかなることつけそや」といひもはてす、はしりいつるに、をひつきて返、女、

あふことのよをしへたてぬ中ならはひるまもなにかまはゆかへらまし《るへきイ》

源氏いよのすけといふ人のもとに、かたゝかへにわたり給へるに、をくのかたに、をさなきちこのこゑにて、「いつくに、をはしますそ」。「こゝに」といふ。これそ、きたのかたなめる。源氏れいのきゝはなちたまはぬくせにて、こゑをしるへにていりたまひぬ。えもいはす心つよきを、みならひ給はす。うらみ給て、

つれなきをうらみもへはて《あえ》ぬしのゝめにとりあえぬまておとろかすらん

御返、女、

身のうさをなけくにあかてあくるよはとりかさねてそねもなかれける

なを此うつせみ、こゝろつよく夢のやうなりしをおほしいつるに、わすれかたくて、ありしこゑのちこして、

みしゆめをあふよありやとなけくまにめさへあはて《〈そころもへにける》もほとのふるかな

「ぬるよなけれは」とある御かきさま、めもとまりぬへけれは、きりふたかるこゝちして、なみたのをつるを、このちこのみるらんもはつかしうて、よろつ思みたれてふし給へり。又のひ、こ君めしてとはせ給へは、「御文みるへき人もなし、ときこゑよ、なと申す」と申せは、うちよりのたよりにをはしましたるに、この女わたとのに中将といふかつほねにうつろひぬ。こきみをつかはして、いかにたはかるらんと、うしろめたうまちふしたまへるに、ふようなるよしをきこゆれは、「あさましうめつらかなりけり(るカ)こゝろのほとかな。みも、いとはつかしうこそなりぬれ」とて、とはかりうめき給て、

はゝきゝの心をしらてそのはらの道にあやなくまとひぬるかな

「きこえむかたこそなけれ」と、のたまへり。女もさすかに、まとろまれさりけれは、

かすならぬふせやにおふるなのうさにあるにもあらすきゆるはゝきゝ

ならひ　うつせみ

この女あなかちにこゝろつよきを、せめておほしたはかりておはしたるに、きぬをぬきすてゝかくれにけり。いとつらう、ゝしとおほす。かたはらにわかき人、ゑしらてねたりける。これをみすてかたうて、なこりなるも、さすかあはれなり。いよのすけかむすめなりけり。かのうつせみのもぬけをたにとおほして、かへらせ給て、

うつせみのみをかへてけるこのもとになをひとからのなつかしき哉

返、

うつせみのはにをくつゆのこかくれてしのひ〱にぬるゝそてかな

ならひ　ゆふかほ

源氏めのとのわつらふところへ、をはするみちに、ちいさきいゑの、はしとみなんと、しわたしたるをみいれ給へは、しろきはなの、をのれひとり、ゑみのまゆひらけたるを、「をちかた人にもの申」とくちすさひたまへは、みすいしん、「かれなん、ゆふかほと申」とまうせは、「をりて、もてまいれ」とおほせらるゝを、よりておるに、こかしたるあふきのをかしきをさしいてゝ、「これにすゑて、まいらせ給へ」とてあるを、もてまいりたり。あはせさせ給さに、しそくさゝせて御覧すれは、

心あてにそれかとそみるしらつゆのひかりそへたるゆふかほの花

かきさま、ゆへなきにしもあらねは、たれかしたることにかと、こゝろにくゝおほさる。

をりてこそゝれかともみめたそかれにほの〱みゆるはなのゆふかほ

源氏中将、六条わたりのしのひところにおはしたれは、わりなき日ころのたへまを、いみしく思しめりたるを、見すてゝかへり給も、いとおしなから、たちこみたるあさきりをわけ給へは、いろ〱の花のにほひも見わかれす、御なをしもいたくしめりたり。はなちいてまて、御をくりにまいれる中将の君をひきとゝめて、かうらんのすみにて源氏、

さく花にうつるてうなはつゝめともをらてすきうきけさのあさかほ

「いかゝすへき」とて、ゝをとらへ給へれは、いとなれてとく、

秋《へあさ》きりのはれまをまたぬけしきにてはなに心をとめぬとそみる

ユフカホハ三位中将ノムスメナリ、タマカツラノ内侍ノカミノハヽ

ありしゆふかほ、たつねとり給て、かよひ給あかつき、ねさめにちいさきところなれは、みたけさうしむするところなめりときこゆるに、「たうらいたうし」とをかむなる。「かれ、きゝたまへ。このよとのみは思はぬなるへし」とて、

源氏、

　うはそくかをこなふ道をしるへにてこんよもふかきちきりたかふな

返、女、

　さきの世のちきりしらるゝ身のうさにゆくすゑかねてたのみかたさよ

この女を、しはし、かくあやしからぬ所ならて、かたらひたまはまほしうて、二条院にほのかなるあか月いておはす。道もいと露けし。「かやうなる事も、またならはさりつるを、こゝろつくしなるうゐ事なりや」とて源氏、

　いにしへもかくやは人のまとひけんわかまたしらぬしのゝめのみち

「ならひ給へりや」との給へは、はちらひて、

　山のはの心もしらてゆく月はうはのそらにてかけやたえなん

をはしましつきて、かたらひ給けれと、この女に、たれといふことを、しらせ給はさりけれは、うらめしけにおもひたり。源氏、

　ゆふ露にひもとく花はたまほこのたよりにみえしえにこそありけれ

「つゆのひかりや、いかに」との給へは、女、

　ひかりありとみしゆふかほのうは露はたそかれときのそらめなりけり

二条院《ナニカシノ院》は、ものおそろしきところにてそありける。女をそろしと思て、にはかにきへいりぬ。源氏おほしなけく事かきりなし。女房をかたみとおほして、かたらひ給。かせはやうふきて、くもりたるひ、いたうなかめたまひて、

　みしひとのけふりをくもとなかむれはゆふへのそらの《も》な《む》つか《まイ》しきかな

この女のことに、いたうおほしなけきて、わつらひ給を、うつせみの人きゝて、いよへくたりなんとするも、はるかなるほとはさすかにこゝろほそく、おほしわすれぬるなめりと、こゝろみに、「うけたまはりなけくことも、ことに

いてゝえきこえす」とて、

　とはぬをもなとかとゝはてほとふるにいかはかりかはおもひわつらふ

「ますたは、うときこそ」と、きこへたり。めつらしきに、あはれはすてかたうて、

　うつせみのよはうきものとしりにしをまたことの葉にかゝるいのちよ

いつもちのかたゝかへにて、みそめ給へりし人は、蔵人の少将をなんかよはす、となんきゝたまひて、いかにあさしと、少将のこゝろのうちもいとをしう、またかの人のけしきもゆかしけれは、こきみして、

　ほのかにもののきはのをきをむすはすは露のかことをなにゝかけまし

返、

　ほのめかす風につけてもしたをきのなかはゝしもにむすほゝれつゝ

ゆふかほの女の四十九日、しのひてせさせ給。さうそくのはかまをとりよせて源氏、

　なく〱もけふはわかゆふしたひもをいつれのよにかとけてみるへき

いよのすけ十月一日くたるに、女くたるらんとて、あふきくしなとつかはすに、かのもぬけのこうちきをかへしつかはす。源氏、

　あふまてのかたみはかりとみしほとにひたすら袖のくちにけるかな

返、女、

　せみのはもたちかへてける夏衣かへすをみてもねはなかれけり

おもへとも人にゝぬ心つよさにて、ふりはなれぬるひとかな。けふそまた、たちわかるゝひなりけるもしるく、うちしくれて、そらのけしきもいとあはれなり。うちなかめたまひて、

　すきにしもけふわかるゝもふたみちにゆくかたしらぬあきのくれかな

三　わかむらさき

源氏中将わらはやみに、いたうわつらひ給て、きた山なるところにて、ましなひ給ほとに、をこらせたまはぬほと、○《とかくたゝすみ給》に、こしはかきのあなたをのそき給へは、いみしくゆへ〳〵しくすみなして、けふそくによりかゝりてゐたり。とをはかりなるちこの、よにゝすおかしけなる、よりきて、めをすりてうつふしたり。「なにことそ」といへは、「いぬきか、すゝめのこをにかしたるや」といらふれは、「あな、をさなのさまや。けふあすともしらぬ身のありさまをは、おほしいれす、かゝることよ」とうちなきて、あまきみ、

　　をいたゝんありかもしらぬわかくさをゝくらん《す》露そきえんかた《そら》なき

まへにゐたるをとな、けにとうちなきて、

　　はつくさのをいゆくすゑもしらぬまにいかてかつゆのきえんとすらん

このちこのうはとおほしき人に、こひとらむとおほしくて、せうとのそうつして、あないゝはせたまひて、たちよりたまへり。「うちつけにおほえて」といへは、「けにおほさるらんも、ことはりなり」とて源氏、

「はつくさのわかはのうへをみつるよりたひねのそてもつゆそかはかぬ

とは、きこへ給ひてんや」との給へは、「さらにかやうの御けしき、ゝこへ給ふへき人もゝのし給はぬに」ときこゆれは、「たゝ、さるやうあり」との給ふ。あまきみきゝて、「いまめかしき御ことかな」とのたまひて、ひさしうなれはなさけなしとて、

　　まくらゆふこよひはかりのつゆけさをみやこ《ま》のちこ《こけイ》にくらへさらなん

そうつおはしぬれは、「よし、かくきこゑつれは、たのもしう」とて、をしたてたまひつ。あか月になれは、法華三味をこなふたうのせほうのこゑ、山をろしにつきてきこゆ。いとたうとくて、

　　ふきまよふみやまをろしにゆめさめてなみたもよをすたきのおとかな

そうつ、
　さしくみにそてぬらしける山みつのすめる心はさはきやはする
かへりたまふとて、「いま、この花のをりすこさすにい（まカ）りこむ」とて、そうつの御かわらけなと、まいり給ついてに、
　みや人にゆきてかたらん山さくらかせよりさきにきてもみるへく
と、のたまふもてなし心つかひまて、めもあやなるに、そうつ、
　うとんくゑのはなまちえたるこゝちしてみやまさくらにめこそうつらね
と、まうし給へは、「ときありてひらくるは、あはたゝしかなるものを」とて、ほゝゑみ給ふ。ひしり、かはらけ給て、
　をく山のむろの《へまつイ》とほそをまれにあけてまたみぬ花のいろ《かほイ》をみるかな
いてたまふとて、そうつのもとなるをかしけなるわらはして源氏、
　ゆふまくれほのかに花のいろをみてけさはかすみのたちそわつらふ
御返、あまうへ、
　まことにや花のあたりはたちうきとかすむるそらのけしきをもみん
又のひ、御ふみつかはすなかに、ちいさくて、
　をもかけはみをもはなれすやまさくらこゝろのかきりとめてこしかと
よのまのかせをうしろめたく、とあり。「また、なにはつをたに、はか〱しうつゝけ侍らねは、かひなくなん」とて、返あまきみ、
　あらしふくをのへのさくらちらぬまをこゝろとめけるほとのはかなさ
ときこへたり。又二三日ありて、つかはす御ふみのなかに、れいのちいさくて、

あさか山あさくも人をおもはぬになとやまのゐのかけはなるらん

御返事、あまきみ、

くみそめてくやしときゝし山のゐのあさきなからやかけをみすへき

ふちつほの女御わつらひ給事ありて、このほと、さとにものし給へり。わう命婦をかたらひて、いかゝものし給けん。さらにうつゝともおほえたまはす、なにことをかはきこへやりたまはん。くらふ山にやとりもほしけれと、あやにくなるみしかよにて、なか〳〵なり。あか月いて給とて源氏、

みてもまたあふよまれなるゆめのうちにやかてまきるゝわかみともかな

とおほしたまふも、さすかにいみしけれは、

よかたりに人やつたへんたくひなくうきみをさめぬ夢になしても

ありしやまてらのあまきみ、わつらひて京にいてたるに、をはしたり。このちこ、「なとや、みたまわぬ」と、いわけなくいふこゑ、いとをさなし。かへりてつかはす。

いはけなきたつのひとこゑきゝしよりあしまになつむふねそえならぬ

あきのゆふへに、わかむらさきをおほしいて、源氏、

てにつみていつしかもみむゝらさきのねにかよひけるのへのわかくさ

このわつらふうは、うせにけり。わかくさ御もとにおはしたり。このちこの御めのとそ、あひきこへたる。「なを人つてならて、きこへはや」とて源氏、

あしのね《わか》のうらにみるめはかたくともこはたちなからかへるなみかは

「けにこそ、かしこけれ」とて、この人、

よるなみのこゝろもしらてわかのうらにたまもなひかんほとそうきたる

かへらせ給ふみちに、かよひ給ところのあるを、たゝかせたまふに、きゝつくる人もなし。すいしむのをかしきこゑして、うたはせたまふ。

あさほらけきりたつそらのまよひにもみてすきかたきいもかゝとかな

と、うたわすれは、よしあるしもつかへして、

たちとまりきりのまかきのすきうくはくさのとさしにさはりしもせし

ありしむらさきのきみ、むかへとり給て、はかなきこなとのやうにやしなひて、ならひなとして、もてあそはせ給。

源氏てならひに、いとちいさくて、

ねはみねとあはれとそ思ふむさしのゝつゆわけわふる草のゆかりを

「きみも、かきたまへかし」とあれは、「かきそこなひつ」と、かくしたまふを、わりなくとりて見たまへは、

かこつへきゆへをしらねはおほつかないかなるくさのゆかりなるらん

ならひ　すゑつむはな

うちに、さゑもむの命婦といふ人、源氏にきこゑさす。ひたちの宮ときこゑさせしか、御むすめ、こゝろにくきふる宮はらにておはするを申。「こゝろみさせたまへ。つたへ侍らん」とてあり。かしこにあるにおはして、「まつ、のそかせよ」との給へは、「のそかせたてまつらん」とて、いり給ひたるに、もとよりひとありけり。たれならんとおほして、あゆみかへり給ふに、もとよりきたり。たゝいまゝて、うちにありつる頭中将なりけり。「すてさせたまひつるか、こゝろうけれは、御をくりつかうまつらんとて、まいりつる」とて、

もろともにおほうち山を《はイ》いてつれといるかたみせぬいさよひのつき

「おもひよらぬことよ」とて、源し、

さとわかぬかけをはみれとゆく月のいるさの山をたれかたつねん《ぬる》

いひよりたまへとも、ちかくて御いらへもなし。「あな、おほつかな」とて源氏、

いくそたひ君かしゝまにまけぬらんものないひそといはぬたのみに

「のたまひも、すてよかし。いふたすきは、くるし」とのたまへは、女君のめのとに、しゝうとてあるわか人、

かねつきてとちめむ事はさすかにてこたえまう（あまえカ）きそかつはあやし《な》き

ひとつてにはあらぬさまなれは、おもふよりはあまりたりとおほして、

いはぬをもいふにまさるとしりながらをしこめたるはくるしかりけり

源氏なごりをしみたまひて、「なを、ありかたきよかな」と、うめかれたまひて、つとめての御ふみ、ゆふつけて、

ゆふきりのはれぬ《るゝ》けしきもまたみぬにいふせさそふるよひのあめかな

「雲まゝちみむほと、いかに〳〵と、こゝろくるしう」とあり。返、

はれぬよの月まつさとをおもひやれをなしこゝろになかめせすとも

むらさきのかみ、としへにけるいろあひしてそ。

ひたちの宮より、ゆきいたうふりたるつとめて、いてたまふとて、はしにいさなひつゝみたまへは、みくるしきこと、も、いと見ゆるなかに、はなそ、ふけむのゝりたまへるものゝこゝちする。かたはらいたくはおほへなから、なにくれとかたらひたまへとも、いらへなし。

あさひさすのきのたるひはとけなからなとかつらゝのむすほをるらん

御かへし、くちをもけなれは、いてたまひぬ。かとあくるものゝ、いとさむけにて、かしらはゆきのやうなるをみたまひて、

ふりにけるかしらのゆきをみる人もをとらすぬるゝ《らす》あさのそてかな

「わかきものは、かたちかくれす」とうちすしたまふ。さてこの女。《きみ》、あはせたてまつりたりし命婦、「あやしく、かたはらいたきことさふらふ」とて、ほゝゑみてきこゆれは、「れいの、ゑんたちたらん」とのたまふ。みちのくにかみの、いたふきにあつこゑたる、にほひはかりふかくしみたり。うたても、よくかきあはせたまひたり。

　からころもきみかこゝろのつらけれはたもとはふかく。《そ》そほちつゝのみ

中将こゝろえす、うちかたふき給ぬれは、命ふ、「はこのふたに、つひたちの御よそひとて、さふらふめれは、いかてか、ひきかくされ。《しさふらはん」とて、さしいてためれは、「ひきかくされ》なましかは、からく〵まし」とて、「。《そて》まよはさむひともなき身に」との給。「をかしきかたには、これもいひつへし」とほゝゑみ給て、命婦そはめにみれは中将、

　なつかしきいろともなしになにゝこのすゑつむはなをそてにふれけん

「いろこきはなと、みしかとも」なと、かきけかし給。この花のとかめをそ、あるやうあらんと思あはするに、いとをかしくなりぬ。命婦きこえさす。

　くれなゐのひとはなころもうすくともひたすらくたすなをしたてすは

人〵まいれは、「とりかくさんや。かゝるわさは、ひとするものにやはあらん」とうめき給へは、あいなう、われさへはつかしくなりぬ。御返、

　あはぬよをへたつるなかの衣てにかさねていとゝみもしみよとや

むらさきのうへの御もとに、正月むめのはなのさきたるを、みいたし給て源し、

　くれなゐのはなそあやなくうつ《とま》もるゝむめのたちゑはなつかしけれと

四　もみちの賀

朱雀院行幸おもしろきたひなれは、しかくは御前にて、源氏君せいかいは、かたち《て》に、こしうとの中将、をなしきま

いのあひまい、をもゝち、よにみえぬに、詠なとし給へるさへ、これや、ほとけの御かれうひんのこゑならんときこゆ。詠はてゝ、中将てうちなをし給つる。なみた、なかさぬ人なし。頭中将の、かたはらなる、はなのそはのみやまきなり。源し中将まいはて給て、ふちつほ、「いかゝ御覧しつらん。よにしらぬ心ちしなからこそ」とて、

ものおもひ《ふ》にたちまふへくもあらぬ身のそてうちふりし心しりきや

「あなかしこ」とあり。御返めもあやなり。御かたちありさまみたまひ、しのはすやありけん。

から人のそてふることはとをけれとたちゐにつけてあはれとはみき

「おほかたにて」とあり。この女御のうみ給へるみこは、この源しの御こにそありける。命婦もさ思、源氏もさおほしけれと、かたみにえいひいてたまはす、「たゝ人つてならて、いかてきこえん」とて、なき給ふさま、ことにこゝろふかく、あはれにをろかならす、このなからひのほと、おもひやるへし。

いかさまにむかしむすへるちきりにてこの世にかゝるなかのへたてそ

命婦みやのをはしたるさまをみれは、はしたなくも、えきこへて、かくそきこゆる。

みてもおもふみぬはたいかになけくらんこやよのひとのまとふてふやみ

藤つほの女御の御はらのわか宮《レセイキム》を、うへ、いたきたまひて源氏の中将にみせたまへは、をそろしくも、かたしけなくも、うれしくも、あはれにも、かた〳〵うつろふこゝちして、たちたまひぬ。とこなつのはなにつけて命婦のかり、つかはす。

よそへつゝみるにこゝろはなくさまてつゆけさまさるなてしこのはな

命婦をりよくて御覧せさすれは女御、

そてぬるゝつゆのゆかりとおもふにもなをうとまれぬやまとなてしこ

うちにさふらふないしのすけ、としなともをとなひたれと、いろめきたる人を、いかにしてか見そめたまひけん。う

ちの御けつりくしはて丶、ひとめもなきほとに、たわふれことをして、すけのもちたるあふきをとりて見たまへは、かたつかたには、こたかきもりのかたをぬりかへし《(かくしカ)》、かたつかたには、としはいとをいたれと、よしなからす、「もりのしたくさをひぬれは」とかきすさひたるを、なにくれとのたまふほとも、にくけなく、人や見つらんとくるしきを、女はさもおもひたらす、すけ、

　きみしら《こ》はたなれのこまにかりかはんさかりすきたるしたはなりとも

といふさま、こよなくいろめきたり。源氏、

　さ丶わけて《は》ひとやとかめんいつとなくこまなつくめるもりのしたくさ

かくてこの源氏のきみ、温明殿わたりをうそふきありきたまふに、この内侍ひわをいみしくひきていたり。あつまやをしのひやかにうたひて、よりたまへれは、「をしひらき丶ませ」とうちそふ。

　たちぬる丶人しもあらしあつまやにうたてもか丶るあまそ丶きかな

と、なけきいたる。なにことを、いとおもふらんと、うとまし。源氏の御返、ひとつまはあなわつらはしあつまやのまやのあまりは《もイ》なれしとそ思ふこのないしのすけに、いたくうらみられて、源氏をはしたり。中将をとさむと思て、いかなることともかありけん。源氏てをいたくつみ給へれは、わらひぬ。かたみに、をひときたまふに、ほころひのほろ〳〵とたゆれは中将、

　つ丶むめるなやもりいてんひきかはしかくほころふるよは《へなか》のたも《へころも》とに

源氏の中将、

　かくれなきものとしる〳〵なつころもきたるをうすきこ丶ろとそ見る

ないし、よるのものさわかしさに、をちたるをひなと源氏の君にたてまつるとて、

　うらみてもいふかひそなきたちかさねひきてかへりしなみのなこりに

「そこをあらはに」と、きこへたり。返、

あらたちしなみのこゝろはさわかねとよせけむいそをいかゝうらみぬ

源氏、このをひは中将のなりけれは、をなしいろのかみにつゝみて、中将のかりつかはすとて、

なかたえはかことやをふとあやうさにはなたのをひはとりてたにみす

中将たちかへり、きこえたり。

きみにかくひきとられけるをひなれはかくてたえぬるなかとかこたん

「ゐのかれさせ給はし」と、きこえたり。

ふちつほの女御、きさきにゐたまひぬ。うちへいりたまふひ、源氏御とも、つかふまつりたまへり。御こしのうちのみ思やられて、ひとりこたれたまふ。いまはさいこにて、

つきもせすこゝろのやみにくるゝかなくもゐに人をみるにつけても

五　はなのえむ

はなのえんに、源し宰相中将まいりたまいけり。うちふるまいたまへるさま、いひしらすめてたけれは、さすかにめとまりて、おほしいつることおほくて、ふちつほの中宮、

おほかたにはなのすかたを見ましかはつゆもこゝろのをかれましやは

かくおほしけんも、いかゝはもりいてけん。

源宰相のきみ、こきてんのわたりをたゝすみたまふに、女御はうへにものしたまへは、ひともなし。をくのかたより、たゝ人ともおほえぬか、「おほろ月夜に、しくものそなき」と、うちすさひてあゆみくるを、ふとひかへたまふ。源氏、

　　ふかきよのあはれをしるもいるつきのおほろけならぬちきりとそおもふ

ゐいこゝちや、いかゝありけん。のこりなく、みたれたまひぬ。「なのりしたまへ」とあれは女、

　　うきみよにやかてきえなはたつねてもくさのはらをはとわしとやおもふ

「ことはりしりたまへりや」とて御返、

　　いつれそとつゆのやとりをわけんまにこさゝかはらを《に》かせもこそふけ

かたみにとて、あふきをとりていて給ぬ。日ひとひ、なかめくらしたまひて宰相、

　　よにしらぬこゝちこそすれありあけの月のゆくゑをそらにまかへて

「くさのはらをは」といひしか、こゝろにかゝりたまへるは、をろかならぬにや。右大臣《アシ大臣ナリ》殿、ゆみのけちのつゐてに、ふちのえんし給けるに、この宰相きみをはせぬはくちをしうて、御この少将してたてまつり給。

　　わかやとのはなしなへてのいろならはなにかはさらにきみをまたまし

源氏の宰相中将、をはしたり。さけにいたうゐいて、とかくまきらはしてたち給ぬ。女房あまた、いこほれたるところによりて、まことや、おほろ月よとおほしいつるも、あはれなるに、ちかく人のけはひすれは、源氏、「あふきをとられて」とうたひたまひて、

　　あつさゆみいるさのやまにまとふかなほのみしつきのかけやいるとて《へみゆるとイ》

をしあてにの給を、ゐしのはぬなるへし。

　　こゝろいるかたならませはゆみはりの月なきそらにまとはましやは

六　あふひ

さいゐん、はしめてことし本院の御けいあるとしなれは、源氏まいりたまふ。みやすところ見給に、いて給に、つら

うもうくも、かた〱なみたこほれ給。
　かけをのみみたらしかはのつれなきにみのうきほとそいと、しらる、
源氏まつりの日、むらさきのうへのかみ、そき給とて、
　はかりなきちいろのそこのみるふさのをひゆくすへはわれのみそ見む
ときこへたまへは、むらさきのうへ、
　ちいろともいかてかしらむさためなくみちひるしほの、とけからぬに
このきみと、ひとつくるまにて、かものまつりみたまふに、むまはのをと、に、ところなくてたてわつらふを、よしある女くるま、「こ、にて御らんせよ。ところも、さりきこへむ」と、あふきのはしに、かくかきてたてまつる。
　はかなしやひとのかさせるあふひゆへかみのゆるしのけふをまちける
「しめのうちには」とあるをおほしいつれは、源ないしのすけなりけり。「あさましうも、わかやくものかな」と、にくさに御返、
　かさしけるこ、ろそあたにおほ、ゆるやそうち人《に》のなへてあふひをめ《（女カ）》つらしとおもひきこへけり。又をしかへし、
　くやしくもかさしけるかな、のみして人たのめなるくさは、かりを
かの六条のみやすところの、わつらふことを、いとをしとき、たまひなから、をと、のひめきみのわつらひ給に、「ひころすこし、をこたり給やうなりつる人の、にはかにをこりたまへれは、くるしかり侍に、ゑかきよき《（ひきよきカ）》侍《ら》。てなか〱に」なとあり。御返みやす所、
　そてぬる、こひちとかつはしりなからをりたつたこのみつからそうき
御返、

あさみにや人はをりたつわかゝたはみもそをつまてふかきこひちを

きたのかた、いたくわつらひ給に、この宮すところ、いきすたまにいて給たり。「かのくるまたてあらそひしを、うしとおもひしか、人をあしかれとなけれと、かくあくかれきけるなり」とて、ひとにつき給て宮すところ、

なけきわひそらにみたるゝわかたまをむすひとゝめよしたかへのつま

ときこえさするを、うしとおほすに、かついたうわつらひてうせたまひぬ。はかなく、けふりになりたまひぬる事いとかなし。八月なれは、あけくれのそらのけしき、あはれなるに、おとゝのいたうやみにまよひたまへるも、ことわりに、そらのみなかめられたまひて、源氏の大将、

のほりぬるけふりはそれとわかねともなへてくもゐのあはれなるかな

なをさりのすさひにより、つらふはつかしと、おもひはてられたてまつりけんことのくやしう、にふめる御そたてまつるも、われさきたゝましかは、ふかくそゝめまし、とおもひたまふも、をろかならす。

かきりありて《へれは》うすゝみころもあさけれとなみたそゝてを《へふちとイ》ふかくなしける

なと、あはれによをおほしめされて、をこなひすましたまひて、「ほうかい三まい、ふけんたいし」とのたまへる、いふかきりなくめてたし。ふかきあきのよのけしきにも、みにしみて、あかしかねたまへるあさほらけ、きりわたれるに、き《(こきカ)》あをにひのふみを、きくにつけて、さしおきていにけり。「いまめかしくも」とてみたまへは、宮すところのなりけり。

ひとのよをあはれときくもつゆけきにをくるゝそてをおもひこそやれ

「つねよりも、いふなる御てかな」と、見給。「つれなの御とふらひや」と、うとましなから大将、

とまり《る身イ》しもきゑしもをなしつゆのよにこゝろをくらんほとそはかなき

こゝろのをにゝほのめかし給も、うしとおほす。こしうとの中将いときよけにて、いろにやつれてまいりたまへるに、

大将との、かうらんにをしかゝりて、なかめいりたまへり。かせあらゝかにふきて、しくれさとしたるほと、なみたもあらそふこゝちして、「あめとやなり、くもとやなりにけん。いまはしらす」と、ひとりこち給て、つらつゑつき給へるさま、女にては見すてゝなくならんたましひ、とまりぬへし。中将いろなるこゝろは、ちかくつゐい給。とうの中将、

あめとなりしくるゝそらのうきくもをいつれのかたとわきてなかめん

「ゆくゑなくや」と、ひとりことのやうなるを、

みしひとのあめとなりにしくもゐさへいとゝしくれのかきくらすかな

大将殿しもかれのせむさいのなかに、りむたう、なてしこなとのあるを、ゝらせたまひて、わかきみの御めのとして、うはきたの方にみせたてまつり給。

しも《草イ》かれのまかきにのこるなてしこをわかれしあきのかたみとそみる

うはきたのかた、かなしき事かきりなくて御返、

いまも見てなか〳〵袖をくたすかなかきをあれにしやまとなてしこ

大将殿、あさかをの宮とは前斎院を、こゝろにかけてこゑ《（きこゑカ）》させ給なり。そらのいろしたるからのかみに、こゝろとゝめてかきたまへるさま、いと見るかいあり。さりとも、けふのあはれはみしり給らんとなん。

わきてこのくれこそゝてはつゆけゝれ物おもふあきはあまたへぬれと

「いつもしくれの」とあり。「すくしかたきをり」と、ひと〳〵そゝのかしきこゆれは、「おほうち山をおもひやりきこへなから、えやは」とて、

あきゝりにたちをくれぬときゝしよりしくるゝそらもいかゝとそおもふ

うへの御いみなとはてゝ、大将はしめて院にまいりたまふ。かきりなく、をとゝなともあはれつきせす、たへかたけ

におほしたり。大将いてたまひけるまゝに、をはしけるかたを、をと、見たまへは、またさなからあり。御てならひのほんくとも、ちりたるをみれは、あはれなるふることゝもかきすさひ、からのもやまとのも、しむもさうも、かきすさひたまへるに、「ふるきふすま、ふるきまくら」とあるところに、をと、、

なきたまそいと、かなしきねしとこのあくかれかたきこゝろならひに

又「ことはしけし」とあるところに、

きみなくてちりつもりぬるとこなつのつゆうちはらひいくよねぬらん

大将、むらさきのひめきみの御もとにおはしたれは、ひころのほとに、こよなくをとなひたまひにけり。人のけちめ見わくましき御ありさまなれは、おとこはとくをき給。女はえをき給はぬあした、ありけり。大将をき給て、御すゝりを丁うちへさしいれて、いて給ぬるに、ちゐさくて、ひきむすひたるものありけり。女きみ、なにこゝろなくひきあけて見たまへは、

あやなくもへたてけるかなよをかさねさすかになれしよる《なかイ》のころもを

と、かきすさひ給へり。女きみ、いとこゝろうく、たのもしひとにおもひけんと、あさましうおほす。大将◦殿としかへりて、ついたちの日、をとゝにまいり給に、おとゝ、えしのひあへたまはす、御さうそくまうけて、たてまつりかへさせ給を、「こさらましかは、くちおしとおほされまし」と、こゝろくるしうて、大将、

あまたとしけふあふ《(あらカ)》ためしいろころもきてはなみたの《そイ》ふるこゝちする

「ゐこそ、おもひたまへつめね《(しつめねカ)》」ときこえ給。御返、

あたらしきとしともいはすふるものはわ《へふりイ》ひぬるひとのなみたなりけり

七　さかき

みやすところ《前坊ノミヤス所ナリ》、むすめの御ともに、いせへくたりたまひけれは、大将との、野の宮にて、たちよりたまへるを、さしいれて、「かはらぬいろを、しるへには」とて、「さも、こゝろうく」とあれは、

かみかきはしるしのすきもなきものをいかにまかへておれるさかきそ

と、きこへ給へは、大将、

をとめこかあ。《た》りかとおもへはさかきはのかをなつかしみとめてこそをれ

きこゑたまふ事とも、つくすへうもなし。あけゆくそらのけしき、さらにつくりいてたらんこゝちするほとなり。大将、

あか月のわかれはいつもつゆけきをこはよにしらぬあきのそらかな

まつむしのいとゝしきね、わかれしりかほなるも、わりなき御こゝろまとひは、ことゆかぬにや。宮すところ、

おほかたのあきのわかれもかなしきになくねなそへそのへのまつむし

かもかはらにて御はらへたまふとて、いて給に、大将とのより御ふみあり。れいのつきせぬ事ともおほく、又、「かけまくも、かしこきを」とて、さいくうにきこゑ給。

やしまつ《も》るくにつみ神も心あらはあかぬわかれのなかをことはれ

御返、女別当、

くにつかみそらにことはるなかならはなをさりことをまつやたゝさん

いせへくたりたまはんとて、うちへまいりたまふ。みやすところも、こしのしりにのり給につけても、ちゝをとゝの、かきりなきほとにと、かしつきたまひしに、かくさまかはりて、すゑのよに、こゝのへのうち見給にも、ものゝあはれにおほされて、みやすところ、

そのかみをけふはかけしとおもへともこゝろのうちにものそかなしき

うちよりいて給に、二条よりとうゐむをいて給ほと、院のかたはらなれは、大将あはれにおほされて、

ふりすてゝけふはゆくともすゝかゝはやそせのなみにそてはぬれしや

と、きこへたまへと、くらきほとにて、又あしたにそ、みやすところ御返きこゑたまふ。

すゝかゝはやそせのなみにぬれ〳〵すいせまてたれかおもひをこせん

大将との、「あはれ、すこしそへたらましかは」とおほす。きりいたうふりて、あはれなるあさほらけに、なかめ給てひとりこち給。

ゆくかたをおもひ《なかめ》もやらんこのあきはあふさかやまをきりなへたてそ

大将殿のちゝ院、はかなくうせ給て、大将こもりおはするところに、兵部卿《先帝御息、後ニハ式部卿》の宮まいりたまひて、あはれなるむかしものかたりきこえたまふ。をまへのこゐうの、ゆきにしほれて、したはゝみなかくれたるを御らんして、

かけひろみたのみしまつやかれにけんしたはちりゆくとしのくれかな

と、きこえ給へは、大将の御そ、くたひ《（いくたひカ）》そぬれたまひぬ。いけのこほりの、ひまなくみゆるを大将、

さへわたるいけのかゝみのさやけきに見なれしかけを見ぬそかなしき

うちの王命婦も、こゐんの御ことをいたくなけきて、

としくれていわねのみつもこほりとち見しひとかけのあせもゆくかな

わりなきひまに大将、内侍のかみのもとへをはしたるに、あかつき、とのゐ申する人の、とらひとつ申を、きゝて女、

こゝろからかた〳〵そてをぬらすかなあくとをしうるこゑにつけても

かへし大将、

なけきつゝわかよはかくてすくせとやむね《の》もあくへきときそともなく

大将殿、ふちつほのもとにわりなくして、いりたまへり。院のをはしましゝをり、かたしけなく、ゆめしらせたまわすなりにしを、いまはなき御かけもをそろしく、一人東宮《冷泉院》の御ためも、あはれはせちに、もてはなれたまふ。わりなくたはかりて、いふにをはするに、宮もゐをさめたまわす、「このよならぬみとも、なりぬへきを」なと、きこゐたまふも、むくつけし。大将、

あふことのかたきをけふにかきらすはいまいくよをかうらみ《なけき》つゝへん

「御ほたしにもこそ」と、きこゐたまへは、うちなきて、みや、

なかきよのうらみを人にのこしてもかつはこゝろの《を》ある《た》としらなん

大将、雲林院なるところに、をちの律師のもとに日ころをはして、むらさきのきみのもとに、ふみたてまつりたまへり。「ゆきはなれぬへくや、とおもひたまひしみちなれと、つれ〳〵もなくさめかたくて、なを見さしたるふみとものはへる、みはてゝ」なと、かゝれたり。あはれにみところおほくて、

あさちふのつゆのやとりにきみをゝきてよものあらしそしつこゝろなき

女きみ、うちなきて、御返には、

かせふけはまつそみたるゝいろかはるあさちかつゆにまよふ《かゝる》さゝかに

大将、雲林院ちかきほとなれは、さいゐむ《アサカホノサヰムナリ》にもきこゐさせ給。中将のきみには、「かくて、たひのそらになん、ものおもひにあくかれにけるを、ゝほしゝるかたにもあらしかし」なと、うらみて、御前には、

かけまくも《は》かしこけれともそのかみのあきおもほゆるゆふたすきかな

さいゐんの御返は、ゆふのかたはしに、ゆめはかりにて、

そのかみやいかゝはありしゆふたすきこゝろにかけてしのふらんゆへ

大将、東宮みたてまつりにまいり給へりけるに、源氏まいりたまひて、御ものかたりなときこえたまふに、むかしを

おほしいて、、をなしこゝのへのうちなれは、みやうふして、きこえたまふ。

　こゝのへにきりやたてつるくものうへの月をはるかにおもひやるかな

かへし、

　月かけは見しよのあきにかはらねとへたつるきりのつらくもあるかな

はつしくれ、いつしかけしきたちたるひ、いかゝおほされけん。ないしのかみの御もとより、

　こからしのふくにつけつゝまちしまにおほつかなさのほともへにけり

かへし、

　あひみすてしのふるころのなみたをは《もイ》なへてのあきのしくれとや見る

しもつきのついたちころは、院の御はてなるに、雪いたうふりたるに、大宮にたてまつり給。

　わかれにしけふはくれとも見し人のゆきあふほとをいつとたのまん

御返、

　なからふるほとはうけれとゆきかへりけふはその日《よ》にあふこゝちして

大宮の御くしをろさせ給に、源氏の大将まいり給て、あさましきことなときこえ給ついてに、

　月のすむくもゐをかけてしの《た》ふともこのよのやみになをやまとはん

御返、

　おほかたのうきにつけてはいとへともいつかこのよをそむきはつへき

「かつきこえつゝ」と、きこへいたしたまへり。又のちに、このみやにまいりたまひて、

　なかめや《かイ》るあまのすみかとみるからにまつしほたるゝまつかうらしま

はしちかきほとにて、みつからきこえ給。

　ありしよのなこりたになきうき《ら》しまにたちよるなみのめつらしきかな

頭中将、ゐんふたきのまけわさ、したまひけるに、かはらけたまはりて、

　それもかとけさひらけたるはつはなにをとらぬきみかにほひと《を》そみる

源氏のきみ、

　ときならてけさゝく花はなつのあめにしほれにけらしにほふほとなく

八　はなちるさと

さみたれのそら、すこしはれたるくもまに、しのひたるところへをはしけるみちに、さわやかなるいゑのこたち、よしめきたるに、わこむひきならすあり。をかしときゝ給は、たゝひとよ見たまひしやとりなりけり。をりしも、ほとゝきすなきてわたれは、これみつをいれたまひて、

　をちかへりゑそしのはれぬほとゝきすほのかたらひしやとのかきねは《にイ》

かへし、

　ほとゝきすことゝふこゑはそれなれとあなおほつかなさみたれのそら

ことさらに、たとるとみえたり。ほいのところにおはして、御ものかたりきこゑさせ給けるに、ほとゝきすのなきけれは、

　たちはなのかをなつかしみほとゝきすはなちるさとをたつねてそとふ

女御の御返、

　ひとめなくあれたるやとはたちはなのはなこそのきのつまとなりけれ

九　すま

源氏、すまのうらへをはせむとてのころ、をとゝにわたりたまひて、御ものかたりなときこゑ給ついてに、

　とりへやまもえしけふりもまかふやとあまのしほやくうらみにそゆく

御返みやのとむ《本》、

　なき人のわかれやいと、へたゝらんけふりとなりしくもゐならては

すまへをはする御とふらひに、帥宮《源氏ノヲト、ナリ》、三位中将なとまいりたまへりけるに、たいめんし給はんとて、御かゝみゝ給て、女きみにきこえ給。

　はかな《みはか》くてさすらへぬとも君かあたりさらぬかゝみのかけは、なれし

女きみ、

　わかれてもかけたにとまるものならはかゝみをみてもなくさめてまし

かのはなちるさとにおはして、よふかくいて給に、ありあけのつきのいりはつるに、よそへられて、あはれなるに、女きみのこき御そにうつりたるも、けにぬるゝかほなり。

　月かけのやとれるそてはせはくともこめてもみはやあかぬ《ひかりイ》なこりを

いみしくおほしたる、こゝろくるしけれは、かつはなくさめたまふ。

　ゆきめくりついにすむへき月かけのしはしくもらむそらなゝかめそ

ないしのかみの御もとに、わりなくてきこえたまふ。

　あふせなきなみたのかはにしつみしやなかるゝみをのはしめなりけん

かへし、

　なみたかはうかふみなはもきえぬへしなかれてのちのせをもまたすて

あすとてのくれには、院の御はか、をかみ給はむとて、きたやまへまうて給ふついてに、宮にまいり給て、「御事つてや」と、きこえ給へは、

　みしはなくあるはかなしきよのはてをそむきしかいもなく〳〵そふる

源氏の御返、

　わかれしにかなしきことはつきにしをまたそこのよのうさはまされる

月まちいて給。御むまにて、みそきの日、かりの御すいしむ、つかうまつりし左近蔵人にて、かうふりゆへ《(うカ)》きも、ゑす、つかさもとられて、はしたなけれと、御ともにまいる。かものみやしろ、みわたさるれは、をりて、御むまのくちをとるとて、蔵人、コノ歌、源シノトモ

　ひきつれてあふひかさしゝそのかみをおもへはつらしかものみつかき

御むまよりをりて、まかり申給とて、

　うきよをはいまそわかるゝとゝまらんなをはたゝすのかみにまかせて

御はかにまいり給へれは、みちくさしけくなりて、わけいり給ほと、いとつゆけし。よろつの事申て、をかみ給に、ありし御をもかけ、さやかにみえ給も、すゝろさむきをりなり。

　なきかけやいかゝ見るらんよそへつゝなかむるつきもかくれぬる

あけはつるに、かへり給ぬ。東宮に御せうそくきこへ給。「けふなん、みやこはなれ侍ぬる」とて、王命婦もとに、

　いつかまたはるのみやこのはなを見んときうしなへるやまかつにして

さくらのちりたるえたにつけて、たてまつり給へり。御返、

　さきてとくちるはうけれとゆくはるに《はイ》はなのみやこをたちかへりみよ

いて給とて、むらさきのうへにきこえたまふ。

いけるよのわかれをしらてちきりつゝいのちを人にかきりけるかな

女きみ、

をしからぬいのちにかへてめのまへのわかれをしはしと、めてしかな

すまにおはして、こゝろほそくおほし給へは、

からくにゝなをのこしけん人よりもゆくゑしられぬいゑゐをやせん

こしかたのやまはかすみて、はるかにみゆれは、三千里のほかのこゝちし給ふに、かひのしつく、たえかたくおほされて、

ふるさとをみねのあらしはへたつれとなかむるそらはをなしくもゐか

京へ人たてまつり給とて、入道の中宮には、

まつしまのあまのとまやもいかならんすまのうら人しほたるゝころ

ないしのかみのもとには、

こりすまのうらのみるめもゆかしきをしほくむあまやいかゝおもはん

宮の御返、

しほたるゝことをやくにてまつしまにとしふるあまもなけきをそつむ

ないしのかみの御かへし、

うらにつむ《たくイ》あまたにつゝむこひなれはくゆるけふりよゆくかたそなき

むらさきのうへの御返には、御そなとして、たてまつりたまへり。

うら人のしほくむ袖にくらへみよなみちへたつるよるのころもを

いせのみやすところの御もとより、すまに御ふみあり。

うきめかるいせをのあまを思ひやれもしほたるてふすまのうら人《にてイ》

ことおほくて、また、

いせしまやしほひのかたにあさりてもいふかひなきはわか身なりけり

御かへし、

いせ人のなみのうへこくをふねにもうきめはからてのらましものを

また、

あまかつむなけきのなかにしほたれていつまてすまのうらになかめん

はなちるさと《大臣ノマコナリ》の御もとより、

あれまさるのきのしのふをなかめつゝしけくもつゆのかゝるそてかな

きむをかきならし給て源氏、

こひわひてなくねにまかふうらなみはおもふかたより風やふくらん

かりのつれてくるこゑを、きゝ給て、

はつかりはこひしき人のなに《つらイ》なれやたひのそらとふこゑのかなしき

と、の給へは、よしきよ、

かきつらねむかしのことそおもほゆるかりはそのよのともならねとも　みむふのせう

こゝろからとこよをすてゝなくかりをくものよそと《にイ》もおもひけるかな　前右近将監

とこよいてゝたひのそらなるかりなれ《かねもイ》はつらにをくれぬほとそなくさむ

よふくるまて、月をなかめたまひて、源氏、

　みるほとそしはしなくさむめくりあはんつきのみやこはゝるかなれとも

みかとの御ありさまなと、こひしうおもひいてきこゑて、

　うしとのみひとへにものはおもほえてひたりみきにもぬるゝそてかな

大弐のほりけるに、このうら〳〵をすくるほと、きむのこゑ、かせにつきてはるかにきこゑけれは、こせちか、とかくかまへて、きこえける。

　ことのねにひきとめらるゝつなてなはたゆたふこゝろきみしるらめや

かへし、

　こゝろありてひきてのつなのたゆたはゝうちすきましやすまのうらなみ

しはといふもの、ふすふるけふりの、いとおほくたちけれは、

　やまかつのいほりにたけるしは〳〵もことゝひこなんこふるさと人

ありあけかたの月、すこくさしいりたるに、

　いる《つイ》かたのくもちにわれもまとひなんつきのみるらんこともはつかし

あかつきのそらに、ちとりのあはれになくを、

　ともちとりもろこゑになくあかつきはひとりねさめのとこもたのもし

三月はかり、「なむてんのさくら、さかりになりぬらんかし」と、ひとゝせの花宴なともおほしいてゝ、

　いつとなくおほみや人は《のイ》こひしきにさくらかさしゝけふもきにけり

おとゝ《コシウトノ中将ナリ》の三位中将も、せちにおほつかなけれは、まいり給へりけり。かへり給なんとする、あさほらけのそらに、かり、つれてわたる。源しのきみ、

ふるさとをいつれのはるかゆきてみむうらやましきはかへるかりかね

中将

あかなくにかりのとこよをたちはなれはなのみやこにみちやまとはん

かへりみのみして、いて給ふに、「いつかまた、たいめんたまはらん。さりとも、かくてやは」と申たまへは、あるしのきみ、

くもちかくとひかふたつもそらにみよわれははるひのくもりなきみそ

中将

たつき《かイ》なきくもゐにひとりねをそなくつはさならへしともをこひつゝ

三月ついたちにいてきたる、みのひのはらへしに、うみつらにいてたまへり。つねこと〳〵しくて、人かたのせてなかすをみ給に、よそへられて、

しらさりき《し》おほうみのはらになかれきてひとかたにやはものはかなしき

きしかたゆくすゑ、おほしつゝけられて、

やをよろつ神もあはれとおほす《もふイ》らんをかせるつみのそれとなけれは

十　あかし

にはかに、あめかせふきて、かみなりひらめきて、かへりたまふみちも、いとをそろしかりけれは、このあめかせやまて、ひころになりにけるを、いかにおほしやりて、むらさきのうへ、

うら風やいかにふくらんおもひやるそてうちぬらしなみまなきころ

「かみのたすけ、いましはし、なからましかは、いかにわひしからまし」なと、けすのいふをきくも、あはれなり。

うみにますかみのたすけにかゝらすはしほのやほあひにさすらへなまし

むらさきのうへの御かへし、をそろしかりしほとに、あかしにわたりたまひにしかは、それよりそきこゑたまひける。

ありし御かへし、

はるかにもおもひやるかなしらさりしうらよりをちにうらつたひして

あはちしまのむかひたるを、みやり給て、

あはとみし《るイ》あはちのしまのあはれさへのこるくまなくすめるよのつき

あかしのにうたうは、源氏の君のきむひきたまふをめてゝ、をのれもひわひきて、よろつのものかたり、のこりなくきこへて、むすめのことなと、しのひてきこへいてたれは、「こゝろほそきひとりすみのつれ〳〵にも」と、のたまふを、かきりなくうれしとおもひたり。

ひとりねはきみもしりぬやつれ〳〵とおもひあかしのうらさひしさを

「されは、うらなれたまへるは」とて、源氏君、

たひころもうらかなしさにあかしさ《か》ねくさのまくらはゆめもむすはす

またのひ、むすめのかり、御ふみつかはす。こまのくるみいろのかみに、

をちこちもしらぬくもゐを《に》なかめわひかすめしやとのこすゑをそとふ

御かへし、にうたうそきこへたる。

なかむらんをなしくもゐをなかむれはおもひもをなしおもひなるへし《らんイ》

また、つかはしける。

いふせくもこゝろにものをおもふかなやよやいかにととふ人もなみ

このたひは、むすめ、

おもふらんこゝろのうちよやよいかにまたみぬ人のきゝや《かイ》なやまん

十一日の月はなやかに、さしいてたるに、入道のもとより、「あたらよの」と申たり。をはするみちにても、むらさきのことおほしいて、、

あきのよのつきけのこまよわかこふるくもゐをかけれときのまもみん

さてをはしたれは、むすめのけはひなと、やむことなきひとにもをとらす。きちやうのひもに、さうのことのさはりて、ほのかになりたるも、しとけなく、うちとけなから、かきならしけるほと、きこえて、おかし。「きゝならしたることをさへや」と、そゝのかしたまへと、きゝもいれねは、うらみたまひて、

むつことをかたりあはせん人もかなうきよのゆめもなかはさむやと

かへし、

あけぬよにやかてまとへるこゝろにはいつれをゆめとわきてかたらん

「かゝることや、きこえん」とおほして、むらさきのうへの御もとに、きこえ給ける。

しほ〳〵とまつそなかるゝかりそめのみるめはあまのすさひなれとも

御かへし、

うらなくもたのみけるかなちきりしをまつよりなみはこえしものそと

京へかへりなんとするころ、かのむすめのもとにおはして、あはれなることなと、かたりたまひて、

このたひはたちわかるともしほやくけふりはおなしかたになひかん

かへし、

かきつめてあまのたくものおもひにもいまはかひなきうらみたにせし

源氏のもたまへるきむの御ことを、「又かきあはするまての御かたみに」と、のたまへは、女、

なをさりにたのめをくめるひとことをつきせぬねにやかけてしのはん

いふともなく、ゝちすさひ、うらみたまひて、

あふまてのかたみにちきるなかのをのしらへはことにかはらさらなん

あかつき、よふかくいて給とて、

うちすて、たつもかなしきうらなみのなこりいかにとおもひやるかな

御かへし、

としへつるとまやもあれてよる《うき》なみのかへるかたにやみをたくへまし

たひの御さうそくなとたてまつりて、けふたてまつるへき御さうそくに、

よるなみの《にイ》たちかさねたるたひころもしほとけしとや人のいとはん

とあるを、さうかし《(さわかしカ)》けれと御覧しつけて、

かたみにそみる《かふイ》へかりけるあふことのひかすへたてんなかのころもを

入道、「よをはなれたるみなしこなれは、けふの御をくりを、ゑつかふまつらぬ」と、ひまなう、かひをつくる。

よをうみにこゝらしほしむ身にしも《となりイ》てなをこのきしをえこそはなれね

いみしくあはれとおほして、

みやこいてしはるのわかれにをとらめやとしふるうらをわかれぬるあき

京にのほりたまひて、内にまいり給つれは、こまやかに御ものかたりともあり。よにいりぬ。十五夜月いとをもしろく、しつかなるに、「あそひなんとも、せんかし。きゝしものゝねなとも、きかて、ひさしうなりにけりや」なと、のたまはするに、大将、

わたつみにしつみ《なへ》うらさひ《ふれイへひ》つるのこのあした、さりしとしはへにけり

うへ、いとあはれに、こゝろはつかしくおほしめして、
　みやはしらめくりあひけるときしあれはわかれしはるのうらみのこすな
かへるなみにつけて、あかしへ御ふみつかはしける。
　なけきつゝあかしのうらにあさきりのたつやとひとをおもひやるかな
かの帥のみやのむすめか五節かもとより、
　すまのうらにこゝろをよせしふな人のやかてくたせるそてをみせはや
かへし、
　かへりてはかことやせましよせたりしなこりにそてのひかたかりしを

十一　みをつくし
あかしへつかはすめのとのもとにをはしたるに、うちわたりにて、はやく見たまひし人なれは、たわふれことなとの
たまひて、
　かねてよりへたてぬなかとならはねとわかれはをしきものにそありける
「したひやせまし」との給へは、うちわらひて、
　うちつけにわかれをゝしむかことにてをもは《む》ぬかたにしたひやはせぬ
あかしへつかはす御ふみに、
　いつしかや《も》そら《て》うちかけんおとめこかよをへてなつるいわのをひさき
御かへし、
　ひとりしてなつるは袖のほとなきにおほふはかりのかけをしそおもふ《まつイ》

あかしのうらの、おかしかりしこと〻も、女のありさまなと、かたりたまふに、むらさきのうへ、

　おもふとちなひくかたにはあらすともわれそけふりにさきたちなまし

とのたまへは、「こ〻ろうや。いかに」とて、

　たれによりよをうみやまを《にイ》ゆきめくりたへぬなみたにうきしつむ身そ

五月五日そ、あかしにむまれたまへるひめきみの御いかなりける。「そのひ、まいりあへ」とて、人つかはす。

　うみまつやときそともなきかけにいてなにのあやめもいかにわくらん

御かへし、

　かすならぬみしまかくれになくたつはけふもいかにと〻ふ人そなき

うちかへし〳〵見たまひて、「あはれにも」と、たかやかにひとりこち給を、女きみしりめに見をこせて、「うらよりおちにこくふねの」と、しのひやかにのたまへるさま、いとおかし。

花ちるさとにおはして、「そらな〻かめそ」と、たのめきこへしをはりのこと〻もの給いて〻、「なと、たくひなしとおもひけん。うきみからは、いつもみな〻けかしさにこそ《(ママ)》」の給へる、いとをひらかにらうたけなり。くひなのちかくなくをき〻て女君、

　くひなたにおとろかさすはいかてかはあれたるやとに月をいれまし

源氏君、

　をしなへてた〻く〻ひなの《へに》おとろかはうはのそらなるつきもこそいれ

そのあき、すみよしにまうてたまふけるに、これみつやうの人々、「かみのしるし、あはれにめてたし」と思ひて、きこへさす。

　すみよしのまつこそものはかなしけれかみよの事をかけておもへは

けに、とおほしいてゝ、

　あらかりしなみのまよひにすみよしのかみをはかけてわすれやはする

「あかしの人に、まいりあひたり」ときゝたまひて、しのひてつかはしける。

　みをつくしこふるしるしにこゝまてもめくりあひけるゑにはふかしな

御かへし、

　かすならてなにはのこともかひなきになに《と》みをつくしおもひそめけん

「たみのゝしまにてなむ、すき侍る」とあり。おりからにや、あはれにおほされて、

　つゆけさのむかしにゝたるたひころもたみのゝしまのなにはかくれす

六条のみやすところ、うせたまひてのち、ゆきみそれかきくらしふるに、さい宮にきこへたまふ。

　ふりみたれひまなきそらを《に》なき人のあまかけるらんやとそかなしき

御かへし、

　きえかてにふるそかなしきかきくらしわかみそれともおもほへぬよに

すゑつむはなのめのとこ、しゝうといふ、つくしへいきけるに、御くしのおちたる九尺はかりなるを御くしのはこにいれてたまはすとて、

　たゆましきすちをたつ《の》ね《み》したまかつらおもひのほかにかけはなれぬる

ならひ　よもきふ

侍従、返、

　たまかつらたえてもやましゆくみちのたむけのかみもかけてちかはん

はなちるさとへおはしけるみちに、かたもなくあれたるいゑのこたち、もりのやうなるに、おほきなるまつに、ふちかゝりたり。月かけにうちなひきたる、風につきてなつかし。「みしこゝちするかな」とおほすは、はやう、すゑつむはなの御もとなりけり。こゝにはひるねの夢に、こ宮の見へたまひけるは、なこりいとかなしうおほされて、もりぬれたるところをしのこはせ、おましなとひきつくろはせての給ける。

　なき人をこふるたもとのひまなきにあれたるやとのしつくさへそふ

とて、なかめたまふほとなりけり。「またや、こゝにをはすらん」とて、これみつをいれ給ふ。

　たつねてもわれこそとはめみちもなくふかきよもきのもとのこゝろを

と、ひとりこち給。いりたまひて、ゆめのやうなる御ありさまを、あはれに見たまひて、

　ふちなみのうちすきかたくみへつるはまつこそやとのしるしなりけれ

御かへし、つゝましけにて、

　としをへてまつしるしなきわかやとをはなのたよりにすきぬはかりか

ならひ　せきや

いよのすけは、ひたちになりてくたりしか、のほりけるに、せきいる日しも、源氏いし山にまいりたまひけり。女はむかし思ひいてられて、ものあはれにおほゆ。こゝろのうちに、

　ゆくとくとせきとめかたきなみたをやたえぬしみつとひとはみるらん

かのむかしのこきみといふは、いまは右ゑもむのすけ、いしやまよりいてたまふ御むかへにまいりたり。めしよせて、ふみたまふ。「ひといちきりしられしは、さはおほしけんや」とて、

たまさか《わくらはイ》にゆきあふみちをたのみしもなをかひなしやしほならぬうみ

御返、

　あふさかのせきやいかなるせきなれはしけきなけきのなかをわくらん

十二　ゐあはせ

六条のみやすところのさい宮《アキヲコノムナリ》を、源氏のおとゝ、うちにまいらせたまひてまつりたまへりけるに、すさく院より、をかしきものともなと、たてまつり給へりける。御くしのはこのこゝろに《ゝゝ》は、

　わかれちにそへしをくしをかことにてはるけきなかとかみやいさめし

さい宮の御かへし、

　わかるとてはるかにいひしひとこともかへりていまそ《ものは》ものは《いまそイ》かなしき

源氏のおとゝ、うちにゐともまいらせたまはむとて、御つしあけて、女きみもろともにゐらせたまふに、かのすまあかしのゐをみつけて、「いまゝて、みせたまはさりける」とうらみて女きみ、

　ひとりゐてなけきしよりはあまのすむかたをかくて《きイ》そみるへかりける

いとあはれとおほして、をとこきみ、

　うきめみしそのおりよりもけふはまたすきにしかたにかへるなみたか

さい宮の女御と権中納言女御と、ゐあはせしたまひけるに、いせものかたりとさしう《（ママ）》ゐとあはせて、ゐさためやらす。

左、へいないし、

　いせのうみのふかきこゝろをたとらすてふりにしあとゝなみやけつへき

かのすまあかしのゐは、さい宮の女御の御かたにたてまつりたまへるに、業平か名をくたすへきことをあらそひかねて、右、すけ、

くものうゑにおもひのほれるこゝろにはちいろのそこをはるかにそみる

兵衛の命婦、

「さいこ中将のなをは、くたさし」とのたまひて、中宮とも。

みるめこそうらふりぬともとしへにしいせをのあまのなをやしつめん

さい宮の女御の御かたに、院よりゑたてまつりたまふとて、

身こそかくしめのほかなれそのかみの心のうちはわすれしもせし《す》

御かへし、

しめのうちはむかしにあらぬこゝちしてかみよのこともいまそこひしき

十三　松風

あかし京へのほりけるに、入道いみしくあはれにおほえて、

ゆくすゑ《さきイ》をはるかにいのるわかれちにたえぬはをいのなみたなりけり

あま君、

もろともにみやこはいてきこのたひやひとりのなかのみちにまとはん

むすめのきみ、

いきてまたあひみんことをいつとてかかきりもしらぬよをはたのまん

ふねにてのほる。なをおもひつきせす、あまきみはなきけり。

かのきしに心をよせしあまふねのそむきしかたにさしかへるかな

むすめのきみ、

いくかへりゆきかふあきをすくしつゝうきゝにのりてわれかへるらん

のほりてかつらにすむほとに、源氏のきみ人めにつゝみて、ふともおはせぬほと、かのかたみのきむをかきならすに、まつかせはしたなくひゝきあひたり。あまきみ、

みをかへてひとりかへれるふるさとにきゝしにゝたるまつかせそふく

御方、

ふるさとにみしよのともをこひわひてさへつるこゑ《と》をたれかわくらん

かくてのち、おはしたり。はゝのあまきみと、ものかたりしたまふに、つくろわれたるみつのおと、かしかましくきこゆるに、

すみなれし人はかへりてたとれともしみつそやとのあるしかほなる

ありしきむを、さしいてたり。そこはかとなく、ものあはれにかきならしたまひ、しらへもかはらす、ひきかへし、そのおりたゝ、

ちきりしにかわらぬことのしらへにてたえぬこゝろのほとはしりきや

かへし、

かわらしとちきりしことをたのみにてまつのひゝきにねをそへしかな

源氏のきみ、かつらとのにおはしけるに、かんたちめの殿上人あまた、まひりたまひて、あそひし給けるをきこしめし、うちよりくら人の弁を御つかひにて、

月のすむかわのおちなるさとなれはかつらのかけはのとけかるらん

うらやましとあり。御返、

ひさかたのくもゐ《ひかりイ》にちかきなのみしてあさゆふきりもはれぬやまさと

いけにあるなかしまを見たまふも、あはちのしまおほしいてられて、あはれなれ。ゑいなきとも、あるへし。

　めくりきて、にとるはかりさやけきやあはちのしまに《のイ》あはとみしつき

中将、

　うきくもにしはしまよひしつきかけのすみはつるより《そ》のとけかるへき

又ある人、右大弁とそ、

　雲のうゑのすみかをすてしよはの月いつれのかたにかけかくしけん

十四　うすくも

あかし、おほゐにうちなかめてゐたるに、ゆきかきくらしふりけるあした、ひめ君のむらさきのうへの御もとへわたり給はんことなと、思つゝけられて、ひめ君の御めのとに、

　ゆきふかき《みイ》み山のみちははれすともなをふみかよへあとたへすして

とのたまへは、めのとなきてきこゆ。

　ゆきまなきよしのゝ山をたつねてもこゝろのかよふあとたえん《め》やは

ひめきみわたり給とて、くるまに、「はゝ君ものり給へ」とて、袖をひき給けれは、

　すゑとをきふた葉のまつにひきわかれいつかこたかきかけをみるへき

といひあへす、いみしくなけく。源氏のきみ、

　をひそめしねもふかけれはたけくまの松にふたは《こまつ》のかけ《ちよ》をく《なイ》らへむ

「いゐには（つゐにはカ）心のとかに」ときこへて、いてたまひぬ。源しのきみ、あかしのもとへおはせんとて、いてたまふに、ひめ君の、御さしきぬにかゝりて、とにいて給ぬへけれは、たちとまりて、こしらへおきて、「あすかへりこん」と、

くちすさみていて給。わた殿ゝくちにまちかけて、中将してきこへ給。むらさきのうへ、

ふねとむるをちかた人のなくはこそあすかへりこんせとも《なとイ》まちみめ

と、いたくなれきこゆれは、こまやかにうちほゝゑみて、

ゆきてみてあすもさねこん中〳〵にをちかた人はこゝろをくとも

入道の中宮《ウスクモノ女院ナリ》うせたまへるころ、御前さくらを御覧して、花のえんの日なとおほしいつ。「ことしはかりは」なと、ひとりこち給。ゆふ日のうらゝかなる山きはに、うすくものたなひきたるを源氏、

いりひさすみねにたなひくうす雲は物思ふそての《に》いろそ《やイ》まかへる

秋ころ二条院に、さい宮の女御まかりいて給へるに、つれ〳〵なれは、その御方にまいり給へり。御ものかたりなときこへ給ついてに、「はるあきのあはれを、いつれにか御心はよるらん」ときこえ給へは、「秋のゆふへこそ、すき給にし露のありさまもゆかしく侍れ」とあれは、しのひあえて、

きみもまた《さはイ》あはれをかはせ人しれす我身にしむるあきのゆふ風

又あかしのもとにおはしたるに、いとこしけき中より、かゝり火のかけのかわにうつれる、ほたるにみえまかいてを《（を》しきを《かしきをカ）》、「ましてお思ひかけぬことなからましかは、いかにめつらかにみえまし」とのたまふを、あかし、

いさりせしかけわすられぬかゝり火は身をうきふねやしたひきにけん

「思こそ、まかへられ侍れ」《おもひイ》といへは、

あさからぬしたのこひちをしらねはやなをかゝりひのかけはさはけり《る》《ゝ》

十五　あさかほ

たれうきものとなかめ給ふさい院《アサカホナリ》は御ふくにて、をりたまひしかは、源氏のおと、つねに御ふみなときこゑ給けり。

みつからもをはして、ものかたりなときこゑいれて、
　ひとしれすかみのゆるしをまちしまにこゝらつれなきよをすくすかな
かへし、
　なへてよのあはれはかりをとふからにちかひしことゝ神やいさめん
かへりたまひて、またつとめて、あさきりなかめ給。せむさいのあさかほの、かれ〳〵に、はいまきれたる、ひとえたおらせ給て、さい院にたてまつり給。
　みしをりのつゆわすられぬあさかほのはなのさかりはすきやしぬらん
御かへし、
　あきはてゝきりのまかきにむすほゝれあるかなきかにうつるあさかほ
女二《五イ》宮《式部卿宮ノヲト、アサカホノ斎院ノヲハナリ》にまいりたまへるに、御かとのしやうのさひてゐあけさりけれは、くちすさみのやうにて、
　いつのまによもきかもとゝむすほゝれゆきふるさとゝあれしかきねそ
あさかほの宮にまいり給て、女二宮にときこゑ給。あはれなる事なと、おほしつゝけたる御けはひを、むかしの源内侍のすけ、二宮にさふらひけるか、いてきて、御ときめきしてわかやく。ないし、
　としふれとこのちきりこそわすられねをやのをやとかいひしひとこと
ときこゆるも、うとましうて、
　みをかへてのちもまちみよこのよには《て》をやをわする、ためしありとも《やとイ》
前斎院の御かたにまいり給て、よろつにうらみきこゑ給て、
　つれなさをむかしにこりぬこゝろこそ人のつらきにそへてつらけれ
御かへし、

あらためてなにかはみへん人のうゐにかたし《かり》ときゝしこゝろはかりを

ゆきのいみしうふるよ、はしちかくて、よろつのものかたり、むらさきのうゐにきこゐ給ふに、ふけゆくまゝに、月はいよ〳〵すみて、をもしろし。女きみ、

　こほりとちいしまの水はゆきなやみそらすむ月のかけそなかるゝ

をしのうちなきたるに、源氏のおとゝ、

　かきつめてむかしこひしきゆきもよにあはれをそふるおしのうきねか

いり給て大宮の事をおほしいて給て、ねたまへる夢に、いみしくうらみたまふと見て、うちおとろきて、

　とけてねぬねさめひ《さ》さ《ひイ》しき冬のよにむすほゝれつるゆめのみしかさ

わか御ゆめに、「つみふかし」とのたまへる、けにさこそとおほされて、いかめしきくとくつくらせ給ふにつけても、

　なき人に《を》したふ心にまかせてもかけみぬ水のせにやまとはん

十六　おとめ

大宮《式部卿ミヤ、》うせたまひて《六条院ノヲチナリ、》、またのとし《アサカホノ斎院ノヲチ》、まつりの日、せむさい院つれ〳〵となかめ給て、御まへなるかつらの木のしたかせ、なつかしきにつけても、わかき人々は思いつることあるに、をとゝより、「いかにのとかにおほさるらん」と、とふらひきこゐたまへり。「こそのけふは、

　かけきやはかはせのなみもたちかへり君かみそきのふちのやつれを」

むらさきのたてふみ、すくよかにて、ふちのはなにつけたまへり。あはれなれは御返、

　ふちころもきしは昨日と思ふまにけふはみそきのせにかはるよを

あふひのうへの御はらのわか君《ユフキリノ大将ナリ》は元服して、うはみやの御もとにそおはしける。をちのおとゝのことはらの御むすめ

も、おなしまこにて、そのみやにをほしたてけるに、このおとこきみとひめきみと《コノヒメキミハチシノ大臣ノムスメナリ》、いみしうおもひかわしておはしけるを、ひめきみのちゝおとゝきゝ給て、むつかり給つゝ、おとこ君をよせさりけるに、よる、さうしのもとによりてきけは、ひめきみ、「くもゐのかりも、わかことや」と、ひとりこち給を、をとこきみ、

さよなかにともよひわたるかりかねにうたてふきそふをきのうはかせ

「みにそしみける」なと思つゝけて、宮の御前にふしたまひぬ。このひめきみを、ちゝおとゝむつかりて、との《へむかへ》。たまひけるに、宮の御かたにかたりたまへるを、をとこきみわりなくて、まきれよりたまへるけしきをみて、ひめきみの御めのと、「もの、はしめに六ゐすくせよ」といふをきゝて、おとこきみ、

くれなゐのなみたにふかきそてのいろをあさみとりとやいひしをるへき

との給へは、ひめきみ、

いろ〳〵にみのうきほとのしらるゝはいかにそめけるなかのころもそ

いひもはてす、とのいりたまひぬ。くわさの君またあけほのに、いてたまふ。そらのけしきもいたくゝもりて、またくらかりけり。

しもこほりうたてむすへるあけくれにそらかきくらしふるなみたかな

ことしは、との五節たてまつり給。まひゝめに、これみつかいつきむすめをめすに、こゝろやましなからまいらす。その夜になりて、まいらせたり。くわさの君くるまのところにおはして、をろしたまふに、たゝかのひとの御ほとに、て、いますこしほそうをかしけれは、たゝもあらす、きぬのすそをならしたまふに、なにこゝろもなくあやしと思。くわさの君、ユフキノノ大将ナリ

あめにすむ《へますイ》とよをかひめのもろ人《へ宮イ》もわかこゝろさすしめをわするな

「みつかきの」との給そ、うちつけなる。かくて、まひゝめともまいりたるに、「をとゝのと大納言のとは、すくれた

り」など、ほめのゝしるを、をほとのまいりてみ給に、むかしおほふめ（ママ）とまりて、おとめのすかたまつおほしいつ。たつの日のくれつかたにや、すまの御たひゐにゆきちかひしひとにつかはす。御ふみのうち思ひやるへし。おと、、

　をとめこもかみさひぬらんあまつそら《て》ふるきよのともよはひへぬれは

あはれをは、しのひたまはぬはかり、をかしうおほせるもはかなし。御かへし、

　かけていへはけふのことゝそおもほゆる《ひ》。かけひのしものそてにとち《け》しも

あをすりのかみに、よくとりあへて、かきまきらはしたり。これみつかこの殿上して、をさなきかあるを、くわさのきみめしよせて、かのまひゝめかり、ふみやり給。

　ひかけにもしるかりけめやおとめこかあまのはそてにかけしこゝろは

きさらきの廿日あまりに行幸《レセイキム》あり。さくらはまたしきほとなれと、やよひは御き月なれは、とくひらけたるさくらのいろをかしく、かくともよりはしめてありふるほとに、むかしの花のゑんの日おほしいて、、院のうへ、「また、さる物みてむや」との給。源氏のおと、、院のかわらけ給ふとて、

　うくひすのさゑつるこゑはむかしにてむつれしはなのかけそかわれる

院御かへし、

　こゝのへの《を》かすみへたつるかきね《すみか》にもはるをつけたる《く》うくひすのこゑ

兵部卿《源シノヲト、》いまのうゑの御さかつきまいりたまふとて、みこ、

　いにしへをふきつたへたるふゑたけにさへつるとりのねさへかはらぬ

と、あさやかに申給ようい、、とめてたし。

　うくひすのむかしをこふるさへつりもこつたふはなのいろやあせたる

源氏のおと、京極殿に人々やりて、われもすみたまへり。むらさきのうへはるの御方、はなちるさと夏の御方、あか

し冬の御方、みなかたにしたかひてみ《(ママ)》すたまふ。中宮《アキコノムナリ》の御方より、むらさきのうゑの御もとへ、はこのふたに、もみちいろ〳〵にませて、をかしきわらはして御せうそくには、
こゝろからはなま《ヘ春イ》つやと《その》はわかゝた《やと》のもみちをかせのつてにたにみよ
むらさきのうゑ、五えうのゑたに、
風にちるもみちはうゑ《かろ》しはな《る》のいろをいはねのまつにかけてこそみめ

十七　たまかつら
ゆふかほのひめきみ《致仕太政大臣ノムスメナリ》の、めのとにくして、つくしへくたるに、ふねにのりて、ふなことも、「うらかなしうも、とをくきにけるかな」とうたふを、めのとこの女房ふたりあるかうた、
ふなひともたれをこふとかをほしまのうらかなしけにこゑのきこゆる
これは、をなし。
こしかたもゆくへもしらぬをきにいてゝあはれいつくときみをこふらん
かくてとし月ふるほとに、このきみも廿はかりになりぬ。少弐といひしは、わつらひてうせしかは、とみにもゑのほらぬほとに、かのくにゝ一のものにて、ってなとあるつは物、かたちきよけなるむすめもなけ《(ママ)》りときゝて、いひわたりけるを、いとまか〳〵しくゆゝしうおほしけり。つわ物、これにきたり。ひめ君せめわひて、このむさ、
きみにもし心たかはゝまつらなるかゝみの神もかけてちかはん
「このほとは、つかうまつりたるとおほゆ」とて、ほのゑみたるも、よつかすおほゆ。むすめ《(むすめにカ)》、「とく〳〵よめ」といへは、「おほえす」とて、ゐたれは、
としをへていのるこゝろのたかひなはかゝみのかみをつらしとやみむ

かまへて、のほり給ぬ。御めのとこ、かのくにゝそうひろくなりて、ゐのほらぬを、かなしと思けり。

　うきしまをこきはなれてもゆくかたやいつくとまりとしらすもあるかな

　　ゆくさきもみえぬなみちにふなてして風にまかするみこそうきたれ

思かたに、かせふきつけつ。ひゝきのなたを、なたをか《（ラカ）》になとうたふ。かいそく、なにことよりも、かれか、をひていそきくる、と思もかなしくて、

　うきことにむねのみさわくひゝきにはひゝきのなたもさわらさりけり

とそ、の給ける。かくてのほりて、はつせにまいり給へるに、かのむかしのうこむ、まいりあひたりけり。むかしのものかたりなとして、うこむ、

　ふたもとのすきのもとたち○《とを》たつねすはふるかはのへにきみをみましや

「うれしきわさにも」ときこゆ。ひめきみ、

　はつせかははやくのことはしらねともけふのあふせにみさへなかれぬ

うちなきてをはするさま、うつくしけなり。うこむ、おとゝの御もとにかへりまいりて、「かう〳〵の人をこそ、たつねいてゝ、さふらへ」ときこゑさすれは、「いとあはれなることかな。なにゝか、ちゝおとゝにはきこゆる。いとおほくもち給て、もてわつらひたまひぬるに、たゝこゝにたつねきこゑて、つれ〳〵のなくさめにも、かしつかむ」とのたまひて、「かのすゑつむはなのやうにて、しつみをいゝて給らんは、いといふかひなからん。まつ、ふみやりて、かへりことをみむ」とおほして、あるへかしう、すこしかき給て、おとゝ、

　しらすともたつねてしらんみしまへにをふるみくりのすちはたえしを

ひめきみ、かへし、

　かすならぬみくりやなにのすちなれはうきにしもかくねをとゝめけん

このひめきみ、むかへとり給つ。わたり給てかへりて、むらさきのうへの御かたにて、ありさまなとかたりて、さてゝならひに、

こひわたるみはそれなれとたまかつらいかなるすちをたつねきぬらん

さて、たてまつりたまへる御返に、すゑつむ、

きてみれはうらみられけりからころもかへしやりてんそてをぬらして

をとゝ、うしとおほしたり。

かへさんといふにつけてもかたしきのよるのころもをおもひやるかな《こそやれイ》

ならひ　はつね

としかへりてついたちに、むらさきのはるの御方のありさま、いへはおろかなり。かゝみゝ給をり、とのさしよりて女きみに、

うすこほりとけぬるいけのかゝみにはよに〳〵たくひ《くもりイ》なきかけそならへる

うへ、

くもりなきいけのかゝみによろつよをすむへきかけそしるくみゑける

おとゝ、あかしのひめきみの御方にわたり給へれは、ゑならぬこゑうのえたにうつるうくひすも、こゝろあらんかしとみゑたるに、あかしの御方、

としつきをまつにひかれてふる人にけふうくひすのはつねきかせよ

「をとせぬさとの」ときこゑたまへり。としつきのへたゝるを、おとゝちに（ママ）こゝろくるしう御覧す。ひめきみの御かへし、

ひきわかれとしはふれともうくひすのすたちしまつのねをわすれめや

おとゝゆふくれ《正月二日也》に、あかしの御方へわたり給へり。ありつるこまつの御かへしを見けるまゝに、あはれなるふることゝもをかきませつゝ、かたはらにあかしのきみ、

めつらしき《や》はなのねくらにこつたひてたま《に》のふるすをとつ《へ》るうくひす

かくておとゝ、すゐつむはなの御かたにわたりたまへり。ふりせぬ御かたち見たまふに、いとかたはらいたし。御まへのこうはいのさきいてたるに、見はやすひともなきを見わたし給て、

ふるさとのむめ《春》のこすゑを《に》たつねきてよのつねならぬはなをみるかな

ならひ　こてう

むらさきのうへの御方の女房とも、御前のいけのふねにのりて、あそひあひたり。えもいはぬいりえのやまふき、きしのふちなみ、ゐやうにもかゝせまほし。まことに、をのゝえもたへぬへくおほえて、ひをくらす人々のうたなり。

かせふけはなみのはなさへいろみえてこやなにたてるやまふきのはな《さき》

はるのいろ《け》やいてのかはせにかよふらんきしのやまふきそこもにほへる《り》

かめのうへのやまもたつねしふねのうちにをいせる《ぬ》なをはこゝにのこして《さん》

はるのひのうらゝにさしてゆくふねはさをのしつくもはなそちりける

兵部卿宮《源氏ノヲトヽ、モトハソツノミヤト申》に御かわらけ、しゐきこへ給へは、「おもふこゝろの侍らさらましかは、にけなまし。いとたへかたし」とて宮、

むらさきのゆへを《に》こゝろに《をイ》しめたれはふちにみなけんなか《や》はをしけき

「をなしかさしを」とて、ほゝえみておとゝ、

　ふちにみをなけつへしやとこのはるははなのあたりをたちさらす《て》みや《よ》

中宮《アキヲコノム》へ、きのみと経のはしめの日、むらさきのうへの御こゝろさしにて、ほとけに花たてまつり給へり。花かめにさくらをさして、こてうをは、こかねのかめに、はなさまいかめし。ゑもいはぬわらはにもたせて、殿の中将して、

　はなその、こてふをさへやしたくさにあきまつむしはうとくみゆ《る》らん

中宮の御かへしに、「きのふは、ねになきぬへうこそ」とて、

　こてふにもさそはれなましこゝろありてやへやまふきをへたてさりせは

をとゝ、ゆふかほのひめきみの御かたにわたり給へり。おほししもしるく、わかき人〳〵の御ふみおほかるなかに、はなたのかみの、なつかしうしみふかきを、いとほそち《（ほそくカ）》ひさくむすひたるあり。「これ、いかなるか、ゝくむすほゝれたるにか」とてひきあけたれは、殿中将カシハキナリ

　おもふともきみはしらしなわきかへりいはもるみつにいろしみえねは

「おもひあはすることもこそあれ。いたくなはしたなめそ」とのたまひて、わらひたまふ。かやうにものなときこへ給ついてに、たゝならぬやうなり。御まへなるくれたけの、うちなひきたるさまなつかしけに、たちより給て、おとゝ、

　ませのうちにねふかくうへしたけのこのをのかよゝにやをひ〵わかる《かはるイ》へき

「おもへは、うらめしかるへきことそかし」と、きこへ給へは、女、

　いまさらにいかなるよにかくれたけのをいはしめけんねをはたつねん

おとゝ、つねにわたり給つゝきこへ給を、「うきおやの御をやの御こゝろかな」とおほす。はこのふたに、たちはなのあるを、まさくりたまひて、ちかき御けはひなとの、はゝにゝたれは、おとゝ、

たちはなのかほりしそてによそふれはかわれるみともおほゝえぬかな

女君、

そてのかによそふるからにたちはなのみさへはかなくなりもこそすれ

をとゝの御もとより、御ふみたてまつり給へり。「御けはひにそ、つらきもわすられかたく」とて、

うちとけてねもみぬものをわかくさのことありかほにむすほゝるらん

ならひ　ほたる

兵部卿の宮、ゆふかた、たちより給て、宰相の君して、きこえわひ給。みや、をくのかたをみいれたまへは、にはかにひかるものあり。きとけたれぬるを、あやしうおほせは、ほたるをとりあつめて、き丁のかたひらに、をとゝのつゝみ給へるなりけり。みや、

なくこゑもきこえぬむしの思ひたに人のけつにはきゆるものかは

御かへしはかりなりとて、

こゑはせてみをのみこかすほたるこそいふよりまさる思ひなるらめ

このひめきみの御もとに、このみや五日、御ふみたてまつりたまふ。

けふさへやひく人もなきみかくれにをふるあやめのねのみなかれん

御かへし、ひめきみ、

あらはれていとゝあさくもみゆるかなあやめもわかすなかれけるねの

をなしひ、はなちるさとの御方に、おとゝわたり給て、ものこらんす。としころ御あそひは人つてなりつるを、けふはめつらしくおほす。女きみ、

そのこまもすさめぬくさとなにたてるみきはのあやめけふやひきつる

をと、、

にほとりにかけをならふるわかこまはいつかあやめにひきわかるへき

ゆふかほのひめきみに、よろつきこえしらせたまひて、おと、、

おもひあまりむかしのあとをたつぬれは《とイ》をやにそむけるこそたくひなき

「ふけうなるは、ほとけのみちにも、いみしうこそいひたなれ」とのたまへは、かほをひきいれ給を、かきやりて、うらみたまふか、むつかしけれは、ひめきみ、

ふるきあとをたつぬれとけになかりけりこのよにか、るをやのこ、ろは

ならひ　とこなつ

ゆふかほのひめきみの御まへに、とこなつのおほかるを、おと、をらせ給て、

なてしこのとこなつかし《き》のいろをみはもとのかきねを人やとかめん

「ことわつらはしさにこそ、まゆこもりも、こ、ろくるしうおもひきこゆれ」とあれは、うちなき給て女きみ、

やまかつのかきね《ほ》におひしなてしこのもとのねさしをたれかたつねん

うちのおと、のいまひめきみ、こきてんにたてまつり給。

くさふ《わ》かみひたちのうらのいか、さきいかてあひみんたこのうらなみ

女御《レセイヰムノ女御、カシハキノイモウト》うちみてほ、えみて、うちおき給へれは、中納言のきみとてさふらふ人、「いとおかしき御ふみのけしきみる」と、ゆかしう思ひたれは、「やかて返事かき給へ」とゆつり給へは、中納言きみ、

ひたちなるするかのうみのたこのうらになみたちいてよはこさきのまつ

ならひ　かゝりひ

おとゝ、ゆふかほのひめきみの御かたにわたり給て、「月なきころはと(ママ)、かゝりひともしつゝけよ」なとの給。を

とゝ、

　かゝりひにたちそふこひのけふりこそよにはたへせぬほのをなりけれ

女きみ、「あやしのありさまや」とおほして、

　ゆくゑなきそらにけちてよかゝりひのたよりにたくふけふりとならは

ならひ　のわき

のわきのいみしうするひ、をとゝはかた〱にわたり給。あかしの御かたにわたりたまひて、かせのとふらひはかり

にて、かへり給。心やましけなり。女、

　おほかたにをきのはすくるかせのをともうきみひとつにしむこゝちして

と、ひとりこちけり。ゆふかほのひめきみのかたに、わたりたまひぬれは、れいのかせのとふらひにも、むつかしき

ことゝもあり。いかなることか、ありけん。女、

　ふきみたるかせのけしきにをみなへししほれしぬへきこゝちこそすれ

をとゝの御いらへ、

　したつゆになひかましかはをみなへしあらきかせにはしほれさらまし

中将《ユフキリナリ》、あかしのひめきみの御かたにまいりたまひて、御すゝりかみなと申て、女のかり、ふみかき給。えならぬむら

さきのかみにて、かるかやにつけたまへは、「なと、かたのゝ少将は、かみなとのいろをこそ、と、のへ侍りけれ。いつれのわたりの御ふみにか」なと、いひしろふ。さてかくそ。

かせさはきむらくもまよふゆふへにもわするゝまなくわすられぬきみ《フキミタリタルカル カヤニツケタマヘリ》

大原野にみゆき《レセイキム》したまふ。六条の院より御み《(御みきカ)》やうのもの、たてまつりたまへるに、きしひとつかひ、蔵人の左衛門佐を御使にて六条院にきこえ給。御せうそくには、

ゆきふかきをしほの山にたつきしのふるきあとをもけふはたつねよ

ならひ　みゆき

おとゝの御かへしを、けしきことにもてなしたまふ。御返しには、

をしほ山みゆきつもれる松はらにけふはかりなるあとやなからん

ゆふかほのひめ君、ものみたまひてかへり給へるに、おとゝ御ふみきこへ給。「きのふのうへの御かたちは、みたまひけんや。この事は、なひき給ぬらんや」と、きこへ給へり。御かへしには、

うちきらしあさくもりせしみゆきにはさやかにそらのひかりやはみし

をとゝの御かへし、

あかねさすひかりはそらにくもらぬをなとか《てイ》みゆきにめをきらしけん

このひめきみ、もきせさせ給ついてに、このをとゝを御こしゆひにとて、かくとしらせたまひつ。ひめ君の御もとに御くしのはこ、きよらにして、たてまつらせ給ついてに、うは宮、

ふたかたにいひもてゆけはたまくしけわかみはなれぬかけこなりけり

すゐつむはな、ひめきみの御さうそくたてまつりたまふ。うちきのたもとに、かきつけ給。

我身こそうらみられけれからころもきみかたもとになれすとおもへは

おとゝの御かへし、

から衣またからころもからころもかへす〳〵もからころもかな《なるイ》

「このみたまふすちのことなり」とて、御もきのよになりて、ち、おとゝまいり給へり。「いまゝて、かくれしのひさせたまひつらんかしこまりは、いかてか申さゝらん」とて、おとゝ、

うらめしやをきつたまもをかつくまていそかくれけるあまのこゝろよ

なを、つゝみあへ給はす、しほたれたまひぬ。御かへし、ひめきみ、

よるへなみかゝるなきさにうちよするあまもたつねぬもくつとそみる《し》

ならひ　ふちはかま

ゆふかほのひめきみ、内侍のかみになり給ぬ。その御ともに、源氏のおとゝの中将《ゆふかほ（マゝ）》まいり給へり。まことの御こならすと、きゝあらはしてのちは、たゝにもあらぬなるへし。らんの花をまいらせ給へは、とたま《（とりカ）》ふ女の御そてを、ひきうこかして中将、

おなしのゝつゆにやつるゝふちはかまあはれはかけよかことはかりも

御かへし、ひめ君、

たつぬるにはるけきのへのつゆならはうすむらさきやかことならまし

ゆふかほのないしのかみの御もとに、まことの御せうとの中将《かしわき》まいり給へり。おとゝの御つかひにて、まいり給へるを、人つてなる御せうそくを、うらみきこへ給へは、「うちつけなるやうにやは、むつひきこえん」と、すくよかにみつからのたまへは、をしこめて中将、

いもせ山ふかきみちをはたとらすてをたへのはしを《にイ》ふみまとひける「すかさせ給ける」と、うらむるも人やりならす、ひめ君、

　まとひけるみちをはしらていもせ山たと〳〵しくそたれもふみゝし

左大将《ひけくろ》は、「月たゝは、さやうにも」と、きこへたり。

　かすならはいとひもせましなか月にいのちをかくるほとの《そ》はかなさ《きイ》

また宮より、兵部卿　源氏をとゝ、

　あさひさすひかりをみてもたまさゝのはわけのしもをけたすもあらなん

左兵衛のかみ《むらさきのうへのせうと》のもとより、

　わすれなんと思ふものから《ものゝイ》かなしきは《を》いかさまにしていかさまにせん

ないしのかみの御かへし、みやの、

　こゝろもてひかり《けイ》にむかふあふひたにあさをくしもをゝのれやはけつ

ならひ　まきはしら

このないしのかみを、おほくいひしなかに、大将《ヒケクロ》、弁といふ女房をかたらひて、いりたまひにけり。大将のいてたるまに、源氏のおとゝ、こなたにわたり給て、うへにきこえさせ給。

　をりたちてくみはみねともわたりかはひとのせとはたちきらさりしを

かへし女、

　みつせかはわたらぬさきにいかてなをなみたのかはのあはときえなん

大将《モトノメハ先帝ノ兵部卿宮ノムスメナリ》、もとのうへのもとに、こなむとみむとおほして、わたりたまへるに、ものゝけにうつし心もなきうへにて、ひ

とりのはひをうちかけたりけれは、こゝろはつかしき御あたりに、ひむのわたりもいとみくるしとて、えわたりたまはて、つとめて御ふみきこえ給。

こゝろさへそらにみたれしゆきもよにひとりさへつるかたしきのそて

御かへし、なし。大将ひかり《（ママ）》てうせ給に、侍従といふ女房、

ひとりゐてこかるゝむねのくるしきにおもひあまれるほのをとそみし

かへし、

うきことをおもひさわけはさまぐ\にくゆるけふりといと《そイ》ゝたちそふ

「大将君は、かれ給ぬへきなめり」とて、もとのうへ、みやへわたりたまひぬ。おほくのとしころ、てならひて、いまはのきさめに、またかへりわたり給。いとうしと、おほしたり。ひめきみの十二三はかりなるそ、をはする。ひわたいろのかさねにかきて、はしらのひわれたるはさまに、かうかいしてをしいれ給。ひめきみ、

いまはとてやとかれぬらん《へともイ》なれきつるまきのはしらはわれをわするな

は、きみ、

なれきとは思ひいつともなにゝよりたちとまるへきまきのはしらそ

もくのきみは、とのゝ御かたの人にてとまるに、中将のをもと、かくいふ。

あさけれといしまの水はすみはてゝやともるきみやかけはなるへき

「思かけさりしことなり。かくて、わかれたまひぬることよ」といへは、

ともかくもいはまの水のむすほゝれかけとむへくもおもほえぬよを

このないしのかみ、うちに、たうかにまいり給へり。兵部卿《源氏ノヲトヽ》の宮しのひて、ないしのかみにきこえ給へり。

みやまきにはねうちかはしいるとりのまたなくねたきはるにもあるかな

ないしのかみの御かたに、うへ《レセイキム》わたり給へり。いとなつかしう、めてたき御ありさまのはつかしさに、御いらへもきこえたまはねは、「あやしう、おほつかなきわさかな。よろこひなとも思しりたまふらんと思ことあるを、きゝいれたまはぬさまにのみあるは、かゝる御すくせなりけり」と、のたまはせて、

　なとてかくはひあひかたきむらさきをこゝろにふかくおもひそめけん

御かへし、ないしのかみ、

　いかならんいろともしらぬむらさきをこゝろしてこそ人はそめけれ

わりなく、せめわたらせ給も、わつらはしけれは、まかりてたまひなんとするに、とみにゆるし給はす。大将も、さふらはせ給。「このちかきまもりこそ、むつかしけれ」と、にくませ給。うへ、

　こゝのへにかすみへたてはむめのはなたゝかはかりもにほひこしとや

かへし、ないしのかみ、

　かはかりはかせにもつてむはなのえむ《に》たちならふへきにほひなくとも

はれまなきつれ〳〵におほしいてゝ、おとゝは、うこむかもとにしのひて御ふみつかはす。この人のおもはむ事おほすに、なに事も忍つゝけたまはて、思はせてかくなん。

　かきたれてのとけきころのはるさめにふるさと人をいかゝ《に》しのふや

女きみ御かへし、

　なかめするのきのしのふ《つく》にそてぬらし《れて》うたかた人をしのはさらめや

ないしのかみのもとに、かりのこのいとおほかるを、かうし、たちはなゝとのやうにまきらはして、おほつかなきさまなと、をやさまにかきて、

　をなしすにかへりしかひのみえぬかないかなるひとかてにゝきるらん

「御かへし、まろきこえん」と、大将《ヒゲクロ》のかはるも、いとかたはらいたし。

すかくれてかすにもあらぬかりのこをいつかたにかはとりかくすへき

いとをかしきあきのゆふくれに、うちのおと、、こきてむの女御《ムカシノコシウトノ中将ノムスメ》の御かたに、こ、ろことなる殿上人、をと、の中将《ユフキリ》のきみなとまいりたまへり。をかしきほとの拍子あはせなり。いか、（ママ）さきみたれたりしいまひめきみ《アフミノキミ》は、この御かたにそあらせたまひける。人よりけにゐ（ママ）いて、中将のきみ、はなやかによみかく。

をきつふねよるへなみちにた、よは、さをさしよらんとまりをしへよ

「たな、しをふね、あなわひしや」といふ。いとかたはらいたしと、おほいたり。かへし、

よるへなみかせのさはかすふな人もをもはぬかたにいそつたひせす

十八　むめかえ

あかしのひめきみの御もきのことありて、御かた〳〵よりたき物あはせて、たてまつらせたまへり。せむさいゐん《源氏ノイモウト》より、るりのつほにいれて、かれたるむめのゑたにつきて、こ、ろはへかくなん。

はなのかはちりにしゑたにとまらねとうつらんそてにあさくしまめや

兵部卿《キリツホノ第三皇子》のみやまいりあひ給て、御ふみいみしうゆかしかり給へは、せちにかくさせ給。「なにことか、はへらん。くま〳〵しくおほしなすそ、くるしけれ《レイ》」とて、御す、りのついてに、

はなのえにいと、こ、ろをそむるかな人のとかめんかをはつ、めと

とにやあらんと、まうしたまふ。月さしいてぬれは、宮おと、中将なと、御こと、わこむなんと、かきしらふるほとをかし。弁の少将《カシワキ》拍子をとりて、むめかえいたしたるこえなとをかし。御かはらけまいるに、みや、

うくひすのこゑにやいと、あくかれん心しめつるはなのあたりを《にイ》

「ちよもへぬへし」と、きこえ給へは、をと、、

いろもかもうつるはかりにこのはるに《は》はなさくやとをかれすもあらなん

頭中将《カシワキ》にたまふとて、宰相中将にさす。

うくひすのねくらのえたもなひくまてなをふきとをせよはのふゑたけ

宰相中将ユフキリ、

こゝろありてかせのよくめる花のえにとりあえぬまてふきやよるへき

とあるを、「なさけなくや」とて弁少将、

かすみたに月とはなとをへたてすはねくらのとりもほころひなまし

みや《兵部卿》かへらせ給に、御さうそくひとくたり、このたきものふたつほ、御くるまにたてまつらせ給へは、みや、

はなのかをえならぬそてにうつしもてことありかほに《やまりと》いもやとかめん

御かへし、おとゝ致仕、

めつらしとふるさと人もまちそみむはなのにしきをきてかへるきみ

おとゝのひめきみの御もとに宰相中将ユフキリ、

つれなさはうきよのつねになりぬる《ゆくイ》をわすれぬ人やひとにことなる

ひめきみ、かへし、

かきりとてわすれかたきをわするゝもこやよになひくこゝろなるらん

十九　ふちのうらは

うちのおとゝ《致仕大臣》四月一日ころに、御前のふちの、えもいはす、いろこくをもしろきをゝり、あそひなとしたまひて、わ

か御この頭中将を御つかひにて御せうそくきこへ給。「御いとまあらは、たちよらせ給なんや。をかしきほとのゆふはへも、御らんしはやすはかり」と、きこへ給へり。おと、は、「よもはかなきに、このひめきみ、またおもふさまなることもや」と、おほしなるなりけり。おと、の御ふみには、

わかやとのふちのいろこきたそかれにたつねやはこぬはるのなこりを

宰相《ユフキリ》のきみ、こ、ろときめきせられて、かしこまりきこへ給へり。御かへしには、

なか〳〵にをりやまとはんふちのはなたそかれときのたと〳〵しさに《くはイ》

宰相中将ひきつくろひて、わたり給ぬ。いたくまたれて、まことにをもしろきはな、もてあそひ給。ことにふさなかくおもしろきを、まらうとの御さかつきにとりくはへてなやむに、うちのおと、、「ふちのうらはに」と、すしたまひて、

むらさきにかことはかけんふちのはなまつよりすきてうれたけれとも

宰相さかつきをもちてしき《（けしきカ）》はかり、はいしたてまつり給さま、いとよし。宰相中将、

いくかへりつゆけきはるをすくしきてはなのひもとくをりにあふらん

「御この頭中将に」と、のたまへは、

たをやめのそてにまかへるふちの花みるひとからやいろもまさらん

宰相中将はほけ〳〵しきて《（まてカ）》おもひわたり給へとも、さとてひとはわか、たさまにはとおほしを《（おほし、カ）》、女かたさまよりまけて、よろつにかしつきいれられぬれは、思ことなくうれし。女きみ、みきこゆるにつけても、ゆめのやうにおほゆ。「弁の少将《ノカリトイヒシ人也》す、みいたしつる、あしかきのをもむきには、み、と、めたまひつれ」と、宰相との、、たまへは、女い《クモ井》とき、にくしとおほして、

あさきなをいひなかしつるかはくちはいか、もらし、せきのあし《へらイ》かき

すこしうちわらひて、宰相のきみ、

もりにけるくきたのせきをかはくちのあさきにのみはおほせさらなん

宰相のきみ、あしたの御ふみ、「かゝせ《(つきせカ)》さりつる御けしきに、なか〳〵おもひしらるゝことのほと、たへぬこゝろに又きゑぬころとなん。

とかむなよしのひにしほるてもたゆみけふあらはるゝそてのしつくを」

まつりの近衛つかひは、頭中将そしける。宰相中将いてたつところに、おはしたり。うちとけあはれをかはし給ふるなかなれは、うらやむことなくさたまり給ぬるも、たゝならすおもひけり。宰相、

なにとかやけふのかさしよかつみつゝおほめくまてもなりにけるかな

かものまつりの女つかひに、これみつかむすめ、ないしのすけわたりけり。そのいてたつところに、ともあり。中将カシハキ、

かさしてもかつたとらるゝくさのなはかつらをおりしひとやしるらん

「はかせならては」と、きこえたり。宰相中将、中納言になり給ぬ。きくのはなのおもしろくうつろひたるをみ給て、うへのめのとに中納言ユフキリ、

あさみとりわかはのきくをつゆにてもこきむらさきのいろとかけきや

「つらかりしことはこそ、わすられね」と、ほゝえみての給へははつかしうて、めのと、

ふたはよりこたかき《なたゝる》その、きくなれはあさきいろわくつゆもなかりき

中納言はうへくして、うはきたのかたのをはせし六条とのにわたりてをはす。あれたるところつくろはせ、やりみつかきやりなとし給へり。との、うへ、ふたりをひいてたまひしをり思いて、ゝ、ふたところなかめて中納言、

なれこそはいわもるあるしみし人のゆくへはしるやゝとのまし水

女きみ、

なき人のかけたにみえぬ《す》つれなくてこゝろをやれるいさらゐのみつ

中納言、うへくして三条にをはするほとに、うへのちゝのうちのをとゝ、わたりたまひて、御てならひのうたともを見たまひて、おとゝ《カシハキノチ》、、

そのかみのをひきはむへもくちぬらんうへしこまつもこけをひにけり

中納言さいしやうのめのと、つらかりしこゝろはへもわすれねと、したりかほにかく、

いつれをもかけとそたのむふたはよりねさしかはせるまつのすゑ〳〵

十月廿日あまりのほとに、六条院《源氏》に行幸あり。朱雀院も御幸あり。あるしの院なに事をして御覧せさせむと、めつらしきみゆきをまちよろこひたまふに、「かく所の人めせ」とのたまふ。人にはにす、なまめかしきほとに、うへのわらわへに、まいつかうまつる。すさく院のもみちのかなと、れいのふることゝもおほしいてたるに、おほきおとゝ《致仕ナリ、ムカシノコ》の御この十《シウトノ中将》はかりなる、せちにおもしろくまふに、御かと御衣たまふに、おとゝをくりて《(をりてカ)》ふたうしたまふ。あるしの院、きくをゝらせ給ふに、せいかいはのをりおほしいてゝ、あるしの院源氏、

いろまさるまかきのきくもをり〳〵にそてうちかけしあきをこふらし

御かへし、おとゝ致仕、

むらさきの雲にまかへるきくの花にこりなきよのほしかとそみる

朱雀院御製、

あきをへてしくれふりゆく《ぬ》《るイ》さと人もかゝるもみちのおりをこそみね

御かと冷泉、

よのつねのもみちとやみるいにしへのためしにしける《ひイ》にはのにしきを

廿　わかな

すさく《女二宮ナリ》院の女三宮御もきのこと、いかめしうおほしをきてたり。その日になりて中宮より御さうそく、、しのはこ、心ことに、てうせさせ給て、かのむかしの御くしあけの、ゆへあるさまにあらためて、なかに、

　さしなからむかしをいまにつたふれはたまのをくしそかみさひにける

院あはれに御覧しつけて、おほしいつることやありけん。

　さしつきにみるものにもかよろつよをつけのをくしのかみさふるまて

源氏の院よそけになり給に、ひけくろの大将のうへのないしのかみ、正月十三日ねの日にあたりたるに賀し給に、わかきみ二人ひきくしてまいりたまひて、

　わかはさす野へのこまつをひきつれてもとのいはねをいのるけふかな

御かへし、かはらけとり給て源氏の院、

　こまつはらすゑのよはいにひかれてやのへのわかなもとしをつむへき

朱雀院のひめみや、六条院の御あつかりになり給にちと《(ママ)》そきこえさせたまへるほと、いとめてたし。三日まではよかれあるましきを、院はいとわりなけにおほしたり。むらさきのうへにより、われなから、かくうけとりきこえん事こゝろつきなくおほす。御すゝりひきよせ給て、むらさきのうへ、

　めにちかくうつれはかはるよのなかをゆくすゑとをくたのみけるかな

まことならねと、けにとおほさるゝ。ことわりにて院、

　いのちこそたゆともたえめさためなきよのつねならぬなかのちきりを

四日といふよは、むらさきのうへの御かたに院をはしまして、つとめて、かの御かたにたてまつり給。

　なかみちをへたつるまて《ほと》はなけれともこゝろみたるゝけさのあはゆき

むめにつけたまへり。御かへし、
　はかなくてうはのそらにそきえぬへきかせにたゝよふはるのあはゆき
むらさきのうへに朱雀院の御ふみあり。「おさなきひとの、こゝろなき御ことにてものし給らむを、うしろみたつねおほすへきゆへもや侍らむ」とて、すさく院、
　そむきにしこのよにのこる心こそいるやまみちのほたしなりけれ
「やみをえはるけてきこゆる、をこかましう」とあり。御かへし、むらさきのうへ、
　そむくよのうしろめたくはさりかたきほたしをしゐてかけなはなれそ
すさく院、かくて山てらにいりをはしぬれは、女御たちなとのわかれたまふも、いとこゝろほそくてゐたまへるところに、六条院いたくけさうしてわたりたまへり。むかしいまのものかたり、あはれなとは、かきつくすへうもなし。このなかされたまひにしほとのことなと、いまはをとなしくきこえ給にしを、かくてのみやはと、ひきうこかして、
　とし月をなかにへたてゝあふさかのさもせきかたくをつるなみたか
女、
　なみたのみせきとめかたきしみつにてゆきあふみちははやくたえにき
そのよのなかのあはれは、すへてをろかならさりけんかし。院あかつきいてたまはんとて、えもいはすさきかゝりたるふちの花を、をらせたまひて、源しのゐむ、
　しつみしもわすれぬものをこりすまにみもなけつへきやとのふちなみ
かへし、ないしのかみ、
　みをなけんふちもまことのふちならはかけしやさらにこりすまのなみ
むらさきのうへ、かくふるきことをもとりかへし、またこのひめみやなとの御ことも、わくるさまなるを、ものなけ

かしうなにとなくおほされて、御てならひにむらさきのうへ、

みにちかく秋やきぬらんみるまゝにあをはの山もうつろひにけり

御めと、め給て、源氏の院、

みつとりのあをはゝいろもかはらぬをはきのしたはそけしきことなる

ことにふれて、ものなけかしけなる御けはひのもれいつるを、をとなしうもてなしたまふを、ありかたくおほす。あかしのひめきみは女御にまいり給て、淑景舎とこそは申めれ。人すくなゝるに、うはのあまきみ、いとちかくまいりよりて、むかしのものかたり、むまれたまひしさまのはかなかりし、またかのにうたうの、いまたいきて侍ことなときこえて、しくれゐたり。はゝうへまいりたまひて、「あな、みくるし。かたはらいた」と、めくはすれと、きかす。

あまきみ、

をひのなみかひある《へう》そらにたちいてゝしほたるゝあまをたれかとかめん

御すゝりなるかみに女御、

しほたるゝあまをなみちのしるへにてたつねもみはやはまのとまやを

あかしの御かた、えしのひあえたまはて、

よをすてゝあかしのうらにすむ人もこゝろのやみははるけしもせし

はことり

きりつほの女御《アカシノ中宮ナリ》、おとこ宮うみたてまつり給へるよしを、あかしのにうたう、ほのかにきゝて、御かたのもとに、むかしのゆめ、くわむはたしたまふへきよしなと申て、「ふかきやまに、こもりなん」と申つゝ、

ひかりいてんあかつきちかくなりにけりいまそみしよのゆめかたりする

六条院に大将《ユフキリ》、うゑもん《カシハキ》のかみなとまいりて、あそひし給ついてに、ねこのつなのなかきにか、みすをひきあけたるより、女三宮をほのかにみたてまつりて、かへりいつるくるまに、大将うゑもんのかみのりて、宮の御ことをなを、いはまほしさに、うゑもんのかみ、

いかなれははなにこつたふうくひすのさくらをわきてねくらとはせぬ

大将、「あちきなのものあつかひや」とて、

みやま木にねくらさため《むる》やはことりもいかてかはなのいろにあくへき

ねこのつなのゆかりに見たてまつりてのち、ひとしれぬこゝろしのひかたくて、こしゝうのきみのかり、つかはしける。

よそにみてをらぬなけきはしけれともなこりこひしき花のゆふかけ

とあれと、侍従、「たゝ、よのつねのなかめにてこそは」と思て、「みすもあらぬやいかに。かけ〳〵し」とかきたり。かへし、

いまさらにいろにないてそやまさくらをよはぬえたにこゝろかけきと

わかなの下

うゑもんのかみ、ねこのなつかしさもひとやりならて、東宮《朱雀院皇子》、女三宮の御せうとにおはしませは、ねこをけうせさせ給へは、きりつほの女御との、御ゆかりにめして、けふせさせ給を、うゑもんのかみ申あつかりて、ともすれはきぬのすそにまとはして、ねう〳〵といふもうたてくて、うゑもんのかみ、

こひわふる人のかたみとてならせはなれよなにとてなくねなるらん

むかしの願はたしにひきつれて、すみよしにまうてたまへるに、おほしいつることおほくて、源氏の院、

たれかまたこゝろをしりてすみよしのかみよをへたるまつにことゝふ

かへし、あかしのうへ、

すみのえをいけるかひあるなきさとはとしふるあまもけふやしるらん

あまきみ、しのひて、

むかしこそまつわすられねすみよしのかみのしるしをみるにつけても

と、ひとりこちけり。むらさきのうへ、みならひ給はぬところなれは、いとめつらかにおもしろしとおほして、

すみよしのまつによふかくおくしもはかみのかけたるゆふたすき《かつらイ》かも

たかむらのあそむの、ひらのやまさへいひけれは、まつりのこゝろうけたまふにやと、いよ〳〵たのもしうなん。女御きみ、

神人《かみひと》のてにとりもたるさかきはにゆふかけそふるふかきよのしも

中つかさ、

はふりこかゆふうちはらひをくしもはけにいちしるきかみのしるしか

このうたを女御のとも

もろかつら

うゐもんのかみ、権中納言になり給にしそかし。のちも、ねこのつなのみ思たへせす、しのひかたくて、小侍従をかたらひて、源氏の院にをはするほとに、女三宮にたいめんしたまひて、あかつきいて給とて、《カシワキ》

をきてゆくそらに《も》しられぬあけくれにいつくのつゆのかゝるそてなり

かへし女三宮朱雀院皇子、

あけくれのそらにうきみはきえなゝんゆめなりけりとみてもやむへく

うゐもんのかみ、かへりてつく〳〵と心ちさへあしく、なかめふしたり。わらはのあふひをもちたるを見て、ゐもんのかみ、

　くやしくそつみをかしけるあふひくさかみのゆるせるかさしならぬに

わかうゐ宮を、みたまひて、

　もろかつらをちはをなに、ひろひけんなはむつましきかさしなれとも

むらさきのうへ、れいならて、たえいりたまひにけり。えならぬけんさとも、「さりとも御物、けならむ」とて、かしらより、くろけふりをたて、、いのりたてまつるけにや、ちいさきわらはに、ものうつりての、しる。「人のけて源氏の院に、もの申さむ」と申せは、き、給に、れいのみやす所なりけり。さらにしむし給はて、「しるし見せよ」とありけれは、申ける。

　わか身こそあらぬさまなれそれなからそらおほえ《れ》する君はきみなり

すこしをこたり給へる御いとま、ひまあるこ、ちして、せむさいつくろはせ、いけはらはせなとして、見いたし給へは、いけのはちすのつゆす、しけなるを、「これ見たまへ」と申給へは、むらさきのうへ、

　きえとまるほとやはふへきたまさかにはちすのつゆのか、るはかりを

かへし源氏院、

　ちきりをかんこのよならてもはちすはにたまゐるつゆの心へたつな

よろしう見へ給へは、ひめみやのをはするところにわたりたまへり。かへりたまはんとするに、女宮、「月まちて」との給さまのこ、ろくるしけに、たちとまり給。女、

　ゆふつゆにそてぬらせとやひくらしのなくをきく〳〵をきてゆくらん

かたなりなるさまに、をきての給さま、いと〳〵をしけれは、うちなけきたまひて院、

まつさともいかゝきくらんかた〳〵に心まとは《さはかイ》すひくらしのこゑ

かのすさくゐむのないしのかみ、あまになり給と、きこえ給て院、

あまのよをよそにきかめやすまのうらにもしをたれしもたれならなくに

かへし、ないしのかみ、

あまふねにいかゝはおもひをくれけんあかしのうらにあ《いイ》さりせしきみ

廿一　かしわき

うゐもんのかみ、ふかくになりて、ひめ宮に御ふみまいらす。いとしのひてくるしけれは、思こともかきさして、

いまはとてもえんけふりもむすほゝれたえぬおもひのなをやのこらん

ひめ宮御かへし、

たちそひてきえやしなましうきことをおもひみたるゝけふりくらへに

「をくるへうやは」とあるを、いかてかは、なのめにはおもひたまはん。ゑもんのかみ、またきこえさす。くるしさに、ことはもつゝかす、とりのあとのやうにて、

ゆくゑなきそらのけふりとなりぬともおもふあたりをたちははなれし

女三宮のうみたまへるわかきみは、ゑもんのかみの御こそかし。源氏院、しとねのしたのふみ、みつけ給てのちは、こゝろのうちにのみ、しのひ給て、ほにいたし給はぬにつけても、この宮をいたき給て、女三宮にきこえさせ給。

たかよにかたねへは《をイ》まきしと人とはゝいかゝいはねのまつはこたえん

こゑもんのかみのとふらひに、一条のみやにまいりたまひて、はかなきことなと申かはしたまひて、いて給に、さくらの花のおもしろきを見て大将、

ときしあれはかはらぬいろににほひけりかたへかれにしやとのさくらも

かへし、みやすところウエモムノカミノシウトメナリ、

このはるはやなきのめにそたまはぬくさきちるはなのゆくゑしらねは

大将《ユフキリ》、うゑもんのかみのて丶のをと丶の御もとに、このありつるみやすところの御うたをもてまいりて、みせたてまつり給。おほしなけくこと、かきりなし。このおと丶、た丶うかみのはしに、

このしたのしつくにぬれてさかさまにかすみのころもきたるはるかな

大将、

なき人もおもはさりけんうちすて丶ゆふへのかすみきみきたれとは

弁のきみといふ人、

うらめしやかすみのころもたれきよとはるよりさきにはなのちりけん

大将のきみ、かの一条の宮に、つねにまいり給。ことなきにしもあらぬにや、かしわきとかへてと、ものよりことに、わかやかなるか、えたさしかはしたるを、「いかなるちきりにか」なとのたまひて、しのひやかに少将のきみといふにさしよりて大将、

ことならはならしのやと《えた》にならさなんはもりのかみもゆるしありやと《へきイ》

少将のきみ、

かしはきの《に》はもりのかみは《まさ》ゆるすとも人ならすへきやとのしつ《へこすイ》えか

廿二　よこふゑ

朱雀院には入道にて、ふかき山におはします。ところにつけたる、たかうな、ところなと、六条院の御あつかひのひ

め宮にたてまつり給。「ふかきこゝろに、ほりいてたる、しるしはかりになん」とて院、
　よをはな《わか》れいりへなん《にしイ》みちにを《へは》くるともおなしところを君は《へもイ》たつねよ
「いと、かたきわさになん」ときこえ給へは、ひめ宮の御かへし、
　うきよにはあらぬところのゆかしくてそむくやまちにおもひこそいれ
たてまつりたまへるたかうな、このむまれたまへりしわかきみは、とりちらし、くひかなくりたまへは、六条院は、
「いと、ねちけたるわさかな」とて、
　うきふしを《へもイ》わすれすなからくれたけのこはすてかたきものにそありける
大将のきみ、一条宮にまいり給へり。ことを、いとをかしうひきたまひて、ゐたまへりけるに、大将まいりあひて、ひわをいとおかしうひきあはせたり。ひきやませ給えるを、せちにそゝのかしきこゆれは、たゝものをのみ、あはれとおほしたり。大将、
　ことにいてゝいはぬもいふにまさるとはひとにはちたるけしきに《を》そみる
たゝすゑつかたを、すこしひき給て、ゑもんのかみのうへ、
　ふかきよのあはれはかりはきゝわけとことよりほかに《はイ》えやはいひける
は、みやすところ、かく露ふかきところを、つねにわけいらせ給ふとて、昔ひとのもてならしたまへるふゑを、たてまつり給ふとて、みやすところ、
　つゆふか《へしけイ》きむくらのやとにいにしへのあきにかはらぬむしのこゑかな
大将、
　よこふゑのしらへはことにかはらぬをむなしくなりしねこそつきせね
大将かへりたまひても、このふえをふきすまして、ふしたまへるゆめに、こうゑもんのかみ、このふゑをとりてかく

いふ。

ふゐたけにふきよる夜の風《へ風のことイ》ならはすゐのよなかきねにつたえなん

「思事ことに侍き」といふ。ひめ宮の御はらにむまれたまへる、わかきみの御ことにや。

廿三　すゝむし

入道《女三宮》ひめ宮、くとくつくり給。源氏の院、

はちすはをおなしうてなとちきりおきてつゆのわかるゝけふそかなしき

かへし宮、

へたてなくはちすのやとをちきりても君かこゝろやすましとすらん

御かたに、すゝむしのいとおかしうなけは、院も、「をかしきもの、こゑかな」との給を、

おほかたのあきをはうしとしりにしをふりすてかたきすゝむしのこゑ

「いかに。おもひのほかなる御ことにこそ」とて院、

こゝろへ《しイ》もてくさのいほり《へやとりをイ》はいとへともなをすゝむしのこゑそふりせぬ

八月十五夜、人々、源氏の院にまいり給て、あそひたまふに、すゝむしのつねよりもこゑまさりたれは、「こよひは、すゝむしの宴せん」とさためられたるに、大将おはすときゝて、冷泉院、

くものうゑをかけはなれたるすみかにもものわすれせぬあきのよの月

にはかなるやうなれは、とまりたまはん。六条院、

月かけはおなしくもゐにみえなからわかやとからのとき《あ》そかはれる

2　園田学園女子大学図書館吉永文庫蔵『源氏秘事聞書』（翻刻）

凡　例

一、翻刻は原文のままを原則とし、誤字・脱字・当て字・仮名遣い等も底本の通りにしたが、読解や印刷の便宜を考慮して次の操作を行った。

1　適宜、段落を設けた。また和歌の後は、改行した。

2　底本の旧漢字・異体字・略体は、通常の字体に改めた。

3　句読点を付け、会話と心内語は「　」で括った。なお底本には一箇所だけ濁点を表す符号が薄雲の巻にあるが、形態も位置も現在用いる濁点記号と同じであるので、「だび」と翻刻した。

4　登場人物の詠歌には末尾に（　）を付け、その中に『源氏物語大成　校異篇』の頁と行数を記した。また引歌の場合は出典の歌集名などを『新編国歌大観』により、末尾の（　）内に記した。

5　明らかに誤写と思われる箇所には、右側行間に（ママ）と記すか、あるいは推定した文字を（　カ）の中に入れた。

6　固有名詞など特殊な語句には、右傍らの（　）内に漢字を付けた。なお二通りの解釈が考えられる場合は、両方とも記した。

源氏秘事聞書

抑是を習ふにはまつ氏を心得る也。其氏とは源平藤橘の四を初として八十氏あれ共、其中には大中臣氏冣(最カ)初也。是天照大神の氏にておはす也。此氏を名乗し人は淡海公御親父、大織冠鎌足の大臣也。是氏の初也。淡海公は藤原の棟梁也。如何、何比より藤原氏に移り給そ。大中臣氏にておはせしか、天智天皇と大友の王子と位を論ひ給し時、大織冠、天智天皇のかたをなされ代をもたせ申されし忠せつにより、藤原の姫宮と申姫宮給り玉ひしより大中臣氏を改て藤原と名乗給ふ也。是、藤原氏の初也。又天智天皇の御子に葛城の親王と申、橘の性(ママ)を給り玉ひし、是橘の諸恵(ママ)卿の御親父也。是、橘氏の初也。其後、桓武天皇の王子葛原の親王、平氏の性を給也。是、平氏の初也、其後、嵯峨の天皇十二人の王子をもち源氏の初也。其後、清和天皇の王子貞康(純イ)の親王源氏の性を給玉ふ。是を清和源氏と申。其後、光孝天皇の王子、宇多天皇と申せし初也。源氏の性を給玉ふ後に即位し宇多の天皇と申。是を宇多源氏と云也。是を一代源氏共申也。二代共つかせ給はすして即位し給ふ故に一代源氏と也。其後、村上天皇に具平親王と申王子おはす。源氏の性を給玉ふ。是を具平源氏と申。今の久我殿也。又きりつほの天皇に光明后と申王子おはす。源氏の性を給玉ふ。今の光源氏の御子也。是迄か源氏の性を給玉ふ人、卅六人也。

問云此光明后は何とて源氏の性を給玉ふぞ。答云きりつほの天皇に王子おはす。一の宮をは朱雀院、二宮を光明后と申。然に一宮はこうきてんの女御、一の后の御腹也。扨、光明后はやすむろの大納言の御姫に三位の更衣と申かういの腹也。此かうい源氏の三才の時死給ふ程に、きりつほのこうきてんの女御に「此王子を養子にしてそたてきせ(ママ)給へ」と仰られける程に、女御「御てふあひ(寵愛)なれは定て位をつかせ給はん程に」と仰られにくみそねみ給し時、天皇「位をは一の宮にゆつるへし。二の宮にはゆつるへからす。猶も不審ならは此二宮には源氏の性を給て養給へ」と被仰ける程に女御とりて養育し給し。光源氏とそ申ける。高麗人のトにも「代をもち給は丶能も有まし。うしろみには、すきさせ給ふ」と申せし程に、是をもつて源氏の性をたひ、た丶人になし給ふ也。光と申事は身か光らせ給へはとて光源氏と高麗人付申也。

尋云かやうに王子達に氏をたふ事如何。答云王子多く出来給へは位を論て天下の乱と成故に、それ〳〵の性を参らせ只人になし申さるれは、はや位の望なき故也。本帖にうた《（宇多）》の御禁と云は何事そや。高麗人のさうにんのこえたるを内裏へめされて此源氏をトはせられんと、きりつほの天皇被仰候を、うたの御いましめに他国の者を内裏の内へ入給ふへからすとて、鴻臚官《（マヽ）》とて東寺の西に四塚のあたりにたて丶、それにて他国の者に対面有と云事也。去間、天皇かれへ御出あつて、みすの内におはしまして四人出してそうしさせ給ふ。一には光明后、二には天真后、三には管《（マヽ）》丞相、四には点へい《（時平カ）》のおと丶也。先天皇の御こゑを聞奉て、こま人「是はよのぬしにて御入候よ」と申。扨管丞相をは「是は人にむしつを云かけられ給てあしかるへし」。光をは「代を持せ給ひては悪し。うしろ見にはかたせ玉ひ候」と申四人也。少もちかはすそうし申ける。

尋云紫式部、此物語を作事端如何。答云村上天皇の姫宮にせいし内親王と申人おはす。有日の雨中のつれ〳〵に一条の后上東門院の女御へ、「何と云珍き物語か御座すかし。給れ」と申させ給ふ時、女御紫式部をめし、「かくのことく所望あれは何と云珍き物語か候そ」と御尋有。紫式部申けるは、「いはや・おちくほ・たけとりなんとこそ候へとも、是等も珍しからす候。何にても候へ、初て作り出して参せ給へ」と申時、女御、「扨汝は作へきか」と問給ふ所に、「勅に候は、何にても候へ作り奉ん」と申。「さらは作候へ」と勅を承り、石山へ参籠して祈念する時、かの都良香の竹生嶋「三千世界は眼前に有」と云上句を作給へは、宮の内より「十二因縁は心の内に尽ぬ」と云下の句をつき給ふ。是を思ひ出して近江の水うみを詠。扨此詩をふまへ所にして此物語を作る。是則、法花経也。「三千世界は眼の前に有」とは一念三千三千念のいと《（マヽ）》〳〵扨「十二因縁は心の内に尽ぬ」は煩悩菩提のさんとう《（三道）》則さんとく《（三徳、三毒）》ひさう《（非常、秘蔵）》のめうり《（冥理）》

とていたつ（已達）する心也。

本帖を廿八巻になす事は廿八品をひやうしそへ、ならひ共に六十巻になす事は能尺の三ほん六十巻をひやう（表）する也。六十巻となす事は、其此の人の定命六十也。是をひやうす。然に不定して五十余巻となす事は、六十定命とはいへとも六十迄生る事は是なし。不定事をあらはして不定五十余巻になす也。態不定也。

尋云此源氏物語は誠に有事か、なき事か。有てなき事也。なくて有事如何。答云有事のなき事、有て無、なくて有事と習也。是則、法花経のさんとく（三徳、讃徳）のいとく（威徳）也。有事は仮とく、なき事はくうとく、無て有事、有てなき事は有にもあらす、なきにもあらす、ちうたう（中道）のいとく也。是煩悩即菩提の法花経のたひ（体、題）とならふ也。

尋云巻の初にきりつほの巻を置事如何。答云せんたい（全体）法花経成故也。其故はきりつほとは、彼天笠の飯王の桐のはの御てんをうつし給ふ。此御てんをは、たらえう（多羅葉）のほんのほけきやうをこめ給ふ。ほつけさんまい（法華三昧）をおこなひ給ふたう（道場）ちやう也。是をうつして日本には桐つほと申也。何として、きりのはのいゐに法花経を置せ給ふぞ。是桐の木は百の木の王成によつて、梧桐にあらすむはやとらす、竹のみにあらすんは食せすと云て、諸鳥の王たるはうわう（鳳凰）鳥、此木にすむ也。然間、井を掘て井の本に桐の木をうへぬる事は、いはれ有。ちんてう（鴆鳥）と云へる井の中へ飛入て、うを、取ふくす。是はとく（毒）鳥なる故に此かけのうつる水をのみては惣（ママ）故に、ほうわうすむ桐の木を井のもとにうへつれは是にをそれて、ちんてうか不来故也。去程に此桐のはのいゐに、諸経の王たる法花経をこめて置給也。かくのことくのさたまても源氏と云は、せんたい法花経なりといふ事をあらはしとして、初に桐つほの巻ををく也。されは、よの巻には其いはれをいたすか、此桐つほの巻に何のいはれと云事はなし。只此心也。日本にも桐の木をうへ給ふ事は、ほうわうすま（住）せんためなれ共、此国に鳳凰なけれは禁中を鳳闕と名付る也。此心を枯月（招月カ）の歌に、

ちらせなを見ぬ唐の鳥もゐす桐のはわくる秋の三ヶ月（畠山匠作亭詩歌、一四、釈正徹）

此心也。

尋云此物語の初に「いつれの御時にか有けん」と云心、如何。答云そう(総)しての時は、いさなき・いさなみの両神あす(ママ)のうきはし(浮橋)のしたにして、陰陽のまくはいを初給しより今に至迄成へし。されは此物語の初・をはりをく丶る時、いちのすゑに夢のうきはしとかきやめたり。是、天の浮橋と同事也。是は惣しての事、され共別而の時はいつれを書そと云に、大上天皇、桐つほの天皇の事、村上の天皇、れいせい院、きんしやう(今上)、くわさん(花山)、此五六代の事をさして「いつれの時に」と云也。是をいつれの時にてもあれ一代をさしてあらは、きよく有へからす。をほ〱と「いつれの御時にか有けん」とかく所にて此物語のたくみなる事あらはる丶也。されは物のはつてう(発帖)の句の大事なる事也。こ(古今)きんのしよ(書、初)に貫之か「大和歌はあめつちひらけしより」とをく。へいけ(平家)のしよに「それきおんしやうしや(祇園精舎)のかねのこゑは」と置。かものちやうめい(鴨長明)かはうちやうのき(方丈記)と云物のしよに「行水のなかれはたゑすして、もとの水にあらす」とをく。是ちやうめいか詞也。けいかい(桂海)いか秋の夜のなか物語のしよに「それ春の花のしゆとう(樹頭)にひらくは、しやうく(上求菩提)ほたいをひやうし、秋の月のすいてい(水底)にくたるは、け丶しゆしやう(下化衆生)をあらはす」と云り。此詞は、かの物語のしよには出しことくそ申つたへ候へ。扨今の源氏のはつてうのくに「いつれの御時にか有けん」とをくは、誠に紫式部たくみなるめいけん(名言)のはつてうの句と申也。

つたへて云、ほけきやうのちよ(序)に「によせかもん(如是我聞)」とをく。如是とはしよもん(初門)のてい、かもん(我聞)とはき丶たもつの人也。如是とはしよもんのてい、しよもんのていとは、しまつ(始末)一きやう、しよもんたるていとて、によせ(如是)と云は一部かこと〱くこもる也。其ことく此物語のしよに「いつれの御時にか有けん」と云も、源氏一部かこもる也。別而の時はかみの五六代の事也。つたゆるによせ(如是)の事、女の口よりいつるひのした人と読也。女の口より出る人とは誰そ。天照大神の御事也。ゆへは、いさなみの口より生れ給ふ故也。又めてたしと云時は、目より出給ふと云き(義)も有。又如是とは女のおさめたる、ひのした人共云り。日本は女のおさめたる国なる故に天照大神の国也。扨如是とは、せんたい法花経なれは日本せんたいほけきやうとならふ也。扨此物語と云か女の事也。其故は初にはきりつほと云女の事、終に夢のうき橋と云又女の事也。扨又法花経のせんたいか十によせ《(如是)》にて女の女《(ママ)》の事也。諸法実相と云ほとに此物語は、こと〳〵く法花経とならふ也。

「いつれの御時に」と云は、別而は桐つほの天皇の事也。時めき給ふにはあらすと云は、本の后におはさす。扨誰そといふ時、やすむろの大納言の御姫三位のかういと申。是を天皇しあひ《(慈愛)》あつて桐つほにをき奉給へは、きりつほのかういと申。是にうちそひおはせは、きみを桐つほの天皇と申也。然間女御かういたちも是をねたみ給ひて色々のさはりをなし玉ふ。其みちめんらう《(面廊)》なとにいはら《(茨)》を丶き、ふしやう《(不浄)》なとを置てあたみ給しか共、かういは少もおとろかすおこらす、いつものことくにおはせしかは天皇いよ〳〵てうあいまさり、「よの鏡にてこそ御入候へ」と被仰ける。此御腹に王子おはす。玉をのへたることくの王子にておはします。弥々女御たちそねみ、しゆそ《(呪咀)》をし給ふにやよりけん。かうい御いれい《(違例)》あり。色々のいりやう《(医療)》ありけれ共おもれ給ひて、とりもなをさすし給へは、かうい天皇へ御いとま申、「わたくし所へ行て養生せん」と申玉ふ。「かなふへからす。たゝ内裏にて養生候へ」と被仰しか共、しきりに御中候しかは、「さらは」と、てくるま《(輦車)》のせんし《(宣旨)》給りて内裏を出させ給ひて和所《(私カ)》へ出給ふ時の君の御歌、

　限りとてわかるゝ道のかなしきにいかまほしきは命成けり（九3）

扨終に源氏三才の時かういは、むなしく成給ふ。桐つほの天皇の御かなしみ申斗なし。其後かういの母のかたへ君より御弔のために御歌有。めうふを御使として、

　宮城野の露けき《(ママ)》結ふ風の音にこはきかもとを思ひこそやれ（一三5）

と読遣し給ふ。うは《(祖母)》の御返歌に、

　あらき風ふせきしかけのかれしより小萩かうへそしつ心なき（一六11）

かくのことく、かういうせ給へは君の御歎は申に及す。よのかうい女御もなけき給ひ、いか程ねたみそねみ奉りしかとも、終に一度めの色を見せ給ぬ、是程のうつくしき人はおはさすとて、

有程は有のすさひににくかりきなきこそ人は恋しかりけれ（古今六帖、第五、物語、二八〇五）

と本歌をひきて歎給ふ。

かくて日数の立につけても天皇弥悲しみ給ひて、玄宗皇帝の楊貴妃にわかれての悲しみの事迄も思召合するまゝ、玄宗皇帝は方士と云仙術の臣下を持給しによりて楊貴妃の跡を尋させ行衛をも聞給ふ。我はさやうの臣もなければ尋さする事もなしとて、

尋行まほろしもかなつてにても玉の有かをそことしるへし（一七7）

とあそはす也。然間、更衣の御母へ色々の御弔有ける御歌に、我歎のやうなんと、あそはしをくらるゝ。

雲の上も涙に曇る秋の月いかにすむらんあさちふの宿（一八4）

歎の御余に「ふるき枕」なとのやうなる物迄も、なつかしう御覧して、猶思ひ増り給ひける。

漸物いみを過給へは若君をは、うはの御里より君つれ奉りむふ《（むかふカ）》。おなしく姥君つれ奉参給ふを天皇いたき奉り、こうきてんの女御の御方へおはし給て、「是をやしなひそたて給へ」と仰らるゝ。「かみのことく、さやうならは」とて、子細なく請取養育有し也。

然共天皇の御歎やまさりけれは、爰に前帝の姫宮に十四歳に成給ふ、かゝやくひのみやと申。是こそ少もちかはす、者し給ふ。かういの御かほはせ姿心はせまても、ちかひ給はねは、「是を入奉慰め奉らん」と申。「然へし」とて内裏へ入奉り、藤つほに置奉る故に藤つほの宮と申也。是へ常に御入あつて、なくさみ給ひける。此宮を後には薄雲の女御とそ申ける。此宮の事すゑに有。

其後源氏七歳に成給ふ時、初て入学手習いなんとさせ奉玉ふ。是天唐《（マヽ）》の徳にて上は六才、中おとつて七才にて入学有。是論語の初にも、「学して時にならふ。よろこはしからすや《（立）》」と云心也。尋云習といふ字を、は《（羽）》の下に日を書謂、如何。答云是は、つはくらめか巣をかけて子をうみ、そたて、たゝふとする時、母か申やうは、「いま飛初てあらは、

はや万里をかけつてこゝらへ帰らん。いくらの海山を飛過ん大切也。去程に今羽つかひをならはては」とて、「母かせん」とはけひをつかふて見する。扨吉日をえらんて、つれて立なる故に、羽の下に日を書て習と読也。日を書事は、よき日をえらふ故也。又羽の下に白の字を書ても、ならふと読也。是は鷹は子をしゆるに鳥を取てきたつて、先《（嘴）》はしをつかみ其後、目をくちる也。觜をつかむ事は、つゝかれしため也。目をくしる事は、にかさしため也。如此して後あをのけになり、是は此やうに鳥をとれと云心也。あをのけになれは羽のうらか誠にしろし。是によつて羽の下に白の字をかひて習と用也。

其後源氏十二に成給ふ時、御元服うゐかふりし玉ふ。ゐほしおやは、ひきいれの大臣にておはす也。其時天皇、

　いとけなきはつもとゆひに万代を契る心は結ひこめつや（二六1）

と、あそはす也。扨爰にて源氏の性《（ママ）》を給り玉ひて、ひき入のむこに成て、ひきいれの大臣のもとに住せ玉ふ。是則あふひのうへの御事也。ひきいれの大臣の御子に、とうの中将と同源氏、学文なとし玉ひけり。

去程に藤つほの宮は御母のかういに、ようにさせ給ふとて、細々参り仰付給ふ程に契せ給ひて御子一人おはす。君は御存有た共申。又一向御存なくて、我子と思召候共申。両説也。すゐに有へし。

第二　はゝき木

此巻の心、如何。是は源氏のかたたかへと云事おはす。きのかみか所へ御入あり。紀伊守とは、いよの国司の子也。此所へ御入あれは内、琴引音聞ゆる故に、のそきて見給へは琴引女房は紀伊守かまゝ母、伊与介かめ也。いよのすけは伊与国へ下る留守也。此女房のねやに琴を引さして召仕ふ女房を「中将〳〵」とよふ。是を源氏「よつ」とこたへ、つつと御いり候所て女房驚きて、「いかなる事」と申。源氏、「我を御よひ候程に参候。我名をは中将と申候そ」と被《し》仰て《のひぃらせ給て》、夜更るまて御入あつて様々《くとき給へとき》の事共物語ありて「扨契ふ」と被仰を、女房、「我は男あれは中々かなふへからす」

となり。然共、頻におほせらるゝ程に、
　若狭なるのちせの山の後にまたかならすあはん今ならすとも（古今六帖、第二、国、一二七二）
と読て奉。然は力及ひ給はて源氏帰給ふ。然に此女房の弟に、こきみと云とうし《童子》有。このこきみ、源氏に身近くつかうまつる。是を源氏召て、「汝かあねは我に約束するむね有。あねの所へ我を同道せよ」とて、此こきみを案内者にして同車にめされて行給ふか、まつこきみミ《ママ》を先へふみを持《つかはし玉ふ歌》せ遣し折節、此女房はゆとの《湯殿》におりたり。弟のこきみ、ゆとのへつつと行て源氏の御ふみを出す。さて、「返しを給れ」とこふ。あね、しかる。しかれとも、「せひに返事を給れ」と云て、わらはへの事なく程にかなはて返事を申。源氏よりの御歌に、
　はゝき木の心もしらてその原や道にあやなく迷ひぬるかな（七八4）
と読遣し給ふ。是こきみかあね、おやかたなる故に、はゝき木とあそはす。女房の御返し、
　数ならぬふせやにおふるなのうさに有にもあらす消しかけろふ（七八6）
と返事奉る。此歌故に此巻を、はゝき木の巻と名付る也。此時も終になひき奉らさりけれは、むなしく帰給ふ。
　然共、源氏是を忘れ給はて其後、又こきみを同車させられて彼宿へゆき給ふて、こきみを内へ遣し我はつまとのわきにかくれ立給ひて、うちをのそかせ給へは、此女房まゝむすめのあると碁をうちてゐたり。是をつく〳〵と御覧すれは、まゝむすめはわかふて、みめはよけれとも、とこやらん、はしたなき所有。扨まゝ母は年もまし、みめもをとれとも、ゆゝしく人々しきものなれは、いよ〳〵心にかけおほしめしける。然にまゝむすめ碁のもくさん《目算》をするとてのやうは、「三そ四そ十《二十》とそはた」とよむを、まゝ母是を見て、「いよのゆけたも、かすへつくさん」なとそ申ける。心はいよの国には井つゝのけたをするに、本のを取のくる事なくて、もとのにしそへ〳〵する程に、五百卌九までも有と見えたり。されは数のおほき事には、いよのゆけたといひならす也。是を歌に読時は、
　いよのゆのゆけたはいくつ数《いさイ》しらすかすへすよます君そ知らん（風俗歌・伊予湯、体源抄・風俗、源氏物語奥入）

此歌の心をもつて云る。

去間、碁うちはてゝ、まゝ娘はうちへ入、まゝ母はそこにぬるとて娘を「爰にねよ」といへとも内へ入て、そはなる座にねにけり。然にこきみを内へ入てをき給へは、かきかね《（掛き金）》をはつしてをかせ、扨忍ひて源氏内へ忍ひ入給ふ。よそほひに驚き此女房きたる物をぬきすてゝにけにけり。是をは、しり給はて源氏ふし所へつつとより、いたき給へは、もぬけのきぬに取付玉ひて、「くせ事かな。にかしたるよ」とあきれ給ふ。然に又女房の思ひけるは、「しやうそくをぬかて、けしやくをぬきたる恥しや。あか《（垢）》なとの付たる物を見え奉らん。慥に取て帰給はん事のあさましや」とて、よみて参らせける歌に、

はつかしやいせほのあまのぬれ衣しほたれたりと人や見るらん（源氏釈。後撰集、恋三、七一八、伊尹、初句は「鈴鹿山」）

去程に源氏むなしく帰給ふへきか、こともなきにより、かたはらなるまゝ娘の方へ行給ふて、心の外に一夜の枕をならへ給ふ。其時の御歌、源氏、

ほのかにも軒端の萩《（ママ）》をむすはすは露のかことを何にかけまし（夕顔一四二11）

此歌故、軒端の萩と此女房を申也。此はゝき木の巻には、ならひ二つ有。うつせみ、夕かほ。

空蟬ならひ也

此うつせみの心は、さきのはゝき木の、ぬきをきたるきぬを源氏取て帰給て、あした返し遣し給ふとて、

空蟬の身をかへてけるこの本になをひとからのなつかしきかな（九四4）

と読て遣し給ふ。御返し、

うつせみのはにをく露のこかくれて忍々にぬるゝ袖かな（九五5）

是によつて此巻の名を空蟬と名付る也。

夕㒵ならひ也

是は源氏六条の御休所（ママ）へ行給ふ御ついてに、五条あたりに源氏のめのと候けるか、いれい（違例）せしを、「ついてに、とふらはゝや」と思召て、門に車を立させ給ふ。「かと、ひらき申さん」とて、かきを尋るに折節失ひけり。尋るやうの事、本帖に有。さてやう〳〵門をひらきけれは内へ入給ふて御覧して、「是程は思はぬ。能々いたはり養生せよ」と懇に仰られけれは、めのと申奉りけるは、「やみなる道も君の御光にて、まかるへけれ。かたしけなや」なと悦ひ奉ける。

かとにたゝすみ給ふ間に其あたりに、ひかきと云物しわたして、ゆふたる小家の垣に花の白く咲て有を、「あの白き花は何の花そ」と問せ給ひて、「取て来れ」と仰らる。御供に侍らひける御随身、内へ入て此花をおるとて、

うちわたすをちかた人に物まうさうそのそこに白くさけるは何の花そも（古今集、巻十九、一〇〇七、よみ人しらず）

「此花、一枝給れ」とこふ。是今のせんとう（旋頭）の歌也。然間、内よりゆゝしき女房一人出て、「是は情なからん花を」と云て扇にをひていたす。其扇に、

心あてにそれかとそ見る白露のひかりそへたる夕かほの花（一〇四8）

御返し、

折てこそそれか共見め誰かれにほの〳〵見えし花の夕かほ（一〇五8）

此歌故に此巻を夕かほと名付たり。扨はゝき木のならひにする事、さきの空蟬なんとの後の事成故也。

去間、後に又これみつに尋させ給ひて彼所へ行あひ給て、とまり給ふ。五条室町あたりなれは旅人共おほくつき馬

牛や小路に透もなく有て、或隣にうはそくとて山臥のみたけさうしとて、みろくとなふる童やなんとしてさはかしければ、源氏これみつをめして、「なにかしの古宮、河原の院そ類なるへし。かれへ行てあらん」と被仰、此女房を車にのせて河原の院へ行給て灯あかして、さけなんとのみ給ひ遊せ玉ふ。

良、夜更しかは大雨ふり、はた〳〵かみ《（雷）》なんとなつて、おそろしかりければ源氏、「これみつ〳〵」とよはせ給へ共、不参也ければ、則物のけ来つて此夕皃の上を取て行ぬ。かくて源氏おそろしく思召事、限なし。思はぬ事まて思ひ出し給ふとて実去事有。宇多の帝、御息所を是へつれ参給ふて遊ひ玉ひし時も、河原の左大臣の迷異《（ママ）》出て、あらめに見え奉りしを君、「ふてん《（普天）》の下、わうと《（王土）》にあらすと云事なし。そつと《（率土）》の民、王臣にあらすと云事なし。何者そ、なやまし奉るは」と被仰しに、迷異、「我は左大臣の異《（ママ）》也。我此所に年久住なれは寺をもたて、ほうしをもをこなはせ給て弔なんとはし給はて、かやうの見くるしき事は心得す」と申て奉りし。又貞信公の遊ひ給し時も、祟有し事をも思合す。「今うきめを見る事よ」と思ひつゝけ歎き給ふ。

夜明ければ、これみつ御所へ参る。源氏、「さもあれ夕への事、見てか」と御尋有。「いや」と申。「何として、しらぬそ。いつくへ行ける。これみつ〳〵とめせ共、いらへたに申さす何としけるそ」と被仰し時、これみつ、「御そはに候ハ《（いカ）》て、いつくへいつくへまからす」と申。「言語くせ事、此様におそろしき事とも有けり。夕顔の上うせさせ給ふ。尋奉れ」と被仰ければ、これみつ驚て尋奉る。その辺の木の下に、たまのかんさし、たんくわ《（丹花）》の唇も色うち替て死ておはしける。是をさて、いかに有へき事ならねは、これみつ、「此やうにしする人をは、かう仕候そ」とて、縄を取よせ莚にをしつゝみ奉り、からけて、われと東山とりへ野へもち行申。さて、はや源氏帰給しか、それよりわらはやみ、とくおこりと云事をさせ給けり。去程に秋の事なれは雨露に将束《（ママ）》もぬれ給て、しほれたるかたちにて帰玉ひけり。人ことの習とて女房たちなんと、「それにこり給へ」なんと、申て、わらひ申さる。

扨ゆふかほ、むなしく成給て三日と申せは、東山とりへのへ死姿見にとて行給ふ。是さうれい《（葬礼）》三日と云本文の心也。

如此はや其時さうし奉て、帰奉給て、東山の方を御覧して煙の立けるを、もの、哀におほしめしけり。
咲花にうつりしなをはつ、め共折て過うきけさの槿（夕顔一一〇7）是は其時の歌にはなし

第三　若紫

此源氏の巻の名付るに、其歌によりて付る名も有、所によりて付るなも有。然にきりつほの巻は所によつて付る也。扨は、き木・うつせみなんとは歌によつて付る名也。扨此若紫は女の司によつて付たる名也。しやうくわん（上官）の司也。此物語作る女房式部をも、此物語作る恩賞に紫の司を給り紫式部とは云也。殊に此若紫の巻をよく書故に、紫と云字を給る也。

尋る此巻の由来、如何。是は源氏、かみの夕かほの巻の時、河原のなにかしの院のおそろしさ、夕かほにおくれ給て物思、彼是により、わらはやみとて煩はせ玉ひ数々の事おはせしかは、北山のなにかしの僧都をせうし（請）、「いのりさせ参せん」とせうし給へ共、殊外、老躰にて参内申されさる間、源氏北山へおはします。なにかしとは鞍馬寺也。源氏鞍馬へ籠給て、かちさせさせ（ママ）給ふ。其時、上の山へのほらせ給て都のかたなと見わたし、ゆさんし給ふに、其山の麓を御覧すれは、「是はよし有所そ」と思しめす所に、又内より七八斗の姫の玉をのへたることくうつくしきか、雀子の放れたるをつていて、ゐぬこのくひ、たまつけたるを庭へいつ。源氏、「あらうつくしや。何もの、子にてか有らん。何共あれ都へ帰てあらは是を所望して、そたて、我物にせん」と思召て、とはせ給へは、かち申さる、そうつの又めい也。にかう（尼公）は坊主のいもうと也。「扨何とて鞍馬に、すまるそ」といへは、此姫の母にはなれて其いみ（忌）の間、鞍馬にいたり、去間、源氏かちし、おこりもおちけれは都へ帰給ふ。

又、彼にこう（尼公）も、きちう（忌中）あけて都へ上らる。其後源氏、此事を思召出して、都の宿をとはせ給へは五条あたり下京也。彼所へいらせ玉ひて物語なんとし、度々御出有けり。「此息女、所望したし」と思召共、「いまた幼少なれは、に

あはす」と思召。心ならす打過給ふに、有時かれへ御出御覧すれは、うつくしき小袖装束なと用意す。「是は何の用そ」と尋給へは、にこう、「あの姫のためにておはし候。親の方へよはれ候程に、扨かやうにしたて候」と有のまゝ申さるゝ時、「扨何比、御入候そ」と。「明日遣し候」と申。其時源氏、大におとろかせ給て、「扨ははや、やりたて、はかなふまし。取得まし。いかゝせん」と思召て、其儘取て車に打のせ、源氏の御私所、二条の東といふ、おはしましける其御所へ、いれさせ給ふ也。にこうも親も、「是はいかに」と申せとも、源氏のめさるゝ事なれは何といたすへき。力及すして、をき給ふ。其時の御歌、

いつしかもてにつみて見ん紫のねにかよひたるのへの若草（一八〇1）

手習ことなと、をしへ参らせ、我子のやうにそたて給間、彼若紫也。其後、みたい《（御台）》にそなはり給ひて紫の上と申也。

末摘花

此巻の謂は有女房、源氏へ参て物語のついてに、「爰に面白き、まれ人の渡り候。見せ申たふ候」と申。「誰そ」と問給へは、「ひたちの宮におくれ給て、今かん〱《（閑々）》の住居にて渡り候」とかたる。源氏ゆゝしく思ひて、「何か能はわたり有」ととひ給へは、「琴か上手にて御入候」と申。其時源氏、「今一くさや、うたてあらん」と仰らるゝ。心は琴上手ならは琴歌詩の三なる故に、詩のことは女房にて渡り有間なし共《（ママ）》うたも上手にてわたらん。さあらは女房なれは、ひとしなはあるましきほとに、きんかし《（琴歌詩）》の三つか、きんかとは、しの一つかかけ《（欠け）》うするやと云心をもつて、「今一くさや、うたてあらん」と仰せらるゝ也。

然間さきの物語申せし女房を案内者として、彼所へ忍行給てあれは琴の爪音きこゆ。「されはこそ」と思召て妻戸よりのそき給へは、きぬふか〱と引かつきて女房の、ことをひく爪音しんちやう《（尋常）》にゆうけん《（幽玄）》なりしかは、其夜の事はそこにとまり給て、女房のそはへより玉ふ。うつゝなこと云けれ共、契給ふ。

折節きはまり月の事成しかは、大雪ふりたりし朝なれは、遅くおきさせ給。朝ねをそし給ひけるを、これみつ参ておこし奉る。驚ておきさせ給ふとて、きぬのはしより此女房の顔を御覧してあれは、かたちおもはしからす。はなの大きなる事、中計なし。鼻のやうきわう《（黄カ）》て、さきはあかふしやくろ《（石榴）》のやうなり。はなのさき少赤く有し程に源氏思召やうは、「かゝるやうなる人と契けんくやしさに此人のはなは、すゑつむ花ににたるよ」と思召て、すゑつむとは、へにの花也。へにの花はまはりかきわう《（黄カ）》て先か赤き也。その時あそはす。

故里の宿の木すゑを尋来てよのつねならぬ花を見る哉（初音七七二8）

「よのつねならぬ花」とは、此女房の鼻の大におはすを読給ふ。扨庭を御覧すれは、はや梅咲けり。これを御覧して、

紅の花にあやなくうとまるゝ梅の匂ひはなつかしけれと（二二三〇12）

へにの花をは、紅と云故也。うとましひ事と思召けるなり。

なつかしき色共なしに何に此末つむ花を袖にふれけん（二二二六3）

此歌故、此巻をすゑつむ花とは名付る也。扨これみつをめして庭に橘の木の雪の積りて有を、はらはせつなんとしてそ帰給ひける。

第四　紅葉賀

此巻をもみちのかと云は、朱雀の四十の賀、五十賀にておはす大裏の賀会也。まひ人は右はとうの中将、左は源氏、とうの中将は菊をかさして舞給ふ。源氏のうつくしうおはす事限なし。余うつくしさに、せうとのひき入の大臣たちて、もみちをさしおほひなんとし給ひけり。源氏、紅葉をかさしてまひ玉へは、もみちの賀といふ也。

第五　花宴

是は大裏に花のえんの御会とて、歌よみ舞をまひ琴を引、色々の酒宴おはす。酒宴過て、みな立帰給けれは、源氏はこうきてんのかた床しくて、たゝすみめくり給ふに、有めんろう《面廊》のほそとのに、有女房、絹打かつきて、「照もせす曇もやらぬ」と云て、たゝれけるを、源氏、「おほろ月夜にしく物はなし」と云て手を取いたき、よりそひ給ふ所に、「何者そ。しれもの有。誰も出あへ」とよひ給ふ。源氏、「我も名有物也」とて御口をふさき給ふ程に、女房も源氏と知給ふ也。去間そこにて契給ふ。扨源氏女房に、「御なをは何と申候」ととひ給ふに、

うき身世にやかて消なは尋ても草の原をはとはしとそ思ふ（二七二8）

とよみ給ふ。是則、朧月夜の内侍かみにておはす。君の思人にておはせは、「此事もれきこえなは、いかなるうきめにかあはんすらん」と思召て、「うき身世に」の歌をはあそはす也。かくてあふきをとりちかへ給也。

其後又、彼内侍へ通ひ給しに折節、夕立ふりけれは、かへり給えすして見付られ給はん。おひ《帯》もせすなんとして、ちやう《帳》のうちへ、にけかくれさせ給つなんとしけり。見付たる人は内侍のかみの兄也。腹を立て、「はつかう日をつらぬく」とそ仰られける。心は、物をおかす事にてなり。すてに内侍かみは君の思人、后なんとにもそなはら《備はら》む物を、かくし給ふ候にしか、日天をおかしたる程のことなりと云心也。此内侍は、こうきてんの后のいまう《妹カ》と也。去間、后もふくれう《腹立》有ける也。

第六　あふひのうへ

此巻の心いかゝ。是は、せんはう《前坊》のみやとて桐つほの天皇の御ために兄弟御弟也。此せんはうの御息所、六条あたりにおはしけり。此御息所へ源氏通給けり。其比折節、源氏かもの祭の勅使に立給ふ。源氏本より、うつくしうおはす。はなやかにいてたゝせ給ておはせは、「是程の見事はましまさし」と貴賤群集して見物し奉る程に、六条の御息所も親子うちつれて忍ひ車の躰にて、さきへ行て一条大宮あたりにて待給ふ所へ、源氏のほんのみたい《御台》、あふひのう

への御車さゝめきわたりて来る。ほんのみたいなり。大臣の御姫也。車もはなやかにかさり、車そひ、牛飼、いろふ《（色節）》しのもの共、あまたさゝめき乗りて、御息所の車共しらす、「此車のけよ」と云。御休所の方の人は、「のけましひ」と云。「さらは、たゝのけさせよや」と云事こそをそけれ。御息所の車、打破て、をしのけて御息所の車の立たる所には、あんほ《（網代カ）》しうしなひはて、見物の事も思召す。しほ〳〵と帰給ふ。帰り玉ふとて、

　　袖ぬるゝ恋しとかつはしりなからおりたつたこのみつからそうき（二九五11）

と読せ給ふ。是を車あらそひと云也。

御息所思召すやうは、「我も大臣の姫、同源氏の思ひをの《（ママ）》也。然を余、情なふ有物かな」と深く恨玉ふまゝ、おんりやうと成て、あふひのうへにつき給ふ。以の外あふひのうへ煩はせ給ふ。祈もかち《（加持）》も、しるしなし。折節あふひのうへは懐妊あつて御産のきは也。かれ是せい〳〵《（棲々）》なり。され共、御産は平安なり。おのこにておはす。ゆふきりの大将、是也。扨あふひのうへは御病は平愈なく、終むなしく成給ふ。源氏の御歎、父のひきいれの大臣の悲しみ申斗なし。

去程に七日〳〵取をこなひ色々の弔なんとし給ひ、四十九日のきちう《（忌中）》も既に過しかは、夕霧をはめのとを取てつけて養せ給ふ。其御身は、せうとのひきいれの大臣の家を出させ給て、扨源氏は東の二条の院の御所へ御入有て、若紫にひん《（鬢）》そかせ、かね《（鉄漿）》なんとつけさせ参せ給て、をやこのやうにもてなし給て、いつきかせ《（ママ）》つき玉ふ。有夜たまくら、かはしそめ給ふ。「はつかしき事」と思ひ、「おやと思而奉るに、こは何事そや」とて、その朝は日のたくる迄ねさせ給ふ。源氏、「是は何事そ。少も苦しからす」と色々申給ふて、かきおこし給ふ。

おきさせ玉ふ時、これみつ、ねのこもちい調へ持て参。源氏、「けふは、はやし。明而参よ」と被仰けれは、明る日持て参る。これ三日め也。そうして、めむかひ《（妻迎）》をいぬの日する也。三日めに祝に餅をいたす。是をねのこもちいと云也。是さんし《（三字）》中略の心也。何とてねのことて子の日に祝ふそといへは、ねすみは子をおほく持もの也。春十二むめ

は、夏も十二うむ。其子か又其ことくうむ程に、子孫繁昌の心也。かひもちいとは、かひと云事、されは大裏の后の住せ給所には山椒の木をうへ給ふ也。心は、さんせうのみ《(実)》のしゆく《(熟)》して、みの出るか懐妊して子をうむににたり。又みやうせんしゝやう《(名詮自性)》、さんせうと云故也。玄宗皇帝の楊貴妃、をき給ふてん《(殿)》に、うへ玉ふ也。又めむかひに、さら《(去)》を嫌ふ也。さゝるゝと云事有故に、みやうせんししやう《(名詮自性)》わろき故也。それに取ては、いせ物語と云事、色々の儀有といへ共、ようを取ては、いもせ物語と云へきを三字中略の心を、いもの字を略して、いせ物語と云也。今のねのこのもちいも、いぬの日より三日めにあたり三処中略のこゝろなり。

第七　さかき

是は此巻にて大上天皇かくれさせ給ふ程に、こうきてんの女御も薄雲の女御も皆御くしおろさせ給ふ。帝崩御の時に、朱雀院に御遺言には、「朱雀院の後は、位をは冷泉院へゆつらせ給へ」と仰出さるゝ間、御きちう《(忌中)》取をこなひ給て、朱雀院は位をすへり冷泉院へわたし給ふ也。

扨、此巻を榊と云事は、彼六条の御息所の御姫、いせの斎宮へたゝせ給へと云勅使たつ。然間精進のために野の宮へうつり給て、榊たて黒木の鳥居なとたて、しらゆふなとかけまはして、をやこなからゐさせ給ふ時、源氏、御息所をとふらひ慰め申さんために思召て、野の宮へおはす。「あふひのうへにつきて、ころし給へは、又恨られて紫のうへゝ、つかれては大事」と思召て、彼野の宮へ御出有。扨案内を被仰候へは、「内へと申たふ候へとも、是は、しめ《(注連)》なんと引て、こと成躰に候へは申さす。是迄の御出、忝由」を御返事有。「くるしくも候はす」とて、しめ《(注連)》さつとをし《(押し)》わけ精進の屋へいらせ給て、「縦御娘こそ下給ふとも、それには留り給へ」なんとゝ、そら情に被仰。御休所は誠と心得させ給ふ。日もくるれは其夜はとまり給ふを、御娘子は是を腹立をし給ふ。「精進の屋をさやうに、けかしつなんとし給ふ、口惜こと」ゝ、被仰てあそはす。源氏榊の枝を持てゐかきのうちさしをかせ給へは御息所イニ

神垣やしるしの杉もなき物をいかにまかへておれる榊そ（三三六4）

此歌故に此巻を榊と云也。

去間、物いみの日数も過ぬれは、をやこなから、いせへ下給ふへきにて大裏へ暇乞に参玉ふ。斎宮にたち給ふには大王の養子に成て立給ふ也。其時くしをなけて、かみにさひて、をやこの間はなる《(離)》ゝそと跡も見給ハて行給ふ。心は早、神の物に成給へは人間をは、はなるゝと云心を、かくのことくし給ふ也。されは、なけくしをいむは此謂也。こうめいをふる《カ》むると云事も、此よりしておこる也。かくのことくして御息所も、をやこうちつれて、いせへ下玉ふ。源氏、かとおくりに出給ふ。御息所、「さり共、とめそし給はん」なと、、「とめもし給はゝ、とまりもせん」と思召す所に、なきなた《(長刀)》にあひしらひ玉し程に、「いせまて誰か思而をこさん」といふ歌あそはして、後迄の御恨也。去程に、いせへくたり斎宮にそなは《(備)》り給ふ。

第八　花ちる里

是も源氏の姥の娘也。をはにあたり給ふ也。此人は心ほそふ、やさしふおはす人也。然間、是を取て、「夕霧の母にも」と思召て御歌あそはす。

橘のかをなつかしみ時鳥花散里を尋てそしる（三八九11）

此歌故に此巻を花散里と名付也。かくはあれとも左様にはし給はす。是にも契給。

第九　須磨

此巻の時、かみの内侍のかみの事、世に聞有て、源氏、朱雀院のえいりよ《(叡慮)》に、「いかて言語曲事。此源氏をは、なかすへきか、いかゝすへき」と御思案煩て、「さらは、まつ、くわん《(官)》をはけ《(剝)》」とて、はかれ給ふ程に、源氏はや思ひ煩給て、「かくては猶いかなる罪にも、をこなはれんす程に身をとりて、のくへきか。ひたやこもりにならんかとは、しのふか」なんと丶思召す事也。然間に行平の事を思召合、「行平も此様の事有て須磨へうつろひし故に、さらは我もすまの浦にうつりすまん」と思召定る也。爰にて桐つほの天皇の事をも思召出させ給て、「君のおはしまさは、か丶る事あらし物を。さり共」なんと丶思召也。さあるへきにあらねは北山の君の御はかへ参、涙をなかし御暇申。又しうとのひきいれの大臣の方へも入せ給て御暇乞し給ひて、「夕霧を預させ玉ひて能々養そたてて給れ」と恋《（ママ）》に仰らるれは、大臣も悲しふ御座ける。扨とうくう《（東宮）》へも参、かもへも暇申に参詣有。紫のうへにも懇に暇乞あれは、紫のうへも別の歎に互泣流給ふ。せめては鏡を取ちかへ給けり。其時御歌、源氏、

身はかくてさすらへぬ共君かあたりさらぬ鏡のかけははなれし（四〇三14）

紫のうへ御返し、

わかれても影たにとまるものならは鏡を見てもなくさみてまし（四〇四2）

又紫のうへの御歌、

月影のやとれる袖はせはく共とめても見はやあかぬ光を（四〇五8）

光源氏と申せはかくあそはす也。源氏の御返し、

行めくり終にすむへき月影のしはしくもらん空な詠そ（四〇五10）

此様なる歌共、あまた互読せ給て御名残をしたひ悲しみ給て、扨暇乞、源氏はすまへそ御渡有ける。

須磨に例に不常、大風大雨かみなりなんとし、波のうへ事の外にあれて、物かなしふおはしける。けんし、

いつか又春の都の花を見んときうしなへる山かつにして（四一〇8）

松嶋の海士のとまやもいかならん須磨の浦人しほたる丶ころ（四一五1）

なんと丶あそはしけり。去程に都よりは夕霧も参。又こせうと《（小舅）》のとうの中将なんとも参給ひ慰め申されけり。又いせ

におはす御息所よりも御文歌あり。
　うきめかるいせをのあまを思ひやくもしほたるてふ須磨の浦にて（四一八11）
此様の事、懇に本帖にかけり。かくして一年、須磨にくらし給ふ。
　つきの年、明石よりあかしの入道舟をしたて、、我と迎に参て申けるは、「余、是は物かなしふおはさんすれは、おなし御事なから、私か所へおはしまし候へ」と申ける間、源氏よろこひ給て、あかしの入道の所へうつらせ給ふ。是迄か須磨の巻也。

十　あかし

　此巻の心は、いかん。是はかみのことく明石の入道すまへ迎に参て、わか在所あかしへ入奉る故に、須磨の次に明石の巻としたい《(次第)》する也。此あかしの入道と云は、はりまの国のこくし《(国司)》なりき。去程に明石の入道の所に、くろ木の御所造り、もてなしかしつき奉りけるか、此明石の入道、娘を一人もつ。琴の上手也。心に思ふ様は、「此娘に引合奉り、源氏をむこに取奉ん」と思ふ也。「此やうの事になくは、いかて我在所へもいらせ給ふへき。幸の事也」と思ひ、女房にかたる。女房申事には、「今こそか様にわたり有共、終に都へ上り給はんする物を、そひもはて玉ふまひ物故に、娘にも物を思はせん事かなふまひ」と申せ共、入道、「いかん共あれ、むこに取まいらせん」と思ひて、をかの屋形とて引はなれて屋形を造て、娘をはをきけり。

　扨、秋の夜の月おもしろき折節に、源氏を娘のすみけるをかへの宿へ同道申。娘に琴引せて聞せ奉り、源氏悦ひ給ひて笛をふき給ふ。入道もひはを引けり。入道も上手なりしかは、源氏は「都にても、かゝる爪音《の心ちしてよろつとりのへ給ふ》をはきかす。いかに」と問せ給へは、入道申けるは、「我はゑんきの帝の爪音を習奉候か、此国のこくしにくたりて候まゝ、かくのことく候」とこたへ申けり。去程に源氏、此娘に心をかけ給ふて終にあはせ給ふて、みたい《(御台)》にし給て既に懐妊して姫宮をまうけ給ふ。是源氏の息女の初なれは、悦ひ玉ふ事限なし。扨細々は舟遊とて、舟にて琴をひきて遊ひ給ふ事、本帖にあり。

然処に都には大裏に色々のもつけ《物怪》共有。桐つほの帝、朱雀院のあらめに見えさせ給て、「何とて源氏をは須磨にをひて有そ。急ひて召返せ」とつけしめ給へは、朱雀院驚せ給て急勅使を立て召返し玉ふ。去程に源氏は、明石の入道にも姫宮にも暇乞て帰路し給へは、明石の入道の女房は、「まつ、かう思ひ奉てこそ姫をは、いやと云しに、入道かはからひとして引合奉り、今更物を思はせん」と云て夫婦いさかいしけり。去なから「御本意のことく帰路こそ、めてに存候」とて皆々、御門送し奉る。

扨はや上路し給へは、くわんはもとのことく中将より大納言迄成給ふ。大納言は六人のもの也。六人有程に、かはり大納言とて六人の外に源氏は大納言のくわんをかうふり給ふ。是を数の外の大納言とて、しやうくわん《上官》なり。其後大臣になり給て、君のうしろ見になり給ふ。

第十一　みをつくし

此巻の心、如何。源氏須磨にて帰路に付て、いろ〳〵住吉の明神御くわんとも立らるゝ。明石より上り給て、此立願をはたし申されんためにに住吉へ参給ふ。是を、くわんはたし《願果》と云也。きらひやかなる事、云斗なし。返しの法楽れいしん《伶人》のまひなと取おこなはせ給て、浦へ御出あつて、うらあそひし給ふ。浜にはこし車しかと立双へ酒宴半なりしに、をきを見給へは舟一そう来る。このふね浜を見れば、こし車立ならへたる程に、「いかなる人のまいりやらん」と、「はれかまし」とて舟をたみのゝ嶋のかたへこき返す。源氏これみつをめされて「あれは誰舟そ」ととはせ給へは、「明石のうへの御ふね」と申。「さらは」とて御文有。「くるしくなし。是へつけさせよ」と仰らるゝ。其よしを舟へ申せとも「はつかしや」とて、こきかゑさせたまふ。「さらは」とて源氏舟にめされ、たみのへ行せ給て、あは

せ給て、けんし、

　みをつくしこふるしるしに爰までもめくりあいけりえにはふかしな（五〇二12）

あかしのうへ御返し、

　かすならて何波の事もかひなきに何みをつくしおもひそめけん（五〇三2）

これ、めいよの返歌と也。此歌故に、この巻をみをつくしと云なり。

　露けさの昔ににたるたひ衣たみの、嶋のなにはかくれし（五〇三6）

たみの、嶋てあひ給は、かくあそはす。「昔ににたる」とは、すまの事なんと思召あはする事也。

ゑもきふ十一 ならひ第一

かみのみをつくしに、ならひ二有。二つ（ママ）にゑもきふ。二にせきや也。此巻を、ゑもきふと云事如何。これは源氏すまより給てもとのことく何事も思召ま、にて有けるか、《花ちるさとへおはすとてかのひたちのみやにたちよらせ給ふに》さきのすゑつむ花の事を思召出し、「何とか此人はおはすらん。さそやかん〱（閑々）の住居にも」と思召、「いたはしや。とふらひのために」とて、かのひたちのみやへいらせ給て御らんすれは、庭には薄ゑもきおひしけり人の通ひたるていも見えす、あれはてたるけしき（気味カ）君なりしかは、これみつにさうし（掃除）なんとさせ、うちへいらせ給て仰には、「すまより上り、とくにも参へけれ共、とかくして今まで過て候」よし懇に仰候て、けんし御歌、

　尋ても我こそとはめ道もなくふるきゑもきかもとの心を（五三六2）

此歌故に、この巻をゑもきふと云也。

せきや十一 ならひ第二

さきのいよのすけ、ふうふ《(夫婦)》つれて、ひたちのかみになりてくたりしか、ひたちの国より都へふうふのほる。扨源氏は都より石山へ参給ふと、相坂にてはたと参るにあふ。いよのすけは馬よりおり御礼申。はゝききの女房はこしのすたれあけ、「ほのかに御めにかゝりなん」として、互にすき給ふとて源氏の御歌、

あふ坂のせきはいかなる関なれはしけきなけきの中をわけけん（五五〇3）

此歌ゆへに此巻を関屋と云也。

第十二　ゑあはせ

是は斎宮のいせのやく過て、親子つれて都へ上り給ふ折節、内裏には入内とて冷泉院、后むかひさせ給ふ也。是はこてふ《(胡蝶)》の右大臣の御娘、こうきてんの女御にそなはりたまふなり。御息所は六条の御休所へうつり住せ給ふて、殊外煩せ給てけり。これによつて源氏御訪に御息所《斎宮はやかて冷泉院へ参たまふ》へ御出あつて、「御違例いかやうにおはす」と仰ければ、御息所は、「我ははかなふなりたとも、くるしからす。一のそみか候。申置度」と。源氏、「子細なし。被仰候へ。涯分とゝけ申さん」宣《(ママ)》ふ。「別の事にては候はす。彼斎宮を院の御めにかけてたひ給ひ、御指南有て給はれ」と。源氏、「中々、安程の御事」と宣ふ。院とは冷泉院の御事也。然に此斎宮、朱雀院の御時伊勢へ下給ふとて、御暇申つなんとめされしより、朱雀院内々、心にかけ思召す。斎宮上り給へは、「幸の事」と心をかよはし給へとも、御息所御ゆひこんなれは、源氏我しらぬやうにて、うす雲の女御へ、「斎宮を参らせ給て、冷泉院の御めにかけてたまはれ」と被仰候程に、やかて院の御めにかけ給へは、とうと冷泉院の思ひ人に成給ふ。

然に此斎宮は、ゑの上手にておはす。源氏もゑの上手にておはす間、有日の雨のつれ〳〵に内裏にて絵合と云事をし給ふ。ほんの后、二条の右大臣の方よりも色々ゑを出さる。斎宮、源氏の方よりもいろ〳〵を出し合らるゝ。ほんの后よりは、わうしやうくん《(王昭君)》のゑを出し玉ふ。斎宮の御方よりは竹とりのおきな、かくやひめのゑを出したまふ。又

ほんの后よりは、伊勢物語のゑを出し給ふ。是は業平、斎宮をおかしたてまつる躰をかくゑ也。此心は、いま斎宮をうたせ玉ふ心也。ここにて、さいくうのかたよりやみ給ふて酒宴を初遊せたまひて、源氏斎宮の女房達をそろへて宮仕なんとかよふ《良くカ》、をしへさせたまふて帰らせたまふ故に、此巻を絵合の巻といふなり。

第十三　まつかせ

此巻の時、源氏迎をくたし給て、あかしのうへを、よひのほせたまふ。御迎にこれみつ《惟光》也。輿車、尋常にしたて、まかりくたり、則明石《所知》のうへ親子とも引つれてのほりたまふ。都へは入参らせすして、まつかつら《桂》にをき給ふ。かつらか、あかし入道のしよちなるゆへに、明石のうへの母は以前かつらに住せ給ひけり。それを思ひ出て、母のにこう《尼公》あそはす。

身をかへて独かへれるふる郷の昔ににたる松風そふく（五八七9）

「身をかへて」とは、あまになりて今のほりたまふ故也。是によつて松風と云也。かつらにゐ給へとも、源氏しはらく行もしたまはす。都へものほせ給はねは、明石のうへ恨入思召て、かつら河にていさり、うをゝとるなんとを御覧して、

いさりせしかけわすられぬかゝり火の身を浮舟やさそひ来ぬらん（薄雲六三一5）

なんと、あそはして打恨させたまふ所へ、源氏いらせ玉ふ程に悦ひたまひし也。源氏、此歌聞召て御返し、

やり水のふるき心をしらねはやなをかゝり火のかけはさしけり（薄雲六三一7）

かつらにしはらくおはして御親子はかつらに御入候とも、御姫宮を都へ入参らせんと迎をくたし給ふ。母あかしのうへ御なこりおしみて、のほせまいらせたまふ。「いや」と、「けに、まゝ母のかたへ、なにか」とて、のほせ給はす。然とも重て人を下し玉ふ様は、「いなかにては能もつきかたし。内裏に住せまいらせは、をのつから人めをも見、能

も付給はんすれは、たゝのほせ申されよ」と被仰候程にのほせ申さるゝ。それを源氏いたきまいらせ、紫のうへへ御出あつて、「是は田舎にての娘にて候。是を御子にして育たまへ」とてまいらせ給へは、しさいなく請取そたてまいらせ玉ふ。これ松風と云なり。

第十四　うすくも

此薄雲の女御は冷泉院の御母也。この巻にて薄雲、御いれい《（違例）》有。御祈薬など色々ありしか共、かいなくて終にむなしくなり玉ふ。君十六の御年なれは歎と申。世の中もくらくなるやうにおはせし程に野道のてい、をこなひ給ふ。君をいろ〳〵めして御出有。西山にてだび申。御帰有て西の山の端にうす雲の立を御覧して、「此雲の色、我めしたる色のことくなるやう」と思召て、あそはす。

入日さす嶺にたなひく薄雲はもの思ふ袖のいろにまかへり（六一八8）

これに仍て此女御を、うす雲の女御共申。此巻を薄雲と名付る也。源氏も此君《后》の御事深く歎給ひて色めされけり。御きちう《（忌中）》をも同しくそ、取おこない玉ひける。

きちう《（忌中）》のつれ〳〵に、しやうちう《（常住）》いのり申さるゝよひ《（夜居）》の御僧と云を召て、院の御物かたり有けり。仏法の雑談いろ〳〵申されて其後、「君へ申度事候」と申上らるゝ。君、「何事そ」と御尋有。「いや〳〵、そこつなる程に申難し。扨又申さねは君の御ために、いかゝわうか《（王化）》なき御事成間、申候。此程は、おやをつかひ被申候。親を仕ふ事は天に眼有て、光をそろしく候。されは人の国にも其例候。かん《（漢）》のかうそ《（高祖）》はてんし《（天子）》なりしかとも、父のたいくわう《（太公）》をは、大し《（太上）》やうてんわう《（天皇）》になして是をはいす《（拝）》有。わう又かくのことくにしほと《（ママ）》に君の御い《（意）》、かなひ《（叶）》とそん《（存）》して申こと」。君、「くせ事、それは誰そ」と御尋有。「源氏は御親にておはし候」。「何として存候そ」と。「御きとうを申候程に后懐妊のおひ《（帯）》ならしの時より、しらせておはしまし候程に扨こそそん《（存）》し候」。「扨誰々なをよく、そんしのもの候そ」。「誰も存候はす。朝夕召仕れ候程に、ゆけいのみやうふか扨は、そんし候はん」。「さらは、みやうふをめせ」とて御尋候へは、「しか〳〵」とよひのそうのことく申上。扨、君、「何とて是をは、おそくしらせて御入候そ」と。「よひのそうに、によやうゐん《（女院カ）》世におはせし程は申事れうし《（聊爾）》にて申さす候。今はいつ、をこせんとそん《（存）》して申候」。君、「夜か、とう《（疾う）》明候へかし。源氏を拝し奉らん」と思召す。「夜明よかし。源氏を位になをし奉んを」と思召か、又おほしめすやうは、「何とあらん。はや源氏の性を給り玉ひて、たゝ人に成給ふをは」と。又、心に思ひ返して御しあん《（思案）》有やうは、「くわうかうてんわう《（光孝天皇）》の王子に、うた《（宇多）》も源氏の性のしやう《（姓）》を玉て、たゝ人にならせ給しかとも、位に即玉ふ。又こまつの天皇の《ハ》四句《志せうイニ》よりして位に、そなはりはくへき。しうかのてんわうは大納言よりして即位し給ふ。此様の例も有故に苦しからす。何共あれ位につけ奉らん」と思召定て、をきたまふ処に明る日、出仕し給へは、そのことく大上天皇になし奉玉ふ。源氏御出仕し給て大臣の座へなをり玉ふ処に君、御座をおりさせたまひて我座へせう《（請）》したまふ。けんし驚せ給ひて、「いかなる事」と申さるゝ。「我はよに、しやうけ《（上下、障碍）》あひて候程に、はからひ給へと、いかなる御事、君はよをもちたまはゝ、なにかし《（某）》うしろみに参り候はんに何の子細候へき。是は口惜御諚也」と申さるれは、てんしに二言なし。「たゝよに、そなはり給へ」と被仰て則、太上天皇になしまいらせさせ給て、ましなひ《（呪）》て位につかせ奉玉ふ。それを村上の天皇と申也。

扨、源氏かへらせたまひて、「是をは誰人、君の御耳には《へ》いれ申たるそ。慥にゆけいのみやうふかわさ也」とおほしめして命婦をよはせ給て、とはせ給て是をせつかん《（折檻）》有。命婦、「我は申さす。夕終夜よひの御僧こそ何やらん、被申候しか、いかなる御事にて候成覧。天に眼有て光なんとゝおそろしき事を被申候しは治定、此御事にておはすと思ひ奉候そ」と申。

扨、源氏もやかて頓而位をすめり、陰居《（ママ）》あつて六条の院と申。位をは縁にあたりたまふ冷泉院の御子、ゑんちうゐ《（円融院カ）》んにつかせ給ふ。扨天下のせいむ《（政務）》を源氏のはからひ給ふ程に、王代記なんとに村上天皇いかほとのせいむ《（政務）》と、かくも《（書く）》

道理也。其身は六条に御所たてゝ、みたひさま《(御台様)》そろへさせ給ひ栄花、花にほこりたまふ。扨、冷泉院の后へ参り玉ひて御息所の御事なんと物かたりなんとして、「扨春と秋とは、いつれかおもしろふおはしまし候そ」ととはせ給ふ時、后の御返事、

君まさは哀をかはせ人しれす我身にしめる秋のゆふ風（六二八14）

とあそはす故に、此后をは秋をこのむちうくうと申也

第十五　あさかほ

此巻の心いかん。是清和の第六の王子もゝ《(桃園)》その式部卿の親王と申人、渡りき。この親王の娘、槿のさいゐんと申。是は、かものいつきにそなはり玉ふ。これに心をかけて色々文をまいらせ歌を遣し給へとも、なひかせ給はす、いつきにそなはり給ふ。加茂なんとへも、いんしん《(音信)》有き。然といへとも源氏の御事《につれなく》は心おほき人なれは一度二度あひたり共、思ひ捨られん程に、「いや一期つま《(夫)》を、もつまひ」とおほしめせし《をは》人也。それにとりては加茂のいつきにそなわりたまふには、かりねの野へと立所にて一よあかして、そこて、かみのうけさせ玉ふか、うけさせはぬ《(給はぬカ)》かをためして、いつきにそなはり又帰給ふも有。是をよむか、

わすれめやあふひを草にひきむすひかりねの野への露曙（新古今集、夏、一八二、式子内親王）

式子内親王もいつきに立たまふ事ありき。

其後、槿の母死去し給ふ程に、いつきをおりゐさせ給て、我もゝそのゝ御所へ帰玉ふ時、けんし弔に御出有。弔と号して件の歌を遣し玉ふ。「かみのおりゐをこそ待奉候へ」とて、

人しれす神のゆるしを待しまゝこゝらつねなき世をもふるかな（六四二8）

と遣し給ふ。神のおりゐをまつとは、いつきを出させ玉ふをこそ待候と也。あさかほ御返し、

しめのうちは昔にあらぬ心ちしてかみよの事も今そ恋しき（絵合五六八6）

心は斎宮のしめのうちにありては、かやうの事をも、いはれさりし物をいつしか、うきみゝをきくよ、恋しきはいつきのみや也と云事、「神よの事も今そ恋しき」と也。

　其後また源氏わたりあれとも、終になひきたまはす。その時けんし、あそはす。

　みしおりの露わすられぬ槿の花のさかりは過やしぬらん（六四四1）

槿御返し、

　秋ふかき霧のまかきにむすほゝれあるかなきかにうつる朝かほ（六四四5）

我盛を過行たりと也。是によつて此巻を、あさかほと云なり。

　第十六　をとめ

是は源氏の大しやう《（太上）》天皇にならせ給て六条の院を造せたまひ、金銀をちりはめ、せんすい《（泉水）》作り、四方にしき《（四季）》をうつして春のけしきをは東に移、万の花の木ともうゑさせ、是には紫のうへを置奉り常に住給ふ。扨南には青山の躰、橘なんとうへ夏の気色をうつし、明石のちうくう《（中宮）》を置奉り、北には冬のけしきをつくり雪の山、すゑつむ花を置給ふ。西には秋のけしきを移、紅葉草花なんとうへて、秋をこのむちうくうを置たまふ。

　それに随て此巻にはとうの中将の娘に、くもゐのかりと云人有。この人に夕霧大将、心をかけ則ゆふきりの御台になし給ふ。又これみつか娘を持たり。これに夕霧こゝろをかけ給て、思ひ人にし玉ふ。これみつか息女をは乙女といふ。見めかたちうつくしうして五節の舞まふ時、是御覧して夕霧、弥々心をかけあそはす。

　日影にもしるかりけめや乙女こか天のは袖にかけし心は（六九九14）

是に仍て此巻を乙女と云也。

天津風雲の通路吹とちよ乙女の姿しはしと、めん（古今集、巻十七、雑上、八七二、良岑宗貞）
も、是を本歌とせり。

第十七　玉かつら

これは、とうの中将の思ひ人に夕顔と申人有。是をほんの女房、殊の外ねたみそねむ。然に此ゆふかほの腹に一人の娘有。二の巻の初に女のしなさためと云事有。是を源しや、とうの中将なんと、よりあはせ給て女房心へを語たまふ事なり。其うちに、とうの中将の被泣しは、「我通ふ所を持へく候か、ほんの女ほう殊の外ねたみく《みイ》ねり候程に、もてあつかふて候。又五条辺に宿を取て居玉ふ。其出給ふ時の歌、

山かつのかきほある共おり〳〵は君《（ママ）》をかけよなてし子の花（帚木五六14）」

此娘子を撫子と申せし也。哀なる歌也。扨そこを出、五条辺に宿を取てゐ給ふ所へ源氏通ひて、ゆふかほの歌奉るにより、ゆふかほのうへと申也。扨なにかしの院へつき参せて、そこにてむなしくなり給ふ間、撫子を後に玉鬘と申也。

此姫宮、母にはをくれたまふ。父の所におはせとも、ま、母の事なれはおろかにあたり玉ふ程に、めのとを取てやうい《（養育）》くし奉る。此めのと、たさい《（太宰）》の小弐か女に成てつくしに下る。せうに《（少弐）》も我子のやうに養ひ奉る程に、はや〳〵十八九になりたまふころ小弐、死去す。力落し給ふ。小弐か一そく《（族）》の候か、「此撫子を取て女になさん」といふ。玉鬘も聞たまはす。めのとも、「何か、あれてい《（彼体）》のものには合申へき」と悲しむ。然に彼男、めのとの一そくをたのみ、「引あはせて、くれ候へ」と引出物をして頼む。子細なく頼れて、ぬすみ出して奉らんとす。是を玉かつら聞召て、「かくては叶ふまし」とて、にけんとし給へとも女の御事なれは了簡なきほとに、めのとのおとうとの有を頼て、「我をぬすみ出て都へつれて上りてくれよ」と子細なく頼れ奉る。其時、玉鬘、「此事もらすな」と宣へは彼男、

君に我こゝろちかはゝまつらなるかゝみの神をかけてちかはん（七二六10）

と申。はやふねをしたて、玉かつらをのせ奉り都へおちのほる所を聞うけて、「扨は無念なり」とて、彼小弐か一そく又はや舟をしたて、、をつかけ奉る。折節はりまのせと、浪風あらくして玉鬘うきものに思召給ふ。又跡より、をひふね《追舟》をつ《追》付奉りて、はやよ《ママ》はりかけたてまつる。爰にてあそはす。

　うき事にむねのみさはくひゝきに《にはカ》ひゝきのなたもなのみ成けり（七二九1）

船頭に舟をあはせてこかせけれは、されともふねをはこきぬけて、はりまのち《地》へそ着せたまひける程に都へのほり給ふ。

　然といへとも都にも知人もおはさねは、九条あたりに宿をとり住せたまひ、つれ〳〵なれは細々やはた《八幡》へこもらせ給て、母のほたい《菩提》、又は、「父にあはせ玉へ」と云いのりをそし給ひける。はせ《初瀬》へ参、古河のへ二本の杉のあたりに宿をとり、御たうにこもりたまひて我行末、父の事、母のほたいをそいのらせ給ひける。

　然処に源氏、六条の院に御所造して、みたい《御台》たちあつめ参て栄花にほこり給ふか、さきの夕顔のうへの事を思召出し、「されは此人も、いきられてあらんには今、是へよひ奉り、一殿の主にもし奉るへき物を、さもあれ其ゆかりはなきやらん」と其めのと《夕顔のめのとはうこん、この右近の事歟》をよはせ給て尋ねたまふ。「さもあれ、夕かほのうへのゆかりはなきか」ととはせ玉ふ時、めのと申けるは、「姫君一人、持給ふ。三才の御年めのとつれ参らせて、つくしへ下り申せしか、いきさせたまは、、はや廿はかりになり給はん」と申。源氏、「さらは其人を尋よ。母を見ると思ひて見度」と候程に、めのと、「いかさま尋ね参せて見ん」とて、まかりいつ。

　めのと、「まつ此人の生死をしらんために、はせへこもらん」とて参る。めのと、供の者とも、あまためしつれて、ひゝ《美々》しふして参けれは、玉鬘に宿参らせたるもの、「宿をあけさせ給へ」。都より内裏女房の御供の者、あまたにて御参り候。宿申さんといふ」。然に此玉かつら御供して、つくし《筑紫》より上りたるものを、めのと見つけて、「さもあれ、其後は何事か候。此程いつかたに」ととふ時、「かくのことく御姫君と御供申、つくしへ下り候か此程、罷のほり候」

と申。「扨、其姫は」と申時、「かくのことく、つくしより御上り候へ共、しる御かたもおはさぬ程に、はせ《長谷》へ御籠候て父の御祈被申候そ」と申。「我もその君をたつね申に、この所へ参るに、さもあれふしき《不思議》の事かな」と、てをうち、「扨姫宮は」と申。「御堂に御籠候」と申あひた、いそき御とうへまいり、あひたてまつる。其時めのと、

二本の杉のたちとを尋ねすは古河野へに君を見ましや（七四〇8）

しやう月《招月》この心をよむ歌か、

相見すは忘れ二本のしるしあれ此ふたみちのふたもとの杉

本歌には、

相みんと祈し事の叶はすは忘たにせよ神のちかひに（治承三十六人歌合、三二七番、資隆。三五記）

さる間めのと姫宮に逢奉り、こしかた行ゑの事語りたてまつりて、「夜か、とうあけよかし。都へつれ奉らん」と思ふ。

あくれは急ひてつれ参らせて上り、七条あたりに宿をとり、をきたてまつり六条院へ参、かくと申。源氏、「何として尋て有そ」。めのと、「かく、はせへ籠て、その生死をしらんと思ひ候処に、あれにて参あひて候そ」と申。源氏猶も能聞召んために乳母をよひ給て、こし《腰》をうたせたまふ。うたせなから玉鬘のやうを懇に、とはせ玉ふ。「母ににたるか。能は何」と問ひ玉ふに、めのと申ける。「御みめは御母により、いか程よふ御入候。いなかに御いり候へとも田舎ひも、し給はす。歌なんとも、よふあそはし候そ」とこまく〳〵と申。是をとふ《疾う》源氏、見度思しめす。然を紫のうへへ、「何事を被仰候そ」ととはせ玉ふ時、源し、「若きものはうたす候程に年寄をやとふ《雇》て、こしをうたせ候。此やうの事をは聞給はぬ事、取候そ」と被仰候へは、「さらは、み〻をふさひてゐん」と。

源氏、扨は玉鬘の能の程をしらんために歌をあそはして、つかはし給ふ。

しらねとも尋てしらんみしまへにおふるみくりのすちしたえすは（七四五8）

みくりとは水の中にうき草のやうにて、ねの長ひ物有、其事也。これをめのと持て参、「急、御返事候へ」と申。はつかしき程に中々、「いや」と只被申。「なくては」と申程に、「さらは」とて御返事、

かすならぬみくりは何の筋なれはうきにしもかくねをとゝめけん（七四六7）

これを見て、けんしほめ給ふ事限なし。誰にならひ、かやうによみけん。

かくて紫のうへ、参らせ給て、「いなかに娘を一人持候。是へよひたふ候」とあかし給ふ時、紫のうへ、「とふより心得申て候。中々あき《良きカ》御事に候」と被仰候程に、色々のもん《紋》おりたる、てうはい《朝拝》の小袖五重ひろふたにをかせ、車したて、御迎に参らせ六条院の西のたいに入まいらせ玉ふ。扨そこへ源氏、御出有。紫のうへ共、対面させ申されけり。むらさきのうへ、「何とて其年迄、おやのかたへは音信もおはさぬそ」と。

扨けんし、むかへとり細々御入有て、琴なんとおしへ《教》申させ玉ふ。夜になれは琴教奉たまふと、「ことち《琴柱》、たつる」なんとゝいひて、手を取なんとし、或は琴を枕にしてふし給ふを、紫のうへのそき給ひて是をねたませ玉ふ。たまかつら御歌、

こひわたる身はそれなから玉かつらいかなるすちをかけてきつらん（七五一7）

此歌故、此巻を玉鬘と云なり。去程に源氏れん〳〵《恋々》せらんとし給へとも、玉かつらの仰には、「誠の御子ならは、かくは仰らるまひけれ共、実の子とも思召さるゆへにこそ、かく承れ。何かうへゝ、聞えてはいかん」とて恨ませ玉ふ。余てうあい《寵愛》に思召て、「此玉かつらへ歌奉れ」と、有程の殿上人に被仰程に、方々より色々の歌共参らする中にも、柏木の右衛門の方より御歌、我妹ともしらて、

思ふ共君はしらしなわきかへり岩もる水の色し見えねは（胡蝶七八九13）

めいよの歌也。此歌故に柏木をは、岩もる中将共云也。此人は玉鬘の兄也。岩もる水とは、おなしはらにて、いつるなんとゝ云心也。伊勢物かたりに此心有。此巻に九つのならひ有。

一　はつね

この巻をはつねといふ事は、源氏の明石のうへの姫君を紫のうへに養せ奉り、「后にたて参らせん」と思召候程に、正月のはつねに歌よみ初させ申さんと云。御いわひに姫宮のうはの方より、五葉の松に鶯の巣かけたるをつくりて共申。又しきに有けるをとりて、それに歌をそへて姫宮へ奉り給ふ。

年月を松にひかれてふる人はけふ鶯のはつねきかせよ（七六五3）

扨、是を取てめのと奉り、「御返事候へ」と申。姫宮いまた歌よみたる事もなひ程に、「いや」と。「さやう仰られては、いつあそはしなれ候はん。たゝ被申候へ」とて、硯なんとを取出し参らせければ御返事、

めつらしき花の梢をつたひきて谷のふるすをいつる鶯（七六八4）

是歌の初也。これによつて、この巻をはつねと云也。

扨いわひに、かゝみをそへらるゝ。かゝみそなへ申時の御歌、

薄こほりとけぬる池のかゝみにはよにくもりなきかけそうかへる（七六四8）

紫のうへ御かへし、

曇なき池のかゝみに万代をすむへきかけそしるく見えけり（七六四10）

二　こてふ　ならひ

これはけんし、六条院に御所たてさせたまひ、せんすい《（泉水）》いつくらせ玉水《（曲水の宴）》のえんとて、せん水にふねをうかへ色々の御あそひともあり。これは、しん《（秦）》の始皇のあはうてん《（阿房殿）》の玉水のえんをうつしたまふなり。かくのことく、いろ〳〵の御遊覧ともあつて春の日をおくらせたまゐは、小蝶のあそひといふ事によそへて、この巻をこてふと云なり。

3　版本『源氏絵本藤の縁』（翻刻）

――付、源氏物語本文との対照――

凡例

一、翻刻は原文のままを原則として、誤字・脱字・濁点・当て字・仮名遣い等も底本の通りにしたが、読解や印刷の便宜を考慮して次の操作を行った。

1　句読点を付け、会話文などは「　」で括り、底本の旧漢字・異体字・略体は通常の字体に改めた。

2　誤写かと思われる箇所には、右側行間に（ママ）と記した。

3　巻名の上に、通し番号（1～54）を付けた。なお巻名は、底本の表記をそのまま翻刻した。

二、底本と北村季吟『湖月抄』との本文を比較した。

4　和歌以外で両者が一致する箇所には、底本にa・b・c～と付けた。

5　底本と一致する『湖月抄』の本文を、各巻末に列挙した。各文末には（　）内に巻名と頁数を示した。頁数は、有川武彦氏が校訂した『源氏物語湖月抄　増注』（上・中・下）（講談社学術文庫、昭和五七年）による。

6　b以下の巻が直前のと同じ場合は、（同）と記した。さらに頁も同じ場合は、（同前）とした。

7　『湖月抄』の本文で中略した箇所は、（略）と表記した。なお『湖月抄』の本文は読解の便宜を図り適宜、漢字に直したりした。私に付けた読み仮名は、『湖月抄』の仮名表記に従った。

三、底本は長野県短期大学付属図書館所蔵のものを使用した。

1桐壺

いとゞしく虫の音《ね》しげき朝《あさ》ぢふに露《つゆ》おきそふる雲《くも》のうへ人

桐壺《きりつほ》の更衣《かうい》、秋の露ときへ給ひて、御門、御なけきふかく、靫負《ゆげい》の命婦《めうふ》して、更衣の母君へ御歌給ふ。折しも秋の庭の面、虫の声つくしければ、ゆげいの命婦、

鈴虫《すゝむし》のこへのかきりをつくしてもなかき夜あかすふる涙《なみた》かな

とありければ、その返しとて、かくなんきこへ給ひしとなり。

2箒木

木からしに吹《ふき》あはすめる笛《ふゑ》の音《ね》をひきとゞむべき言の葉《は》ぞなき

左の馬の頭のかよひし女、またこと人に心かよはしけるに、此こと人、馬の頭のふかくかよゐるをしらで、馬の頭をともなひて、かの女のもとに行て、琴の音を聞て、

琴の音も月もえならぬ宿ながらつれなき人をひきやとめける

といゝやれば、女、かくなんきこへしとなり。

3空蟬

うつせみの君は貞女《ていちよ》にて、光《ひかる》君せちにしたひ給へどもしたかい奉らず。せめてはとりかへり給ふ[a]こうちきの、いとなつかしき人香《か》にしめるを、身ちかくならして見い給へり。女が(ママ)[b]さすがにかのもぬけをいかに、

すゞか河いせをの海士《あま》のすて衣しほなれけりと人やみるらん

の心によろづにみだれたり。

ａ小袿《こうちぎ》のいとなつかしき人香《が》にしめるを、身近く馴らしつつ見ゐ給へり。（空蝉　159頁）　ｂさすがに取りて見たまふ。かのもぬけをいかに、伊勢をの海人のしほなれてやなど思ふもただならず、いとよろづに乱れたり。（同　160頁）

4夕皃

山の端《は》の心《こゝろ》もしらで行月《ゆく》はうはの空《そら》にて影《かげ》やたえなん

ひかる君《きみ》、夕皃をたつね取給ひて、五条あたりの、ａ小家《いへ》かちなるむつかしきをいとひたまいて、ｂそのあたり近《ちか》きなにがしの院《いん》に、同車《とうしや》してともない出給ふとて、道すがら歌に、

いにしへもかくやは人のまとひけん我《われ》またしらぬしのゝめの道

との給ひければ、夕皃の君、かくなん詠し給ひしと也。

ａ小家がちに、むつかしげなるわたりの（夕顔　165頁）　ｂそのわたり近きなにがしの院に（同　192頁）

5若紫

かこつべき故《ゆへ》を知らねば覚束《おぼつか》ないかなる草のゆかりなるらん

源中将《ちうせう》、紫のうへのいわけなきすがたの垣まみより藤つぼのゆかり恋《こい》しく、せちにこひ給ひ、京なる祖母《おは》君のやどりへたつね給ひて、紫のうへを見給ひて、

ねはみねどあわれとぞおもふむさしのゝ露わけわぶる草のゆかりを

と詠《ゑい》したまひければ、紫のうへなにとも思ひわけたまわず、ふしんにおぼしてかくなん。

6末摘花

里《さと》わかぬかけをば見れど行《ゆく》月の入さの山をたれか尋《たつ》ぬる

大輔《たゆふ》の命婦《めいふ》、あないして、末つむ花の常陸《ひたち》の古宮におわせしに、源氏の君を忍ひて入奉る。おりしも頭の中将と、[a]大内をもろともにかへるさのわかれより、忍ひ給ひけれは、頭の君いぶかしく、忍ひてしたひ給へば、此みやにておはしけり。さればとておどろかし給ひて、

諸《もろ》ともに大内山は出《いて》つれど入かたみせぬいざよいの月

と[b]恨《うらみ》給へば、かくこたへ給ふ。

a内裏《うち》よりもろともにまかでたまひける（末摘花　319頁）　bと恨むるもねたけれど（同　320頁）

7紅葉賀

さゝわけは人やとがめんいつとなく駒《こま》なつくめるもりの木《こ》かぐれ

[a]とし老《おひ》たれど、人もやんごとなく心ばせある、源内侍《ないし》のすけといへる人あり。[b]いみじうあだめいたる心さまなるを、源氏の君[c]たはふれこといひふれて心みたまへば、内侍のすけ、

君しこばたなれの駒《こま》にかりかはんさかり過《すき》たる下葉《したは》なりとも

とよみかくれば、源中将かく御返しあり。

a年いたう老いたる内侍のすけ、人もやんごとなく心ばせありて（紅葉賀　390頁）　bいみじうあだめいたる心ざまにて（同前）　c戯れごと言ひふれて心みたまふに（同前）

8花宴
心ゐるかたならませば弓張《ゆみはり》の月なきそらにまよはましやは
光君、花のゑんの夜、[a]こうきでんの切（ママ）とのにて、朧《おぼろ》月の君にゆめ計ものの給ひて、わかれ給ひしか、たれともおほしさためかたきに、其後、左大臣（ママ）殿にて、藤《ふじ》の宴《ゑん》に参り給ひて、[b]五、六の君を[c]いづれそ、とうたがはしくて、
あつさ弓いるさの山にまとふかなほのみし月のかけやみゆる（ママ）
とありしかは、朧月の君かく詠し給ひしかは、それと知《しり》給ふとかや。
a弘徽殿の細殿に立ち寄りたまへれば（花宴　411頁）　b五六の君ならんかし（同　414頁）　cいづれならんと胸うちつぶれて（同　424頁）

9あふゐ
浅見《あさみ》にや人はおりたつ我かたは身もそほつまてふかき恋路《こいち》を
御息所《みやす》、加茂の祭《まつ》りの車《くるま》あらそひの後、いよ〳〵世をあじきなくおほせしか、源氏《けんし》の君も、あまりかれ〳〵もうらみがちならんと思して、消息《しやうそく》し給ひし御返事《かへりこと》にかくなん、
袖ぬるゝ恋路とかつはしりながらおりたつたごのみづからぞうき
とあり。しかばあはれと思して、かく御かへし。

10さかき
御息所《みやすところ》、たけのみやこにおもむき給ふに、御下かうの道すから、[a]一条院《ちやうのいん》の御まへなれば、光君もいとあはれとおぼして、

ふりすて丶けふは行ともすゞか河八十瀬《かはやそせ》のなみに袖はぬれしや
ときこへたまへば、[b]関《せき》のあなたより御かへし、
すゞか河八十瀬《かはやそせ》のなみはぬれ〳〵ずいせまでたれかおもひをこせん
a二条院の前なれば、大将の君いとあはれに思されて（賢木　506頁）　b関のあなたよりぞ御返しある。（同前）

11花散里

時鳥[a]かたらふ声《こへ》はそれなからあなおほつかな五月雨《さみたれ》の空

源大将、[b]人しれぬ御心づからの物思はしさに、花散里の御もとへおはする道すがらに、[c]さ丶やかなる家の木立などよしはめるに、よく見給へば、[d]たゞひとめ見しやとりなりと、思ひ出給ふに、[e]折しも時鳥鳴《なき》て渡《わた》る。もよほしかほなれば、例のこれみつしておどろかし給へば、内よりかくそゐいし給いける。

aこととふ《かたらふイ》（花散里　565頁）　b人知れぬ御心づからのもの思はしさは（同　563頁）　cささやかなる家の木立などよしばめるに（同前）　dただ一目見たまひし宿りなりと思ひいでたまふに（同　564頁）　eをりしもほととぎす鳴きて渡る。催しきこえ顔なれば、御車おし返させたまひて、例の惟光をいれたまふ。（同前）

12須磨

心《こゝろ》ありてひく手のつなのたゆたはゞうち過《す（ママ）》くましやすまの浦《うら》なみ

光君、[a]世の中はしたなきことのみまされば、すまのうらにみつからうつろい給ふ。た丶ふる里のことのみ、あけくれおもほし給ふ。其比つくしの大弐《たいに》、都へ登りけるが、[b]君かくておわすときゝて、子のちくぜんの守して、しやうそこしける。むすめの[c]五せちの君は、つなでひき過も口おしきに、琴のこへ風につきてはるかにきこゆる、ゐしのばて、

「琴の音にひきとめらる、つなではたゆたふ心君しるらめや
[d]すき〳〵しさも、人なとがめぞ（ママ）」ときこへたり。かく御かへし。

a世の中いとわづらはしく、はしたなきことのみまされば（須磨570頁）b大将かくておはすと聞けば（同614頁）c五節の君は、綱手ひき過ぐるも口惜しきに、琴の声風につきて遥かに聞こゆるに（同前）dすきずきしさも、人な咎めそと聞こえたり。（同616頁）

13明石

光君《ひかるきみ》すまよりあかしの浦《うら》へ立出《たちいて》たまえば、あかしの[a]入道けふの御もふけ、いといかめしうつかうまつれり。人〳〵、下の品《しな》までたびのさうそくめつらしきさまなり。君にけふ[b]奉れる旅《たび》の御そうそくに、

よる浪《なみ》にたちかさねたる旅衣《たびころも》しほとけしとや人のいとはん

とあれは御かへし、かくなん。

あふことのひかすへだてむなかのころことをかたみそかふべかりける

a入道、今日の御設け、いといかめしう仕うまつれり。人々、下の品まで旅の装束めづらしきさまなり。（明石681頁）b今日、奉るべきかりの御装束に（同前）

14みをつくし

かずならぬみしまがくれに鳴《なく》たつもけふもいかにととふ人ぞなき

あかしには、若君《わかきみ》いだきさせ給ひて、やう〳〵[a]五十日《いそか》にあたるらんとおほして、いそき御使を下し給ふ。御文に、

うみ松やときぞともなきかげにゐてなにのあやめもいかにわくらん

と有ければ、入道も嬉《うれ》しく、女君、[b]めのとまでかたしけなく、御かへしには。
　a五十日《いか》にはあたるらんと（澪標　18頁）　b「乳母《めのと》のことはいかに」など、こまやかにとぶらはせたまへるも、
　　かたじけなく（同　20頁）

15蓬生

光る君、花ちる里を忍《しの》ひ出給ふ。道すから[a]家《いへ》の木立《こたち》しげくもりのやうなるを過《すぎ》給ふ。松にふしの咲《さき》かゝりて、月かげになよひたる、風につきてさと匂《にほ》ふ香《か》なつかしく、[b]此宮なりといとあはれにて、れいの、これみつあないして入給ひて、年月のへたゝりしおほつかなとかたり給ふ。君、

　藤浪のうち過がたくみえつるは松こそ宿《やと》のしるしなりけれ

との給へは、御かへしかく、

　としを経《へ》てまつしるしなき我やとを花のたよりにすきぬばかりか

　a家の木立しげく森のやうなるを過ぎたまふ。大きなる松に藤の咲きかかりて月影になびき《なよひイ》たる、風につきてさと匂ふがなつかしく（蓬生　69頁）　bこの宮なりけり。いと哀にて、おしとどめさせたまふ。例の惟光は（同　70頁）

16関屋

　行《ゆく》とくとせきとめがたき涙《なみた》をやたえぬしみづと人は見るらん

おもへる女の、遠《とお》き国《くに》よりのぼれるに、ゆかしき男の旅《たび》の道なる関《せき》にて、行合《ゆきあひ》たれど、しのぶれは、[a]人しれす、むかしわすれねは、かくごちて、[b]ゑしりたまわじとおもふに、かひなし。

a女も人知れず昔のこと忘れねば（関屋　84頁）　bえ知りたまはじかしと思ふに、いとかひなし。（同前）

17絵合

　しめのうちはむかしにあらぬ心地《こゝち》して神代《かみよ》のこともいまは恋《こい》しき

a御門《みかと》、絵《ゑ》を興《きやう》ある物にすかせ給ひて、そのころ梅《むめ》つぼのこうきでんなと、絵《ゑ》をいとませ給ふ。b院《いん》の御門より、いろ〳〵興《きやう》ある絵ともを梅つほに奉《たてまつ（ママ）》せ給へり。cかの大こくでんの御こし、よせたる所のかう〳〵しきに、院の御かど、

　身こそかくしめのほかなれそのかみの心のうちをわすれしもせず

とあそはしければ、秋好《あきこのみ》の宮《みや》御かゐし、かくとなん。

　a上はよろづのことにすぐれて、絵を興《けう》あるものに思したり。（絵合　97頁）　b院にもかかること聞かせたまひて、梅壺に御絵ども奉らせたまへり。（同　106頁）　cかの大極殿の御輿寄せたる所の神々《かうがう》しきに（同　107頁）

18松風

　かはらじと契《ちき》りしことをたのみにて松のひゞきにねをそへしかな

あかしの上、かつらの里へうつり給ひしに、光君とふらひ給ひて、尼君《あまきみ》もろとも、むかし今の御物かたりありて、a月のあかきにかへり給ふおり、すくさま、かのきんの御琴《こと》さし出たり。そこはかとなく物哀《ものあわれ》なるに、君、

　ちきりしにかはらぬ琴《こと》のしらへにてたえぬ心のほどをしりきや

とありしかは、女君かくとなん。

　a月の明きに帰りたまふ。ありし夜のこと思し出でらるるをり過ぐさず、かの琴《きん》の御琴《こと》さし出でたり。そこはかとなく物哀なるに（松風　138頁）

19うす雲
光君かの大井の山里に渡《わた》り給ふとて、[a]つねよりことにうちけた（ママ）うして出立《たち》給へは、[b]紫上《むらさきのうへ》たゞならす見奉りておくり給ふ。「[c]あすかへりこん」と口ずさひ出給ふに、わだ（ママ）との、口にまちかけて、中将の君して聞《きこ》え給へり。

　舟とむるをちかた人のなくはこそあすかえりこんせなとまちみめ

[d]いとうなれてきこゆれば、君ほゝゑみて、かくは御返しありていで給ふ。

　a常よりことにうち化粧《けさう》じたまひて（薄雲　164頁）　b女君ただならず見たてまつり送りきこえたまふ。（同前）

　c「あす帰り来ん」と口ずさびて出でたまふに、渡殿の口に待ちかけて、中将の君して聞こえたまふ。（同前）

　dいたう馴れて聞こゆれば、いと匂ひやかにほほ笑みて（同　165頁）

20朝かを

　なへて世のあはれはかりをとふからにちかひしことゝ神《かみ》やいさめん

[a]あさ㒵《かほ》の斎院《さいゐん》は、父宮《ちゝみや》うせ給ひて、御ふくにておりゐさせ給ふ。源氏の君、れいの思し染《そめ》つることたへぬ御くせにて、御とふらひなどいとしげうきこへ給ふ。[b]せんじの君、たいめんして御せうそこきこゆ。「今さらに、わかく〵しき心《こゝ》地《ち》するみすのまへかな。神さびにけるとし月のらうかぞへられはべるに、いまはうちとゆるさせたまひてん」とて、

　人しれず神のゆるしをまちしまにこゝろ（ママ）つれなき世をすぐすかな

と詠《ゑい》したまへば、せんじのきみして、かくそ御こたへあり。

　a斎院は、御服にておりゐたまひにきかし。おとど、例の思しそめつること絶えぬ御癖にて、御とぶらひなどいとしげう聞こえたまふ。（朝顔　196頁）　b宣旨、対面して、御消息きこゆ。「今さらに若々しき心地する御簾の

前かな。神さびにける年月の労数《らう》へられはべるに、今は内外《ないげ》もゆるさせたまひてんとぞ（同　200頁）

21乙女

いろ〳〵に身《み》のうきほどのしらるゝはいかにそめける中《なか》の衣《ころも》に

夕霧《ゆふぎり》の若君《わかぎみ》、雲《くも》ゐのかりとおさなきより祖母大宮《そぼおゝみや》の御かたひとつ所[a]にておひたち給しが、いつのほどより御物心おわせしを、父《ちゝ》おとゞ、ほの聞《きゝ》つけ給ひ、ことにいましめおぼしけるを、人[b]〳〵いとおしみおもひけり。女君のめのと、男君の位《くらい》あさきことをはしたなみて、「物[c]のはじめの六位《ろくい》すくせよ」とつぶやきけるを、男君ほのきゝて、

「くれないの涙《なみた》にふかき袖《そで》の色をあさみどりとやいひしおるべき

[d]はつかし」とのたまへば、女君の御かへし、かくとなん。

aひとつにて生ひ出で給ひしかど（少女　245頁）　b心しれる人は、いとほしく思ふ。（同　255頁）　c「物のはじめの六位すくせよ」とつぶやくも、ほの聞こゆ。（同　267頁）　d「はづかし」とのたまへば（同　268頁）

22玉葛

としを経《へ》ていのる心のたかひなは鏡《かゝみ》の神《かみ》をつらしとや見ん

[a]夕皃《ゆふかほ》の御めのとのおとこ、少弐《しやうに》になりて、つくしへ下りけるか、玉葛《たまかつら》の若君いとけなければ、いて下りぬ。かの国に廿《はた》とせあまりすくして、その[b]わたりにもよしある人は、此少弐《せうに》のむまごをぞこひけり。たゆふ[c]のげむとて、ひごの国にいかめしき兵《つはもの》あり。むくつけき心の中にいさゝかすきたる心のまじりて、此[d]姫《ひめ》きみをねん比《ころ》にいひかたれ共、めのと、そらごとしていなみければ、こゝにきてしいてむかへんとて、歌[e]よまんとて、やゝ久しうおもひめぐらし、かく、

君にもし心たかはは松浦《まつら》なる鏡《かゝみ》の神《かみ》をかけてちかはん

と、fよき歌をつかふまつれりとじまん㒵《かほ》なるに、めのとおそろしくて、かくぞかへしよみけり。

aその御乳母のをとこ、少弐になりていきければ、下りにけり。（玉鬘　300頁）　bそのわたりにも、いささかよしある人は、まづこの少弐の孫《うまご》のありさまを聞き伝へて、なほ絶えず訪れ来るも（同　305頁）　c大夫《たいふ》の監《げん》とて、肥後の国に族《ぞう》ひろくて、（略）勢ひいかめしき兵《つはもの》ありけり。むくつけき心の中《なか》に、いささか好きたる心のまじりて（同前）　dこの姫君を聞きつけて、（略）いとねんごろに言ひかかるを（同前）　e歌詠ままほしかりければ、やや久しう思ひめぐらして（同　309頁）　f「この和歌は、仕うまつりたりとなん思ひたまふる」と、うち笑みたるも（同　310頁）

23はつね

年《とし》aたちかへりて、そらのけしきうらゝかに、bをのつから人の心のひらかにみゆるかし。光君、春《はる》のおとゞへ渡《わた》り給ふとて、さふらふ人〳〵打とけて、おのがどちいcわゐごとして、そほへ《(ママ)》あへるに、君、さしのぞき給ひて、d「みなをの〳〵思ふことの道あらんかし。すこしきかせよ。我ことぶきせん」とうちわらひ、すき給て、うへにわたらせ給ひて、

うす氷《こほり》とけぬる池《いけ》のかゞみには世にくもりなきかけぞならべる

と詠《ゑい》し給ひけれは、紫《むらさきのうへ》上かく、いわゐ給ひしとかや。

曇《くもり》なき池のかゝみに万代《よろつよ》をすむべきかけぞしるへ《(ママ)》見えける

a年たちかへる朝《あした》の空のけしき、名残なく曇らぬうららかげさには（初音　356頁）　bおのづから人の心ものびらかにぞ見ゆるかし。（同前）　c年の内の祝ごとどもして、そぼれあへるに、おとどの君さしのぞきたまへれば

（同前）　d「みなおのおの思ふことの道々《みちみち》あらんかし。すこし聞かせよや。我《われ》ことぶきせん」と、うち笑ひたまへる（同　357頁）

24胡蝶

六条院《ろくちやういん》、春の御まへにて御遊《きよゆう》のあした、蛍の宮、[a]御かはらけのついでに、[b]いとうそらゑいして、玉かつらの事を、源氏の君にほのめかし給て、

むらさきのゆへにこゝろをしめたればふちに身なげん名やはおしけき

とありければ、けんじのおとゞ、[c]いたうほゝゑみ給ひてかくとなん。

ふちにみをなけつべしやとこの春は花のあたりを立《たち》さらてみよ

a御かはらけのついでに（胡蝶　386頁）　bいといたうそら乱れして（同　385頁）　cいといたうほほ笑みたまひて（同　386頁）

25ほたる

顕《あらは》れていと、浅《あさ》くもみゆる哉あやめもわかすなかれけるねの

源氏《けんし》、玉かづらの君を、みつがら（ママ）の御子のやうになし給ひて、[a]すぎ（ママ）給ふ人〳〵の御心まとはさんとかまへ給ふ。ほたるの宮なん、せちに恋給ふ。宮よりあやめの日、御文あり。

けふさへやひく人もなきみかくれにあふる（ママ）あやめのねのみなかれん

とありけれは、「君も[b]御返しし給へ」とそ、そゝのかし出給ひぬ。人〳〵も「なを」と聞れは、御心にもいかゝ思しけん、かくなん有しとかや。

aすきたまひぬべき心まどはさんと、構へありきたまふなりけり。（蛍　415頁）　bけふの御返り」など、そそのかし置きて出でたまひぬ。これかれも、「なほ」と聞こゆれば、御心にもいかが思しけん（同　419頁）

26常夏

[a]内のおほいとの、外はらのみむすめを尋ねもとめ給いて、近江の君とそきこえし。御姉君《あねきみ》、今の女御こうきでんと申奉る。この御方へあづけ給はんとて、此君より女御へ御文あり。そのはしに、

草わかみひたちの浦のいかゝさきいかであひみんたごのうら浪

とあれは、[b]中納言の君といふ、いとちかふさふらひて、そば〳〵見けり。いまめかしき御文のけしきやと此君かわりて、[c]せんじかきめきて、かく、

常陸《ひたち》なるするかの海のすまの浦《うら》に浪《なみ》たち出よはこ崎《さき》の松

aおとどの外腹《ほかばら》のむすめ尋ねいでて（常夏　443頁）　b中納言の君といふ、いと近うさぶらひて、そばそば見けり。「いと今めかしき御文の気色にも侍るかな」（同　471頁）　c宣旨書きめきては、いとほしからん」とて、ただ御文めきて書く。（同　472頁）

27篝火

[a]秋にもなれば初風すゝしく吹いてゝ浦《うら》さびしき心地《こゝち》し給ふに、忍ひかねつゝ玉かつらの御方へしば〳〵渡り給ふて、萩《はき》[b]の音もやう〳〵あわれなるほとに成にけり。[c]庭のかゝり火も少きへかたなるを、

かゝり火にたちそふおもひの煙《けふり》こそ世にはたへせぬほのふなりけれ

と詠《ゑい》し給へは、玉かつらの君かく、

行衛《ゑ》なき空《そら》にそひてよかゝり火のたよりにたくふけふりとならは
a秋にもなりぬ。初風涼しく吹き出でて、背子が衣《ころも》もうらさびしき心地したまふに、忍びかねつつ、いとしばしば渡りたまひて（篝火　477頁）　b荻《をぎ》の音《おと》もやうやうあはれなるほどになりにけり。（同前）　c御前の篝火《かがりび》すこし消えがたなるを（同前）

28野分

六条院《ろくしやうゐん》のいつこも〳〵御心あはたゝしく、よひとふきあかして、aやう〳〵あかつきに風少ししめりて村雨《むらさめ》のやうにふりいづる。源氏の君も御子の中将御ともにて、かた〳〵へ風のおとつれに出させ給ふ。玉かつらの御方へ渡り給いて、物のたまいかはし給へは、女君、

　吹みたる風のけしきにおみなへししほれしぬへき心地こそすれ

bとくはしくもきこえぬに、君もかく有て出給ふ。

　白露になびかましかは女郎花《おみなへし》あらき風にはしほれざらまし

a暁方《あかつきがた》に風すこししめりて、むら雨のやうに降りいづ。（野分　489頁）　bくはしくも聞こえぬに（同　500頁）

29御幸

　あかねさす光りはそらに曇《くも》らぬをなとて御幸《みゆき》にめをきらしけむ

a大原野《おおはらの》の行幸《みゆき》とて、のこる人なく見さはくを、b玉かつらの君も立出給へり。そこばくいとみつくし給へる人の御かたちありさまを見給ふまゝに、御かとのうるはしうこきなき御かたはらめに、なすらいきこゆへき人なし、と思し給ふ。c又の日、源のおとゞ、女君へ御文あり。「きのふ、うへは見奉らせ給ひてきや。かのことは、おほしなひきぬら

んや」ときこゑ給へり。「[d]よくも、おしはからせたまふものかな」と覚す。御かゑりに、「きのふは、
うちきらしあさくもりせしみゆきにはさやかにそらの光やは見し」
とありけれは、君よりもまた御かへし、かくとなん。
a大原野の行幸《ぎやうかう》とて、世に残る人なく見騒ぐを（行幸　508頁）　b西の対の姫君も立ち出で給へり。そこばくいどみ尽くしたまへる人の御かたちありさまを見給ふに《イ見給ふままに》、帝《みかど》の、赤色の御衣《ぞ》奉りて、うるはしう動きなき御かたはら目に、なずらひきこゆべき人なし。（同　510頁）　cまたの日、おとど、西の対に、「昨日、上は見たてまつらせたまひきや。かのことは思しなびきぬらんや」と聞こえたまへり。（同　513頁）　dよくも、おしはからせたまふものかなと思す。御返りに、「昨日は（同　514頁）

30藤袴

玉かつらの君《きみ》、[a]内侍《ないし》のかみの御宮つかへのことをたれ〳〵そゝのかし聞ゑ給ふ。兵部卿《ひやうふきやう》の宮より御文有て、
朝日《あさひ》さすひかりをみても玉さゝの葉わけのしもをいたす（ママ）もあらなん
其ほか、髭黒《ひけくろ》の大将《たいしやう》、左兵衛督《さひやうへのかみ》なと、いつこよりもせちにこひ給へとも、女君、何とも思ひさためかたく、かた〳〵より御文有しかども、御返ことさせ給はざりしか、[b]宮の御かへりをいかゞおほすらん、たゞいさゝかにかくなん。
心もて日影《ひかけ》にむかふあふひたに朝おく霜《しも》をのれやはけつ
a内侍のかみの御宮づかへのことを、誰《たれ》も誰《たれ》もそのかしたまふ（藤袴　546頁）　b宮の御返をぞ、いかが思すらん、ただいささかにて（同　565頁）

31巻柱

髭黒《ひげくろ》の大将《たいしやう》、玉かつらの君を我みたちへ渡し給はんとて、北の御方ゑ、よきにかたらひなしたまひて、御ぞよそひつゝ、出給はんとし給ひしに、北の御方、[a]にはかに御物けおこりて、そばなる火とりの香炉《かうろ》をとりて、男君の後《うしろ》より、さといかけ給ふほど、あきれて物《もの》し給ふ。[b]御ぞかへて、御ゆどのなと、いたうつくろひ給ふ。木工《もく》の君、御薫物《たきもの》しつゝ、

「ひとりゐてこがるゝむねの苦《くる》しきに思ひあまれるほのほとぞみし

[c]名残なき御もてなしは、見奉る人だに、たゝにやは」と口ほし（ママ）ひてゐたる。大将の君かく、

うき事を思ひさはけはさま〳〵にくゆるけふりそいと、立そふ

aにはかに起き上がりて、大きなる籠《こ》の下《した》なりつる火取をとり寄せて、殿の後ろに寄りて、さといかけたまふほど、（略）あきれてものしたまふ。（真木柱　583頁）　b脱ぎ換へて、御湯殿など、いたうつくろひたまふ。木工の君、御薫物しつつ（同　586頁）　c名残なき御もてなしは、見たてまつる人だに、ただにやは」と、口おほひてゐたる（同前）

32梅枝

色《いろ》も香《か》もうつる計《ばかり》に此はるは花《はな》さく宿《やど》をかれずもあらなん

明石《あかし》の姫君《ひめきみ》、[a]御もぎの御心おきてに、[b]薫物合《たきものあは》せ給ふ。御かた〳〵よりも、ふるき方のめてたきを、いろ〳〵奉らせ給ふ。[c]「匂ひふかさあさゝも、かちまけのさだめあるべし」との給いて、ほたるの宮なん判者《はんしや》になし給ふ。[d]おゝみきなど参《まい》り給て、御遊ひある。[e]宮のおまへにびは、おとゞにさうの琴《こと》、頭中将和《たうちうしやうは》ごん、[f]宰相《さいしやう》の中将横笛《よこふへ》、きさらぎの初つ方なれば、[g]おかしき夜《よる》の御遊ひなり。御かはらけまいるに、ほたるの宮、

「鶯《うくひす》のこゑにやいとゞあくがれん心しめつる花のあたりに
h千代《ちよ》もへぬべし」と聞《きこ》へ給へは、源氏の君もかくなん。

a御裳着のこと思しいそぐ御心おきて（梅枝　618頁）　b薫物合はせたまふ。（同前）　c「匂ひの深さ浅さも、勝《かち》負《まけ》の定めあるべし」と、大臣《おとど》のたまふ。（同　619頁）　d大御酒《みき》などまゐりたまひて（同　626頁）　e宮の御前に琵琶、大臣《おとど》に箏の御琴まゐりて、頭中将、和琴賜りて（同　627頁）　f宰相の中将、横笛吹きたまふ。（同前）　gをかしき夜の御遊びなり。御かはらけまゐるに、宮、（同前）　h千代もへぬべし」と聞こえたまへば（同前）

33藤裏葉

なか〳〵におりやまとはん藤の花たそかれ時のたと〳〵しくも
夕きりの君、雲《くも》ゐのかり、a御もろ恋《こひ》の御中なれど、又おとゞきら〳〵しき御心地《こゝち》に、御こゝろとけ給はさりしか、男君のなまめかしうbねびゆき給ふを見給ひて、まけてうちとけ給はんとて、cおまへの藤《ふし》の花のおもしろくさき乱れたるにことよせて、d頭《とう》の中将《ちうしやう》して御せうそこあり。

我やどのふじの色こきたそかれにたつねやはこぬ春《はる》のなごりを
とありけれは、夕ぎりのきみ御かへし。

aさすがなる御もろ恋なり。（藤裏葉　646頁）　bただ今いみじき盛りにねびゆきて（同　647頁）　c御前の藤の花、いとおもしろう咲き乱れて（同　649頁）　d頭中将して御消息《せうそこ》あり。（同前）

34若菜上
女三の宮の御うしろ見、光《ひかる》君にあつけ給ふ。君もにげなくおほせと、院《いん》ののたまはせ給ふも、もだしかたく、うけはり給ふ。[a]紫《むらさき》のうへも、ことにふれて、たゞにもおぼされぬ世の有様《ありさま》なり。かゝるにつけても、はなやかにおひさきとおく、あなつりにくきけはいにて、うつろい給へるに、なまはしたなく覚《おぼ》さるれど、つれなくのみもてなして、いとらうたけなる御有様を、君はいとゞありがたしと思ひきこへ給ふ。女君、

目にちかくうつればかはる世の中をゆくすへとをくたのみける哉《かな》

と手ならいにし給へは、[b]けにことはりとおほして、かく書《かき》そへ給いしとかや。

命《いのち》こそたゆともたえめ定《さだ》めなき世のつねならぬ中のちぎりを

a対の上も事にふれて、ただにも思されぬ世のありさまなり。げに、かかるにつけても、（略）はなやかに生《お》ひ先《さき》遠く、侮りにくきけはひにて移ろひたまへるに、なまはしたなく思さるれど、つれなくのみもてなして、（略）いとらうたげなる御ありさまを、いとどありがたしと思ひきこえたまふ。（若菜上　727頁）　bげに、とことわりにて（同　729頁）

35わかな下

光《ひかる》君[a]いろ〳〵のさかへを見給ふ。神の御たすけはわすれがたくて、紫《むらさき》の上《うえ》をもぐし給ひて住吉《すみよし》にまふでさせ給ふこといそぎ給へども、ひゞきよのつねならずいみじく、[b]まい人はゐぶのすけとものかたちきよげにえらはせ給ふ。[c]こと〳〵しきこま、もろこしのがくよりも、あづま遊《あそ》びのみゝなれたるはなつかしくおもしろし。[d]君もむかしの事おほし出れと、そのことうちみたれかたろふべき人もなければ、

誰《たれ》かまた心を知《し》りて住吉《すみよし》の神《かみ》よをへたるまつにこととふ

[e]紫上《むらさきのうえ》も都《みやこ》の外《ほか》のありきは、まだならひたまはねば、めつらしくおほしめしてかくなん。

住《すみ》の江《ゑ》の松に夜《よ》ふかくおく霜《しも》は神《かみ》のかけたるゆふかつらかも

aかかるいろいろの栄えを見たまふにつけても、神の御助けは忘れがたくて、対の上も具しきこえさせたまひて、詣でさせたまふ。響き世の常ならず。いみじく事どもそぎ捨てて（若菜下　832頁）b舞人は、衛府の次将《すけ》どもの、かたち清げに丈《たけ》だち等しきかぎりを選《え》らせたまふ。（同前）cことごとしき高麗《こま》、唐土《もろこし》の楽よりも、東遊の耳馴れたるは、なつかしくおもしろく（同　834頁）dおとど、昔のこと思し出でられ、（略）その世のこと、うち乱れ語りたまふべき人もなければ（同　835頁）e対の上、（略）都の外《ほか》の歩《あり》きは、まだならひたまはねば、めづらしくをかしく思さる。（同　837頁）

36柏木

柏木《かしはき》の右衛《ゑ》門督失《もんのかみうせ》給ひて、女二《（ママ）》の宮、母《はゝ》君、諸《もろ》共歎《なけ》きくらさせ給ひしを、夕霧《ゆふきり》の大将しば〳〵御とふらひ物したまひ帰り給ふとて、a御前近《ちか》き桜《さくら》のいとおもしろきを見たまひて、

時《とき》しあれはかはらぬ色に匂《にほ》ひけりかたへかれにし宿《やと》の桜《さくら》も

と、bわざとならすよみなして立《たち》給ふに、母君いととう、

この春《はる》は柳《やなき》のめにそ玉はぬく咲《さき》ちる花の行衛《ゆくゑ》しらねは

a御前近き桜のいとおもしろきを（柏木　989頁）　bわざとならず誦《ず》じなして立ちたまふに、いととう、（同前）

37横笛

うき世にはあらぬところのゆかしくてそむく山路《やまち》に思《おも》ひこそいれ

女三の尼《あま》みやに、院《いん》のみかどより御いとおしみおほしやりて、aたへず御せうそこあり。御寺《みてら》のかたはらにぬきいでたるたかうな、ところなどおくらせ給ふとて、

世をわかれ入なん道はをくるとももをなしところを君《きみ》もたづねよ

とあれは御返し。

a絶えず聞こえたまふ。御寺のかたはら近き林にぬき出でたる筍《たかうな》、そのわたりの山に掘れる野老《ところ》などの、山里につけてはあはれなれば、奉れたまふとて（横笛　3頁）

38鈴虫

へだてなく蓮《はちす》のやとをちきりても君《きみ》が心やすましとすらん

入道の姫宮のaおましを仏《ほとけ》にゆつりたまひて、供養《くやう》せさせ給ふ。bこのたびはおとゞの君の御心さしにて、御念誦《ねんじゅ》たうの具《く》共、こまかにとゝのへさせ給ふ。「cかゝるかたの御いとなみをも、もろともにいそがんものとは、おもひよらさりしことなり。よし、後《のち》の世にだに、かの花の中のやどりへだてなくとおもほせ」とて、

蓮《はちす》ばをおなしうてなと契《ちき》りおきて露《つゆ》のわかるゝけふぞかなしき

と、dかう染《そめ》なる御扇《おんあふぎ》に、書《かき》つけ給へり。そのはしに宮、かくなん、かきそえたまふ。

a御座《おまし》を譲りたまへる仏の御しつらひ（鈴虫　31頁）　bこのたびは、おとどの君の御心ざしにて、御念誦《ねんず》堂の具ども、こまかにととのへさせたまへるを（同　28頁）　cかかるかたの御営みをも、もろともに急がんものとは思ひよらざりしことなり。よし、後《のち》の世にだに、かの花の中の宿りに、へだてなくと思ほせ」とて（同　31頁）

d香《かう》染なる御扇に書きつけたまへり。（同前）

39夕霧

夕きりの大将はおちばの宮に御心まどひ給ふて、雲井《くもい》のかりのうらみ給ひしを、むかしよりの御契《ちき》りのほどあさから

ぬ事なとことはり給ひて、けさうして出給ひしかば、女君、
なるゝ身をうらみんよりは松しまのあまの衣《ころも》にたちやかへまし
とあれは、男君御返しとて、
松しまのあまのぬれぎぬなれぬとてぬきかへつてふ名《な》をたゝめやは
a化粧《けさう》じて出でたまふを（夕霧　123頁）

40御法
紫《むらさき》のうへ、うせ給いしかば、秋好《あきこの》中宮《むちうくう》より御弔《とふらひ》御せうそこあり。
かれはつる野《の》へをうしとやなき人の秋《あき》に心《こころ》をとゞめざりけん
紫《むらさき》の上《うへ》は春《はる》をこのみ給ふゆへ、かく詠《ゑい》し給ふなり。光《ひかる》君御かへし、
のぼりにし雲《くも》井なからもかへりみよわれあきはてぬつねならぬ世に
a冷泉院の后の宮よりも、あはれなる御消息《せうそこ》絶えず（御法　160頁）

41まぼろし
紫《むらさき》のうへうせ給ひて、としもかへりぬ。光君《ひかるきみ》、春《はる》の光《ひかり》を見給ふにつけても、いとゞくれまどひたるやうに過《すく》し給ふ。
人々まいりなどすれど、御心地なやましきやうにもてなし給ひて、みすの内にのみおはします。兵部卿《ひやうふきやう》の宮《みや》わたり給
へるにそ、たいめんしたまはんとて、御せうそこきこへ給ふ。
我《わか》やどは花《はな》もてはやす人もなしなにゝか春《はる》のたづねきつらん
とあれは、宮《みや》うち涙《なみだ》ぐみて御返しかく、

香《か》をとめてきつるかひなく大《おゝ》かたの花《はな》のたよりといひやなすべき

a春の光を見たまふにつけても、いとどくれまどひたるやうにのみ、（略）人々参りたまひなどすれど、御心地悩ましきさまにもてなしたまひて、御簾《みす》の内にのみおはします。兵部卿の宮渡りたまへるにぞ、ただうちとけたる方にて対面したまはんとて、御消息《せうそこ》聞こえたまふ。（幻　164頁）　b宮、うち泪ぐみ給ひて（同前）

42匂宮

aにほふ兵部卿《ひやうふきやう》、かほる大将と世にめできこへける。殊《こと》にかほるの君は院《いん》の御いつくしみふかく、いつこも〳〵御いとおしみ、はなやかなり。bかほかたちも、すぐれたる、あなきよらとみゆる所もなきが、たゞいとなまめかしうはづかしげに、心のおくおゝかりけるけはひ、人ににぬなりけり。香《か》のかんばしさ、よのつねの匂《にほ》ひにあらず。c御まへの花の木も、はかなく袖《そで》かけ給ふ梅《むめ》の香は、

色《いろ》よりも香こそあわれとおもほゆれたか袖《そで》ふれし宿《やと》の梅そも

となん見えたり。

a例の世の人は、にほふ兵部卿、かほる中将と、聞きにくく言ひつづけて（匂宮　219頁）　b顔かたちも、そこはかと、いづこなんすぐれたる、あなきよらと見ゆるところもなきが、ただいとなまめかしう恥づかしげに、心の奥多かりげなるけはひ、人に似ぬなりけり。香《か》のかうばしさぞ、この世の匂ひならず（同　217頁）　c御前の花の木も、はかなく袖かけたまふ梅の香は（同　218頁）

43紅梅

あぜち大納言《たいなこん》より、かさねて歌《うた》奉らせ給ふ。

もとつかのにほへる君《きみ》か袖ふれは花もえならぬ名をやちらさん

[a]とまめやかにきこへ給へは、さすがに御心ときめきし給ひて、匂宮《にほふみや》御返し、

花《はな》の香《か》をにほはすやどにとめゆかば色《いろ》にめつとや人のとかめん

aと、まめやかに聞こえたまへり。（略）さすがに御心ときめきしたまひて（紅梅　242頁）

44竹川

かほるの君のすみ給ふ[a]三条の宮ちかければ、いつもこなたへまいりかよひ給ふを、玉がつらの君、いとうつくしみ給ふ。[b]御念誦堂《ねんしゆとう》におはして、「こなたへ」との給へは、かほる君戸口のみすのまへに居《い》給へり。おまへ近《ちか》きわか木の梅《むめ》、心もとなくつぼみて、鶯《うくひす》の初《はつ》こゑ、いとおほとかなるに、ことすくなに心にくきほどなれば、人〴〵ねたがりて宰《さい》相《しやう》の君、

折《おり》てみばいとゞ匂《にほ》ひもまさるやとすこし色つけ梅《むめ》の初花《はつはな》

と詠《よま》れけれは、[c]くちはやしときゝて、君、御かへし、

余所《よそ》にてはもぎゝなりとやさたむらん下に匂《にほ》える梅《むめ》の初花《はつはな》

aかの三条宮といと近きほどなれば（竹河　254頁）　b尚侍《かん》の殿、御念誦堂におはして、「こなたに」とのたまへば、東の階《はし》よりのぼりて、戸口の御簾の前にゐたまへり。御前近き若木の梅、心もとなくつぼみて、鶯の初声もいとおほどかなるに、（略）こと少なに心にくきほどなるをねたがりて、宰相の君と聞こゆる上臈の詠みかけたまふ。（同　258頁）　c口はやしと聞きて（同　259頁）

45橋姫
いかでかくすだちけるそと思ふにもうき水鳥のちきりをそしる
源氏には御おぢ、うばそくの宮と申せしか、北の方《かた》うせ給ひて、御姫君《ひめきみ》ふた所《ところ》ありしを、いつくしみはぐゝみ給ふ。aa春のうらゝかなる日かけに、池《いけ》の水鳥《みつとり》とも、はね打《うち》かはして、つがひはなれぬを、うら山敷詠《やましくながめ》給ひて、
うちすてゝつかひさりにし水鳥《みつとり》のかりのこの世にたちをくれけん
姫君へもb紙《かみ》奉《たてまつ》り給へは、cおいさき見へて、あね君。
　a春のうららかなる日影に、池の水鳥どもの羽うちかはしつつ（略）つがひ離れぬをうらやましくながめたまひて（橋姫　311頁）　b紙奉りたまへば（同　313頁）　c手は生《お》ひ先見えて（同前）

46椎本
遠近《おちこち》の汀《みぎは》の波《なみ》はへだつともなを吹《ふき》かよゐ宇治《うち》の川風《かはかぜ》
a二月廿日《きさらぎはつか》のほど、兵部卿《ひやうぶきやう》、はつせに、もふで給ふ。b宇治《うち》の中やどりのゆかしさに、もよほされ給へる也。cかん達部《たちへ》いとあまた、つかうまつり給へる。d御琴《こと》、笛《ふゑ》など、めして遊ひ給ふ。e水の音もすみ渡《わた》る心地《こゝち》して、かのひしりの宮《みや》にもさし渡《わたる》るほどなれば、追風《おいかせ》にふきくるひゞきをきゝ給ふて、fかれよりかほるの君《きみ》へ御文あり。
山風に霞《かすみ》ふきとく声《こゑ》はあれどへたてゝ見ゆるおちのしら浪《なみ》
g匂《にほふ》宮おぼすわたりと見給へは、いとおかしうて、此御返しは我《わか》せんとて、かくなん。
　a二月の二十日のほどに、兵部卿の宮、初瀬に詣でたまふ。（椎本　358頁）　b宇治のわたりの御中やどりのゆかしさに、多くは催されたまへるなるべし。（同前）　c上達部いとあまた仕うまつりたまふ。（同前）　d御琴など召して遊びたまふ。（同　359頁）　e水の音ももてはやして、物の音澄みまさる心地して、かの聖の宮にも、ただ

さし渡るほどなれば、追ひ風に吹きくる響きを聞きたまふに（同前）　fかれより御文あり。（同　361頁）　g宮、思すあたりと見たまへば、いとをかしく思《おぼ》いて、「この御返りは我せん」とて（同前）

47総角

八の宮うせ給ひて、姫君《ひめきみ》ふたかた物あわれにすぐし給ふを、かほる大将は宮のほのめかし給ふ御一こともありて、ふりがたく、おり〳〵とむらひ給ふ。匂宮も此姫君のことゆかしう思ひ給ひて、大将の君にそゝのかし給ふ。大将、中の君をすみつけ給ひて、宇治《うち》に忍ひてあい奉らせ給ふ。京にかへり給はんとて、

　中たゑん物ならなくに橋姫のかたしく袖や夜半にぬらさん

出[a]がてに、たちかゑりつゝやすらふ。中の君かく御かへし、

　絶《たへ（ママ）》ぜしの我《わか》たのみにや宇治《うち》はしのはるけき中《なか》をまちわたるべき

　a出でがてに、たち返りつつやすらひたまふ。（総角　469頁）

48早蕨

中の君を京へ御むかへさせの御もやうし、かほるの君、宇治《うち》に渡り給いて、何かその御おきてせさせ給ふ。弁《へん》の尼《あま》とて此宮《みや》にふるくつかふまつれるおい人、かほるの君も、いとふひんにし給へ《（ママ）》しか、宇治の宮にのこしおき給はんはいと心ほそかるべしと、折《おり》〳〵は物の給ひて、末《すへ》〳〵も心[a]ゆきたるけしきにて、京へ出なんいそきなと見て弁《へん》の尼《あま》、

　人はみないそきたつめる袖《そて》の浦《うら》にひとりもしほゝたるゝ尼哉

とかこては、中の君かくなん、

　しほたるゝあまの衣《ころも》にことなれや浮《うき》たる波《なみ》にぬるゝ我袖《わかそて》

aみな人は心ゆきたる気色にて（早蕨　541頁）

49宿り木

藤《ふじ》つほの女御《によご》の御はらに、女宮《みや》一かたおはします。[a]かたちなと、いとろうたけに物し給ふ。[b]母女御うせ給いて、[c]はかゞしき御うしろ見もおはせざりしか、うへもいとあわれにいとをしみ給ふ。[d]かほる中納言の人よりもことなるを思しよりて、うへにめして御碁《ご》うたせ給ひて、[e]「よきのり物はありぬべけれと、かるゞしくはえわたすましきを」との給はせて、[f]三はんにかずひとつ、まけさせ給ひて、「ねたきわさかな。まつけふは此花一枝ゆるす」との給ひけれは、おもしろき枝を折《おり》て、

　世の常《つね》のかきねに匂《にほ》ふ花ならば心のまゝに折てみましを

[g]とそうし給へは、御製《ぎよせい》かくなん。

　霜《しも》にあへすかれにしその、菊《きく》なれとのこりの色《いろ》はあせすもある哉《かな》

　a御かたちも、いとをかしくおはすれば、帝《みかど》もらうたきものに思ひきこえさせたまへり。（宿木　553頁）黒き御衣《ぞ》にやつれておはするさま、いとどらうたげに（同　555頁）b女御、（略）うせたまひぬ。（同　554頁）c後見《うしろみ》と頼ませたまふべき、をぢなどやうのはかばかしきひともなし。（同　555頁）d源中納言の、人よりことなるありさまにて（同　556頁）e「よき賭物《のり》はありぬべけれど、軽々しくはえ渡すまじきを、何をかは」などのたまはする（同　557頁）f三番に数一つ負けさせたまひぬ。「ねたきわざかな」とて「まづ今日は、この花、一枝ゆるす」とのたまはすれば、（略）おもしろき枝を折りて参りたまへり。（同　558頁）gと奏したまへる（同前）

50東屋

かほるの君、あげ角《まき》の君のうせ給いて後《のち》、思《おぼ》しわする間《ま》なく、中の君は匂宮にすみつき給へば、今《いま》はむかしにとりかえさまほしくおぼせしに、大君の御かたしろを尋《たつ》ねいでさせ給ひて、かの宇治《うち》の山里《やまさと》にすへおきたまふ。うき舟《ふね》の君とかやきこへし。おりふしごとにかよひたまひて、よろつおしゐ給ひて、むかしをなをもおもひいてたまふ。a弁《へん》の尼《あま》よりくた物まいれり。bしきたるかみに、

　やとり木は色《いろ》かわりぬる秋なれとむかしおぼへてすめる月かな

cと、ふるめかしくかきたるを、あわれにおほされて、dわさと返りことゝはなくて、かくの給ふ。

　里《さと》の名《な》もむかしながらに見し人のおもかわりせるねやの月かげ

　a尼君の方より、くだものまゐれり。（東屋　755頁）　b敷きたる紙に（同前）　cと古めかしく書きたるを、恥づかしくもあはれにも思されて（同　756頁）　dわざと返り事とはなくてのたまふを（同前）

51浮舟

　なけき侘身《わびみ》をはすつともなき影《かげ》に浮名《うきな》ながさんことをこそ思へ

かの宇治《うち》の宮に浮舟《うきふね》の君ましましけるに、匂宮《におふみや》忍ひてかたらひ給ひしを、かほるの君ほのきゝたまひ、下《しも》人にとのひきびしくせさせ給へば、宮もゐ入たち給はて、人をよび出し給へば、侍従《ししょう》の君まいりて、かくとつけで《（ママ）》なげきければ、宮は其まゝに帰りなんとて、

　いづくにか身をばすてんと白雲《しらくも》のかゝらぬ山もなく〱そゆく

侍従《ししょう》帰《かへ》りて、かくとつくれば、女もやるかたなくて、身をうしなはんの御心そひてかくなん。

52蜻蛉

常《とこ》なしとこゝら世を見る浮身《うきみ》だに人のしるまでなげきやはする

[a]小ざい相《しやう》の君《きみ》と云《いふ》人、かたちなとも清《きよ》けなり。おなし琴をかきならすつまおとも人にはまさり、文《ふみ》をかき、物うちいひたるも、よしあるふしをなんそへたりける。匂宮も年比《としころ》おぼして、れいのいひやり給へとも、宮のあだなるいろ〳〵しさをめつらしげなくおもひて、かほる君はすこし人よりことなりとおほす。浮舟《うきふね》うせ給ひて、ものおほしたるやうも見しりければ、忍ひあまりて聞へたり。

哀《あはれ》しる心《こゝろ》は人にをくれねと数《かず》ならぬ身にきへつゝそふる

君、御かへしかくなん。

a小宰相の君といふ人、かたちなども清げなり。（略）同じ琴を掻き鳴らす爪音も撥音も人にはまさり、文を書き、ものうち言ひたるも、よしあるふしをなん添へたりける。この宮も、年ごろ、いといたきものにしたまひて、例の、言ひやぶりたまへど、などか、さしもめづらしげなくはあらんと、心強くねたきさまなるを、まめ人は、すこし人よりことなりと思すになんありける。かくもの思したるも見知りければ、忍びあまりて聞こえたり。

（蜻蛉　891頁）

53手習

[a]九月になりて、尼君《あまきみ》はつせにもふづ。「手ならひの君も[b]いさ給へ」とそゝのかしたつれと、「[c]心地いとあしけれは」といなみたまへは、しいてもいさない給はす。女君、

はかなくて世にふる河《かは》のうき瀬《せ》にはたつねもゆかし二もとの杉《すき》

[d]と手習《てならい》にましりたるを、あまきみ見つけて、おなしさまに、

ふる河《かわ》の杉《すき》のもとたちしらねともすきにし人によそへてぞ見る

a九月になりて、この尼君、初瀬に詣づ。（手習　968頁）　b「いざたまへ。（略）」と、そそのかしたつれど（同前）　c「心地のいとあしうのみはべれば、（略）」とのたまふ。（略）しひてもいざなはず。（同前）　dと手習にまじりたるを、尼君見つけて（同　969頁）

54夢浮橋

世《よ》の中は夢《ゆめ》のわたりの浮《うき》はしかうち渡《わた》しつゝ物《もの》をこそおもへ

浮舟《うきふね》うせ給ひし事、いづこも〱[a]夢《ゆめ》のやうにあやしみ給ふに、小野に物し給ひたるやう、さたしあれは、かほるの君、まつ、ひえの山にのほりて、僧都《そうつ》にくはしく尋《たつ》ねもとめ給ひて、こま〱いゝやり給ふ。[b]さま〲につみおもき御心おば、そうつにおもひゆるしきこへて、今はいかてあさましかりし世の夢《ゆめ》がたりをいそがるゝ心のわれなからもとかしきとなん。そも〱夢の浮《うき》はしといふこと、此物語《ものかたり》一部《いちふ》の惣名《そうみやう》なるへし。されは真実《しんしつ》はみな夢《ゆめ》の浮世《うきよ》となん古《ふる》き歌《うた》にもかくなん。

a夢と覚えて、いとあやし。（蜻蛉　852頁）　夢のやうにて（蜻蛉　853頁）　bさまざまに罪重き御心をば、僧都に思ひゆるしきこえて、今はいかで、あさましかりし世の夢語りをだにと急がるる心の、我ながらもどかしきになん。（夢浮橋　1034頁）

4　川越市立中央図書館蔵　伝賀茂真淵撰『源氏物語十二月絵料』（翻刻）

凡例

一、翻刻は原文のままを原則とし、誤字・脱字・当て字・仮名遣い等も底本の通りにしたが、読解や印刷の便宜を考慮して次の操作を行った。

1　底本の旧漢字・異字体・略体は、通常の字体に改め、適宜、句読点を付けた。

2　誤写かと思われる箇所には、右側行間に（ママ）と記した。

3　見せ消ちは二箇所あり、末尾の跋文にあるものは、そのまま翻刻した。もう一箇所は九月・関屋の巻の解説文にあり、「石山にまうて給はんと□」の□の箇所は、踊り字の「ゝ」とも、平仮名の「に」（字母「尓」）とも読める。写した人が書き誤りに気づき「て」に直したと判断して、訂正後の本文のみ翻刻した。

二、書いた文字を擦り消したり、消さずに重ね書きしたりした箇所はない。

三、月の初めに付けられた〇印は、朱で記されている。

四、朱筆で書かれた文字は、一箇所だけある。それは九月・関屋の巻の解説文で、「車をかきおろして」の「ろ」を朱で消して、右横に「ろ」を朱書している。これは墨筆の「ろ」が判読しにくかったからであろう。

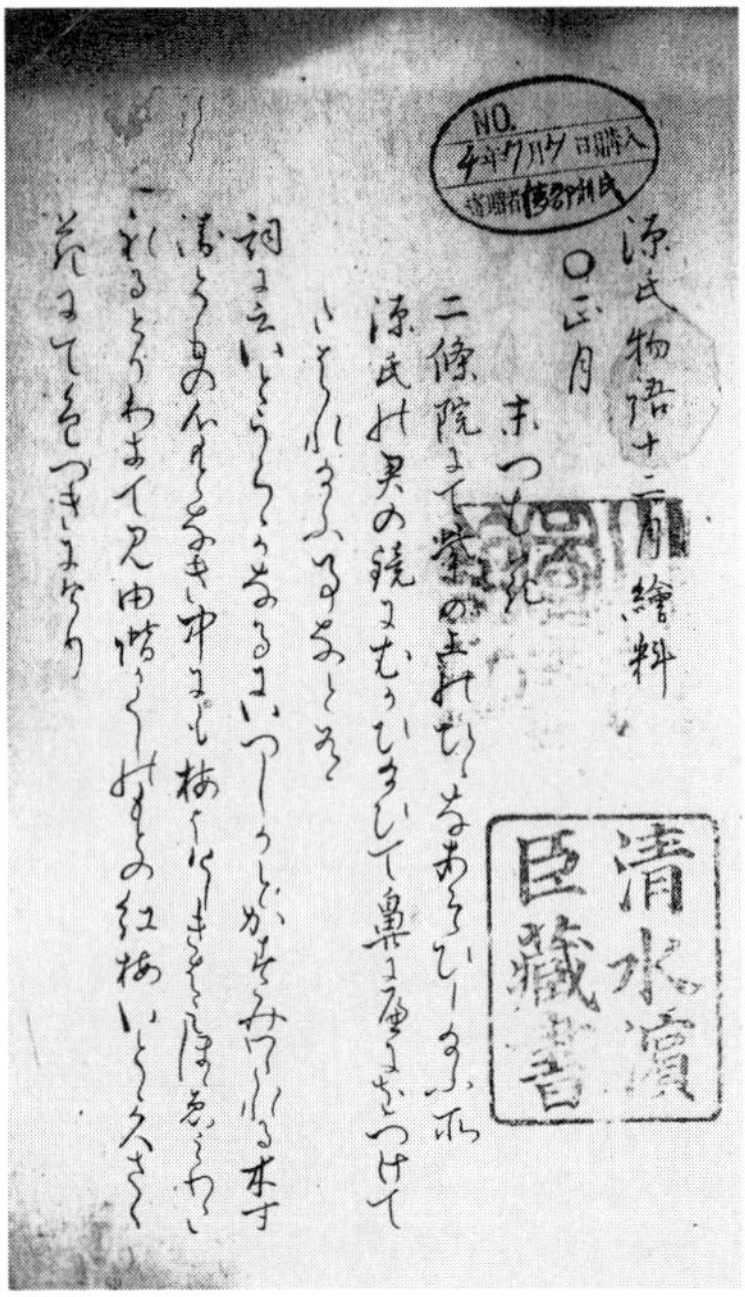

源氏物語十二月絵料

○正月

末つむ花

二条院にて紫の上のひゝなあそひし給ふ所。源氏の君の鏡にむかひ給ひて鼻に、へにをつけてたはれ給ふ事なと有。

詞に云、いとうらゝかなるに、いつしかとかすみわたれる木すゑともの心もとなき中にも、梅はけしきはみほゝゑみわたれる、とりわきて見ゆ。階かくしのもとの紅梅いとゝく、さく花にて色つきにけり。

右の詞のうち、霞みわたれる梢のありさま、又、白梅のつほみたる、又、はや咲きの紅梅のありさまなとあるへし。又、はしかくしのさまなと、かきやうあらんか。

又、

初子

あかしの姫君の御かたにて、わらはゝ、しもつかへなと、おまへの山に小松引きあそふ所。姫君のさま、女房あまたさふらふ所。源氏の君の居たまふさまも有へし。ひけ籠、わりこなと、もて来たれるさま。つくりものゝ鶯をすゑたる五葉の枝に、文をつけたる所なと有へし。

○二月

源氏の君、須麻《ママ》に居給ふさま、海のけしきなと有へし。又、都より三位中将、来給へる事、此つゝきに有。中将と源氏の君と物かたりし給ふさまあるへし。

詞に云、二月廿日あまり、いにし年、京をわかれしとき云々。南殿の桜は、さかりになりぬらん云々。

此前の詞に、わかきの桜の咲初てと有。

又、

椎か本

詞に云、きさらきのはつかの程に兵部卿宮、初瀬にまうて給ふ云々。

此時、初瀬にまうて給はむとて、宇治の八の宮の所によらせ給へる也。宇治のけしきを書へし。

又、詞に、はる〳〵と霞わたれる空に、ちるさくらあれは今ひらけそむるなと、いろ〳〵みわたさるゝに、河そひ柳のおきふしなひく水影云々。

八の宮の家居は、あしろの屛風、萱か軒なと、事そきたるさまなるへし。

○三月

胡蝶

むらさきの上の春のおまへより、秋好の中宮の御方へ、わらはに蝶鳥の舞の装束させて、桜、山吹をかめにさして、もたせて奉り給ひし事、有。此所に、やよひのはつかあまりの頃とあり。こゝはさま〳〵書事あるへし。

又、

花宴

詞に云、やよひのはつかあまり云々。やかて藤の花宴し給ふ云々。

こゝは右大臣の家にて、弓のけちにて、上達部、みこたち、つとひ給ひて、源氏の君をむかへる所也。をしき、ついかさね、へいし、かはらけ、らいしなとやうのもの、とりならへたるかたあるへし。

○四月

蓬生

源氏の君、常陸宮をとひ給ふ所。

詞に云、おほきなる松に藤の咲かゝりて、月影になひきたる云々。柳もいたうしたりて、ついちもさはらねは、みたれふしたり云々。御さきの露を馬のむちして、はらひつゝいれたてまつる云々。

又、

あふひ

六条の御息所の車あらそひの所。ここはかきやうにて、おもしろく侍るへし。

○五月

はゝき木

源氏の君、方違にて、紀の守か中川の宿にやとり給へる所。こゝは雨夜のものかたりのつゝきにて五月也。詞に、やり水の事、蛍とひちかひたるなとあれは、それらのさまを書へし。紀の守の兄弟、又、小君なとゝ、おほしきわらは、三四人、有へし。簾をへたてゝ、空蟬のありさまをも書へし。酒、さかなゝと、灯台なと、源氏の君のおまへのかたに有へし。

又、

花ちる里

詞に、さみたれの空、めつらしう晴たる雲まに云々。さゝやかなる家のこたち、よしはめるに、よくなることをあつまにしらへて云々。

こゝは中川の女の家のまへを、源氏の君のすき給ふ所也。源氏の君の車とゝめ給へるさま、空には郭公の鳴て、すくるかたあるへし。

○六月

夕顔

夕顔の宿のまへに、源氏の君の車とゝめ給へる所。

此つゝきの文に、さ月のころほひより物し給ひし人なんあるへけれと云々とあれは、こゝは六月の事也。

又、

常夏

六条院の東の釣殿にて人々、逍遥し給ふ所。

詞に云、にし川よりたてまつれるあゆ、ちかき川の石ふしやうのもの、おまへにて、てうしまゐらす云々。せみのこゑなとも、いとくるしけに聞ゆれは、水の上むとくなるけふのあつかはしさかなと有。

このあゆ、石ふしなと、てうするさまなと、書やうあるへし。又、池の蓮の花のさかりの事、わかなにも、まほろしにもあり。六月の絵には、蓮のありさまかゝんも、よく侍るへし。

○七月

かゝり火

詞に云、秋になりぬ。初風すゝしく吹出て云々。夕月夜はとくいりて、すこし雲かくるゝけしき、をきのおとも、やう〳〵あはれなるほとになりけり。御ことを枕にて、もろともにそひふし給へり云々。おまへのかゝり火のすこしきえかたなるを、御ともなる右近のたいふをめして、ともしつけさせ給ふ。

こゝは源氏の君と玉かつらの君と、ことを枕にてそひふし給へるやう、書やうあるへし。池にかゝり火のありさまを書へし。

又、

明石

源氏の君、をかへの宿をとひ給ふ所。
詞に云、十三日の月、はなやかにさしいてたる云々。御馬にて、いて給ふ。惟光なとはかりを、さふらはせ給ふ云々。
歌に、秋のよの月毛の駒よわかこふる雲ゐにかけれときのまも見む
こゝは源氏の君、直衣にて、月毛の駒にのりたまひ、惟光、かちにて、狩衣すかたにて、御ともつかうまつるさ

まを書へし。此つゝきに、七月廿よ日のほとに、又かさねて京へかへり給ふへきせんしくたり云々とあれは、この十三日の月は七月の十三日也。

○八月
　野分
秋好の中宮のおまへに、色々の秋草をうゑさせ給へるを、八月、野分吹いてゝ、それをあらしたる所。野分の吹たるによりて、夕霧の君の、紫の上をひそかにかいまみ給へる事あり。これなと書やうあるへし。
又、
　夕霧
夕霧大将、小野にゆき給ふ所。山里のけしき秋草のやうなと、さま〳〵書やうあるへし。
詞に云、八月中の十日はかりなれは、野へのけしきも、をかしき頃なるに、山里のありさまのいとゆかしけれは云々。
又、宿木に、八月はかり源中納言の君の、あさかほの花を折て、中の君にみせ給ひし事あり。其あさかほを、扇の上にのせ給へる事なと有。八月の絵には、これなとも書やうあらんか。又、夕顔には、八月十五夜、夕顔のやとに源氏の君のやとり給ひて、あれたる家の月なと、もりたるを、めつらしとおほしたる事、有。これも書やうあるへし。

○九月
　関屋
詞に云、九月つこもりなれは、紅葉の色々こきませ、霜かれの草、むら〳〵をかしうみえわたる、関屋より、さとくつれいてたる旅すかたともの、色々のあをのつき〳〵しきぬひもの、くゝりのさまも、さるかたにをかしう見ゆ。此所は、源氏の君は石山にまうて給はんとて、いてたち給ふに、空蟬は常陸よりのほるほとにて、あふ坂の関にて行あひ奉りて、杉の下に車をかきおろして、とゝまれる也。こゝはさま〳〵書こと、有へし。

又、

をとめ

秋好の中宮より紫の上の御かたへ、紅葉、秋の花なとをつみて、まゐらせ給ふ所。

詞に云、なか月になれは、もみちむら〳〵色つきて、宮のおまへ、えもいはすおもしろし。風うちふきたる夕くれに、御はこのふたに色々の花もみちをこきませて、こなたに奉らせ給へり。おほきやかなるわらはの、こきあこめ、しをんのおりものかさねて、あかくちはのうすもの、かさみ、いといたうなれて、らう、わたとのゝそりはしをわたりてまゐる云々。

○十月

はゝき木

木枯の女の宿に、殿上人の来たりたる所。残りの菊、紅葉のちるやうなと、殿上人の笛をふくさま、すたれのうちにて女のことひく所なと有へし。

又、

もみちの賀

朱雀院に行幸ありて、源氏の君と頭中将と、青海波をまひ給ふ所。

詞に云、かさしの紅葉ちりすきて云々。おまへなる菊をゝりて左大将さしかへ給ふ云々。

青海波まひ給ふ所は常にかきなれたれは、此かさしをさしかふる所なとをかゝは、めつらしく侍らんか。

○十一月

薄雲

大井の里の冬のすまひのありさま、明石の上、入道の北方、姫君なとを書へし。

詞に云、冬になりゆくまゝに川つらのすまひ、いと心ほそさまさりて云々。

此つゝきに、うちなきつゝすくすほとに、しはすにもなりぬとあれは、はしめは十一月也。

又、

まほろし

詞に云、五せちなといひて、そこはかとなく今めかしけなるころ、大将との丶君たち、わらは殿上し給ひてまゐり給へり云々。御をちの頭中将、蔵人の少将なと、をみにて、青すりのすかたとも、きよけにめやすくて云々。

此青摺は新嘗会の時の小忌衣也。此ありさまなと、絵にはめつらしかるへし。

○十二月

あさかほ

雪まろめする所。こゝは常にかきなれたれと、絵の料にはいとよき所也。

又、

玉かつら

年のくれにかた〳〵へ、きぬをくはり給ふ事あり。源氏の君と紫の上と、きぬの色合なと、さため給ふ所。この

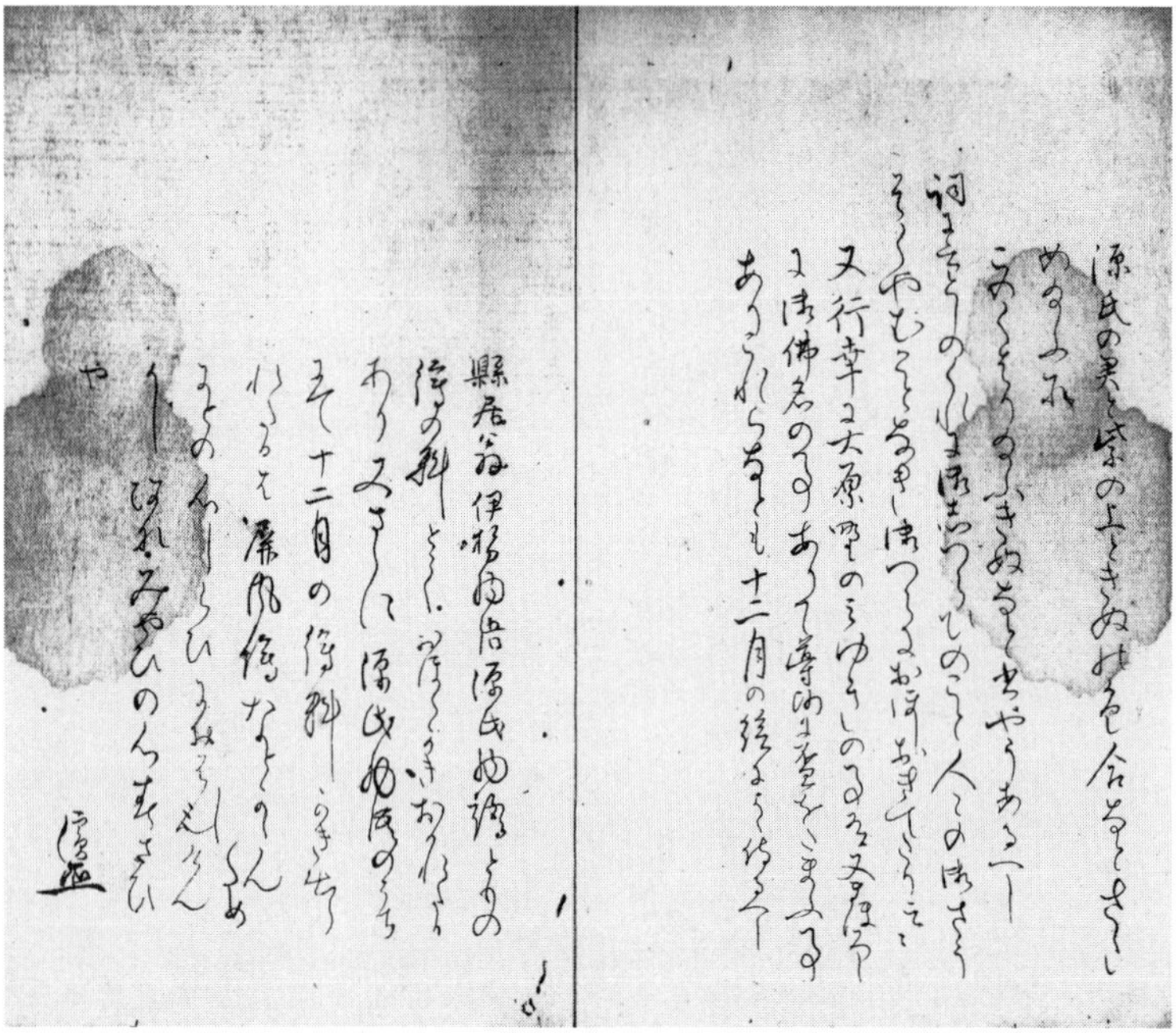

くはり給ふきぬなと、書やうあるへし。
詞に云、としのくれに御しつらひのこと、人々の御さうそく、やむことなき御つらにおほしおきてたり云々。又、行幸に、大原野のみゆきの事、有。又、まほろしに、御仏名の事ありて導師に盃をたまふ事あり。これらなとも十二月の絵によく侍るへし。

縣居翁、伊勢物語、源氏物語とも絵の料とて、おほくかきおかれたるあり。又さらに源氏物語のうちにて、十二月の絵料かき出られたるは、屛風絵なとかゝんためにとの心しらひにおはんけんかし。あな、みやひの心すさひや。　濱臣

5　財団法人郡山城史跡・柳沢文庫保存会蔵『生花表之巻』（翻刻）

凡例

一、翻刻は原文のままを原則とし、誤字・脱字・当て字・仮名遣い等も底本の通りにしたが、読解や印刷の便宜を考慮して次の操作を行った。
1　底本の旧漢字・異字体・略体は通常の字体に改め、適宜、句読点を付けた。
2　誤写かと思われる箇所には、右側行間に（ママ）と記した。
二、本文末尾の「卜山大君」は、柳沢保光を指す。

生花表之巻（外題）

凡、生花、活といへとも、草木之出生も不知しては、時をまこふ事、常に多し。生花は生方出生を第一として、花之姿、艶敷、自然に生たるやうに活なすへし。すへて花を活は、野山水辺をのつからなる姿を移し、其内に余情を付て、万花千草、其育を見かことくすへし。風流の余情なけれは見所なし。然に格式も不守、花入不相応の花、雑木雑草、用ること有へからす。勿論、生花は祝義を第一にして、かりにも猥に不可活。生方の法を守りて其上、作意第一たるへし。法式を不知は、たとへていはゝ、人の身のたしなみもなく、礼義も無か如し。能々、口伝を受て可活也。中興紹鷗、利休の頃より、なけ入花とて茶の席に専用ゆ。投入といふは、花数少く手早に速に生て、とく退くを好侍る故に則なけ入たるの心、そのかたち其儘なるを以て名つくと見えたり。唯、作意のこと葉と見えたり。書院之花は、なけ入とは唱へからす。花形行義に花数多く富貴なる姿にいけなすへし。今こゝにしるすは古実伝来、書院向数奇屋に到までの活方、なを其外に源氏奥入極伝は切紙口伝にあり。先、大概をしるすのみ。

花数葉数之事。花計葉計之事。十文字見切之事。長競之事。色切幷同色之事。花葉添不副事。菖蒲杜若之類葉遺之事。向枝壁枝向花之事。角口花器耳口花尊之事。卓下花器之事、香炉之伝。花尊水打与不折与之事。薄板露雫之事。果物類之事。廻花之事。客花生候節花与掛物陰陽之事。客花活仕舞候刻之事。客花生置帰宅之事。同賞翫之花之事。生残之花納候事。相客花見様作法之事。掛物ニ花之絵之時之事。男女赤白之事。客位主居之事。五節句之花之事。祝義ニ嫌花之事。座敷江不出花之事。花切時之事。室咲之花之事。萱草一八之花之事。神前之花之事。仏前之花之事。移徙之花之事。追善幷中蔭之花之事。花ヲ花入之縁江為侍ル事。二重切ニ而客江花所望之事。一重切花器之事。出陣籠城幷旅立帰国之花之事。釣花入之事。出船入船泊船之事。鎖寸法之事。籠花器之事。細口花入之事。薄板敷様之事。古来花入汗之事。古来花器心持之事。花入釘之事。真行走（ママ）之事。掛物竪横ニ寄ル事。座敷ニ依生様之事。庭之模様ニ依リ生様之事。二重切生様之事。三重切生様之事。五重切生様之事。茶席花生様之事。

右五十四ケ条。右の条々者、東山喜山相公、発明し翫ひ定め給ひし源氏活花書院向活方作法にして、先祖江付属し給ひしより伝統し是を相承し、源氏の全部書院の御式、外家に委しく知処にあらす、無双の秘伝といへとも御執心の深厚により伝ふるなり。努々、御他言有まし。尚、此上の極伝の品々は、御手練深志を見届、切紙をもて追々相伝ふへきものなり。

源氏活花宗匠　松翁斉法橋（白文方印）（朱文方印）

天明八戊申歳　三月

卜山大君　授与之

6　たつの市立龍野歴史文化資料館蔵『源氏五十四帖之巻』（影印・翻刻）

凡　例

一、翻刻は原文のままを原則とし、誤字・脱字・濁点・当て字・仮名遣い等も底本の通りにしたが、読解や印刷の便宜を考慮して次の操作を行った。

1　底本の旧漢字・異体字・略体は、通常の字体に改めた。

2　句読点を付け、会話・心内語・手紙文などは「　」で括った。

3　明らかに誤写と思われる箇所には、右側行間に（ママ）と記すか、あるいは推定した文字を（　カ）の中に入れた。

4　私に付けた振り漢字も、右側行間の（　）内に記した。

5　活花の図に書き込まれた文章は、その巻の末尾に置いた［図］以下に記した。

6　紙を貼って隠した文字は翻刻せず、貼紙の上に書かれた文字のみ翻刻した。

二、桐壺の巻と奥書は影印を縮小して掲載したが、他の巻は活花の図のみ影印を掲載した。

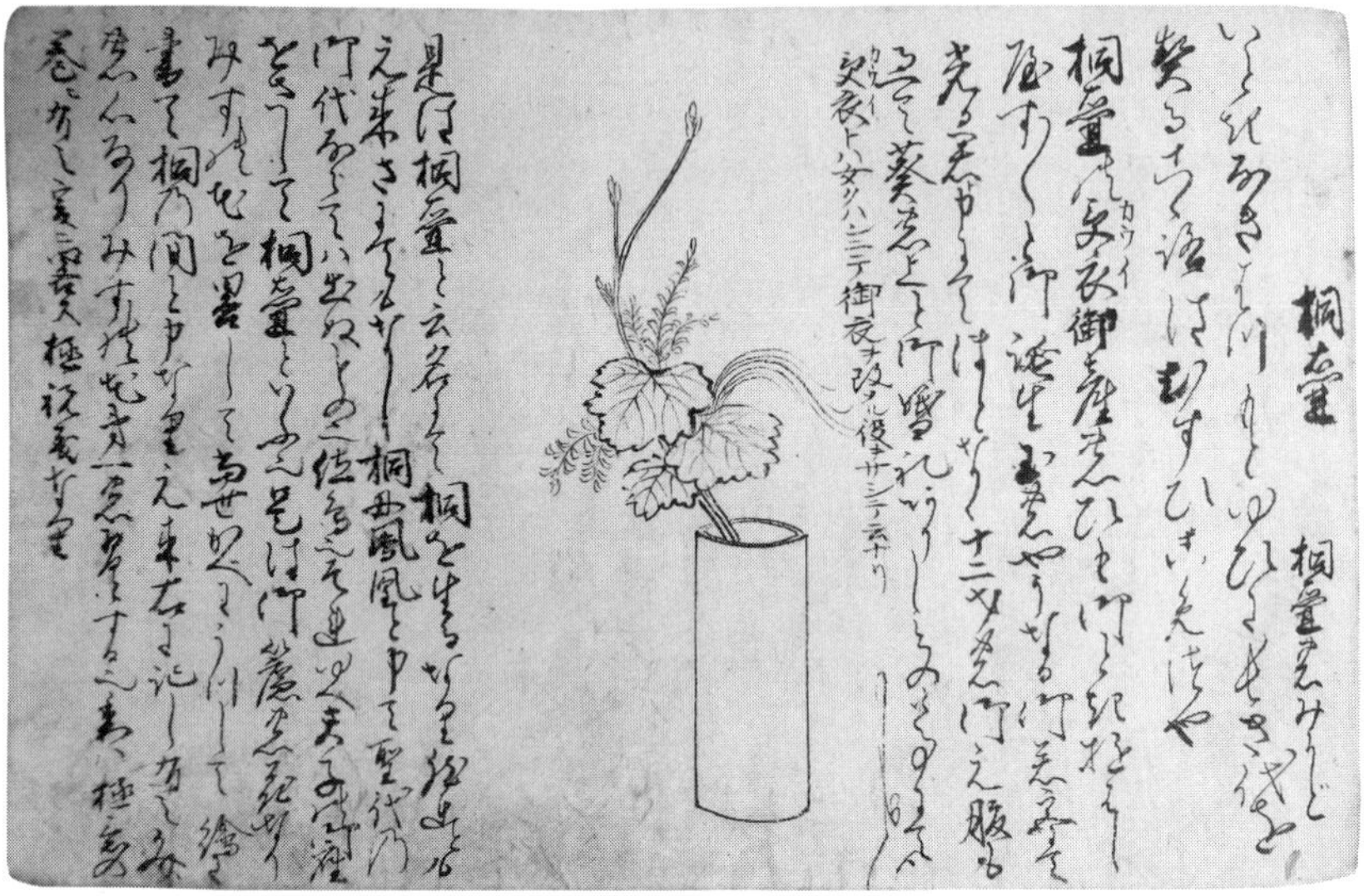

桐壺　　桐壺のみかど

いときなきはつもとゆひに長き代を契るこゝろはむすひこめつや

桐壺の更衣《カウイ》、御産のひも（紐）御とき（解き）遊はし、やす〳〵と御誕生、玉のやうなる御若宮にて、光る君ト申にて、ほとなく十二才の御元服も過て、葵の上と御婚礼ありしとの御事にて候。かしく。

更衣《カウイ》トハ、女クハン（女官）ニテ、御衣ヲ改メル役ヲサシテ云ナリ。

是は、桐壺と云名にて、桐を生るなり。然れとも、元来、さにてもなし。桐に鳳凰と申て、聖代の御代ならては出ぬもの也。位鳥也。それゆへ、天子の御座をさして、桐壺といふ也。是は、御簾の花なり。みすの花を略して、当世、かべにうつして、絵に書て、桐の間と申なり。元来、右に記し有之。文の心なり。みす（御簾）の花、第一の習とする也。委は極意の巻ニ有之。爰ニ略ス。極祝義（ママ）なり。

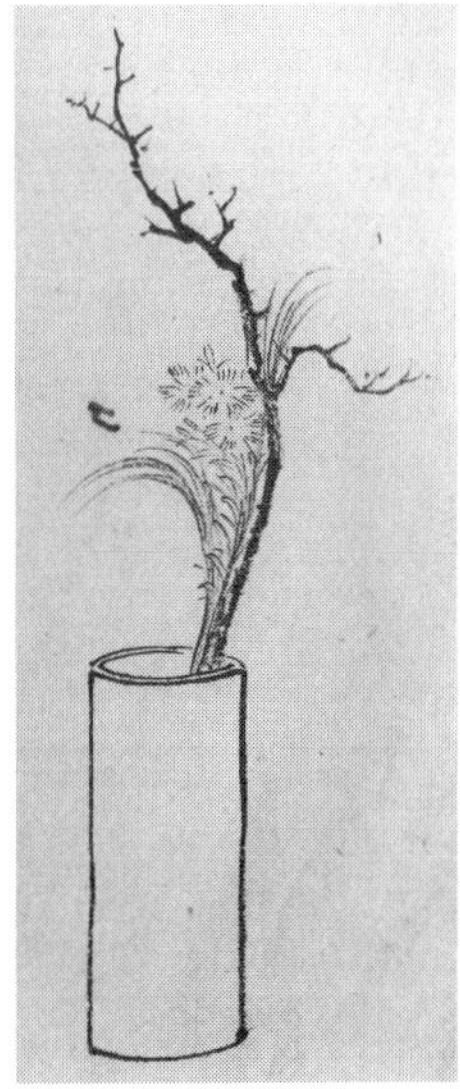

空蟬　　ゆけい（靭負）のめうふ（命婦）

うつせみの身をかへてける木のもとに猶人からのなつかしき
かな

光る君、心ならす小君の車にめして、御しのひたまひけるに、空蟬は、軒端の荻とい丶し妹と素碁、打居候ひしか、その音もやみ（止み）て後、いもかり（妹許）給ひしに、「身をかへてける」と口すさみ給ひしも、おかしく候。是を、うつせみの巻と申にてこそ候へ。かしく。

是は、身木（幹カ）にすねし木ものをして、色よき花をうらの方へさして見へ、少し遠くはなして指へし。尤、根元は縁の切れぬ様ニさすへし。此心は、かくれ忍ふの心なり。身木のすねし木は陰木にて、則、夜ルの心なり。薄、応答へし。

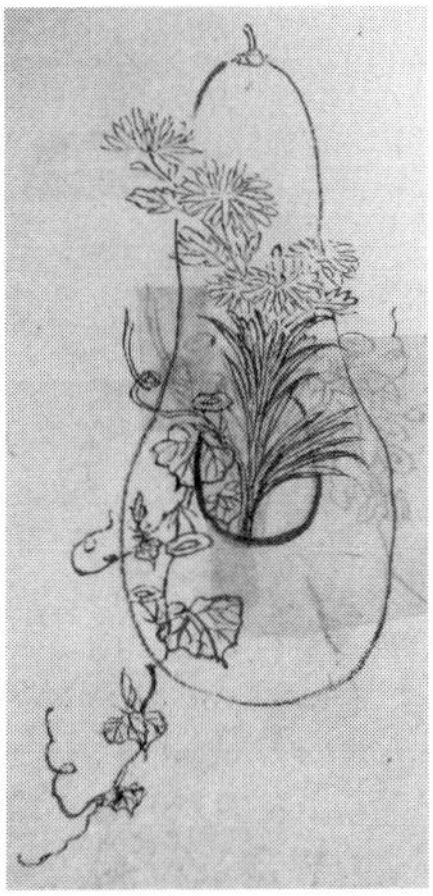

夕顔　　ふぢつぼの君

よりてこそそれかともみめたそかれにほの〳〵みゆる花のゆふかほ

六条のみやす所の方へ御通ひの道に、夕顔の咲乱しを御覧にて、御車とゞめさせたまひ候へは、ふせやより、女の、白き扇に歌を書て、花をそへまいらせ候により、あさからす御契ありし物語こそ、夕かほの巻にて候へ。かしく。

是は、時節の珍花を身木にして、後よりまへ丶、夕かほか瓜の類、尤白き花、よし。つるをましへ生ルなり。非扇（檜扇）を応答へし。もやうもの（模様物）也。大事。

花の宴　　これみつ《惟光》

いつれそと露のやとりをわかぬ《ママ》まにこさゝかはらにかせも
こそふけ

桜のころ、南殿に御遊ひありし時、わかき女のこゝゑして、「朧月夜にしくものはなき」とうたか《ママ》ひけるに、源氏、いゝより給ひて、扇をとりかはし給ひしを、はなの宴の巻と申にて候へ。かしく。

此形は桜なり。応答に、非扇《檜扇》か、しやか《射干》、あしらふへし。是を、扇の応答といふなり。[図]正面。向角。

若紫　　しゆじやく《朱雀》院

手につみていつしかもみむむらさきのねにかよひける野辺の若草

紫の上、十歳斗のころ、北山の僧都ともろとも、光る君の方へおはしける時、手馴のすゝめ、籠よりとりはなし、むつかり給ふを、君、御いとおしみありて、むかひ《迎ひ》、やしなひたまひし事を書たるにておはしまし候へ。かしく。

此形、何にても、たちのひたる《立ち伸びカ》物を一もと生て、中段に白か黄かの花を一色さして、その下に、赤か紫かの色よき花を一色、少しうつむくやうに生へし。立のひたる笹は、鳥にかたとる。中段の花は、僧にかたとる。下の色よき花は、紫の上むつかるてい《体》なり。

末摘花　　光源氏

なつかしき色ともなしになに、このすへつむ花を袖にふれけむ

末摘花と申は、ひたちの宮と申せし人の娘にてわたらせ給ひ候。君、十七歳の頃、床《ユカ》しく覚しめして、御契りありし後、御歌に、

なつかしき色ともなしになに、この末摘花を袖にふれけむ

とは、此姫宮のはな《（鼻）》、高くしてあかきを、紅の花にたとへよみ給ひし事にて候へ。かしく。

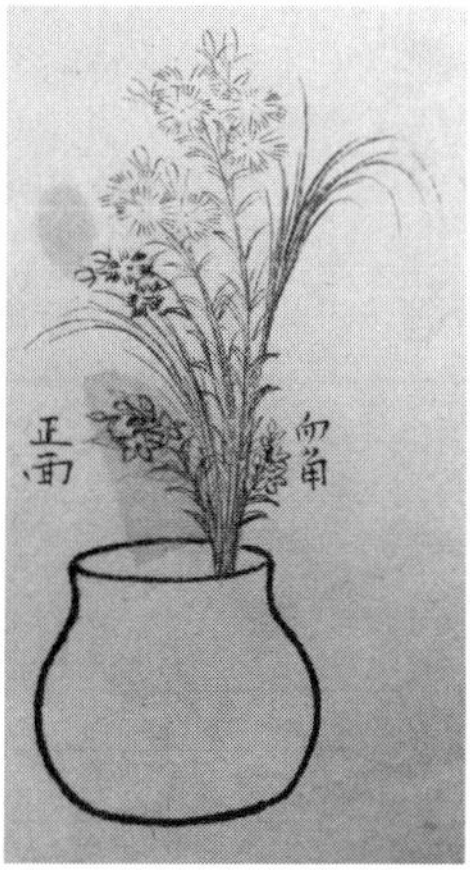

此形は、身木に赤花をおも《（主）》に指して、下のあしらいには、何にても余の色の草花をさすへし。右歌の心によるへし。

［図］向角。正面。

花散里　　れいぜんゐん《（冷泉院）》

たちはなの香をなつかしみほとゝきす花ちる里をたつねてそとふ

中川の渡りに、桐壺の女御の御妹、三の君、住給ひて、琴をたんし《（弾じ）》給ひしを、源氏、しのひありき給ふ折から、さゝ《（笹）》たまわりて、むかしの契りをかたりあひ給ひし時、ほとゝきすのなく音に、和歌を詠したまひし事、ありまいらせ候。花散里とは、此巻にておはしまし候。かしく。

此形は、卯の花なり。時節の珍花を一輪そへ、生ル也。その前に、糸薄、応答へし。尤、陰花よし。卯の花は、時鳥と見るへし。珍花は三の君、糸薄は琴と心得へし。

葵　　若紫の上

はかりなきちひろのそこのみるふさのおひゆく末はわれのみそみん

賀茂の葵祭りに、源氏の君、紫の上とおなし車にめして、御見物ありし時、葵の上の車とみやす所の車と、たて所をはあらそい《(争い)》、みやす所ノ車、そんし《(損じ)》たる御うらみありまいらせ候て、仲秋のころ、もの〻けとなり、あおひの上の命、とりたまひける。車おそろしき物語にておはしまし候。かしく。

此形、葵弐本、同し高サニ生、しやか《(射干)》を応答へし。尤、前へ、しやが葉二枚、出し候。車あらそいの心なり。時節の花、何にても末を同しやうにして生ルを第一とする。是を、たけくらへ《(丈比べ)》と申て、外の花かた《(花形)》にては嫌ふ也。此花形斗、たけくらへ《(丈比べ)》を第一の習とスル也。前へ出スしやか《(射干)》の葉は、車のわたち《(轍)》と見、長柄と見るへし。両方、同し木花、同し草花にて仕立ルなり。

榊　　小納言《(ママ)》

神かきはしるしの杉もなきものをいかにまかへておれるさかきそ

榊の巻は、六条のみやす所の御娘、斎宮といふに成て、伊勢へ下り給ふに、光る君、御なこりをおしみ給ひし事、書たるにて、おはしまし候。かしく。

此形は、榊を身木にして、時節の花を生ル也。時節花、二色かよし《(良し)》。一色たかく、一色ひきく《(低く)》、身木のうらよりさ

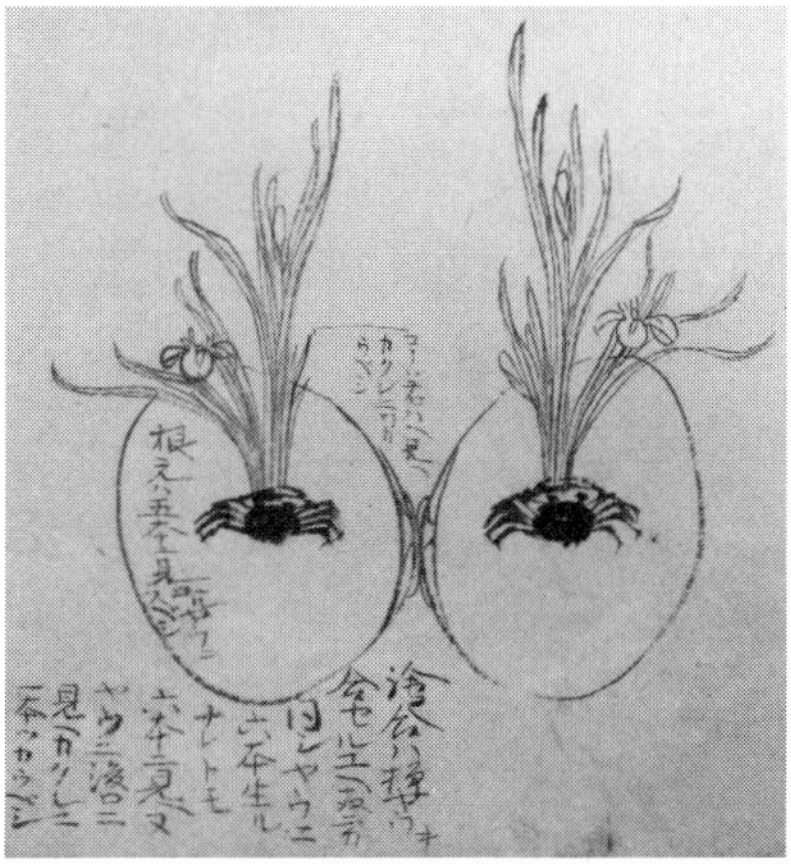

し、しのふ心に生へし。杜若ならは、白紫を遣ふへし。

絵合　　いよの介女房

うきめみしそのおりよりもけふはまた過にしかたにかへるなみたか

弥生の頃、御門に絵合ありし時、光る君、須磨にて書給ひし絵をとり出し、あわせたまはんとて、紫の上に初て見せ給ひしを、おそくも見せ給ひしと、うらみ給ひし歌なと、おはしまし候。その頃の御門は、藤つほの女御の御子にてましまし候。かしく。

此形、木花ならは両方木花、草花ならは同し草花を生へし。二重切に生ル時は、上下同し形に生へし。絵合は、もやう《(模様)》をあわする也。

[絵の上段] コノ若ハ《(若葉)》へ、見へカクレ《(見え隠れ)》ニツカウ《(使う)》ベシ。

[絵の中段] 根元ハ五本ニ見ユルヤウニスベシ。

[絵の下段] 絵合ハ様ヤウ《(模様カ)》ヲ合セルユヘ、両方同シヤウニ六本生ル。サレトモ、六本ニ見ヘヌヤウニ、後ロニ見ヘカクレニ一本ツカウベシ。

松風　　六条のみやす所

身をかへてひとりかゑれるふるさと《ママ》にき、しににたるまつかせそふく

松風の巻は、明石にてあひなれ給ひし女、ひめ君をもふけ《設け》、三年へた、りて、京ちかき大井といふ所に住給ふ。川なみすごく、松のあらしに、ものさひしくおもひて、源氏の形見に残し給ひし琴をたんし《弾じ》たまひたる事を、書たるにて候へ。かしく。

此かた、曲ヒ松なり。薄は後口に遣ひ、杜若は前に遣ふへし。此薄

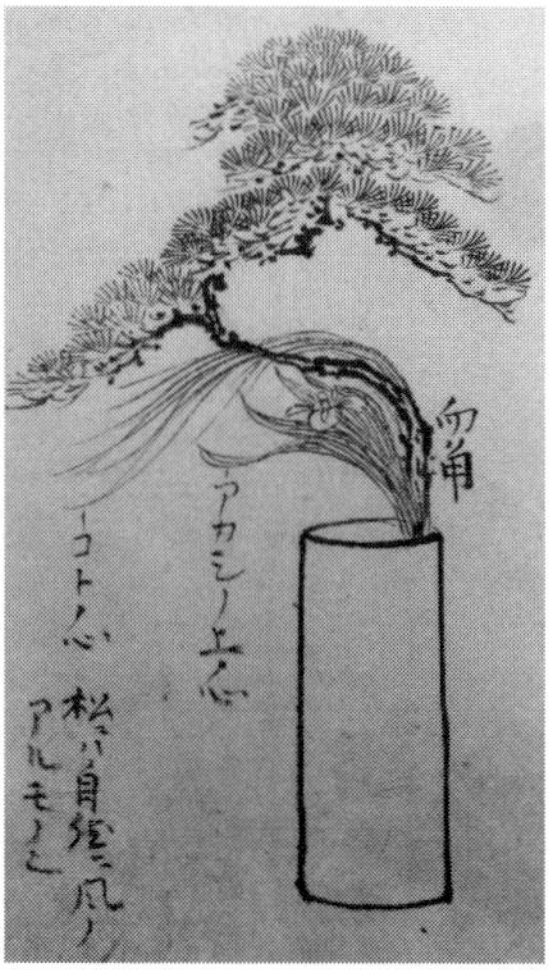

の遣方、かけ《陰》の薄とて、習也。前の留は、女郎花か桔梗にても仕立ルなり。もやう《模様》ものなり。大事。［図］向角。アカシノ上ノ心。コトノ心。松ニハ自然ニ風ノアルモノ也。

蓬生　　夕顔の君

たづねても我こそとはめみちもなくふかきよもきがもとのこ、ろを

源氏、廿八歳の四月に、須磨より御のほり有て、花散里へ行給ふ折ふし、末摘はなの事、おもひやりて、尋ね給ふ。庭に蓬しげりて露ふかく見へけれは、打はらわせて入給ふより、よもぎふの巻と申にて候へ。かしく。

此かた、蓬を身木にして、時節の珍花を間へさしまし《交えて》へて、糸薄か

山かや《(榧)》にても、さしましへて生へし。［図］光君ノ心。向角。

関屋　　いよの介

逢坂の関屋いかなる関なれはしげきなけぎ《(ママ)》の中をわくらん

関屋の巻は、君、石山にまふ《(詣で)》て給ひし時、空蟬は君の御供してけるに、石山にて軒端の荻に逢給に、君に忍ひて送り給ひし歌なとありまいらせ候。空蟬の返しに、「関屋いか成」とは、さもあるへき事とおもわれまいらせ候。かしく。

此形、身木、同し花、その中をは、外の花か、又はしやか《(射干)》にて、さし切ル也。是、外の花形には嫌ふ事也。此形は、身木ヲ指し切を習とするなり。人目忍ひの歌なと送り給ひしなれは、せきなり。そのせきや、いかなるとの心なり。無祝儀なり。［図］関ノ心。

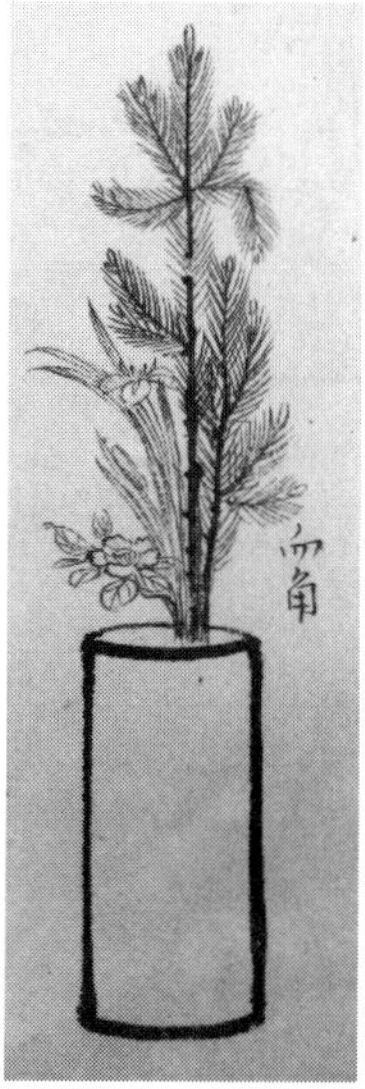

澪標　　とう《(藤)》の式部

数ならてなにはのこともかひなきになにみをつくしおもひそめけん

澪標の巻は、君、都へかへり給ひしは住吉の御誓ひとよろこひ、もふ《(詣で)》て給ひし折から、明石の上に行きあい給ひし事を、書たる文にて候へ。かしく。

此かた、若松二本に時節の花、赤白二色、生へし。若《(もし)》、なき時は、水草弐種そへ、生へし。此二色ノ花ハ、光君ト明石ノ上、御二方ノ心也。松ハ住吉ノ心持也。［図］向角。

朝皃　あかしのきみ

見しおりの露わすられぬ朝皃の花のさかりはすきやしぬらん

朝皃の斎院は、式部卿の宮の姫宮にておはしまし候。折居《下り居》の頃、君、御心をよせられし御歌、送りまいらせられけるに、「あるかなきかにうつるあさかほ」との御返事、心つよき御方かといゝしものかたりにて候。かしく。

此かた、身木、朝皃なり。木草へまつわぬ《纏わぬ》やうに生へし。まつう《纏う》心ありて、あしく候。

又、木花にても、つほみ《蕾》半開までを用ゆべし。

薄雲　なつの御かた

入日さす峯にたなひくうす雲はものおもふ袖にいろやまかへる

薄雲の女院と申は、藤つほの御事にて候。光る君の御名をよそへて、かゝやく日の宮とも申候。此宮へ、源氏、わりなくもしのひ《忍び》て、若宮、出来させ給ひ候。十一才にて御位につき給ふまて、父御門の御子とのみ、人さへやおもひまいらせ候。かしく。

此かた、身木、時節の陽花、冬すゝき《薄》か大葉ものか、かたのことく生る也。陽花は入日、すゝきは、たなひく雲と見るへし。

乙女　　こきみ《小君》

乙女子か神さ《ママ》ひぬらし天つ袖ふるき世のともよはひへぬれは

毎年の御嘉例とて、十一月、乙女の舞姫に、是みつ《惟光》、よしきよ《良清》の姫、打ましり《交じり》つとめしに、これみつの娘の舞、おもしろく舞事をかん《感じ》し給ひ、いにしへの事ともおもひいたし《思い出し》、歌なと詠し給ひし事を書たるふみ《文》、面白く覚へまいらせ候。かしく。

此形、大葉に小きく《菊》、鳥かふと《兜》の類、やさしきものよし。大葉は乙女の舞の袖、やさしき花は舞姫と見る。生様、れいじん《伶人》の花形と同し。

玉葛　　うこん《右近》

恋わたる身はそれと《ママ》玉かつらいかなるすちをたつねきぬらん

玉かつらの事は、夕顔の上の娘にて、つくし《筑紫》方にありしに、おとなしく成て、京へのぼり給ひ、はつ瀬もふて《初瀬詣》に、右近といゝし人にめぐりあひて、ひかる君をおや《親》とたのみ、ひけくろの北のかたに成給ひし事を、かきつらねたるまき《巻》にておはしまし候。かしく。

此かた、木草花とも、時節の珍花を生る也。此巻の心のことく、「いかなるすじを尋きぬらん」の心にて、草は木の縁をたのみ来りてそたつ《育つ》心に生る。それゆへ、身木、上へおゝひかゝ《覆ひ掛から》らして生る。そふたひ《惣体》、生花に身木をおゝわせて生るは、此心なり。

初音　　　すゑつむはな

とし月をまつにひかれてふる人は《ママ》けふ鶯のはつねきかせよ

あかしの上の姫宮を、紫の上の御子となしておはし給ひしか、なつかしく覚しめして、正月朔日に文して、まいらせられ候へは、歌の返しに、「鶯のすたちしあと《ママ》のねをわすれめや」との歌の心、誠におとなしくおもわれまいらせ候。是を、はつねの巻と申まいらせ候。かしく。

此かた、梅を身木にして、松を留にいたし、時節の花をうらに生る。巻歌の心をかんか《考え》へ生へし。[図] 向角。

胡蝶　　　ひたちのきみ

花園のこてふをさやく《ママ》した草にあきまつむしはうとく見るらむ

胡蝶の舞は、いにしへの院、宮、后なとの、五月《サツキ》の御読誦とて、大般若経をよみ給ふ法事の頃、花をかさりし八人の乙女、舞事あり、まいらせ候。秋このむ中宮は、六条の院にて行はせらる。紫の上を《ママ》はなまいらせられる歌、紫の上、夕霧の大将に仰られて書せ給ひし歌にておはしましまいらせ候。かしく。

此形、一種一色の花をは、得の《ママ》の花形のことく生け、しやかか《射干》大葉を応答。前に時節の花、色々、前へふち《縁》へ出し、真の応答のことくに生る也。尤、前の花は元来、八色生るなれとも、仕立かたし。正五九月ト大般若経御読誦アリト云々。[図] 正面生。

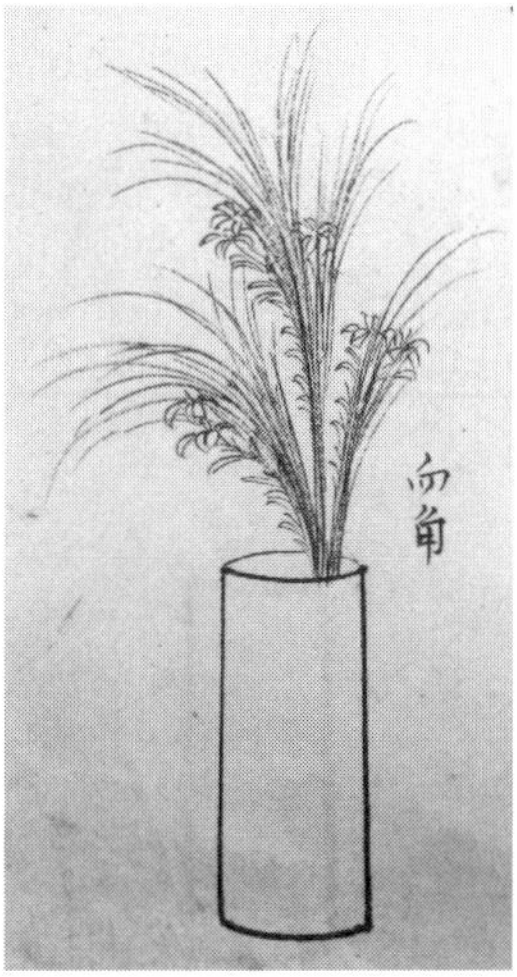

蛍　しぢう《侍従》

声はせで身をのみこかる《ママ》ほたるこそいふよりまさるおもひなるら
め

ほたるの巻は、玉かつらの君の御かたち、すぐれさせおはせしを、源氏、かほる《ママ》大将に見せ給ふとて、蛍をあつめ、きてふ《几帳》のかけより、ほのかに見せ給ふに、いと御すかたのめてたかりけれは、「声もせで身をのみこがすほたるこそ」と、すさみたまひしより、此巻の名と成まいらせ候。かしく。

此かた、糸すスき《薄》を前に生て、うしろに、花のこまかなる、赤か黄の一色を、多く生るなり。すゝき《薄》にて見へかく《見え隠れ》れに生る。姫ゆり、唐子ゆり《百合》、きんほうけ《金鳳花》、なてしこの類、よし《良し》。[図] 向角。

常夏　けんないし《源内侍》

なてしこのとこなつかしき色を見はもの《ママ》垣ねを人やたつねん

源氏君、玉かつらの住給ふ西のたいへならせ給ふに、折しも、とこなつの花、咲みたれたるを御覧して、むかし、夕皃の事をおもひいたして、歌なとよみ給ひしゆへ、とこなつの巻と名つけられし事にて候。かしく。

此形、身木、なてしこ《撫子》、多く生け、山かやか《萱》冬すゝき、切りとめにても生る。時節花、前に留るなり。冬すゝき、かや《萱》、かれ《枯れ》をませて《混ぜて》もよし《良し》。もよふ《模様》物也。[図] 姫百合。

篝火　さだいしやう《左大将》

かゝり火に立そふ恋のけふりこそよにはたへせぬほのほ成らん

源氏、玉かつらを御子と賞し給へとも、誠の御子ならねは、夕顔の御かはりにもやと、心よせさせ、月なき夜、かゝり火をともさせ、御琴なとしらへ給ひ、琴を枕にそひふしたまひし事、有りしゆへ、かゝり火の巻と申事にて候。かしく。

此かた、赤菊、二本、花入半過迄、たわやかにさげて《下げて》生る。尤、花、うつむきても不苦。ゑぢ《衛士》のかゝり火の心なり。大葉、二、三枚、応答へし。しや《射干》かもよし《良し》。

野分　六のきみ

風さはきむら雲まよふゆふへにもわするゝまなくわすられぬきみ

秋も半の月、夕霧の大将、あかしの上の姫宮の方にて、硯、紙なとをこひ《乞い》たまひ、御いとこ、雲井のかりと申方へ、文しておくり給ひし折しも、いとさう〳〵しく、大風ふきにしも、わすれさりしとの事にて、野分の巻と申にて候。かしく。

此かた、曲ひ松に切留メ、かや《萱》、時節の花、応答へし。大風の吹く躰に生へし。松、二本にもいたし《致し》候。冬かれ《枯れ》すゝき《薄》もよし。

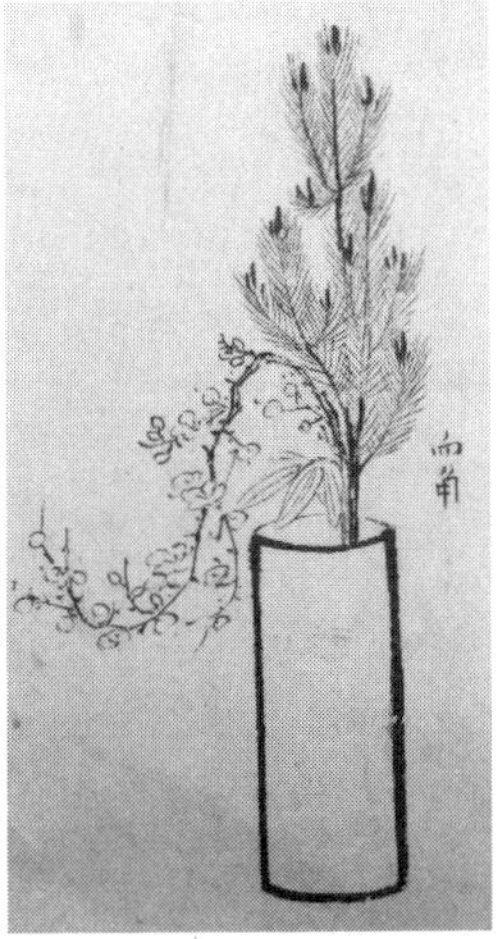

御幸　べんのきみ

おしほ山みゆきつもれる松原にけふ斗なる跡《アト》やなるらん（ママ）

ころは二月に、みかと、大原野に行幸ありしに、源氏の御ものいみありて御供なく、ほいなしとて、御歌をくたされ（下され）しを、源氏、「おしほ山御幸つもれる」と御返しありしを、御幸の巻と申事にておはしまし候。かしく。

此形、身木、若松に、時節の木花、応答へし。留メ、やきは（焼葉笹）笹なり。

[図] 向角。

蘭　あかしの入道

おなし野の露にやぬる（ママ）ゝふちはかまあはれはかけよかことはかりも

玉かつらの内侍、いまた、ひけくろのもとへ御移りなき頃、夕霧の大将、らんの花の見事成を折て、我にはふく（服）ありと、みすの外より、さしいたしにある歌にてありまいらせ候。玉かつらと夕霧の大将は、まことの兄弟にてはなく候らんといふも、ふちはかまの事ゆへ、此巻の名といたしたる事にてまいらせ候。かしく。

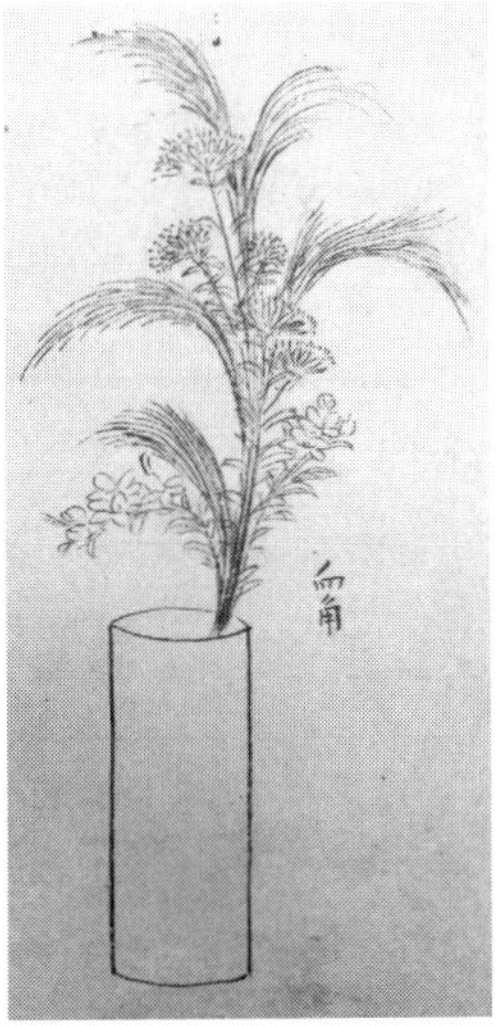

此かた、ふちはかまを身木にして、糸すゝき、時節の花を応答也。此形は、二かぶ（株）に生る。横へふたかぶ（二株）にてはなし。後へ二か（株）ふなり。応答は、両身木へ、同シやうに同し物をあいしらふべし。尤、後の身木は右に応答、前の身木

は左に応答へし。場所をちがへ応答べし。［図］向角。

真木柱　　あかしの中宮

いまはとて宿かれぬともなれきつるまきのはしらよ我をわするな

爰に事まいらせしは、ひげくろの北の方にもの、け付ておはせしゆへ、玉かつらを北のかたになし給ひて、すて候へ《（ママ）》。大将、此御方よりかへり《（帰り）》たまはねは、もとの北のかた、里へかへらんと覚しめして、歌をかき、柱のすこしひらきわれたる中へおし入て、いで給ふを、まき柱の巻と申にて候。かしく。

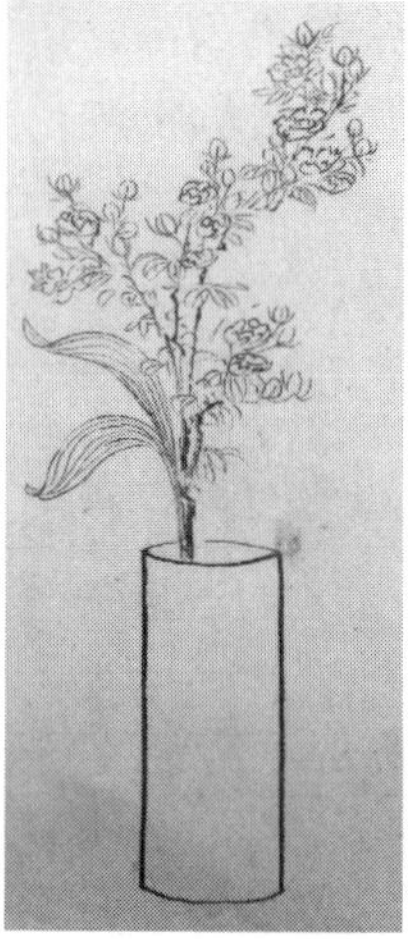

此形、長春を身木にする。枯大葉、応答也。是は、うらみ述懐《ジュツクハイ》《ノベルヲモヒヲ》故、いはら《（茨）》物、あざみの類を生る也。諸花入レを、柱に釘をうち懸る事は、此巻より起るなり。

梅枝　　左大臣

花の香はちりにし枝にとまらねとうつらむ袖にあさくしまめや

正月の頃、源氏、たきものをあわせ給ひし時、紫の上、朝顔の斎院、くろ方《（黒方）》、くろゑ方《（薫衣香カ）》、さま〳〵なりしに、まつ斎院の、梅かえに、「あさくしまめや」の歌をそへていたし給ひしこそ、「すぐれてやさしくも」とはんし《（判じ）》たまひしゆへ、梅かえの巻ときこへまいらせ候。かしく。

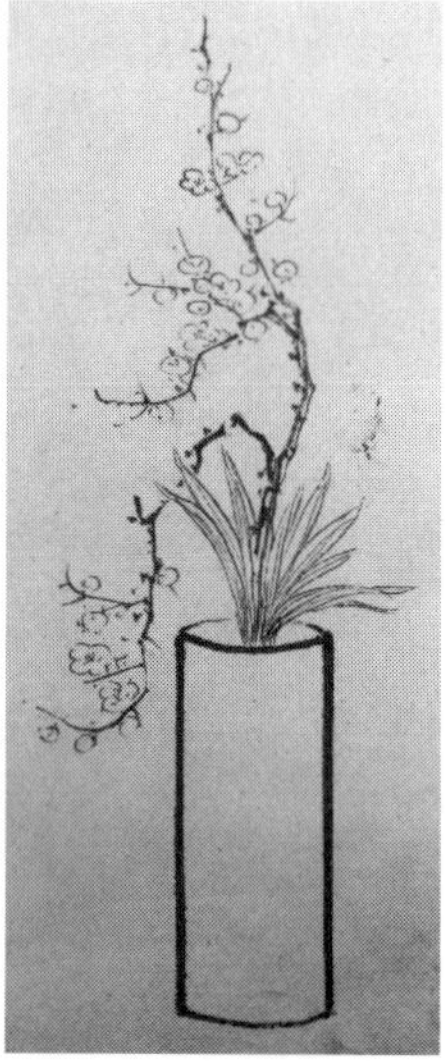

此かた、身木、白梅に限り申候。応答は、大葉ものか、しやか《（射干）》が外のあしらい、なし。

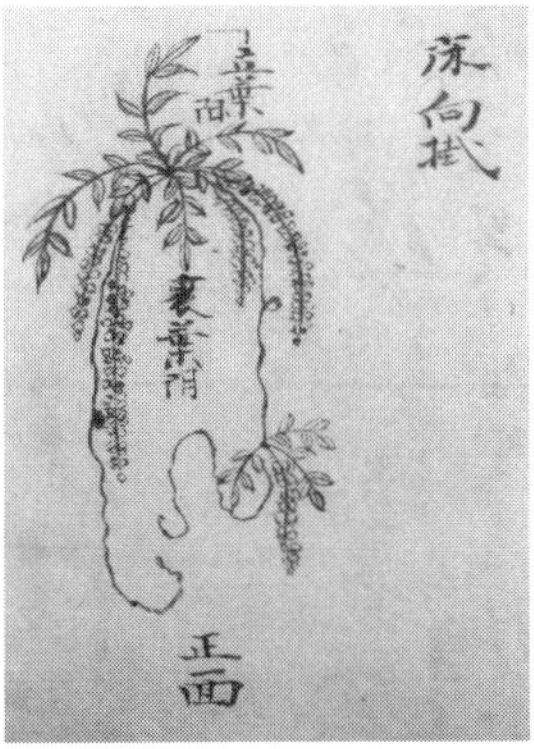

藤裏葉　　むめつほのきみ

春日さすふちのうら葉のうらとけて君しおもわはわれもたのまむ

夕霧の君、雲井のかりの姫宮をおもひそめたまひしを、御父、はしめはゆるしたまはす、後にゆるし候はんとて、東《（頭）》の中将をむかひ、御かはらけの折から、「藤のうら葉の打《（ママ）》とけて」とありしを、此巻の名によせしにておはしまし候。かしく。

此かた、藤ばかりを生るなり。陰陽の葉、立葉、習也。外の応答ものなし。是ゆへ、つね〳〵床に生るに、応答をそれ〳〵にいたすなり。藤斗は、ゆるしなくは無用。［図］床向掛。立葉阳。裏葉阴。正面。

若菜　　もゝそのゝ宮

小まつ原すへのよはひにひかれてや野へのわかなも年をつむへき

源氏、四十一才の春、子の日の御いわゐに、ひげくろの大将の北のかた、玉かつらの、御子たち伴ひたまひし折から、光る君へのこ《（小》まつ《松）》ニテ「としをつむべき」との御歌、あそはせしより、わかなの巻といふ事と承りまいらせ候。かしく。

此かた、身木、若まつにして、熊笹かやき《（焼）》刃《ば》に、笹かしだ《（羊歯）》か、ゆづり葉抔《（等）》、前に応答。なの《（菜）》葉を少し留にすべし。

なのは《菜の葉》はかぶ《株》をつけて、かぶを水へいれねは、水あげがたく候。此花、真なり。祝義《祝儀》もの也。

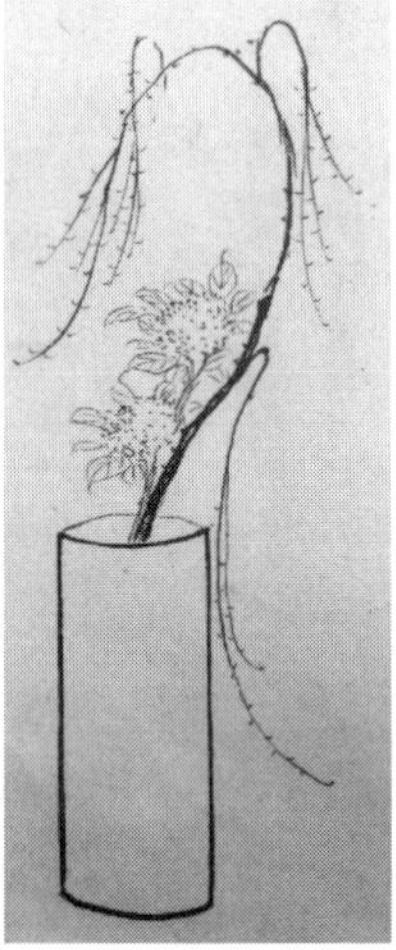

若菜　　朝顔のさいゐん

夕やみは道たと〳〵し月まちてかへれ我せこそのまにもみん

春のくれに、源氏のもとにて、御まりありまいらせ候。柏木のゑもんもまいり給ひしに、女三の宮のかわせ《飼わ》し猫を、しらぬねこ《猫》の来りて追けれは、綱にてみす《御簾》のあかり《上がり》しとき、見そめたまひ、柏木、かよひそめしに、源氏にもれきこへしを、はつかしみありし事、若菜の下の巻と見へまいらせ候。かしく。

此形、身木、手まり柳、定法なり。手がい《飼い》の糸と申て、柳のほそ枝一本、花入にそへて、下へたらし候。此枝を習と申也。右の巻の心なり。猫のつな《綱》なり。それを、手かいの糸と申なり。此花、柳なくは、外の物を借りて生。手まりの花を生るには、せひ柳か、葉なきかつら《蔓》か、花入の口よりたらし申事、習とするなり。祝義《祝儀》なり。

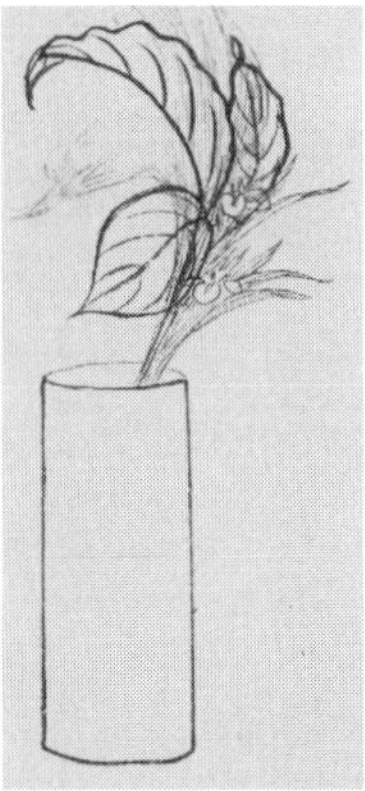

柏木　　とうないしのすけ《藤典侍》

いまはとてもへむけふりもむすほゝれたへぬおもひの名をや残らん

「立そひてきへやしなましうきことを」との歌、柏木より今はの時におくりし歌の返しにて候。衛門もおもひわづらひ、今は煙りときへなんとありし事、柏木の巻、御覧有るへく候。かしく。

此かた、大葉に時節の花を、時雨笠の形のやうに、大葉の下に生るなり。無祝義《（祝儀）》也。涙を雨によそへて、時雨笠の心をとり生る也。

横笛　おち《（伯父。叔父）》の内大臣

よこふえのしらへはことにかはらぬをむなしくなりしねこそつきせ
ね

柏木の衛門の妻、おちはの宮は、ゑもん《（衛門）》に遠く御わかれありし御心のほど、いとあはれにおはしまし候。折ふし、仲秋の月の夜、夕霧の大将、御尋ねありしに、衛門、いまわ《（今際）》の時まで持給ひし横ふえをいたし《（出し）》、大将

にすゝめ給ひ候へは、しらへ《（調べ）》給ひて、あはれをもよふし《（催しカ）》給ひし御歌、ありまいらせ候。「笛竹にふきよる」との夢のつたへにて、横笛の巻と申にてこそ候へ。かしく。

此かた、身木、竹なり。竹二本、節上一寸三分程、置切留、そのふしの所に、枝もとの葉、七、八枚置べし。図のことく、応答に草は《（草葉カ）》ならす《（ならず）》、木花、扨は木草へ通用物を生べし。前へ、しやか《（射干）》三本、花入の口へそゑて《（添えて）》、たらすべし。是を、おゝひ《（覆いカ）》葉とて、定る習なり。

此かたは、一トゑ切《（一重切）》の花入に定る也。一トゑ切と言により、尺八共いふ也。其後、根ほり竹なと用ゆるは、此巻、横笛より始り用ゆる也。此かたは、ひとへ切《（一重切）》に限り、生る也。［絵の中］掛花納、丈一尺八寸。

［絵の右］コノ花、草類ならぬと云は、草にうもるゝと云心、うもるゝれは、音の出ぬと云ヲ嫌ふナリ。

コノ前へたらす葉は、歌口ヲおゝひカクスノ心ナリ。

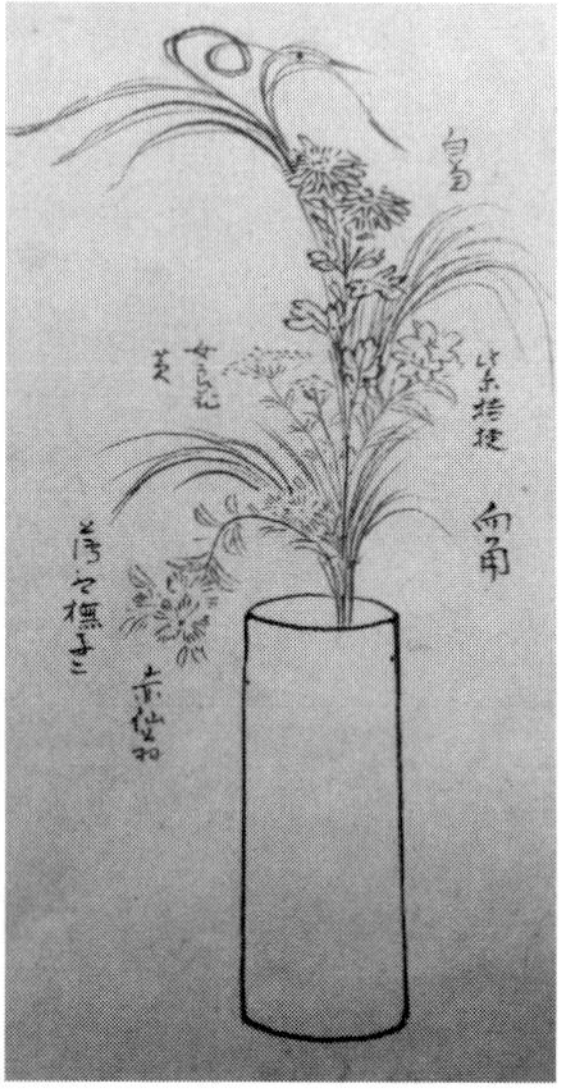

鈴虫　　雲井のかりの君

心もて草のやとりをいとへともなをすゝむしのこゑそふりせぬ

女三の宮、御くしをおろし給ひて、浮世の無常をおほしつゝけ、住給ひしに、光る君、御おとづれありし。頃は八月十五夜の月に、鈴むしのなく音を聞て、むかしといまの心をこめて、よみ給ひし歌を、名としたる巻にて候。かしく。

此かたは、草花斗、賞翫する也。上の山かや《（萱）》、葉遣ひ、てつま《（手爪）》、大事。八月十五夜の月と見るべし。[絵の右] 白菊。紫桔梗。向角。[絵の左] 女郎花、黄。薄は撫子ニ。赤千翁。

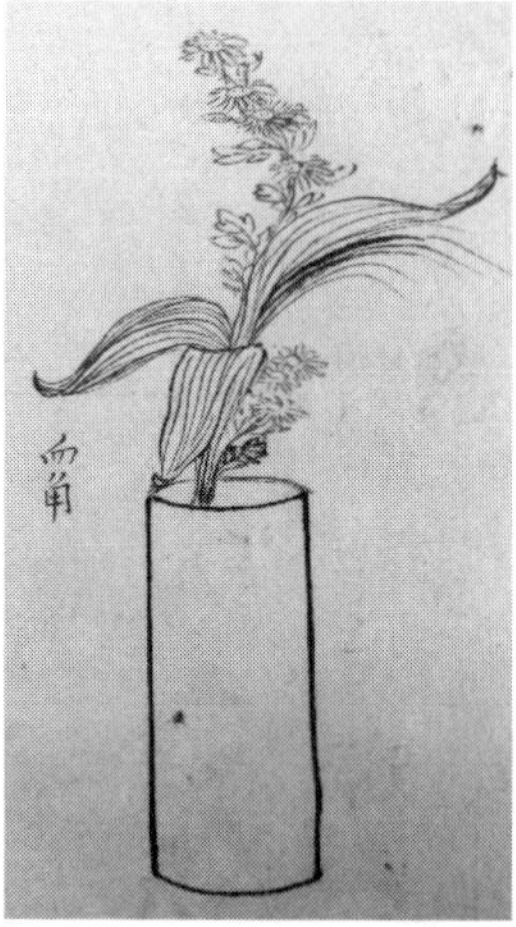

夕霧　　夕霧の大将

山里のあわれをそふるゆふきりに立出ぬかゝ《んそら》にもなきこゝちして

「山かつのまがきをこめてたつきりもこゝろそら成人はとゝめす」とは、おち葉の宮の御歌にて候。母宮、ものゝけにて小野へうつり給ふに、夕霧の大将、たつねまいらせられ、一夜とまり給ひたる事、有まいらせ候。おち葉の宮の下《（にカ）》心ありて、よみたまひし歌にて候。夕霧とは此事にておはしまし候。かしく。

此かた、大葉を横へ遣ひ、その下へ糸すゝき《（薄）》つかふ。すゝきなき時は、冬かれのかや《（萱）》にてすへし。花は、時節の花、生べし。大葉、すゝき、霧の心にとるなり。[図] 向角。

御法　　玉かつら

たえぬへきみのりなからもたのまるゝよゝにとむすふ中の契りを

源氏、五十二才の頃、紫の上、御心れいならす、御いのりとて、数多の僧、千部の法華経をとくしゆ《(読誦)》したる事ありまいらせ候により、みのりの巻と申にて候。かしく。

此かた、若まつに老母草、小きく《(菊)》留メ、身木、竹にて仕立る也。

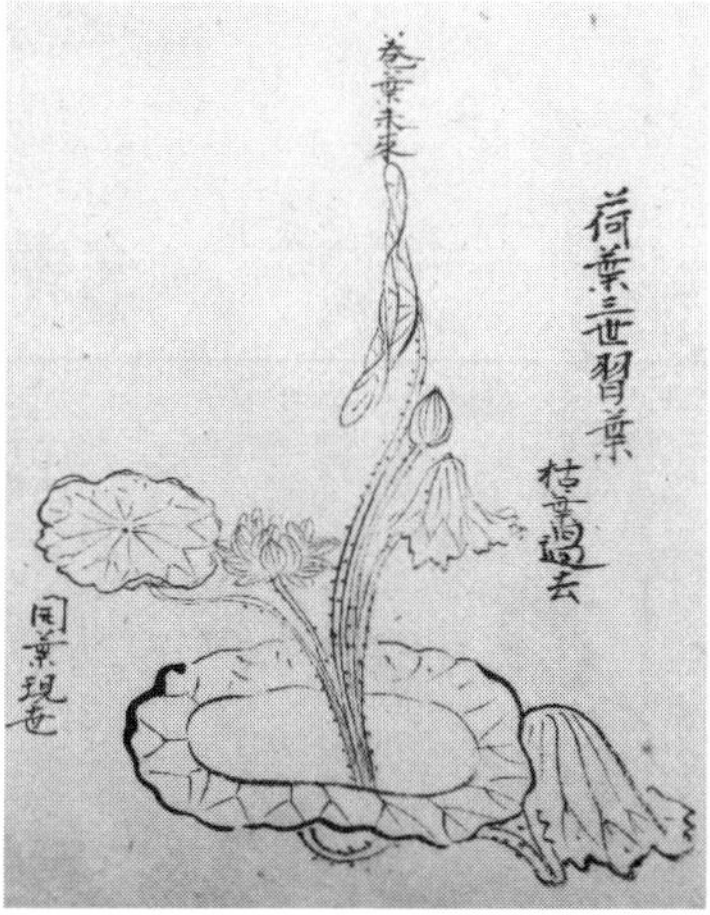

幻　　ひげくろの大将

おほそらをかよふまほろしゆめにたに見えこぬ玉の行ゑたつねよ

世の中は老少不定のならひ、紫の上、浮世を遠くさり給ひ候へは、光る君の御なけき、大かたならす、ゆめにみつ《(見ずカ)》、うつゝとなく、おもひやみ給ふ物語に候へは、まほろしの巻と申にて候。終《ツイ》には、御ものおもひつもり《(積り)》て、五十二才をかきり、くもかくれ給ふ。御いたわしき事のみを書《カキ》たる段にておはしまし候。かしく。

此かた、無常の花也。蓮か、けしか《(芥子)》、兎角もろき花を生る也。其外、生るとても、物さひしく生るなり。故に、常に生るに、軽くあさはかなる花を悦ふ人、有之共、軽きも心得ちがへありて、多くは無常花に成り易ものなり。［図］荷葉三世習葉。枯葉、過去。巻葉、未来。開葉、現世。

匂宮　　　ほたるひやうぶ《兵部》卿

おほつかなたれにとわましいかにしてはしめもはてもしらぬ我身そ

匂ふ宮といへるは、かほる大将の事にて候。是は、源氏の御子と申なから、まことは、柏木の衛門と女三の宮との中の御子なりと申事ありまいらせ候。十四才にて御元ふく《元服》あそはせし事より、書《カキ》そめまいらせ候。かしく。

此かた、身木、松二本二かふ《株》也。応答は時節の花、床の左りの方の松根斗にてすへし。此花、真なり。元服の祝義《祝儀》の花、第一なれは、花のさりきらひ《去嫌》有之。能々、可改也。

紅梅　　　式部のみや

心ありて風の匂わすそのゝ梅にまつ鶯のとはすやあるへき

衛門の御弟に、あわち《あぜちカ》の大納言といふあり。庭の紅梅、うつくしく咲たるを手折て、御歌をそへ、匂ふ宮へ御かはし《つかわしカ》給ひ候。これは、ひとかた《一方》の姫宮を春部《マヽ》卿へまいらせたきとの心をこめての事にてありまいらせ候。是を、紅梅の巻と申にて候。かしく。

此かた、身木、紅梅、第一とする也。応答は大葉もの、びわ《枇杷》の葉かしや《射干》かにて、時節の諸花、留メに生る。此大葉をは、鶯のとはす葉とて、習とする也。此花、真也。祝義《（祝儀）》也。

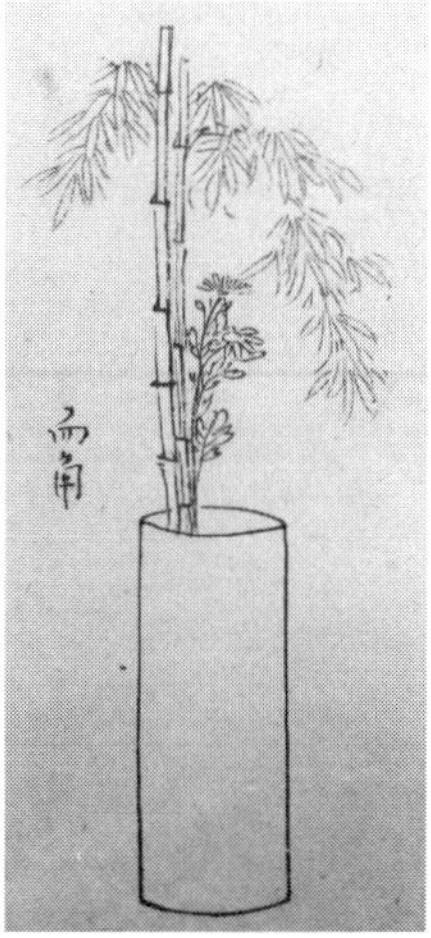

竹川　大ひめ

竹川のはし打出し一ふしにふかきこゝろの底はしりきや

竹川の名は、歌のこと葉を名付たるにて候。玉かつらの内侍には、御姫宮ふたり、若宮三たり、おわしまし候。かほる大将も、御年十五才なれは、此君を婿かねにとおもひ給ひし事を、書たりし巻にておはしまし候。かしく。

此かた、身木、葉付竹、二本に、時節の花、応答すへし。竹の上よりふし《（節）》迄、一寸と、又一本は一寸五分とに、小口切るへし。又は、末枯にても仕立る事も有。[図] 向角。

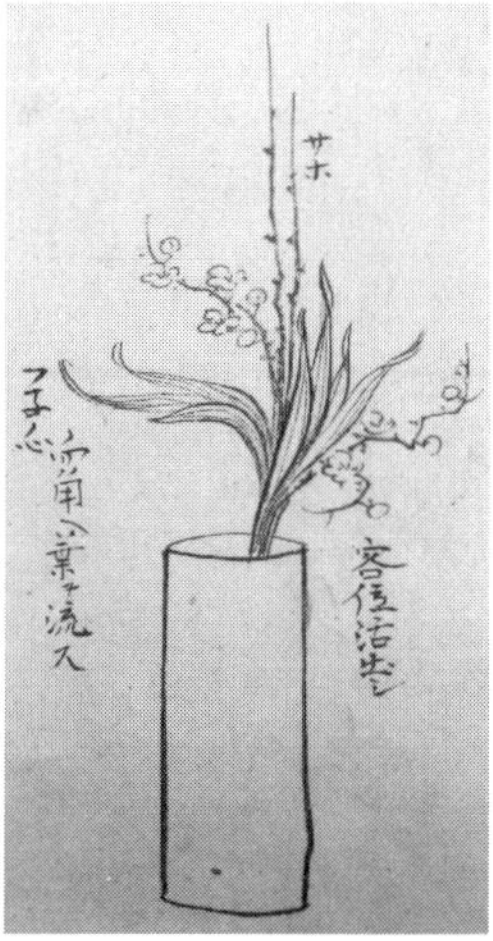

橋姫　柏木のゐもん

はしひめの心を汲てたかせさす棹のしつくに神《（袖カ）》そぬれぬる

宇治の里に八の宮とて、光る源氏の御おぢ《（叔父カ）》君、おはしまし候。此宮、何事の道にも、くらからさりけれは、かほる大将、ものならひに御かよひなされ候。姫宮一人おはしまし候に、おくり給ひし「高瀬さす」の歌、心深き事なと、おはしまし候。此巻を、はし姫と申候。是より中の段を、宇治十帖と申まいらせ候。かしく。

此かた、すわい《（楉）》ものを生、大葉ものを身木として生る也。すわい花ある時ならは、其木の花を下に応答へし。花なき時は、外の花をあいしらふ。大葉か熊笹、おもと《(万年青)》、はれん《(馬楝)》、柏、しおん《(紫苑)》、しやか《(射干)》の内、すわへ《(楚)》、梅桃の類也。又、枯にても仕立る也。［図］客位、活出シ。サホ。向角へ葉ヲ流ス。つねノ心。

椎本　　女三のみや

立よらぬ《(ママ)》かけとたのみししいかもとむなしき床になりにけるかな

しゐか元の巻は、宇治の宮、かほる大将に、なからんあとをたのみおきたまひ、ものしつかなる山寺にこもり念仏して、むなしくなりたまひたる事、書たるにておはしまし候。かしく。

此かた、身木は、生木ならは生木、生草なれは生草にして、それへ、かれ《(枯れ)》物か干物かを添て生るなり。其下に、草花を応答スベし。無常花なり。

総角　　小じぢう《(侍従)》

あけまきになかきちきりをむすひこめおなしところによりもあわなん

宇治の宮の御弔とて、姫宮たちとかほる大将と友《(ママ)》に、仏事をいとなみ給ひける。香《カウ》づくへ《(机)》のすみに付たる四つのを《(緒)》、、名香の糸といふを見たまひて、「あけまきになかき契り」とよみ給ひしを、まきの名といたしたる事にて候。かしく。

此かた、身木、おはな《尾花》なり。松に時節の草花、応答べし。おはな《尾花》は、つくへ《机》の角に付たる四つの糸也。おはな《尾花》、四本生る筈なれとも、四つは嫌ふゆへ、三本生る也。おはな《尾花》無き時は、其心持を以て、松に時節の花をそへ、生るなり。

早蕨　　おちばのみや

此春はたれにかみせんなき人のかたみにつめる峯のさわらひ

宇治の宮の御娘、中の君は、あね君にもおくれ給ひし春の頃、ひじり《聖》の方より、さわらひを送り来りけるを御覧して、「此春はたれにか見せん」との御歌こそ、御いたわしきもの語《物語》にておはしまし候。かしく。

此かた、わらび《蕨》の穂か、せんまい《薇》の穂か、した《羊歯》のほ《穂》か、一色を軽く生る。山かや《萱》にしのふ草、おもに生るなり。

宿木　　下らう《下臈》のかうゐ《更衣》

やとりきとおもひ出すはこのもとのたひねもいかにさひしからまし

かほる大将、宇治の姫宮におくれ給ひてのち、宇治のやとり、あれはてん事まて、なけきおほしめして、寺となし、弁の君の尼となりしを、やとりにしたまふ事を、やとり木の巻と申にて候。かしく。

此かたは、陰花の物を陽座へ直して生るにて、宿り木也。「たひね《旅寝》もいかにー」の心なり。

是は、常生る外の形にも有之事也。たとへは、竹の水仙入と云は、陰の物なり。陰の物は、床の右座、定座也。其

定座、左の陽座へやりて置に依て、やとり座也。それゆへ、応答物をは陽花にして、身木と花入レとの間へはさみて、前へ出して応答て、身木は右座になる心になる也。然るを、応答も同し陰物なれは、いかやうに応答ても、やはり、やとり木也。能々、考へき也。

浮船　かふる(ママ)兵部《ヒヤウブ》卿

たち花のこしまの色はかわらしをこのうき舟そゆくゑしられぬ

にほふ兵部の宮、浮ふねに契り給ふとて、かほる大将に姿をやつし、夜に入て、浮ふねのもとへ行給ふ事、また、立花の小嶋か崎へ、ふねにて伴ひ行給ひし事なと、書たるにて、浮舟の巻と申にて候。かしく。

此形、大葉もの、船と見るべし。牡丹、桜か梅か椿か杜若か、すかしゆり(透百合)なとの大りん(大輪)もの、よし。うつくしき大輪は浮船の君の心也。

蜻蛉　くらんど(蔵人)少将

ありと見て手にはとられすみれはまた行ゑもしらすきへしかけろふ

浮船の君、ものおもひしけく(繁く)、心そゞろに成、いづくともなくうせ給ひけるを、匂ふ宮、なけきのあまり、かたみとおほしめし、浮女のめしつかひ《(召使)》、侍従といゝし女を伴ひたまひし事を書たるにて候。かけろふといふは、君の行ゑなければ、手にとられすの心にて付し名と聞へまいらせ候。かしく。

此かた、末かれ《(枯)》のものを、おもに身木にする也。時節の諸花を、下に生る。

手習　まきはしらの君

身をなけし泪の川のはやき瀬をしからみかけてたれかとゝめし

浮船の君、まよひたまひしを、小野ゝ尼と申人、はつせ《(初瀬)》にて夢のつけありしに、めくりあひて、庵に入おき、手習なとさせしを、巻の名といたしたるにて候。此尼の娘、はかなくなりしのち、聟の少将といふ人、浮ふねにたわむれ候ひしを、ものうくおもひ、かみ《(髪)》をけづりたるとの事を、書し事にて候。かしく。

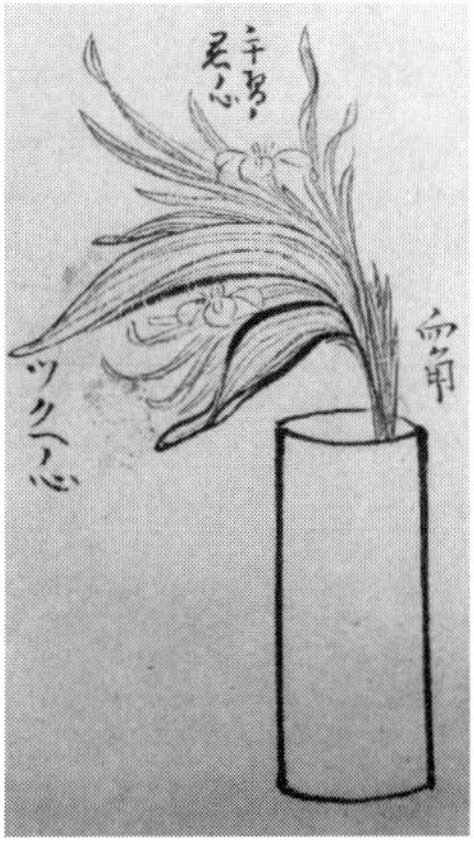

此かた、時節の花、身木にして、大葉也。大葉の応答、大事也。机《ツクヘ》と見る也。大葉もやう《(模様)》、一葉、横へ遣ひ、其外はもやう《(模様)》は工者《コウシャ》《(巧者)》あるべし。［図］向角。手習ノ君ノ心。ツクヘノ心。

夢浮橋　あつまやの君

のりのしと尋る道をしるへにておもわぬ山にふみまよふかな

手習の君、小野に居給ふを、かほる、聞つたへ、ひたち《(常陸)》の守か子をつかひとして、御文つかわしたまふ。歌に、「のりのしとたづぬる道をしるへにて」とよみ給ひし事、盛者必衰《スイ》のおもむきなれは、夢のうき橋と名つけたる事と、承りまいらせ候。かしく。

此かた、残花をおもにして、前に珍花を生る也。花かた《（花形）》、黒みテつよくと心得べし。

私考、夏、大将、横川物語、僧都の事、専ニ取へきなり。

中央、青貝の卓、漢土の小花入、卓下に生給ふ。

槙にらに《（蘭）》の花をくわへ、生給ふ。此花は源氏の終なれは、別而、心を用給ふ事なるべし。

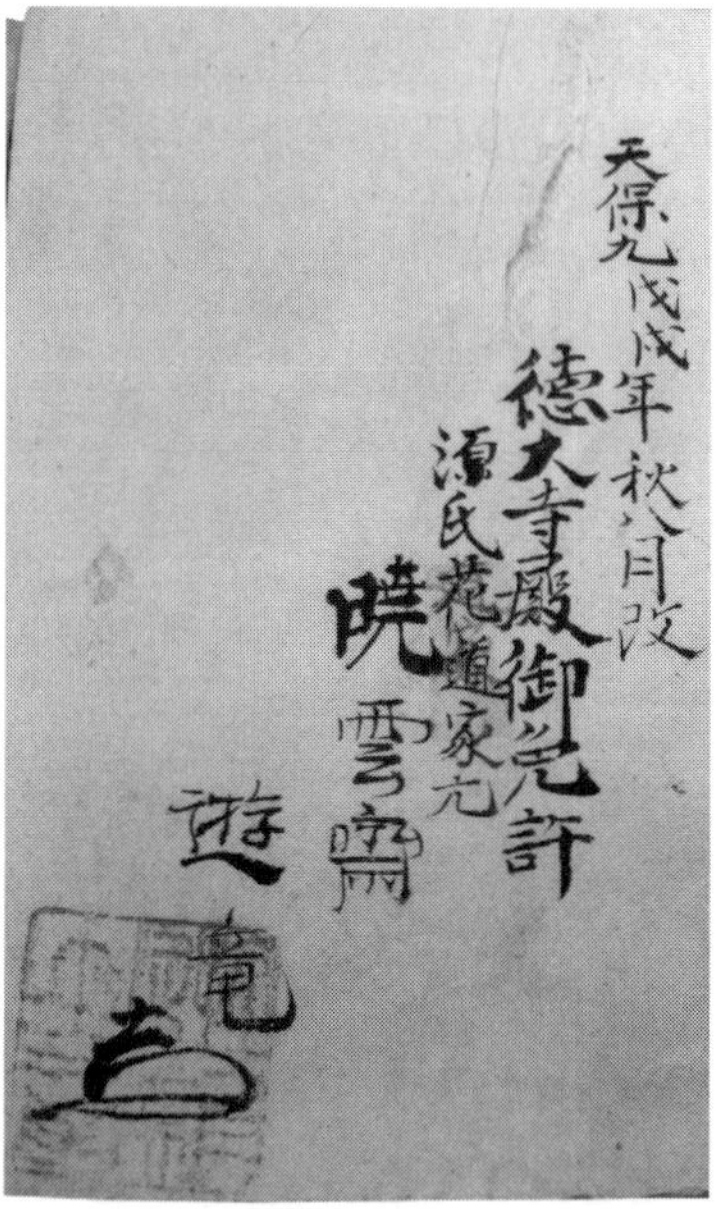

天保九戊戌年秋八月改／徳大寺殿御免許／源氏花道家元／暁雲斎／遊竜／（花押）

7　たつの市立龍野歴史文化資料館蔵『源氏六帖花論巻』（影印・翻刻）

凡　例

一、翻刻は原文のままを原則として、誤字・脱字・濁点・当て字・仮名遣い等も底本の通りにしたが、読解や印刷の便宜を考慮して、次の操作を行った。
　1　句読点を付け、会話文などは「　」で括り、底本の旧漢字・異体字・略体は通常の字体に改めた。
　2　誤写かと思われる箇所には、右側行間に（ママ）と記した。
二、全八丁のうち第一丁は白紙で、第二～八丁にかけて書かれている。半丁ごとに丁数と表裏を記す。たとえば（2オ）は第二丁表、（2ウ）は第二丁裏を表す。
三、図版は第二丁表～第四丁裏と第八丁表に描かれている。第二～四丁の図は本書の口絵にカラー写真、本書の第四編第三章第七節にモノクロ写真を掲載した。第八丁の図は、翻刻の末尾に置いた。

源氏六帖花論巻　全（外題）

六帖之深秘巻（内題）

源氏第一箒木　真行に用（2オ）第二紅葉賀　行（2ウ）第三須磨　真行（3オ）第四明石　真行（3ウ）第五雲

隠　草（4オ）　第六東屋　極真　禁裏之御涼所ヲサシテ／東屋トイウ　東屋のまやのあまりの雨そゝき／そゝきそけなく匂ふ橘　是は右近の橘を／詠し哥なり（4ウ）

箒木　桐つほのかうゐ

数ならぬふせやにおふるなのうさにあるにもあらてきゆるはゝきゝ

光る君、御内住のつれ〳〵に、わかき人〳〵参りつとひて、女のかみ・なか・しもの品さため、ありしとかや。指喰の女、木からしのあた人なと、またはいよの介か妻、空蟬か、つれなかりしに、「はゝきゝの心もしらて」と、かこち給ひしゆへ、巻の名と成まいらせ候。かしく。

是は、ひきく指花を高く、高くさす花をはひきく根もとにさして、身木の方へ花のうしろむくやうにさすなり。花の心にも、我は上へ立花なれとと、つれなくかこちたるの心もち、第一と生るなり。又、ほうき草をも生る也。時節の花、三色、五色か生る也。これ女の上になか・下の品さだめ、ありしとの心なり。糸すゝき、応答にてもよし。（5オ）

紅葉賀　あふひのうゑ

物おもふにたちまふへくもあらぬ身の袖打ふりしこゝろしりきや

神無月には紅葉の賀とて、舞楽ありまいらせ候。君も青海波を御つとめなされ候。折ふし、松の嵐にちりかふ木の葉の中に、かさしのもみち、いとゝちり過たるさま面白く、みな人、かんしまいらせ候。御母ふぢつほの君も、御見ぶつありしとの御事にて候。かしく。

此形は紅葉なり。大葉、二三枚、生へし。是、舞楽の舞の袖なり。此、極習とするは置花なれは、水板の上に落葉を五七枚、下座の方にあつめて置なり。掛花ならは花入の下辺、床畳の少し下へよせる心にあつめて置也。これ伝受の事也。巻にも委有之、略す。此、紅葉の賀と申て、生る時は大葉を是非に生へし。左なき時は、しやかなり。花かたの巻に有之なり。（5ウ）

須磨　　とうの中将

うきめかるいせおのあまをおもひやれもしほたるてふすまの浦にて

花のゐんの頃、扇を取かわし給ふ女のために、たらちめの御不興ありて、須磨の浦へうつされおはしませしゆへ、須磨の巻と申にて候。みやす所、いせより御音信の和歌、おほくありまいらせ候。此まき、五十四帖のかんもんと承りまいらせ候。かしく。

此かた、くるい松也。前に糸すゝき、時節の花、生る。松の根もと、床の左へなし、末を床の右へゆくやうに生る也。前は則、海辺と見るへし。松の根もと、左にゆくは須磨、右へなるは明石也。左りは須磨、右は明石と知るへし。いかにも、ものさひしく生る。（6オ）

明石　　むまのかみ

秋の夜のつきけの駒よ我こふる雲井をかけれときのまもみむ

君、廿六才の頃、あかしの何かしの入道といふ人、君をむかへ奉るによりて、明石の巻と申候。入道の娘、あかしの上にあひなれ給ひ、岡部の宿へ通ひたまひし時、都なつかしくおほしめして、「秋の夜の月けの駒よ」と、よみ給ひしとそ。いとあわれに、おもひまいらせ候。かしく。

此かた、曲ひ松、根、床の右へ、木末、床の左へゆくやうに生け、そのうらの方に時節の花に糸すゝき、応答すへし。左りは須磨、右は明石と知るへし。海辺、里のとりやう、左右にて、後ロ、前へなり。これにて右、まへになるなり。須磨、明石は、浦の伝なり。（6ウ）

雲隠

五十四帖の内、中にも雲隠は、源氏の君の隠れさせ給ひしを書たる巻にて、おはしましまいらせ候。かしく。
此かた、身木、大葉四枚に、時節の大輪もの壱本、あしらふへし。尤、大葉の後ロへ花を見へ隠れにして、表へ花の裏を少し見ゆるか見へぬかに置へし。流したる大葉を雲に見るへし。葉裏に隠れたる花は、月と見るへし。但し、花の色は、黄か白かに限るなり。（7オ）

東屋　　かほる大将

さしとむるむくらやしけきあつまやのあまりほとふる雨そゝきかな

あつまやの巻は、浮ふねの父、ひたちの守といへる人の、つらき心有之。浮舟の君を中の君へあつけし事なと書たる段にておはしまし候。かしく。
此かた、むくらを身木とす。枯にそへ生る糸すゝき、時節の花を応答なり。（7ウ）

箒木　さひ竹、青竹にて作之。丈、一尺九寸、廻り一尺一寸以上。竹節、三ツ。折釘に紐を懸る。紐、長さ四尺三寸、色は赤紫を用。

紅葉賀　黒頭、笙、鳳凰の蒔絵、金根次。紐、長サ一丈五寸。短冊板、寸法。塗色、朱、墨に限る。丈ヶ一尺二寸、横四寸。カスガヒ釘ヲ両方ニウチ、其釘へ紐ヲ通シ結ヒツケル也。（図）

須磨　竹、廻り一尺四寸以上、長サ一尺七寸六歩、浪花産。紐、長サ三尺五寸、赤青紫之類、阳色ヲ用ユ。尤、房は一ツナリ。（8オ）

明石　竹、廻り一尺五寸以上、長サ一尺八寸四歩、浪花産。紐、長サ三尺五寸、白黄茶ノ類、阴色ヲ用ユルナリ。

雲隠　二重筒。中、銀、錫、白磁にて作之。外《ソト》、雲形すかし彫。丈、九寸二分。口渡、三寸五分。

東屋　惣、丈、九寸三歩。屋根上、五寸。下の開き、九寸一分。下に花を生る。

徳大寺殿御免許　源氏花道家元　暁雲斎　圓山遊竜《ママ》（花押）

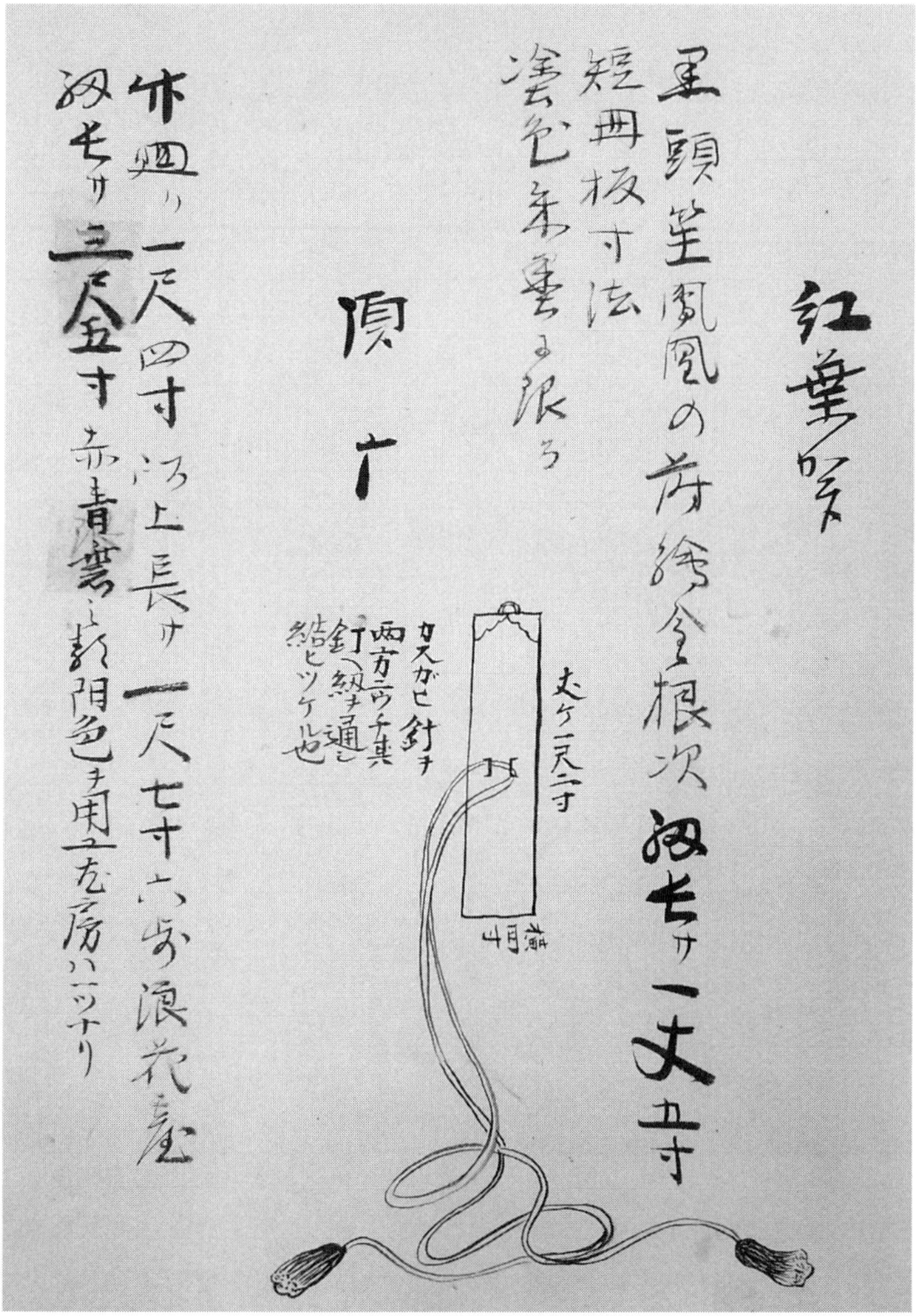
紅葉咲
星頭笠鳳凰の蒔絵金根次　袖長サ一丈五寸
短冊板寸法
塗色朱墨ニ限ル
頂上
竹廻り一尺四寸　但上長サ一尺七寸六分浪花産
袖長サ三尺五寸　赤青黒ニ新阴色ヲ用ユ左房ハ一ツナリ

右、大尾（8ウ）

図版一覧

※書名（五十音順）、所蔵者、転載書籍名、本書掲載ページ。

『伊勢物語』嵯峨本（国立公文書館所蔵）、『伊勢物語　慶長十三年刊嵯峨本第一種』（和泉書院、昭和 56 年）　391・492
『うつほ物語』版本（大阪府立中之島図書館所蔵）　350・355～362
『栄花物語』版本（実践女子大学図書館黒川文庫所蔵）　392
『絵入源氏物語』承応三年本（人間文化研究機構　国文学研究資料館所蔵）　307～309・331・332・349～362・386・390・392・415～421・426・427・485～491
『おさな源氏』江戸版（国立国会図書館所蔵）　383～388・424・428
『おさな源氏』上方版（大阪府立中之島図書館所蔵）　383・387・424・428
『女源氏教訓鑑』（東京都立中央図書館特別文庫室所蔵）、『江戸時代女性文庫』 1（大空社、平成 6 年）　417・422・423・425～427・429
『源氏絵本藤の縁』（長野県短期大学付属図書館所蔵）　485～492・494
『源氏小鏡』延宝版（国立国会図書館所蔵）　383・384（須磨の巻）・386・387
『源氏小鏡』延宝版（東京芸術大学附属図書館所蔵）、『絵入本源氏物語考　下』（日本書誌学大系五十三、青裳堂、昭和 62 年）　384（柏木の巻）・385
『源氏小鏡』寛文版、『絵入本源氏物語考　下』（日本書誌学大系五十三、青裳堂書店、昭和 62 年）　388・389・391・425
『源氏小鏡』須原屋版（東京都立中央図書館特別文庫室所蔵）、『絵入本源氏物語考　下』（日本書誌学大系五十三、青裳堂書店、昭和 62 年）　389
『源氏小鏡』明暦版（大阪府立中之島図書館所蔵）　331・332・383～386・388・389・420～422・424・428
『源氏鬢鏡』江戸版（国立国会図書館所蔵）、『源氏物語の探究』 6（風間書房、昭和 56 年）　416・418・419・423
『源氏鬢鏡』上方版（愛知県立大学学術情報センター所蔵）　415～423・425・427・429・510
『源氏物語絵尽大意抄』（蓬左文庫所蔵）　423・429・510
源氏物語図色紙（個人所蔵）、『江戸のいろどり～城陽の近世絵画～』（城陽市歴史民俗資料館展示図録 24、平成 15 年）　332
『源氏六帖花論巻』（たつの市立龍野歴史文化資料館所蔵）　口絵・598
『源氏六帖之花形』（たつの市立龍野歴史文化資料館所蔵）　596
産泰神社天井画（産泰神社所蔵）、「群馬高専レビュー」14（平成 8 年 2 月）　418・423・426・427・429
『十帖源氏』（大阪府立中之島図書館所蔵）　307・332・387・390・420・421・424・428
清涼殿の見取り図、『枕草子』（和泉書院、昭和 62 年）　103
『竹取物語』版本（同志社大学所蔵）　390
『偐紫田舎源氏』（国立国会図書館所蔵）　493
『都名所図会』、『新修京都叢書　第 6 巻』（臨川書店、昭和 42 年）　308
『遊龍工夫花形』（たつの市立龍野歴史文化資料館所蔵）　1・601

初出一覧

第一編　注釈書

第一章　出典考証と鑑賞批評—源氏読みにおける男性性と女性性—
（『講座　源氏物語研究』3、おうふう、二〇〇七年二月）

第二章　河内本源氏物語の系統—『水原抄』『紫明抄』との関係—
（王朝物語研究会『論叢源氏物語I—本文の様相—』新典社、一九九九年一一月）

第三章　『紫明抄』の成立過程—『異本紫明抄』との関係—
（『古代中世文学研究論集』2、和泉書院、一九九九年三月）

第四章　『源氏物語千鳥抄』の系統と位置付け
（『片桐洋一先生古稀記念論文集』和泉書院、二〇〇一年一一月）

第五章　源氏物語注釈書に見える中国古典
（「アジア遊学」93、勉誠出版、二〇〇六年一一月）

第六章　一条兼良著『花鳥余情』の系統に関する再考—一条家伝来本、大内政弘送付本、および混態本の位置付け—
（「同志社人文学」181、二〇〇七年一一月）

第二編　梗概書

第一章　「源氏和歌集」解題
（冷泉家時雨亭叢書83、朝日出版社、二〇〇八年一一月）

第二章　『物語二百番歌合』の本文
（『伊井春樹先生古稀記念論文集』笠間書院、二〇一〇年一二月）

第三章　尊経閣文庫蔵　伝二条為明筆『源氏抜書』（解題）
（「親和国文」34、一九九九年一二月）

第四章　吉永文庫『源氏秘事聞書』（解題）
（「親和国文」33、一九九八年一二月）

第五章　もう一つの源氏物語—梗概書と連歌における源氏物語の世界—
（『古代中世文学研究論集』3、和泉書院、二〇〇一年一月）

第六章　明石の君の評価—中世と現代の相違—
（『源氏物語の展望』2、三弥井書店、二〇〇七年一〇月）

第七章　国会図書館蔵　古活字版『源氏小鏡』（解題）
（「親和国文」35、二〇〇〇年一二月）

第八章　『源氏絵本藤の縁』の本文—梗概書との関わり—
（「同志社国文学」69、二〇〇八年一二月）

第三編　源氏絵

第一章　源氏絵研究の問題点―写本系統と版本系統の比較―（『日本古典文学史の課題と方法』和泉書院、二〇〇四年三月）
第二章　絵入り版本『源氏物語』（山本春正画）と肉筆画との関係―石山寺蔵『源氏物語画帖』（四百画面）との比較―（「親和国文」41、二〇〇六年一二月）
第三章　源氏絵の型について―絵入り版本『源氏物語』（山本春正画）を中心に―（「同志社国文学」63、二〇〇五年一二月）
第四章　神戸親和女子大学蔵　整版『源氏小鏡』（解題）（「親和国文」36、二〇〇一年一二月）
第五章　源氏絵史における『源氏鬢鏡』の位置付け―肉筆画との関係―（「親和国文」38、二〇〇三年一二月）
第六章　源氏絵に描かれた男女の比率について―土佐派を中心に―（紫式部学会『源氏物語とその享受　研究と資料』（『古代文学論叢』16、武蔵野書院、二〇〇五年一〇月）
第七章　源氏絵に描かれた男女の比率について―絵入り版本を中心に（上・下）―（「同志社国文学」61・62、二〇〇四年一一月・二〇〇五年三月）
第八章　源氏絵における几帳の役割について―国宝源氏物語絵巻と土佐派、版本―（『平安文学の新研究―物語絵と古筆切を考える―』新典社、二〇〇六年九月）
第九章　伝賀茂真淵撰『源氏物語十二月絵料』（解題）（「同志社国文学」68、二〇〇八年三月）

第四編　源氏流活花

第一章　源氏流生花書について―東京大学総合図書館蔵『源氏五拾四帖之巻』―（「親和国文」37、二〇〇二年一二月）
第二章　源氏流華道の継承（仏教大学「京都語文」17、二〇一〇年一一月）
第三章　源氏流華道の変奏（『源氏物語の展望』8、三弥井書店、二〇一〇年九月）

第五編　資料集

1　尊経閣文庫蔵　伝一条為明筆『源氏抜書』（翻刻）（「親和国文」34、一九九九年一二月）
2　吉永文庫『源氏秘事聞書』（翻刻）（「親和国文」33、一九九八年一二月）

3　『源氏絵本藤の縁』（翻刻）―付、源氏物語本文との対照―　（「同志社人文学」183、二〇〇九年三月）
4　伝賀茂真淵撰『源氏物語十二月絵料』（翻刻）　（「同志社国文学」67、二〇〇七年一二月）
5　柳沢文庫蔵「生花表之巻」（翻刻）　（仏教大学「京都語文」17、二〇一〇年一一月）
6　東京大学総合図書館蔵『源氏五拾四帖之巻』（影印・翻刻）　（「親和国文」37、二〇〇二年一二月）
7　龍野歴史文化資料館蔵「源氏六帖花論巻」（影印・翻刻）　（『源氏物語の展望』8、三弥井書店、二〇一〇年九月）

索引

凡例

一、索引は、幕末までの書名と人名に限定した。ただし源氏物語と紫式部は頻出するので、除外した。
一、俗人の男性（日本人）の名は、原則として訓読みにした。その他（女性・僧侶・外国人）の名は、音読みにした。
一、同一の人物・作品が複数の名称で呼ばれている場合、通称を項目に立て、別称を（　）内に示した。
一、同名異書は、書名の下に著者名を［　］内に記して区別した。
一、配列は現代仮名遣い、五十音順による。

書名索引

あ行

さ行

人名索引

さ行

た行

な行

は行

ま行

や行

ら行

わ行

あとがき

本書は小著『源氏物語古注釈の研究』に続く研究書である。前著では中世における源氏物語の注釈書を取り上げ、その時も写本との奇遇を感じたが、本著では人と本との縁をさらに痛感した。具体的に目次に示した順に思い出話を記して、お世話になった方々への感謝の意を表したい。

第一編第五章は、静永健氏（九州大学文学部准教授）の依頼により執筆したものである。氏の専攻は中国古典文学で、私とは所属する学会も異なるが、氏を引き合わせてくれたのは、大学時代からの知人である高津孝氏（鹿児島大学法文学部教授）である。高津氏の専攻も中国文学で、静永氏とは旧知の仲である。静永氏が冷泉家時雨亭文庫蔵の『文選』（一三世紀写、重文）の閲覧を希望した折、私が当文庫の調査をしていたことを高津氏が覚えていて、静永氏のことを私に伝えた。閲覧は許可されなかったが、それが縁で静永氏が主催する研究会にも参加させていただき、国文学とは異なる視点を教わったのは、なによりの経験である。

第一編第六章は当初、冷泉家時雨亭叢書に掲載される予定であった。当文庫蔵『花鳥余情』の解題を担当することになり、伝本の調査を始めたところ、従来の系統分類の不備に気づき、書誌のほか系統にも言及するつもりでいた。ところが当写本は叢書から外されたため、当本には触れずにまとめ直した。あとで聞くところによると、当写本を除く旨は岩坪に伝えられた、と編集者は思っていたらしい。思わぬ手違いにより、本論文は誕生したのである。

それに対して第二編第一章の『源氏和歌集』は、予定通り冷泉家時雨亭叢書に収められた。その写本との出会いにより、藤原定家撰『物語二百番歌合』との関わりを論じる機会を与えられた（第二編第二章）。前著『源氏物語古注釈の研究』において、注釈書に引かれた物語本文は源氏物語から直接引用されたのではなく、編纂資料の孫引きであることを明らかにした。同様に『物語二百番歌合』の物語本文もまた源氏物語からではなく、源氏物語の梗概書や和歌集から引かれたことを論じた。この方面の専門家でもない者に解題執筆を担当させてくださった冷泉家時雨亭文庫に、深く感謝し申し上げる。

第二編の第三章は『尊経閣文庫国書分類目録』を、第四章は国文学研究資料館のマイクロフィルムを、丹念に見ていく途中で見つけた写本である。第七章は前任校（神戸親和女子大学）、第八章と第三編第九章は現在の勤務校（同志社大学）のゼミで輪読した成果である。

第三編で扱った源氏物語絵は昔から好きで、とりわけ国宝源氏物語絵巻は予備校生のときに京都国立博物館で初めて実物を見て以来、虜になった。とはいえ研究対象にするつもりは毛頭なかった。あくまで趣味の範囲内、就職してからは講義の資料に利用する程度であった。ところが第二編第七章で論じた『源氏小鏡』の伝本調査をしていくうちに、版本の挿絵に興味を引かれ、やがて土佐派などの肉筆画にも目を向けるようになった。

なお本書には取り上げていないが、紫式部が源氏物語を書き始めたという伝説が伝わる石山寺には、挿絵入り『源氏小鏡』の豪華な写本がある。この本との出会いは、まさに仏縁としか言いようがない。源氏物語千年紀の平成二〇年に、源氏物語の国際シンポジウムを勤務校で催した折、そのポスターに石山寺蔵の紫式部像をお借りした。その御礼に参詣した折、当寺に入ったばかりの写本を見せていただいた。それが『源氏小鏡』である。翌年の一月に刊行した小著『錦絵で楽しむ源氏絵物語』を取材しに京都新聞社の記者（河村亮氏）が訪れたとき、石山寺本の話をしたところ、それが京都新聞の第一面にカラー写真つきで掲載された。人が人を呼ぶように、本もまた人と本を呼び寄せるものである。

第四編は、まさに人と本の縁で成り立っている。事の発端は、二一世紀初頭に東京大学総合図書館へ調査に出かけたときのことである。閲覧予定の本を見終わったのち、予約していた帰りの新幹線まで時間があったので、当館所蔵の写本のカード（当時はまだ電算化されていなかった）で「源氏」で始まるものを順に見ていたとき、「源氏五拾四帖之巻」という、極めてありふれた書名が目に入った。貴重書ではないので、すぐに見られ、一見して驚いた。それは源氏物語を帖別に活けた花の図に、活け方の説明と物語の粗筋などを載せたもので、そのような作品が存在するとは知らなかったからである。その後の調査で、一八世紀後半に千葉龍卜が始めた源氏流活花と関係があるらしい、ということまでは分かったが、当写本の末尾に記された署名「播磨国会頭　鳳尾斎龍松」については、全く手掛りがないまま数年が過ぎた。

同志社大学に文化情報学部が設置され、矢野環氏を教授に迎えてのち、氏が華道・茶道・香道の達人であることを知り、源氏流華道の話をしたところ、その資料は兵庫県のある町、たしか「た」で始まる町にあるはずだ、と教わった。以前、神戸市にある大学に勤めていたときは兵庫県下の高校を訪問していたので、「た」で始まる地名を丹波・但馬・立花などと列挙して矢野氏に尋ね、ようやく龍野であることが分かった。当地に龍野歴史文化資料館があることを突き止め、当館のホームページを利用してメールで問い合わせたところ、源氏流の資料があると、すぐに返信があった。早速、訪問すると、大きな箱、二箱に大量の文書が無造作に入っていた。片端から繙いていくうちに、東京大学本の末尾の人名は源氏流の高弟であることが判明した。また龍野の源氏流は円尾家が始めたもので、千葉龍卜の流派とは異なり、徳大寺家の庇護を受けていたことも明らかになった。しかし不明な点は、円尾家と徳大寺家との関係である。徳大寺家は京都に住む公家、円尾家は醬油造りで財を成した龍野の旧家である。住まいも身分も掛け離れた両家が、なぜ巡り合ったのか。その謎を解く鍵は、徳大寺家の菩提寺である十念寺の過去帳にあった。十念寺の御住職（君野諦賢氏）を紹介してくださったのは、当寺の近くに住む藤原享和氏（同志社高等学校教諭）である。そして当寺の紹介で、円尾家の菩提寺である如来寺にも参詣して、御住職（東山正賢氏）のご好意で最後の家元夫妻の位牌を拝ませていただいた。ちなみに徳大寺家の跡地には現在、同志社大学図書館が建っている。

千葉龍卜に冠する資料は、彼とその子息が出版したものしか残っていない、と思われていた。しかし龍卜自筆の写本が、奈良県大和郡山市にあることが分かった。柳沢吉保の曾孫にあたる柳沢保光は当地の城主で、龍卜から授与された免許状などが柳沢文庫に今も所蔵されている。その貴重な情報を教えてくださったのは、小倉嘉夫氏（当文庫評議員・大阪青山短期大学准教授）である。また閲覧に際しては、当文庫の学芸員（当時は藤本仁文氏、現在は平出真宣氏）にたいへんお世話になった。

龍卜には絵心もあり、彼の描いた絵が神戸市立博物館で二度も展示されていたことを、あとで知った。当時、神戸に住んでいながら、その催しに気づかなかったとは迂闊である。私が東京大学で問題の写本に遭遇する以前に開催されていたので、もし展覧会に足を運んでいれば、大いに参考になっていたはずである。当館の学芸員であり、源氏流華道に造詣の深い成澤勝嗣氏は、私が調査を始めた頃には上京されていて、指導を仰ぐことができなかった。

千葉龍卜の死後、家元を継いだ子息の千葉龍子は郷里の赤穂（兵庫県赤穂市）に戻り、その子孫は今も当地に住んでおられる。当主の千葉徹也氏、また氏の紹介で郷土史に詳しい横山博光氏からも話を伺えた。ただ惜しむらくは、当家に伝来していた資料は、高田孝三氏が『源氏流活花残記』を昭和五三年に執筆されたときにはあったが、その後は紛失したらしい。

一方、千葉龍子から免許皆伝を許された大嶋宗丹の子孫もまた、先祖伝来の地に居を構えておられる。大嶋宗丹の没後百年記念の企画展が平成一六年に地元の赤穂市で開かれ、多くの資料が展示された。その時も同じ兵庫県に住んでいながら、残念なことに気づかなかった。それを教えてくださったのは、小野信一氏（赤穂市史編纂室）と木曾こころ氏（赤穂市立歴史博物館）である。両氏には突然、電話したにもかかわらず、懇切丁寧に対応してくださり感謝している。このほか大勢の方々のご教示により、源氏流華道の実態が少しずつ明らかになった。

平成二四年は、千葉龍卜が江戸で花会を開き評判になった宝暦一二年（一七六二）から二五〇年めにあたる。すなわち源氏流華道が誕生して二五〇周年という記念の年である。本著を契機に、源氏流活花が世に知られることを願う次第である。

前著『源氏物語古注釈の研究』に引き続き本著も、和泉書院社主の廣橋研三氏のご好意により引き受けていただいた。ここに改めて深謝の意を表したい。なお本書は出版にあたり、平成二四年度・同志社大学研究成果刊行助成の補助を受けたものである。

平成二四年　古典の日

著者識

■ **著者紹介**
岩坪　健（いわつぼ　たけし）
昭和32年　京都市生
大阪大学大学院博士課程修了　博士（文学）
現職：同志社大学教授
編著書：『源氏物語古注釈の研究』（和泉書院）
『『源氏小鏡』諸本集成』（和泉書院）
『錦絵で楽しむ源氏絵物語』（和泉書院）
『仙源抄・類字源語抄・続源語類字抄』（おうふう）
『光源氏とティータイム』（新典社）
『ビジュアル日本文学―古典文学の舞台裏―』（新典社）

研究叢書432

源氏物語の享受
注釈・梗概・絵画・華道

二〇一三年二月二八日初版第一刷発行
（検印省略）

著　者　岩　坪　　健
発行者　廣　橋　研　三
印刷所　亜　細　亜　印　刷
製本所　渋　谷　文　泉　閣
発行所　有限会社　和　泉　書　院

大阪市天王寺区上之宮町七－六
〒五四三－〇〇三七
電　話　〇六－六七七一－一四六七
振　替　〇〇九七〇－八－一五〇四三

ISBN978-4-7576-0654-8 C3395